I0825688

HEXENFLUG ZUM TOR - TEIL 2

HEXENFLUG CHRONIKEN #05.2

KIM & JIM NEXUS

Dieses Buch ist für meine treuen, wunderbaren Leser.

Vielen Dank, dass Ihr mir Eure kostbare Zeit schenkt,
meine Charaktere in Euer Herz lasst
und Euren Freunden von meinem Universum erzählt.

Ihr seid die Besten!

INHALT

KAPITEL EINS

SERGEY\\ UNERWARTETE KOMPLIKATIONEN

Als Sergey Felicity über den Vorfall auf dem Plover informierte, wurde ihr Gesicht kurz aschfahl, nur um dann augenblicklich eine reife Tomate zu imitieren.

„Sie hatten mir versichert, dass den beiden nichts passieren kann!", fauchte sie und rammte ihren Zeigefinger überraschend hart gegen seinen Solarplexus.

„Nichts in Delacroix' und Yuns Akten deutete darauf hin, dass sie sich als Hobbydetektive versuchen und einen solchen Ärger lostreten würden", hielt er dagegen. „Ich verstehe auch nicht, wie sie angesichts der Erschöpfung und des Hungers – zwei Gefühle, die inzwischen all ihre wachen Gedanken einnehmen sollten – überhaupt genug Energie dafür erübrigen konnten. Und woher hätte ich auch wissen sollen, dass es dort überhaupt Ärger loszutreten gab? Es ist ein von der Leere verlassenes Kühlhaus, kein Piratennest!"

Oh, er würde die Betreiber dieser Einrichtung mit einem Mikroskop durchleuchten. Da zwei seiner eigenen Leute angegriffen worden waren, dürfte ihre Kooperation lachhaft einfach einzufordern sein.

„Ich habe Ihnen in dieser Angelegenheit vertraut!“, versetzte sie ihm den Tiefschlag mit all dem gerechten Zorn in ihren leuchtenden Augen, welchen er inzwischen von ihr erwartete.

Er ließ ihr die moralische Überlegenheit. Schließlich hatte sie allen Grund, wütend zu sein. Ebenso wie er. Doch während sie sich den Luxus leisten konnte, ihre Bestürzung offen zu zeigen, erwartete man von ihm, stets die Kontrolle zu behalten. Herumzulaufen wie ein rasender Irrer würde niemanden beeindrucken und erst recht nichts lösen.

Sergey fing die Hände der Ärztin ein und drückte diese sanft. „Es tut mir leid, Doktor. Das hätte nicht passieren dürfen, und ich werde dahinterkommen, wie und warum es dazu kam, damit es nicht noch einmal vorkommen kann. Würden Sie mich zur Station begleiten, um zu bestätigen, dass es Ihren Patientinnen gut geht?“

Ihre Schultern zuckten ein paar Zentimeter zurück. War es wirklich so schwer zu glauben, dass er die Verantwortung akzeptierte, obgleich er diesen Vorfall nicht hätte vorhersehen oder verhindern können? Immerhin war es seine Operation.

Ihre Augen verengten sich. Misstrauen schwang in ihrer Stimme mit, als sie fragte: „Warum?“

„Warum ich möchte, dass Sie mich begleiten?“, fragte er.

Dr. Fox nickte. „Hätten Sie es nicht vorgezogen, wenn ich niemals von diesem ‚Test‘ erfahren hätte? Sie zeigen mir die Ergebnisse der wöchentlichen medizinischen Untersuchungen doch nur, damit ich Ihnen nicht weiter auf die Nerven gehe. Was also hat sich geändert?“

Aus irgendeinem kuriosen Grund machten ihr scharfer Verstand und die Tatsache, dass sie sich nicht so einfach täuschen ließ, sie nur noch attraktiver.

Daher beschloss Sergey, ehrlich zu sein. „Es besteht eine gewisse Wahrscheinlichkeit, dass es sich hierbei um einen Insiderjob handelt. Da ich noch längst nicht alle Fakten habe, würde ich eine zweite Meinung begrüßen. Möglicherweise fällt Ihnen etwas auf, das mir die Stationsärzte verschweigen."

„Denken Sie etwa, die hängen da mit drin?"

„Unwahrscheinlich", gab er zu, „doch ich gehe lieber auf Nummer sicher. Außerdem scheinen Sie im Moment keine Patienten zu haben und ich würde mich über Ihre Gesellschaft freuen. Es wird ein langer Flug."

Sie warf ihm diesen Blick zu.

„Keine Sorge, Doktor. Wir reisen nicht allein."

Als sie daraufhin eine Augenbraue hob, erklärte er: „Ich werde einen Provost und mehrere Soldaten mitnehmen, vielleicht sogar einen meiner Sergeants. Es soll ja keiner denken, ich nähme die Sache nicht ernst."

Zudem wusste er noch nicht, was für ein Hornissennest die beiden Unruhestifter freigetreten hatten. Sie könnten Schutz benötigen. Und ihre Extraktion würde bei allen Beteiligten den falschen Eindruck hinterlassen, daher sollte dies die letzte Option bleiben.

Felicity biss sich auf die Unterlippe und betrachtete nachdenklich ihren nahezu freien Schreibtisch. Leere, wie er sie um diese Arbeitslast beneidete. Vielleicht wickelte sie auch nur alles in AR ab. Wenn man ihren subtilen Körpersignalen Glauben schenken durfte, fand im Kopf der hübschen Ärztin eine lebhafte Diskussion statt.

Sie kniff sich die Nasenwurzel, als sie verkündete: „In Ordnung. Wann brechen wir auf?"

„Also, was genau ist passiert?“, fragte Provost Eisengaard-Diaz, kaum dass sie alle in den bequemen Sitzen auf *Lady Godiva*s Hauptdeck Platz genommen hatten.

Falls es ihn störte, kurzfristig zum Mitflug beordert worden zu sein, ließ er es sich nicht anmerken. Sergey hatte explizit nach ihm verlangt, obwohl sich Diaz offiziell nicht im Dienst befand. Dies war eine gute Gelegenheit, herauszufinden, ob der ehemalige Kriminalermittler sich seinen Scharfsinn bewahrt hatte. Nicht, dass der Colonel Naddis Einschätzung in Frage stellte – doch wie man so schön sagte: ‚Vertrauen ist gut, Kontrolle ist besser‘.

Sollte diese kleine Übung Diaz’ Interesse an seinem früheren Beruf neu entfachen und/oder ihm helfen, sich für die Rezertifizierung vorzubereiten, konnte Sergey das später immer noch als geplante Absicht darstellen und dem Fossil eine kleine Gefälligkeit dafür abverlangen.

Eine Rechnung, die für alle aufging.

Während Henri, der erfahrene Pilot, welchen der Colonel vor einer Woche ‚durch Zufall‘ aufgelesen hatte, kaum dass sie den Hangar hinter sich gelassen hatten, die Antriebseinheiten voll ausreizte, erklärte Sergey seinen Mitreisenden, was sich angeblich vor zwei Stunden in der Kühlanlage zugetragen hatte. Dann leitete er die ihm bisher von der Stationssicherheit zur Verfügung gestellten Informationen weiter und setzte ein VR-Treffen mit dem Provost an, um sich den Tatort anzusehen. Eine Stunde sollte genug Zeit bieten, dass Diaz den Rest des Materials sichten und Sergey die Einsatzparameter mit seinem Sergeant besprechen konnte. Felicity entschuldigte sich derweil, um etwas digitale Büroarbeit zu erledigen.

„Das war eine Hauruckaktion“, kommentierte Pro. Eisengaard-Diaz, als er Sergey in der privaten VRE traf, um den von den örtlichen Gesetzeshütern zur Verfügung gestellten 3D-Scan zu studieren.

Der Colonel hockte sich hin, um einen der niedergeschlagenen Angreifer genauer unter die Lupe zu nehmen.

„Meinen Sie das Hologramm oder den Angriff?“, fragte er nur halb im Scherz.

Aus diesem Sichtwinkel waren die Sensorschatten, welche viele der Details verwischten, besonders gravierend. Wahrscheinlich erfüllte der Tatort-Scan mit seinen groben Kanten und begrenztem Umfang gerade so die vorschriftsmäßigen Mindestanforderungen.

„Beides, würde ich sagen.“ Diaz konsultierte den dem Scan angehängten vorläufigen Bericht. „Obwohl die Täter selbstheizende Thermounterwäsche trugen, hat man sie sicher schnell aus der Kälte bringen müssen. Wahrscheinlich blieb keine Zeit für ordentliche Scans.“

„Könnte auch absichtliche Schlamperei gewesen sein“, konterte Sergey.

„Sicher, aber ich bezweifle es.“ Falls der unausgesprochene Verdacht, ein anderer Provost könnte womöglich an der Tat beteiligt sein, Diaz verärgerte, so ließ er es sich nicht anmerken. „Sehen Sie die Fingerspitzen dieses Mannes hier? Ich würde sagen, die waren kurz vorm Abfrieren. So wie die Täter alle ausgestreckt auf dem kalten Boden lagen – keine Mützen, keine Handschuhe, kein nichts – wären sie vermutlich innerhalb einer Stunde erfroren. Doch das ist nur meine Einschätzung. Sie sollten Dr. Fox um ihre Expertenmeinung bitten.“

Obgleich subtil und in VR, war das wissende Funkeln in den Augen und der Stimme des Provosts unverkennbar.

„Außerdem“, fuhr er fort, „muss man an einem abgelegenen Ort wie diesem nicht die Hälfte der Crew schmieren. Die meisten sind private Sicherheitskräfte. Insgesamt werden auf diesem Plover höchstens drei Provoste für die ‚ernsthaften‘ Verbrechen stationiert sein. Und einen davon zu bestechen ist unnötig, wenn man den Informationsfluss kontrolliert. Ein Streifenpolizist sowie ein Verwaltungsbeamter reichen in der Regel aus, um die meisten Dinge unter den Teppich zu kehren. Die beiden Wachen, welche zuerst reagierten, sind unsere Leute. Selbst wenn der erste Repräsentant der Stationssicherheit, dieser Pro. Maj. ...“, er prüfte den Bericht, „... McEntire nur deshalb in der Nähe war, weil er wusste, dass etwas vor sich geht, und selbst wenn unsere eigenen Leute zu sehr damit beschäftigt waren, die Sträflinge zur Krankenstation zu bringen, um auf McEntire zu achten, hätte die Ankunft seiner beiden Kollegen aus dem privaten Dienst drei Minuten später jeden Vertuschungsversuch verhindert. Was hätte er auch groß vertuschen sollen? Die Angreifer waren am Boden und brauchten dringend medizinische Hilfe.“

„Ist das Ihre Expertenmeinung?“

Diaz nickte. Seine dunklen Augen wanderten noch immer über die liegenden Gestalten. Die Art und Weise, wie er verschiedene Positionen einnahm, als würde er Entfernungen abschätzen und in seinem Kopf Theorien durchspielen, erinnerte Sergey an einen fast vergessenen Tag vor langer Zeit, als er seinen Vater zur Arbeit begleiten durfte. Nur war er diesmal derjenige, welcher die Beobachtungsgabe des anderen auf die Probe stellte.

„Sie glauben also nicht, dass man sie bewegt hat? Oder dass sie Waffen hatten, welche vom Tatort entfernt wurden?“, hakte Sergey nach.

„Das erscheint mir unwahrscheinlich. Ihre Anordnung entspricht Fr. Yuns Aussage. Das Einzige, was fehlt ...“, der Provost hockte sich hin und deutete auf den Hals eines Täters, „... ist, was auch immer das hier verursacht hat.“

In der Luft zu Diaz’ Rechten erschienen eine Nahaufnahme und ein Tiefenscan aus der medizinischen Untersuchung des Täters. Der Provost begutachtete sie einen Moment lang schweigend.

Sergey rief dieselben Bilder auf und bemerkte: „Laut ihrer Aussage hat Yun ein Seil benutzt.“

„Nur ist hier nirgends ein Seil.“ Diaz zeigte auf die spärlich eingefangene Umgebung. „Und ich sehe auch keine Notwendigkeit für eins. Dazu kommt, dass das Muster der subdermalen Blutungen viel eher den Spuren einer Peitsche entspricht. Mit dem Unterschied, dass was auch immer diese Muster hinterlassen hat, sich nicht zum Ende hin verjüngt.“

„Auch ein Seil kann sich mehrmals um einen Pfosten wickeln, wenn man es dagegen schleudert“, wandte Sergey ein.

Worauf wollte der Ermittler hinaus?

„Sicher, aber nicht so. Ein Seil verliert schnell an Kraft. Das hier wirkt beinahe so, als hätte es am Hals des Mannes gehaftet.“

Nun, wenn jemand Ahnung vom korrekten Verhalten einer Peitsche hatte, dann wohl ein Provost.

„Und das finden Sie an diesem ganzen Vorfall am interessantesten?“, fragte der Colonel trocken.

„Tatsächlich finde ich es viel bemerkenswerter, *dass* dieser Kampf überhaupt stattgefunden hat“, erwiderte Diaz. „Selbst wenn man davon ausgeht, dass die Täter häufiger aus dem Lager gestohlen haben und zu einem gewissen Grad an die Kälte gewöhnt waren, müssen sie zum Zeitpunkt der Auseinandersetzung bereits unter körperlichen Einschränkungen gelitten haben. Dr. Fox war so freundlich, mich über die Auswirkungen extremer Kälte und die Stadien des Erfrierens aufzuklären. Angesichts der Entfernung zur Tür und des Zeitrahmens müssen die Angreifer bereits zu Beginn des Kampfes träge und geistig beeinträchtigt gewesen sein. Und dass unsere Sträflinge in ihrem geschwächten Zustand so hart zurückschlagen konnten ... Das ist schon bemerkenswert. Ganz zu schweigen davon, dass Fr. Yun eine größere, schwerere Frau auf einen Schwebewagen gezogen und sie nach draußen transportiert hat, um Hilfe zu bekommen."

In der Tat, dachte Sergey etwas widerwillig. *Den Staminatest haben sie definitiv bestanden. Schade, dass das Teil der Übung ist.*

Angesichts dessen, was hier scheinbar geschehen war, hatte Yun auch die anderen Prüfungen bereits bestanden. Wie Delacroix reagieren würde, sobald sie aufwachte, könnte Sergey vieles verraten, was er über ihre Einstellung und ihren Nutzen wissen musste. Deshalb hatte er die Stationsärzte angewiesen, sie vorerst sediert zu lassen. Kombinierte man allerdings den Flugstil seines Piloten mit der Leistung von *Lady Godiva*s Triebwerken, so war das vermutlich unnötig gewesen. Delacroix könnte noch im OP liegen, wenn sie ankamen.

Diaz wischte die Bilder beiseite und erhob sich.

„Doch zurück zur eigentlichen Frage", sagte er, „Sie haben keinen ernsthaften Grund, Fr. Yuns Darstellung des Vorfalls anzuzweifeln, oder? Warum also – wenn ich fragen darf – befassen wir uns überhaupt so intensiv mit dieser Sache? Warum ziehen wir unsere Leute nicht einfach ab und lassen die Stationssicherheit hinter sich selbst aufräumen? Wir haben dort sowieso keine Zuständigkeit und das wissen die."

„Keine direkte Zuständigkeit, nein." Der Colonel zuckte mit den Schultern. „Nur ein Schiff voller Soldaten, welche diesem Plover das Geld in die Taschen spülen und die Möglichkeit, nicht nur dies, sondern auch sämtliche Einnahmen vom Dock und der *Voidhammer*-Flotte versiegen zu lassen. An diesem Punkt genügen dazu ein paar gewählte Fragen zu Sicherheit und Vertrauen."

Der andere Mann nickte verstehend. „Also möchten Sie, dass ich versuche, die Täter in unsere Obhut zu bekommen, sobald diese versorgt und medizinisch stabil sind?"

„Können Sie das?"

„Offiziell nicht, nein." Unter seinem Gesichtsschutz schien der Provost die Stirn zu runzeln. „Meine Optionen hängen von den Details ab. Wenn sich herausstellt, dass es sich um einen missglückten Raubüberfall handelt, könnte die Stationssicherheit die Zuständigkeit beanspruchen, wenn sie diese denn haben will. Die Tatsache, dass eine halbmilitärische Operation durch das Verbrechen gestört wurde, könnte Einfluss darauf nehmen. Da die Opfer jedoch weder Teil des plutonischen Militärs sind, noch in einem offiziellen plutonischen Prozess angeklagt oder bereits verurteilt wurden, sind ihre Rechtsansprüche sehr begrenzt."

„Juristisch gesehen sind sie bestenfalls Ausländer mit Aufenthaltsrecht", stellte Sergey klar.

Verdammt, daran hatte er nicht gedacht.

„So sieht's aus", stimmte sein Experte zu. „Außerdem können wir keine militärische Zuständigkeit auf eine Zivilsache erzwingen. Es kann allerdings auch sein, dass die Stationssicherheit keine Lust hat, sich mit diesem Fall zu befassen. Dann könnten sie ihn an die örtlichen Provoste abschieben. Sollte sich der Angriff als versuchter Mord herausstellen, fällt er ohnehin in deren Zuständigkeit."

„Und könnten Sie ihn dann von denen übernehmen?"

„Nein." Diaz schüttelte entschieden den Kopf. „Pro. Maj. McEntire hat mehr Punkte als ich, also müsste ich ihn überzeugen, mir den Fall zu überlassen. Ich könnte versuchen, mich um die Hindernisse herumzureden, doch wenn McEntire derjenige ist, der mitkassiert, wird das wohl kaum funktionieren. Und selbst wenn – angesichts seines Schädeltraumas könnten die Ärzte entscheiden, diesen Täter hier vorübergehend in ein künstliches Koma zu versetzen und würden ihn so oder so erst mal niemandem übergeben."

Es wäre verlockend, auszutesten, wie gut Diaz darin war, sich ‚um Hindernisse herumzureden', doch Sergey hatte jetzt schon vier Sträflinge, mit denen er nichts anzufangen wusste. Er hoffte, diese so schnell wie möglich in die Crimson Chain Gang abschieben zu können. ... Bis auf Suzy Magecraft, natürlich.

„Ihre Einsatzbereitschaft ist notiert", sagte der Colonel und winkte das Angebot ab, „doch ich bin nicht an zusätzlichen Problemen interessiert. Es geht mir einzig und allein darum, die Sicherheit unserer Leute zu gewährleisten. Ich werde niemanden abziehen. Deshalb muss gesichert sein, dass unsere Sträflinge für den Rest ihrer Probezeit unbehelligt bleiben."

Der andere Mann dachte kurz darüber nach und nickte dann erneut. „Verstehe. Nun, in diesem Fall werde ich – mit Ihrer Erlaubnis, Colonel – die Station kontaktieren und Fr. Yun und die Ersthelfer persönlich befragen. Es steht Ihnen in jedem Fall frei, *Ihre eigene* Untersuchung einzuleiten, unabhängig davon, in wessen Zuständigkeit all das hier letztlich fällt. Wenn sich dabei herausstellt, dass

Personen bestochen wurden, müssen die Beweise dafür natürlich vorschriftsmäßig an die interne Aufsicht weitergeleitet werden."

„Versteht sich. Es ist doch immer schön, die faulen Äpfel rauszusammeln, bevor sie den ganzen Korb verderben, nicht wahr?", köderte Sergey.

„Gewiss", erwiderte Diaz. „Habe ich also Ihre Erlaubnis?"

Es wäre interessant zu sehen, ob sich die ruhige Kontrolle in der Stimme des Provost auch in seinem Gesicht widerspiegelte.

„Ist erteilt. Doch wenn Sie das Gefühl haben, dass es etwas zu berichten gibt, erwarte ich, dass Sie mir zuerst Bescheid geben."

„Natürlich." Die Antwort des Provost kam ohne Zögern. Fast zu glatt. Hatte Garin ihm von ihren Deals mit Sergey erzählt? Wenn ja, wie viel wusste er?

Nun, sollte etwas zutage treten, was an die interne Aufsicht gemeldet werden musste, so wäre es zweifellos aufschlussreich, zu sehen, wie der Provost damit umging.

„Ich gehe davon aus", fügte der Colonel hinzu, „dass Ihnen auch der zweite Grund, warum ich Sie mitgenommen habe, bewusst ist. Sie fungieren als amtierender Provost Major und das hier kann nicht warten, bis Garin zurückkehrt. Sollte jemand seine Pflicht vernachlässigt haben, muss die Bestrafung schnell und entschlossen erfolgen, damit es nicht erneut vorkommt."

Diaz zeigte keinerlei sichtbare Anzeichen von Unbehagen, als er antwortete: „Ich habe bereits die Personalakten der Soldaten geprüft, welche zum fraglichen Zeitpunkt Wache standen. Keine Hinweise auf frühere Versäumnisse. Natürlich muss ich die Männer persönlich befragen, um herauszufinden, was genau sie zum Tatzeitpunkt taten, worauf sie achten sollten und in welchem Umfang. Es könnte sich genauso gut um einen Fehler bei der Befehlsweitergabe, sowie um mangelnde Einhaltung der Vorschriften handeln. Haben Sie eine Kopie der ursprünglichen Befehle, welche Sie den Wachen übermittelten?“

Sergey nickte. „Selbstverständlich. Ich leite sie Ihnen weiter.“

KAPITEL ZWEI

WIRE\SERGEY\\ SCHWERE VERLETZUNGEN

„Fr. Delacroix, können Sie mich hören?“, fragte eine männliche Stimme, ganz ruhig und professionell, und zog damit den Schleier seliger Dunkelheit von Wires Gedanken.

Ein seltsames Geräusch hallte in der Ferne wider.

„Hekate sei gepriesen, sie ist wach!“ Yuns Bemerkung machte Wire klar, dass *sie selbst* es war, die da gerade wie ein Zombie gestöhnt hatte.

Und da war noch mehr.

Wärme. Wunderbare, unbegreifliche Wärme umgab sie, füllte ihre Lungen und drang bis tief in ihre Knochen.

Sie schob die Benommenheit beiseite und blinzelte die Augen auf. An diesem neuen Ort herrschte eine merkwürdig dumpfe Helligkeit vor. Unter ihrem Rücken spürte sie eine harte Oberfläche. Anders als der metallische Boden, auf dem sie seit Wochen aufwachte. Diese Oberfläche war abgerundet. Gepolstert. Sie schluckte, um die Trockenheit in ihrer Kehle abzumildern.

„Wo bin ich?“, krächzte sie. „Was ist passiert?“

Ein Mann musterte ihr Gesicht, leuchtete ihr erst ins rechte Auge, dann ins linke, während er fragte: „Wissen Sie, wer Sie sind? Welches Jahr wir haben?“

Ohne darüber nachzudenken, rasselte Wire ihren Namen und ihre alte Dienstnummer herunter, bevor sie das aktuelle Datum lieferte. Da sie minutiös die Tage zählte, war auch das keine Herausforderung.

Der Mann in OP-Kleidung nickte zufrieden und erklärte: „Sie sind auf der Krankenstation. Während einer Schlägerei im Kühllager haben Sie das Bewusstsein verloren. Ihr linkes Schlüsselbein ist an mehreren Stellen gebrochen und zwei Ihrer Rippen sind angeknackst. Außerdem haben Sie subkutane Blutungen erlitten, wie sie bei stumpfer Gewalteinwirkung üblicherweise auftreten ...

Oh, und Sie haben einen ordentlichen Schlag auf den Hinterkopf kassiert. Daher muss ich Sie zur Beobachtung hierbehalten, um eine Gehirnerschütterung auszuschließen. Wir haben bereits operiert, Ihr Schlüsselbein gerichtet und verstärkt sowie Heilungsunterstützer eingebracht, um eine schnelle Genesung zu ermöglichen. Für die Rippen werden wir Ihnen –“

Panik schoss durch Wire und verdrängte die wattigwohlige Entrücktheit, welche die Wärme – und vermutlich auch die Schmerzmittel – in ihr ausgelöst hatten.

„Ich muss zurück ins Lager!“, keuchte sie und versuchte, aufzustehen. „Ich kann dort nicht weg! Warum haben Sie mich rausgeholt? Wenn ich es verlasse, werde ich hingerichtet!“

„Nein, nein, nein!“ Xinyis Hände flogen zu Wires Brust, doch sie wagte es offensichtlich nicht, Druck auszuüben. „Es ist alles in Ordnung! Entspann dich, sonst verschlimmerst du deine Verletzungen! Außerdem hast du das Lager nicht selbst verlassen; ich habe dich rausgeholt.

Wenn jemand schuld ist, dann ich. Du bist aus dem Schneider."

„Du hast *was*?" Wire starrte die andere Frau an. „Hast du völlig den Verstand verloren?"

„Ich konnte dich doch nicht einfach so in der Kälte liegen lassen, verletzt wie du warst." Die merkwürdigen Symbole in den Augen der Magierin wirbelten wild durcheinander. „Er war auf dich gefallen und du hast mehrere Sekunden lang nicht mehr geatmet! Ich wusste nicht, wie schlimm es ist. Also hab ich dich auf einen Schwebewagen gezogen und so schnell wie möglich nach draußen gebracht."

„Nein! ... Luna, nein!" Wire fiel in plötzlichem Entsetzen zurück.

Angst – nicht nur um ihre eigene Haut, sondern auch die ihrer unerwarteten Retterin – ließ sie innerlich erzittern.

„Das wird schon." Xinyi nickte, wohl hauptsächlich zu sich selbst. „Es wird sicher alles gut ... für uns beide."

Sie klang sowas von nicht überzeugt.

„Wie ... wie bist du überhaupt mit diesem Typen fertig geworden?"

„Sie hat ihm mit einem Rohr beinahe den Schädel eingeschlagen", meldete sich eine dunkle, harsche Stimme.

Col. Federov betrat das winzige Krankenzimmer.

Xinyis Augen weiteten sich. Sie wirbelte herum und beteuerte: „Colonel, ich-ich wollte ihn nicht töten! Ich habe ihn doch nicht getötet, oder? Er lebt noch?"

„Und falls nicht?" Federov zuckte kaum merklich mit den Schultern, als wäre ein einzelnes Leben in seinen Augen nicht ernsthaft von Bedeutung. „Er hat Sie beide zuerst angegriffen; Sie haben Ihre Kameradin verteidigt. Daran ist in meinen Augen nichts falsch."

Yun schluckte, erwiderte aber nichts. Er blieb so nah vor ihr stehen, dass die Magierin wohl am liebsten zurückgewichen wäre. Doch das Krankenbett in ihrem Rücken verhinderte dies.

Während sein Blick sich in ihre Augen bohrte, artikulierte er jedes Wort seiner nächsten Frage. „Was genau haben Sie gesehen?“

Die Unterlippe der anderen Frau bebte. „Ich-ich weiß nicht, ob Sie mir glauben würden, ... Sir.“

„Das entscheide immer noch ich, Fr. Yun. Ihre psychologische Beurteilung beschreibt Sie als bemerkenswert ruhig und gefasst. Was also haben Sie gesehen, das Sie derart gewalttätig reagieren ließ?“

Goldene Augen blickten hilfesuchend zu ihrer Mitgefangenen.

„Es ist alles meine Schuld, Sir!“ Wires Mund war schneller als ihr Verstand. „Ich habe nach den Dieben gesucht. Ich war abgelenkt und die haben mich überrumpelt. Ich rief um Hilfe. Fr. Yun hat nur –“

„Ich weiß; ich habe die Aussage ihrer Kameradin gelesen“, unterbrach der Plutonier sie. „Ihre werde ich nachher noch aufnehmen.“

Er wandte seine Aufmerksamkeit erneut Yun zu. „Und jetzt sagen Sie mir, was Sie gesehen haben. Schließlich bin ich derjenige, der davon überzeugt werden muss, dass Sie keine tickende Zeitbombe sind.“

„Ich ...“ Xinyis Schultern sanken im selben Moment wie ihr Kopf. „Ihre Aura war verschwunden. Ich hatte Angst, er hätte sie getötet.“

„Ihre Aura?“ Federovs Brauen zogen sich etwas zusammen.

Meine was?, dachte Wire.

Die Magierin zeigte auf ihre Augen. „Manchmal sehe

ich an Menschen diese Farben. Sowas wie ... Gefühle vielleicht ... Gemütszustände oder ... Ich bin mir nicht sicher, was. Aber Fr. Delacroix' Farben sehe ich immer."

Sie sah was?

„Fr. Delacroix könnte schlicht bewusstlos gewesen sein", wandte Federov ein.

„Nein. Ich habe sie schon einmal bewusstlos gesehen. Damals driftete immer noch so ein leichtes Grau um sie herum. Diesmal war da gar nichts. Das hat mir Angst gemacht. Ich ..." Xinyi starrte auf ihre Hände. „Ich wusste nicht, wie viel Kraft ich einsetzen musste. Ich habe einfach zugeschlagen und auf das Beste gehofft."

„Und woher wussten Sie, wie man dieses Seil benutzt?"

Die Magierin blinzelte mehrmals und stotterte: „Ich ... ähm ... ich wusste es einfach. Es fühlte sich irgendwie richtig an."

„Und wo ist das Seil?" Federovs Stimme wurde schärfer. „Ich habe den Tatort untersucht und konnte nichts finden, was zu den Verletzungen am Hals des Täters passt. Woher hatten Sie es und wo ist es jetzt?"

Xinyi schluckte schwer. Dann hob sie langsam, geradezu zögerlich den rechten Arm und schob ihren Ärmel zurück. Goldgelbes Licht strömte aus dem Tattoo an ihrem Handgelenk und ein schimmerndes Seil glitt daraus hervor, gleichzeitig solide und geisterhaft durchsichtig.

Federov betrachtete es. Eine beklemmende Minute lang bewegten sich nur die Ringe in seinem künstlichen Auge. Dann stupste er mit seiner augmentierten Hand dagegen, bevor er es schließlich mit seinen natürlichen Fingern abtastete.

Am Ende zog er auch die zurück und verkündete sein Urteil.

„Sie haben Ihre Kameradin verteidigt; das ist es, was

zählt. Die Provoste werden die genauen Details klären wollen, doch in meinen Augen haben Sie nichts falsch gemacht."

Als Xinyi die Lippen zusammenpresste und den Blick senkte, war ihr das schlechte Gewissen geradezu ins Gesicht geschrieben. Luna, das war wirklich nicht mehr die eiskalte Killerin, die Kurt hinterrücks erschossen hatte. Jetzt, da Wires geistige Fähigkeiten nicht durch ständige Kälte und Hunger beeinträchtigt wurden, sah sie endlich das Offensichtliche: Diese neue Xinyi Yun war ein guter Mensch, freundlich und rücksichtsvoll bis zur Selbstaufgabe.

Sie hatte Wire nie schaden wollen. Im Gegenteil, sie war aufgetaucht, als ihre Mitgefangene sie am dringendsten brauchte. Selbst unter denselben kräftezehrenden Bedingungen war Xinyi – im Gegensatz zu ihrer Zellengenossin – nicht ausgerastet oder ausfällig geworden. Und jetzt hatte sie unter Druck ein offensichtlich gut gehütetes Geheimnis preisgeben müssen. Hätte sie das Seil nicht benutzt, wäre auch keine Erklärung nötig gewesen. Jetzt war es aktenkundig. Und das alles nur, weil sie Wire geholfen hatte.

Das Mindeste, was diese im Gegenzug tun konnte, war, eine Antwort auf Xins brennende Frage einzufordern.

Wire sah Federov in die Augen und fragte: „Also, ist er nun tot oder nicht?"

Der Mann lächelte und sein Tonfall wurde beinahe warm. „Nein, er hat nur eine Schädelfraktur sowie eine schwere Gehirnerschütterung und wird – dank der von Ihnen beiden angestoßenen Ermittlungen – in den Genuss einiger langer, hoffentlich unangenehmer Fragestunden mit den örtlichen Provosten kommen. Da Sie beide ganz allein vier Verbrecher überwältigt haben, würde ich sagen, Sie haben sich zwei Tage Erholung verdient."

Er streckte die Hand aus und die beiden Frauen schüttelten sie, benommen von seinem plötzlichen Gemütswandel.

„Genießen Sie die warmen Betten und heißen Duschen, solange Sie können. Danach geht's zurück ins Kühllager. Sie schulden mir noch acht Tage Arbeit."

Der Strahl unerwarteten Sonnenscheins verblasste bei dieser Aussicht ein wenig.

„Jawohl, Sir", antworteten beide einstimmig. „Vielen Dank, Sir."

Scheiße, dachte Wire. *Ich wäre da beinahe gestorben. Wie, in Lunas Namen, soll ich weitere acht Tage in dieser Hölle zubringen, als wäre nichts gewesen?*

Sie blickte auf. Goldene Augen musterten sie. Nein, nicht sie – ihre Aura. Vermutlich.

Kaum war Federov gegangen, griff Xinyi sanft die Hand der anderen Spartanerin und meinte: „Mach dir keine Sorgen. Das Schlimmste ist vorbei. Den Rest schaffen wir auch noch."

Etwas Warmes hüllte Wires Herz ein. Dankbarkeit. Wann hatte sie das zuletzt empfunden? Sie konnte sich nicht erinnern. Und was hatte sie überhaupt getan, um Yuns Freundschaft und Loyalität zu verdienen?

Sie genoss diesen unerwarteten Lichtblick und drückte zurück. „Ja, das werden wir. Danke. Für alles."

„Und?", fragte Sergey Felicity, welche den Austausch über einen Monitor im Nebenraum mitverfolgt hatte. „Was denken Sie?"

„Mir scheint, die beiden kooperieren jetzt miteinander." Eine Mischung aus Überraschung und Unmut lag in ihrer Stimme, als sie zugeben musste: „Ihr ‚Test' hat tatsächlich funktioniert."

„Wir werden sehen, ob es anhält. Dafür sind die verbleibenden acht Tage."

„Ist es wirklich nötig, sie zurückzuschicken? Für die komplette Zeit? Die beiden haben jetzt schon mehr durchgemacht als vorgesehen war."

„Das stimmt schon." Er lehnte sich gegen die Wand und betrachtete die beiden Frauen auf dem Monitor. „Aber ich muss auf Nummer Sicher gehen. Außerdem gibt es bei mir keine vorzeitigen Entlassungen."

Felicity seufzte. „Schade."

Er verbarg sein Lächeln, als er fragte: „Also, was gewinne ich? Lassen Sie sich von mir auf einen Drink einladen, solange wir auf der Station sind?"

„Vielleicht." Sie griff nach ihrer Tasche. „Entschuldigen Sie mich bitte, ich muss jetzt nach meinen Patientinnen sehen."

„Wissen Sie, Doktor", rief er ihr nach, „normalerweise lasse ich mich nicht mit netten ‚Vielleichts' hinhalten."

Die verlockend zerzausten Haare der Ärztin wehten in einer leichten Brise aus dem nahegelegenen Lüftungsauslass, als sie in der Tür stehen blieb, den Kopf drehte und antwortete: „Warum hören Sie dann nicht einfach auf zu fragen?"

„Wer weiß." Er zuckte die Achseln. „Warum sagen Sie nicht einfach ‚Nein'?"

„Würden Sie ein ‚Nein' akzeptieren?"

Er schenkte ihr ein schiefes Grinsen. „Vielleicht."

Mit einem Schnaufen stapfte sie hinaus.

. . .

Nach einer weiteren Minute, in welcher er die vom plötzlichen Auftauchen der Ärztin im Nebenraum ausgelöste Erleichterung beobachtete, schüttelte Sergey den Kopf. Er sollte besser nachsehen, wie es Diaz mit seinen lokalen Kollegen erging.

KAPITEL DREI

RUFFA\\ KONTAKT

LIGHTBEARER, *AUF DEM WEG ZUM KUIPERGÜRTEL*

„Ich bin mir nicht sicher, ob Sie die Komplexität dieses Konflikts vollständig erfassen." Das Hologramm des Schwachkopfs drehte nervös seine Perücke in den Händen. „Die Systemrand-Allianz und die Plutonische Republik befinden sich seit langem im Krieg. Und seit geraumer Zeit ist allen Beteiligten klar, dass der aktuelle Konflikt letztendlich nur auf eine Weise enden kann."

Ruffa beugte sich vor. „Warum verschwenden sie dann Leben und Ausrüstung in anhaltenden Kämpfen?"

„Genau das ist mein Punkt!" Senoxes schüttelte den Kopf. „Dies ist kein velorianischer Konflikt, Commander. Menschliche Beweggründe unterscheiden sich grundlegend von den unseren. Wenn Sie die Bewohner dieses Sonnensystems nach unseren Maßstäben beurteilen, werden Ihre Erwartungen am Ende nur enttäuscht. Ich rate Ihnen dringend davon ab –"

„Zur Kenntnis genommen", schnitt Ruffa dem

Botschafter das Wort ab. „Können Sie mich nun mit der Systemrand-Allianz in Verbindung setzen oder nicht?"

Senoxes warf beide Hände in einer allzu menschlichen Geste in die Luft. „Mit welchem Teil davon? Es handelt sich hier nicht um eine einheitliche Organisation, Commander. Die SRA besteht aus fünfunddreißig kleinen Staaten, welche sich fürs nackte Überleben aneinanderklammern! Alle Verhandlungen, die Sie mit ihnen aufnehmen möchten, müssen von einer Versammlung von Clan- oder Familienoberhäuptern, Gildenmeistern und Stationskommandanten abgesegnet werden! Dieses von der Leere verlassene Chaos scheinen selbst die meisten plutonischen Geheimdienstagenten nicht durchschauen zu können!"

Ruffa holte tief Luft. Um seine Abneigung gegenüber der eklatanten Inkompetenz seines Gegenübers nicht zu zeigen, presste er seine Falten fest an ihren Platz, während er argumentierte: „Jemand muss doch die Nachrichten und Verhandlungsanfragen der Plutonier bearbeiten? Es wurden schließlich Waffenstillstände und Gefangenenaustausche ausgehandelt. Jemand hat die Holos dazu geöffnet!"

„Nun ja, schon ...", stimmte Senoxes zu, hielt dann inne und seufzte. „Ich werde sehen, was ich tun kann."

„Gut. Sie haben zwei menschliche Tage Zeit, um das in die Wege zu leiten."

„Aber –"

Ruffa beendete das Gespräch. Jetzt, da er nicht mehr ständig auf Zehenspitzen in Thallamons diplomatischem Schatten herumtanzen musste, verspürte er das tiefsitzende Bedürfnis, endlich etwas erledigt zu bekommen, statt seine Falten zu entspannen. Nur weil Senoxes den ganzen Tag Zeit hatte, sich sinnfreie Einwände und Argumente auszudenken, hieß das nicht, dass Ruffa denselben Luxus genoss.

KAPITEL VIER

GLEN\\ ALTE WUNDEN

Glen saß in seinem Büro und ging mit Nick die neuesten Berichte durch, als seine rechte Hand plötzlich zuckte. Ein Stapel Datenfolien verteilte sich auf seinem Schreibtisch.

Sein XO lehnte sich seitlich vom Stuhl, um die auf den Boden gefallenen Exemplare aufzuheben, und fragte: „Ich dachte, das wäre inzwischen besser?"

„Ist es." Glen schob die restlichen Folien grob zu einem Stapel zusammen. „Seit Eve täglich mit mir trainiert und GaSIn mich in Sachen Ernährung berät, habe ich deutlich weniger Krämpfe. Nur noch ab und zu mal."

Er ballte die Hand probeweise zur Faust. Seine Muskeln sträubten sich gegen die Bewegung, und er konnte sie nur mit Mühe ganz schließen. Das war ein böser Krampf gewesen. Er begann, Handfläche und Finger zu massieren.

Nick legte die gesammelten Folien auf den Stapel und fragte: „Wissen die Plutonier davon?"

„Ich denke nicht." Glen runzelte die Stirn. „Ich hoffe jedenfalls, dass sie es nicht wissen."

„Du willst vor Federov nicht schwach wirken?" Der

Bursche zwinkerte, während er aufstand, um ihre Wassergläser nachzufüllen.

„Er denkt schon, dass ich schwach bin." Der Admiral schüttelte unzufrieden den Kopf. „Zu weich, um die Probleme auf meinem eigenen Schiff zu lösen."

„Das scheint mir nun aber doch etwas übertrieben. Ich würde sagen, er respektiert dich. Fängt vielleicht sogar an, uns zu mögen."

„Mögen hat damit nichts zu tun und das weißt du." Der Kapitän spürte, wie sich der erste Knoten widerwillig unter seinen Fingerspitzen löste. „Ich kann es mir nicht leisten, dass er denkt, ich wäre ein sentimentaler, alter Trottel mit medizinischen Problemen."

„Dann hab keine medizinischen Probleme", konterte sein XO. „Ist leichter behoben als der ‚alte Trottel'-Teil. Eve hat dir eine Lösung angeboten. Nimm sie an."

„Wenn's nur so einfach wäre..."

„Aber es ist so einfach! Also hör auf mit dem Unsinn." Sein Freund stellte die neu gefüllten Gläser auf den Tisch. „Die technischen Details sind hier zweitrangig. Die Frage, die du dir stellen musst, lautet: Vertraust du ihr genug, um sie reinzulassen?"

Der Admiral seufzte. „Es geht nicht nur darum, womit ich klarkomme."

„Worum denn bitte sonst?" Der Bursche setzte sich wieder und schlug die Beine übereinander.

Ja, worum denn sonst?

Glen befeuchtete die Lippen. „Wenn Federov jemals herausfindet, dass sie in deinem Kopf war, könnte er denken, du seist kompromittiert. Und wenn ich sie meine Hand heilen lasse, könnte er auf die Idee kommen, sie hätte Naniten zurückgelassen, die dann in mein Gehirn gewandert sind, und dass ich dich nicht als kompromittiert ausmachen kann, da ich es möglicherweise selbst bin."

„Oh, bitte!" Die Stimme des Burschen stieg eine genervte Oktave an. „Nach allem, was wir zusammen durchgemacht haben, kannst du doch nicht ernsthaft annehmen, sie würde sowas tun!"

„Es geht nicht um meine Meinung, sondern darum, was gegen uns ausgelegt werden könnte!"

Nick lehnte sich vor und verengte die Augen. „Natürlich, weil wenn sie uns kontrollieren wollte, gäbe es schließlich keine andere Möglichkeit, Naniten in unsere Körper zu schmuggeln, oder? Sie könnte sie ja nicht im Essen verstecken, in der Luft oder sie mit einer unauffälligen Berührung direkt auf unsere Haut tupfen?! Glen, du versuchst, eine irrationale Angst zu rationalisieren. Außerdem hast du *mich* zu ihr geschickt. Wenn du ihr wirklich so wenig vertraust, warum hast du dann mein Leben in ihre Hände gelegt?"

„Du warst im Begriff, zu sterben; es gab keine Alternative. Das hier", der alte Mann deutete auf seine Hand, „ist nur eine Unannehmlichkeit."

„Nach deiner eigenen Argumentation ist es das eben nicht! Entweder zählt die Meinung der Plutonier oder sie tut es nicht. Wenn sie zählt, dann lässt dich diese Verletzung alt und kaputt aussehen. Dieser Eindruck birgt sein eigenes Risiko. Und nach allem, was Eve für mich getan hat, hast du wirklich keine Entschuldigung, das aufzuschieben. Hat es dir nicht schon genug Ärger eingebracht, Dinge aufzuschieben?"

Der Kapitän schaute weg und Nick beugte sich herüber, um eine Schreibtischschublade zu öffnen. Seine flinken Finger fanden die Kugel und knallten sie vor seinen

Freund auf die Tischplatte, als er verlangte: „Vertraust du Eve? Vertraust du ihr mit deinem Leben?"

„Ja, ja, das tue ich." Die Stimme des Schotten klang verlegen, als er auf das spitze Stück Metall starrte, welches ohne seine außerweltliche Beschützerin wohl seinen Kopf durchschlagen hätte.

„Nun, dann hast du wirklich keinen Grund, ihr nicht auch deine Hand anzuvertrauen, oder?" Der Bursche nahm seine Folien und sein Wasserglas und stand auf.

„Wo wollen Sie hin, XO?"

„Ich gehe in mein Büro, um das hier zu regeln", Nick winkte mit den Folien, „damit du dahinterkommen kannst, wo deine Prioritäten liegen, und etwas dahingehend unternimmst, solange noch Zeit ist. Außerdem muss ich mich auf eine weitere Trainingseinheit mit Lt. Ludmilla vorbereiten."

Und weg war er.

„Du bist schon manchmal ein echter Teufelsadvokat", murmelte Glen, während er seine faltigen, schwieligen Finger begutachtete.

Nick hatte natürlich Recht. Die eigentliche Frage zielte auf das Vertrauen ab, nicht auf die technischen Details. Er und sein Instinkt hatten sich daran gewöhnt, Eve an seiner Seite zu haben. Doch sie seine Inneres überarbeiten lassen? Auch wenn sich keine gute Ausrede dagegen fand, beunruhigte ihn die Vorstellung doch ... vielleicht war er sogar ängstlich. In Anbetracht dessen, wie sehr Nick gelitten hatte, eine durchaus nachvollziehbare Reaktion ...

Nach ein paar Minuten schüttelte Glen angewidert den Kopf. Wenn Federov ihn jetzt sehen könnte, würde er über den albernen alten Kernweltler lachen. Nicht einmal halb so alt wie der Admiral, hatte er bereits seine gesamte Hand verloren und durch eine Metallprothese ersetzt bekommen. Verglichen damit, was war da schon eine kleine interne Operation, um ein paar Nerven wieder zusammenzunähen?

Glen warf das Geschoss zurück in die Schublade und verließ sein Büro, um an der Tür des Nachbarraums zu klingeln.

„Eve, bist du da?“, fragte er. „Hast du einen Moment?“

Die letzten Worte hatten seinen Mund kaum verlassen, als die Tür bereits aufglitt und ihre Stimme ihm entgegenkam.

„Natürlich, komm rein.“ Eve saß hinter ihrem Schreibtisch und deutete auf den Besucherstuhl. „Was kann ich für dich tun?“

Ein Glitzern an ihrer Hand lenkte seinen Blick auf sich. Noch während er Platz nahm, starrte er verwundert auf den Verlobungsring.

„Oh!“ Ihre cappuccinofarbenen Wangen verdunkelten sich und sie streifte den Ring rasch ab. „Das ist nicht meiner. Ich hab ihn Major Thompson gegeben, doch wie du weißt, hat er ihn nicht benutzt. Er hat ihn mir eben zurückgebracht und ich habe mich nur gefragt, ob vielleicht ein Fehler im Design vorliegt.“

„Darf ich?“ Glen streckte seine Hand aus.

„Sicher.“ Sie ließ den Ring in seine Handfläche fallen und er betrachtete ihn genauer.

Wow, Amanda wäre von der unaufdringlichen Kunstfertigkeit und Materialkombination zweifelsohne begeistert gewesen. Hätte sich die Gelegenheit zu ihren Lebzeiten ergeben, hätte er ihn seiner Frau sofort gekauft.

„Hieran gibt es nicht das Geringste auszusetzen“, beschloss er mit einem sanften Lächeln. „Der Ring ist wunderschön. Hast du ihn entworfen?“

„Das habe ich. Mein Shuttle hat ihn angefertigt.“

„Auch den Edelstein?"

„Nein, von denen habe ich noch ein paar rumliegen. Als ich in euer System kam, stellte ich schnell fest, dass Edelsteine eine gute Zahlungsmethode darstellen. Man kann sie leicht in unbeanspruchten Asteroiden finden und extrahieren. Im unbearbeiteten Zustand sind sie kaum nachverfolgbar und das Wert-zu-Gewicht-Verhältnis ist hervorragend. Ich trug immer ein paar in mir, wenn ich menschliche Außenposten besuchte."

„Dieser hier ist nicht unbearbeitet."

Er war kein Experte, doch der Schliff schien makellos.

„Das stimmt." Sie streckte die Hand aus. „Ich habe schnell gelernt, dass die meisten Menschen einem geschliffenen Stein mehr Wert beimessen. Also ließ ich eine größere Menge durch einen erfahrenen Handwerker facettieren. Er verlangte einen Aufpreis dafür, die Steine unmarkiert zu lassen, doch da es eine insgesamt günstige Wertschöpfung war, hat mich das nicht gestört."

Er gab ihr den Ring mit einem herausfordernden Lächeln zurück. „Und ich dachte, du handelst nur mit Wissen."

„Ganz im Gegenteil." Sie erhob sich und trat an die rückwärtige Wand. „Wissen lässt sich in diesem System nur schwer eintauschen. Die meisten Menschen haben ein viel klareres Verständnis für den Wert von Geld als für den Wert von Informationen."

Auf ihre Geste hin verschwand ein kleiner Teil der Wand und gab den Blick auf eine schmale Vitrine frei.

Eve trat beiseite, um die Glasfront zu öffnen, wodurch ihr Besucher einen guten Blick auf eine durchsichtige Schmuckbüste erhielt. Diese trug eine Halskette und passende Ohrringe. Daneben lag eine schmale, durchsichtige Hand, deren Handgelenk mit einem geschmackvollen, hochwertigen Armband – eine silberne, mit kleinen Anhängern gespickte Kette – verziert war, während die schalenartige Handfläche mehrere glitzernde Kleinode barg.

Nach kurzer Überlegung schob Eve den Ring auf einen der Finger und schloss den Kasten wieder. Doch es war hauptsächlich die Schublade darunter, die Glens Aufmerksamkeit auf sich zog. Die Front des durchsichtigen Fachs maß ungefähr zehn mal fünfzig Zentimeter. Bis unter den Rand türmte sich darin eine beeindruckende Auswahl geschliffener Edelsteinen in allen erdenklichen Farben und Größen. Ihr brillantes Glitzern war unmöglich zu übersehen. Die schiere Menge deutete auf ein sorgfältig verborgenes Vermögen hin. Glens Kehle wurde trocken und seine Augen weiteten sich. So finanzierte sie diese Mission also …

Als sich die Besitzerin der *Gateshot* von der Vitrine abwandte, legte sich die holographische Täuschung nahtlos über die Öffnung zurück.

„Warum hast du mir das gezeigt?“ Er erhob sich, um ein Glas Wasser zu holen. Vielleicht auch, um sich ihrem prüfenden Blick zu entziehen.

„Damit du weißt, wo es ist.“ Eve setzte sich erneut hinter ihren Schreibtisch. „Nur für den Fall.“

Glen dachte an die Schmuckstücke zurück. Er hatte Eve noch nie etwas davon tragen sehen. „Diese Halskette … Ist die vom Mars?”

„Ein Abschiedsgeschenk des Gouverneurs.“ Der Stuhl knarrte leise, als sie sich entspannt zurücklehnte. „Vielleicht auch eine Bestechung … ich bin mir da nicht ganz sicher.“

Er füllte ein zweites Glas. „Scheint, als hätten du und Marshall eine weitaus kompliziertere Beziehung gepflegt als ich angenommen hatte.“

„Tatsächlich habe ich festgestellt, dass alle Beziehungen, die mir wirklich etwas bedeuten, deutlich komplizierter ausfallen, als ich es je hätte ahnen können.“ Ihr Tonfall ließ ihn aufschauen. Eve musterte ihn eindringlich, als sie fragte: „Sag mir, warum muss ich schon wieder beweisen, dass ich vertrauenswürdig bin? Was ist der Grund für deinen Besuch? Und warum reden wir um den heißen Brei herum?“

Verdammte Axt. Sie durchschaute ihn inzwischen zu gut.

Er stellte beide Gläser auf ihren Tisch, ließ sie jedoch nicht los.

„Meine Hand“, gestand er. „Du meintest, du könntest sie vielleicht reparieren?“

Eves Finger glitten über seine. Ihre graublauen Augen fragten um Erlaubnis. Nach einem Moment des Zögerns ließ er sie seine Rechte von der kühlen, durchsichtigen Oberfläche lösen. Regungslos beobachtete er, wie sie seine Handfläche ähnlich einer Wahrsagerin studierte und sie schließlich drehte, um auch die andere Seite zu betrachten.

„Es ist etwas besser geworden“, urteilte sie schließlich. „Ich habe viel aus Nicks Behandlung durch meinen Mentor gelernt. Ich denke, ich kann das in zwei Terminen von jeweils zwei bis drei Stunden reparieren. Doch ich würde gerne Dr. Fox hinzuziehen, damit sie meinen Fortschritt überprüft.“

„Ich ... ähm ...“, er räusperte sich, „ich würde das gerne aus den Logbüchern raushalten.“

„Natürlich.“ Eve nickte. Sie hielt seinen Blick und kontaktierte die Chefärztin.

KAPITEL FÜNF

SERGEY\\ DER LETZTE TROPFEN

„Wie meinen Sie das, Sie nehmen Frau Yun nicht?“ Sergey tat sein Bestes, den unerwarteten Gegner niederzustarren.

„Genau so, wie ich es gesagt habe, Colonel.“ Brigadier Major Stenson erwiderte den Blick vollkommen ungerührt. Nicht der mildeste Anstieg seiner Herzfrequenz. „Die Crimson Chain Gang kann keine Magienutzer aufnehmen. Keine Strafbrigade darf das. Die Regeln und Vorschriften verbieten es.“

Natürlich. Die verdammten Regeln und Vorschriften.

Sergey holte tief Luft und versuchte es erneut, nun ruhiger und mit seiner ‚Das könnte sich für Sie lohnen‘-Stimme: „Und können Sie da nicht eine Ausnahme machen? Es handelt sich hier um einen speziellen Fall im Rahmen einer besonderen Mission. Fr. Yun hat lediglich einen Schild und möglicherweise einen Schlagring herbeigezaubert. Das kann man wohl kaum als Sicherheitsrisiko einstufen.“

„Nun, das und – laut Ihrem eigenen Bericht –“, der ältere Mann tippte gegen eine Datenfolie mit dem erwähnten Dokument, „,eine Art peitschenähnliche Waffe', mit der sie mehrere Gegner von größerer Statur niedergestreckt hat. Selbst wenn es erlaubt wäre, könnten Sie mir kaum verübeln, dass ich ablehne. Wer weiß, wozu sie noch alles in der Lage ist."

„Ihre psychologischen Gutachten belegen, dass Fr. Yun genauso wenig eine Bedrohung darstellt wie ich ein Pazifist bin!", hielt Sergey dagegen.

„Irrelevant", erklärte Stenson.

„Und was soll ich dann mit ihr machen?"

„Nicht mein Problem."

„Hören Sie." Sergey beugte sich näher zu ihm heran. „Es muss doch einen Weg geben, zu einer praktikablen Lösung zu kommen, mit der wir beide glücklich werden?"

Der Brigadier Major lächelte ganz leicht und für einen Moment dachte Sergey, er hätte ihn. Dass sein Kollege nur darauf gewartet hatte, damit er im Gegenzug eine Anfrage für bessere Ausrüstung oder so etwas durchdrücken konnte.

Stattdessen schüttelte der ehemalige Lover seiner Mutter entschlossen den Kopf und verkündete geradezu phlegmatisch: „Nein. Wenn Sie mich jetzt entschuldigen würden, Colonel; ich habe in fünf Minuten einen weiteren Termin."

„Na ja, was hast du denn erwartet?", fragte Yelena, als sie weniger als zwei Stunden später einen weiteren Stapel Folien auf seinen Schreibtisch fallen ließ.

Noch mehr Requisitionsanfragen. *Na super*.

„Ehrlich gesagt dachte ich nicht, dass das überhaupt ein Problem sein könnte", murrte Sergey und schob die Formulare zu Levs Stapel rüber.

Für einen Moment funkelte zurückgehaltene Belustigung in den dunklen Augen seiner Stellvertreterin. Dann runzelte sie die Stirn und zupfte an seiner Uniform. „Hast du abgenommen?"

„Hey!", protestierte er und schob ihre Finger beiseite.

Hatte er? Sergey drückte dieselbe leere Stofffalte lang.

„Ich hätte gedacht, dass ich zunehme, wo ich doch mittlerweile praktisch an diesen von der Leere verlassenen Schreibtisch gefesselt bin", murmelte er. „Das muss am vielen Aktenstemmen liegen."

„Tja, ist halt nicht gut, dauernd Mahlzeiten auszulassen", erwiderte sie. „Das machst du in letzter Zeit zu oft. Vielleicht solltest du dir einen weiteren Assistenten suchen."

„Tu ich nicht. Und ich brauche keinen weiteren Assistenten. Lev macht seine Sache wunderbar! Er wurde quasi für diesen Logistikscheiß geboren ... Apropos ..." Er kramte in dem Stapel mit den aktuellen Berichten. „Haben wir schon was von Diaz gehört? Nach zwei Tagen sollte er doch was rausgefunden haben."

Nachdem die beiden Wachen, welche die Gefangenen hätten im Blick haben sollen, zur Rechenschaft gezogen worden waren, hatte Sergey dem ehemaligen Kriminalermittler vier Soldaten unterstellt und die fünf auf dem Plover zurückgelassen.

„Hier." Seine Stellvertreterin zog eine Folie aus einem der Stapel und hielt sie ihm hin. „Laut seiner Meldung hat Diaz die Strafen vollstreckt und die Verhöre beendet. Er nahm Kontakt zu den örtlichen Provosten auf und stieß dort auf sehr gemischte Kooperationsbereitschaft."

„War zu erwarten, wenn wirklich einer von denen korrupt ist." Sergey überflog den Bericht. Alles sehr ordentlich, knapp und sachlich.

„Jupp. Diaz glaubt, einer von ihnen kassiert Schmiergelder aber er hat noch nicht herausgefunden, wer", fuhr Yelena fort. „Er wäre um ein Haar Opfer eines Unfalls gewesen. Deine Idee, ihm die Trooper aufzudrücken, hat sich ausgezahlt."

Der Colonel nickte.

„Keine Sorge", sagte sie. „Ich habe persönlich mit ihm gesprochen. Was auch immer passiert ist, er spielt es runter. Trotzdem glaube ich ihm, dass er es im Griff hat. Lass ihn einfach seinen Job machen."

Mit einem leisen Seufzen lehnte sich ihr Freund und Vorgesetzter zurück. „Mach ich doch."

Verdammt, warum hatten eigentlich alle anderen ihren Spaß, während er hier hinter diesem Schreibtisch hockte?

„Also, was war jetzt mit den abgestellten Wachen?", fragte Yelena. „Diese milden Strafen lassen vermuten, dass sie nur teilweise schuld waren?"

„Systemfehler gepaart mit Nachlässigkeit", erklärte Sergey. „Da die meisten Kameras im Kühlhaus kaputt sind, mussten unsere Wachen die Drohnen zur Überwachung der beiden Sträflinge verwenden. Sie hatten auch die BCIs der beiden im Blick, jedoch nur zur Standortüberprüfung. Niemand hat ihnen aufgetragen, den anderen Eingang im Auge zu behalten. Das ist meine Schuld; ich habe nicht damit gerechnet, dass jemand einfach hineingehen und etwas stehlen könnte ..."

Seine Stellvertreterin schüttelte energisch den Kopf. „Blödsinn! Wir sind kein Sicherheitsdienst für Kühlhäuser; es gab keinen Grund, mit Eindringlingen zu rechnen."

„Stimmt schon." Natürlich wusste der Colonel das. Es nervte ihn trotzdem, dass diese Bombe ausgerechnet während seiner Operation explodiert war.

„Die Wachen hatten also miese Technik zur Verfügung

und waren außerdem unaufmerksam?", fasste sein Gegenüber zusammen.

Sergey nickte.

„Leere …" Sie stand auf, um ihre Tasse nachzufüllen.

Als sie zurückkam, starrte er auf seinen Schreibtisch und war sich nicht sicher, welche Problematik er heute zuerst angehen sollte. Eine unerwartete Müdigkeit überkam ihn und drückte auf sein Gemüt.

„Ich brauche eine To-do-Liste", murmelte Sergey.

„Nein, *du* brauchst eine Pause." Yelena streckte ihre Hand aus. „Gib mir eins von diesen Beschaffungsformularen; ich beantrage ein paar zusätzliche Urlaubstage für dich."

„Ich brauche keine zusätzlichen Urlaubstage", seufzte er und gestikulierte zu den zwei Stapeln Bockmist, die er noch lesen und unterschreiben musste. „Was ich brauche, ist, dass die Leute mal jemand anderen mit diesem Blödsinn belästigen."

„Verstehe." Sie nahm seine Tasse vom Schreibtisch und ersetzte sie durch ihre eigene. Mit einem Augenzwinkern meinte sie: „Warum gehst du nicht rüber und begrüßt das Fossil und ihre Schützlinge zurück? Ich mach derweil hier weiter. Sobald du im Hangar bist, wird sich schon was ergeben, nicht wahr?"

Sergey lächelte.

KAPITEL SECHS

SERGEY\SUZY\\ EIN FREIER TAG

Das Transportschiff setzte derart sanft auf, dass der Colonel kurz erwog, die Piloten auf Restalkohol und Drogen untersuchen zu lassen. Doch vermutlich nahmen sie nur Rücksicht auf die zahlreichen Fälle pochender Kopfschmerzen und rebellierender Mägen, welche sie durch die Gegend kutschierten. Mehrere Trupps an überwiegend Neulingen torkelten aus dem Schiff. Kaum dass sie ihren Vorgesetzten erblickten, richteten sie sich hastig auf und bemühten sich um ein zumindest einigermaßen präsentables Erscheinungsbild. Sergey winkte sie vorbei. Sein Kopf war zu sehr mit seinem eigenen Erholungsbedürfnis beschäftigt, um eine spontane Inspektion durchzuführen.

Garin und ihre Schützlinge gingen als letzte von Bord. Zu Sergeys Überraschung war Jamaal Robbins der Einzige von ihnen, der wie ein nasses Handtuch durchhing. Die Provost Major hatte zweifellos gut mitgefeiert, doch ihr System war den Alkohol einfach zu sehr gewöhnt, als dass dieser noch große Wirkung gezeigt hätte. Einzig Suzy Magecraft schien überhaupt nicht von den Nachwirkungen einer Trunkenheit beeinträchtigt. Die Schiffshexe trug zusätzlich zu ihrem eigenen Rucksack auch die ihrer Begleiter sowie eine kleine Kiste mit Löchern darin und schaute sich mit frischem, klarem Blick im Hangar um. In ihren Augen mischte sich die Erleichterung einer Rückkehr mit dem Grauen unvollendeter Arbeit.

„Warum haben Sie nicht mit den anderen gefeiert?", fragte Sergey, sobald das Salutieren und so erledigt waren.

Magecraft blinzelte verwirrt. „Ich ... ähm ... habe ich, Sir. Ich habe nur ... ähm –"

Der Colonel sah zu Garin. Die zuckte nur mit den Schultern.

„Nun, Sie haben offensichtlich zu wenig Einsatz dabei gezeigt", unterbrach er die Hexe. „Und das ist inakzeptabel. Kommen Sie, ich zeige Ihnen, wie man das richtig macht. Robbins, ruhen Sie sich aus und melden Sie sich zu Beginn der Prime-Schicht bei der amtierenden Major Vestergaard."

„Jawohl, Sir!" Die Stimme und der Salut des dunkelhäutigen Spartaners wirkten betont vorsichtig.

Magecraft wandte sich unterdessen hilfesuchend an die Provost Major, doch natürlich bedeutete ihr das Fossil lediglich mit einer Geste, sie solle sich beeilen.

Wahrscheinlich war Garin froh, ihre aktuelle Aufgabe loszuwerden und in ihr Quartier zurückkehren zu können, um eine ordentliche Mütze Schlaf nachzuholen. In einem Transporter zu dösen blieb eine der weniger angenehmen Möglichkeiten, sich zu erholen.

„Sir?", fragte Sergeys Mündel und ihre Herzfrequenz schoss in die Höhe.

Leere, hatte sie immer noch Angst vor ihm? Das musste er adressieren. Vielleicht ergab sich hieraus mehr als ein guter Vorwand, um selbst für ein bisschen Spaß zum Plover zurückzukehren. Mit einem kurzen Gedanken schob er alle seine Termine in den nächsten vierundzwanzig Stunden Yelena zu und trug stattdessen die ‚vertrauensbildende Maßnahme' in Magecrafts und seinen Kalender ein.

„Nun, jetzt stehen Sie nicht einfach nur da, Fr. Magecraft", sagte er und marschierte zu seinem persönlichen Shuttle. „Halten Sie Schritt!"

„J-Jawohl, Sir!"

Sergey hörte, wie sie sich beeilte, alle überzähligen Habseligkeiten abzugeben und ihm zu folgen.

Was in Mars' Namen ging hier vor sich?

Hatte Suzy etwas falsch gemacht? War ihr Verhalten auf dem Minenschiff nicht angemessen gewesen? Oder hatte sie auf der Raumstation irgendeinen Dummfug angestellt? Sie konnte sich kaum daran erinnern, wie sie vor acht Stunden in den Transporter gestolpert war. Auch davor gab es ein paar Lücken. War sie verhaftet worden? Hatte Garin die richtigen Fäden gezogen, um sie freizubekommen, und jetzt würde Federov ihr den Kopf waschen für ... äh ... was auch immer? Oder hatte sie etwas getan, das erst nach ihrer Abreise entdeckt worden war, und jetzt brachte er sie dorthin zurück, um ... ja, was genau? Würde sie es wie Xin und Wire in einem Kühllager abarbeiten müssen? Suzy drückte ihren Rucksack fester an sich.

Federov führte sie zu dem Shuttle, welches er und seine Voidwalker auf der Piratenstation gestohlen ... ähm, Entschuldigung, *beschlagnahmt* hatten. Es sah irgendwie ... gepflegter aus. Jemand hatte den Namen geändert und die hübsche Frau, welche sich auf dem Schriftzug räkelte, nachbearbeitet. Eigentlich waren nur ihre dunklen Locken verlängert worden. Doch nun, da mehrere üppige

Strähnen seidiger Haarpracht das Nötigste ihrer Nacktheit bedeckten, sah sie unendlich geschmackvoller aus. Eher wie eines dieser alten Pin-up-Girls als wie eine billige Wichsvorlage.

Federov bemerkte, dass sie es bemerkte. Mit hochgezogener Augenbraue fragte er: „Gefällt es Ihnen?"

War das eine Fangfrage?

„Sicher." Sie schaute schnell weg. „Aber warum *Lady Godiva*?"

„Ich mag Frauen mit Überzeugung. Außerdem war es eine einfache Änderung."

Was war das denn bitte für eine Begründung?

„Verstehe."

„Na dann, steigen Sie ein!" Er deutete auf die offene Luftschleuse.

Marsstaub, musste sie wirklich?

„Ich ... ähm ... habe so viel zu tun, Sir", lehnte sie sich vorsichtig aus dem Fenster, „und –"

Er zeigte erneut auf die Schleuse.

Suzy schluckte. Mit einem letzten Blick zurück zum Haupteingang des Hangars trat sie in das nächste Transportmittel, welches sie von zu Hause wegbringen würde. Und von ihrer superwichtigen Aufgabe, das Tor zu entschlüsseln.

Marsstaub, sie war doch noch nicht einmal richtig angekommen.

Zuhause ...

Hey, war das Glen da hinten? Bevor sie sich vergewissern konnte, schloss sich das Schott und versperrte ihr die Sicht. Die Triebwerke rumpelten leise an und das Shuttle schwebte hoch.

Nein ... nein, wahrscheinlich war er es nicht. Es gab keinen Grund für den Kapitän, hier zu sein, und wenn doch, würde er sicher nicht erlauben, dass Federov sie einfach so mitnahm, oder?

„Wir haben Startfreigabe, Colonel“, ertönte eine willkommene, jedoch völlig fehlplatzierte Stimme aus den Lautsprechern. „Aber mit kleinem Zeitfenster. Sind Sie bereit oder warten wir auf das nächste?“

Beide Passagiere blickten verwirrt auf. Federov zog sein Messer und ging auf das Cockpit zu. Bevor sie es ganz realisierte, hatte Suzy dem furchteinflößenden Typen schon halb den Weg versperrt.

„Nick?“, rief sie.

Stille. Dann blinkte ein Monitor an der Wand neben ihnen auf und zeigte das angenehm überraschte Gesicht ihres ehemaligen Trainingspartners.

„Suzy! Du bist das. Was machst du denn hier?“

Federov steckte das Messer in die Scheide zurück. Er ließ die Hand jedoch am Griff, während er sich an der jungen Hexe vorbei zum Cockpit durchschob. „Ich könnte Ihnen dieselbe Frage stellen, Commander. Was machen Sie in meinem Shuttle?“

Die Tür öffnete sich und gab den Blick frei auf Nick im Pilotensitz, einen älteren Mann auf dem Co-Pilotensitz und Lt. Ludmilla, die sich soeben auf einem Klappsitz im hinteren Teil anschnallte. Nick drehte sich mit dem kompletten Stuhl zum Besitzer des Schiffes um.

Wow …, dachte Suzy. *Sieht aus, als hätte er hart trainiert! Für ein paar Stunden mit ihm würde ich Lady Godiva sofort von der Bettkante schubsen …*

„Flugunterricht“, erwiderte Nick mit einem breiten Lächeln. „Sie haben vor ein paar Wochen zugestimmt, dass ich Ihr Shuttle dafür benutzen darf. Erinnern Sie sich?“

„Richtig.“ Federov musterte Ludmilla, den Fremden und schließlich Nick. „Ihre Lehrerin mag mein Schiff. Aber hat der Erste Offizier der *Gateshot* nicht Wichtigeres zu tun? Wir werden mindestens drei Schichten weg sein."

„Nicht wirklich, nein." Ebenjener XO tippte etwas mit seiner rechten Hand ein. „Ich hab heute frei und schon seit Längerem keinen Langstrecken-Shuttleflug mehr absolviert."

„Henri?" Federov warf dem Fremden einen weiteren Blick zu.

Mit seinem graumelierten dunklen Haar, dem hellen Drei-Tage-Bart und mehreren Narben im schlanken Gesicht wirkte der Mann wie ein kampferprobter Veteran. Hatte aber freundliche Augen. Und eine angenehme, sonore Stimme.

„Wir bringen Sie heil ans Ziel, Sir." Mit einer knappen Geste lenkte Henri Nicks Aufmerksamkeit auf eine blinkende Anzeige. „Sie werden nicht einmal merken, dass die beiden an Bord sind."

Der XO reagierte sofort und betätigte mehrere Schalter, bis das Licht erlosch. Zumindest einer von ihnen hatte also Spaß an der ganzen Situation ... Wie schön ...

„Wir haben noch eine Minute, Sir." Nick deutete mit dem Daumen auf die sich öffnende Hangartür. „Sonst müssen wir weitere fünfzehn warten, um –"

„In Ordnung", unterbrach Federov die Diskussion gleichzeitig mit seiner Stimme und einer Handbewegung. „Fliegen Sie los!"

Der Pilot drehte seinen Stuhl mit einem kindlichen Grinsen zurück nach vorne und legte beide Hände auf die Steuerelemente. „Dann schnallen Sie sich besser an."

Innerlich machte Suzy einen Freudentanz. Wenigstens war sie jetzt nicht mehr allein mit Mr. ‚Personifizierte Einschüchterung'. Der Colonel scheuchte sie aus dem Cockpit zu einem der bequemen Sitze im düsteren

Hauptraum. Kaum hatten sie Platz genommen, schnellte das Shuttle aufwärts und direkt danach in den Vorwärtsflug. Federov murmelte einen leisen Fluch, während er seine Gurte schloss.

Mehrere große Bildschirme flackerten an Wänden, Boden und Decke auf, um einen 360°-Blick nach draußen zu bieten. Sie passierten das transparente blaue Energiefeld und der Hangar fiel hinter ihnen zurück. Hin- und herwuselnde Dockarbeiter, Drohnen und Lastfahrzeuge kamen in Sicht. Als Nick das Shuttle mit einer eleganten Bewegung herumschwenkte, konnte Suzy die gesamte Länge der *Gateshot* unter ihren Füßen vorbeirauschen sehen. Dort, wo Drohnen und Arbeiter neue Teile an ihren Platz schweißten, flackerten kurzzeitig kalte Lichtpunkte auf.

„Heißt das, der Innenbereich ist fertig?“, fragte sie. „Sind die strukturellen Schäden behoben?“

Aus den Augenwinkeln sah sie, wie Federov nickte. „Soweit ich weiß, handelt es sich bei den aktuellen Innenarbeiten hauptsächlich um oberflächliche Renovierungen. Der Umbau der Brückenebene beginnt auch endlich und viele Crewmitglieder beziehen gerade ihre neuen Büros und Unterkünfte. Alle zusätzlichen Sicherheitsmaßnahmen wurden integriert und die Arbeiten schreiten gut voran. Dr. Lustig und Fr. Baileywick scheinen zu wissen, was sie tun.“

„Ja, das tun sie“, flüsterte das Mädchen. Und dann: „Woooooow!“, als ihr Shuttle eine gemächliche Drehung vollführte und die *Voidhammer* gefühlt eine ganze Seitenwand ausfüllte. Ihre Route schien bewusst so gewählt, dass sie die gesamte Länge des riesigen Schiffes passierten, wodurch die Passagiere einen atemberaubenden Blick auf die winzigen Lichter und Aufbauten auf dem dunkelblauen Rumpf bekamen. Beim Anblick der großen Geschütze wurde Suzy etwas flau im Magen. Doch Nick hielt offensichtlich den gebührenden Abstand ein, denn nicht eine davon bewegte sich.

Gerade als die Hexe zu dem Schluss gekommen war, dass Mama Tashas Flaggschiff kein Ende hatte, verjüngte sich die riesige Zeppelinform zu einer schmalen Spitze. Suzy wandte sich um und beobachtete die *Gateshot* und das sie umgebende Dock bis beide zu klein wurden, um sie noch von den Sternen in der Ferne unterscheiden zu können.

Was für ein wunderschöner Anblick ...

KAPITEL SIEBEN

GLEN\\ PLUTONISCHER WIDERSTAND

„Und das soll besser funktionieren?“, fragte Glen, während er die neue VR-Konfiguration des Scannerbereichs der *Gateshot* begutachtete.

Drei Konsolen standen sich in einer dreieckigen Anordnung gegenüber; die vierte Konsole auf einer höheren Ebene würde nur zwei davon überwachen können.

„In den ersten Simulationen hat es das“, antwortete Eve mit einem Achselzucken. „Es scheint eine gute Konfiguration zu sein, damit sie lernen, zusammenzuarbeiten. Doch ich bezweifle, dass es die endgültige Lösung darstellt.“

„Lass mich raten“, Glen umrundete die VR-Möbel, „Fr. Rivers sitzt an dieser Konsole, wo ihr niemand über die Schulter schauen kann. Lt. Montoya beaufsichtigt die anderen beiden, und ihr Team arbeitet parallel zu Rivers. Wer zuerst etwas entdeckt, kann sich damit brüsten?“

Die Schiffsmeisterin schmunzelte. „So ungefähr. Oder wie Fr. Rivers es ausdrückt: Die Plutonier *sind* ihre Redundanz.“

Glen seufzte. Würde dieser Unsinn denn niemals enden?

„Das geht so nicht." Er schüttelte zur Betonung den Kopf. „Dieser Aufbau wird ihre Leistung in kritischen Situationen beeinträchtigen. So lernen sie nicht, zusammenzuarbeiten!"

„Nein, das tun sie nicht. Sie trainieren ihr Verständnis dafür, was die jeweils andere Seite kann und was nicht." Eve trat näher und drückte sanft seine Schulter. „Glen, du hast mir die Verantwortung übertragen, dich in Bezug auf deine Crew zu beraten. Und ich weiß, dass ich noch viel lernen muss, bevor ich deinen Ansprüchen gerecht werde. Doch vertrau mir in dieser Sache. Wir können sie nicht mit Gewalt in eine funktionsfähige Einheit pressen. Wir müssen sie einen Schritt nach dem anderen gehen lassen. Gib ihnen noch ein paar Tage Zeit, um miteinander warm zu werden. Dann erhöhen wir den Druck und sie werden selbst erkennen, dass dieses Modell unter Stress zusammenbricht. Sie entwickeln eine neue Version und wir beginnen das ganze Spiel von vorn. Bis es passt."

„Eve, wir haben keine Zeit für so was!" Der Kapitän deutete auf den virtuellen Raum. „Vielleicht könnten wir uns für das reine Training Zeit lassen, doch all das hier muss in die Realität umgesetzt werden! Die Brücke muss fertig sein, bevor wir aufbrechen können; die Plutonier werden nicht auf uns warten! Während wir hier reden, befestigen die Velorianer das Tor! Jeder Tag Verzögerung könnte bedeuten, dass uns noch mehr Schiffe den Weg versperren!"

„Das ist mir bewusst. Schließlich koordiniere ich die Abläufe mit dem Dock, Dr. Lustig und den Drohnen. Ich bin diejenige, die all diese Zeitpläne erstellt." Ein kaum wahrnehmbarer Tadel vibrierte in ihrer klaren Stimme. „Und ich sage dir: Wir haben noch Zeit. Wir arbeiten so schnell, wie es menschlich möglich ist. Doch ich kann unsere Leute nicht bis zum Umfallen schuften lassen, und auch unsere Drohnen haben physische Grenzen. Entspann' dich, Glen. Momentan liegen wir deutlich vor dem ursprünglichen Zeitplan und ich rechne damit, dass das Scanner-Team noch höchstens zwei Wochen brauchen wird, um sich zu sortieren. Wir werden mindestens drei weitere Wochen im Dock verbringen. Wir haben diese zwei Wochen. Wir können diesen Abschnitt als Letztes fertigstellen."

Glen verschränkte die Arme. „Das wissen wir nicht. Vielleicht müssen wir das Dock früher verlassen, als uns lieb ist. Bis dahin muss die Brücke fertig sein. Sind die anderen Schichten denn kooperativer?"

„Das sind sie, aber– Warte." Eves hübsche blaugraue Augen verengten sich, als sie ihn musterte. „Was weißt du, das ich nicht weiß?"

Einen Moment lang dachte Glen über die Konsequenzen nach, es ihr zu sagen. Mit militärischen Informationen musste man vorsichtig sein, besonders wenn ...

„Mir ist noch nicht ganz klar, wie diese Verbindung zu den anderen deines Volkes funktioniert", wich er der Frage aus. „Wissen sie alles, was du weißt?"

„Jein." Sie spürte wohl, dass es sich um eine wichtige Frage handelte, denn der außerweltliche Roboter konzentrierte sich mit neuer Intensität auf ihn und fuhr fort: „Theoretisch wird alles, was ich erfahre und erlebe, in die Große Neutralität hochgeladen, doch ich habe eine Subroutine, welche private Belange von Rohdaten trennt, und ich stehe nicht unter ständiger Aufsicht. Mein Mentor schaut nur gelegentlich nach mir."

„Doch alles, was du weißt, könnte von Dritten abgefragt werden? Zum Beispiel die Tatsache, dass wir versuchen, durch das Tor zu gelangen, und wie wir das anstellen wollen?“

Eve entspannte sich sichtlich. „Oh, das. Ja, theoretisch könnte jemand danach fragen. Allerdings bin ich die einzige meiner Art auf dieser Seite des Tores und bislang wollte mich kein Velorianer etwas fragen. So hat dieser ganze Schlamassel schließlich erst angefangen.“

Richtig.

„Und was ist mit den Velorianern und Wächtern auf der anderen Seite des Tores?“, fragte er.

„Ich hab eine Anfrage an alle Wächter hinterlegt, welche auf einen Velorianer treffen, und sie gebeten, diesen nach ihren Plänen für die durch das Tor gebrachten menschlichen Frauen zu fragen. Wenn also ein Velorianer nach euren Schlachtplänen fragt, müsste er im Gegenzug antworten. Das könnte eine Schlacht ums Tor überflüssig machen.“

Clever.

„Außerdem“, fuhr Eve fort, „geben wir als neutrale Partei grundsätzlich keine Informationen weiter, welche unmittelbar Leben kosten oder große Konflikte entscheiden könnten. Das ist bislang nur in äußerst seltenen und sehr speziellen Fällen geschehen.“

„Nur, dass ich das richtig verstehe“, sagte der Admiral. „Wenn wir es also durchs Tor schaffen, können die Velorianer nicht einfach zu irgendeinem Wächter gehen und nach unserem Aufenthaltsort fragen, da sie vorhaben, das Schiff zu zerstören und alle an Bord zu töten?“

Seine Lehrerin holte tief Luft, bevor sie antwortete: „Nun, da ich weiß, dass dies höchstwahrscheinlich ihre Absicht ist und diese Information an den befragten Wächter weitergeleitet werden würde, ist zu erwarten, dass dieser sich weigern würde, zu antworten. Doch du übersiehst dabei den wichtigsten Faktor."

„Ach ja, richtig." Glen lehnte sich mit verschränkten Armen gegen eine Konsole. „Deine Art ist extrem selten und jemandem wie dir zu begegnen, gleicht einem Lottogewinn."

„Zumindest statistisch gesehen." Sie erwiderte sein entspanntes Lächeln. „Wenn auch in manchen Fällen nicht unbedingt in Bezug auf ein gesteigertes Glücksempfinden ..."

„Verzeih einem senilen, alten Kerl; ich vergesse einfach immer wieder, wie besonders du bist." Er zwinkerte ihr zu. „Du wirkst an den meisten Tagen so furchtbar langweilig und normal."

„‚Langweilig'?" Sie blähte in gespielter Empörung ihre Brust auf. „Was habe ich denn bitte verbrochen, um eine solche Bezeichnung zu verdienen?"

Als Antwort grinste Glen nur.

Ihr gemeinsames Lachen glich einer Oase der Erleichterung in der Wüste jener stressigen Situation.

Schließlich meinte er: „Spaß beiseite, du solltest diese Fassade besser aufrechterhalten, bis wir durchs Tor sind."

„Um der Plutonier willen, ich weiß." Sie wischte sich mit dem Daumen eine Träne weg, betrachtete dann die glitzernde Flüssigkeit und fragte: „Also, was wolltest du mir über den Angriff auf das Tor erzählen?"

Auch er wurde wieder ernst. „Sie schicken einen Marschal und zwei oder drei weitere Schlachtträger der Man-of-War-Klasse, vergleichbar mit der *Voidhammer*, vermutlich jeweils mit eigener Eskorte."

Eve verschränkte die Arme und lehnte sich gegen die benachbarte Konsole. „Klingt eher nach einer Kriegsflotte als nach einer Schiffseskorte."

„Aye." Der Admiral blickte in die Ferne, während sich dunkle Befürchtungen in seinem Hinterkopf sammelten.

„Plutonier sind dafür bekannt, militärische Angelegenheiten sehr ernst zu nehmen." Sie befeuchtete ihre Lippen. „Vielleicht bewahrheiten sich deine Befürchtungen nicht."

„Aye."

Und selbst wenn sie es täten ... was blieb ihm anderes, als Ruhe zu bewahren und seine Crew so gut es ging vor den unangenehmen Konsequenzen seines Handels mit der High Marshal abzuschirmen?

„Glen, wir sind nicht diejenigen, die hier einen Krieg beginnen wollen."

Eves Worte mochten Nicks jugendliche Torheit widerspiegeln, doch ihr Tonfall drückte einen ehrlichen Wunsch aus.

Der alte Mann seufzte und murmelte: „Nur weil wir es nicht wollen, heißt das nicht, dass keiner begonnen wird."

Die Wächterin drückte sanft seine Hand. Was auch immer die kommenden Wochen bereithielten ... es fühlte sich gut an, eine unzerstörbare Kampfmaschine mit direkter Verbindung zum größten Wissensspeicher des Universums an seiner Seite zu wissen. Irgendwie ließ das seine Unruhe tatsächlich ein wenig abklingen.

„Wie dem auch sei", entschied er schließlich, „ich kann es mir nicht leisten, noch unentschlossener zu wirken, als ich es ohnehin schon tue. Du hast eine Woche Zeit, sie zur Kooperation zu bewegen; sonst muss ich Fr. Rivers von meiner Brücke entfernen."

KAPITEL ACHT

SUZY\SERGEY\\ KINDERSPIEL

Suzy musste irgendwann eingenickt sein, denn plötzlich kündigte Nicks fröhliche Stimme an: „Wir befinden uns im finalen Anflug, voraussichtliche Ankunftszeit in zehn Minuten. Alle Passagiere werden gebeten, ihre Plätze aufzusuchen und sich fürs Andocken anzuschnallen."

Als die junge Frau ihre Augen aufschlug, füllte die Station bereits die vorderen Bildschirme. Die Beleuchtung im Hauptraum des Shuttles hatte sich verändert. Da sie gerade erst längere Zeit auf einem plutonischen Schiff verbracht hatte, erkannte sie dieses etwas hellere Halbdunkel als eine Art entspanntes Arbeits- und Leseambiente.

Und tatsächlich, als sie zu ihm hinüberschaute, nahm Federov gerade seine Füße vom Tisch. Er steckte eine Datenfolie in eine nahe Halterung und seine Füße zurück in seine Stiefel. Auf dem Tisch dampfte eine Tasse fröhlich vor sich hin. Zudem trug der Colonel nun eine andere Uniform – eine, die weniger zweckmäßig, dafür aber aufwendiger und auffälliger war. Als habe er ihren Blick gespürt, sah er auf. Suzy erinnerte sich an die Anweisungen bezüglich Stationsgangs und das *Déjà-vu*-Gefühl kalter Panik durchfuhr sie.

„Ich habe meine Galauniform nicht dabei“, platzte sie – wie schon einen Tag zuvor – heraus.

Federov winkte ab. „Ich gehe davon aus, dass die Provost Major Ihnen wegen dieses Versäumnisses bereits ordentlich die Leviten gelesen hat.“

Sein Blick blieb kurz auf dem Aufnäher hängen, welcher das verräterische Symbol auf ihrer linken Brust verdeckte. Es zeigte ein generisches Firmenlogo. Eve hatte diese Aufnäher an alle Besatzungsmitglieder ausgegeben, noch bevor die ersten Dockarbeiter an Bord der *Gateshot* eingetroffen waren.

„Absolut“, log Suzy. „Sie hat mich so richtig zusammengefaltet.“

Einer der Ringe in seinem augmentierten Auge drehte sich eine halbe Umdrehung nach rechts und er schnaubte leise. Dem Mädchen stieg die Hitze in den Nacken.

„Ankunft in fünf Minuten, schweben jetzt in Andockposition“, verkündete ihr charmanter Pilot.

Federov trank seinen Becher leer und bemerkte: „Sie sind ausgesprochen schlecht im Lügen. Haben Ihre Eltern Ihnen das so beigebracht?“

„Haben sie mir beigebracht, schlecht zu lügen?“ Suzy war sich nicht sicher, welche Antwort er auf diese Frage erwartete.

„*Da*.“ Er klemmte das Trinkgefäß in einen Halter. „Ich habe festgestellt, dass zu viele Eltern die Ehrlichkeit ihrer Kinder in einem ungesunden Maße unterstützen, da es ihnen die eigene Arbeit erleichtert. Wenn sie zudem sehr nachsichtig sind oder es ihnen schlichtweg egal ist, geraten ihre Kinder selten in Situationen, in denen sie diese wichtige Fähigkeit üben können. Das macht es dann umso schwieriger, wenn das Leben einmal eine Lüge erfordert. Sie sollten daran arbeiten."

Suzy fühlte ihre Gesichtszüge entgleisen.

„Ich habe meinen Paps angelogen", gab ihr Mund preis, ohne vorher mit ihrem Gehirn Rücksprache zu halten. „Ziemlich oft sogar."

Der Mundwinkel des Colonels zuckte kurz nach oben. „Dann sollten Sie in Zukunft vielleicht an Ihren Vater denken, bevor Sie versuchen, jemanden zu täuschen."

Suzy hustete und wandte den Blick ab.

„Wir docken jetzt an", informierte Nick.

Winzige blaue Flammen leuchteten auf, hauptsächlich auf den Bildschirmen vorne und an der stationsabgewandten Seite, als der Pilot das Shuttle an einer mit diesen universellen Symbolen, welche sogar Suzy lesen konnte, gekennzeichneten Luftschleuse ausrichtete. Kaum hatte Nick sie angesetzt, griffen mehrere Andockklammern zu. Magnetische Verriegelungen rasteten ein und verursachten leichte Erschütterungen und *Klonk*s am Rumpf. Es folgte ein dumpfer Stoß und ein Zischen, als sich die Luftschleuse verband. Die Antriebseinheiten fuhren mit einem entfernten Summen herunter. Die Tür nach draußen piepste und die Leuchte auf dem Bedienfeld wechselte auf grün.

„Andockvorgang abgeschlossen", meldete der Pilot gut gelaunt. „Vielen Dank, dass Sie mit Sheridan Space Lines geflogen sind. Wir wünschen Ihnen einen angenehmen Aufenthalt und–*Uff*!"

Die Übertragung wurde unterbrochen. Suzy verkniff sich ein Lachen. Federov schüttelte leicht den Kopf – mehr zu sich selbst – und schnallte sich ab.

„Auf geht's", sagte er.

Mit einem letzten sehnsüchtigen Blick zur Cockpittür eilte die Hexe ihrem Aufseher hinterher.

„Wo ... ähm ... wo gehen wir hin, Sir?“ Suzy blickte sich mit wachsender Beklemmung um. „Wenn ich fragen darf?“

Federov hatte sie vom Trubel rund um den Andockbereich weg zu einem Aufzug geführt und sie waren mehrere Stockwerke nach oben gefahren. Der Korridor, dem sie nun folgten, war zwar noch relativ breit, jedoch nahezu menschenleer. Die Werbung – sowohl AR als auch andere – hatte in Anzahl und Aufdringlichkeit deutlich abgenommen und die Ladenfronten, an denen sie vorbeikamen, waren nicht mehr mit Menschen, sondern deutlich weniger attraktiven Waren gefüllt. Mit einer einzigen Ausnahme – einem für plutonische Verhältnisse hell erleuchteten Dessousgeschäft – boten die meisten Läden Dinge des täglichen Bedarfs an. Wobei ... In Anbetracht der Haupteinnahmequellen dieser Station fiel sexy Unterwäsche hier vielleicht auch in diese Kategorie ...

„Da vorn sollte eine Kneipe sein, die auf den Platz schaut.“ Federovs Augen wanderten umher, als würde er etwas Spezielles suchen. „Sie wird von Einheimischen frequentiert. Eine Freundin hat sie mir empfohlen. Sie ist deutlich günstiger und bietet mehr Privatsphäre als die Lokale unten.“

„Mehr Privatsphäre?“, wiederholte das Mädchen.

„*Da*.“

Sie erreichten das Ende des Korridors und betraten einen weitläufigen, kreisförmigen Raum, welcher von Geschäften, Bars und Restaurants gesäumt wurde. Jedes dieser Lokale beanspruchte einen Teil der Gemeinschaftsfläche für sich und hatte diese mit zusätzlichen Tischen, Stühlen und Aufstellern eingenommen.

In der Mitte befanden sich zu einer Seite zwei Spielplätze, welche sich hauptsächlich durch die Größe ihrer jeweiligen Gerätschaften unterschieden. Zur anderen Seite verblieb ein großes, offenes Gelände. Eine Gruppe von Teenagern jagte innerhalb der einen, durch verschiedenfarbige Markierungen abgegrenzten Hälfte dieses Spielfelds einem Fußball hinterher. Die andere Hälfte teilten sich zu gleichen Teilen sechs jüngere, Basketball spielende Kinder und eine Gruppe gemischten Alters, deren Mitglieder sich gegenseitig mit Tricks oder Kunststücken auf Hoverboards und Ähnlichem zu beeindrucken suchten. In der Zeit, die Federov und sie brauchten, um den Bereich dieser letzten Gruppe zu umrunden, hatte Suzy die Fähigkeiten und Schwächen aller acht eingeschätzt. Ihre Füße begannen zu jucken und plötzlich vermisste sie Menschen, an die sie seit Monaten nicht einmal gedacht hatte.

Erst als Federov stehen blieb und sie beinahe in ihn hineingelaufen wäre, wurde ihr klar, wie abgelenkt sie tatsächlich gewesen war.

Der Colonel warf ihr diesen Blick zu.

Schluck.

Er schüttelte den Kopf. Mit einem amüsierten Lächeln auf seinem ernsten Gesicht streckte er die Hand aus und sagte: „Geben Sie mir Ihre Jacke und zeigen Sie denen, wie man das richtig macht. Ich geh' schon mal vor und reserviere uns einen Tisch."

„Oh. Ähm ... okay. Danke!"

Bevor er seine Meinung ändern konnte, zog sie ihre Jacke aus und trollte sich.

Zu beobachten, wie Suzy Magecraft sich unter die Kinder mischte, war ein Augenöffner. Innerhalb von sechs Minuten wurde sie akzeptiert und eingeladen, ihr Können unter Beweis zu stellen, mit den anderen zu lachen und zu spielen. Der Anführer der Gruppe wies den gerade so tolerierten Sprössling einer Verwaltungsfamilie an, der Fremden sein Brett zu leihen. Suzy hielt sich beim Rennen gegen den Anführer zurück, konnte aber nicht widerstehen, zu gewinnen. Um die Gefühle des Jungen zu schonen, zog sie erst im letzten Moment knapp an ihm vorbei und gab sich danach ganz bescheiden und nett. Sicherlich schob sie den Sieg darauf, dass sie einfach mehr Übung habe. Diese Empathie gewann die Herzen der Gruppe und kurz darauf ersuchten deren Mitglieder sie aktiv um Tipps und Anleitungen.

So sieht das also aus, wenn du nicht überfordert bist, dachte Sergey, während er seinen Tee genoss. *Oder glaubst, es zu sein.*

Das war offensichtlich was Felicity gemeint hatte, als sie behauptete, die junge Frau sei ‚nur ein Kind'. Magecraft selbst sah sich als solches. Zumindest ein Teil von ihr. Dieser Teil machte es ihr leicht, sich einzufügen und von den Teenagern akzeptiert zu werden. Doch sie konnte sich selbst nicht vollständig täuschen. In ihrer Haltung lag eine Dominanz, die sich nur in diesem Umfeld zeigte. Ein Bewusstsein, gewonnen dadurch, dass sie schon so einiges gesehen, erlebt und vollbracht hatte, welches diesen Jugendlichen noch fehlte.

Der Anführer spürte instinktiv, dass sie ihm mühelos den Platz streitig machen könnte, wenn sie nur wollte. Wie er um sie herumtanzte, spiegelte diesen inneren Konflikt wider: Sollte er sie konfrontieren und versuchen, sie zu vertreiben, um seine Position zu verteidigen, oder wäre das der sicherste Weg, diese zu untergraben? Sicherlich würde die Fremde von selbst wieder abhauen. Bis dahin könnte er ein oder zwei Dinge von ihr lernen, die ihm später helfen würden, an der Spitze zu bleiben.

Was braucht es, damit du die Initiative ergreifst und die Kontrolle übernimmst, Suzy Magecraft?, dachte Sergey. *Scheinbar unüberwindbare Widrigkeiten?*

Die Wirtin konnte seine Wünsche ebenso scharfsinnig deuten wie er die Machtdynamiken in den meisten Gruppen und legte Sergey eine kompakte Speisekarte hin, während sie seinen Becher nachfüllte.

Die ‚Angebote des Tages' waren für Menschen wie ihn gedacht: hungrig und nicht gewillt, eine lange Liste an Optionen durchzulesen.

Er lächelte der grauhaarigen Frau dankbar zu. „Ich nehme die Fischsuppe und zwei Bohnenbrötchen. Danke."

Das verschmitzte Augenzwinkern und der Schwung in ihren Hüften, als sie sich entfernte, ließen keinen Zweifel daran, welcher Profession sie vor Eröffnung dieses Lokals nachgegangen war. Eine kluge Frau. Manche Berufe konnte man ab einem bestimmten Punkt nicht mehr ausüben, und sie hatte offenbar zum richtigen Zeitpunkt gewechselt. Jetzt blieb ihr noch genug Schönheit und Energie, um ihre neuen Kunden zu bezaubern.

Als Magecraft schließlich Sergey gegenüber Platz nahm, beendete dieser gerade seine Mahlzeit. Ein Blick darauf, wie die letzten Brotkrumen in seinem Mund verschwanden, ließ ihren Magen wie einen gut dressierten Zirkuslöwen knurren und ihre violetten Augen weiteten sich zu mitleiderregenden Hundeaugen.

Mit einem inneren Lachen schob er ihr die Karte zu.

„Sie sind wirklich eine seltsame Kombination an Eigenschaften.“ Sergey schüttelte den Kopf und lächelte zugleich sanft, um sie zu beruhigen. Aus demselben Grund hatte er auch seine Jacke ausgezogen und auf dem Stuhl neben sich abgelegt.

Sie strich sich die schweißnassen violetten Strähnen auf einer Seite ihres Kopfes hinters Ohr zurück. Die andere Seite war frisch geflochten, und zwar nicht mit einem Gerät, denn dafür gab es zu viele kleine Fehler. Das Muster war kunstvoll angelegt, nur an der Umsetzung haperte es. Jemand hatte Zeit und eine gute Vorstellung davon gehabt, wie es gemacht wurde, jedoch nicht genug Übung.

Ihre Augen blieben dort hängen, wo sich unter seinem langen Ärmel die Linie abzeichnete, an der das Metall seines künstlichen Unterarms in Fleisch überging. War das der Grund für ihre Zurückhaltung? Sie war mit einem außerweltlichen Roboter befreundet und eine KI regierte ihren Planeten. Da sollten sie doch ein paar Ersatzteile nicht aus der Fassung bringen, oder?

Ihre schlanken Finger nahmen die Karte auf und sie fragte: „Wie meinen Sie das?“

Dieser befangene Tonfall in ihrer Stimme, als würde sie nur darauf warten, dass eine unsichtbare Falle um sie herum zuschnappte. Was war es an ihm, das sie derart in Alarmbereitschaft hielt? Sicher, er hatte sich damals im Arrestraum schon einige Mühe gegeben, ihr einen Schrecken einzujagen, aber er war auch nur ein Mann. So furchteinflößend konnte er doch gar nicht sein?

„Ich meine, Sie sind ein riesiger Angsthase, bis Ihnen jemand ein Hoverboard in die Hand drückt oder einen Grund gibt, Ihre Magie einzusetzen.“ Er legte eine gewisse Herausforderung in sein Lächeln, um sie aus der Reserve zu locken. „Einen Moment stehen Sie abseits, ganz zurückgezogen und befangen, dann sind Sie plötzlich der Mittelpunkt der Party. Ihre Aufrichtigkeit entwaffnet die Leute und ich denke, das wissen Sie auch."

Magecraft zog die Unterlippe gegen ihre Zähne und begann, auf ihren Piercings zu kauen, während sie die Karte studierte.

„In einem Moment sind Sie die typische vorlaute Teenie-Göre, komplett emotional und roh, und hämmern mit Ihrer Magie um sich wie mit einem Presslufthammer. Im nächsten versuchen Sie, das Tor wie eine Professorin zu lösen, analysieren es monatelang. Sie können Prügel einstecken aber Sie ertragen es nicht, den ganzen Tag am Schreibtisch festzusitzen."

„Meinen Sie so wie Sie?" Sie knallte die Karte auf den Tisch und sah ihn direkt an. Er hielt ihren Blick. Ihr Mut verpuffte und sie schaute weg. „Ich meine den Teil mit dem Schreibtisch."

Jetzt verstand er es endlich. „Sie haben nicht wirklich Angst vor mir. Sie haben Angst, sich noch mehr Ärger einzuhandeln; deshalb halten Sie sich zurück."

Ihr Puls schoss kurz in die Höhe. Ihr Blick suchte die Wirtin.

Sergey lachte leise. „Nun, das brauchen Sie nicht. Ich habe heute frei. Das Einzige, was ich mit Ihnen anzustellen gedenke, ist, Sie gründlich betrunken zu machen, damit Sie aufhören, die Spaßbremse zu geben." Er fing den Blick der grauhaarigen Dame ein und hob zwei Finger. Sie nickte. Magecrafts verblüfftes Blinzeln veranlasste ihn hinzuzufügen: „Vielleicht zeige ich Ihnen danach auch noch ein oder zwei gute Bordelle. Sie scheinen es nötiger zu haben als ich."

Das Mädchen erblasste.

. . .

Es brauchte erstaunlich viel Hochprozentiges, um Magecraft aufzulockern ... und das obwohl sie von einer Kernwelt stammte. Das war dann wohl der erhöhte Magier-Stoffwechsel in Aktion. Sie aß außerdem wie zwei Minenarbeiter ihrer Größe.

„Sie können also Asteroiden mit Magie spalten?“, fragte Sergey. „Wie machen Sie das?“

„Ich ... schaue sie einfach an, visualisiere, was ich will, und dann pumpe ich etwas Energie rein.“ Sie zuckte mit den Schultern.

Ein plötzlicher Schauer lief ihm über den Rücken und er äußerte den unangenehmen Gedanken: „Könnten Sie das auch mit Leuten machen?“

„Bitte?“ Sie schüttelte den Kopf, als habe sie die Frage nicht verstanden. Als wäre sie gerade aus einem Traum aufgewacht, den sie noch nicht ganz abgeschüttelt hatte.

Auch auf die Gefahr hin, sie erneut in die Defensive zu treiben, wiederholte er seine Frage.

„Ich weiß nicht.“ Sie schüttelte erneut den Kopf. „Und warum sollte ich das jemals ausprobieren wollen?“

„Keine Ahnung.“ Er spiegelte ihre Kopfbewegung. „War nur so ein Gedanke.“

Ihre Wirtin durchbrach die sich anbahnende Stille, als sie Magecrafts leere Schüssel gegen eine volle austauschte. Dann murmelte sie: „Ach, Leere. Ist es schon wieder so weit?“

Die beiden Gäste folgten ihrem Blick. Das Mädchen runzelte die Stirn, wahrscheinlich unsicher, wonach sie Ausschau hielt, und fragte: „Was ist so weit?“

Der gebürtige Plutonier entdeckte eine kleine Gruppe Arbeiter, welche aus einem Seitengang schlurften und auf ein nahegelegenes Geschäft zusteuerten.

„Es ist Ausgabetag“, erklärte er.

„*¿Cómo?*“

„Stimmt ja, dort, wo Sie herkommen, gibt es keine Rationierung.“ Er zeigte auf sein Glas, um es nachfüllen zu lassen. „Hier bekommen die Leute einmal pro Woche Rationsmarken und gehen dann einkaufen. Sehen Sie?“

„Warum? Ich dachte, Plutonier hätten genug zu essen?“ Magecraft warf einen besorgten Blick auf ihren Teller. Als könnte ihr zusätzlicher Verzehr dazu führen, dass jemand anderes zu wenig erhielt. Ihre Naivität war schon manchmal niedlich.

„Das haben wir. Meistens“, stimmte ihre Wirtin zu, während sie Sergey einschenkte. „Die Rationierung soll sicherstellen, dass jeder bekommt, was er oder sie braucht. Mit den Marken kauft man günstiger. Wer mehr will, kann mehr bekommen, zahlt aber drauf. Damit wird eine bezahlbare Grundversorgung gewährleistet, *daniete*?“

Eine Frau, die eine Kiste voller Einkäufe umarmte, verließ den Laden gerade, als die andere Gruppe ihn erreichte. Etwas an diesem Bild veranlasste den Voidwalker, die Vergrößerung seines künstlichen Auges zu aktivieren.

„Warum sehen die dann so bedröppelt aus?“, formulierte Magecraft den Gedanken, der ihm selbst durch den Kopf spukte. „Sollten sie sich nicht freuen, günstig einzukaufen?“

Ja, dachte er. *Und warum hatten sie nichts dabei, worin sie ihre Einkäufe nach Hause bringen könnten?*

Die Frau mit der Kiste sah sich nervös um, eilte dann die Länge des Gemeinschaftsraums hinab und betrat einen weiteren Lebensmittelladen. Zumindest vermutete Sergey das, da sie hinter der bunten Kletterwand an der Kinderrutsche aus seinem Blickfeld verschwand und es in der Umgebung keine Seitenkorridore oder weitere Eingänge zu geben schien.

„Also das muss ätzend sein", erklärte seine Tischnachbarin mit vollem Mund. „Sie können sich nicht mal aussuchen, was Sie mit Ihren Rationsmarken kaufen wollen? Wir konnten das während des Krieges. Na ja, mehr oder weniger."

„Hmm?", fragte er.

Sein Gehirn vermischte kurzzeitig Magecrafts gesamtes Gesicht mit einer Nahaufnahme der kleinen Falte auf ihrer Stirn, bis sich sein Augenimplantat rekalibriert hatte.

„Sie wissen schon, dieser große Krieg vor zehn Jahren, an dem so ziemlich alle außer den Plutoniern teilgenommen haben?" Ihr Tonfall wurde mit jedem Wort schärfer. „Irgendwie seltsam, wenn man bedenkt, wie kampflustig Sie sonst immer sind. Ich war damals noch ein Kind, aber ich erinnere mich an die Blockade vom Mars. Ich weiß, wie sich Rationierung anfühlt – die echte, die verhindern soll, dass Menschen verhungern, wenn nicht mehr genug da ist. Also, vielen Dank auch."

Ihre plötzliche Aggressivität ließ ihn innehalten. Er räusperte sich, bevor er fragte: „Was haben Sie gerade gemeint? Dass man nicht wählen kann, was man kauft?"

Ihre Augen verengten sich kurzzeitig, als versuche sie herauszufinden, ob er ihre Erfahrungen absichtlich herabgewürdigt hatte oder nur abgelenkt gewesen war.

Schließlich zuckte sie mit den Schultern und deutete auf den ersten Laden. „Die sind alle rein, haben eine Kiste voll Zeugs bekommen und sind wieder raus. Es ist also vorgepackt; man hat keine Wahl, was man bekommt, richtig?"

„So läuft es normalerweise nicht ab. Auch wenn Vorbestellungen durchaus üblich sind."

Als er sich umdrehte, um noch einmal zu dem ersten Laden zu schauen, tauchte die Frau wieder auf und ging denselben Weg zurück, den sie gekommen war. Ihre Hände tief in den Taschen vergraben, als verberge sie Fäuste, hielt sie Kopf und Schultern gesenkt. Sie passierte die Gruppe mit den vorgepackten Kisten und tauschte Blicke mit ihnen. Als Sergey erneut heranzoomte, meinte er, Unzufriedenheit zu erkennen – eine stumme Anerkennung geteilten Leids.

„Da stimmt etwas nicht", meinte er.

„Denken Sie lieber nicht zu ausgiebig darüber nach", murmelte die Wirtin. „Vertrauen Sie mir."

Ein schelmisches Gefühl blühte in Sergeys Brust und sprang als Grinsen auf seine Lippen über. Er würde mit seiner Patentante über ihre Lokalempfehlungen sprechen müssen ... und darüber, dass seine verstorbene Mutter es möglicherweise nicht zu schätzen wüsste, dass ihre beste Freundin ihn absichtlich in Schwierigkeiten brachte. Mal wieder. Natürlich nicht, um sie davon abzuhalten, es zu wiederholen, sondern damit sie ihm etwas schuldig war.

„Ich muss mir das genauer ansehen", beschloss er.

„Sicher", brummte seine Begleiterin um einen Löffel Eintopf herum. „Ich warte."

„Also eigentlich wäre es besser, ich warte und Sie gehen."

Sie schaute ihn verwirrt an. „Wie meinen Sie das?"

„Mein Gesicht ist hier bekannt; Ihres ist neu. Und Sie sehen eher wie eine Touristin als wie uniformierter Ärger aus." Er faltete die Hände auf dem Tisch und lächelte. „Sie können mir einfach streamen, was Sie sehen."

„Aber ..." Sie deutete auf ihre halb leere Schüssel.

„Ich halte dir das warm, Schätzchen." Die Wirtin zwinkerte ihr zu. Das Lächeln in ihrem Gesicht verriet, dass sie bekommen hatte, was sie wollte.

Sergey betrachtete seine Fingernägel. „Wir könnten

natürlich auch stattdessen direkt diese Bordelle auskundschaften ..."

Magecraft stand abrupt auf. „Fein, ich geh ja schon! Sie möchten also, dass ich in den Laden gehe, wo die Leute diese Kisten bekommen?"

„*Da.* In den und in den anderen dort hinterm Spielplatz. Sehen Sie ihn?"

Sie beugte sich vor, um seine Perspektive besser nachvollziehen zu können, kniff die Augen zusammen und nickte schließlich.

„Gut." Er schickte eine Anfrage auf geteilte Sicht an ihr BCI. „Sie entscheiden, welchen zuerst. Wir brauchen einen genaueren Blick auf die Kisten und die Interaktionen an den Theken."

„Okay ..." Sie akzeptierte mit einer Hand-Augen-Geste. „Marsstaub!"

Als die Wirtin ihr einen reevaluierenden Seitenblick zuwarf, meinte Sergey. „Hören Sie auf, ständig Drogen zu erwähnen. Sonst geht da irgendwann noch jemand drauf ein."

„Ich ... also ... wo ich herkomme ..." Sie brach ab, hielt einen Moment lang beschämt inne und beugte sich dann vor, um ein paar Brotkrumen von ihrer Hose zu bürsten. Möglicherweise auch, um ihr errötendes Gesicht zu verbergen.

Er musterte ihre Erscheinung. Ohne die dazugehörige Jacke wirkte die blaue Hose nicht wie ein Teil einer Uniform. Die Schweißflecken verstärkten den Eindruck ziviler Lässigkeit, welchen ihr dunkelviolettes Shirt und ihre Frisur ohnehin vermittelten.

„Hier." Er schob ihr zwei Münzen zu – eine für jeden Laden. „Kaufen Sie sich eine Kleinigkeit. Stöbern Sie ein wenig in den Regalen, schauen Sie sich um, als wären Sie sich nicht sicher, was Sie möchten. Seien Sie nur nicht zu auffällig."

„Sir, ja, Sir", murmelte sie, presste die Lippen zu einem schmalen Strich zusammen und stakste davon.

Die Münzen verschwanden in ihrer Tasche. Als sie den Weg zum zweiten Laden einschlug – jenen, den er von seinem Standpunkt aus nicht sehen konnte – zeugte ihr leicht schwankender Gang von ihrer Trunkenheit.

Perfekt.

KAPITEL NEUN

RUFFA\\ DIE SYSTEMRAND-ALLIANZ

LIGHTBEARER, *AUF DEM WEG ZUM KUIPERGÜRTEL*

Ruffa musterte die drei SRA-Vertreter, mit denen Senoxes schließlich ein Holo-Treffen hatte arrangieren können. Eine Frau und zwei Männer. Alle drei trugen sehr ähnliche Uniformen und – auf ihren abstoßenden Menschengesichtern – säuerliche Mienen. Während Evron sich und seinen Vorgesetzten vorstellte, übte sich der Kommandant in jener freundlichen Art, mit welcher er den Menschen unter Thallamons direkter Aufsicht hatte entgegenkommen müssen. Auch dieses Mal fühlte es sich wie eine überflüssige Pflicht an. Tuvil, welcher außerhalb des Übertragungsbereichs stand, gab seinem Vorgesetzten durch eine Geste zu verstehen, dass ihr Kommunikationsoffizier diskret die Signale der Menschen erfasst hatte und nun auch alle privaten Kanäle überwachte, welche diese untereinander verbanden.

„Und was wollen die Velorianer von uns?", fragte der Mann mit dem monströsen Haarbüschel unter der Nase.

„Wie Sie vielleicht gehört haben, schüren die Plutonier Unmut über unsere Präsenz.“ Ruffa gab sich alle Mühe, besorgt zu klingen. „Wir rechnen täglich mit einem Angriff auf unsere dortigen Anlagen.“

„Ja, und?“, warf die Frau ungeduldig ein. Sie schien am wenigsten daran interessiert, dieses Gespräch überhaupt zu führen.

„Wir sind Nachbarn“, betonte Ruffa. „Und die Tatsache, dass die entmilitarisierte Zone Ihnen den Rücken stärkt, ist der einzige Grund, warum die Plutonische Republik Sie noch nicht einkreisen und vernichten konnte. Es sollte doch in Ihrem Interesse sein, diesen Vorteil zu erhalten.“

Die Menschen tauschten kurze Blicke aus. Die Frau schüttelte den Kopf, doch es war der jüngere Mann, der als Nächstes das Wort ergriff. „Das stimmt schon. Doch was sollen wir Ihrer Meinung nach tun? Unsere Streitkräfte sind aus genau diesem Grund ohnehin schon dünn gesät.“

„Nun, wir könnten jedes Schiff gebrauchen, welches Sie in der Lage sind, uns zur Verfügung zu stellen“, entgegnete Ruffa. „Wie Sie wissen, rücken die Plutonier meist mit überwältigender Stärke an. Stoßen sie dabei auf stärkeren Widerstand als erwartet, ziehen sie sich womöglich kampflos zurück.“

Der übermäßig Behaarte brach in schallendes Gelächter aus.

„Viel Erfolg mit diesem Plan“, sagte die Frau trocken. „Wir werden Sie von der Tribüne aus anfeuern.“

Sie bedachten seinen Vorschlag nicht einmal mit einem Anschein von Respekt oder Interesse. Für wen hielten sich diese Barbaren? Hitze stieg in Ruffas Falten. Doch er behielt die Kontrolle und zügelte seine Verachtung und Wut.

„Warum ersuchen Sie nicht die Kernwelten um Hilfe?", warf der Behaarte ein. „Die sind doch Ihre Verbündeten, *daniete*?"

Ruffa gab Evron mit einer Geste zu verstehen, dass er übernehmen sollte. Diese Verhandlungen würden ohnehin zu nichts führen, da konnte sein Schüler sie genauso gut als Lerngelegenheit nutzen.

„Schon, aber deren Schiffe müssen erst einmal hierhergelangen", sagte Evron und implizierte damit geschickt, ihnen wäre Hilfe zugesagt worden, ohne direkt zu lügen. „Die SRA ist bereits hier. Wir können Ihnen Zugang zu unserer fortschrittlichen Waffentechnologie anbieten. Das würde Ihre Schiffe auf ein Niveau weit über dem der Plutonier verbessern. Würde ein solcher Vorteil nicht die Bereitstellung einiger weniger Ressourcen mehr als aufwiegen?"

Das stimmte sie einen Moment lang nachdenklich. Ruffa warf einen Blick auf den privaten Austausch, welcher hinter seinem metaphorischen Rücken stattfinden sollte.

—[SICHERER KANAL: GENERAL NOWAK, SENATOR SVILIZIZ, STATIONSKOMMANDANTIN JANUSINSKA]—

SENATOR SVILIZIZ: Vielleicht könnte das tatsächlich helfen.

STATIONSKOMMANDANTIN JANUSINSKA: Sei nicht töricht, Andrei! Sie werden unsere Schiffe und Soldaten verheizen und uns nichts dafür zurückgeben!

GENERAL NOWAK: Außerdem halten sich die Plutonier an unsere Vereinbarungen, solange wir auch nach den Regeln spielen. Willst du ihnen wirklich eine Ausrede bieten, ohne Einschränkungen gegen uns vorzugehen?

Stationskommandantin Janusinska: Die Plutonier sind Menschen. Nicht wie diese Perücken mit ihren gruseligen Augen. Siehst du darin eine Seele? Ich jedenfalls nicht.

—

Der Jüngere blinzelte mehrmals und holte tief Luft, bevor er erklärte: „Es tut mir sehr leid, Hr. Evron, doch ich fürchte, wir können Ihnen nicht helfen."

„Nicht einmal mit ein paar Informationen?" Da Evron nicht wusste, wie respektlos diese unverschämten Wesen dort sprachen, wo sie glaubten, niemand außer ihnen höre es, verfolgte er die aussichtslose Sache weiter. „Wir würden bereitwillig für Informationen über Truppenbewegungen und Ähnliches bezahlen, solange sie glaubwürdigen Quellen entspringen."

Bevor die Frau geradeheraus ablehnen konnte, machte der jüngere Mann ein kleines Zeichen in ihre Richtung. Sie warf ihm einen herrischen Blick zu.

„Entschuldigen Sie uns bitte für einen Moment", sagte Sviliziz.

Evron warf einen Blick auf Ruffas passives Gesicht. Dann nickte er und sagte: „Selbstverständlich."

Als die Holos der drei Menschen erstarrten, bedeutete der Kommandant Tuvil, an ihrer Stelle jene Unterhaltung, welche die eigentlichen Verhandlungen ersetzt hatte, abzuspielen, damit Evron die verachtenswerten Kommentare ebenfalls hören konnte.

„Die Plutonier machen uns fertig", argumentierte der junge Mann leidenschaftlich. „Wir haben zugestimmt, hier zumindest zuzuhören. Eine Allianz mit den Velorianern könnte unsere Position stärken."

„Oder sie könnte jede Chance zerstören, irgendetwas

Vernünftiges aus deren Oberkommando rauszukitzeln." Der stark behaarte Mann verschränkte seine massigen Arme. „Wir alle wissen, dass es zu Ende geht. Wir haben in den letzten zwei Jahren zehn Fraktionen verloren, die Hälfte davon durch Kapitulation statt Niederlage. Selbst an der Sonne sieht man die Zeichen der Zeit. Wir haben hart und ehrenhaft gekämpft. Die PR ist bereit, das anzuerkennen und ihren Fokus auf die Aliens zu richten. Wenn wir jetzt ein Abkommen aushandeln, gibt uns das die Chance, innerhalb eines Jahrzehnts volle Staatsbürgerschaften zu erhalten."

„Nein, wir sollten noch ein wenig länger durchhalten." Die Frau tippte sich mit dem Finger ans Kinn. „Wenn die Perücken Unterstützung suchen, werden sie mit Sicherheit die Kernies auf den Plan rufen."

„Pah!" Der Behaarte winkte ab. „Das glaubst du doch nicht ernsthaft, oder? Die Kernwelten drehen wie üblich ihre schicken Däumchen. Selbst, wenn nie formalisiert wurde, wie die entmilitarisierte Zone darin zum Tragen kommt, werden sie den Kuiper-Vertrag nicht brechen. Solange sie sich nicht in unsere Angelegenheiten einmischen, mischen wir uns nicht in ihre ein. Punkt."

„Im Moment schon", stimmte Janusdingsda bereitwillig zu. „Doch Bogdanovas Propaganda lässt die EMMA schlecht dastehen und auf ihre Offensive gegen die entmilitarisierte Zone wird in irgendeiner Form reagiert werden müssen. Spätestens, wenn der außerweltliche Botschafter Druck auf die Tech-Lobbys ausübt. Wir alle wissen, wie abhängig die inneren Welten von ihren Spielzeugen sind."

Der Behaarte nickte zustimmend und sie fuhr fort: „Wenn erst die ESF vor der Tür steht, wird das Oberkommando geradezu begeistert sein, seine Ressourcen aus dem Kampf gegen uns zurückziehen und unsere Truppen als Verstärkung oben draufrechnen zu können. Schließlich sind wir direkt nebenan. Das ist dann der richtige Zeitpunkt und Ort, um Hilfe anzubieten."

„Ich weiß nicht." Der jüngere Mensch runzelte die Stirn. „Es erscheint mir so ... falsch, alles, wofür wir gekämpft haben, einfach aufzugeben. Sollten wir nicht mehr tun, als nur nach dem besten Weg zu suchen, uns bei unseren Feinden einzuschmeicheln? Sollten wir nicht bestehen? Diese Allianz könnte der Wendepunkt auf unserem Weg zu wahrer Unabhängigkeit sein!"

„Die Plutos sind weniger unsere Feinde als die Velorianer", entgegnete die Frau hochmütig. „Sie sind Menschen! Sie sind unsere Cousins! Im Gegensatz zu den Kernies verstehen sie die Bedingungen hier draußen und wissen, was es heißt, hier zu überleben. Sie kümmern sich um die ihren. Die Außerweltlichen sprengen ihre eigenen Leute in die Luft, um ihre Geheimnisse vor uns Menschen zu verschleiern. Und die Kernies würden uns nur zu gern zu einer zweitklassigen Kolonie erklären, die gerade so über die Runden kommt. So wie sie es mit dem Commonwealth gemacht haben. Nein, von keinem von denen können wir Verständnis oder Gleichberechtigung erwarten. Das einzige, was uns eine solche Allianz einbrächte, wäre ein noch tieferes Grab."

„*Da*", stimmte der andere Mann zu. „Wenn die Vellies uns hintergehen, sind wir danach wirklich auf uns allein gestellt. Wir sind nicht hier, um zu beurteilen, ob es sich lohnt, eine Partnerschaft einzugehen, Dimitri. Wir sind hier, um einzuschätzen, wie verzweifelt die Perücken sind. Das haben wir getan. Jetzt lass uns so tun, als wären wir uns uneinig und würden darüber nachdenken. Verabschieden wir uns höflich, damit sie nicht aus Boshaftigkeit beschließen, ein paar Geschosse auf uns abfeuern oder so.

Morgen reden wir dann in größerem Kreis über alles Weitere."

Der Jüngere schnaubte. „Bitte! Mit Geschossen können wir umgehen."

Evron blickte zu Ruffa. Die Ohrenspitzen seines Schülers waren weiß geworden, so fest drückte er sie gegen seinen Schädel. Der Kommandant verstand das zugrundeliegende Gefühl.

„Unverschämte Schädlinge!", fluchte Ruffa. „Warum kooperieren sie nicht? Das ergibt überhaupt keinen Sinn! Sie kämpfen seit Jahrhunderten gegen die Plutonier; das ist alles, was diese drei kennen sollten. Warum beschließen sie gerade jetzt, dass es sich nicht mehr lohnt? Menschen sind hirnlose Idioten!"

Der jüngere Velorianer öffnete den Mund, als wollte er widersprechen, überlegte es sich aber anders, als ihre Ansicht des ‚privaten' Kanals durch den offenen ersetzt wurde. Eine Rune blinkte, um die Anfrage auf Wiederverbindung zu kennzeichnen. Der Kommandant stand etwas gerader und schüttelte alle sichtbaren Emotionen ab. Er hätte diesem Pack gerne entgegengeschleudert, was er von ihnen hielt, doch das war es nicht wert. Thallamon könnte sie noch für irgendetwas brauchen und ihre Bereitschaft, sich den Plutoniern anzuschließen, machte sie zu perfekten Kanälen, um Fehlinformationen zu verbreiten. Nachdem er sich vergewissert hatte, dass auch Evrons Gesicht nichts verriet, berührte Ruffa die Rune.

„Cmdr. Ruffa, Hr. Evron", der behaarte Mensch reorientierte sich an seinem Bildschirm, um die beiden anzusehen, „es tut uns leid, aber wir können Ihnen derzeit nicht helfen. Falls ...", er warf einen Blick auf seinen jüngeren Kollegen, „wir auf Informationen stoßen, welche für Sie von Interesse sein könnten, werden wir uns natürlich bei Ihnen melden."

„Natürlich." Ruffa nickte langsam auf die menschliche Art. „Und es gibt nichts, womit ich Sie überzeugen könnte, uns zu unterstützen?"

„Wir könnten Ihnen Geld zur Verfügung stellen, um Ihre Interessen zu stärken", versuchte es Evron erneut. „Sie könnten damit Ausrüstung und Soldaten aus dem neptunischen Raum beziehen."

Im Lächeln des Behaarten vermischten sich auf seltsame Weise Belustigung, Mitleid und eine für Ruffa undeutbare Emotion. Die Stimme des Mannes löste sich von ihrem formelhaften Entschuldigungston, als er nachsetzte: „Hören Sie, mein Sohn. Wenn Sie die Mittel haben, warum besorgen Sie sich dann nicht einfach selbst ein paar Klon-Söldner, um Ihre Klontruppen zu verstärken?"

„Die Antwort lautet nein", fügte die Frau hinzu. „Guten Tag, die Herren."

„Guten Tag." Ruffas Stimme klang kalt und schroff.

Die Verbindung endete.

Tuvil wartete einige Minuten, bevor er berichtete: „Das Signal hat sich verschoben. Wir müssten die Verbindung wiederherstellen, um weiter zuhören zu können."

„Das macht nichts." Sein Vorgesetzter winkte ab. „Ich habe genug gehört. Diese Affen wollen uns nicht helfen; sie sind keine weitere Mühe wert."

„Sind Sie ... verärgert über deren Ablehnung?", fragte Evron, als läge ihm tatsächlich etwas an dem Wohlergehen dieses Ungeziefers.

„Nein. Wenn sie lieber in das Feuer ihrer Feinde springen, als mit uns zusammenzuarbeiten, sind sie ohnehin zu dumm, um uns zu nützen." Ruffa schüttelte seine Falten aus.

Sobald sie erst dieses ganze diplomatische Theater hinter sich gebracht hatten und das menschliche System endlich offen für sich beanspruchen konnten, würde er nur zu gern mit einer Einsatzgruppe ins SRA-Gebiet vorstoßen. Es würde ihm, wenn schon nichts anderes, zumindest eine geringe Genugtuung verschaffen. Es wäre allerdings auch eine der letzten, unbedeutensten Randregionen.

„Vielleicht sollten wir tatsächlich in Erwägung ziehen, menschliche Klone zu erwerben", überlegte der Kommandant, als er sein Büro verließ, um auf das gedämpfte Treiben auf der Brücke der *Lightbearer* hinabzuschauen. „Angesichts dessen, dass die Plutonier versuchen werden, uns zahlenmäßig zu übertreffen, könnte sich diese Option als sehr sinnvoll erweisen."

„Sind menschliche Klone nicht von ausgesprochen geringer Qualität?", fragte der ihm auf dem Fuß folgende Evron. „Kaum intelligenter als Tiere?"

„Das sind sie. Doch sie brauchen keine Intelligenz, wenn es darum geht, den Feind mit Masse zu überwältigen." Ruffa ließ die Idee in seinem Kopf reifen, während er sie laut durchdachte. „Die Plutonier entern gerne feindliche Schiffe und Anlagen. Vielleicht sollten wir uns daran ein Beispiel nehmen. Damit werden sie nicht rechnen."

„Ich verstehe. Doch warum sollten wir sie kaufen? Könnten wir solche minderwertigen Klone nicht selbst herstellen? Und das deutlich schneller?"

„Alle Klonanlagen der *Lightbearer* laufen bereits auf maximaler Auslastung." Der Kommandant führte einige schnelle Berechnungen durch. „Selbst bei optimaler Nutzung der Biomasse werden wir wahrscheinlich nicht in der Lage sein, rechtzeitig mit den Zahlen der Plutonier gleichzuziehen. Und es ist sinnvoll, unsere eigenen Truppen für anspruchsvollere Aufgaben einzusetzen."

Eine weitere Idee schob sich in den Vordergrund seiner Überlegungen. Die menschliche Klontechnik war ein schmutziges, primitives Geschäft. Evron damit zu konfrontieren könnte dessen Perspektive verschieben und ihm helfen, die Hässlichkeit der menschlichen Existenz klarer zu erkennen.

„Ja", sagte der Kommandant. Er faltete seine Ohren, um die Endgültigkeit seiner Entscheidung zu unterstreichen. „Evron, das ist deine Aufgabe. Tuvil wird dich bei der Recherche unterstützen und die erforderlichen Mittel bereitstellen. Kauf so viele menschliche Klone wie möglich, vorzugsweise so, dass wir sie entlang unseres Kurses oder in der Grenzregion nahe der entmilitarisierten Zone aufsammeln können. Stell sicher, dass die Verkäufer nicht merken, dass wir die Auftraggeber sind. Thallamon hat für genau solche Zwecke ein umfangreiches Netzwerk an menschlichen Scheinfirmen aufgebaut. Da du es ausnahmslos mit Kriminellen zu tun haben wirst, sollten diese an identitätsverschleiernde Protokolle gewöhnt sein und sich nichts dabei denken. Dennoch, verschaff dir zunächst einen Überblick über die aktuellen Preise und verhandle hart. Alles andere könnte Verdacht erregen."

Sein Schüler sah ihn mit großen Augen und herabhängenden Falten an.

„Du schaffst das schon." Ruffa schenkte ihm ein kleines Lächeln. „Betrachte es als amüsantes Nebenprojekt."

KAPITEL ZEHN

SUZY\\ SELTSAME VORKOMMNISSE

Suzy stapfte den Weg um den zentralen Bereich entlang, innerlich schnaubend und vor sich hin grummelnd.

Warum zur Hölle passierte ihr dauernd so eine Scheiße? Wann hatte sich dieser Ausflug zu einem Spionage-Vid entwickelt? Und das gerade, als sie zu glauben begann, es könnte doch noch ganz nett werden. Jetzt war sie von Federovs Unterhaltungsprogramm zu seinem Laufburschen aufgestiegen. Echt super!

'*Sind Sie nicht auch neugierig, was da vor sich geht?*', drang seine Stimme per Gedanken-Comms in ihren Kopf.

Na ja, vielleicht ein bisschen, dachte sie – und commte zurück: '*Nein!*'

Ein amüsiertes Schnauben war die einzige Antwort. Jupp, er kaufte ihr das sowas von nicht ab …

Arschloch, dachte sie.

'*Das habe ich gehört*', entgegnete er. '*Vielleicht sollten Sie Ihre Sendeeinstellungen überprüfen?*'

Suzy blieb abrupt stehen und schlug entsetzt die Hände vor den Mund, als hätte sie es tatsächlich laut ausgesprochen. Eilig stellte sie ihre BCI-Kommunikation auf

‚Explizite Befehle' um, damit ihr besoffener Geist nicht noch mehr willkürliche Gedanken nach draußen sendete.

Zum Glück bohrte er nicht weiter nach, sondern berichtete stattdessen: *‚Gerade ist noch ein Mann aus dem ersten Laden gekommen. Er bewegt sich auf Sie zu. Wenn Sie es richtig abpassen, können Sie sich hinter ihm einreihen.'*

Fein ...

Sie beschleunigte ihre Schritte. Von rechts schlurfte ein Mann mittleren Alters heran, hager und aschfahl, selbst nach plutonischen Standards. Wie diese anderen Leute, die den Colonel stutzig gemacht hatten, trug er eine Kiste mit Einkäufen. Als eindeutig zu erkennen war, dass er auf dieselbe Tür zusteuerte, übersprang Suzy ein paar Schritte und hielt sie ihm auf.

„Danke", murmelte der Mann. Es war reine Floskel, ohne jede Gefühlsregung übermittelt.

Dennoch lächelte sie fröhlich und ließ ihren inneren Chávez raushängen, als sie antwortete: *„¡De nada!"*

Als er sich an ihr vorbeiquetschte, bekam sie einen guten Blick auf die Kiste und deren Inhalt. Wie schon erwartet, war die voller Lebensmittel. Hauptsächlich Konserven. Dazu ein paar Hartkekse oder sowas.

Der Laden selbst war ein kleines Geschäft, nichts Besonderes. Ein paar Kühlgeräte, mehrere Regale voller Dosen und anderer wiederverwendbarer Behälter. In einer Ecke stand ein Gefrierschrank, in dem große Fischstücke und Ähnliches aufbewahrt wurden. Im vorderen Bereich blockierte ein Tisch mit frischen Produkten – hauptsächlich Backwaren, Wurzelgemüse und Pilze – den Fluchtweg. Mann, diese Zimtschnecken da überdeckten den vorherrschenden muffigen Geruch wirklich gut ... Außerdem ließen sie Suzy das Wasser im Mund zusammenlaufen.

War bestimmt ein Überbleibsel ihrer Anstrengungen. Nach dem Kanalisieren von so viel Magie hatte sie immer solche Tage; Tage, an denen sie einfach nur essen und essen konnte ... wie bei einem Saufkater. Einem magischen Kater. Ob andere Magienutzer auch solche Tage hatten?

‚Ist Ihnen etwas Ungewöhnliches an den Gegenständen in der Kiste aufgefallen?‘, testete sie ihr unsichtbarer Puppenspieler, während sie dem Mann ins Innere folgte.

‚Da war Staub drauf‘, meldete sie mit einem inneren Stirnrunzeln. *‚Und nicht nur auf einigen Sachen, als hätten manche der Behälter eine Weile im Regal gestanden, sondern auf allen. Als ob der Kram schon ewig in der Kiste liegt. Hat er das Zeug nicht gerade erst in dem anderen Laden gekauft?‘*

‚Hat er.‘

Was in Hekates Namen war hier los? Obwohl ein kleiner Teil in ihr begriff, dass die Trunkenheit sie geschwätzig und ihre Gedanken träge machte, konnte sie nichts dagegen tun. Mit etwas Glück arbeitete ihr erhöhter Stoffwechsel bereits daran, den Nebel zu lichten, welcher ihre geistigen Fähigkeiten beeinträchtigte ... und all das hier würde bald mehr Sinn ergeben.

Suzy steuerte auf das Zeitschriftenkarussell neben dem winzigen Tresen zu, gerade als der Mann seine Kiste darauf abstellte und sich an den gelangweilten Jugendlichen dahinter wandte.

Mit leiser, resignierter Stimme erklärte er: „Ich möchte das verkaufen, bitte.“

„Klar“, erwiderte der picklige Rothaarige, als leiere er eine Zeile eines auswendig gelernten Skripts herunter, welches er schon eine Fantastillion mal aufgesagt hatte. „Aber Sie wissen schon, dass ich nicht den vollen Wert auszahlen kann, oder?“

„Ja, weiß ich“, antwortete der Mann im selben monotonen Tonfall.

Mit einem Nicken tauschte der Rothaarige die Box gegen einen Credstick ein. Er wartete, bis der Mann gegangen war, bevor er sie hinter dem Tresen abstellte. Suzy gab dem Karussell einen leichten Schubs und es drehte sich gemächlich um die eigene Achse.

‚*Da kommt noch ein Kunde*‘, kündigte Federov an. ‚*Wenn der Austausch ähnlich abläuft, gehen Sie danach. Kein Grund, herumzuhängen und Verdacht zu erregen.*‘

‚*Okay.*‘

Sie entdeckte eine Comicfolie und stoppte das Karussell. Normalerweise hätte sie das Objekt ihres Interesses einfach während der Drehbewegung herausgeschnappt, doch mit ihren deutlich verlangsamten Reflexen wollte sie nicht riskieren, sich lächerlich zu machen, indem sie möglicherweise ins Leere griff.

Die Ladentür bimmelte. Ein weiterer Mann mit einer Kiste trat ein und die ganze Nummer wiederholte sich.

Als auch dieser Kunde gegangen war, sah der Rothaarige schließlich zu Suzy und fuhr sie an: „Hey, das hier ist keine Bücherei. Kaufst du das jetzt oder nicht?“

„Lass mal; sieht irgendwie langweilig aus.“ Sie schob die Folie zurück an ihren Platz. „Aber die Zimtschnecken riechen echt gut. Was sollen die kosten?“

„Schau aufs Etikett“, kam die Antwort in jenem genervten, rotzfrechen Ton, den Suzy so abgrundtief hasste. „Oder kannst du nicht lesen?“

„Ne, deswegen steh ich ja auf die Bilderfolien.“ Sie lächelte betont zuckersüß. „Also, wie viel?“

Er verdrehte die Augen und nannte ihr den Preis.

„Cool, ich nehme zwei.“ Sie schob eine der Münzen über den Tresen und er hielt ihr eine Papiertüte hin.

Hinter ihm säumten Kisten die Wand, mehrere übereinandergestapelt. Von dem, was die Hexe sehen konnte, unterschieden sich die Inhalte nur minimal.

„Kundenservice vom Feinsten“, bemerkte sie mit unverhohlener Ironie, während sie sich umdrehte, um ihren Einkauf selbst einzupacken. „Mach weiter so, *amigo*.“

Pickelgesicht schnaubte abfällig. Sie ließ die Türglocke das Geräusch übertönen.

Ein amüsiertes Kichern kitzelte ihre Eingeweide.

‚Ich verstehe den Impuls‘, tadelte Federov, *‚aber Sie klingen wirklich nicht wie eine Plutonierin.‘*

‚Nun, es tut mir leid, wenn das Ihr Ego verletzt, aber Sie irren sich. Ich versuche gar nicht erst, wie eine Plutonierin zu klingen‘, konterte sie in Gedanken und biss in das erste Gebäckstück. *‚Ich geb mein Bestes, um* nicht *wie eine Marsianerin zu klingen. Außerdem‘*, sie orientierte sich kurz und hielt dann auf den anderen Laden zu, *‚wie klingt denn bitte eine Plutonierin? Sie wollen mir doch nicht erzählen, dass in einer Nation, die fast unser gesamtes Sonnensystem umspannt, alle Menschen gleich reden!‘*

Mars, war das Gebäck lecker. Und sogar noch warm!

Entweder hatte er keine Antwort darauf oder ihm gefiel ihre rotzfreche Teenager-Attitüde nicht. So oder so gehörte ihr Kopf die ganze Strecke am Platz lang und in den nächsten Laden hinein allein ihr.

Die Hexe blieb gleich hinter der Tür stehen, um sich erst mal umzusehen. Da sie den Laden noch nie vorher betreten hatte, war das doch ein völlig normales Verhalten, oder?

Nun, dieser sah fast genauso aus wie der letzte, nur dass er etwa dreimal so viel Regalfläche hatte. Neben Lebensmitteln gab es auch mehrere Abschnitte mit Alltagsgegenständen und sogar Luxusartikeln. Nachdem sie sich einen Überblick verschafft hatte, ging sie direkt zur Theke.

„*Sveiki!*" Mit der Begeisterung einer Betrunkenen strahlte sie den zwielichtig wirkenden Mann hinter der Theke an, schwenkte ihre Tüte und fragte: „Sie verkaufen doch Kaffee, oder? Ich habe diese hier gerade in dem Laden da drüben gekauft, und sie sind wirklich gut, aber dann dachte ich: ‚Mensch, weißt du, was da fehlt? Die brauchen unbedingt Kaffee!' Sie haben doch Kaffee zum Mitnehmen, oder?"

Mit einer schlaffen Bewegung lehnte sie sich über den Verkaufstresen, direkt in seine Komfortzone. Eine ganze Reihe unausgesprochener Reaktionen huschte über das Gesicht des Mittevierzigers, bevor er sich für „Sicher" entschied und auf eine mit Kaffeebohnen und dampfenden Tassen verzierte Tafel zeigte. Darauf waren die üblichen Optionen und Preise aufgelistet.

„Was möchten Sie denn?"

„Oh!" Suzy blinzelte überrascht, als hätte sie das Schild eben erst bemerkt. „Ja, cool! Ich nehme einen Cappuccino. Also einen großen ... oder ne, einen mittleren. Und haben Sie Streusel? Ich *liiiiiiiebe* Streusel!"

Er unterdrückte eine erneute Regung in seinem Gesicht, als er antwortete: „Keine Streusel. Das hier ist keine Eisdiele, Lady."

„Oh, schade." Sie schmollte für eine Sekunde, dann verkündete sie in fröhlicher, beinahe Rivers-würdiger Stimme: „Kein Problem. Haben Sie Extraaromas?"

Der zwielichtige Kerl zeigte erneut auf die Tafel. „Sehen Sie da irgendwelche Extras drauf?"

Suzy kniff die Augen zusammen, als versuche sie den Sinn der – von ihrem BCI pflichtgetreu übersetzten –

Hieroglyphen zu entschlüsseln und sagte schließlich: „Also, ich bin nicht so gut im ... ähm ... Lesen. Sind da welche?"

Er verdrehte die Augen. „Nein!"

‚*Sie übertreiben*', schnitt Federovs Stimme scharf dazwischen. ‚*Der nächste Kunde kommt.*'

„Okay, fein." Suzy zuckte mit den Schultern und nahm noch einen Bissen von ihrer Zimtschnecke. „Dann nur den Cappuccino. Bitte."

Hinter ihr bimmelte die Türglocke. Mit einem tiefen Atemzug, der deutlich machte, wie erleichtert er war, sie bald los zu sein, kassierte der Typ Suzy ab, stellte einen Becher unter die Maschine und drückte den Startknopf.

Eine schlicht gekleidete Frau trat an den Tresen und warf der Betrunkenen mit den violetten Haaren einen langen Seitenblick zu.

„Oh, sorry." Das Mädchen trat zur Seite und deutete auf den sich lautstark aufheizenden Brühapparat. „Ich warte nur auf meinen Kaffee. Gehen Sie ruhig."

Die Frau schien etwas unsicher. Herr Zwielichtig griff unter den Tresen, stellte eine Kiste darauf und fragte: „Sie sind wegen Ihrer Bestellung hier, richtig?"

Fräulein ‚Graue Maus' nickte und machte eine Handbewegung, als würde sie ihm etwas zuschnipsen. Die Kasse piepste zur Bestätigung. Der Mann zeigte auf ein Transferpad und sagte: „Daumenabdruck, bitte."

Während sie seinen Anweisungen folgte und ihre Box entgegennahm, griff der Typ nach Suzys Becher.

Die Hexe beschloss, auf Süßungsmittel zu verzichten und drückte nur rasch den Deckel auf ihr Heißgetränk, sodass sie den Laden gleichzeitig mit der anderen Frau verlassen konnte.

Erneut nutzte sie den Vorwand, die Tür aufzuhalten, um einen guten Blick auf den Inhalt der Kiste zu erhaschen.

Kaum hatte sich die Tür hinter ihnen geschlossen, fragte sie: „Hey, sorry, dass ich Sie anquatsche, aber ich *liiiiiiebe* diese Kekse. Die hab ich im Laden gar nicht gesehen. Wissen Sie, wo die stehen?"

Die Frau schüttelte etwas ungläubig den Kopf und fragte: „Mögen Sie die wirklich? Das sind doch nur bessere Hartkekse."

„Schon, aber mein *wujciu* hatte sie immer auf der Anrichte stehen." Suzy übersprang einen Schritt, um mit ihr Schritt zu halten. „Er sagte dauernd, wir Kinder müssten unseren Kiefer trainieren, um eine klare Aussprache zu entwickeln. Deshalb weckt das bei mir so ein wenig Nostalgie, wissen Sie. ... Hey, wenn Sie sie nicht mögen, warum haben Sie sie dann gekauft?"

„Ich hab nie gesagt, dass ich sie nicht mag." Die Frau hielt den Blick nach vorn gerichtet.

‚*Was tun Sie denn?*', zischte Federov.

„Stimmt schon." Suzy nickte. „Hey, wollen Sie tauschen?"

Sie hielt der Frau die Papiertüte hin.

„Nein."

„Aber Sie wissen doch gar nicht, was drin ist." Suzy zog eine Schnute.

„Muss ich auch nicht." Die graue Maus schüttelte den Kopf. „Lassen Sie mich in Ruhe."

„Hey, wie wär's, wenn ich sie Ihnen abkaufe? Sagen wir ..."

‚*Was ist viel zu viel dafür?*', fragte sie Federov und sprach die Zahl dann laut nach.

Die Frau blieb abrupt stehen und musterte sie misstrauisch. „Wenn Sie die so unbedingt wollen ... warum gehen Sie nicht einfach zurück in den Laden und fragen danach?"

„Ähm ... nun, um ehrlich zu sein", Suzy wandte ihren

Blick ab und knabberte an ihren Piercings, bevor sie flüsterte: „Dieser Typ da drin hat mich echt seltsam angesehen, bevor Sie reinkamen. Das hat mir ein bisschen Angst gemacht."

Sie antwortete auf die hochgezogene Augenbraue der Frau mit einem hilflosen Achselzucken und einem freundlichen „Bitte?!"

Mit einem Seufzer schielte Fräulein Graue Maus voller Versuchung in die Kiste, dann zurück in die Richtung, aus der sie gekommen waren, und schließlich geradeaus, zu ihrem nächsten Ziel. Dann schüttelte sie den Kopf und presste durch zusammengebissene Zähne: „Tut mir leid, ich kann Ihnen nicht helfen. Und jetzt lassen Sie mich in Ruhe, wenn Sie wissen, was gut für Sie ist."

KAPITEL ELF

THEA\\ DER FEIND

Als GaSIn sie an den Termin erinnerte, war Thea augenblicklich wieder auf hundertachtzig.

Wirklich schade.

Nachdem sie so lange auf einen Sandsack eingedroschen hatte, bis die Haut über ihren Fingerknöcheln, Knien und Schienbeinen aufgeplatzt war, sich dann schlafen gelegt und das Ganze wieder und wieder von vorn begonnen hatte, fühlte sie sich heute ein oder zwei Stunden lang beinahe ... okay.

Doch dann musste ihr dieser verflixte Computer die Laune verderben.

„Sie haben in einer halben Stunde einen Termin mit Col. Federov bezüglich Ihres neuen Postens", informierte sie die emotionslose synthetische Stimme.

Kam ihr das nur so vor oder hatte selbst dieses hochnäsige Biest Baileywick nachgegeben und ihre Schmuse-KI so eingestellt, dass diese klang wie ein zweihundert Jahre altes, defektes Rechnermodul? Natürlich nur, um es den Plutoniern recht zu machen. Was auch immer nötig war, um diese rücksichtslosen, kranken Technophoben zufriedenzustellen! *Pah!*

Und Federov ... dieser aalglatte, eiskalte, übergriffige Sohn einer verseuchten terranischen Hure! Er war der Kern des Problems. Der Grund, warum ihr gesamtes Leben den Bach runtergegangen war. Als wäre die Situation nicht bereits schwierig genug gewesen, bevor er und seine Zirkusflieger aus dem Nichts auftauchten und Suzy und Jamaal auf das velorianische Schiff verschleppten. Dann ließ er Theas kleinen Bruder brutal zusammenschlagen, betäubte ihre arglose Geliebte und warf beide ins Gefängnis. Er ließ ihren Kerl wie einen Schwächling aussehen und brachte selbst den Admiral irgendwie dazu, ihn und seine Affen nicht nur auf dem Schiff zu behalten, sondern ihm auch noch eine führende Position zu geben.

Und damit nicht genug! Jetzt hatte er Wire und Xin zu seinem persönlichen Vergnügen in irgendeine Folterkammer gesteckt und Tank zu seinem Handlanger gemacht. Er hatte die Gedanken ihres Partners so sehr durcheinandergebracht, dass dieser ihre Beziehung beendet und anstelle von Thea einen durchgeknallten Venusianer als Stellvertreter akzeptiert hatte!

Und jetzt war sie dran. Was für eine beschissene Verwendung Federov für die Spartanerin auch vorgesehen hatte, es würde garantiert die Hölle werden. Sie war ohnehin schon der Witz vom Dienst. Jetzt würde er sie auch noch zum Fußabtreter degradieren. Es ging abwärts, ganz nach unten, in den allertiefsten Maschinenraum. Er würde sie sicher irgendwo in einem völlig unbedeutenden Redundanzposten verschwinden lassen oder so.

„Nix da“, murmelte Thea, als sie sich aus dem Bett rollte und mit einem Ruck ihre Hose hochzog. „So leicht wirst du mich nicht los!“

Sie würde es ihm zeigen! Sie würde ihn bereuen lassen, dass er je einen Fuß auf dieses Schiff gesetzt und sich in ihre Einheit und ihr Leben eingemischt hatte!

Mit einer wütenden Bewegung knallte Thea ein frisches Magazin in ihre Pistole und lud durch.

Die Nummer würde er so was von bitter bereuen!

Als sie die Waffe hinten in ihren Hosenbund schob und das Shirt darüber zog, wich die brennende Wut kalter Gewissheit. Nachdem sie hineingegangen war, würde nur einer von ihnen dieses hübsche, geräumige Büro, das Baileybiest für Federov hergerichtet hatte, wieder verlassen.

Und zwar sie.

„Herein."

Die weibliche Stimme war der erste Hinweis darauf, dass hier etwas ganz und gar nicht passte. Als Thea den Vorraum betrat, stolzierte Vestergaard gerade durch die innere Tür in denselben Raum. Hinter der Major erloschen die Lichter in Federovs Büro und die Tür fuhr mit einem Zischen zu.

Scheiße. Was ging hier vor?

„Wo ist Col. Federov?", fragte Thea. Zweifel versteiften schlagartig ihre Haltung und ließen ihre Stimme etwas höher klingen.

Die Frau mit den entstellenden Brandnarben im Gesicht blickte von einer Datenfolie auf, musterte sie und sagte: „Er hat Urlaub. Ich vertrete ihn für die nächsten ein bis zwei Tage."

„Oh."

Scheiße. Was nun?

Auch wenn sie hässlich wie die Erde war … diese Plutonierin hatte Thea bislang nichts getan, oder?

Vestergaard trat näher und machte eine einladende Geste in Richtung des auf einem Erfrischungstisch platzierten Samowars. „Machen Sie es sich bequem. Trinken Sie eine Tasse Tee auf Kosten des Colonels."

Okay, gut …

Das würde Thea die Möglichkeit geben, ihr Gesicht vor den neugierigen Blicken der anderen Frau zu verbergen, während sie einen Moment lang überlegte. Doch gerade als die Spartanerin sich vorbeugte, um nach einem der metallenen Becher zu greifen, fuhr ihr ein alarmierender Gedanke durch den Kopf. Was, wenn Vestergaard die Wölbung der –

Das nur allzu vertraute *Klick* des Entsicherns einer Schusswaffe unterbrach Theas Gedanken und trieb ihre Panik in die Höhe.

„Keine plötzlichen Bewegungen." Vestergaards Stimme hatte jegliche Wärme verloren. „Ziehen Sie Ihre Pistole mit zwei Fingern heraus und legen Sie sie langsam auf den Boden. Sie sollten wissen, wie das auszusehen hat, *daniete*?"

Luna, das war nicht gut. Was, wenn sie sie jetzt in den Arrestbereich warfen? Oder wenn Major Gesichtsschaden Verstärkung rief, um Thea ebenfalls zusammenzuschlagen? Vielleicht könnte sie sie überraschen und –

„Eine Scharfschützin richtet aus einer Entfernung von etwa 127 Zentimetern eine unidentifizierte Schusswaffe auf Ihren Kopf. Sind Sie sicher, dass Sie diesen Gedankengang weiterverfolgen wollen, Corporal? Sind Sie derart scharf drauf, dass ich die Wand dort drüben mit Ihrem Gehirn umdekoriere?"

Thea schluckte trocken und zog ihre Pistole mit zwei

Fingern heraus, bevor sie sie im Schneckentempo auf den Boden legte. Vestergaard bewegte sich nicht, gab außer ihrem gleichmäßigen Atem keinen Mucks von sich. Und selbst der schien erheblich verlangsamt.

„Gut. Jetzt drehen Sie sich um und treten Sie sie rüber."

Als die Spartanerin dem Befehl folgte, flüsterte sie: „Woher wussten Sie es?"

„Ich bin Scharfschützin, Corporal. Es ist mein Job, die Absichten eines Menschen an seinem Körper abzulesen und innerhalb von drei Herzschlägen zu erkennen, ob dieser bewaffnet ist oder nicht. Wenn mir das nicht gelingt, ist mein Team schneller tot als Sie ‚Ups' sagen können."

Statt sich zu bücken oder Theas Waffe mehr als einen beiläufigen Blick zu schenken, öffnete Gesichtsschäden mit einem Gedanken die Tür zum Innenbüro und kickte die Pistole hinein.

Die Tür schloss sich erneut. Mit einer leichten Bewegung ihres Kinns deutete Vestergaard auf einen Stuhl neben dem Erfrischungstisch.

„Setzen Sie sich", befahl sie. „Und sagen Sie mir: Was genau sollte das werden?"

„Ich ... ich dachte, ich könnte ihn überraschen." Thea setzte sich, legte die Hände in den Schoß und sah weg. „Ihrem tollen Colonel mal ordentlich die Meinung geigen. Karma. Kommt immer zu einem zurück, wissen Sie?"

„Karma?" Die Major hob ihre intakte Augenbraue. Dann lachte sie. *„Da*, ich bin sicher, er kennt so einige Damen mit diesem Namen. Vielleicht ist er gerade bei einer davon. Doch was zur Leere lässt Sie glauben, Sie hätten ihn überraschen können? Ausgerechnet ihn? Er ist derjenige, der *mir* beigebracht hat, meine Umgebung wahrzunehmen."

Sie ging hinüber, um sich den zweiten Stuhl zu holen und ihn an die Stelle zu ziehen, an der sie gestanden hatte – weit außerhalb Theas Reichweite. Dabei befahl sie: „Computer, zeig ihr die Simulation, die Col. Federov und unsere Infiltratoren vor drei Tagen zum Spaß durchgeführt haben."

Ein Vid erschien in der Luft vor Thea. Federov wurde von sechs schattenhaften Gestalten eingekreist. Sie hatten keine Chance. Es war ein Gemetzel. Nicht einmal eine Minute. Ein eisiger Schauer lief der Spartanerin den Rücken hinunter.

„Und selbst wenn es Ihnen irgendwie gelungen wäre, hätten Sie noch Glück gehabt, wenn ich, einer meiner Scharfschützen oder einer der Infiltratoren Sie danach zuerst gefunden hätte." Vestergaard drehte den Stuhl und setzte sich verkehrt herum darauf; ihre Waffe scheinbar locker in ihrer Hand. Wenn Thea jetzt aufsprang, würde die Plutonierin sie trotzdem problemlos abknallen. „Zumindest wenn uns nach Gnade zumute gewesen wäre. Die anderen wären sicherlich weniger zimperlich."

Noch ein Schauer. Verdammt, das war wirklich eine beschissene Idee gewesen. Vielleicht war es gut, dass sie Federov nicht angetroffen hatte ... Aber Luna, was würde Vestergaard jetzt mit ihr anstellen?

Die Stimme der Plutonierin wurde einen Hauch weicher, ihr Blick huschte zu Theas Schoß, als sie verlangte: „Zeigen Sie mir Ihre Hände."

Widerspruch schien zwecklos, auch wenn Scham inzwischen den größten Teil von Theas Innenleben stellte. Ihre Oberschenkel klemmten sich kurz um ihre Finger, doch dann atmete sie aus und hob die Hände.

Die Major betrachtete die verletzte, leicht verheilte und erneut aufgebrochene Haut für einige Augenblicke, bevor sie sagte: „Hören Sie: Sie haben im Grunde noch nichts verbrochen und ich habe meinen Vorgesetzten weggeschickt, damit er den Kopf frei bekommt – nicht, damit er bei seiner Rückkehr noch mehr Probleme vorfindet. Also mache ich in diesem Fall mal eine Ausnahme und werde Sie nicht melden."

Thea blickte auf. Ein erhobener Zeigefinger war auf sie gerichtet.

„Allerdings. Sollten Sie jemals versuchen, meinem Freund ernsthaft zu schaden, und das auf wundersame Weise tatsächlich überleben, dann werde *ich* diejenige sein, die Sie zuerst findet. Und mir wird der Sinn dann nicht mehr nach Gnade stehen. Ganz im Gegenteil. Verstehen wir uns?"

„J-ja, Ma'am."

„Gut. Außerdem erwarte ich von Ihnen, dass Sie sich mit jemandem zusammenzusetzen, der gut darin ist, über diesen ganzen Scheiß zu reden. Ich bin nicht die richtige Person für sowas. Versuchen Sie es mit Barbie. Die ist Expertin für Ficken und Emotionen und all die Arten, wie das miteinander funktionieren kann und sollte oder eben auch nicht. Sie wissen schon", Vestergaard machte eine vage Geste, „so von Schlampe zu Puffmutter oder wie auch immer. Barbie sollte in einer der Bars zu finden sein. Danach, wenn es Ihnen besser geht, spätestens aber in zwei Tagen, melden Sie sich bei Ihrem neuen Vorgesetzten. Die Details finden Sie auf der Folie. Ihre Dienstwaffe können Sie in einer Woche im Provostbüro abholen. Wegtreten."

Federovs Stellvertreterin deutete auf den Tisch. Hitze schoss Thea den Nacken hinauf bis in den Haaransatz.

Schlampe zu Puffmutter ... sicher.

Luna, war das peinlich ...

„Also, was für einen beschissenen, dreckigen Job hat er

mir aufgedrückt?" Sie stand langsam auf und griff nach der Folie.

Was zum ... das konnte doch nicht stimmen, oder?

Thea erstarrte, zu verbittert um sich Hoffnungen zu machen. „Ist das ein Scherz?"

„Nein." Vestergaard erhob sich ebenfalls und stellte den Stuhl zurück. „Col. Federov war der Meinung, dass man Sie womöglich nicht fair und respektvoll behandeln würde, sollte er Sie einer plutonischen Einheit zuteilen. Und da Ihr Ex so erpicht darauf war, Sie loszuwerden, hielt der Colonel diesen Posten für die beste Möglichkeit, Ihre Fähigkeiten und Interessen zu nutzen und Sie zugleich aus Thompsons Zuständigkeit fernzuhalten. Also hat er ein paar Strippen gezogen."

Ihre Welt verschob sich erneut, als Thea weiter auf die Datenfolie starrte – auf die drei Worte, welche vielleicht die bestmögliche Zukunft definierten, auf die sie im Moment hoffen konnte.

„Medizinische Assistenz/Sanitäter", stand dort. „Melden Sie sich bei Dr. LaMont für genaue Anweisungen."

„Danke." Eine einzelne Träne lief ihr übers Gesicht.

Vielleicht war es Erleichterung. Vielleicht war es auch nur die Nachwirkung der Panik, welche ihr System noch vor wenigen Minuten durchtränkt hatte. Vielleicht war es sogar Hoffnung. Sie würde sich nicht mehr zwischen einem miserablen Alltag unter Menschen, die sie hassten und sie als Hure bezeichneten, und der Entscheidung, ihren kleinen Bruder in einem fremden Sonnensystem sich selbst zu überlassen, entscheiden müssen.

„Danken Sie nicht mir", erwiderte die Major mit einem hörbaren Grinsen. „Danken Sie Karma."

KAPITEL ZWÖLF

SUZY\SERGEY\\ INTERESSANTE BEOBACHTUNGEN

Während Suzy ihrem kleinen Auftrag nachgegangen war, hatte Federov die Basis gewechselt. Als die Hexe das Hinterzimmer einer kleinen Bar auf der gegenüberliegenden Seite des Platzes betrat, fand sie den Mann mit einer Tasse Tee in der Hand vor, vertieft in irgendetwas in seiner persönlichen AR, das sie nicht sehen konnte.

Dunkler Sand knirschte unter ihren Füßen, echte Palmen gediehen unter grellgelbem Licht und rot glühende Risse zogen sich durch Boden und Wände. Angesichts der tiefen Bräune der Kellnerinnen in ihren winzigen Bikinis strahlten die Deckenlampen vermutlich eine ordentliche Portion UV-Licht ab.

„Ich hatte noch Essen in dem anderen Restaurant“, beschwerte sie sich, während sie gegenüber ihrem Aufseher am Kunstholztisch Platz nahm.

Verdammt, war das heiß hier drin ...

„Und das haben Sie immer noch.“ Er schob ihr eine Thermoschüssel rüber. Sie hatte sie hinter den überdimensionierten Kokosnüssen, welche Gewürze und Besteck beinhalteten, gar nicht bemerkt.

Eine volle Minute lang sah er sie nicht einmal an.

Schließlich warf Suzy die Papiertüte auf den winzigen Tisch und sagte: „Hier, ich habe Ihnen eine Zimtschnecke mitgebracht."

Er ignorierte das Gebäck und fuhr sie an: „Ich hatte Ihnen gesagt, Sie sollen unauffällig sein!"

Die übermütige Leichtigkeit verflüchtigte sich langsam wie Nebel im Sonnenlicht. Dennoch ließ sie sich nicht einschüchtern und erwiderte: „Ich bin eine beschwipste Ausländerin mit lila Haaren und Augen. Wenn ich versuche, unauffällig zu wirken, dann ist das sowas von verdächtig! Außerdem hätten Sie auch erfragen können, ob einer Ihrer Infiltratoren gerade Urlaub auf der Station macht. Sie mussten nicht mich schicken."

Daraufhin breitete sich ein plötzliches Grinsen auf seinen Lippen aus. „Leere, Sie sind erstaunlich konfrontativ, wenn Sie getrunken haben. Das muss ich mir merken."

Ah, scheiße.

Ein kalter Schauer lief ihr den Rücken runter.

Verdammt, das würde sie später sowas von bereuen ...

„Keine Sorge, es gefällt mir." Er nahm die Tüte und begann, an dem übrig gebliebenen Gebäckstück zu knabbern. „Solange Sie diese Einstellung auf private Ausflüge beschränken."

„Ja, Sir", murmelte die Hexe.

„Sergey", korrigierte er. „Während wir unseren Spaß haben und unsere freie Zeit genießen, nenn mich Sergey."

Meinte er das ernst? Oder, genauer gesagt, hatte er wirklich eine umgängliche Seite oder grub ihr verdammtes Mundwerk gerade das tiefste Schlagloch ihres Lebens? ... Und wer ordnete diesen verkackten Spionagekram als ‚Spaß' ein?

Als er sein Angebot nicht zurückzog, antwortete sie schließlich: „Suzy. Nenn mich ... Suzy."

„Also dann, Suzy, erzähl mal. Was glaubst du, geht hier vor sich?"

Sie hatte schon auf dem Weg hierher darüber nachgedacht und war geradezu begierig, ihre Vermutungen zu teilen.

„Das ist eine Art großangelegter Raub, oder? Die Läden gehören doch demselben Besitzer? Sie verkaufen im Grunde dasselbe Zeug. Der zweite hat nur ein paar zusätzliche Gänge mit teurerer Ware. Also werden die Rationsmarken, welche diesen Leuten ein bezahlbares Existenzminimum garantieren sollten, dazu benutzt, die Läden zu füllen. Der Besitzer kassiert den vollen Preis, indem er immer wieder Zeug verkauft, das niemand will, während die Leute, die ihre Lebensmittel zum Grundpreis bekommen sollten, irgendwie dazu gezwungen werden, sie zu einem schlechten Preis weiterzuverkaufen. Wahrscheinlich gehen die Leute danach in einen ganz anderen Laden, um ihr eigentliches Essen zu kaufen. Ich meine, das machen die doch offensichtlich nicht freiwillig. Die Frau, mit der ich gesprochen habe, war kurz davor, mir ihre scheußlichen Kekse zu verkaufen, traute sich aber nicht, richtig?"

„So sieht's aus", sagte er. „Das war übrigens echt dumm von dir. Sehr unprofessionell."

„Ich bin auch keine ausgebildete Spionin! Ich bin in nichts ausgebildet. Das alles hier", sie gestikulierte vage, „übersteigt verdammt noch mal meine Fähigkeiten!"

Er hob synchron zu seiner Tasse eine Augenbraue.

„Wie auch immer; wenn ich an Stelle dieser Leute wäre, würde ich mein restliches Geld nicht auch noch diesen diebischen Arschlöchern in den Rachen werfen. Ich würde woanders in echt einkaufen gehen."

Federov –Nein, *Sergey*– nickte ermutigend.

„Und der Ladenbesitzer bekommt für jeden eingelösten Rationenschein einen festen Betrag, nehme ich an?", fragte sie. „Vom Staat?"

„*Da*." Er lächelte. „So ist es."

„Aber wie kriegen sie diese Leute überhaupt dazu? Ich meine, das sind doch freie Bürger, oder? Die müssen das doch nicht mitmachen."

Und da war sie wieder, diese unglaubliche Naivität. Und das, obwohl das Mädchen Sergey gerade noch so positiv damit überrascht hatte, wie gut sie den Aufbau dieser Operation verstand. Doch bevor er sie erneut zurechtweisen konnte, schaute sie zu Boden.

Erkenntnis und der Nachhall längst überstandener Schmerzen huschten über ihr Gesicht, als sie murmelte: „Oh. Verstehe. Die haben wahrscheinlich sehr … schlagfertige Argumente."

„Ja."

„Das ist echt gemein." Das Mädchen beobachtete seine Reaktion.

Versuchte sie nun, *ihn* auszuloten?

Interessant.

„Macht dich das sauer? Ich meine, du kämpfst da draußen für die Sicherheit der Gemeinschaft und dann sind da diese Arschlöcher, die das alles ausnutzen und sich einfach an den anderen bereichern. Wenn die vom Staat klauen, klauen sie von allen, nicht nur von ihren direkten Opfern, oder?"

Er hätte beinahe laut losgelacht. Stattdessen lehnte er sich zurück und verschränkte die Arme.

„Man muss die volle plutonische Staatsbürgerschaft haben, um diese Rationsscheine zu erhalten“, erklärte er. „Das bedeutet, dass all diese Leute ihre militärische Grundausbildung absolviert haben. Sofern sie nicht durchweg katastrophale Ausbilder hatten, können sie im Nahkampf bestehen und mit Messern, Pistolen und Ähnlichem umgehen. Sie sollten problemlos in der Lage sein, sich zu verteidigen. Sie könnten sich zusammentun. Sie könnten diesen Ort verlassen und irgendwo anders neu anfangen. Doch das tun sie nicht. Sag mir ... diese Schürfer, mit denen du gearbeitet hast. Glaubst du, die hätten so eine Ausbeutung stillschweigend hingenommen?“

Als sie nur den Kopf schüttelte, fuhr er fort: „Hier geht's nicht um den Staat oder die Gemeinschaft. Hier geht's um ein paar fügsame Schafe, die sich nicht wehren wollen. Also nein, es stört mich nicht. Und dich sollte es auch nicht stören. Emotionen führen zu schlechten Entscheidungen.“

Suzy Magecraft überspielte, was sie offensichtlich als Fehltritt ihrerseits empfand, mit einem leisen Räuspern und meinte: „Also denkst du, wir sollten sie einfach ... runterschlucken?“

„Nur wenn du irgendwann explodieren willst.“ Er zuckte die Achseln. „Gefühle haben ihren Platz; sie sind wichtige Indikatoren. Du kannst sie nutzen“, er beugte sich vor, um seinen Worten mehr Nachdruck zu verleihen, „doch du solltest niemals zulassen, dass sie die Kontrolle über dich und deine Entscheidungen übernehmen. Es gibt einen Grund, warum du so einen schicken, hoch entwickelten präfrontalen Kortex hast. Der ist nicht nur dafür da, deine Stirn hübsch aussehen zu lassen.“

Hitze schoss ihr den Hals hinauf bis in die Wangen, doch sie hielt den Blick gesenkt und erwiderte nichts.

Dieses Mal schien sie auch deutlich weniger Lust zum Essen zu haben und drehte die Thermoschale nur einige Minuten lang zwischen ihren Händen, ohne sie zu öffnen.

Schließlich fragte sie: „Also, was machen wir dann jetzt? Die Provoste verständigen?"

Da Rationsbetrug als Kapitalverbrechen galt, fiel dieser Fall tatsächlich und eindeutig in die Zuständigkeit der Stationsprovoste und nicht in die ihrer privaten Kollegen. Nicht, dass dem Mädchen dieser Unterschied bewusst wäre ... oder er sie überhaupt interessieren brauchte.

„So einfach ist das leider nicht." Sergey dachte an den besser ausgestatteten Laden zurück. Der hatte sogar einige Regale mit Luxusartikeln beinhaltet. Nettes Zeug. „Glaubst du, keins der Opfer hätte das je versucht?"

Suzy sah abrupt auf. „Meinst du etwa, die Provoste stecken mit drin?"

„Es liegt nahe, dass zumindest derjenige, der für diesen Bereich oder diese Art von Verbrechen zuständig ist, dafür bezahlt wird, wegzusehen." Sergey öffnete in seiner AR-Sicht die von Diaz übermittelten Notizen und versuchte herauszufinden, wer das sein könnte.

Hm. Also doch nicht McEntire.

„Könnte immer noch McEntire sein. Er hat bei allem das letzte Wort." Diaz deutete auf Magecrafts Thermoschale. „Essen Sie das noch?"

Das Mädchen schüttelte den Kopf und schob sie ihm zu.

„Aber das ist unwahrscheinlich", konterte Sergey. „Dann hätte der Bereichsprovost, der ihn darauf aufmerksam gemacht hätte, misstrauisch werden und ihn verpfeifen müssen."

„Ihn melden müssen", korrigierte der Provost, während er seinen Gesichtsschutz beiseite legte und sich über das Essen hermachte. „Übeltäter verpfeifen sich gegenseitig. Aber ja, dem stimme ich zu."

„Richtig." Sergey lächelte über die Unterscheidung. „Können Sie zu McEntire gehen und ihn veranlassen, die Läden hochzunehmen?"

Diaz hielt mitten in der Bewegung inne und überlegte. Schließlich nickte er.

„Vermutlich." Er inhalierte den Rest des Eintopfs geradezu. Auf Sergeys fragenden Blick erklärte er: „Tut mir leid, ich habe seit zwei Tagen nichts gegessen."

Bis zu diesem Punkt hatte Magecraft die Unterhaltung still mitverfolgt und nur auf direkte Fragen reagiert. Jetzt fragte sie: „Mars ...männer! Warum das?"

Diaz zuckte mit den Schultern. „Ich war beschäftigt."

„Und wo sind Ihre Trooper?" übernahm Sergey erneut die Gesprächsführung.

„Sie meinen meine Wachmannschaft?", fragte der andere Mann mit einem amüsierten Funkeln in den dunklen Augen. „Sie bewachen alle anderen, damit ich mich frei bewegen kann, was sonst?"

„Verstehe. Und warum das Zögern vorhin? Wegen McEntire."

Ihr Provost lehnte sich zurück und atmete tief aus. „Weil ich eine sehr gute Vorstellung davon habe, wie all dies am Provost Major vorbeigeht. McEntire tritt in einem Jahr in den Ruhestand. Er fährt schon jetzt eine sehr komfortable Linie, lässt seinen Stellvertreter den Großteil des Tagesgeschäfts erledigen und geht seit Langem schon nicht mehr selbst auf Streife. Dass er der erste Einsatzbeamte an",

Diaz' Blick huschte kurz zur Hexe, „dem anderen Tatort war, scheint tatsächlich reiner Zufall gewesen zu sein."

„Interessant", murmelte Sergey, „aber nicht schlüssig. Könnte er den nächsten faulen Apfel heranziehen?"

Diaz musterte seinen Vorgesetzten einen langen Moment, bevor er die versteckte Frage mit einem winzigen Grinsen quittierte und antwortete: „Zwei Provoste zu schmieren scheint mir für eine so kleine Operation etwas übertrieben. Meines Wissens nach sind die recht teuer. Nein, ich vermute McEntire zieht es vor in seliger Unwissenheit zu schwelgen."

„Solange in seiner Abteilung nichts allzu Drastisches passiert?", fragte Sergey.

Naddis baldiger Stellvertreter nickte knapp. „Genau."

Nachdem die gemeinsame Basis gefunden war, erwiderte der Colonel das Nicken. Er wartete ein paar Herzschläge und lehnte sich vor, um anzuzeigen, dass er das Thema wechselte, bevor er sagte: „Nun, in diesem Fall müssen wir wohl den guten alten McEntire aus seinem magischen Schlummer erwecken. Ihre Chefin ist aus dem Urlaub zurück; soll ich sie anrufen, damit sie das Küssen übernimmt?"

„Lieber nicht." Diaz zog eine Grimasse. „Darüber wäre sie sicher äußerst ungehalten. Ich erledige das. Geben Sie mir ein paar Stunden, um belastende Vidaufnahmen und Transaktionszahlen auszugraben."

„Sie haben Zugriff auf all das?"

Der andere rieb die Rüstung über seinem rechten Oberschenkel. „McEntire schiebt mir nur zu gern die gesamte Ermittlungsarbeit zu. Wahrscheinlich möchte er, dass ich der Arsch bin, der die IE einschaltet."

„Oder vielleicht …", Sergey wartete, bis die Kellnerin die bestellten Getränke serviert hatte, bevor er fortfuhr,

„... hofft er ehrlich, dass wir uns irren und Sie letztendlich nichts finden werden."

„Klar." Diaz schnaubte, als er seinen Mocktail hob. „Auf ehrliche Menschen, die ehrliche Fehler begehen."

Sergey hielt seinen Blick. „Auf gute Provoste, die gute Arbeit leisten."

„Ähm, Prost?" Auch Magecraft hob ihr Glas und sie tranken gemeinsam.

KAPITEL DREIZEHN

RIVERS\\ VERNÜNFTIGE RATSCHLÄGE

Riv fiel völlig erledigt ins Bett. Es war nicht direkt eine körperliche Erschöpfung, doch wenn ihr Gehirn Muskelkater verspüren könnte, würde es gerade wie verrückt brennen. Seit Baileywick vor zwei Tagen die Verantwortung für das Training des Sensorteams übernommen und deren Simulationsstunden verdoppelt hatte, nur um sie mit immer ausgefeilteren, in immer kürzerer Zeit zu lösenden Aufgaben zu drangsalieren, ging es steil bergab. Und zwar im Eilgang.

Die Türglocke klingelte just in dem Moment, in dem Riv wegdämmerte.

„Hm?“, grummelte sie.

„Riv, bist du da?“

Die Wissenschaftlerin blinzelte ein störrisches Augenlid auf. „Fee? Was –“

Sie warf einen Blick auf ihre BCI-Uhr.

OH, SCHEIßE!

Panik durchfuhr Riv. Sie hatte drei verdammte Stunden verschlafen! Und es nicht mal mitbekommen!

„Komm rein!“, rief sie.

Die Tür öffnete sich und Fee betrat den Raum. Sie hatte sich schick gemacht ... also, für ihre Verhältnisse zumindest. Zur Abwechslung trug sie weder Kittel noch OP-Kleidung, ihr Haar war zu etwas gestylt, das fast schon als Frisur durchging, und sogar ein Hauch von Eyeliner und etwas dezent aufgetragenes Puder zierten ihr Gesicht.

„Es tut mir so leid", murmelte Riv, während sie ihren unkooperativen Körper aus dem Bett rollte. „Ich hab nur kurz die Augen zugemacht und –"

Fee verschränkte die Arme. „Du hast es vergessen."

„Nein!", log Riv, während sie in ihre Stiefel schlüpfte. „Nein, hab ich nicht!"

Verdammt, warum hatte sie keinen Wecker gestellt?

Fee warf ihr diesen Blick zu.

„Okay, fein; ich habe es vergessen!", gestand Riv mit einem Seufzer. „Baileywick setzt uns echt hart unter Druck, okay? Ich bin gerade erst aus der VR zurück und total fertig. Können wir vielleicht wann anders ..."

Wieder dieser Blick. Stimmt, sie hatte das wirklich schon eine Weile vor sich hergeschoben.

„Nein, vergiss es; es geht schon!" Mit ruckartigen Bewegungen schnürte sie ihre Stiefel zu und sprang auf die Beine.

Zu schnell ... das war zu schnell gewesen ...

Riv unterdrückte das leichte Schwindelgefühl, richtete sich auf und überspielte es mit einem breiten Lächeln. „Gehen wir!"

„Willst du nicht ..." Fee deutete auf die etwas zerknitterte Kleidung ihrer Gegenüber.

„Und dich warten lassen?" Die Jüngere zupfte an Jacke und Hose, um den Smart-Stoff einigermaßen zu glätten. „Keine Chance! Außerdem: Ich verhungere!"

In einer Mischung aus entspannter Stille und Smalltalk machten sie sich auf den Weg zum *Beak*. Es war auch eigentlich egal, worüber sie redeten. Es ging nur darum, Zeit miteinander zu verbringen.

„Also", meinte Fee mit gerunzelter Stirn, als sie die Bar betraten, „du siehst nicht gut aus. Was ist passiert?"

„Ist schon okay." Riv winkte ab. „Es sind nur diese ganzen Simulationen. Die scheinen irgendwie sinnlos. Ich meine, wir werden einfach nicht besser."

„Wie kommt's?", fragte ihre Freundin, während sie sie an den Spieltischen vorbei zu den Fenstern auf der rechten Seite führte.

Da auf der leeren Bühne keine Show stattfand und auch insgesamt nur wenige Gäste da waren, herrschte eine friedliche Atmosphäre mit leisem Geplauder vor.

„Weil wir sowieso schon super Arbeit leisten!" Die Wissenschaftlerin rutschte auf die Bank einer freien Sitznische und öffnete das AR-Menü.

„Ach wirklich?" Fee ließ sich ihr gegenüber nieder. „Hey, ist das nicht deine neue Teamkollegin da drüben?"

Die Jüngere schaute in die angedeutete Richtung. „Ja, das ist Montoya. Sie ist okay. Aber – ich schwöre – an den meisten Tagen wirkt sie mehr wie ein Roboter als Eve!"

„Also heißt das, du magst sie oder eher nicht?" Fees Versuch, unauffällig hinüberzuspähen, wirkte herrlich unbeholfen.

„Du weißt schon, dass dieser Agentenblick nicht funktioniert, wenn das Ding, das du dir vors Gesicht hältst, größtenteils durchsichtig ist, aye?", merkte Riv mit einem unwillkürlichen Grinsen an.

Doch sie wusste auch, dass Fee sie so lange damit

nerven würde, bis sie eine zufriedenstellende Antwort erhielt, also gestand sie: „Ich bin mir echt nicht sicher. Zuerst dachte ich, sie wäre eine totale Zicke. Dann war sie unglaublich nett und nachsichtig und ich dachte, sie würde mich aus irgendeinem Grund ködern. Aber es ist nie was passiert. Sie weiß, was sie tut, und sie arbeitet nahtlos mit ihrem Team zusammen. Ich ... passe einfach nicht in deren Struktur. Ich weiß nicht, wie man Teil von so was ist."

Die Ärztin legte den Kopf schief. „Weil du ein einsames Genie bist?"

Ja, sie kannte Riv nur zu gut ... trotz der langen Zeit, die sie sich nicht gesehen hatten. Manche Dinge änderten sich eben nicht.

„Ich kann einfach nicht gut mit Menschen." Die Wissenschaftlerin zuckte mit den Achseln und gab ihre Bestellung auf. „Jedenfalls nicht auf lange Sicht. Und ich bin kein Genie; ich bin nur gut darin, Fakten wiederzukäuen."

Fee bettete herausfordernd ihr Kinn auf ihre Hände. „Also, mich hättest du fast getäuscht."

„Ha. Ha. Ha." Riv war nicht in der Stimmung für eine psychologische Beurteilung. „Und es spielt auch so oder so keine Rolle. Wir kommen gut miteinander aus."

„Du meinst, ihr arbeitet parallel statt Hand in Hand?"

„Nun ja, schon irgendwie ... Aber es funktioniert, das ist doch das Entscheidende, oder? Also, wie geht's Xin?"

„Du weichst aus." Fee ließ ihr AR-Menü verschwinden und beugte sich vor. „Hör zu. Du bist einer der intelligentesten Menschen, die ich kenne, aber im Moment benimmst du dich wie ein riesiger Dummkopf. Weglaufen wird dir nicht helfen. Entweder denkt der Kapitän sich irgendeinen teuflisch cleveren Plan aus, um dich zu brechen und dich mit klarem Kopf wieder aufzubauen, oder er wirft dich von seiner Brücke. Er kann es sich nicht leisten, dass ein unkooperatives Rädchen im Getriebe seinen Deal mit den Plutoniern gefährdet. Also, wenn du nicht lernst, mit deinem Team zu spielen ..."

Sie ließ den Satz unvollendet im Raum hängen.

Riv schüttelte den Kopf. „Das kann er nicht machen. Das wird er nicht tun."

„Klar kann er das!" Fee riss zur Betonung die Augen auf. „Und warum sollte er nicht? Du bist eine unerfahrene Fremde, ein sturköpfiges Küken, welches das Wohl seiner Crew gefährdet. Du weißt genau, was in dieser Gleichung mehr zählt als alles andere."

Trockenheit kratzte in Rivs Kehle. Das war so frustrierend. Alles daran. Dieser ganze Schlamassel! Oh, wie sie sich nach den einfacheren Tagen sehnte. Für eine Sekunde zumindest. Dann verbannte sie diese dummen, langweiligen Gedanken aus ihrem Kopf. Sie ließ sie mit einem Seufzer los.

Scheiße, Fee hatte recht.

„Und warum," fügte die Ältere mit gesenkter Stimme hinzu, „fällt dir das überhaupt so schwer? Du hast kein Problem damit, all diese Typen für dein persönliches Vergnügen einzuwickeln. Also erzähl mir nicht, du wärst sozial unfähig."

„Das ist was anderes." Riv verschränkte die Arme.

„Inwieweit? Ihr wollt dasselbe Endergebnis und einigt euch auf ein paar Grundregeln, um dahinzukommen, oder? Wie ist das nicht genau das, was du mit Montoya und ihrem Team tun solltest?"

„Also ..." Riv hatte keine guten Gegenargumente.

Nicht, dass es einen Unterschied machte, denn Fee war noch nicht fertig.

„Außerdem, wie bist du zu deinem momentanen Stand

gekommen? Wie hast du dein Wissen erworben? Nur durch Lesen und Auswendiglernen? Komplett im Alleingang? Oder hattest du vielleicht zwischendurch ein paar richtig gute Lehrer und Mentoren?"

„Natürlich hatte ich die."

Verdammt, sie wusste, worauf ihre Freundin hinauswollte.

Ah, verdammt ...

„Und nenn mir ein Feld, in dem du etwas wirklich Lohnenswertes entdecken kannst, obwohl du überzeugt bist, dass du schon alles weißt." Fee hob eine Augenbraue. „Fällt dir eins ein?

„Nein," antwortete Riv brav.

„Na, also." Fee deutete auf Montoya. „Da sitzt deine neue Mentorin. Geh und finde raus, was sie dir beibringen kann."

„Aber –"

„Kein ‚aber'. Die Zeit des Aberns ist vorbei! Als die Ältere bin ich verpflichtet, mich hier durchzusetzen. Weil ich mir Sorgen um dich mache und nicht will, dass der Kapitän dich unter seinen Füßen zerstampft! Ich erzähle dir von Xin, sobald du mir bewiesen hast, dass du deinen Stolz überwinden und ein Teamplayer sein kannst." Die Ärztin erhob sich. „Also geh jetzt und knüpf einen Kontakt. Steck ein paar Grundregeln ab und finde heraus, was du zu der Nummer beitragen kannst. Ich bin derweil an der Bar."

Nach fünf Minuten des Zögerns holte Riv tief Luft und erhob sich ebenfalls.

ARGH!

Es war einfach lästig, wenn Fee mal wieder recht hatte ... und sie in einer solchen Zwickmühle zurückließ.

KAPITEL VIERZEHN

SUZY\\ FRAGWÜRDIGE ETHIK

„Komm, wir machen uns auch auf den Weg." Federov winkte die Kellnerin herbei, kaum dass Diaz gegangen war.

„Was?" Suzy schaute verwundert. „Wieso?"

„Du sollst doch noch ein paar interessante Orte zu sehen bekommen." Die Augen des Colonels funkelten vor Tatendrang. „Ich hab schließlich versprochen, dir zu zeigen, wie man richtig feiert."

Er hatte auch gesagt, er würde ihr vielleicht ein oder zwei Bordelle zeigen ...

Ach, Marsstaub, warum hatte er sie nicht einfach bei den anderen auf dem Shuttle gelassen? Verdammt, dieser Abend wurde immer ... einfach nur ... hochgradig seltsam!

„Schau nicht so bedröppelt, Suzy. Das wird lustig!" Er strich seine Uniform glatt, obwohl nicht ein Krümel darauf klebte. War sicher nur so ein Reflex.

Na klar. Lustig ...

Seufzend bezahlte Suzy ihren Teil der Rechnung und folgte Federov hinaus. In einem entspannten, aber zielstrebigen Marsch überquerten sie den Platz, gingen eine

Promenade hinunter, dann in einer Schleife eine zweite, mit ein paar Abstechern in Hinterhöfe und Sackgassen, noch einen Korridor entlang, bis sie endlich den Bereich verließen.

„Haben wir uns verlaufen oder haben Sie gerade den zweiten Laden ausgekundschaftet?", wagte sie zu fragen, als sich endlich eine Aufzugstür hinter ihnen schloss.

Federov lächelte nur und fragte: „Also, was magst du lieber? Frauen oder Männer?"

Sie verstand den Wink mit dem Zaunpfahl und flehte: „Können wir nicht einfach noch was trinken gehen und dann Feierabend machen? Ich verspreche auch, mich ordentlich volllaufen zu lassen und –"

Er warf ihr diesen Blick zu.

„Okay, hör zu." Sie rieb sich die leicht pochende Schläfe und plötzlich sprudelten die Worte aus ihr heraus: „Ich hatte gerade erst einen One-Night-Stand, also ich brauche und will das echt nicht. Wenn Sie ... du das tust, dann geh ich einfach zurück zum Shuttle und lass dir deinen Freiraum, okay? Aber das ist total schräg und ich werde nicht mit meinem Aufseher in ein von der Leere verlassenes Bordell gehen!"

Für einen schrecklichen Moment herrschte Stille. Dann erfüllte sein herzliches Lachen den kleinen Raum und die Hand des Mannes schlug auf ihrer Schulter auf.

„Also eigentlich", gestand er, sobald er genug Luft hatte, um zu sprechen, „hatte ich vor, dich dort zu lassen, damit du dich amüsieren kannst, während ich den Laden hochnehme. Aber jetzt denke ich, dass es viel spaßiger wäre, wenn du mitkommst."

Sie schaute verdutzt. „Moment. Bitte, was?"

Der Aufzug hielt zwischen zwei Etagen, gerade als Federov seinen Griff an ihrer Schulter nutzte, um sie zu sich herumzudrehen. Alle Scherze und Sticheleien beiseite geschoben, zeigte sein Gesichtsausdruck nur noch Entschlossenheit und freudige Erwartung, als er fragte: „Sag mir, Suzy Magecraft, willst du wirklich zurück zum Shuttle und ein paar Stunden deines Lebens verschnarchen oder willst du lieber mit mir kommen und was erleben?"

Verdammt, wollte sie das? Dies hier war ein ausschlaggebender Moment, oder? Wenn sie ihm hier aushalf, würde er sie vielleicht mehr mögen. Das könnte ihr in Zukunft entgegenkommen. Aber sie könnte auch in noch größere Schwierigkeiten geraten ... Ach, Marsstaub, sie war bereits eine Kriegsverbrecherin! Was könnte ein kleiner Einbruch das schon draufaddieren? Außerdem schien Federov nicht der Typ zu sein, der erwischt wurde. Und selbst wenn, könnte er immer noch behaupten, sie würden ermitteln, nicht wahr? Ermittelten sie noch? Hatte Diaz diese Aufgabe nicht übernommen?

„Kommt drauf an." Suzy kniff die Augen zusammen. „Warum willst du noch mal in diesen Laden einbrechen?"

„Um die Luxusgüter zu klauen."

Wiebittewas?

Bevor sie die Frage aussprechen konnte, setzte sich der Aufzug erneut in Bewegung. Er öffnete sich mit einem Ping auf dem ‚Hauptvergnügungsdeck', wie Chávez es genannt hatte. Federov rührte sich nicht.

„Du hast ein Übersetzungsprogramm lokal installiert, damit du plutonische Schrift lesen kannst?", fragte er.

„Ja, sicher." Sie fühlte sich seltsam dumpf. Hatte er gerade wirklich gesagt, was sie gehört hatte?

„Gut. Dann trenn jetzt dein BCI von der Stationsmatrix. Viele Leute machen das hier, damit sie nicht zurückverfolgt werden können, während sie sich amüsieren."

‚Sich amüsieren' ...

„Ist ... Ist es das für dich? Spaß?" Sie bemerkte kaum, dass sich die Türen wieder schlossen. „Diese Leute werden systematisch ausgeraubt und du willst mitmachen?"

Seine Augen verengten sich gefährlich; sein Ton wurde frostig kalt. Von einem Herzschlag zum nächsten war der nette, kumpelhafte Typ, der sie zu einem Drink nach dem anderen überredet hatte, verschwunden und der Sensenmann sprach: „Ich mache bei nichts mit, Suzy. Wir beenden dieses Verbrechen. Die Aufzeichnungen deiner Beobachtungen, ergänzt durch das, was Diaz ranschafft, reichen mehr als aus, um dieser Nummer endgültig den Gar auszumachen. Was ich mir nehme, ist bereits gestohlen. Ich leite nur etwas davon um. Um es sinnvoll einzusetzen. Wenn wir alles liegenlassen und sie morgen eine Razzia machen, landet es nur in der Asservatenkammer."

„Aber wird es nicht an die Leute verteilt, die benachteiligt wurden?" Sie spürte, wie eine leichte Schwäche in ihre Knie kroch. Die Magie drängte vor, wollte diese Schwäche beiseite schieben und die Kontrolle übernehmen. Wollte über Suzys Händen lodern und diese unerwartete Gefahrensituation mit elektrisierender Energie auslöschen. Die Hexe unterdrückte das Verlangen. Wenn sie diesen ungezügelten Emotionen freien Lauf ließ, würde ihr das mehr schaden als nützen. Zumindest auf lange Sicht. Zumindest in diesem Punkt hatte Federov Recht.

„Nein. Sie haben keinen Anspruch auf Luxusgüter, egal, wie sehr sie so eine Entschädigung zu schätzen wüssten." Das allgegenwärtige Halbdunkel ließ sein Gesicht geradezu dämonisch wirken. „Doch ich kenne Leute, die das tun. Unsere Leute."

„Okaaay ..." *Scheiße, das ist so falsch.* „Und wenn es die Razzia verpfuscht? Was, wenn die Provoste auftauchen, einen ausgeräumten Laden vorfinden und entscheiden, jemand hätte Beweise platziert?“

„Deshalb halten wir uns vom vorderen Bereich fern und betreten nur den dahinterliegenden Lagerraum. Die Logs werden zeigen, dass der Verkaufsbereich unangetastet blieb.“ Einen Moment klangen seine Worte beinahe beiläufig. Dann schwang seine Stimme zurück in den lockenden Tonfall, mit dem er sie schon vorhin zum Trinken animiert hatte. „Außerdem werden die anderen Beweise vermutlich sowieso ausreichen. Es gibt immer eine Matrixspur.“

„Du hast dir das alles schön zurechtgelegt, oder?“ Sie schüttelte den Kopf. Der Alkohol war beinahe komplett abgebaut und die Realität kehrte mit schmerzhafter Schärfe zurück. „Während ich durch die Läden getorkelt bin, hast du geplant, sie auszurauben. Du hast mich mein Leben riskieren lassen, um dir diese Beweise zu beschaffen, nur damit du von der Straftat eines anderen profitieren kannst?! Ich meine: Was zum Teufel?“

„Wie kommst du auf die Idee, ich wäre so eine Art Paladin?“, fragte er.

„Und was ist mit mir?“ Neue Angst fuhr ihr durch die Knochen. „Und Jamaal und Xin? Wie wirst du aus *unseren* Verbrechen Profit schlagen, jetzt, wo du uns in der Hand hast?“

„Jetzt warte mal ei–“, begann er, doch sie schnitt ihm das Wort ab.

„Du warst ziemlich entschlossen, mich betrunken zu machen! Und verdammt gut darin. Da frage ich mich schon, wozu du mich wirklich in dieses Bordell schleppen wolltest.“ Sie verschränkte die Arme. Inzwischen reichten ihre Fäuste nicht mehr aus, um das violette Leuchten zu unterdrücken. Ihren Achselhöhlen erging es nicht viel besser.

„Stopp!“, befahl er, seine Augen plötzlich voller Feuer, das fast so hell zu brennen drohte wie ihre Magie. „Bevor du eine Grenze überschreitest und es später bereust. Ich habe eine Menge Dinge getan, die du vermutlich für verwerflich halten würdest, doch ich habe noch nie eine Frau ohne ihre Zustimmung angefasst – und ich werde das auch niemals tun! Und wenn ich nicht nachvollziehen könnte, warum du so reagierst“, er trat näher, „würde ich für diesen unmöglichen Mangel an Respekt körperliche Züchtigung in Betracht ziehen.“

„Ich habe gerade mehrere Tage lang mit meiner Magie Steine gesprengt.“ Sie richtete sich zu ihrer vollen Größe auf. „Bist du sicher, dass du mich überwältigen kannst?“

Er antwortete nicht. Das musste er auch nicht.

Seine Augen verengten sich und in ihrem Kopf hallte seine Stimme aus der Vergangenheit wider, die sagte: „Ich habe keine Angst vor Magie.“

Richtig. Der Anblick des unter Federovs Füßen zerquetschten, velorianischen Magiers, der Geschmack von Blut und das Gefühl von selbigem auf ihrer Haut ließ Suzy würgen. Ihr Nacken erinnerte sich an den Schmerz des Tasers, den der Plutonier in seiner rechten Hand versteckt hielt. Und sie erinnerte sich auch daran, wie mühelos er Rupert umgehauen hatte. Rupert!

Okay, Mädchen, beruhig dich …

Eine Eskalation dieser Situation würde so oder so böse enden, egal wer gewann. Doch sie war fertig mit dem Ducken. Fertig damit, den Schwanz einzuziehen. Was auch immer seine Motive waren, wie falsch ihre Einschätzung der Situation auch gewesen sein mochte … wenn sie sich jetzt wie eine kleine, rückgratlose Verliererin geschlagen gab, würde sie nur Tür und Tor für Ausbeutung öffnen. Vielleicht nicht für sexuelle Ausbeutung, doch er würde sie weiter herumkommandieren und als seine persönliche Dienerin benutzen.

Suzy holte tief und zitternd Luft und trat einen Schritt zurück. Einen langsamen, klar definierten Schritt. Mit erhobenem Kopf führte sie ihre Hände an die Seiten und zog ihre Magie in ihr Innerstes zurück.

„Wenn ich Sie gerade falsch eingeschätzt habe, tut mir das leid." Sie gab ihr Bestes, ihre Stimme ruhig und gleichmäßig zu halten. „Davon abgesehen – und, ja, ich bin mir bewusst, dass ich nicht alle plutonischen Regeln und Gesetze kenne – bin ich mir doch ziemlich sicher, dass all das hier", sie deutete auf sie beide und den Aufzug, „dass ein Aufseher, der seinem Schützling befiehlt, ihn zu begleiten, ihr mit einem Trip ins Rotlichtviertel droht, um sie betrunken zu machen und sie in diesem Zustand losschickt, um etwas auszuspionieren, das er eindeutig als ein laufendes Verbrechen identifiziert hat – ohne jegliche Rückendeckung, möchte ich hinzufügen –, nur um sie anschließend in ein weiteres Verbrechen zu verwickeln ... also, dass all das Ihre Befugnisse mir gegenüber massiv überschreitet. Sie sollen doch verhindern, dass ich noch mehr Mist baue, oder? Mich auf der richtigen Seite des Gesetzes halten und so?"

Etwas in seiner Haltung veränderte sich. Hoffentlich war es ein äußeres Zeichen für keimenden Zweifel.

Da sie nicht erneut unterbrochen wurde, fuhr sie mit sanfter, fast flehender Stimme fort: „Sie haben mich beschützt, als Rupert die Grenze vom Lehrer zum Tyrann überschritten hat. Seiner Magie kann ich zumindest etwas entgegensetzen. Ihrer Autorität nicht. Und ich bin nicht so naiv zu glauben, dass Garin meine Seite statt Ihre ergreifen würde. Also bitte, seien Sie kein Tyrann, Colonel."

Federov ließ das sacken. Fünf quälende Sekunden lang

waren die Ringe in seinem augmentierten Auge das Einzige, was sich an seiner Gestalt bewegte. Dann verzog sich die dünne Linie seiner Lippen zu einem minimalen Lächeln. Ein Anflug von Selbstironie huschte so schnell über sein Gesicht, dass sie es sich vielleicht nur einbildete.

So oder so nickte er und sagte: „Ich nehme Ihre Entschuldigung an. Und ich gebe zu, dass ich möglicherweise die Grenzen meiner Autorität überschritten habe. Die Wahrheit ist, dass ich noch nie zuvor als Aufseher tätig war und auch nicht vorhatte, diese Macht auf diesem Ausflug überhaupt auszuüben. Ich wollte einfach nur einen freien Tag. Sie mitzunehmen war eine willkommene Ausrede und ich dachte, ich könnte Sie dabei besser kennenlernen. So wie ich es mit jedem anderen Untergebenen tun würde. Doch so einfach ist es nicht, oder?"

„Nein, ich schätze nicht."

„Außerdem, um ganz ehrlich zu sein: Es war nie meine Intention, dass überhaupt jemand diese Macht über Sie bekommt." Seine Miene wurde weicher. „Ich konnte Robbins' und Ihr Verhalten auf dem velorianischen Schiff nicht einfach so stehenlassen, doch hatte ich nicht vor, Sie beide wegen irgendetwas anzuklagen. Ich habe nur gehandelt, um vor meinen Leuten das Gesicht zu wahren. Dass ich Sie schnell ausgeschaltet habe, war nicht nur, um Ihrer Magie zuvorzukommen; das war meine Art der Nachsicht. Hätte ich es nicht getan ..."

„... hätten Ihre Leute mich genauso windelweich geprügelt wie Jamaal", wurde ihr klar und vor ihrem inneren Auge sah sie wieder, wie die Minenarbeiter sie beide fast gelyncht hatten. „Ist das die plutonische Vorstellung von Gerechtigkeit?"

„Es ist die inoffizielle Art und die hätte uns vollkommen gereicht. Doch dann ist Thompson reingestürmt und hat alles verkompliziert. Ein idiotischer Spaltschwanz mehr oder weniger, wen kümmert das schon? Keinen von meinen Leuten. Aber als Thompson mich unter Druck gesetzt hat und auch noch der Admiral dazukam, konnte ich Euer Vergehen nicht mehr unter den Teppich kehren."

Er hielt inne und presste die Lippen fest aufeinander.

„Du wolltest das alles wirklich nicht." Suzy biss sich auf die Unterlippe. Ein Kloß verengte ihren Hals. Seltsame Gefühle, die ihr gar nicht recht bewusst gewesen waren, vermischten sich nun zu einem verwirrenden Gebräu widersprüchlicher Impulse.

„Nein. Wollte ich nicht." Er holte tief Luft. „Und, Suzy, ich möchte, dass du weißt: Es tut mir leid, dass du da reingezogen wurdest."

Sie schluckte. Eine einzelne, ungewollte Träne lief ihr über die Wange. Das Mädchen wischte sie rasch weg und erwiderte: „Danke. Dass du es mir gesagt hast, meine ich. Ich nehme die Entschuldigung an."

Netterweise ignorierte er die Träne und gab ihr einen Moment.

„Nun, zumindest haben wir uns besser kennengelernt", fasste er ihr Gespräch zusammen. „Das aufrechte Rückgrat steht dir."

„Danke." Sie schnaubte kurz, dann lächelte sie zurück. „Hör mal ... Sergey, ich brauche einfach klarere Regeln. Wenn das hier ein privater Ausflug ist, wir zusammen trinken, uns beim Vornamen nennen und vielleicht sogar gemeinsam in Schwierigkeiten geraten, dann bin ich für die Dauer des Ganzen nicht deine Schutzbefohlene, okay? Dann sind wir zumindest halbwegs auf Augenhöhe. Und für mich heißt das: Du gibst mir alle Informationen *bevor* du mich darum bittest, mit dir ein Verbrechen zu begehen ... oder eins aufzuklären."

„Was du willst, ist Respekt.“ Er nickte. „Das verstehe ich. Und da zieh’ ich mit. Es war nie meine Absicht – und das wird es auch nie sein – dich kleinzumachen oder deine Situation auszunutzen. Dieses Riesenmissverständnis heute ist offenbar entstanden, weil mir nicht klar war, dass du dieselbe falsche Vorstellung über mein ursprüngliches Platoon und mich hast wie so ziemlich alle anderen Kernweltlern.“

Suzy starrte ihn an.

Öffnete er sich ihr tatsächlich? So, in echt? Traute sie sich, nachzuhaken?

„Was für eine falsche Vorstellung denn?“

Zehn Sekunden lang überlegte er sichtbar.

Schließlich murmelte er: „Hör zu, wenn du es wirklich wissen willst, dann komm mit. Wenn du lieber unwissend und ... *unschuldig* bleiben willst, dann geh zurück zum Shuttle und mach, was du willst. Das ist weder ein Versuch, dich zu erpressen, noch verlange ich hier einen Preis. Aber es ist auch mein freier Tag und ich habe wenig Lust darauf, ausgerechnet in einer Aufzugskabine über Lebensphilosophie und dergleichen zu diskutieren.“

Auf seinen Wink hin öffneten sich die Aufzugstüren und er marschierte hinaus aufs ‚Hauptvergnügungsdeck‘.

Suzy holte tief Luft. Ihre Fäuste ballten und lösten sich mehr oder weniger selbstständig, während sie ihre Optionen durchging.

... *Ach, Scheiß drauf!*

KAPITEL FÜNFZEHN

SUZY\\ WAS IST EIN S-PLATOON?

Sie ließen sich in einer schummrig beleuchteten Nische des luxuriösesten Stripclubs nieder, den Suzy je gesehen hatte. Federov bestellte eine ganze Flasche teuer aussehenden Wodka, bezahlte sie mit vier Rationsmünzen und bat die hübsche Kellnerin bis auf weiteres um Privatsphäre. Dann schenkte er Suzy und sich großzügig ein, hob sein Glas jedoch nicht.

Stattdessen sah er die junge Frau an und sagte: „Du musst nicht trinken. Ich hab nur bestellt, weil sich das so gehört. ... Also, was weißt du über mich und mein ursprüngliches Platoon?“

War der Colonel bereits zurück im Dienstmodus?

Suzy riss ihren Blick von der halbnackten Frau los, welche auf der nahen Bühne einen schwerkraftverachtenden Pole-Dance hinlegte, und studierte ihr Gegenüber.

Hey, er schummelte!

Während sein Gesicht und sein natürliches Auge auf sie gerichtet waren, beobachtete sein künstliches Auge eindeutig die Stripperinnen ... was für ein unfairer Vorteil!

„Du bist ... warst vier Jahre lang der kommandierende

Offizier der ‚Iron Wings'", sagte sie, „einem Voidwalker-Platoon des Zweiten Plutonischen Regiments. Das zweite Regiment war eines der Gründungs–"

„Stopp", unterbrach er ihren Wortschwall. „Du hast offensichtlich die dir zur Verfügung gestellten Unterlagen gelesen. Aber ich habe dich nicht gebeten, Geschichte oder meine Personalakte runterzubeten. Ich habe gefragt, was du weißt. Kleiner Tipp: Wir reden über ein S-Platoon."

Sie runzelte die Stirn. Was wollte er denn hören?

Nach einer vergrübelten Minute fiel ihr immer noch nichts ein, das sich wie die richtige Antwort anfühlte.

„Also ... soweit ich mich erinnere, steht das ‚S' für ‚Spezialisten' oder schlicht für ‚Sonder'. Also seid ihr wohl besonders gut in euren Jobs, oder? ... Tut mir leid, ich hatte wirklich keine Zeit, mich mit den Feinheiten des plutonischen Militärs vertraut zu machen."

„Bitte, bei der Leere, hör auf, dich ständig für alles zu entschuldigen!" Er stöhnte in leiser Frustration. „Ich kenne deinen Zeitplan und deine Aufgaben. Ich weiß, dass du keine Zeit hast, dich intensiv mit Organigrammen zu beschäftigen, in denen du nicht mal vorkommst. Ich habe diese Frage gestellt, um dich auf eine deiner Wissenslücken hinzuweisen. Offiziell hast du Recht. S-Platoons sollen mit den Besten besetzt werden. Inoffiziell weiß ein kluger und erfahrener Anführer wie General Phoenix jedoch, dass er die Guten bei den Normies behalten muss, damit sie diese inspirieren können. In dem Fall werden allerdings die S-Platoons mit solchen gefüllt, die wir ‚faule Äpfel' nennen."

Bevor Suzy nachfragen konnte, erläuterte er: „Damit meinen wir nicht durch und durch verdorben, sondern Querschläger und diejenigen, die klug genug sind, die Lücken im System zu finden, und diese auszunutzen wissen. Die gerissen genug sind, um selbst schwere Verbrechen zu begehen, ohne dabei erwischt zu werden. Verstehst du allmählich, worauf ich hinauswill?“

Suzy leckte sich die Lippen, während sie begann, ihre ganze Situation aus diesem neuen Blickwinkel zu betrachten.

„Du meinst diejenigen, die nicht verhaftet und verurteilt werden können, obwohl jeder weiß, was sie getan haben? Mars–! Ihr werdet zusammengebracht, um die Gefahr zu minimieren, dass ihr die anderen verderbt. Deshalb habt ihr so viele Provosts dabei. ... Scheiße ...“

Als er nickte, griff sie nach ihrem Glas und kippte es in einem Zug herunter.

Federov richtete nun beide Augen auf sie, hob ruhig sein Glas und sagte: „*Nastrovje*“, bevor er es ihr gleichtat.

Er ließ sich Zeit beim Nachschenken. Vielleicht, um ihr die Gelegenheit zu geben, ihre Gedanken zu ordnen.

„Aber das ist nicht alles, oder?“, fragte sie schließlich.

„Nein.“ Er stellte die Flasche beiseite. „Unsere Art von S-Platoons bekommen die richtig harten und unangenehmen Missionen. Nicht nur streng geheime, sondern auch solche, bei denen mit hohen Verlusten zu rechnen ist. Unsere speziellen Talente ermöglichen es uns oft, vorher unbedachte Lösungen zu finden. Als eine Art Ausgleich haben wir gewisse Freiheiten und bekommen mehr Sold als andere.“

„Okay.“ Sie merkte kaum, wie ihre Finger eine Serviette in kleine Fitzel zerpflückten. „Und was macht dich das dann? Eine Art inoffiziellen Don? Und was bedeutet das für mich?“

Sergey lachte herzlich. „Nein, ich bin definitiv kein Gangsterboss. Ich sorge eher dafür, dass meine Leute nicht zu sehr über die Stränge schlagen. Und dieses Wissen ändert nichts an deiner Situation – nur an deiner Sicht darauf."

„Nur meine Sicht darauf, was?" Sie beugte sich über den Tisch. „Aber was genau ist dann meine Rolle in diesem offiziell-inoffiziellen Kuddelmuddel? Ich muss wissen, was mich erwartet."

„Ja, ich weiß." Die kleinen Muskeln um seine Augen spannten sich leicht an. Das war alles.

Einige Minuten lang beobachteten sie beide schweigend die Tänzerinnen. Vielleicht konnte er ihr keine Antwort geben, weil er selbst keine hatte. Auch er war schließlich ohne sein eigenes Zutun in diese Situation geraten, nicht wahr? Die Serviettenfetzen bildeten inzwischen einen kleinen roten Berg auf der weißen Tischdecke.

„Ich sehe das so", begann er schließlich. „Offenbar habe ich deinen Handlungsdrang unterschätzt. Also gebe ich dir jetzt eine Wahl – und deine Entscheidung ist endgültig. Ich werde dieses Thema nicht noch mal aufrollen. Du kannst entweder mein Mündel bleiben und ich werde deine Freiheit nicht mehr einschränken als unbedingt nötig. Weder ich noch meine Leute werden jemals von dir erwarten oder dich dazu unter Druck setzen, etwas Unrechtes zu tun. Allerdings würden wir vielleicht von Zeit zu Zeit fragen, ob du bei gewissen Aktionen aushelfen möchtest. Du kannst dann von Fall zu Fall entscheiden. Achte nur darauf, dass du niemals auf frischer Tat ertappt wirst.

Oder du entscheidest, dass du mit der ganzen Nummer nichts zu tun haben willst und ich suche dir einen anderen, gesetzestreuen, adäquat *langweiligen* Aufpasser. Unter den neuen Truppen werden wir sicher einen passenden Kandidaten finden. Dann erwarten dich sieben vollkommen ereignislose, hochgradig durchstrukturierte Jahre: eng überwachte Zehn-Stunden-Schichten, geregelte Mahlzeiten, geregelte Schlafzyklen, geregelte Pinkelpausen. Dafür aber auch absolut keine Chance auf weitere Vergehen. Deine Wahl."

Klar ..., dachte sie, *als wenn*.

Das Funkeln in seinem echten Auge verriet, dass ihr Gegenüber es absichtlich megamäßig übertrieben formuliert hatte. Der Plutonier neckte sie. Und gleichzeitig meinte er jedes Wort.

Es war keine wirkliche Wahl. Nicht für jemanden wie sie. In einem komplett regulierten Leben würde die junge Frau innerhalb kürzester Zeit durchdrehen.

Suzy schob die Serviettenfetzen säuberlich zusammen.

Dann holte sie tief Luft und sagte: „In diesem Fall möchte ich dein Mündel bleiben. Und ich würde dich und deine Leute gerne besser kennenlernen. Aber vielleicht könntest du mich nächstes Mal nicht einfach so ins kalte Wasser werfen und erwarten, dass ich schwimme, bitte?"

Ein echtes, warmes Lächeln breitete sich auf seinem Gesicht aus.

„Und Sir – ich meine, Sergey – ich würde mich total über regelmäßige Gelegenheiten zum Hoverboard-Training freuen. Jamaal könnte das auch gebrauchen; und ich habe dieses coole neue Spaceboard, das ich kaum ausprobieren konnte; und –"

„Okay, okay!", unterbrach er sie. „Erinnere mich nochmal daran, wenn wir wieder auf der *Gateshot* sind. Ich finde dir die nötige Zeit. Du musst ja nicht an jeder Brückensitzung teilnehmen. Doch genug von der Arbeit. Konzentrieren wir uns endlich auf Spaß und Erholung."

Während er das sagte, hob er erneut sein Glas. Sie stießen an und tranken gemeinsam. Verdammt, das war wirklich gutes Zeug.

Er streckte seine Hand aus und begann, die roten Schnipsel in ein Gittermuster auszubreiten.

„Wie wäre es, wenn wir nochmal ganz vorne anfangen? Ich habe vor, nach Ladenschluss in den Lagerraum des größeren Ladens einzubrechen. Mein Ziel ist es, dem Besitzer so viel von dem wirklich guten Zeug wie möglich abzunehmen, es von dort wegzuschaffen und auf unser Schiff zurückzubringen, wo ich eine große Party schmeißen werde, bevor wir zum Tor aufbrechen. Ich möchte, dass du mitkommst, denn vier Augen sehen mehr als zwei und es wird unsere Beute im Grunde verdoppeln. Ich werde es dir nicht übel nehmen, solltest du nichts damit zu tun haben wollen. Du kannst in einer Umgebung deiner Wahl warten, solange du rechtzeitig vorm Abflug wieder im Shuttle bist. Allerdings", er hob seinen rechten Zeigefinger, „würde ich es persönlich nehmen, wenn du mich verrätst. Ich würde es dich bereuen lassen. Und das hat nichts mit den Machtverhältnissen zwischen uns beiden zu tun. Ist das klar?"

„Absolut." Suzy lächelte, ausnahmsweise einmal mit ebenso viel Selbstbewusstsein, wie sie nach außen hin zeigte. Sie zog das Etikett von der Wodkaflasche und riss es in zwölf gleichgroße Teile. Sechs davon faltete sie säuberlich zusammen, sechs rollte sie in kleine Kügelchen.

Jetzt, wo er alles offen auf den Tisch gelegt hatte, glaubte sie, ihn und seine Leute viel besser einschätzen zu können. Und auch ihr eigener Platz in diesem verkorksten Bild war klarer. Federov war nicht nur der Sensenmann oder der große Colonel; er war ein Mann, fehlerhaft und eigennützig, aber im Kern anständig. Er verstand sie. Dafür respektierte sie ihn, genauso wie er sie jetzt offenbar mehr respektierte.

Innerhalb dieser Grenzen konnte sie arbeiten.

Sie hielt ihm die improvisierten Spielsteine hin.

Er entschied sich für die Gefalteten und legte einen in das rote Tick-Tack-Toe-Feld.

Sie lehnten sich in ihren Sessel zurück, spielten ein paar Runden und genossen nebenbei die Show.

Ihr Punktestand war ausgeglichen, als er schließlich fragte: „Was möchtest du noch wissen, bevor du dich entscheidest, ob du dabei bist oder nicht?"

„Was passiert, wenn wir erwischt werden?"

„Nichts." Er räumte das Spielfeld leer und bedeutete ihr, die nächste Runde zu starten. „Bei all dem Scheiß, der im Büro der örtlichen Provoste abgeht, hätten wir genug Druckmittel, um ohne jegliche Erwähnung des Vorfalls entlassen zu werden."

„Erpressung?", stellte sie klar und legte eine Kugel in die untere Ecke.

„Wenn du es so nennen willst." Er zuckte mit den Achseln und blockierte sie links. „Würde es dich nach dem, was du heute gesehen hast, stören? Immerhin hängt einer von denen da mit drin."

Würde es das? Was hatte sie wirklich gesehen? Außer einer verängstigten Frau und einer Handvoll wütender Leute?

Mehrere Reihen übereinander gestapelter Kisten kamen ihr in den Sinn ... der Staub darauf. Die Täter wurden nachlässig, also ging das schon eine Weile so. Viele Menschen waren davon betroffen.

„Außerdem", Sergey nippte an seinem Wodka, „werden wir nicht erwischt. Wir reden hier über eine lächerlich einfache Operation."

„Schon Millionen Mal gemacht?", neckte sie und legte den nächsten Stein über ihrem ersten an.

„Nicht ganz. Aber oft genug." Er verhinderte ihren

Sieg, indem er seinen nächsten Stein in der oberen Ecke platzierte.

„Verstehe." Sie nickte. Dann erstarrte sie, als ihr ein Detail einfiel, das sie bisher völlig vergessen hatte. „Scheiße, was ist mit meinem Tracker?!"

„Oh, bitte!" Er winkte ihre plötzliche Panik beiseite. „Nur Garin und ich haben den Zugangscode, um deinen Standort zu prüfen. Jeder andere braucht die Genehmigung eines Richters, um Zugriff zu erhalten. Und bis dahin wären die Daten ... unerklärlicherweise korrumpiert. Dem Fossil wird es einerlei sein, solange wir ihr eine gute Flasche mitbringen. Halte nach hochwertigem Brandy Ausschau; sie mag das gereifte Zeug."

Suzy blinzelte mehrfach.

„Sonst noch was?", fragte er und tippte auffordernd neben das Spielfeld.

Sie legte die dritte kleine Kugel in die Mitte. „Also ... wenn wir es nicht mitnehmen, wird das Zeug nicht an die Gemeinschaft zurückgehen, wird nicht neu verteilt?"

„Unwahrscheinlich. Sehr unwahrscheinlich." Er drehte den Kopf, um sie anzusehen, sein dunkles Auge wurde weicher. „Verstoßen wir hier gegen das Gesetz? Ja. Schaden wir damit jemandem?"

Pause.

„Jemandem, der es nicht verdient hat?"

Oh, die zweite Frage war nicht rhetorisch gemeint. Suzy schüttelte den Kopf.

„Nein", bestätigte er und ließ das gefaltete Papier über seine mechanischen Finger tanzen wie einen Pokerchip, „und das ist der große Unterschied. Ich bin kein Robin Hood oder so. Ich sage nur, dass es manchmal okay ist, sich zu bedienen, wenn das Leben einem etwas auf dem Silbertablett anbietet. Das hier ist so eine Gelegenheit."

„Verstehe. Und wir schmeißen eine große Party für alle, bevor wir durchs Tor fliegen?“

„Natürlich. Diese Mission wird hart genug. Wir können die Aufmunterung gebrauchen.“ Seine Lippen verzogen sich unzufrieden, als er sah, dass sie so oder so gewonnen hatte. Er blockierte die volle Reihe links.

„Ja, das können wir wohl“, murmelte die Hexe und kaute kurz auf ihren Piercings herum. Mit einem Nicken legte sie ihr Steinchen in die obere Ecke und schloss die Gewinnreihe. „Okay, ich bin dabei. Packen wir es an.“

KAPITEL SECHZEHN

EVRON\\ DER ANGRIFF

LIGHTBEARER, *AUF DEM WEG ZUM KUIPERGÜRTEL*

Als Evron an diesem Tag in sein Quartier zurückkehrte, war ihm übel bis ins Mark. Wie Ruffa versprochen hatte, stellte Tuvil dem jungen Schüler all die Hilfe zur Verfügung, welche dieser brauchte, um seine Aufgabe zu erfüllen und menschliche Klone zu beschaffen. Und obendrein lieferte er einen tiefen Einblick darauf, wie dieses ‚Geschäft' geführt wurde.

Ziffin zwitscherte, und ein Gefühl vorsichtiger Besorgnis strich über seinen Herrn.

„Es war furchtbar." Evron ließ sich auf das kleine Sofa fallen, froh, es endlich laut aussprechen und seine Seele ein wenig von der Last des Gesehenen befreien zu können. „Das ist so barbarisch! Und ich dachte, unsere Klonanlagen wären schon abstoßend! Die Art und Weise, wie die Menschen diese erbärmlichen Fleischpuppen ziehen, ist ... einfach nur abartig!"

Ein Schauer lief über seinen ganzen Körper, als die Bilder mit einem Schlag zurückkehrten.

„Du weißt ja, dass ich das nie gut abkonnte." Dankbar drückte er den warmen, pelzigen Trost seines Gefährten an sich. „Ich habe mich auf der *Supreme Salvation* immer von den Anlagen ferngehalten. Dass Ruffa mir genau diese Aufgabe gibt, fühlt sich eher wie eine Strafe als alles andere an! ... Beim Gleichgewicht! Meinst du, er weiß Bescheid? Über das, was ich Jake erzählt habe?"

Als er das Chrryn hochhob, um ihm ins Gesicht zu schauen, blickten Ziffins große Augen ihn verwirrt an. Das Konzept der Bestrafung konnte es vielleicht noch verstehen, doch dass sein Herr davon betroffen sein könnte, war wahrscheinlich selbst für dieses kluge kleine Wesen eine zu große mentale Hürde. Evron wünschte, er könnte noch einmal mit Jake reden und ihm davon erzählen. Wusste der Kernweltler, was hier draußen am Rand vor sich ging?

„Ruffa realisiert nicht, wie unterschiedlich die menschlichen Kulturen sind." Evron drückte sein Haustier erneut an seine Brust. „Er sieht sie immer noch als ein einheitliches Ganzes – mit Fraktionen, die um die Vorherrschaft ringen vielleicht, aber trotzdem ... Und es ist ja auch verwirrend. Die Tatsache, dass die SRA-Leute den Plutoniern gleichzeitig so ähnlich sind, dass sie sich lieber mit ihnen verbünden, und doch so unterschiedlich, dass sie seit Ewigkeiten gegeneinander kämpfen ... Ich frage mich, ob wir Velorianer auch so wären, hätten die Haslar uns nicht erobert. Oder ob wir es sogar waren, bevor sie uns geformt und als standardisierte Einheit in ihr Imperium integriert haben. Man sagt, die Haslar optimieren alles. Sich selbst, ihre Sklaven, ihre Planeten ... Glaubst du, es stimmt, dass sie vor langer Zeit ihr zentrales Sonnensystem komplett umgestaltet haben?"

Dass sich der Geist seines Herrn entspannte, als er

diesem Gedankengang folgte, bedachte das Chrryn mit einem zufriedenen Schnurren.

„Manche sagen, sie hätten uns nicht als Belohnung freigelassen, sondern weil sie realisierten, dass unsere Spezies zugrunde geht, noch bevor wir selbst das erkannten," murmelte Evron die höchst unpopuläre, beinahe verräterische Idee, als könnte jemand mithören. „Dass sie uns für defekt und daher ihres Schutzes unwürdig befanden. Manche sagen, Unabhängigkeit sei überbewertet und wir hätten es als Sklaven besser gehabt – mehr Möglichkeiten, ein klares Ziel. Ich weiß es nicht. Ich fühle mich so oder so wie ein Sklave. Man erwartet, dass ich meine Pflicht erfülle, und bestraft mich, wenn ich es nicht tue. Jetzt habe ich all diese Kontakte aufgebaut, Bestellungen für menschliche Wesen aufgegeben, die wie Vieh angeliefert werden sollen. Ich fühle mich so beschmutzt wie nie zuvor."

Seine Hände streichelten das sich an ihn schmiegende, selig ahnungslose kleine Wesen. „Ich wünschte, ich wäre du, Ziffin. Ich wünschte, ich könnte all das, was ich in den letzten Wochen gelernt habe, wieder vergessen."

Große schwarze Augen füllten sein Blickfeld. Die winzige Rune auf Ziffins Stirn glomm träge auf, und ein überwältigendes Gefühl von Zufriedenheit spülte durch Evron. Müdigkeit folgte dicht dahinter.

„Du hast recht", murmelte er und schloss die Augen. „Etwas Ruhe wird mir guttun. Ich muss für diese Magieübungen nachher fit sein."

Evron konnte sich nicht daran erinnern, eingeschlafen zu sein, doch als er die Augen öffnete, strahlten die Lichter in seinem Quartier weniger hell. So, wie immer, wenn er

Anzeichen machte, sich ausruhen zu wollen. Zuerst wußte er gar nicht, was ihn geweckt hatte. Dann fuhr er erschrocken hoch, als er begriff, dass er nicht mehr allein war. Leise Schritte waren die einzige Vorwarnung, dann beugte sich Erestral über ihn, spielerische Besorgnis im Gesicht.

„Evron," schnurrte er. „Geht es dir gut? Du hast unser Treffen verpasst, da habe ich mir Sorgen gemacht."

Evron konnte sich nicht bewegen, ohne den anderen zu berühren. Erestrals Gesicht füllte sein gesamtes Sichtfeld aus.

„Mir geht's gut." Er blickte sich um. „Tut mir leid, ich – ... Warte, wie bist du in mein Quartier gekommen?"

„Die Tür stand offen," log der andere und legte Evron sanft die Hand ans rechte Ohr. „Du siehst ... unglücklich aus. Vielleicht kann ich was dagegen tun."

Ein seltsames Gefühl durchflutete Evron. Die Empfindung war dem sehr ähnlich, was er spürte, wenn er Ziffins Emotionen teilte, doch sie hatte einen stählernen Nachgeschmack. Es fühlte sich eher aufgezwungen als von seinen eigenen Sinnen wahrgenommen an. Versuchte der andere, ihn magisch zu beeinflussen? Während Evron sich noch bemühte, das Gefühl zu entschlüsseln, merkte er, dass er von etwas Unsichtbarem festgehalten wurde. Eine seltsame Benommenheit legte sich über seinen Geist. Plötzlich schien es, als wäre jede Bewegung einfach zu anstrengend, um sie anzugehe. Abgelenkt von diesem merkwürdigen Zustand erkannte Evron erst, was Erestral vorhatte, als dessen Lippen sich auf seine pressten.

Beim Gleichgewicht, nein!, dachte er, doch sein Widerstand prallte an ... irgendetwas ... ab.

Warum konnte er sich nicht bewegen?

KAPITEL SIEBZEHN

SUZY\\ ZUSAMMENARBEIT

Wie Federov versprochen hatte, verlief der Einbruch lächerlich einfach. Während Suzy die Kameras des Ladens aus der Distanz explodieren ließ, umging er das Sicherheitssystem und öffnete die Türen. Danach stapelten sie einfach alles Mitnehmenswerte auf Schwebepaletten und schoben diese raus. Ihr Mittäter hatte Overalls organisiert, welche sie wie Lieferanten aussehen ließen, während Käppis ihre Gesichter vor den übrigen Kameras verdeckten. Federov gab Suzy Zeichen, wann sie wohin schauen musste, um möglichst wenig Profil zu zeigen und lotste sie beide durch weniger frequentierte Korridore zurück zu seinem Shuttle. Ein kurzzeitiger, großflächiger Ausfall der Kameras im Andockbereich würde verschleiern, wo genau das Diebesgut gelandet war.

Henri half beim Verladen; Nick und Ludmilla bekamen von dem Ganzen gar nichts mit.

„Scheiße, das war echt krass! Du weißt wirklich, wie man sowas macht“, staunte die Hexe, als Sergey und sie die Overalls zur sofortigen Zerlegung und Wiederverwendung in eine nahegelegene Recyclingeinheit warfen und zur *Lady Godiva* zurückschlenderten.

„Wie ich sagte", ihr Aufseher grinste, „ich hab halt schon das ein oder andere gelernt. Da kommst du auch noch hin."

Suzy kicherte. „Ich bin mir nicht sicher, ob ich das will."

„Dein Verlust. So oder so habe ich wohl dabei versagt, dich wahrhaftig und nachhaltig betrunken zu machen." Er öffnete die Luftschleuse und ließ sie zuerst eintreten.

„Ja, tut mir leid." Sie war sich nicht sicher, wie ernst sie das meinte.

„Hast du Lust, es noch mal zu versuchen?"

„Danke, aber ... ich glaube, ich hatte genug Aufregung für die nächsten ein bis zwei Wochen." Sie ließ sich in einen der bequemen Sessel fallen und rieb sich die Augen. „Ich würde das gerne auf ein anderes Mal verschieben, wenn's dir nichts ausmacht."

„Sicher. Ich würde sagen, du hast es dir verdient. Oh, Moment ..."

Er hob die Hand und neigte den Kopf, als hätte etwas seine Aufmerksamkeit erregt. Nach ein paar Sekunden sah er sie mit einem strahlenden Lächeln im Gesicht wieder an. „Hast du Lust, morgen früh eine Razzia zu beobachten?"

Sie schaute verdattert. Verdammt, Diaz arbeitete schnell!

Diesmal durfte Suzy das Lokal aussuchen, und der Colonel schien mit ihrer Wahl – einem Tisch vor einem kleinen Bistro – recht zufrieden. Zu Suzys Rechten markierte eine Reihe von Pflanzkübeln mit Spalieren die Grenze zu einem venusianischen Schnellrestaurant. Durch die

Aussparungen in der noch spärlichen Bepflanzung konnten sie beide Läden sehen, ohne selbst bemerkt zu werden. Außerdem gab es Frühstück.

Während sie ihre heißen Getränke genossen, Pfannkuchen mampften und auf den Beginn des Trubels warteten, fragte das Mädchen schließlich: „Also … diese Sache mit der plutonischen Gemeinschaft … worum genau geht es dabei eigentlich? Ich meine, ökologische und strukturelle Abhängigkeiten versteh ich ja. Aber hier empfindet man die irgendwie anders. Auf dem Mars sind wir im Vergleich immer noch ziemlich individualistisch, obwohl wir uns mit ähnlichen Umweltgefahren konfrontiert sehen."

„Ja, und deshalb haben Kernweltler so einen schlechten Ruf in der PR", erwiderte er. „Weil ihr für uns im Großen und Ganzen egoistisch wirkt, während wir gemeinschaftsorientiert sind. Hier draußen liegt alles viel weiter auseinander, also führt kein Weg daran vorbei. Wenn Hilfe von außen meist mehrere Tage entfernt ist, macht nur enge Zusammenarbeit das Überleben erst möglich. Und weißt du, was der schlimmste Feind der Zusammenarbeit ist, Suzy?"

„Egoismus?", vermutete sie.

„Richtig. Nicht Individualismus, wohlgemerkt, sondern der Hochmut, anzunehmen, die eigene Sicht aufs Leben zähle mehr als die Bedürfnisse der anderen. Wenn du alle anderen ignorierst, nur um dein Ego zu füttern, ignorierst du das Ganze, welches du eigentlich stärken solltest, indem du aktiver Teil davon bist."

Um nicht ‚egoistisch' zu wirken, verzichtete die Hexe darauf, seine Wahrnehmung von Kernweltlern zu kritisieren, und bohrte lieber tiefer in die plutonische Denkweise.

„Also meinst du, man sollte sich selbst verlieren, um das Ziel aller anderen zu verfolgen?" Suzy nahm noch einen

Schluck von ihrem Cappuccino mit Haselnussaroma. „Aber wer entscheidet dann das Ziel? Wenn jeder nur eine kleine Form ist, die ausgemalt werden muss, damit am Ende ein hübsches Bild entsteht? Und wie passt das zu unserem Verhalten gestern Abend?"

„Du verstehst mich falsch." Er schüttelte den Kopf. „Jeder hat seine Stärken. Es ist unsere Pflicht, diese zum Wohl aller einzubringen. Wir formen das Ziel gemeinsam entsprechend der Gefahren, denen wir gegenüberstehen. Ich halte nicht besonders viel von der Idee, in einen unbekannten Teil des Universums zu fliegen und gegen wer-weiß-was zu kämpfen, ohne die Möglichkeit auf Nachschub. Doch meine Vorgesetzten glauben, dass ich der Richtige für sowas bin. Deshalb befördern sie mich immer wieder und geben mir diese Einsätze."

„Aber ... hat der Admiral nicht ausdrücklich nach dir gefragt?"

Sergey schnaubte. „Hat er. Nur denkst du wirklich, die einflussreichste Person im Sonnensystem hat dem zugestimmt, weil sie sich vom verzweifelten Anführer einer semiprivaten Dreihundert-Seelen-Mission unter Druck gesetzt fühlte? Oder dass sie die ganze Nummer genehmigt hätte, wenn sie der Meinung wäre, es würde sie nur unnötig Aktivposten kosten? Wohl eher nicht. Nein, sie verspricht sich was davon, also wäre ich in jedem Fall in der engeren Auswahl für dieses Desaster gelandet."

„Warum warst du dann so unglücklich darüber?"

Er starrte einen Moment lang nachdenklich in seine Tasse. „Nur weil man etwas gut kann, heißt das nicht, dass man es auch ständig tun will. Das ist das Schwierige an der Zusammenarbeit – man muss Opfer bringen, um als Teil der Gemeinschaft zu existieren. Manchmal muss man Dinge tun, die niemand sonst tun will", er sah ihr direkt in die Augen, „... oder kann. Ich habe vielleicht keine magischen Kräfte, bin aber bereit, so einiges durchzuziehen, was andere als ... abstoßend oder noch schlimmer empfinden würden. Je höher man in der Gemeinschaft steht oder gestellt wurde, desto mehr Opfer muss man bringen. Die meisten Leute sind nicht bereit oder imstande, zu leisten, was von Führungskräften verlangt wird."

Suzy nickte und sie aßen schweigend weiter. Nach ein paar Minuten fragte sie: „Hey, ähm ... Kann ich dich noch was fragen? Es könnte ... persönlich sein, ich bin mir nicht sicher."

„Schieß los."

„Botschafter Bogdanov sagte, wenn ich wissen wolle, wo in der Republik Magienutzer weggesperrt werden, sollte ich dich fragen, wo du aufgewachsen bist. Was meint er damit?"

Ihr Gegenüber erstarrte. Ein seltsamer Mix aus Gefühlen huschte über sein Gesicht, während er in die Ferne starrte. Schließlich fokussierten sich seine Augen wieder auf sie, und er sagte: „Mein Paps war Ermittler. Ein Provost. Deshalb weiß ich, wie die wirklich ticken. Er war gut darin, Antworten zu finden, nicht so gut im Wegschauen. Und auch nicht gut darin, Niederlagen zu akzeptieren. Meine Eltern haben meiner Schwester und mir nie die Details verraten, doch es gab da einen Fall. Jemanden, den mein Vater rechtlich nicht belangen konnte, egal wie sehr er sich auch bemühte. Da er nicht lockerließ und sie ihn nicht töten konnten, versetzte man ihn auf CRS 147/CHS. Jeder, der davon weiß, nennt die Station nur ‚Fegefeuer'. Das schlimmste Drecksloch, das ich kenne."

Die kleinen Muskeln um Federovs rechtes Auge zuckten plötzlich und er machte eine Pause, um einen Schluck aus seiner Tasse zu nehmen.

Suzy wartete, bis er fortfuhr: „Dort haben mir ein paar andere Bälger in meinem Alter das Auge ausgestochen. Leerenverrückte Hurensöhne, alle miteinander. Fegefeuer ist sowohl eine Erzraffinerie als auch eine Verwahranstalt für kriminelle Geisteskranke. Und sie bringt die Menschen dazu ... ihren Verstand zu verlieren. Die Leute ... verblassen geradezu. Ich kann es nicht besser beschreiben. Es ist, als würde ihnen etwas ihre Essenz aussaugen, das, was sie zu Menschen macht. Glaub mir einfach, wenn ich dir sage: Alles ist besser als was auch immer dort vor sich geht."

„Hat das auch deine Eltern beeinflusst?", fragte Suzy nach einem Moment.

„Wenig. Es hat sie nicht umgebracht, falls du das meinst. Sie sind bei einem Transportunfall ums Leben gekommen."

„Oh." Die Hexe räusperte sich. „Ja, meine Mutter auch ... also, vermutlich."

Er hob eine Augenbraue und fragte: „Vermutlich?"

„Ja, ich ..." Sie hielt inne und kaute auf den Piercings in ihrer Unterlippe herum. Das hatte sie noch niemandem erzählt. Doch über kurz oder lang musste es ausgesprochen werden. Nicht für sein Bild von ihr ... für ihren eigenen Seelenfrieden. „Ich habe dieses Tagebuch. Von dem außerweltlichen Magier, der versucht hat, meine Magie auszusaugen und das ganze Schiff zu zerstören."

Sergey nickte.

Suzy fuhr mit einer Fingerspitze den Rand ihrer Untertasse ab. „Es ist ziemlich spärlich. Eher ein Notizbuch. Keine großen Erklärungen, kaum was Persönliches. Doch kurz bevor meine Mutter starb, hat er dieses Ritual ausgearbeitet und Überlegungen zu optimalen Testpersonen notiert. Am Tag ihres Todes zeichnete er eine überarbeitete Version davon und ..."

Die junge Frau schluckte schwer. Sergeys erneutes Nicken zeugte von Verständnis. Verständnis davon, was sie sagen wollte ... und wie es sich anfühlte. Irgendwie sah er direkt in sie rein. Und aus irgendeinem seltsamen Grund fühlte sich das in diesem Moment gut an. Es fühlte sich gut an, gesehen zu werden.

Der Moment zog sich hin.

Dann räusperte sich ihr Gegenüber. Er zeigte auf die Lücken im Rankgitter und sagte: „Da kommen sie."

Einer der drei Provoste, welchen eine Gruppe von Leuten mit durchsichtigen Visieren und Schutzausrüstung folgte, humpelte leicht.

„Das ist Diaz, oder?", fragte Suzy und der Colonel bestätigte ihre Beobachtung.

Die Razzia war schnell und brutal.

Soweit die Hexe das beurteilen konnte, verprügelten sie die beiden Ladenbetreiber ordentlich, bevor sie sie in Gewahrsam nahmen, während sie die Waren und Beweise mit minimalen Schäden sicherstellten.

Überall schauten die Leute ganz unverhohlen oder durch halb erhobene Tassen, Schalen oder Gläser zu. Einige jubelten sogar.

„Weißt du, wie spät es ist?" Sergey meinte damit offensichtlich nicht die Zahlen auf der Uhr.

„Ich schätze, es ist eine der geschäftigsten Zeiten des Tages?"

Er nickte. „Schichtwechsel. Hier in der Gegend wahrscheinlich die geschäftigste."

Suzy betrachtete noch einmal die Gesichter ihrer Tischnachbarn.

„Sie wollen, dass alle wissen, dass das passiert ist. Dass Gerechtigkeit ausgeübt wird. Dass es vorbei ist", murmelte die junge Frau.

„Allerdings." Er grinste leicht, als wüsste er einen Witz, den sonst niemand kannte. „Ein kleiner Teil des gesellschaftlichen Gleichgewichts ist wiederhergestellt."

Einer der Nicht-Provoste trat aus dem schickeren Laden und beugte sich zu Diaz. Seiner Haltung nach zu urteilen, hörte der Provost aufmerksam zu. Dann zuckte er kurz zusammen. Er erstarrte für einige Herzschläge, während der andere Mann gestikulierte. Schließlich unterbrach er den Sicherheitsmann mit einer schnellen Handbewegung, übernahm das Gespräch und zeigte zurück in den Laden. Das Gesicht seines Gegenübers zeigte deutliche Unzufriedenheit, doch er nickte und ging wieder hinein.

„Du hast es ihm nicht gesagt", stellte Suzy erschrocken fest.

„Nicht direkt, nein." Sergey nahm einen weiteren Bissen von seinem Pfannkuchen.

„Aber er weiß es."

„Natürlich weiß er es; er ist ein kluger Mann. Mich interessiert, was er mit diesem Wissen anfangen wird."

Ah, scheiße!

„Keine Sorge, er wird uns nicht verpfeifen." In der ruhigen Stimme des Colonels schwang tiefe Überzeugung mit.

Sie kratzte den letzten Rest Milchschaum aus ihrer Tasse. „Wie kannst du dir da so sicher sein?"

Sergey lächelte nur. „Lern weiter, dann kommst du auch darauf."

Bevor Suzy antworten konnte, betrat eine weitere Gruppe die Szene. Vier Soldaten, angeführt von einem anderen Provost – einem korpulenten, langsamen Kerl – traten zu ihren Kollegen. Als sie den ersten Laden erreichten, zeigte ihr Anführer auf einen der Stationsprovoste. Es kam zu einem kurzen, lautstarken Wortgefecht.

Diaz, der sich eher im Hintergrund hielt, nickte kaum merklich, und die Soldaten stürmten vor, um den bezeichneten Provost zu Boden zu bringen. Der Mann schien sich heftig zu wehren, hatte aber gegen die Übermacht kaum eine Chance. Nach einem kurzen, verwirrenden Gerangel führten sie den in Handschellen gelegten Provost quer über den Platz ab.

„Sieht aus, als hätte Diaz die Trooper am Ende doch noch gebraucht“, kommentierte Sergey. Er leerte seine Tasse. „Komm, lass uns zurückgehen. Ich bin durch.“

KAPITEL ACHTZEHN

EVRON\\ DEN SPIESS UMDREHEN

LIGHTBEARER, *AUF DEM WEG ZUM KUIPERGÜRTEL*

„Ich weiß, dass du mich magst." Erestrals Worte klangen mehr nach einer Suggestion als nach etwas, an das er selbst tatsächlich glaubte. „Und ich hab es satt, zu warten. Lass uns lieber was deswegen unternehmen."

Ein Gedankenverdreher. Erestral musste ein Gedankenverdreher sein ... oder zumindest irgendein Ritual oder einen Zauber anwenden, um seinem Opfer seinen Willen aufzuzwingen. Er wurde wohl langsam verzweifelt, was? Diese Verzweiflung schien ihn mutig zu machen. Evron streckte seine Wahrnehmung aus, um nach seinem Haustier zu fühlen. Die gleichmäßige Ruhe tiefer Zufriedenheit sagte ihm, dass Ziffin irgendwo in der Nähe schlief. Vielleicht war es wieder vom Sofa gefallen und hatte sich auf dem Teppich zusammengerollt. Während die Finger des anderen Velorianers über Evrons Kleidung glitten, griff dieser nach der Verbindung und sandte einen scharfen, stechenden Impuls hindurch.

Ziffin! dachte er. *Ich brauche dich! Kratz diesem dreckigen Sohn eines Haslars die Augen aus!*

Nichts passierte. Nichts außer einem leichten Zittern in den Träumen seines Haustiers. Erestrals Finger schlüpften in Evrons Kragen, und nach ein paar sanften Rucken öffnete sich das Hemd.

„Gleichgewicht!“, zischte der Magier überrascht und lehnte sich von seinem Opfer zurück. Ekel dominierte seine überkonstruierten Augenmuster.

Die Narbe. Er hatte die Narbe gesehen. Scham flammte in Evron auf, als die Erkenntnis dessen, was Thallamon die Genetiker seinem Nachwuchs hatte antun lassen, über Erestrals Gesicht huschte. Nach allem, was Evron hier getan hatte, nach allem, was er gelernt hatte, reduzierte ihn dieser Moment schlagartig wieder auf den zitternden Idioten, der vorm Spiegel stehend über seinen Selbstwert philosophierte.

Nein. Jetzt war Schluss. Er würde nicht einfach daliegen und zulassen, dass dieses Stück Freggog-Scheiße ihm auch noch gegen seinen Willen eine Genprobe entnahm!

Mit einem Aufwand an Willenskraft, den er nie zuvor zustande gebracht hatte, packte Evron die wirbelnden dunklen Emotionen – die Wut über seine Hilflosigkeit, die Enttäuschung, die durch seine Schwäche ausgelöste Scham – und schärfte sie zu einem unsichtbaren Messer. Er rammte dieses Messer in seine Verbindung zu Ziffin.

STEH AUF UND HILF MIR, VERDAMMT NOCH MAL!, schrie sein Geist das kleine Wesen an.

Ein Schauer durchlief die Gefühle des Chrryn als es unsanft in die Realität zurückgeschleudert wurde. Selbst mit seinem begrenzten Verständnis schien es doch zu begreifen, dass sein Besitzer angegriffen wurde. Mit einem niedlichen kleinen Knurren schoss es in die Luft und Erestral in den Rücken. Seine winzigen, aber dennoch scharfen Krallen und Zähne bohrten sich in den Hals seines Opfers. Erestral jaulte gleichermaßen vor Überraschung und Schmerz auf und schnellte hoch, um die unerwartete Gefahr abzuschütteln.

Während sein Einfluss auf Evron schwankte, stemmte sich dieser mit aller Kraft dagegen. Etwas zerbrach, wie eine Glasscheibe, die der Gefangene nicht sehen, sondern nur fühlen konnte. Ein tiefer Atemzug strömte in seine Lungen und vertrieb den Nebel der Verwirrung, der an ihm geklebt hatte.

Erestral bekam Ziffins Flügel zu fassen, riss den Chrryn von sich herunter und schleuderte ihn in eine Ecke.

In einer fließenden Bewegung sprang Evron auf die Füße und versetzte seinem abgelenkten Feind einen Faustschlag mitten in die Fresse. Der Magier ging zu Boden. Verwirrung stand ihm ins Gesicht geschrieben und waberte in nervösen Schwaden um ihn herum. Ziffin taumelte, richtete sich dann in der Luft und kam zurückgeschwebt. Er landete auf der Schulter seines Herrn und fauchte den am Boden liegenden Gegner aufgebracht an.

„Arschloch!“ Evron trat Erestral kräftig – und zwar dorthin, wo es wirklich wehtat – bevor dieser sich aufrappeln oder einen weiteren Zauber wirken konnte. „Du hast Nerven, mich derart zu attackieren!“

„Ich-ich hab dich nicht angegriffen!“ Das Flehen des Magiers klang falsch, war überlagert von überraschter Wut. „Ich wollte nur, dass du dich besser fühlst!“

„Ja, klar.“ Evron blickte zurück zum Sofa und fasste sich dann ans Ohr. Etwas Kleines, Hartes fiel aus seinen Ohrenfalten. Er betrachtete die Kombination aus Metall und Kristall. Es war über und über mit Runen verziert.

Haslar-Runen. Wut überkam ihn wie eine Ruja – eine blendende, überwältigende Wut, geboren aus tiefsitzender Empörung.

„DU HAST EIN VERFLUCHTES HASLAR-SKLAVENGERÄT AN MIR BENUTZT?!“ Er trat Erestral noch einmal, mit deutlich mehr Schwung. Blut spritzte aus der Nase des anderen. Es ergänzte die suppende Wunde an dessen Hals auf unangenehm stimmige Weise. „Damit kommst du nicht durch! Dafür werde ich deinen Kopf fordern!“

Erestrals Augen weiteten sich und er hob beide Hände.

Zwischen ihnen baute sich magische Spannung auf.

„Wag es ja nicht!“ Evron spreizte seine Falten vollständig auf und griff eine aus Stein gehauene Statue vom Tisch. „Wenn du mich auch nur anfunkelst, schlage ich dir den Schädel ein!“

Sichtlich verwirrt von dieser unerwarteten Wendung erstarrte Erestral mitten in der Bewegung. Seine Augen und Falten zuckten, während er seine Optionen abwägte. Evron drehte seine Falten vorwärts, um sie in einer noch aggressiveren Haltung zu präsentieren. Er hatte sich noch nie jemandem auf diese Art entgegengestellt, doch er hatte es satt, ein Spielball für alle anderen zu sein. Außerdem erinnerte er sich an Ruffas Lektionen. Einen besiegten Gegner zu beseitigen würde ihm nur neue Probleme einbringen. Berestul würde ihn für diese Tat zur Rechenschaft ziehen. Der primäre Magier könnte vielleicht sogar versuchen, ihn zu töten, sollte er davon erfahren.

„Ich geb dir genau eine Chance, hier lebend rauszukommen“, knurrte er. „Du erzählst mir jetzt, was dein Erzeuger vorhat. Jedes kleine Detail. Wenn ich überzeugt bin, dass du die Wahrheit sagst, lasse ich dich vielleicht gehen. Oder muss ich das hier bei dir anwenden?“

Er hielt das Sklavengerät hoch.

„Du weißt ja nicht mal, wie man es benutzt!“ Erestrals Falten zitterten.

„Ich bin sicher, ich komm dahinter.“ Evron schenkte ihm sein bestes kaltes Lächeln. „Kann ja nicht so schwer sein.“

Nach einem gezwungenen Schlucken drückte Erestral seine Falten so weit zurück, wie es eben ging, um seine Kapitulation zu signalisieren. Mit etablierter Dominanz entspannte Evron seine Ohren ein wenig.

„Red schnell“, befahl er. „Ich hab noch Unterricht.“

Während der Sieger sein Hemd wieder zuknöpfte, erzählte ihm der Magier, was sein Erzeuger ihm aufgetragen hatte und wie es ihn zunehmend frustriert hatte, als klar wurde, dass sein Ziel nicht so leicht zu betören war wie erhofft. Offenbar hatte er das Gerät schon einige Male in ähnlicher Weise benutzt, wenn auch nie an einem anderen Velorianer ... zumindest behauptete er das. Da es so oder so keinen Unterschied machte, ließ Evron es dabei bewenden. Erestral schien ihm so ehrlich und offen, wie man es in dieser Situation eben erwarten konnte.

Schließlich nickte Evron.

„Hör gut zu, so wird das ablaufen.“ Er hielt das Gerät zur Betonung hoch. „Wir tun beide so, als wäre das hier nie passiert. ... Nein, noch besser: du berichtest Berestul, dass du Erfolg hattest und ein gutes Gefühl, dass unsere ... Verschmelzung das gewünschte Ergebnis gebracht hat.“

Das würde ihnen ein oder zwei Wochen verschaffen, bevor Berestul Druck auf Erestral ausübte, es erneut zu versuchen.

„Ich behalte das hier als Versicherung. Solltest du mich noch einmal angreifen oder irgendwem erzählen, was wirklich passiert ist, informiere ich Ruffa über alles. Ich werde ihm das hier als Beweis vorlegen. Und nur damit wir uns klar verstehen: Ich werde ein Protokoll anfertigen, welches Ruffa und Thallamon übermittelt werden wird, sollte mir etwas zustoßen. Glaub also nicht, dass es dir helfen würde, wenn ich einem Unfall zum Opfer falle."

Ein Aufflackern hilfloser Wut verriet, dass Erestral diese Option durchaus in Betracht gezogen hatte. Die ganze Nummer lief überhaupt nicht nach seinem Plan. Und wie Evron zuvor konnte er nicht groß was dagegen unternehmen.

„Ich muss wohl nicht erklären, was ich mit dir anstelle, solltest du jemandem von meiner Schande berichten", knurrte Evron.

„N-nein", erwiderte der andere.

„Gut." Ruffas Schüler trat einen Schritt zurück, um außer Reichweite zu sein, und bedeutete dem Magier, aufzustehen. „Erinnere dich immer an diesen Moment. Du gehörst jetzt mir. Sag es! Und dann bring deine hässlichen Falten aus meinem Blickfeld."

KAPITEL NEUNZEHN

RIVERS\\ PLUTONISCHE KOLLEGEN

Am nächsten Tag entfernte sich Montoya von Baileywick, welche auf dem Platz des XO saß, um zu ihrer Abteilung zu sprechen. „Okay, Team: Fr. Rivers und ich haben eine neue Idee, die wir ausprobieren möchten."

Während sie sprach, veränderte sich die Konfiguration der VR-Konsolen. Aus vier Konsolen wurden fünf: je zwei auf jeder Seite einer Vertiefung, eine weitere etwas erhöht im hinteren Bereich, sodass die Person dort sowohl in die Grube hinabblicken als auch den Kommandosesseln zugewandt sein konnte.

„Fr. Rivers und Ens. Nakayama", Montoya zeigte auf den plutonischen Offizier, welchen sie als ihren inoffiziellen Stellvertreter betrachtete, da sie bereits zuvor mit dem schlaksigen Mann gedient hatte und daher seine Stärken und Schwächen kannte, „werden die internen Sensoren bedienen, während Lt. Mirak", sie deutete auf den verbleibenden Plutonier, einen breitschultrigen, etwas älteren Herrn, „mit Lt. Okoro zusammen die externen überwacht. Ich werde Aufsicht und Leitung übernehmen. Hat jeder seine neue Position verstanden?"

„Jawohl, Ma'am." Alle salutierten, sogar Riv.

„Gut, dann machen Sie sich mit dem neuen Aufbau vertraut. Wir machen ein paar Probeläufe, bevor Fr. Baileywick die tatsächliche Simulation startet." Montoya nickte Riv zu; in ihrem Blick lag eine gewisse ... Hoffnung.

Ihr Gespräch im *Beak* am vergangenen Abend war, gelinde gesagt, interessant verlaufen. Vor allem, nachdem sie angefangen hatten, Drinks zu bestellen.

Montoyas private Seite, ihre Denkweise und Blickwinkel kennenzulernen, hatte Riv sehr geholfen, die Herangehensweise der Plutonier besser zu verstehen. Und sie war erstaunt darüber gewesen, wie viele Interessen sie mit der anderen Frau teilte.

Und Montoyas Idee, Riv auf einen Aufgabenbereich anzusetzen, in dem ihr wissenschaftlicher Hintergrund und umfassendes Verständnis des Layouts und der Systeme der *Gateshot* gut zum Einsatz kämen, und sie von dem Bereich fernzuhalten, in dem sie bereits so viel falsch gemacht hatte, könnte durchaus funktionieren.

Jetzt musste die Kernweltlerin nur noch über ihren eigenen Schatten springen und Hand in Hand mit Nakayama arbeiten.

Einfacher gesagt als getan. Na gut, versuchen wir es, dachte Riv, als sie sich an die Konsole nahe Montoyas setzte und mit der Konfiguration begann.

Nakayama beugte sich zu ihr rüber und fragte in respektvollem Ton: „Würden Sie mir bitte erklären, was Sie tun, damit ich Ihren Ansatz nachvollziehen kann?"

„Sicher." Riv gab ihm einen kurzen Überblick über die verschiedenen, von ihr vorbereiteten Filter und erklärte, warum diese funktionierten und wofür sie gedacht waren. Nakayama nickte, stellte einige Folgefragen und wandte sich dann seiner eigenen Konsole zu.

„Also ... wie ist Ihr Ansatz?“, zwang die Wissenschaftlerin sich, zu fragen. Sie hörte aufmerksam zu, wiederholte einige der Antworten, um sicherzugehen, dass sie Nakayama richtig verstanden hatte und nicht aus ihrer eigenen Perspektive hineininterpretierte.

Tu einfach so, als müsstest du danach eine Abhandlung darüber schreiben, dachte sie. *Als wäre es eine Art anthropologische Studie.*

Es wurde schnell klar, wie sie ihre Ergebnisse am besten aufteilen und gegenprüfen sollten, um ein optimales Ergebnis zu erzielen.

„Okay, wie sind Sie hier aufgestellt?“ Montoya hatte ihre Überprüfung der externen Sensoren abgeschlossen und beugte sich zwischen die beiden.

Nakayama bedeutete Riv, die Erklärung zu übernehmen.

Montoya hörte aufmerksam zu, nickte gelegentlich und erklärte dann: „Ich verstehe. Die Arbeitsteilung gefällt mir; stellen Sie nur sicher, dass Sie sich immer gegenseitig überprüfen. Eine Person kann leicht ein wichtiges Detail übersehen. Außerdem ist das hier sehr kampforientiert. Wer von Ihnen behält mögliche Störungen im UKLSS im Auge?“

Riv wusste inzwischen, dass die Antwort, GaSIn überwache die Umweltkontroll- und Lebenserhaltungssysteme und die Schiffs-KI würde Alarm schlagen, falls irgendetwas nicht stimmte, bei Montoya nicht zog.

„Oh, richtig.“ Sie ließ zwischen den bereits belegten Holo-Displays einen weiteren Bildschirm entstehen. „Das ist essenziell, also sollten wir es auf jeden Fall im Blick behalten.“

„*Da*.“ Die Lieutenant lächelte und klopfte ihr auf den Rücken. „Sehr gut. Dann legen wir mal los.“

Sie eilte die Stufen zu ihrer eigenen Konsole hinauf, konfigurierte sie und überprüfte noch einmal die Verknüpfungen zu den Ausgaben ihres Teams, bevor sie sich anschnallte und erklärte: „Fr. Baileywick: Wir sind bereit."

„Gut."

Die Schiffsmeisterin tippte auf ihre Konsole. Um sie herum erschien eine Reihe anderer Personen, allesamt mitten in der Bewegung eingefroren. Neben ihr, im Kapitänssessel, saß eine Kopie von Glen, kurz davor, an seinem Kaffee zu nippen. Auf dem Hauptbildschirm blinkten ferne Sterne. Die Startkonfiguration der Scanner zeigte keine Planeten, Stationen oder andere Anzeichen von Leben in der näheren Umgebung. Laut der Anzeige auf einem kleinen Ausschnitt von Rivs Bildschirm, welcher sie über die Gesamtsituation auf dem Laufenden halten sollte, bewegte sich das Schiff in Reisegeschwindigkeit durch den leeren Raum.

Alle Anzeigen waren im grünen Bereich.

„Fangen wir an", sagte Baileywick.

Ein plötzliches Grollen lief durch das Schiff und ihr Kapitän fluchte, als ein paar Tropfen der heißen Flüssigkeit auf seine Hand spritzten. Auch alle anderen Crewmitglieder setzten sich in Bewegung.

Das kleine Abbild der *Gateshot*, auf welchem GaSIn normalerweise alles einblendete, was die befehlshabende Person für wichtig hielt – inklusive Einschlägen auf der Hülle und dergleichen – flackerte und erlosch.

Glen sah auf, als wüsste er, dass etwas nicht stimmte. Seine smaragdgrünen Augen suchten die neue Station nach Antworten ab und blieben auf Montoya hängen. „Sensoren: Was war das?"

Dann wandte er sich nach rechts. „Fr. Baileywick: Wo ist meine Anzeige?"

„Trianguliere die Störungsquelle“, meldete Montoya, während ihre Finger über ihre Konsole flogen. Sie befahl: „Externe Sensoren: Suchen Sie nach Schäden an der Außenhülle und bestimmen Sie die Störungsart. Interne Sensoren: Scannen Sie nach möglichen internen Ursachen und Schäden.“

Nakayama rief mehrere vorbereitete Abfragen auf und fragte Riv: „Wollen Sie die Quelle oder den Schaden?“

„Das eine ergibt sich aus dem anderen, oder?“ murmelte Riv zurück, während sie gedanklich Abfragen und Filter durchging, die sie nutzen könnte. „Lassen Sie uns einfach beide beides machen. Das entspricht doch auch der Redundanz-Philosophie, nicht wahr?“

Das Lächeln des Mannes strahlte eine Ruhe aus, die nicht zu seinem Alter passen wollte. Er nickte.

Montoyas Triangulation erschien auf ihren Stationen, gerade als die Teamleiterin meldete: „Kapitän: Die Störung trat im Bereich Steuerbord-Bug auf.“

Sie nannte die exakte Sektion und Größe. Vor dem Kapitän flackerte ein neues kleines Modell auf; ein roter Punkt markierte die Stelle.

„Und was war es?“ Er hatte sich den Kaffee von den kräftigen Händen geleckt und setzte einen Deckel auf seinen Becher.

„Externe Aufpralle mit Minimalschaden,“ meldete Okoro hinter Riv. „Details folgen.“

Montoya warf einen Blick auf die eingehenden Daten und gab weiter: „Kapitän: Wir haben einen Aufprallschaden erlitten. Die Hülle erhitzt sich am Schadenspunkt. Kameras in unmittelbarer Nähe zeigen keine Störungsursache.“

„Irgendwas, womit unsere Hülle nicht fertig wird?“, fragte Glen Lustig.

„Negativ", informierte der Chefingenieur. „Der Schaden liegt innerhalb sicherer Parameter. Die Integrität des Rumpfes beträgt 100 %."

„Keine inneren Schäden", fügte Riv hinzu.

Montoya gab dies weiter.

„Gut." Der Kapitän schien dennoch unruhig. „Kapitän an Wartungsabteilung und Schiffssicherheit: Überprüfen Sie den beschädigten Abschnitt."

Bei den Göttern, er war so lebensecht ...

Drei weitere Erschütterungen durchliefen den Rumpf mit solcher Wucht, dass sich die Ausrichtung der *Gateshot* im Weltraum leicht verschob.

„Andockmeldung an Luftschleusen 12, 18 und 24." Okoros Stimme klang alarmiert.

Riv fokussierte sich sofort auf diese Positionen und dachte erst daran, ihren Nachbarn darüber zu informieren, als sie bereits interne Kameras und Sensordaten für die betroffenen Bereiche aufgerufen hatte. Die Wärmesensoren meldeten einen massiven Temperaturanstieg an der Außenseite der Luftschleusen und deren Integrität sank ... Doch Riv konnte keine Ursache dafür ausmachen.

Kurz darauf zeigten die Vidfeeds der Kameras nur noch weißes Rauschen. Dann brachen sie komplett ab.

„Möglicher Eindringlingsalarm!", erklärte sie und sah Nakayama für eine Bestätigung an. „Ich glaube, wir werden geentert!"

Der Plutonier runzelte für den Bruchteil einer Sekunde die Stirn, während er die Sensorwerte und die ausgefallenen Kameraübertragungen betrachtete.

Dann wandte er sich an Montoya und erklärte mit fester Stimme: „Dito."

„Kapitän: Wir werden angegriffen!", meldete die Lieutenant. „Drei mögliche Enterpunkte!"

„Comms: Schicken Sie Sicherheitsteams zu diesen Positionen!“, befahl MacAllister. „Sensoren: Wie viele Eindringlinge?“

Riv zuckte hilflos mit den Schultern, während sie weitere Kameras in der Nähe, verschiedene Wellenlängen und jedes andere erdenkliche Mittel ausprobierte, um sich ein Bild von der Situation zu machen.

Montoya starrte ihre Untergebenen einen Moment lang an, bevor sie erklärte: „Unbekannt, Kapitän. Externe: Warum sehen wir keine enternden Schiffe?“

„Nichts auf den Scannern“, antwortete der Plutonier hinter Riv, als würde die Wiederholung dieser Tatsache die Antwort liefern.

Nun ja, in gewisser Weise tat sie das tatsächlich ...

„Magie,“ murmelte Riv. „Es muss Magie sein.“

„Wie bitte?“, fragte Nakayama.

„Sensoren: Ich brauche mehr Informationen!“, befahl der Admiral.

„Aye, Kapitän“, bestätigte Montoya und wandte sich erneut ihrem Team zu. „Fr. Rivers: Haben Sie was?“

Oh, richtig, sie waren wahrscheinlich noch nie mit so etwas konfrontiert worden. Magie war immer noch ziemlich selten, besonders in einem Ausmaß, wie sie Suzy beherrschte ...

„Höchstwahrscheinlich setzen sie Magie ein,“ wiederholte Riv, diesmal lauter. „Darum können wir sie nicht sehen. Technologie hat große Schwierigkeiten, Magie zu erfassen. Sie stört Kameras und Sensoren bis zu einem Punkt, an dem beides unbrauchbar wird.“

„Kanonier an Sensoren: Ich brauche mehr Daten!“, verlangte eine raue Stimme über die Comm-Verbindung des Teams. „Ich kann nicht wahllos unsere Außenhülle unter Beschuss nehmen! Wo sind die Ziele?“

„Sensoren an Kanonier." Montoya blieb total ruhig, während Riv den Kerl am liebsten angefaucht hätte, er solle sich gefälligst hinten anstellen. „Wir kümmern uns. Einen Moment bitte."

Als die Teamleiterin Rivs Blick traf, war sich die Kernweltlerin sicher, dass die Plutonierin ihr nicht glaubte und sie dafür zurechtweisen würde, dass sie wertvolle Zeit mit esoterischem Unsinn verschwendete. Doch Montoya hielt mit leicht geöffnetem Mund inne, um tief durchzuatmen und nachzudenken.

Dann fragte sie stattdessen Okoro: „Lieutenant, können Sie diese Vermutung bestätigen?"

„Sicher." Der neue Mann im Team nickte. „Magie stört Sensoren und Kameras, so wie sie es beschrieben hat."

Montoya schaute verwundert und zog ihre Schultern etwas zurück.

„Sie meinen also, wir sind blind und taub gegenüber diesen Eindringlingen?" Die Stimme des Lieutenant klang ungläubig und entsetzt zugleich.

„Na ja, nicht ganz." Riv fuhr sich durchs kurze Haar. „Wir müssen nur ... das Problem umgehen. Um die Ecke denken."

„Die Magie hat vermutlich die Absicht, zu verschleiern," warf Okoro ein. „So wie bei Hr. Mavericks Shuttle."

„Nun, ich weiß zwar nichts über ein Shuttle", sein Nachbar klang zögerlich, „aber wir können ihre Präsenz wahrnehmen. Sie haben die Druck- und Wärmesensoren an der Außenhülle ausgelöst, also sind sie für uns nicht völlig unsichtbar."

„Wir können immer noch ihre Auswirkungen auf unser Schiff und unsere Ausrüstung verfolgen!" Montoyas Augen weiteten sich. „Interne: Sie beide suchen nach allem, was indirekt auf die Existenz eines Wesens schließen lässt ... wie minimale Schwankungen im Luftdruck, Veränderungen der Umgebungstemperatur oder Vibrationen. Externe: Lassen Sie den um die Andockpunkte liegenden Außenraum vom technischen Personal mit Radarwellen beschießen und versuchen Sie, auf diese Weise die Form der Schiffe zu erahnen. Modulieren Sie die Frequenzen, bis Sie etwas sehen."

„Jawohl, Ma'am."

Während konzentrierte Stille und das zügige Tippen von Fingern auf AR-Steuerungen alles um sie herum beherrschten, war Riv überraschend froh, sich die gewaltige Arbeit zu teilen, die mit dem Anpassen, Ausführen und Kombinieren der Ergebnisse all dieser Suchanfragen und Filter verbunden war. Montoya hielt alle externen Informationsanfragen fern und bediente sie, sobald ihr Team die passenden Daten lieferte. Das hatte den angenehmen Nebeneffekt, dass sich alle anderen auf die essenzielle Aufgabe konzentrieren konnten, den Feind zu lokalisieren.

Bald darauf enthüllten Okoro und sein Nachbar die Umrisse der Enterkapseln und richteten ihre Radarwellen auf der Suche nach dem Mutterschiff weiter raus. Riv und Nakayama fanden und verfolgten derweil die verschiedenen Entermannschaften, bis die Sicherheitskräfte sie neutralisiert hatten.

Die Simulation endete, als der Funkverkehr abebbte, der Rest der Brückencrew mitten in der Bewegung einfror und Eve sich mit einem zufriedenen Lächeln erhob.

„Sehr gut." Sie nickte und kam herüber. „Sie haben bestanden. Und das innerhalb eines zufriedenstellenden Zeitrahmens. Ihre Teamarbeit hat sich erheblich verbessert und Ihre Aufmerksamkeit fürs Detail war lobenswert. Lt. Montoya: Sie haben mit geschickter Hand dirigiert und delegiert und es trotzdem geschafft, allen wichtigen

Erkenntnissen Ihres Teams Gehör zu schenken und sich damit auseinanderzusetzen. Fr. Rivers: Sie haben Ihr Wissen eingebracht, ohne zu versuchen, jemandes Arbeit oder Meinung in den Hintergrund zu drängen."

Die Schiffsmeisterin gab jedem Teammitglied eine detaillierte Leistungsanalyse und schloss mit den Worten: „Sie sind auf dem richtigen Weg. Machen Sie weiter so. Wir unterbrechen für eine kurze Pause, dann gehen wir zu einer etwas anspruchsvolleren Aufgabe über."

Sicher ...

‚Etwas anspruchsvoller' stellte sich als gerade noch schaffbar heraus. Jede weitere Simulation wurde zunehmend komplexer. Nach Wochen des Prüfens und Stocherns wusste Baileywick genau, was das Team leisten konnte und was nicht, und begann, sie mit subtiler Freude in Form zu peitschen. Dennoch war Riv an diesem Abend in Hochstimmung. Zum ersten Mal seit Langem hatte sie das Gefühl, dass sie das hier tatsächlich schaffen konnten.

„Leider", befand Baileywick, nachdem das letzte Denksport-Szenario ihre Opfer taumelnd zurückgelassen und die simulierte *Gateshot* halb zerstört hatte, „werden Sie zu müde. Ihre Leistung bricht ein. Was mich betrifft, haben Sie den Rest des Tages frei. Melden Sie sich morgen zur gleichen Zeit für weitere, umfangreichere Simulationen, damit wir auf Ihrem Kommunikationsdurchbruch aufbauen können. Wünscht jemand Änderungen an der neuen Konsolenkonfiguration?"

Riv schüttelte den Kopf. Es war zwar ungewohnt, doch sie musste zugeben, dass es funktionierte. Selbst ihre Amygdala, die von den Geräuschen in ihrem Rücken anfangs ständig getriggert worden war, begann abzustumpfen.

Als sich niemand sonst zu Wort meldete, richtete sich Montoya auf und sagte: „Da wir zum ersten Mal in dieser

Konfiguration arbeiten, schlage ich vor, sie noch ein paar Tage lang zu testen, um sicherzugehen, dass es keine noch unobservierten Nachteile gibt. Falls sich in dieser Zeit nichts ergibt, würde ich sagen, das ist die Variante, für die wir uns entscheiden."

Wieder lächelte die Blauhaarige. „Sehr gut. Wegtreten."

Kaum war sie verschwunden, streckte eine grinsende Riv Montoya und Nakayama jeweils eine Faust hin. Nach einem kurzen Austausch müder Blicke stießen beide dagegen.

Okoro gab seinem Nachbarn ein Low-Five und sagte: „Mann, ich fühle mich, als wäre gerade ein Shuttle durch mein Gehirn geflogen."

„*Da*", stimmte ihre Teamleiterin zu. „Wer hat Lust auf ein kurzes Debrief und ein paar Drinks im *Beak*, bevor wir in die Kojen fallen?"

Alle, wie sich herausstellte.

Als Riv jedoch in der realen Welt die Augen aufschlug, trat ihre Vorgesetzte neben die kleine Gruppe.

„Fr. Rivers, bitte begleiten Sie mich ein Stück." Eve deutete in Richtung Tür.

„Selbstverständlich, Fr. Baileywick." Die Wissenschaftlerin nickte den anderen zum Abschied zu, formte mit den Lippen die Worte „Ich komme nach" und schloss sich der Schiffsmeisterin an.

Erst als sie ein wenig Distanz zu den anderen hatten, begann diese das Gespräch.

„Fr. Rivers, ich freue mich sehr, dass Sie eine gemeinsame Basis mit Lt. Montoya und ihren Leuten gefunden haben. Die Ergänzung von Lt. Okoro scheint die Teamdynamik positiv zu beeinflussen. Ich hoffe sehr, dass Sie fünf auf dieser Grundlage aufbauen können, um eine vollständig kohärente Einheit zu bilden."

„Dankeschön." Riv nickte. „Wir werden unser Bestes geben, Ma'am."

Eve lächelte angesichts der formellen Anrede. Ihr ganzer Körper veränderte sich unmerklich, um einen privateren, entspannteren Ton anzudeuten. Ebenso wie ihre Stimme.

„Ich mache mir Sorgen um deine Gesamtlast, Heidi", gestand sie, ohne jeden Vorwurf in der Stimme, die Hände hinter dem geraden Rücken verschränkt. „Du leistest so viel und der plötzliche Anstieg der Mannschaftszahl macht sich in allen deinen Aufgabenbereichen bemerkbar. Du musstest bereits die Produktion der vertikalen Landwirtschaft und der Aquaponik steigern. Du hast abgenommen und versäumst Besprechungen, weil du doppelt verplant bist. Deine Arbeitszeiten haben sich deutlich verlängert und ich fürchte, du ruhst dich nicht genug aus."

„Es geht schon." Riv schüttelte den Kopf, als ihre Euphorie angesichts der angesprochenen Problematik rasch verflog. „Das ist nur eine Phase. Sobald sich alle eingelebt haben und die VLW optimal produziert, beruhigt sich das wieder."

„Bist du sicher?" Die Schiffsmeisterin blieb stehen und wandte sich ihr zu. „Selbst mit der Personalaufstockung ist die *Gateshot* immer noch nur zu etwa 13 % ausgelastet. Sie könnte bei Bedarf deutlich mehr Menschen aufnehmen, wenn auch unter weitaus weniger komfortablen Bedingungen. Wenn wir vor dem Dilemma stünden, so viele Leute wie irgend möglich an Bord zu nehmen, wärst du in der

Lage, ihnen die gebührende Aufmerksamkeit zu schenken?"

„Du meinst, falls die Frauen, nach denen wir suchen, tatsächlich Gefangene der Velorianer sind und wir es schaffen, sie zu befreien?", fragte die Wissenschaftlerin.

„Zum Beispiel."

„Nun, in diesem Fall wäre die *Gateshot* nur ein Tropfen auf den heißen Stein, oder?" Die Rothaarige runzelte die Stirn. „In diesen zehn Jahren müssen die Velorianer Millionen verschleppt haben."

„In der Tat." Ein Ausdruck, den Riv nicht recht deuten konnte, huschte über das Gesicht der Außerweltlichen. „Doch dies war das größte Schiff, das Marshall unter Berücksichtigung der vorgegebenen Zeit- und Ressourcenlimitationen bauen konnte – vor allem angesichts der anderen Parameter. Außerdem könnten andere mögliche Ereignisse zu einem erhöhten Passagieraufkommen führen. Zum Beispiel könnten wir erneut Flüchtlinge von einem beschädigten Schiff aufnehmen müssen. Kämst du damit zurecht?"

Die Wissenschaftlerin holte tief Luft. Sie hätte gut darauf verzichten können, dass Eve sie derart in Frage stellte, doch die Schiffsmeisterin hatte nicht nur das Recht, sondern auch allen Grund dazu. Rivs Füße juckten und sie setzte sich erneut in Bewegung. Diesmal passte Eve sich ihrem Tempo an.

„Vergiss auch nicht, dass du noch nicht einmal mit deiner wichtigsten Aufgabe begonnen hast", erinnerte die Blauhaarige sie sanft. „Die Analyse außerweltlichen Lebens, um das Verständnis der Menschheit zu fördern. Das allein wird deine Tage ausfüllen, wenn wir erst ein paar Proben für dich sammeln können."

„Du könntest mir dieses ganze Wissen auch einfach

geben," warf Riv ein – eher, um eine Reaktion herauszufordern, als weil sie ernsthaft daran interessiert gewesen wäre, sich solche Informationen von einer außermenschlichen Datenquelle fragwürdiger Motivation eintrichtern zu lassen.

„Das könnte ich." Die andere Frau lächelte. „Doch niemand in deinem Heimatsystem würde das ohne Bestätigung durch einen der ihren akzeptieren, oder?"

Jupp, sie hatte die Ablenkung durchschaut.

„Du hast ein ganzes Team qualifizierter Wissenschaftler", fuhr Baileywick fort. „Du könntest diese Aufgabe delegieren. Nach unserem Vorgespräch hätte ich allerdings diesen speziellen Aspekt für denjenigen gehalten, welcher dir am meisten am Herzen liegt und deiner Neigung am ehesten entspricht. Ich hätte nie erwartet, dass du so vehement darauf bestehen würdest, Teil der Brückencrew zu sein. Haben sich deine Prioritäten geändert?"

„Nein. ... Vielleicht." Die Wissenschaftlerin kaute auf ihrer Unterlippe. Schließlich flüsterte sie: „Hör zu, Eve. Ich ... ähm ... ich verstehe deinen Standpunkt. Ich versuche, alles selbst zu machen, und das wird nicht funktionieren. Ich bin nur ein Mensch. Ich habe nur 24 Stunden am Tag. Das ist mir auch klar."

Die Frau an ihrer Seite nickte sanft.

„Aber ich kann die Brücke nicht aufgeben!" Rivs Stimme klang ungewollt scharf. Sie milderte sie für einige schwer auszusprechende Zugeständnisse bewusst ab. „Ich werde ... ich werde mehr von den täglichen Aufgaben im Bereich Versorgung an meine direkten Untergebenen delegieren und die Aufsicht über die zivilen Bereiche an jemand anderen abgeben. Würde das dir und dem Kapitän reichen?"

Eve lächelte. „Das würde es."

KAPITEL ZWANZIG

EVE\\ BESONDERE ÜBERLEGUNGEN

Selbst mit ihren Subroutinen und ihrer Programmierung als Unterstützung gab es ungemein viel zu überwachen und zu bedenken, während Eve ein zweites Mal die unzähligen winzigen Naniten steuerte, um das Fleisch ihres Schülers zu formen. Daher verspürte sie immense Erleichterung, als der letzte Nerv neu verbunden war und Dr. Fox von ihrem Scanner aufsah, um zu bestätigen: „Das war's. Ich würde sagen, Sie sind fertig."

Dem Gleichgewicht sei Dank!, dachte Eve.

Sie hatte sich redlich bemüht, ihre innere Unruhe zu verstecken. Sie wusste, wie schwer es für Glen gewesen war, sich überhaupt erst darauf einzulassen, und das Letzte, was sie wollte, war es, Zweifel in ihm zu wecken. Also unterdrückte sie auch weiterhin ihre Anspannung, lächelte und sagte: „Wunderbar. Dann rufe ich sie jetzt zurück."

Glen erwiderte ihren Blick. Da war etwas. Sah er durch ihre kleine Scharade hindurch? Oder beschäftigte ihn etwas anderes?

Eve wartete, bis Dr. Fox gegangen war, bevor sie fragte: „Was ist los, Kapitän?"

Glen öffnete und schloss seine Hand probeweise und murmelte: „Es ist so merkwürdig zu wissen, dass plötzlich alles wieder in Ordnung ist. Ich werde wohl noch lange darauf warten, dass es wieder zuckt."

„Das wird es nicht", versicherte Eve.

Er nickte. „Es gibt noch etwas anderes, auf das ich nur warte."

Fragend hob sie eine Augenbraue.

„Was mit Antolov passiert ist, war ...", Glen suchte sichtlich nach Worten, „... bedauerlich. Ich verstehe, warum er entfernt werden musste, und mein jüngeres Ich hätte vermutlich etwas Ähnliches unternommen. Verdammte Axt, wenn er sich als derart schlecht für die Moral erwiesen hätte, wie Federov zu glauben schien, hätte ich wahrscheinlich selbst eingegriffen."

Sie legte den Kopf schief, und er fuhr fort: „Es wurmt mich, dass Federov sowohl das Beste als auch das Schlimmste in den Leuten weckt. In seinen ... und in unseren. Wir müssen das im Auge behalten."

„Ich habe es im Auge", tadelte sie ihn milde. „Du hast mir die Verantwortung für Crew und Schiff übertragen, also konzentriere ich meine Anstrengungen auf genau solche Dinge."

„Ich weiß." Glen erhob sich und ging in ihrem Büro auf und ab. „Und ich vertraue dir."

„Was dich stört, ist, dass Federov Antolov keine Chance gegeben hat, ihm oder seinen Leuten etwas anzutun", vermutete Eve. „Er ist einfach davon ausgegangen, dass das passieren wird, und hat vorsorglich gehandelt. Es ist eher die Herangehensweise ‚schuldig, bis die Unschuld bewiesen ist', die du ablehnst, als seine Methoden, nicht wahr?"

Ihr Kapitän erstarrte und schien das zu durchdenken.

„Ich schätze, da ist was Wahres dran“, gab er schließlich zu.

„Und du hast Angst, dass Federov am Ende mehr Einfluss als du auf deine eigenen Leute haben wird – selbst auf solche, die eine gemeinsame Vergangenheit mit dir teilen?“

Es folgte eine weitere lange Pause. Vielleicht wollte er sich die Wahrheit ihrer Behauptung nicht eingestehen. Oder vielleicht hatte sie den Nagel doch nicht ganz auf den Kopf getroffen. Schließlich atmete er tief aus, nickte und nahm seine Wanderung wieder auf.

„Jein. Es geht noch darüber hinaus“, gestand er. „Wenn Federovs Methoden schon so raffiniert sind, was können wir dann von seinen Vorgesetzten erwarten?“

„Die High Marshal hat einen recht ... abenteuerlichen Ruf.“ Eve dachte an die wilden Geschichten, welche sie während ihrer Recherchen gesammelt hatte. „Es ist schwer zu sagen, wo genau in den großen Mythen über sie das sprichwörtliche Körnchen Wahrheit begraben liegt. Doch Plutonier im Allgemeinen halten es für höchst unehrenhaft, einen Deal zu brechen, wenn sie ihm erst einmal zugestimmt haben.“

„Ach, komm!“ Er wirbelte herum, seine Augen voll von zwielichtigem Wissen, welches sie nicht besaß. „Du weißt so gut wie ich, dass es tausende Möglichkeiten gibt, um ein Ziel zu erreichen. Und genauso viele Möglichkeiten, selbst die geradlinigste Vereinbarung zum eigenen Vorteil auszulegen.“

In ihrem Kopf machte es *Klick*. Die Datenpunkte fügten sich zusammen. Irgendetwas, das er zuvor gesagt oder getan hatte. Das hier war mehr für ihn als bloßes Durchdenken einer möglichen Bedrohung.

Nein ... Glen genoss die Herausforderung, zu wissen,

dass er möglicherweise übertrumpft werden könnte, und herauszufinden, wie er trotzdem seine Chancen verbessern konnte.

„Bogdanova hat es selbst gesagt: Die *Gateshot* ist für sie nur ein Nebenschauplatz. Sie wird uns unsere Chance beim Tor geben, daran zweifle ich nicht. Ich kann auch damit leben, dass ihr Vollstrecker auf meinem Schiff herumläuft. Solange er mit der Ausbildung seiner Leute und all seinen kleinen Projekten beschäftigt ist ..."

„... von denen manche eigentlich deine sind." Aus irgendeinem Grund, den sie selbst nicht ganz benennen konnte, bereitete es Eve Freude, ihn darauf hinzuweisen. Vielleicht hatte sie sich reflexartig seinem schelmischen Tonfall angepasst.

Er winkte ab. „Aye, das stimmt. Nicht, dass ich sie jetzt zurücknehmen könnte, selbst wenn ich wollte."

Andere Gespräche hatten gezeigt, dass er Federovs Eingriffe bestenfalls ambivalent beurteilte. Wie bei Antolov schien Glen die voraussichtlichen Ergebnisse für zufriedenstellend zu erachten, auch wenn er mit den Methoden des Plutoniers nicht einverstanden war.

„Trotzdem." Er marschierte zurück zu seinem Ausgangspunkt und stützte sich auf ihren Schreibtisch, um ihr in die Augen zu schauen. „Ich will nur sicherstellen, dass wir, wenn es soweit ist, einen Schuss abgeben können, der unser Ziel geradezu pulverisiert."

Er deutete auf die Stelle an der Wand, wo sie ihren Edelsteinvorrat aufbewahrte. „Du hast mir das da gezeigt. Findest du nicht, wir sollten über den Rest reden?"

„Den Rest?" Sie lächelte ihr abschirmendes Lächeln.

Er ließ sich nicht täuschen. „Die *Gateshot* läuft nur auf einem kleinen Prozentsatz dessen, was sie tatsächlich leisten kann, oder nicht? Ich bin zwar kein Techniker, doch ich bin mir ziemlich sicher: Wenn man etwas mit einem konstanten Energieausstoß jenseits jeder menschlichen Messbarkeit zur Verfügung hat und damit ein Schiff mit einem Kilometer Längsachse betreibt, dann sollte man da deutlich mehr rausbekommen, als wir zurzeit tun."

Eve lächelte weiter. Es war vielleicht nicht ganz schicklich, doch sie genoss es, ihn ein bisschen zappeln zu lassen. Sie mochte den samtigen Klang seiner Stimme, wenn er erkannte, dass er keinen Druck auf sie ausüben konnte und versuchte, sie mit Schmeicheleien zu beeinflussen. Die dann in sein Auftreten einziehende Veränderung war ... reizvoll. Und vielleicht, nur vielleicht, genoss sie es auch, ihm etwas von dem Schmerz zurückzugeben, welchen seine Sturheit ihr zugefügt hatte. Seit sie ihren Dominanzkampf beigelegt und sowohl ihre Verantwortlichkeiten füreinander als auch für Crew und Schiff etabliert hatten, war das vorbei. Trotzdem blieb es, angesichts der unkonventionellen Natur ihres Arrangements, eine Frage des Ausprobierens, wie weit Eve gehen oder was sie sagen und tun konnte.

„Komm schon, ehrenwerte Wächterin." Glen setzte sich ihr gegenüber und legte die Fingerspitzen aufeinander. Sie hatten dieses Spiel schon öfter gespielt und er genoss es offensichtlich genauso wie sie. „Warum nutzen wir nicht die volle Leistungsfähigkeit unseres Schiffes?"

„Weil ich es für zu gefährlich halte, ihr volles Potenzial zu entfesseln, während Außenstehende Menschen Zeugen davon werden könnten."

„Ich verstehe." Er nickte. „Die *Gateshot* mit so viel Energie zu betreiben wäre aufgefallen. Wir hätten alle möglichen Entitäten an der Backe gehabt."

„Eben. Es ist ein Technologievorsprung, der die komplette Menschheit spalten könnte, sollte nur eine Fraktion in seinen Besitz gelangen." Eve holte tief Luft. Allein die Implikationen zu bedenken, machte sie flau im Magen, auch wenn Glen sie längst überzeugt hatte und der Rest des Gesprächs eher einem formalen Tanz als einer echten Diskussion glich. „Die Große Neutralität würde das nicht gutheißen. Deshalb hatte ich ursprünglich beschlossen, die Dämpfer erst zu entfernen, wenn wir das Tor passiert haben und niemand mehr Informationen darüber weitergeben kann."

Die Frage glitzerte in seinen smaragdgrünen Augen, bevor sie über seine Lippen kam. „Hast du dieses Wissen nicht an Marshall weitergegeben?"

„Nicht direkt." Sie schmunzelte. „Es gibt mehrere Bereiche und Systeme auf diesem Schiff, welche er nie zu Gesicht bekam. Die habe ich vollständig selbst entworfen und ausgestattet, und aus den Spezifikationen herausgelassen. Er hat schon verstanden, dass sie ihm ohne eine Ehrwürdige ohnehin nicht viel nützen würden, und hat dem zugestimmt. Zumindest offiziell."

Nicht, dass es keinen Spaß gemacht hätte, all seine cleveren Spionageattacken zu kontern.

„Offiziell?" Glen hatte eine Ahnung von den komplizierten Katz-und-Maus-Spielen, welche die Beziehung seiner Lehrerin zum marsianischen KI-Gouverneur geprägt hatten, und wusste, wie diese Bemerkung zu deuten war.

„Ich bin zu 99,968 % sicher, dass er meine Sicherheitsvorkehrungen nicht überwunden hat."

Glen lachte. „Zu 99,968 %, hm?"

Sie zuckte mit den Schultern – auf diese nonchalante Art, welche er manchmal so amüsant fand.

„Wie dem auch sei." Ihr Kapitän lehnte sich zurück, um ihre Haltung nachzuahmen. „Wenn wir erst mal wirklich aufs Tor zufliegen, kann uns niemand mehr anhalten, um zu schnüffeln. Und wenn wir diese Zusatzkapazität nicht zur Verfügung haben, könnten wir stattdessen stranden oder zerstört werden. Außerdem wissen wir nicht, was uns auf der anderen Seite erwartet. Federovs Annahme könnte sich bewahrheiten. Wir könnten dort inmitten eines Schwarms velorianischer Schiffe rauskommen."

Er hatte natürlich Recht.

Eve nickte. Das sollte in Ordnung gehen. Sie konnte das verantworten.

„Ich werde Dr. Lustig bei nächster Gelegenheit in unseren Plan B einweihen."

Glen griff nach ihren Händen und drückte diese sanft. „Danke."

KAPITEL EINUNDZWANZIG

SUZY\\ FAMILIENANGELEGENHEITEN

Als Suzy den *Gateshot*-Aufzug verließ, sickerte der letzte Rest Anspannung langsam aus ihr heraus ... die irrationale Angst, Federov könnte aus irgendeinem Quergang springen und sie in das nächste haarsträubende Abenteuer zerren, oder Diaz würde sie erneut in eine Zelle werfen.

Sie hatte es geschafft. Sie war zurück. Zurück zu Hause. Na ja ... mehr oder weniger zu Hause.

Als die Schiffshexe ihr Quartier betrat – überrascht, dass sie die große, luxuriöse Wohnung behalten durfte – und ihre Tasche auf das bequeme Sofa im Vorraum warf, blieb ihr Blick an einem der Bilder hängen, welche ihre Wände schmückten. Eine Kuppel voller Grün. Eine mehrere Wolkenkratzer umgebende vertikale Landwirtschaft, eingefangen in einem makellosen architektonischen Meisterwerk. Wenn sie sich vorbeugte und die Augen zusammenkniff, könnte sie vielleicht das Fenster des Zimmers ausmachen, welches sie sich mit ihrer Schwester auf dem Mars geteilt hatte. Elonia. Ihr Zuhause. Das Zuhause, zu dem sie nicht zurückkehren konnte.

Dieses schwere Gefühl setzte sich in ihren Magen wie ein mittelgroßes Shuttle und die anschließende Sehnsucht verursachte ihr kurzzeitigen Schwindel. Sie hatte seit Wochen nicht einmal an Zuhause gedacht ... Suzy hatte schon länger vorgehabt, ihre Schwester noch mal anzurufen, doch es schien nie der richtige Moment dafür.

Sie ließ sich aufs Sofa plumpsen und griff darunter, tastete nach der versteckten Tasche im Synthetikleder.

Da! ... Sie schob ihre Hand hinein und tastete nach der glatten Oberfläche des gesuchten Gegenstands.

Verdammt, wo war das Ding?

Hm ... vielleicht war das auch übertrieben. Sie könnte einfach Eve um eine sichere Kommunikationsverbindung zum Mars bitten. Andererseits wollte sie ihrer Schwester nicht noch mehr Ärger bereiten, indem sie sie offen kontaktierte. Die Journalisten waren noch die harmloseste Gruppe, die nach Suzy – der Kriegsverbrecherin mit der hohen Belohnung auf ihrem Kopf – fahndete.

Endlich stießen ihre Fingerspitzen gegen das begehrte Objekt. Warum war es so weit hineingeschoben? Hatte sie es nicht direkt an den Rand gelegt, damit sie leichter drankam? *Seltsam ...*

Die Hexe setzte sich auf und öffnete die Finger, um das flache, runde Objekt von der Größe ihrer Handfläche genauer zu betrachten. Der Taschenspiegel war babyblau mit wellenförmigen weißen Verzierungen an den Rändern. Sie klappte ihn auf und ihr Spiegelbild starrte ihr aus der oberen Hälfte entgegen, während die untere mit sorgfältig gezeichneten Runen verziert war. Suzy konnte immer noch nicht alle davon lesen.

Persönliche Verbindung – Irgendwas – Kommunikation – Bild – Größere Entfernung.

Etwas flatterte in ihrem Bauch. Was, wenn Lucy gar nicht mit ihr reden wollte? Was, wenn sie nicht ranging? Und was, wenn ... *Ach ... scheiß drauf.*

Auf geht's!, dachte sie und ließ Energie in den Zauber fließen.

„Hey, Schwesterherz", flüsterte sie. „Bist du da?"

Der Spiegel beschlug und wirbelnde violette Energie sammelte sich hinter der Oberfläche wie ferne Gewitterwolken erhellende Blitze.

Hm, das war neu ...

Während sie mehrere Minuten lang in den Strudel starrte, sank ihre Stimmung langsam zu Boden. Sie ließ den Spiegel sinken. Wie es schien, wollte Lucy wohl nicht mit ihr reden. Suzy konnte es ihr nicht verübeln.

Doch gerade als sie das Ding schließen wollte, wurde das Bild endlich klar und die Stimme ihrer Schwester rief: „Suzy? Suzy!? Bist du da?"

„Ja!" Suzy riss den Spiegel hastig wieder hoch. „Marsstaub, ich dachte schon, du willst nicht mit mir reden! Scheiße, es tut mir so leid wegen diesem ganzen Kriegsverbrecher-Kram! Bitte sag mir, dass du da drüben nicht wegen meiner dummen Fehler zu kämpfen hast!"

Lucy blinzelte mehrmals, sichtlich verdutzt.

„Kriegs-was? Bist du– Was meinst du–?" Ihre bernsteinfarbenen Augen verhärteten sich. „Scheiße, Suze, was ist passiert? In was hast du dich diesmal reingeritten?"

„Du weißt es nicht?"

„Was weiß ich nicht?“ Lucys Stimme erreichte neue Höhen, als sie sich durch die weißblonden Strähnen fuhr.

„Verdammt, du siehst aus, als wärst du gerade aus dem Bett gefallen“, murmelte Suzy. „Sind deine Haare kürzer? Du siehst ja noch mehr wie eine Politikerin aus als vorher. Hast du abgenommen? Dein Gesicht ist total schmal und –“

„Nix da!“ Ihre Schwester hob einen anklagenden Zeigefinger. „Wage es ja nicht, das Thema zu wechseln! Ich habe mir solche Sorgen um dich gemacht! Ich habe ständig versucht, dich anzurufen, aber du bist nie rangegangen! Und jetzt sagst du, du bist eine Kriegsverbrecherin? Wie soll das gehen? Es gibt doch gar keinen Krieg! Zumindest noch nicht ...“

Suzy kniff die Augen zusammen. „Was meinst du mit ‚noch nicht‘?“

„Hey! Du zuerst!“ Lucy stellte den Spiegel auf Augenhöhe ab und richtete ihn aus, während sie sich in ihren Stuhl zurücksinken ließ.

Trotz der Veränderungen – andere Bilder an der Wand, weniger kitschige Tapeten und Vorhänge – erkannte Suzy das Büro ihres Vaters sofort wieder. Na ja, sein ehemaliges Büro. Sie musste sich immer noch von Zeit zu Zeit daran erinnern, dass er tot war.

„Ich höre?“ Lucy fischte einen Kamm aus einer der Schreibtischschubladen und begann, sich die Haare zu glätten. Die scharfen Abdrücke in ihrem Gesicht ließen vermuten, dass sie wahrscheinlich auf mehreren Datenfolien und vielleicht einem Stylus oder Lineal eingenickt war. „Jetzt rück schon raus damit!“

Da hatte aber jemand ihre Durchsetzungsfähigkeit trainiert ...

„Schon gut, okay!“ Suzy hob beschwichtigend die

Hände. „Lass mich nur kurz ein Glas Wasser holen, dann erzähl ich's dir."

Während sie das ganze Desaster so knapp wie möglich darlegte – und die Beschissenheit der Situation so glaubwürdig wie möglich runterspielte –, organisierte Suzy sich etwas zu essen und zu trinken. Sie fand einen guten Platz für den Spiegel und machte es sich auf der Couch bequem. Noch bevor sie zu Ende gesprochen hatte, wandte sich ihre Schwester zur Seite und öffnete einen Holoschirm. Lucy tippte etwas ein und murmelte: „Davon habe ich nichts gehört. Hmmm ... im Netz steht auch nichts dazu."

„Was? Das ist komisch." Suzy beugte sich vor. „Warte! Hör lieber auf zu suchen! Nur vorsichtshalber. ... Ich meine, du bist jetzt eine Person des öffentlichen Lebens. Wenn das noch nicht bekannt ist, kann das nur gut für dich sein. Geh kein Risiko ein, indem du zu viel Interesse zeigst."

„Ach, sei nicht paranoid." Lucy winkte ab, doch in ihrer Geste schwang eine subtile Anspannung mit und sie schaltete den Bildschirm schnell wieder aus. „Marshall hat alle meine Verbindungen auf Regierungsstandard verschlüsselt und sein Sicherheitschef überprüft dauernd, ob hier alles in Ordnung ist. Ich bin mir ziemlich sicher, dass er dabei auch regelmäßig nach Wanzen sucht. Er will mich nicht beunruhigen oder so, aber ich bin nicht blind, weißt du? Ich bin auch nicht blöd!"

„Ich weiß." Suzy bekam einen Kloß im Hals, als sie ihre kleine Schwester so da sitzen sah, ganz adrett und hübsch, hinter diesem riesigen Schreibtisch in einem überdimensionalen Büro. Das Emblem der Magiergilde an der Wand schien plötzlich schwer und bedrohlich, als könnte es jeden Moment herunterfallen und sie unter sich begraben.

Suzy schob das verstörende Bild beiseite und fragte: „Und, wie läuft's sonst so? Geht es dir gut?"

„Klar.“ Lucy lächelte dieses tapfere Lächeln, das sagte, sie würde schon irgendwie durchhalten und dass die andere sich keine Sorgen machen sollte. „Nur ... viel Arbeit, weißt du? Großmagierin zu sein, ist manchmal ... anstrengend. Bei Paps sah das immer so einfach aus ...“

„Weil Paps die Hälfte der Arbeit auf uns abgewälzt und den Rest größtenteils ignoriert hat“, erwiderte Suzy halb im Scherz. „Sei nicht so eine übereifrige Perfektionistin. Du arbeitest dich noch zu Tode.“

„Du meinst so wie du?“ Die gelben Augen ihrer Schwester leuchteten mit innerem Verständnis und sie wechselte in einen ironischen Tonfall. „Ach, Quatsch. Du wuppst das bestimmt auch nicht alles allein. Jetzt, wo du deine Hexigkeit offen ausleben kannst, hast du bestimmt einen Zirkel gegründet, der dir bei dem ganzen Magiezeugs hilft und ihr findet gemeinsam einen Weg durchs Tor.“

„Hexigkeit?“ Suzy kicherte.

„Hexigkeit, Hexentum, hex-auch-immer.“ Die Belustigung brachte Lachfalten und einen Anflug überschwänglicher Freude in Lucys Gesicht zurück.

Suzy trieb das Wortspiel weiter und sie alberten so lange herum, bis sie beide Tränen aus den Augen wischten und sich die schmerzenden Bäuche hielten.

„Verdammt, wie habe ich das vermisst“, gestand die Ältere, nachdem sie wieder zu Atem gekommen war.

Mit Nostalgie in der Stimme stimmte Lucy zu.

Suzy bestellte ein Bier per Drohnenlieferung und kuschelte sich tiefer in die Couch, während sie sagte: „Okay, du bist dran. Was geht bei dir so?“

Was Lucy ihr erzählte, klang, als würde sie einiges unterschlagen, doch Suzy verstand es. Auch sie konnte ihrer Schwester nicht einmal die Hälfte dessen erzählen, was bei ihr gerade los war. Trotzdem fühlte es sich komisch an, über dieses Drahtseil zu balancieren, wo sie bis vor kurzem doch so ziemlich alles geteilt hatten. Sie wünschte, sie könnte die sich vergrößernde Kluft zwischen ihnen einfach mit einem beherzten Sprung überwinden. Doch das war wohl kaum möglich.

Lucy entpuppte sich als waschechte Politikerin. Als Gouverneur Marshalls Protegé begleitete sie ihn zu fast allen offiziellen Anlässen und verkehrte mit einigen der mächtigsten Menschen des Sonnensystems.

„Und was ist mit Steven?“ schob Suzy das Gespräch schließlich auf eine mädchenhaftere Schiene. „Läuft da jetzt was zwischen euch?“

Farbe kroch Lucys Hals hinauf.

„Uhhhhh ...“ Suzy stellte die leere Flasche beiseite und bestellte eine volle. „Erzähl mir alles!“

„Also, wir ... sind zusammen.“ Ihre Schwester grinste kokett. „Er ist echt ... ähm ... du weißt schon ...“

„Attraktiv?“ Suzy grinste. „Charmant? Sexy? Gut in der Kiste?“

„Ein absoluter Schatz“, fiel Lucy ihr ins Wort. „Wir gehen es langsam an, aber ... ja, ich glaube, das könnte halten. Und er ist super unterstützend und nimmt mir inzwischen viele der täglichen Aufgaben ab.“

„Das ist doch super!“ Das Wissen, dass sie es gewesen war, die ihre kleine Schwester dazu ermuntert hatte, dem Typen endlich eine Chance zu geben, gepaart mit dem glücklichen Ausdruck auf Lucys Gesicht, ließ ein warmes Gefühl in Suzys Brust aufblühen. „Also ist bei dir nicht alles schlecht und stressig.“

„Nein ...“ Lucy schaute verlegen zur Seite, bevor sie flüsterte: „Das Kopfgeld wurde zurückgezogen. Du könntest nach Hause kommen.“

Suzy schluckte schwer. Stille fiel zwischen sie. Nur war es diesmal die erdrückende Art.

„Es tut mir leid!" Lucy hob beide Hände. „Ich hätte nichts sagen sollen. Ich wollte nicht– Ich meine, ich möchte schon, aber ... Ach, verdammt, Steven ist toll und alles, aber ich hätte so viel lieber dich an meiner Seite! Ich weiß, das ist egoistisch, aber ich kann's nicht abstellen, okay? Ich vermisse dich! Es gibt Tage, da denke ich, ich schaff das alles nicht. Natürlich wollen mir alle helfen, nur muss ich mich immer fragen, was sie sich davon erhoffen, weißt du? Du warst immer für mich da – direkt hier, wie ein Teil von mir. Ich konnte mich immer auf dich verlassen. Und jetzt ... rufst du an, um zu sagen, dass du gehst, oder? Du wirst auflegen und wegfliegen und ich werde nicht wissen, was mit dir passiert ist, bis du zurückkommst ... Mars-weiß-wann", sie wischte sich hastig mit einem lavendelfarbenen Ärmel durchs Gesicht, „oder vielleicht auch nie. Da könnte so viel schiefgehen!"

„Nein, ich ... ich fliege noch nicht weg."

Lucys Schlussfolgerung tat weh, doch Suzy hatte wirklich so lange nicht angerufen ... was sollte ihre Schwester auch sonst denken?

„Es tut mir leid, dass ich nicht angerufen habe", beeilte sie sich zu versichern. „Ich werde mich bessern, okay? Ich werde versuchen, mich jeden zweiten Tag zu melden und auf jeden Fall, bevor wir wirklich abreisen! Du kannst mir alles erzählen, was an deinem Ende passiert, und vielleicht kann ich irgendwie helfen, aber ... ich kann wirklich nicht nach Hause kommen."

„Nein, natürlich kannst du das nicht." Ein trauriges Lächeln verwandelte Lucys Lachfältchen in ironische Schatten ihrer selbst. „Du musst sie durchs Tor bringen. Das ist wichtig."

„Nein. Ich meine, ja, aber … das ist nicht alles, Luce." Suzy hätte am liebsten auch geheult. „Ich hab Scheiße gebaut. Jetzt bin ich ein Sträfling mit einem Peilsender am Bein und einem supergruseligen Aufseher am Arsch! Wenn ich auch nur versuche, zu fliehen …"

Für einen nervenzerrenden Moment dachte sie tatsächlich darüber nach. Darüber, bis zur letzten Minute zu warten und sich dann wegzuteleportieren, während die *Gateshot* davonflog, um ihrem Namen alle Ehre zu machen. Nur konnte sie so nicht den ganzen Weg bis zum Mars überbrücken. Das war unmöglich. Sie müsste ein Schiff klauen – aus dem Dock oder so. Und den Peilsender loswerden. Nur würde sie es nie aus der Plutonischen Republik schaffen. Egal wie weitläufig der Weltraum auch war …

Wegen der von den Velorianern ausgehenden Gefahr bewachten die Plutonier ihre Grenze rigoros. Und selbst wenn Suzy den Patrouillen entging, möglichen Piratenangriffen und dergleichen trotzte, irgendwoher genug Nahrung, Wasser und Sauerstoff für die Reise auftrieb und das mit der Navigation schnallte … Selbst, wenn sie all diese Hindernisse überwand …

„Selbst wenn ich es nach Hause schaffen würde", flüsterte sie, „würde ich doch nur wieder an die Republik ausgeliefert. Und weißt du, was sie hier mit magiebegabten Sträflingen machen?"

Lucy schüttelte den Kopf.

„… Sagen wir einfach, es ist nicht unbedingt angenehm." Suzy öffnete ihr zweites Bier, um ihre ausgedörrte Kehle zu befeuchten. „Ich habe mir ein Loch gegraben, aus dem ich nicht so schnell rauskomme, Luce. Ich muss es einfach mit ehrlicher Arbeit wieder auffüllen, um als freie Frau nach Hause zurückkehren."

Oder vielleicht auch mit nicht ganz so ehrlicher Arbeit.

… Wer wusste schon, in was Federov sie noch so alles verwickeln würde …

Ihre Schwester nickte. „Verstehe. Es tut mir leid; ich hätte es nicht erwähnen sollen. Ich weiß doch, es ist … nur ein Wunschtraum."

„Ich vermisse dich auch, Luce." Suzy berührte sanft den Spiegel. „Und ich habe bereits versprochen, alles in meiner Macht Stehende zu tun, um unversehrt heimzukommen. Außerdem ist auch noch gar nicht klar, wie wir überhaupt hier *weg*kommen …"

Lucy wurde hellhörig. „Wie meinst du das?"

„Ich meine –"

Es klingelte an der Tür. Suzy schaute auf.

Ah, Leere, was denn nun?

„Ähm, einen Moment, Schwesterherz." Sie hob einen Zeigefinger an die Lippen und öffnete mit einer Hand-Auge-Geste den Vidfeed ihrer Außentür. Ihr BCI projizierte das Bild in ihre AR und Suzy schluckte.

„Wer ist es?", fragte Lucy.

Thea stand im Flur. Und sie trug das rote Kleid. Obwohl Suzy erst vor zwei Tagen ihren Spass gehabt hatte, pochte ihr Unterleib schlagartig voller Vorfreude bei dem Gedanken daran, was passieren würde, sobald sie die Tür öffnete.

Nein. Nein, das konnte sie nicht bringen. Nicht jetzt.

„Niemand." Die Hexe zwang sich zu einem lässigen Lächeln. „GaSIn, bitte sag meinem Besucher, dass ich schon schlafe und nicht gestört werden möchte."

Lucy ließ sich nicht täuschen. „Suuuuze!?"

„Es ist egal!" Suzy schüttelte den Kopf. „Du bist jetzt wichtiger. Dieses Gespräch ist wichtiger. Außerdem hab ich heute frei. Solange es keinen Notfall gibt, müssen die das respektieren."

Zaghafte Farbe kehrte in das Gesicht ihrer kleinen Schwester zurück. Sie teilten einen langen Moment der Stille, in dem Suzy beobachtete, wie Thea protestierte, dann flehte und schließlich mit hoch erhobenem Kopf davonstolzierte, als wolle sie die Enttäuschung mit ihrem Gang überspielen.

„Also", griff Lucy ihre Unterhaltung wieder auf, „was meinst du jetzt damit, ihr kommt nicht weg?"

„Ich meine ...", Suzy schloss den Vidfeed und ließ sich mit einem Seufzer auf die Couch zurückfallen, „ich beiße mir an diesem verdammten Tor die Zähne aus! Ich hab die meisten Runen entziffert, aber da steht nichts, was mir hilft! Es ist, als ob ... Ich meine, ich hab keinen Plan, wie dieses Ritual funktioniert."

„Wie was funktioniert?" Lucy lehnte sich auf den Schreibtisch, den Kopf in den Händen, und setzte ihr Denkgesicht auf. „Was für ein Ritual meinst du überhaupt? Woher hast du es? Was soll es bewirken?"

„Na, das Tor öffnen, nat–" Suzy bremste sich. „Warte ..."

Was, wenn sie das alles komplett falsch angegangen war? Was, wenn ...

Sie schlug sich mit der Handfläche gegen die Stirn. „ARGH! Ich bin so eine Idiotin!"

„Bist du das?" Lucy runzelte die Stirn.

Die Hexe sprang auf die Füße und begann, hin- und herzutigern, während sich in ihrem Kopf die Puzzleteile zusammenfügten.

„Hast du jemals ein Minenschiff gesehen?", fragte sie.

„Ein was?" Ihre Zwillingsschwester klang jetzt total verwirrt. „Was hat das denn damit zu tun? Und wo gehst du hin?"

„Oh, 'tschuldige." Suzy drehte den Spiegel in Richtung

Zimmer. „Weißt du, ich hab vor Kurzem auf diesem Minenschiff gearbeitet ..."

Lucy sah sie fragend an.

Suzy winkte die unausgesprochene Frage weg. „Warum ist nicht wichtig. Die Sache ist die: Dort ist alles beschriftet. Alle Werkzeuge und so. Da das meiste Personal nur vorübergehend dort arbeitet, ist alles, was man wissen muss, um sicher mit diesen Geräten umzugehen, direkt darauf vermerkt."

„Okay ..." Lucy war anscheinend immer noch nicht klar, wohin dieser Gedankengang führen könnte.

„Und ich weiß zufällig, dass die Velorianer die Tore nicht gebaut haben. Die haben dieses hier nur gefunden."

Lucys Augen wurden groß. „Du denkst, es gibt mehr als dieses eine?"

Oh. Stimmt ... das sollte sie ja gar nicht wissen. *Verdammt ...*

„Nun, es müssen doch mindestens zwei sein, damit man von einem Ort zum anderen kommt, oder?", argumentierte Suzy. „Außerdem sind die Dinger uralt, oder nicht? In kosmischen Zeiträumen ist die Menschheit erst seit gestern da. Also warum sollte irgendwer quer durchs All in ein leeres Sonnensystem reisen, nur um das Ding ausgerechnet hier aufzustellen? Wenn du nur ein Set bauen kannst, macht es doch mehr Sinn, es da anzulegen, wo du tatsächlich regelmäßig hinwillst."

„Nicht zwingend." Lucy biss sich auf die Unterlippe. „Vielleicht brauchten die Erbauer Ressourcen? Oder sie wollten es testen? Ich meine, bei so einem riesigen magischen Objekt kann so viel schiefgehen, oder? Das ist schwer zu simulieren und man möchte doch nicht sein eigenes Sonnensystem zerstören, falls der Zauber nicht funktioniert ... also, so auf die explosive Art?!"

„Stimmt … daran hab ich nicht gedacht. Danke für den Albtraumbrennstoff." Suzy rieb sich die Oberarme.

Ihre Schwester lächelte und fuhr dann fort: „Okay, nehmen wir an, dass du Recht hast und irgendeine Alienrasse viele Teile des ihnen bekannten Universums mit diesen Dingern verbunden hat, um sich leichter fortbewegen zu können und sogar zu super abgelegenen, uninteressanten Sonnensystemen wie dem unseren zu gelangen … Was dann?"

„Also", Suzy tippte sich mit dem Finger ans Kinn, „wenn ich eine hyperintelligente Alienrasse wäre, die daran arbeitet, das Reisen zu vereinfachen, warum sollte ich dann etwas bauen, dessen Funktionsweise nur sehr wenige überhaupt verstehen?"

„Vielleicht war das mal allgemein zugängliches Wissen, nur ist es das halt hier und jetzt nicht mehr?", mutmaßte Lucy. „Dass man einen Magier zur Aktivierung braucht, ist schon eine Hürde in sich."

Suzy deutete auf nichts Bestimmtes, als sie fortfuhr: „Nicht in einer Gesellschaft, in der Magie wesentlich verbreiteter ist; was, wie ich langsam glaube, fast überall – außer bei uns – der Fall ist."

„Okay, wenn wir auch diese Prämisse akzeptieren, was ist dann die Schlussfolgerung?" Lucy verschränkte die Arme und lehnte sich zurück. „Dass sie eine Art magische Gebrauchsanweisung auf das Ding getackert haben, die erklärt, wie es funktioniert?"

„Nein, verstehst du denn nicht?" Euphorische Energie sprudelte in der Hexe hoch, als sie nach dem Taschenspiegel griff. „Ich habe die ganze Zeit versucht, die internen Mechanismen des Tores zu entschlüsseln, wie es *funktioniert*, statt wie man es *benutzt*! Es ist wie mit diesen Spiegeln. Ich verstehe immer noch nicht alle Runen, die du benutzt hast, aber das muss ich auch nicht. Ich muss nur Energie reinstecken und die Runen stellen die Verbindung für mich her!"

„Aber ... das sind doch nur Spiegel. Die geben nur ein bisschen Ton und Bilder weiter. Du redest von einem riesigen, im Weltraum schwebenden Ring, der so eine Art Wurmloch öffnet, durch das ganze Schiffe über wer-weiß-welche immense Distanzen bewegt werden! Die Komplexität dieses Zaubers muss ... unvorstellbar sein. Das muss unfassbar viel Energie kosten!"

„Genau das meine ich doch!" Suzy lachte. „Wie die Jungs immer sagen: Es kommt nicht auf die Größe an. Niemand kann von sich aus so viel Energie bereitstellen. Also muss sie woanders herkommen. Heißt: Es ist eher wie einen Schalter umlegen als wie echte Arbeit leisten."

„Okay ... also wie findest du den Schalter und legst ihn um?"

Die Hexe strahlte. „Genau!"

KAPITEL ZWEIUNDZWANZIG

GLEN\\ UND JETZT ALLE ZUSAMMEN

Nachdem Federov, Suzy und Nick vom ‚Plover' zurückgekehrt waren, implementierten Glen und Eve eine groß angelegte VR-Simulation, um die Leistung der gesamten Crew sowie ihre Fähigkeit, als Einheit zu funktionieren, zu beurteilen. ... Nun, bis auf das zivile Element, verstand sich. Doch sowohl das Militär als auch die Brückencrew wurden mehrere Stunden lang auf Herz und Nieren geprüft: Reaktionstests, taktische Entscheidungsfindung und knallharte Kampfsituationen.

Glen plante im Anschluss mit Eve, Nick und Suzy zu Abend zu essen, um etwas Abstand zu gewinnen, bevor die KOs am nächsten Tag die Ergebnisse bekannt geben und diese mit einer ausgeruhten Führungscrew besprechen würden. Nach reiflicher Überlegung lud er auch Federov ein.

„Also", begann der Plutonier das Gespräch, nachdem er seinen Teller geleert hatte, „wie ich höre, haben Sie endlich

Ihren Brückenaufbau finalisiert und alle drei Schichten in den Griff bekommen."

„Aye." Der Admiral nickte. „Scheint, als kämen wir endlich voran."

„Wie haben Ihre Leute abgeschnitten?"

„Zufriedenstellend." Glen tauchte die Fingerspitzen in seinen Bart und kratzte sich am Kiefer. „Ihre?"

„Ähnlich." Der Colonel reichte Nick sein Geschirr, als dieser den Tisch abzuräumen begann. „Einige haben einen längeren Weg vor sich als andere."

„Soll ich Ihnen individualisierte VR-Trainingseinheiten ausarbeiten?", bot Eve an.

Nach einem Moment stiller Überlegung leckte sich der Plutonier über die Lippen. „Ich muss mich zunächst noch eingehender mit den Simulationsergebnissen befassen. Aber ich behalte Ihr Angebot im Hinterkopf."

„Natürlich."

„Also, Kapitän." Federov wandte sich erneut Glen zu. „Würden Sie denn nun sagen, dass das plutonische System seine Vorzüge hat?"

Zeit, meinen Stolz herunterzuschlucken.

Laut erwiderte er: „In der Tat. Es ist ein Werkzeug, das nicht einfach zu handhaben ist, doch wenn man es einmal beherrscht, hat es durchaus seinen Nutzen."

Federov lachte laut auf.

„Insgesamt haben sich Ihre neuen Truppen doch sehr gut geschlagen", warf Nick ein. „Sie hatten die simulierten Entermannschaften vergleichsweise schnell unter Kontrolle."

Der neue Militärkommandant zuckte die Achseln. „Wir arbeiten mit dem, was wir haben. Ihre Ausbildung zahlt sich aus und das umgeschichtete Personal hat sich größtenteils gut integriert. Sie werden's wohl tun, denke ich."

„Sie sind in Ihrer Einschätzung zu bescheiden.“ Glen erinnerte sich an die von Eve vorgelegten Statistiken. „Ich habe Elitetruppen gesehen, die schlechtere Leistungen gezeigt haben.“

„Sie meinen Kernwelt-Truppen?“ Ein amüsiertes Funkeln im natürlichen Auge des Plutoniers deutete darauf hin, dass er eher necken als beleidigen wollte. „Dann sind die plutonischen Standards wohl tatsächlich höher.“

„Wenn Sie das sagen.“ Der Admiral lächelte gutmütig.

„Nun, wie dem auch sei.“ Federov wandte sich an die Wächterin. „Waren diese Entermannschaften repräsentativ für das, was uns auf der anderen Seite des Tores tatsächlich erwarten könnte?“

Drohnen flogen durch die Öffnung in der Decke, um das schmutzige Geschirr einzusammeln.

„Das kommt drauf an.“ Eves Blick folgte den mechanischen Helfern bis zu ihrem erneuten Verschwinden.

„Worauf?“

Mit einem Lächeln fokussierte sie sich erneut auf ihren Gesprächspartner. „Darauf, wen Sie dort drüben gegen sich aufbringen.“

Ein leises Lachen drang aus der Brust des Plutoniers. Glen war sich nicht sicher, ob er den Mann je zuvor derart entspannt gesehen hatte. Das war auf jeden Fall ein gutes Zeichen.

„Ungeachtet dessen würde ich gerne weitere dieser Kreaturen bekämpfen“, fuhr Federov fort. „Und es macht mich neugierig, statt den Puppen der Puppenspielerin gegenüberzustehen.“

„Und ich dachte, Sie erfreuen sich nicht am Kämpfen um des Kämpfens willen?“ Sie öffnete die mitgebrachte Schachtel teurer Pralinen, nahm sich eine heraus und schob den Rest in die Mitte des Konferenztisches.

„Das tue ich auch nicht.“ Er nahm die Süßigkeiten entgegen und wählte eine mit dunkler Schokolade überzogene Kugel. „Ich habe allerdings Freude daran, meine Fähigkeiten zu erweitern.“

„Nun, wenn dem so ist“, das hübsche Mädel klimperte geradezu kokett mit den Wimpern, „dann werde ich mal sehen, ob ich Ihre Neugier in meinem Kalender unterbringen kann.“

Federov bedachte die subtile Stichelei mit einem süffisanten Grinsen.

„Hier, das passt sicher gut zu Ihren Pralinen.“ Er stellte eine Glasflasche auf den Tisch. Die durchscheinende Flüssigkeit darin strahlte in einem gedämpft toxischen, blauen Schimmer.

„Ist das der leuchtende Wodka, von dem Sie sagten, er wäre eine Touristenfalle?“ Nick nahm die Flasche und studierte das Etikett.

„Tscherenkow-Wodka.“ Der Plutonier nickte, dann schüttelte er den Kopf. „Nein. Die Touristenfalle ist der billige Mist mit den überzogenen Preisen. Das hier ist eine anständige Marke. Sie werden ihn mögen.“

Der XO runzelte die Stirn, während er die plutonischen Symbole betrachtete. Sie waren beinahe zu klein, um sie zu entziffern.

„Das Zeug strahlt aber nicht wirklich radioaktiv, oder?“, fragte er.

Federov schnaubte. Suzy kicherte. Glen und Eve tauschten ein Grinsen aus. Der Admiral nahm fünf Tumbler aus der untersten Schublade seines Schreibtischs und stellte sie vor seinem Nebenmann bereit.

„Da bin ich ja beruhigt.“ Nick gab es auf, die Schrift entziffern zu wollen, und öffnete die Flasche, um den Alkohol gleichmäßig zu verteilen. „Also, dieses Duell … das war schon was, oder? Wird sich der Provost Major wieder erholen?“

„Bestimmt. Woanders.“ Federov nahm ein Glas entgegen. „Antolov wurde für die Dauer seiner medizinischen Genesung von seinen Pflichten entbunden. Wie ich höre, wird er eine ganze Weile nach unserem Abflug irgendeinem anderen bedauernswerten Platoon zugeteilt werden.“

Nick nickte. „Wie macht sich Thompsons neuer Stellvertreter?“

„Alles in allem recht effizient, aber er ist immer noch zu sehr darauf bedacht, sich zu beweisen.“

Als Federov seinen kryptischen Kommentar nicht weiter ausführte, mischte sich Suzy ein: „Und Thea ... Robbins ist jetzt auf der Krankenstation?“

„Es erscheint mir nur vernünftig, das medizinische Personal mit kampffähigen Leuten aufzustocken.“ Federov warf Eve einen halbwegs fragenden Blick zu. „Gerüchten zufolge gibt es dort, wo wir hinfliegen, so etwas wie die Jupiter-Konventionen nicht.“

„So ist es.“ Der außerweltliche Roboter betrachtete den Inhalt ihres Glases mit analytischem Interesse. „Und obgleich die meisten Spezies selbst feindliche Heiler als zu wertvoll betrachten, um sie zu verletzen oder gar zu töten, gewährt keine davon einen derart verbindlichen Schutz wie die Menschheit. Daher stimme ich Ihrer Überlegung nachdrücklich zu.“

Das tat Glen ebenfalls. Auch wenn er sich doch fragte, ob an den Gerüchten, Federov habe zumindest ein geringes romantisches Interesse an Dr. Fox und dies habe möglicherweise seine Entscheidung beeinflusst, etwas dran war. Wenn der Admiral ganz ehrlich mit sich war, dann musste er zugeben, dass der Plutonier seine Pflicht mit geschickter Hand und einem bewundernswerten Systemverständnis erfüllte und wo möglich Win-win-Situationen schuf. Ihn angefordert zu haben, schien sich am Ende tatsächlich als Segen zu erweisen.

Andererseits waren sie sich momentan noch alle einig. Die von Federov demonstrierte Intelligenz und Entschlossenheit bestärkten Glen in seiner Überzeugung, dass er einen furchterregenden Feind abgeben würde.

„Ich bin mir allerdings immer noch nicht ganz sicher, was ich mit Ihrer anderen Magierin tun soll, wenn sie erst ihre Aufgabe überstanden hat." Federov akzeptierte ein Glas. „Die CCG wird sie nicht aufnehmen."

„Hexe", warf Suzy ein.

„Bitte?" Federov schaute zu ihr rüber.

„Ms. Yun zaubert intuitiv, also ist sie eine Hexe." Der Blick der jungen Frau senkte sich gen Tischplatte, als sie mit leiser Stimme nachsetzte: „Also, zumindest nach menschlicher Definition ..."

Der Plutonier zuckte mit den Schultern. „Egal, wie wir's nennen, Fr. Yun kann Magie wirken. Das macht sie zu einem unkontrollierbaren Risiko und verbietet ihre Eingliederung in eine reguläre Truppe. Dass sie sich nicht an ihr militärisches Training erinnern kann, hilft auch nicht gerade."

„Sie sind jetzt Colonel." Glen roch an dem blau leuchtenden Alkohol. „Vielleicht könnten Sie einen zweiten Adjutanten gebrauchen?"

„Sie sind sowohl Admiral als auch der Kapitän dieses Schiffes und haben noch nicht einmal einen", konterte der Plutonier. „Vielleicht sollten Sie Fr. Yun beschäftigen. Immerhin war sie ursprünglich Ihr Problem. Meine Pflicht muss irgendwo enden."

„Nun, es ist Ihr guter Ruf, der davon abhängt, dass

Fr. Yun ihre Vereinbarung einhält." Nick grinste. „Wollen Sie sie nicht lieber im Auge behalten?"

Federov grummelte etwas Unverständliches vor sich hin und hob sein Glas.

„Ähm, also wegen Fr. Yun." Suzy lehnte sich vor. „Ich könnte ihre Hilfe gebrauchen."

Glen und Federov schauten sie an.

„Wofür?", fragte der XO.

„Ich brauche ihre magische Sicht." Suzy strich sich ein paar freifallende violette Strähnen hinters Ohr. „Um das Tor besser zu sehen. Ich meine, die Plutonier sind doch jetzt Teil der Crew, oder? Also gilt meine magische Autorität, oder nicht?"

„Ähm." Der Admiral tauschte einen kurzen Blick mit Federov. „Im Grunde genommen schon. Sie stehen außerhalb der Rangordnung und können in magischen Angelegenheiten jeden außer mir und Ihren Aufseher überstimmen. Wenn Sie Fr. Yun für die Öffnung des Tores benötigen, unterstellt sie das Ihrer Aufsicht."

Federov öffnete den Mund – ganz offensichtlich, um zu protestieren.

„Vorläufig", ergänzte Glen und hob den Zeigefinger. „Und nur für diesen spezifischen Zweck."

Federovs Augen verengten sich. Dann lehnte er sich gelassen zurück. „Erklären Sie, wofür Sie die andere Hexe brauchen."

„Ich bin das Tor komplett falsch angegangen." Suzys Stimme vibrierte plötzlich vor Aufregung. „Ich hab versucht zu verstehen, wie es funktioniert, aber darum geht es nicht! Ich muss nur wissen, wo sich die Türsteuerung befindet. Dazu muss ich erst sehen, wie die Energie fließt. Hier!" Sie zog eine runde Metallscheibe aus der Tasche.

Darauf waren winzige Markierungen eingeritzt. „Erinnert ihr euch daran?“

„Ist das nicht die Münze, mit der Sie versucht haben, den Teleportationszauber zu lernen?“ Nick hielt seine Hand hoch, fing sie auf, als sie sie ihm rüberschnipste, und studierte sie.

„Genau! Und ich hatte das Ritual falsch abgeschrieben.“ Suzys violette Augen weiteten sich. „Xin hat einmal draufgeschaut und mir gesagt, dass der Energiefluss nicht stimmt und welche Symbole ich mir genauer ansehen muss.“

„Ihr neuer Plan ist also, dass Fr. Yun sich das Tor erst ansieht, wenn wir bereits dort sind, und Sie hoffen, dann herauszufinden, wie man es öffnet?“ Der XO hob eine Augenbraue. „Indem Fr. Yun es sich ansieht?“

„Ähm ... ja, im Grunde schon.“ Ein Hauch Röte stieg der jungen Frau den Hals hinauf. „Indem ich es durch ihre Augen sehe, um genau zu sein. Ich kann mich im Traum mit ihr verbinden; ich muss nur noch herausfinden, wie ich das auch im Wachzustand hinbekomme.“

Einige Augenblicke lang starrten alle anderen sie nur an.

„Das ist also unser Plan?“ Federov wandte sich an Glen. „Wir fliegen dahin und *hoffen*, dass sie im entscheidenden Moment dahinterkommt? Während das Schiff unter Beschuss steht?“

Noch bevor der Admiral eine halbwegs durchdachte Antwort formulieren konnte, drehte sich der Plutonier erneut seiner Sitznachbarin zu und fuhr mit ruhiger, aber schneidender Stimme fort: „Mehrere Schlachtträger und deren Eskorten werden das Leben ihrer Besatzungen riskieren, um uns zum Sternentor zu bringen, und Sie wissen immer noch nicht, wie man es öffnet? Sie arbeiten seit

Monaten daran und Ihr großer Durchbruch ist es, durch die Augen einer anderen Person zu schauen?"

„Es tut mir leid, aber mir fällt nichts Weiteres mehr ein!" Die Augen der Hexe verengten sich, als angespannte Panik in ihre magische Verbindung zu Glen schwappte. „Außerdem scheinen alle möglichen Außerweltlichen das Ding zu benutzen. So kompliziert kann es gar nicht sein!"

Federov öffnete den Mund, doch bevor er etwas sagen konnte, hob sie eine Hand. Violette Blitze brachen daraus hervor und umspielten ihre Finger.

„Sehen Sie es sich an", forderte sie. „Sehen Sie es sich nur mit Ihrer Augmetik an. Was erkennen Sie? Nichts, oder? Weil das so ist, als würde man durch eine Kamera schauen. Alles, was ich auf diesen Bildern sehen kann ..." Sie blendete eine ganze Reihe von Aufnahmen in ihrer offenen AR ein – alles Bilder des Raumtors, die wie eine Flutwelle über den Tisch schwappten. Ohne den Blick vom Plutonier zu nehmen, stieß sie mit dem Zeigefinger durch die Projektionen hindurch auf die Tischplatte. „... ist ein Haufen außerweltlicher Symbole, aus denen ich beim besten Willen keinen leerenverlassenen Sinn ziehen kann! Solange ich das Ding nicht wirklich *sehe*, bin ich für den eigentlichen Öffnungsmechanismus genauso blind wie Ihr rechtes Auge für meine Magie. Ich verstehe, dass das ein gewaltiger Vertrauensvorschuss ist. Ich verstehe das Risiko und die Gefahr."

Der Plutonier hob eine kritische Augenbraue.

„Okay, vielleicht nicht so genau wie ihr alle, und ich weiß, dass das nicht das ist, was Sie hören wollen." Sie sah nacheinander Glen, Nick und Eve an; ihre Unterlippe zitterte leicht.

„Aber genau deshalb brauche ich Xin – um unsere Chancen zu verbessern! Hekate hat ihr eine Art drittes

Auge geschenkt, das ich zwar auch besitze, aber nur sehr selten selbst öffnen kann. Als Morgan mich auf seinem Schiff in diesem Kreis gefangen hielt und versuchte, meine Seele auszusaugen, hat Hekate mir einen kurzen Blick darauf gewährt, was es zu sehen gibt. Das hat mir das Leben gerettet! Ich konnte sehen, wie die Energie floss und wie sie das Ritual formte, das mich gefangen hielt. Ich verstehe immer noch nicht die Bedeutung aller Symbole, aber ich musste sie damals nicht verstehen, um es zu stören und mich zu befreien. Diesmal ist es genauso."

Ihre Stimme nahm einen geradezu flehenden Tonfall an. „Ich muss es einfach nur sehen können."

Nick runzelte sichtlich unbehaglich die Stirn und schaute Glen an. Eve lehnte sich zurück, um zu signalisieren, dass sie sich nicht einmischen würde, und folgte dem Beispiel des XOs.

Federov verschränkte die Arme und blickte ebenfalls zu Glen.

„Nun, begeistert bin ich von alldem nicht", sagte er. „Aber ich habe genug Ihrer Altlasten bereinigt, Admiral. Dies ist eine magische Angelegenheit und ich werde mich Ihrer Regel unterwerfen. Dieses Mal. Es ist also Ihre Entscheidung."

Der Kapitän holte tief Luft. Er ließ den blau leuchtenden Wodka in seinem Tumbler kreisen und starrte auf die giftige Farbe. Es war eine enorme Entscheidung und es wirkte geradezu absurd, dass ihre gesamte Reise auf das hier hinauslief: Vertrauen. Reines, unverfälschtes Vertrauen.

Vertrauen in seine junge Freundin, dass sie eine Lösung finden würde. Vertrauen in die Plutonier, dass die ihren Teil der Abmachung einhielten. Vertrauen in Federov, dass er nicht versuchen würde, das Kommando über das Schiff zu übernehmen, sollte ihm die Situation zu riskant werden.

Vertrauen in alle Beteiligten, dass sie ihr Bestes geben würden.

Sein Instinkt sagte ihm, er sollte es wagen.

„Wissen Sie, Colonel“, Glen lächelte nachsichtig, „ich erinnere mich an unsere Diskussion bezüglich Ihres Plans, diesen Container von der Piratenstation zu extrahieren. Sie wollten an Bord gehen, ohne zu wissen, wo sich die Schmuggelware befand, durch die gesamte Station marschieren, als gehörte sie Ihnen, das Ding finden und wieder abziehen. Kein Fluchtplan, keine exakten Informationen – nur Vertrauen in die Fähigkeiten Ihrer Leute und Ihr eigenes Wissen über solche Orte.“

Gleich einem Echo huschte ein antwortendes Lächeln über Federovs Lippen. Er verstand den Wink mit dem Zaunpfahl.

„Ich war von Ihrem Plan nicht überzeugt.“ Glen schüttelte zur Betonung den Kopf. „Er schien mir zu ... simpel, um tatsächlich funktionieren zu können.“

Mit einem Schnauben lehnte sich Federov zurück und griff nach seinem eigenen Tumbler.

„Und Suzy“, fuhr Glen fort. „Ich erinnere mich an unser erstes Gespräch über Magie. Du sagtest mir, du wärst nicht so gut mit dem filigranen Kram und dass du mehr pure Energie hättest, als es einer Hexe zustehe. Seitdem habe ich beobachtet, wie dein Verständnis gewachsen ist. Du hast einige wirklich außergewöhnliche Dinge vollbracht. Aber ...“, er hob einen Finger und Suzys Augen wurden noch größer, „du hast sie immer als Reaktion auf Gefahren getan. Du hast schon recht, nicht besonders gut in Ritualen und Zaubersprüchen zu sein. Was du hervorragend beherrschst, ist instinktive Magie. Du bist gut darin, das Richtige zu tun, wenn der Druck steigt.“

Ein zaghaftes Glücksgefühl schlich sich in ihre seltsame

Verbindung. Es war ein langsam aufblühender Stolz auf sich selbst, eine Festigung ihrer Entschlossenheit, und zeigte Glen mehr als alles andere, welche Entscheidung die richtige war.

„Also ja: Ich habe Vertrauen, dass du uns ans Ziel bringst. Wir machen es auf deine Art."

Suzy presste ihre Hände fest in ihren Schoß, wahrscheinlich um sich davon abzuhalten, aufzuspringen und ihn zu umarmen. Verdammte Axt, was für ein entzückendes Mädel sie doch war.

„Tja." Federov zwinkerte der Hexe zu. „Anscheinend haben Sie doch eine Möglichkeit gefunden, meine Autorität zu umgehen. Zumindest vorerst."

Sie lachte.

Glen hob sein Glas. „Auf das Gelingen einfacher Pläne!"

„Auf das Gelingen einfacher Pläne!", wiederholten die anderen und sie tranken gemeinsam.

Ein violettes Getränk hätte diesen Toast perfekt gemacht.

KAPITEL DREIUNDZWANZIG

SUZY\\ FREUNDE UND VERBINDUNGEN

„Mein Tracker ist größer als deiner“, sagte Jamaal und wackelte mit den Augenbrauen, als er zu Suzy in den Aufzug stieg.

Lachend schüttelte sie den Kopf. „Da genießt wohl jemand seine neue Freiheit, was? Oh, hey, Amigo!“

Der hochgewachsene Spartaner setzte seine Katze behutsam auf Suzys ausgestreckte Handflächen und entgegnete: „Aber sowas von. Leider muss ich mich schon in ‘ner Stunde bei meiner CCG-Einheit melden. Ich hab denen gesagt, dass ich Wire einsammle. Es wird sie sicher aufmuntern, ein freundliches Gesicht zu sehen, bevor sie ins nächste Haifischbecken geschubst wird.“

Die Kabine machte sich auf den Weg zu Hangar 4.

„Auf jeden!“ Suzy kraulte den kleinen Krieger hinter seinen winzigen Ohren. „Sie fühlt sich bestimmt sofort besser, wenn sie erst dieses goldige Fellknäuel hier sieht.“

„Ha. Ha. Ha.“ Der Tonfall des Marines war ironisch, doch seine dunklen Augen funkelten amüsiert. „Hey, hat Thea mit dir gesprochen?“

„Du meinst wohl: wollte sie Rebound-Sex von mir?“

Er hüstelte verhalten.

„Tja, also …“ Suzy seufzte und genoss die flauschige Wärme an ihren Handflächen. „Sie stand vor meiner Tür, aber zum Glück hatte ich einen wichtigen Anruf und hab sie weggeschickt. Mann, das wäre vielleicht peinlich geworden, nach der Nummer Tank gegenüberzutreten … Ich glaube nicht, dass sie mich vorher gewarnt hätte, und deine Nachricht hab ich erst am nächsten Morgen gesehen …“

„Nee, wahrscheinlich hätte sie das nicht.“

„Und, was machst du jetzt?“ Die Hexe knabberte an den Piercings in ihrer Unterlippe. „Ich beneide dich echt nicht um deine Lage.“

Theas Bruder holte tief Luft, während er auf die Innenseite der Tür starrte. „Ich hab ihr gesagt, dass sie sich total daneben benommen hat und dass es nur eine Frage der Zeit war, bis Tank das nicht mehr mitmacht. Da ist sie wütend davongestürmt. Als sie nach einer halben Stunde noch nicht zurück war, hab ich Nick angerufen und wir sind mit Tank was trinken gegangen.“

„Uhhhh …“ Suzy verzog das Gesicht. „Das ist schon etwas gemein. Du bist schließlich familiär verpflichtet, hinter ihr zu stehen und so.“

„Famil-was?“ Jamaal zwinkerte scherzend.

„Familiär. Ist ein echtes Wort. Du kannst es nachschlagen.“ Suzy grinste zurück.

Sie kraulte dem Kätzchen den Rücken und Amigo rollte sich, um ihre Hand auf seinen dürren Bauch umzulenken.

„Wie auch immer.“ Er seufzte. „Und ich stehe ja hinter ihr … aber ich bin auch familiär verpflichtet, es ihr zu sagen, wenn sie sich wie ein totales Miststück verhält, oder?“

„Also, wenn du so denkst, hättest du ihr das echt früher klarmachen sollen.“

„Vermutlich schon.“ Er kratzte sich mit einem Ausdruck unbeholfenen Unbehagens den Nacken. „Ich schätze, wir haben uns alle wie Idioten benommen.“

Suzy wusste nicht so recht, was sie darauf antworten sollte, also fragte sie stattdessen: „Und, was hat Tank gesagt?“

„Er war überrascht, dass ich nicht gekommen bin, um ihn zu verkloppen.“ Jamaals Grinsen hatte einen traurigen Beigeschmack. „Ich hab ihn das Fellknäuel streicheln lassen, während wir über die guten alten Zeiten schwafelten. Nach einer Weile haben wir beschlossen, das lieber sein zu lassen, bevor wir uns all die schönen Erinnerungen durch Nachdenken und Reinterpretation versauen.“

Die Hexe verzog erneut das Gesicht. Das Fellknäuel schnurrte. Es war das niedlichste Geräusch, das sie je gehört hatte!

„Nicht du auch noch!“ Jamaal stupste sie in die Rippen. „Du bist doch unsere große, böse Superhexe! Du kannst doch nicht wegen so einem kleinen Fellknäuel dahinschmelzen!“

„Nun, Chávez hatte recht.“ Suzy kicherte. „Amigo ist halt ein echter Frauenmagnet.“

„Das hilft nur nicht, wenn die Frauen mehr daran interessiert sind, meine Muschi zu streicheln als die Teile, die tatsächlich ihre Aufmerksamkeit brauchen!“

„Die würde ich so oder so nicht streicheln“, gab sie in zuckersüßem Ton zurück.

„Warum denn nicht?“ Er beugte sich zu ihr herunter. „Hast du etwa Angst, ich werde zu groß für deine winzige Ausstattung?“

Suzy rammte ihm den Ellbogen in die Seite, und sie lachten es weg.

Mars, tat das gut.

. . .

Die Tür öffnete sich und sie durchquerten den Korridor, um Hangar 4 zu betreten. Das Transportschiff schwebte noch außerhalb der Energiebarriere. Wahrscheinlich wartete es auf die Landeerlaubnis oder sowas.

„C12 ist da lang, oder?" Suzy deutete nach links.

„Jupp." Er schlug die angegebene Richtung ein. „Sag mal, du wirkst heute irgendwie ... entspannter."

„Ich habe einen neuen Plan. Ich glaube, der ist besser als der letzte."

„Das ist mein Elfchen!" Er klopfte ihr so stark auf den Rücken, dass sie stolperte. „Erzählst du mir morgen beim Mittagessen mehr darüber? Falls sie mich gehen lassen, versteht sich."

„Sicher." Suzy rieb die leicht pochende Stelle. Sie erreichten die AR-Linie, welche den sicheren Abstand zur laufenden Landung anzeigte, und blieben stehen. „Also, wie findest du das, einer plutonischen Strafbrigade beitreten zu müssen?"

Der Spartaner zuckte betont lässig die Schultern. „Nun, nachdem mir diese lästige kleine Hexe mal ordentlich den Kopf gewaschen hat, ist mir klargeworden, dass nicht alle Plutonier riesige Arschlöcher sind. Also werde ich den Typen da erstmal eine Chance geben und sehen, wohin das führt."

Marskekse, das war ja praktisch eine 180-Grad-Wende. Go, Jamaal!

„Gesunde Einstellung", sagte sie und gab ihm mit etwas Bedauern sein Haustier zurück. „Damit machst du dir bestimmt schnell Freunde."

„Genau. Einfach demütig sein und so'n Scheiß, richtig?" Der Spartaner setzte Amigo auf seine breiten Schultern und das kleine Kätzchen krallte sich mit einem protestierenden „Miau!" an seiner Uniform fest.

„Apropos." Jamaal deutete mit dem Kinn auf etwas hinter Suzy und senkte die Stimme zu einem Flüstern: „Diesen speziellen Plutonier werde ich nicht allzu bald abkönnen; egal, was du sagst."

Suzy drehte sich um und sah Federov auf sie zumarschieren. Ihr Aufseher warf einen Blick auf das Transportshuttle, blieb dann einige Meter entfernt stehen und winkte das Mädchen mit dem Zeigefinger zu sich. Sein Gesichtsausdruck wirkte grimmig.

„Uh-oh", scherzte ihr Freund nur so halb, „hast du was verbrochen?"

„Nicht, dass ich wüsste ..." Suzy versuchte, die unterschwellige Panik zu ignorieren, die ihr in die Knochen kroch, und seufzte. „Bis später."

„Später."

Während der Soldat sich erneut dem Shuttle zuwandte, eilte die Hexe zu Federov hinüber.

„Colonel."

„Fr. Magecraft, es gibt etwas, worüber wir sprechen müssen." Seine Stimme setzte den Tonfall der Unterhaltung sofort auf *offiziell*. „Ich wollte die Stimmung beim Abendessen neulich nicht ruinieren, und es scheint mir nicht genug, um extra einen Termin dafür zu erstellen. Es ist nur eine Frage, die ich beantwortet haben möchte."

„O-okay."

Mist, was wollte er nur? Die Härte in seinem kantigen Gesicht signalisierte ihr eindeutig, dass sie ihre Antwort mit Bedacht wählen sollte ... und dass es sehr schlecht für sie ausgehen könnte, wenn sie auch nur mit dem Gedanken spielte, ihn anzulügen.

„Während unserer Enteraktion hatte ich Sie gefragt, ob

Sie Gedankentricks beherrschen“, erinnerte er sie. „Sie sagten ‚nein‘. Wie kommt es also, dass Sie sich jetzt mit dem Geist einer anderen Person verbinden können? Haben Sie mich damals angelogen?“

Die eigentliche Frage war natürlich, ob sie den Ausgang der Situation hätte ändern können. Ob er unnötigerweise ein Schiff zerstört und dessen Mannschaft getötet hatte. Hatte sie ihn seinen Fang gekostet?

Verdammt dünnes Eis …

„Wenn ich mich recht erinnere“, begann Suzy zögerlich, „fragten Sie mich, ob ich den Kapitän dazu bringen könnte, die Selbstzerstörungssequenz zu stoppen. Das habe ich zumindest so verstanden, dass ich irgendwie seine Meinung ändern, ihn beeinflussen oder kontrollieren sollte, richtig?“

Federov nickte. Sein Blick ruhte auf ihr – intensiv, unerbittlich und unergründlich.

„Und das konnte ich nicht. Und kann es immer noch nicht.“ Sie schüttelte den Kopf. „Was ich im Sinn habe, ist das magische Äquivalent dazu, jemanden anzucommen und sie zu bitten, ihr Vidfeed zu teilen. Die andere Person muss das freiwillig tun; ich trickse niemanden aus und kontrolliere niemandes Geist. Das wäre auf so vielen Ebenen falsch.“

Die Ringe in seinem augmentierten Auge rotierten, während er sie musterte.

„Gut“, fällte er sein Urteil. „Ich nehme an, wir müssen nicht darüber reden, was passiert, sollte sich Ihre Haltung zu dieser speziellen Frage irgendwann mal ändern, oder?“

Moment mal …

Ein Gedanke zischte durch ihren Geist. Wenn es schon Kopfgelder auf gewöhnliche Gauner und Piraten gab, dann musste das Sichern einer ganzen velorianischen *ruja* doch einiges wert sein. So einiges, einiges …

Suzy richtete sich auf, straffte die Schultern und verschränkte die Arme. „Es sei denn, es handelt sich um einen Velorianer und Sie profitieren von dessen veränderter Sichtweise, oder was? Vielleicht sollten Sie mal Ihre Heuchelei überdenken, bevor Sie mir unter moralischen Vorwänden drohen."

Unbeeindruckt von ihrem Bravado beugte sich Federov vor und erwiderte mit gesenkter, klirrend-kalter Stimme: „Im Gegenteil, Fr. Magecraft. Sie sind es, die derart unverschämte Vorwürfe gegenüber Ihrem Aufseher überdenken sollte, bevor Sie sie in einem offiziellen Kontext und/oder der Öffentlichkeit ausspricht. Ich bin nicht Ihr Kernwelt-Kapitän; im plutonischen Militär kann Ihnen diese Art von Respektlosigkeit leicht einige Hiebe einbringen."

Suzy schluckte schwer, ihre Haltung brach in sich zusammen, und sie flüsterte: „Ja, Sir. Es tut mir leid, Sir. Das war unangebracht."

„In der Tat." Seine Augen verengten sich gefährlich, während sein Blick sie noch mehrere Sekunden lang festnagelte. Dann entspannte er sich und einer seiner Mundwinkel zuckte. „Denken Sie nur immer daran, dass Sie nicht die Einzige sind, die ich zu beschützen verpflichtet bin."

„Sollte ich diese spezielle Linie jemals überschreiten, verdiene ich wahrscheinlich, was kommt." Sie erinnerte sich an den velorianischen Magier, den er getötet hatte, und erschauderte. „Nur dann machen Sie es bitte schnell und schmerzlos, ja?"

Federov hob eine Augenbraue.

Sie zuckte mit den Schultern. „Ich versuche nur, hart zu klingen."

„Es gelingt Ihnen immer besser. Doch wenn ich mich recht erinnere, habe ich Ihnen schon mal geraten, an Ihrer

Naivität zu arbeiten. Da, wo Sie uns hinbringen sollen, gibt es keine JK. Und niemand hat Ihnen irgendwelche Nachforschungen verboten. Sie dürfen nur nicht vergessen, auf welcher Seite Sie stehen."

Wiebittewas?

Suzy sah ihn nur schockiert an und musste das erst einmal sacken lassen.

„Des Weiteren", fuhr er fort, „kam mir heute Morgen noch eine Idee, wie Sie vielleicht vorab einen Blick aufs Tor werfen könnten. Ich werde mich diesbezüglich mal näher informieren."

Er deutete auf das Shuttle, dessen Antriebe gerade herunterfuhren. „Kommen Sie. Begrüßen wir unsere neuen Untergebenen."

Und damit löste sich die Spannung zwischen ihnen spontan in Luft auf. Suzy atmete ihre restliche Nervosität aus und er schnaubte leise. Gerade als sie beide Jamaal erreichten, verschwand die AR-Absperrung und die Tür des Transportshuttles öffnete sich.

Diaz und vier Soldaten eskortierten Xin und Wire hinaus. Die Frauen sahen aus wie frisch befreite Überlebende eines Konzentrationslagers: ausgemergelt und blass, die Augen vor der Helligkeit abschirmend, aber mit einem hoffnungsvollen Schwung in ihren Schritten. Erleichterung zeichnete sich auf ihren Gesichtern ab, als sie sich im Hangar umsahen.

„Xin!" Suzy rannte die Rampe hinauf, um ihre Freundin in eine herzliche Umarmung zu schließen. „Willkommen zu Hause! Es ist so schön, dich zu sehen!"

„Ufff!" Ein explosiver Atemzug entwich der anderen Frau. „Es ist auch gut, dich zu sehen!"

Sie erwiderte die Umarmung trotz ihrer skelettartigen Erscheinung erstaunlich kräftig. Andere Passagiere begannen, sie anzumotzen, weil sie den Weg blockierten. Diaz zog Wire beiseite und winkte die verkaterten Nörgler durch. Diese hielten schlagartig die Klappe, kaum dass sie Federov mit verschränkten Armen am Fuß der Rampe stehen sahen.

Als Suzy und ihre Freundin sich trennten, meinte Xin: „Siehst du, Marika, ich hab doch gesagt, dass jemand auftauchen wird, um uns zu begrüßen."

„Dich, vielleicht", murmelte die andere Frau.

„Hey, Wire." Jamaal winkte etwas verlegen. „Ich bin hier, um ... ähm ... dich zu deinem neuen Posten zu begleiten. Na ja, ... zu unserem neuen Posten."

Als er auf den Tracker an seinem Bein deutete, weiteten sich Wires Augen.

Federov trat näher und fragte: „Provost, haben die beiden die Vereinbarungen gelesen und unterschrieben?"

Diaz nickte und zog zwei Datenfolien hervor.

Nachdem er sie kurz überflogen hatte, nickte der Colonel. Er hielt dem Provost zwei Tracker entgegen. „Wenn es Ihnen nichts ausmacht?"

„Sicher." Diaz winkte Wire und Xin von der nun leeren Rampe herunter und bedeutete ihnen, sich auf eine nahe Transportbox zu setzen.

„Da Sie Ihre Aufgaben erfüllt und die Vereinbarungen unterzeichnet haben, welche auch von Ihrem Kapitän gegengezeichnet wurden", erklärte Federov derweil, „liegt Ihr Schicksal nun vollständig in meiner Hand. Alles, was Sie in den nächsten fünf Jahren tun, hat direkte Auswirkungen auf meinen Ruf. Ich rate Ihnen daher dringend dazu, jede potenziell dumme Idee zweimal zu überdenken."

Er warf Jamaal einen Blick zu und seufzte. „Nein, wenn ich es mir recht überlege, holen Sie sich auch noch eine neutrale Drittmeinung ein."

Xin setzte sich und schob ihre Socke herunter. Ihre goldenen Augen studierten aufmerksam die Gesichtsplatte des Provosts, als dieser den Tracker um ihren Knöchel legte. Ein kleines Lächeln huschte über ihre Lippen, verschwand jedoch sofort, als Federov sie ansprach.

„Fr. Yun."

Sie richtete sich auf und stand stramm. „Ja, Sir!"

„Sie sind bis auf Weiteres als Fr. Magecrafts magische Assistentin eingeteilt. Fr. Magecraft hat ausdrücklich darum gebeten, dass Sie ihr bei ihrer Aufgabe helfen." Sein strenger Blick traf sie beide. „Das bedeutet: Sie ist Ihre Vorgesetzte, ich stehe darüber. Sie werden beide unermüdlich an dieser Sache arbeiten. Sollte mir zu Ohren kommen, dass Sie diese Konstellation ausnutzen, um herumzualbern oder zu faulenzen, finde ich schneller eine andere Beschäftigung für Sie, als Sie ‚Ups' sagen können. Haben wir uns verstanden?"

„Aye, Sir!" Xin nickte hastig.

„Jawohl, Sir!" Suzy salutierte. „Sollte es notwendig sein, werde ich Fr. Yun schuften lassen, bis sie zusammenbricht."

Federov schnaubte, doch in seinem gesunden Auge funkelte stummes Amüsement, als er einige Informationen an ihre BCIs übertrug.

„Regeln und Vorschriften zu Ihrem neuen Status", erklärte er Suzy. „Und die Details Ihres Einsatzes", sagte er zu Xin.

Inzwischen hatte Diaz Wire ihren Tracker angelegt, und auch diese stand sofort auf, als der Colonel sich ihr zuwandte.

„Fr. Delacroix, Sie und Hr. Robbins werden der 218. Strafbrigade – auch bekannt als Crimson Chain Gang – beitreten, welche uns auf dieser Mission zur Seite steht. Sie melden sich bei Staff Sergeant Bawker und richten alle Fragen zu diesem Einsatz und den daraus resultierenden Befehlen an ihn. Belästigen Sie mich nur dann mit Fragen, wenn diese in direktem Zusammenhang zu Ihren Strafmilderungsvereinbarungen stehen. Habe ich mich klar ausgedrückt?“

„Kristallklar, Sir!“ Wire salutierte.

Jamaal salutierte ebenfalls, wenn auch weniger eifrig. Beide nickten, als würden sie ein Datenpaket empfangen, und machten eine entsprechende Geste, um es abzulegen.

„Darin finden Sie Details zu Ihren neuen Posten.“ Ein geradezu warmer Ton schlich sich in Federovs Stimme, als er zwei kleine Umschläge hervorzog. Einen reichte er Xin, einen Wire. „Hier, das gehört Ihnen. Vergessen Sie nicht, wo Sie herkommen, aber messen Sie diesem Sachverhalt keine allzu große Bedeutung bei. Heute beginnt für Sie ein neues Leben; machen Sie das Beste draus.“

Damit drehte er sich um und marschierte davon. Sprachlos sahen die vier Sträflinge ihm nach. Wire tastete den Umschlag ab. Dann stieß sie einen spitzen Schrei aus und riss ihn auf. Ein Paar kleiner, schlichter Ohrringe fiel in ihre hohle Hand. Ihre Unterlippe zitterte.

„Siehst du“, Xin drückte die Schulter der anderen Frau, „ich habe dir doch gesagt, er ist gar nicht so übel.“

Mit einem leisen Schnauben lehnte sich Diaz zurück und verschränkte die Arme. Er wandte sich an Jamaal und Suzy. „Habt ihr die beiden im Griff?“

„Klar doch.“ Suzy zeigte ihm zwei Daumen hoch. „Vielen Dank, Provost.“

Er nickte knapp, warf Xin noch einen kurzen Blick zu und zog dann mit seinen vier Troopern ab.

„Verdammt, hat der einen hübschen Arsch“, flüsterte Xin, sodass nur Suzy sie hören konnte. Mit deutlich weniger Ehrfurcht öffnete sie ihren Umschlag, zog die filigrane goldene Halskette mit dem kleinen herzförmigen Anhänger, die sie sonst stets trug, daraus hervor und legte sie wieder an.

„Wer, Federov?" Suzy riss die Augen auf. Der Typ war viel zu unheimlich, um solche Gedanken über ihn zu haben.

„Nein, Dummerchen!" Xin kicherte. „Dieser Provost mit dem komplizierten Namen und dem inneren Schmerz, der sein Bein fesselt."

„Diaz? Ach so ..." Die Hexe schmunzelte und winkte Wire und Jamaal zum Abschied, während sie ihre neue Assistentin zu den Aufzügen führte. „Ja, ich schätze, er ist ganz okay. Hat freundliche Augen. Und er ist klug, glaube ich. Willst du ihn nur für einen Quickie oder für mehr?"

Ein scharfer Schmerz durchzuckte Suzys Oberkörper, als Xin ihr mit einem gezielten Ellbogenstoß die Rippen prellte.

„Hey!", protestierte die Hexe. „Ich bin dein neuer Boss!"

Xin grinste herausfordernd.

„Und du bist überraschend stark für ein wandelndes Skelett." Suzy rieb sich die Seite. „Also, ich nehme an, die Hölle ist nach unserem Gespräch deutlich weniger schlimm geworden?"

„Kann man so sagen." Die andere Frau atmete genüsslich ein. „Mann, ist es schön, wieder warm zu sein. Können wir was essen gehen, während du mir genauer erklärst, wie du es geschafft hast, mich zu deiner Assistentin zu machen, und was du von mir erwartest?"

Suzy lachte. „Klar."

KAPITEL VIERUNDZWANZIG

WIRE\\ DIE NEUE TRUPPE

„Also, warum kriegen wir eigentlich noch echte, physische Peilsender?“, brach Wire schließlich die verlegene Stille, welche dem Austausch von Höflichkeitsfloskeln gefolgt war. „Warum nicht BCI-Ortung?“

„Oh, das machen sie auch.“ Jamaal schien mit der Antwort zu zögern, als hätte er vorher noch nie darüber nachgedacht. „Ich hab diese Regeln und Vorschriften zu lesen bekommen, und nach dem, was da steht – und nicht steht – ist BCI-Überwachung die Regel. Ich schätze, wir kriegen diesen hübschen Schmuck aus psychologischen Gründen.“

„Damit wir nicht vergessen, dass wir Sträflinge sind.“ Wire seufzte, als sie sich in Richtung Aufzüge aufmachten.

„Unter anderem.“ Der dunkelhäutige Mann zuckte mit den Schultern, doch die Geste wirkte nicht so locker und entspannt, wie sie es von ihm gewohnt war. „Ich schätze, es soll uns daran erinnern, hart für unsere Freiheit zu arbeiten. Aber es ist auch eine Warnung an andere. Alle Sträflinge haben einen Aufseher, weißt du. Wenn man also ohne triftigen Grund einen Sträfling angreift, ist das so, als würde man den Aufseher herausfordern, aufzutauchen und einen in Grund und Boden zu stampfen. Oder man riskiert, dass an seiner Stelle ein Provost erscheint. Und, Mann! Glaub mir, wenn ich dir sage, du willst dich nicht mit einem Provost anlegen!“

Ein Grinsen huschte über ihre Lippen. „Du handelst also immer noch, bevor du nachdenkst?“

Jamaal lachte. „Vielleicht.“

Er rief einen Aufzug und seine Stimme wurde leiser, als er fragte: „Also, ähm ... Wie geht es dir, Marika?“

„Mir geht's– Oh!” Sie fing das Kätzchen gerade noch auf. Der süße kleine Kerl hatte versucht, von Jamaals Schulter auf ihre zu springen, aber die Landung verpatzt und war vornüber gestürzt. „Hey, Kleiner.“

„Miau!“ Der grau-schwarz gefleckte Fellball blinzelte mit riesigen blauen Augen zu ihr hoch. Sein weiches, warmes Fell kitzelte ihre Fingerspitzen und sie konnte nicht anders, als über seine flauschigen Ohren zu streichen. Das Kätzchen schnurrte und ließ sich fallen, alle Pfoten in die Luft gereckt, damit sie ihm den Bauch kraulte.

„Mir geht's besser.“ Wire lächelte in ehrlicher Dankbarkeit. „Wieder hier zu sein, ist ... seltsam. Wenn ich könnte, würde ich vermutlich einfach meine Sachen packen und abhauen. Aber zu bleiben ist nicht mehr das Schlimmste, was ich mir vorstellen kann, also ... Ja. Mir geht's gut.“

Jamaal nickte. „So wie ich Federov kenne, muss das, was er euch beiden auf diesem Plover zugemutet hat, echt hart gewesen sein. Irgendein Kühllager oder so?“

„Jupp.“

Luna, diese Katze war so warm und flauschig!

„Ich dachte, ich würde nie wieder Wärme spüren“, gestand Wire. „Wir mussten dort auf minimalen Rationen leben und arbeiten. Dann hat mich eine Bande lokaler

Schläger vermöbelt, die dort einen großangelegten Raub durchzogen, aber Xinyi kam mir zu Hilfe. Sie hat mich gerettet. Nachdem wir uns etwas erholt hatten, war der Rest beinahe ein Kinderspiel. Wir haben uns ein Zelt geteilt, das hat den Komfort deutlich erhöht. Und sie hatte einen großartigen Trick: Abends hat sie zwei Mahlzeiten aufgewärmt, eine davon wie eine Wärmflasche in ihren Schlafsack gesteckt und sie dann morgens auf Körpertemperatur gegessen. Nachdem ich mir das auch angewöhnt hatte, wurden die Nächte viel besser."

Der andere Spartaner kratzte sich am Hals. „Sie ist echt nicht mehr dieselbe, oder? Wegen der Amnesie und so?"

„Nein. Nein, ist sie nicht."

Die Fahrstuhltüren glitten auf und die beiden Sträflinge betraten die Kabine in nachdenklicher Stille.

„Also, bist du noch wütend auf sie wegen ... du weißt schon?", fragte er.

„Nein." Wire sprach laut aus, was sie innerlich längst entschieden hatte. „Kurt hatte es verdient. Ich war die Dumme, weil ich auf ihn reingefallen bin. Sie hat nur getan, was nötig war."

Es klang immer noch nicht so ganz richtig, aber sie war auf dem besten Weg dahin. ... Ein Tag nach dem anderen und so.

Die Türen schlossen sich hinter ihnen, und Jamaal holte tief Luft.

„Meine Güte", sagte er. „Schau uns nur einer an. Wenn du mir vor einem Jahr gesagt hättest, wir würden mal in so einer Situation stecken, hätte ich dich ausgelacht. Und jetzt ist Kurt tot, Nines ein anderer Mensch, wir sind verurteilte Straftäter und ..."

„... und du bist Katzenpapa", warf seine Gesprächspartnerin ein, als er stockte.

„Ja." Er lächelte wehmütig. „Und außerdem hat Tank mit Thea Schluss gemacht."

Was?

Wire blinzelte mehrmals, um ihre völlige Verwirrung zu auszudrücken, bevor sie rausplatzte: „Wie zur Hölle ist denn das passiert?"

Jamaal erzählte ihr alles und schloss mit: „Zumindest habe ich das so gehört. Ich war nicht dabei, also solltest du vielleicht Mo oder Savoy nach den Details fragen ... oder – du weißt schon – die Ex-Liebenden selbst."

„Luna, das Universum ist wirklich komplett durchgedreht." Wire schüttelte den Kopf. „Und wir dienen jetzt in einer plutonischen Strafbrigade. Scheiße, die fressen uns doch zum Frühstück!"

„Ach, keine Sorge." Jamaal drückte ihre Schulter. „Plutonier sind gar nicht so schlimm, wenn man sie erst mal näher kennenlernt. Zumindest die meisten von ihnen. Amigo ist auch einer."

„Er ist ein Kätzchen. Kätzchen sind universell niedlich und erwachsene Kater zu stolz, um sich mit einer Nation zu identifizieren." Wire grinste verlegen über ihren eigenen Witz.

Jamaal lachte.

„Mein Argument bleibt bestehen. Sei nett und respektvoll, dann werden sie es wahrscheinlich erwidern." Er legte eine Hand auf seinen Bauch. „Musste ich auf die harte Tour lernen."

Als sie einige Minuten später einen Flur betraten, in dem hauptsächlich Plutonier in ihren fast schwarzen Uniformen verkehrten, kippten Wires ziellose Gedanken in ein seltsames Kaleidoskop nahezu zusammenhangloser Fakten und

Gefühle. Jamaal schien in seinen eigenen Grübeleien versunken und drängte sie nicht zu weiteren Gesprächen.

Schließlich erreichten sie die in ihren Anweisungen angegebene Tür. Und zwar genau in dem Moment, als zwei Typen mit schwarzen Melonen mit Kupferketten als Hutbändern den dahinterliegenden Raum verließen.

„Seid ihr die Neuen?“, fragte einer von ihnen – ein schlanker Blonder – während er sich zu seiner vollen plutonischen Größe aufrichtete. „Spartaner, was?“

So viel zu Jamaals Optimismus ...

„Allerdings.“ Der andere Spartaner straffte sich zu seiner vollen Höhe. „Spielt es eine Rolle, wo wir herkommen?“

Für einen furchteinflößenden Moment dachte Wire, die beiden würden gleich eine Schlägerei anfangen. Dass das Glitzern in den Augen des Plutoniers Ärger bedeutete. Wenn zwei Sträflinge aneinandergerieten, würde das die Aufseher und Provoste überhaupt interessieren?

Doch dann lehnte sich der kleinere Mann etwas zurück und grinste breit.

„Ach Quatsch!“ Er winkte ab. „Ich mach nur Spaß. Was auch immer ihr vor eurem Beitritt zur Crimson Chain Gang wart – das ist ab heute Geschichte.“

Sein Begleiter nickte und ergänzte: „Beweist euren Wert, seid umgänglich und niemand wird euch Stress machen.“

„Genau.“ Der Blonde streckte zuerst Wire und dann Jamaal die Hand hin. „Hi, ich bin Khalil Florimonte. Ihr wurdet meinem Feuerteam zugeteilt. Dieser große Griesgram hier ist unser Truppführer, Staff Sergeant Jim Bawker. Beachtet seinen permanenten Missmut gar nicht; ihm wurde mal in den Kopf geschossen, das hat seinem gequälten Humor die Flucht ermöglicht.“

SSgt. Bawker – ein breitschultriger älterer Mann – funkelte seinen jungen Stellvertreter finster an. Dann warf er einen Blick auf die Peilsender der Spartaner und hob kurz eine Datenfolie, um etwas darauf zu überfliegen, während er erklärte: „Es war nur ein Streifschuss, und entgegen dem, was mein Corporal impliziert, sind wir eine ordentliche, respektable Einheit. Also nehmen Sie sich kein Beispiel an ihm und denken Sie nicht, Sie könnten hier rumgammeln und auf Kumpel machen. Als Sträflinge müssen wir mehr Disziplin, höhere Opferbereitschaft und bessere Manieren zeigen als reguläre Truppen. Wir sind nicht nur hier, um unsere Pflicht zu erfüllen, sondern um unsere Freiheit zu verdienen. Haben Sie mich verstanden, Trooper?“

Angesichts seines Drill-Sergeant-Tonfalls salutierten Jamaal und Wire geradezu reflexartig und riefen: „SIR, JAWOHL, SIR!“

„Gut!“ Bawker nickte besänftigt und sah zu Florimonte. Mit einer schwungvollen Geste holte der andere Mann zwei Hüte, wie die beiden selbst sie trugen, hervor, welche der Truppführer mit sichtbarem Respekt nacheinander entgegennahm und den beiden Neulingen überreichte. „Hier, die gehören Ihnen. Sie sind nicht nur Teil der Uniform; sie zeigen nicht nur allen, wo Sie beide hingehören; sie sind ein Symbol für Ihre zweite Chance im Leben und die ehrenhafte Tradition dieser Einheit. Halten Sie sie in einwandfreiem Zustand. Verteidigen Sie sie mit Ihrem Leben. Im Gegensatz zu den übrigen Ausrüstungsgegenständen gehören die hier Ihnen. Sollten Sie bei der Ausübung Ihrer Pflicht ums Leben kommen, werden wir die Kette durchtrennen und sie mit Ihnen in die Leere schicken. Sobald Sie sich Ihre Freiheit verdient haben, durchtrennen Sie die Kette selbst und können sie mit nach Hause nehmen."

Wire nahm ihren Hut entgegen. Er war ungewöhnlich hart und steif. Die Kette klimperte leise, als sie ihn umdrehte und ihren Namen auf der Innenseite eingestickt fand.

Nach Hause. Wo war ihr Zuhause jetzt? Hatte sie überhaupt noch irgendetwas anderes als das hier?

„Gibt es bis hierhin Fragen?", fragte Bawker.

So viele ... aber keine davon passte in die Situation.

„Nein, Sir", antworteten die Spartaner einstimmig.

„Gut." Bawker deutete auf die Tür. „Wir haben im letzten Einsatz schwer einstecken müssen, daher sind vier Kojen frei. Suchen Sie sich welche aus. Uniformen und die übrige Ausrüstung wurden anhand Ihrer Scans bereitgestellt. Die erste Übung zur Beurteilung Ihrer Einsatzbereitschaft und zur Ausrüstungseinweisung findet in einer Stunde statt. Machen Sie sich präsentabel. Corp. Florimonte wird Ihnen alle Details mitteilen, Ihre Fragen beantworten und Ihnen helfen, sich einzuleben. Wegtreten."

„Jawohl, Sir!"

„Ach ja, eins noch." Das Stirnrunzeln milderte sich etwas, als Bawker das Kätzchen betrachtete. „Ist das Ihre?"

„Er gehört mir, Sir." Jamaal nahm den kleinen Fellball an sich. „Wie man mir sagte, stammt Amigo hier aus einer Familie hochdekorierter Nagetierbekämpfer."

Hinter Bawkers Rücken lachte Florimonte lautlos.

Jamaal zeigte auf einen kleinen Anhänger an der Halskette der Katze. „Ich habe bereits mit der Schiffsmeisterin gesprochen und sie hat einen Bereich um diese Quartiere herum abgesteckt, in dem er sich frei bewegen darf. GaSIn wird ihn innerhalb dieses Bereichs halten."

Ihr neuer Vorgesetzter kratzte sich kurz am Kinn und nickte dann. „Gut. Kümmern Sie sich um ihn und sorgen Sie dafür, dass er niemandem in die Quere kommt. Sollte sich irgendjemand bei mir wegen dieses Katers beschweren …"

Er ließ den Satz unvollendet, damit Jamaal einspringen und versprechen konnte: „Das wird nicht passieren, Sir. Ich kümmere mich um alles!"

„Gut." Ihr neuer Truppführer nickte zufrieden und ging.

„Er ist eigentlich ein netter Kerl, wenn man erst mal ein paar Gläser Wodka in ihm versenkt hat", nahm Florimonte das Gespräch auf. „Im Dienst muss er allerdings streng sein. Und er empfiehlt Peitschenhiebe, wenn man aus der Reihe tanzt – also benehmt euch lieber."

Jamaal hob eine Augenbraue. „So wie Sie?"

Florimonte grinste.

„Ich hab ihm öfter den Arsch gerettet, als er zugeben will. Das gibt mir mehr Spielraum als euch Neulingen." Er winkte die Tür auf. „Na, kommt schon rein und lernt die anderen kennen!"

Ein Knoten tief in Wires Innerem löste sich. Das hier war eine Welt, die sie kannte, eine Welt, mit der sie umzugehen wusste. Vielleicht würde es ja doch nicht so schlimm werden.

Sie setzte die Melone auf. Sie passte perfekt.

KAPITEL FÜNFUNDZWANZIG

SERGEY\NADDI\\ EHRLICHE LEUTE

„Du mochtest ihn wirklich, was?" Sergey zeigte auf die Flaschen neben Naddis Glas.

Eine einzelne Lampe über ihrem Schreibtisch tauchte ihr brandneues Büro in gedämpftes Licht. An der Wand stapelte sich eine Reihe ordentlich beschrifteter, ungeöffneter Kartons. Ein Schrank wartete darauf, eingeräumt zu werden. Mehrere Stapel Datenfolien, welche sich wahrscheinlich während ihrer Abwesenheit angesammelt hatten, waren an eine Seite der Tischplatte geschoben worden. Der Geruch von neuen Teppichen und frischer Einrichtung lag schwer in der Luft.

„Hmpfh." Sie bedeutete ihm, sich zu setzen. „Hast du vergessen, wie man anklopft?"

Der Colonel ließ sich mit einem Achselzucken in den Besucherstuhl sinken. „Ich hab geklopft; es kam keine Antwort. Da hab ich mir Sorgen gemacht."

„Ja, klar." Ihre Stimme schwankte leicht. Bei ihr konnte das sowohl ein Zeichen von Müdigkeit als auch von übermäßigem Genuss sein. „Und du bist nicht auf die Idee gekommen, dass ich vielleicht allein sein will?"

„In dem Fall hättest du die Tür verriegelt und den Privatsphärenmodus aktiviert." Er beugte sich vor und hob eine Flasche nach der anderen an, bis er eine mit Restinhalt fand. Erst runzelte Naddi abweisend die Stirn, doch dann zog sie ein zweites Glas unter dem Schreibtisch hervor und schob es rüber.

Sie tranken schweigend.

„Du bist also Antolov losgeworden", murmelte sie schließlich. „Clever, die Spartaner darauf anzusetzen. Was hast du ihnen dafür gegeben?"

„Hat Diaz mich verpetzt?"

Es war ohnehin nur eine Frage der Zeit gewesen, bis sie es herausfand.

„Quatsch." Das Fossil füllte ihr Glas nach. „War nicht nötig. Du warst ziemlich scharf drauf, mich aus dem Weg zu haben. In all den Jahren unserer Zusammenarbeit habe ich dich noch nie so schnell einen Urlaubsantrag unterschreiben sehen. Also, was hast du ihnen gegeben?"

Sergey erzählte ihr vom neu eingerichteten Fight Club der *Gateshot* und Naddi lachte.

„Klar, das kann ich machen", sagte sie. „Kennen sie die Preise?"

Er nickte.

„Gut. Solange sie's nicht übertreiben – Leute auf die Krankenstation schicken oder betrunkene Schlägereien anzetteln, oder so."

„Die Spartaner?" Sergey *pfffff*te.

„Da werden schließlich nicht nur Spartaner hingehen, oder? Davon sind ja nicht mal mehr genug übrig, um ein Feuerteam zu bilden."

Ihr Colonel winkte ab. „Die Kernweltler werden sich schon benehmen. Wenn nicht, verteilen wir ein paar Hiebe, dann sind die ganz schnell wieder auf Linie."

„Das hoffe ich doch." Naddi seufzte. „Also, Antolov ist weg vom Fenster, die Magierin ist zurück auf Kurs, du hast deine Soliden und hattest deinen Spaß – ich bekomme Diaz, richtig?"

„Klar." Sergey erinnerte sich an die Leistung des Mannes als de facto Anführer der Provoste während Naddis Abwesenheit. „Er hat seine Sache gut gemacht. Und es geschafft, seine Lizenz zu erneuern, nehme ich an?"

Seine Provost Major nickte und reichte ihm eine Datenfolie. „Er hat die Prüfung widerwillig abgelegt und mit Bravour bestanden. Ich glaube, er musste nicht mal dafür lernen. In einem anderen Leben wäre er Richter geworden. Oder Privatdetektiv. Ist 'ne andere Denkweise. Das brauche ich in meinem Stellvertreter. Bellarosa war in Ordnung, aber das hätte sie nicht gepackt."

„Sie war trotzdem eine gute Provost." Sergey hob sein Glas und sie stießen schweigend auf die Toten an.

Die Stille setzte sich ein paar Minuten zu ihnen wie ein alter Bekannter, bevor Naddi zustimmte: „Das war sie."

Eine Weile folgten beide ihren jeweils eigenen Gedankengängen.

Irgendwann murmelte Naddi: „Vielleicht hast du recht; vielleicht habe ich das. ... Ihn gemocht, meine ich."

Ihre Gedanken schienen bei dem Minenvorarbeiter zu verweilen, dessen Koje sie geteilt hatte. Schließlich zuckte sie die Schultern. „Aber er ist zu gut für mich ... ein ehrlicher, fleißiger Mann. Auf Dauer hätte ich ihn nicht glücklich gemacht. Er verdient Besseres."

Ja, Sergey verstand gut, was sie meinte. Leute wie sie beide taugten nicht für ein Leben, wie es sich Minenarbeiter, Verwaltungsangestellte und Ladenbesitzer erträumten.

„Ist trotzdem schön, hin und wieder einen Blick auf andere Seiten des Lebens zu werfen", meinte sie schließlich, ihr Blick schwer von Erfahrung und stiller Einsicht, während er auf Sergey ruhte. „Also, warum gehst du nicht deine nette Ärztin besuchen? Ich bin mir sicher, sie wird dir deutlich angenehmere Gesellschaft leisten als diese alte, abgehalfterte Schachtel hier."

Nachdem Sergey gegangen war, dauerte es nicht lange, bis Naddis neuer Stellvertreter auftauchte.

Die Provost Major ließ die Tür zu ihrem inneren Büro offenstehen. Es gab so Gespräche, die mussten halt geführt werden. Junge Leute wie Sergey und Diaz waren oft ganz wild darauf, die Lücken zwischen den Zeilen zu füllen. Sie mussten bestimmte Dinge hören, mussten sie aussprechen. Sie sammelten diese Gedanken wie eine Art immaterielles Gepäck und trugen sie mit sich herum, warteten auf den richtigen Ort und Zeitpunkt, um sie bei anderen abzuladen. Naddi reiste nicht mehr so schwer. Im Laufe des Lebens erkannte man irgendwann die Sinnlosigkeit eines solchen Verhaltens. Die meisten Worte waren lediglich sozialer Klebstoff; ihr Austausch nichts anderes als ein tief verwurzelter Mechanismus, um gegenseitige Wertschätzung zu demonstrieren. Sie vertieften Beziehungen nicht durch ihre Bedeutung, sondern durch ihre schiere Anzahl. Vielleicht war das der Grund, weshalb Naddi nur noch eine Handvoll halbwegs tiefer Verbindungen pflegte. Oder vielleicht lag es daran, dass die meisten, denen sie in der Vergangenheit unverhältnismäßig viele Worte geschenkt hatte, inzwischen tot waren.

„Provost Major." Diaz trug seine Uniform ohne Kopfbedeckung, die obersten drei Jackenknöpfe geöffnet, sodass sein dunkles Hemd darunter sichtbar wurde. Eine unterschwellige Spannung in den Muskeln seines markanten Gesichts entlarvte seine Gelassenheit als erzwungene Fassade.

„Provost.“ Sie vollführte die angemessene Geste. „Möchten Sie mir Gesellschaft leisten?“

„Gerne.“

Er betrat den Vorraum und ging zum WaDis hinüber. Mit einem Glas Wasser ließ er sich auf den Stuhl sinken, den Sergey erst vor wenigen Minuten freigemacht hatte.

Sie lehnte sich in ihrem eigenen zurück und fragte: „Möchten Sie zum Duzen übergehen, jetzt, wo Sie mein Stellvertreter sind?“

Er senkte den Blick auf die sein Glas umklammernden Finger und lächelte. „Nur, wenn Sie das auch möchten. Außerdem habe ich dem noch nicht zugestimmt.“

„Das brauchen Sie auch nicht. Ich habe Ihnen einen neuen Posten übertragen, für den Sie bestens qualifiziert sind, und der Colonel hat es abgesegnet.“ Sie zuckte mit den Achseln. „Die Unterlagen sollten morgen offiziell abgespeichert werden.“

„Verstehe.“ Diaz lehnte sich in bewusster Spiegelung ihrer Haltung ebenfalls zurück. „Und ich verstehe jetzt auch, warum Sie und der Colonel so gut miteinander auskommen. Sie beide schlagen gerne mehrere Fliegen mit einer Klappe.“

Naddi forderte ihn mit einem Nicken auf, fortzufahren.

„Er schätzt Sie nicht nur aufgrund Ihrer Fähigkeiten und Erfahrung, sondern auch wegen Ihrer moralischen Flexibilität. Und auch auf die Gefahr hin, selbstzentriert zu klingen ... ich habe das Gefühl, dass meine Involvierung in die jüngsten Ereignisse eine ganz eigene Botschaft beinhaltet.“

Aus seinem Blick sprach das dringende Bedürfnis, seinen exakten Platz zu kennen.

Sie nippte an ihrem Drink. „Und welche wäre das?"

„Dass ich, sollte ich Ihrem Beispiel nicht folgen, wie Antolov enden könnte." Die Vorstellung schien ihn nicht zu ängstigen; es klang eher wie eine von einem Wissenschaftler vorgebrachte Beobachtung. „Dass der Colonel in der Lage und bereit ist, externe Faktoren für seine Drecksarbeit zu mobilisieren. Dass er Spartaner, Magienutzer, meine Vorgesetzte und auch mich ohne große Mühe in seine Pläne verstricken kann. Und dass von mir erwartet wird, ihm den Rücken freizuhalten."

Naddi lächelte. „Deshalb mag ich Sie, Adrian. Man muss Ihnen nicht alles haarklein erklären. Das ist sehr erfrischend."

Seine völlige Furchtlosigkeit war eine weitere reizvolle Eigenschaft. Eine Klinge, die zweifellos in beide Richtungen schneiden konnte, und doch ...

„Wissen Sie, warum ich intelligente Unterstellte regelkonformen Idioten vorziehe?", sprach sie ihre Gedanken laut aus.

„Weil Sie deren Intelligenz für Ihre eigenen Zwecke nutzen können?", konterte er.

„Nein." Sie drehte ihr Glas in einer Hand. „Weil ich zu alt bin, um die geistig Armen zu beaufsichtigen. Und weil ich keine Lust auf den Papierkram und die Umschulungen habe, die immer dann anfallen, wenn die Natur dieses Jobs, die Tatsache, dass wir an ein S-Pl–", Naddi hielt inne und schüttelte den Kopf, um sich zu korrigieren, „dass wir an eine Mission wie diese gebunden sind, oder die ‚Pläne' des Colonels das Darwinsche Prinzip walten lassen und sie aussortieren. Also, nur so zum Spaß, lassen Sie mich etwas aussprechen, das uns beiden absolut bewusst ist."

Ihr zukünftiger Stellvertreter bedeutete ihr fortzufahren.

„Es gibt die Regeln und es gibt das, was richtig ist, was Sinn ergibt. Antolov hat das nicht verstanden, wir schon. Federov ebenfalls. Sein Vorgänger nicht. Deshalb sitzen Antolov und der Mann, dessen Befehle Federov den Arm und beinahe seine gesamte Truppe gekostet haben, nicht dort, wo wir jetzt sitzen. Aber das muss ich dem einzigen Überlebenden von Penderghast-43 wohl nicht erklären, oder?"

Diaz' Gesicht verdunkelte sich, als sein Blick in die Ferne abdriftete. Trotz ihrer Nachforschungen hatte Naddi noch immer keinen verdammten Schimmer, was bei seinem letzten Einsatz tatsächlich passiert war. Doch wenn niemand darüber sprechen wollte, dass eine komplette Station mehrere Tage lang unerreichbar gewesen war, nur um sich dann ohne ersichtlichen Grund explosiv in eine Wolke winziger Trümmerteile zu verwandeln, geschweige denn über den einzigen Überlebenden, den man in einer schwer beschädigten Rettungskapsel gefunden hatte – gerade noch so am Leben, wahnsinnig vor Durst und Blutverlust ...

Nun, man musste kein Genie sein, um das Ausmaß der Scheiße, die dort schief gegangen sein musste, einzuschätzen. Und sie fragte sich nicht zum ersten Mal, ob der Grund für sein Schweigen in einem externen Befehl oder einer Drohung begründet lag – oder in einem inneren Schaden, der zu tief schlummerte, als dass der arme Kerl ihn zu verarbeiten vermochte.

„Nein", stimmte ihr Gegenüber schließlich zu. „Und hätten wir Vorgesetzte wie Sie und den Colonel gehabt, wäre das möglicherweise nie passiert. So viele gute Leute könnten noch leben ... Deshalb bin ich bereit zu bleiben.

Ich bin sogar bereit, bei Bedarf ein Auge zuzudrücken. Unter einer Bedingung."

Mutig.

Naddi hob eine Augenbraue. „Und die wäre?"

„Ich übernehme nicht gerne das Kommando. Wenn Ihnen also etwas zustößt, gerate ich in eine Lage, die mir nicht zusagt." Diaz' Lächeln hatte etwas Bedrohliches. „Der beste Weg, um das zu vermeiden, ist sicherzustellen, dass Ihnen nichts zustößt. Als Ihr Stellvertreter gehört das ohnehin zu meinen Aufgaben. Es bedeutet allerdings auch, dass es eine Sache gibt, die ich nicht ignorieren kann. Eine Sache, bei der der Colonel und ich niemals einer Meinung sein werden."

Naddis Stellvertreter erhob sich und begann, die Flaschen auf ihrem Schreibtisch in einer leeren Kiste zu sammeln.

„Ich halte es für ausgesprochen unangemessen, dass er Ihre Sucht unterstützt, und ich werde das nicht tolerieren. Wenn Sie wollen, dass ich bleibe", er stellte die Kiste vor ihr ab, seine Stimme weiterhin ruhig und beherrscht, „dann muss das hier weg. Ich weiß, Sie glauben, das Trinken würde helfen. Aber das tut es nicht. Es macht Sie zu einer schlechteren Version Ihrer selbst. Es dämpft nicht nur die schmerzhaften Erinnerungen, sondern auch Ihre Fähigkeiten. Es untergräbt Ihre Kontrolle und Ihr Urteilsvermögen. Es bringt Sie ins Stolpern und lässt Sie gleichzeitig glauben, alles sei in Ordnung. Das ist es aber nicht."

Abwehrende Ablehnung flammte in ihr auf – mit einer Intensität, die Naddi seit Jahren nicht mehr gespürt hatte. Wie konnte dieser junge Hüpfer es wagen, sie für ihre persönlichen Entscheidungen zu verurteilen? Woher nahm er den Hochmut, zu glauben, er wüsste besser, was gut für sie war? Hatte diese lästige Ärztin ihn darauf angesetzt?

Sie erhob sich, stemmte beide Fäuste auf den Tisch und verengte die Augen.

„Sie kennen mich nicht“, zischte sie.

„Natürlich tue ich das. Genauso wie Sie mich kennen. So wie Sie extrapoliert haben, was nicht in meiner Akte steht.“ Ihr Gegenüber straffte die Schultern. „Man erkennt seinesgleichen eben, nicht wahr?“

Er beugte sich vor, um sein volles Glas Wasser gegen ihr fast leeres Glas Wodka zu tauschen.

„Sie hatten mehr als genug Zeit, einen geeigneten Kandidaten für diesen Posten zu finden. Jemanden, der ihn tatsächlich will. Jemand kompatiblen, der bereit ist, wegzusehen. Bei Ihrer langen Laufbahn haben Sie zweifelsohne genug Gefälligkeiten und Verbindungen gesammelt, um eine solche Person schnell und ohne bürokratischen Papierkrieg zugeschoben zu bekommen“, sprach er eine weitere Wahrheit aus, die tief in ihrem Herzen lag. „Aber Sie haben sich für den kaputten Soldaten entschieden, den ehemaligen KE, den trockenen Alkoholiker. Warum?“

Sie griff sein Handgelenk, als er ihr Glas wegziehen wollte, und forderte: „Sie scheinen ja alle Antworten zu haben. Warum sagen Sie es mir nicht?“

„Weil Sie eine intelligente Frau sind und sich die Zeiten ändern. Ihre Lebensweise verliert rapide an Tragfähigkeit. Es ist nicht nur Federov, der Sie jetzt im Blick hat. Seine schützende Hand könnte in Zukunft nicht mehr ausreichen. Und nicht nur das.“ Er deutete mit seiner freien Hand auf die noch unausgepackten Kisten, auf das Büro als solches. „Diese Veränderung in Ihrer Umgebung beseitigt viele der lästigen Trigger – neues Büro, neues Quartier, neue Korridore, neue Routinen. Das bietet Ihnen die Möglichkeit, Ihre Gelüste einzudämmen, bevor diese neue Wurzeln in Ihrem Alltag schlagen.

Im Großen und Ganzen konsumieren Sie bereits weniger."

Er konnte nicht gleichzeitig ein so guter Beobachter und so dämlich sein – oder doch?

„Das war nicht meine Entscheidung", fauchte Naddi. „Dr. Fox hat mich erpresst."

Er beugte sich näher heran; sie konnte jetzt sein Aftershave riechen, eine angenehm dezente Mischung aus Sandelholz und Bergamotte.

„Warum sind Sie dann nicht zu Ihren alten Gewohnheiten zurückgekehrt, kaum dass Ihr Bein geheilt war?", fragte er.

War sie das nicht? Naddi trat innerlich einen Schritt zurück und ließ die letzten Wochen Revue passieren. Wie viel hatte sie tatsächlich getrunken? Sie konnte sich ehrlich nicht erinnern. Scheiße, wenn er recht hatte, dann bedeutete das ...

Seine Augen verengten sich. „Ihr Unterbewusstsein hat Sie getäuscht."

Ganz plötzlich lachte er. Er lachte wirklich. Sie hatte dieses Geräusch noch nie von ihm gehört. Und dann auch noch auf ihre Kosten ...

Zur Leere mit seiner furchtlosen, widerspenstigen Art! Aber verdammt, er hatte recht. Wie konnte sie das übersehen haben? Und wichtiger noch: War der Gedanke, dass sie ausgerechnet ihn wollte, nicht aus Instinkt, sondern aus Selbsttäuschung geboren? Hatte ihr Unterbewusstsein ihn als Mittel zu einem ganz anderen Zweck ausgewählt? Wenn ja ... wie konnte dieser unerfahrene junge Mann so klar sehen, was sie nicht erkannt hatte?

Blinde Flecken. Nach 87 von der Leere verlassenen Jahren hatte sie immer noch blinde Flecken.

Wie vom Blitz getroffen zog sie ihre Hand zurück.

„Das ist ein gutes Zeichen“, beeilte er sich zu versichern. „Es bedeutet, dass Sie bereit sind, den nächsten Schritt zu tun.“

Den nächsten Schritt ...

Diaz ließ ihr Glas los und öffnete einladend beide Hände. „Es ist wie bei allen wichtigen Reisen – einfach einen Schritt nach dem anderen, nicht wahr?“

Aus seinem Mund klang es so einfach. Er hatte ja keine Ahnung. ... oder vielleicht doch. Und warum kümmerte es ihn überhaupt?

„Sie würden sich lieber versetzen lassen, als zu meinem Stellvertreter aufzusteigen, aber Sie würden bleiben, um mein ...“ Sie schüttelte den Kopf. „Das ergibt keinen Sinn.“

„Nein, Sie verstehen mich falsch.“ Er richtete sich auf. „Ich habe noch nie einen Vorgesetzten so sehr respektiert wie Sie. Was ich jedoch hatte, war ein guter Freund, der mich zu einer ähnlichen Entscheidung zwang, als ich sie treffen musste. Deshalb bleibe ich. Deshalb helfe ich. Und deshalb werde ich nur so lange Ihr Stellvertreter sein, wie ich auch gleichzeitig Ihr Sponsor sein darf.“

Ihr Sponsor.

Dieser respektlose Jungspund wollte ihr Sponsor sein! Wollte sie zur Abstinenz erpressen ... Jetzt hatte sie wirklich alles gesehen. Die Frage war, könnte sie rechtzeitig einen adäquaten Ersatz finden? Wahrscheinlich nicht. Wollte sie diese Chance? Wollte sie sie?

„Also gut.“ Provost Major Nadezhda Garin stellte das fast leere Glas neben die Flaschen und schob ihm die komplette Kiste zu. „Abgemacht.“

KAPITEL SECHSUNDZWANZIG

SUZY\XIN\\ DIE LOOOONY CAN

„Moment mal, was?“ Suzy musste mehrere Schritte überspringen, um mit dem Soldaten an ihrer Seite mitzuhalten. „Sie wollen meine Assistentin doch nicht ernsthaft auf ein anderes Schiff schicken, das in Richtung entmilitarisierte Zone unterwegs ist, damit sie bei irgendeinem Black-Ops-Scheiß mitmacht, der darauf abzielt, einen Spionageflug zum Tor zu fliegen?“

„Sicher, warum nicht?“ Sgt. Jake Echohawk, der frischgebackene Anführer der Infiltrationstruppe, schenkte ihr sein patentiertes ‚Bad Boy‘-Grinsen. „Die werfen nur einen kurzen Blick auf die Lage, mehr nicht.“

„Mehr nicht?“ Die Hexe tauschte einen kurzen Blick mit Xin, welche auf der anderen Seite des Mannes ging. Dann verschränkte sie demonstrativ die Arme und fragte: „Die fliegen einfach nur mal kurz zu dem streng bewachten magischen Artefakt, das von Schiffen, Truppen und Alienmagiern umgeben ist?“

„Ich habe jedenfalls von keinem zweiten Raumtor in der Nähe gehört.“ Echohawk blieb stehen, um den Aufzug zu rufen, neigte den Kopf in gespielter Nachdenklichkeit und sagte: „Also ... ja, genau da fliegen sie hin."

Suzy beugte sich vor und kniff die Augen zusammen. „Seid ihr denn völlig durchgeknallt?"

Seufzend betrat er die kleine Kabine. „Hören Sie, Fr. Magecraft, diese Leute machen das ständig. Das sind Profis. Sie wurden noch nie erwischt. Ihrer Assistentin wird nichts passieren. Außerdem wäre es doch viel durchgeknallter, zu warten, bis sich die *Gateshot* mitten im Kampf befindet, bevor Sie beide einen ersten Blick auf das Ding werfen, oder etwa nicht?"

„Da hat er Recht, Suzy." Xin trat neben ihn. „Außerdem ist es ein guter Test, um zu sehen, ob wir unsere Verbindung über eine große Entfernung herstellen und aufrechterhalten können."

„Wir haben es gerade mal geschafft, sie einigermaßen zuverlässig aufzubauen, während wir beide wach sind!", warnte die Hexe, während sie den anderen beiden in den Aufzug folgte. Die Tür ging zu und die Kabine setzte sich in Richtung Hangar 4 in Bewegung.

„Das wurde mir mitgeteilt." Echohawk fuhr mit der Linken über seine geflochtenen Haare bis dorthin, wo der dunkelbraune Zopf knapp unterhalb der Schulterlinie endete. „Aber Sie hatten jetzt eine Woche Zeit zum Üben, und das Späher-Team muss für den Ernstfall bereitstehen, sodass es uns nur dieses begrenzte Zeitfenster einräumen kann. Außerdem muss sich Ihre Assistentin vorher noch mit deren Technik vertraut machen."

Suzy hob das Kinn. „Warum das?"

„Weil es ein winziges Schiff ist, nur etwa so groß wie ein altmodischer Panzer und genauso gemütlich. Kein Platz für Mitfahrer. Jeder hat eine Aufgabe." Die Stimme des Infiltrators rutschte in diesen beruhigenden Tonfall, welchen

Late-Night-Moderatoren überall im Sonnensystem benutzten. „Das Ganze dauert nur ein paar Tage, dann könnt ihr beide genau dort weitermachen, wo ihr aufgehört habt."

Die Frau mit den goldenen Augen nickte. „Ich werde schnell lernen und nach deren Anweisungen arbeiten. Ich möchte keine Belastung sein."

„Xin!" Die Hexe versuchte ihrer Assistentin mit einer Reihe hektischer Gesten zu vermitteln, dass sie Suzys Argument unterstützen sollte, anstatt ihr in den Rücken zu fallen.

Doch Xin beachtete sie gar nicht. Stattdessen musterte sie den Soldaten zwischen ihnen mit konzentrierter Aufmerksamkeit. War sie etwa auch auf den scharf? Die Frau musste wirklich dringend mal wieder flachgelegt werden ...

Echohawk unterdrückte mit sichtbarer Mühe ein Grinsen. Da er doch angeblich ein erstklassiger Infiltrator war, wollte er wohl, dass Suzy es sah.

Arschloch.

Sie funkelte ihn an. Er ignorierte es.

„Außerdem", fügte er fröhlich hinzu, „bin ich hier eh nur der Botenjunge. Das kommt direkt vom Colonel; da kann keiner von uns was dran ändern."

Eine violette Strähne fiel Suzy vors linke Auge, und sie pustete sie weg.

Marsstaub.

„Hier, das könnten Sie brauchen." Er reichte Xin ein Handtuch. „Sie werden es später verstehen."

„Okaaay ..." Die andere runzelte die Stirn. „Danke ... schätze ich."

Er grinste noch breiter. „Gerne doch."

. . .

Das Transportshuttle wartete bereits, und nach einer kurzen Umarmung sprang Xin hinein.

„Bis bald!", rief sie durch den sich schnell schließenden Spalt der Luftschleuse, und: „Keine Sorge, das wird schon!"

Schweren Herzens winkte Suzy. Echohawk leistete ihr Gesellschaft, bis das Shuttle abgeflogen war, und dann noch ein bisschen länger.

„Also, wie funktioniert das eigentlich genau?" Der Soldat tippte sich an die Schläfe. „Sie konzentrieren sich einfach darauf und schon passiert es? Wie eine magische BCI-Verbindung?"

„Also, eigentlich ...", begann Suzy im Professorenmodus, brach dann aber ab. „Ja. Ungefähr so fühlt es sich für uns an."

„Könnten Sie das auch mit mir machen?", fragte er.

„Besitzen Sie magische Fähigkeiten?"

„Nein, ich glaube nicht."

„Dann ... nein. Vermutlich nicht." Sie kratzte sich im Nacken. „Das scheint eine Voraussetzung zu sein ... denke ich."

Echohawk hob eine Augenbraue. „Denken Sie?"

„Ähm ... ja. Ehrlich gesagt bin ich das selbst noch am ausfühlen. Also ist es vermutlich schon ganz gut, das vorher zu testen. Gerade mit der Entfernung und so ..."

Er musste ihre Unsicherheit gehört haben, denn er hakte nach: „Wo liegt denn das Problem?"

„Nirgendwo." Sie schüttelte den Kopf und versuchte, so entschlossen wie möglich zu wirken. „Ist alles gut. Es muss nur noch ein wenig feinjustiert werden, das ist alles."

Wie sollte sie auch erklären, dass die Welt durch die Augen eines anderen zu sehen – insbesondere durch eine derart eigenwillige Sicht wie Xins – viel mehr Raum für Interpretationen ließ, als ihr zuvor bewusst gewesen war?

Wenn Suzy an die kaleidoskopische Seltsamkeit dachte, welche die Wahrnehmung ihrer besten Freundin ausmachte, brachte allein der Nachhall davon ihren Verstand ins Straucheln. Für Suzy fühlte sich die Nummer an, als wäre sie permanent high. Es war so krass seltsam ...

Also, ja, es war vermutlich eine gute Idee, Xin vorab das Tor auskundschaften zu lassen. Doch was, wenn Suzy es nicht schaffte, eine Verbindung auf diese enorme Distanz herzustellen? Oder – noch schlimmer – was, wenn sie es schaffte und dann nichts von dem verstand, was Xin sah? Und was, wenn ...

„Was, wenn ihnen etwas zustößt?", flüsterte sie.

Was, wenn sie gerade erst die perfekten Augen gefunden hatte und dieser überstürzte Einsatz Xin das Leben kostete, bevor die Suzy helfen konnte, dieses verflixte Problem zu lösen? Wenn die *Gateshot* und ihre Besatzung dann auf der Strecke blieben?

„Das wird es nicht." Echohawks kräftige Finger strichen beruhigend über ihren Rücken und blieben auf ihrer Schulter liegen. „Ich habe zwar noch nie selbst in so einem Ding gesessen, aber ich weiß, dass diese Schiffe mit modernster Tarntechnologie ausgestattet sind. Sie halten die gesamte Wärme im Inneren, es gibt keinerlei von außen erkennbare Emissionen, sie haben Störtechnik bis zum Abwinken verbaut und ihre Größe und Form machen es nahezu unmöglich, sie mit herkömmlichen Methoden aufzuspüren."

„Mit herkömmlichen Methoden?"

„Visuell und dergleichen." Der Mann lächelte grimmig. „Keine Sorge. Die sind schon öfter zum Tor geflogen. Oder was denken Sie, woher all unsere Informationen über den Zustand der velorianischen Stationen stammen?"

„Leere, ich hoffe, Sie haben Recht." Suzy presste die Lippen fest aufeinander. „Um unser aller willen."

Xin fuhr mit einer Hand über den dunkelblauen Rumpf, während sie das Kunstwerk betrachtete, welches die Einstiegsluke dieser sogenannten ‚Schattensphäre' zierte. Eine Blechdose, aus der vier Köpfe herausragten, darunter kunstvoll der Name des Schiffes: *Looooony Can* – mit vier Os.

Schimmernde Emotionen zeugten in Form durchsichtiger Farbreste von den vielen Abenteuern, welche dieses Schiff bereits erlebt haben musste.

„Es ist wunderschön", sagte sie zu dem gedrungenen Mann mit weißem Buzzcut, welcher sie mit zusammengekniffenen Augen beobachtete. „Vielen Dank, dass ich in Ihrem Schiff mitfliegen darf, Kapitän."

Die seinen schmächtigen Körper umgebenen, subtilen Schlieren unzufriedener Schatten lockerten etwas auf, als er nickte und die Luke öffnete.

„Mir wurde gesagt, ich soll einen der Posten übernehmen. Ist das richtig?" Xin duckte sich und spähte hinein.

Das Schiff hatte zwar drei Ebenen, eine davon diente jedoch fast ausschließlich als Maschinenraum – insbesondere für den Wärmekollektor – und ließ kaum mehr als einen engen Zugangsschacht für Reparaturen frei. Die beiden anderen Ebenen waren ineinander verzahnt, um den begrenzten Platz optimal zu nutzen, und selbst der Leitende Ingenieur der *Gateshot* hätte Mühe gehabt, irgendwo im Inneren aufrecht zu stehen. Ein Gefühl überwältigender Intimität haftete an allen Oberflächen, fast wie eine greifbare Präsenz. Nicht unangenehm – sie war einfach da. Möglicherweise war Xin die Einzige, die es bemerkte.

„Verdammt richtig!“, bestätigte er. „In meiner Dose macht jeder seinen Job. Wir haben keinen Platz für nutzlose Anhalter!“

Sie nickte. „Ich verstehe, Sir. Ich werde gerne nach Ihren Anweisungen arbeiten.“

„Gut.“ Ein Teil der dunklen Farben verblasste, als er ins Innere der Sphäre deutete. „Sie übernehmen den Bombardiersposten. Ist am leichtesten zu lernen und bei einem Aufklärungseinsatz nicht ganz so essenziell. Schnallen Sie sich dort unten an und ich erkläre Ihnen die Verteidigungssysteme.“

Xin folgte seinen Anweisungen und bediente die Instrumente so gut sie konnte. Nach mehreren Übungen nickte er – deutlich versöhnlicher – und schickte sie fort, um sich etwas auszuruhen.

Die *Sanji Merabti*, eine Fregatte mit 86 Seelen an Bord – darunter die Besatzung der Schattensphäre und ein Platoon Voidwalker – erreichte innerhalb von zweieinhalb Tagen die Grenze zur entmilitarisierten Zone. Reichlich Zeit, um sich an die Bedienung der Bombardier-Kontrollen und den winzigen Innenraum der *Loooony Can* zu gewöhnen ... na ja, so sehr man sich eben daran gewöhnen konnte.

Als Xin für den Ernstfall zurück in den Hangar gerufen wurde, meldete sich zum ersten Mal echte Nervosität. In etwa einer halben Stunde würde sie herausfinden, wie viel unangenehmer es sein könnte, mindestens 48 Stunden lang mit drei anderen Menschen in dem begrenzten Raum eingepfercht zu sein – ohne Ausweichmöglichkeit und ohne Privatsphäre.

„Es tut mir leid, dass man so kurzfristig keine weibliche Crew für Sie auftreiben konnte“, bemerkte der Co-Pilot und Navigationsoffizier – ein älterer Mann, welchen eine Vielzahl von Beige- und Pflaumentönen umschwebten – zum wiederholten Male.

„Das ist schon in Ordnung.“ Xin fummelte verlegen an den Knöpfen ihres Overalls herum. „Ich bin nicht besonders schüchtern, glaube ich.“

„Glauben Sie?“ Der Typ an den Sensoren – ein helläugiger junger Mann mit der Statur einer Elfe – zog eine Augenbraue hoch. „Sollte ein so hübsches Mädchen in Ihrem Alter nicht wissen, ob sie damit klarkommt, ihre Notdurft in greifbarer Nähe von drei wildfremden Kerlen zu verrichten?“

„Na ja ...“ Xin umfasste Echohawks Sichtschutzhandtuch fester. „Ich kann mich nicht erinnern, jemals in einer solchen Situation gewesen zu sein, also ... wir werden sehen.“

„Benutzen Sie das fürs Erste ruhig als Decke. Die *Loooony Can* wurde auf Frostertemperatur heruntergekühlt“, empfahl der Co-Pilot, als er sich dem Kapitän zur Außeninspektion des Schiffes anschloss. „Genießen Sie die Kälte, solange sie anhält; bei vier Leuten, die praktisch aufeinander sitzen, wird es da drin recht schnell ziemlich warm. Und der Wärmespeicher kann nur eine begrenzte Menge aufnehmen. Er ist dazu da, uns davor zu bewahren, in unserer eigenen Haut zu kochen, nicht, um uns eine angenehme Temperatur zu bieten.“

„Ich hoffe, Sie sind so attraktiv, wie Ihr Gesicht es vermuten lässt.“ Der Sensortyp zwinkerte, um anzuzeigen, dass es sich um einen Scherz handelte. „Ich habe lange genug auf die immer tiefer werdenden Risse und schwitzenden Krater dieser beiden Greise starren müssen."

„Die Jugend von heute." Der Kapitän schüttelte in gespielter Empörung den Kopf. „Kein Respekt mehr vorm Alter."

Sein Stellvertreter lächelte nur, als wäre es ein alter Witz, fast schon Teil eines Rituals, und der Sensortyp zwinkerte Xin erneut zu.

„Nur Spaß. Kommen Sie, wir müssen sowieso zuerst einsteigen." Er winkte sie zum Einstieg. „Machen wir es uns gemütlich und gehen wir schon mal die Vorflug-Checkliste durch."

Als sich die kleine Luke mit einem Zischen öffnete, strömte frostige Luft aus der *Loooony Can.* Der Sensortyp zitterte kurz; dann gab er sich einen Ruck und zwängte sich hinein. Plötzlich war Xin sehr dankbar für die bei ihrer letzten Arbeit erworbenen Kälteresistenz. Da jedes Crewmitglied mindestens einen Kopf kleiner war als sie, entpuppte es sich außerdem als Vorteil, keine gebürtige Spartanerin zu sein. Größe war in diesem Job definitiv kein Pluspunkt.

Die beiden Vorgesetzten schnallten sich gerade neben ihnen an, als Xin und ihr Nachbar das Ende ihrer Checklisten erreicht hatten, und begannen mit der Überprüfung der Navigations- und Flugkonfigurationen.

Innerhalb weniger Minuten waren sie startklar, und die *Loooony Can* schwebte in Ausgangsposition. Die Luke schloss sich erst in letzter Sekunde. Es wurde sich nur gedämpft unterhalten und die Konzentration fühlte sich wie ein greifbares Wesen, das jedem von ihnen auf der Brust hockte, an. Trotzdem genoss Xin diese neue Erfahrung. Es war so weit entfernt von allem, was sie bislang erleben durfte.

„Sie sind also Magierin?", flüsterte der Sensortechniker, kaum dass sie die Verkehrszone hinter sich ließen und seine Arbeit sich darauf beschränkte, nach Weltraumschrott und Ähnlichem Ausschau zu halten.

„Nun ja, ich ... schätze schon." Selbst nach all dem Training mit Suzy war dies immer noch ein befremdlicher Gedanke. „Aber meistens ... sehe ich einfach nur Dinge."

„Wie ein Voidpriester?", fragte der Co-Pilot, während er den Kurs zum Tor einprogrammierte.

„Keine Ahnung." Xin zuckte mit den Achseln. „Ich war noch nie ein Voidpriester, daher weiß ich nicht, wie sich das anfühlt."

Der Kapitän begann herzlich zu lachen.

„Sie sind schon ein seltsamer Vogel", meinte er schließlich. „Ich nenne Sie ab jetzt Oddball."

„Gibt es einen Grund, warum Sie sich nicht mit Ihren echten Namen ansprechen, oder liegt das nur daran, dass ich hier bin?", fragte Xin mit einem Lächeln.

„Hauptsächlich, weil Sie hier sind." Ein dunkler Farbstreifen jagte über den Körper des Sensortypens und sprang kurz auf die beiden anderen über. „Deshalb siezen wir uns auch ganz korrekt und so."

„Aber auch, weil es selten ist, in diesem Job so lange zu überleben, wie wir", fügte der Kapitän hinzu, während er den Kurs akzeptierte und ihre Antriebseinheiten auf Maximum hochzog. „In unserem Gewerbe ist es eine gesunde Gewohnheit, die Posten anzusprechen. Das hält eine gewisse zwischenmenschliche Distanz aufrecht."

Es dauerte mehrere Stunden, bis sie die entmilitarisierte Zone erreichten, und mehr als einen Tag bis zum Tor. Einige Zeit davor hatten sie eine weitere Schnellkontrolle durchgeführt und dann einen Großteil der Maschinen abgeschaltet, um ihre Tarnung zu optimieren.

Nun starrte Xin durch ihr Periskop auf die großen Umrisse, welche bedrohlich nahe rückten. Velorianische Schiffe sahen so ganz anders aus. Es war nicht unbedingt ihre Gesamtarchitektur, sondern eher der Eindruck ihrer Existenz. Sie wirkten ...

„Also, was sehen Sie, was wir nicht sehen?“, flüsterte Sensoren und beugte sich zu ihr herüber, sodass seine Wange beinahe die ihre berührte.

„Sie sehen ... geschäftig aus“, sinnierte Xin. „Und an einigen von ihnen kleben diese Lichtreste, die ich inzwischen mit Magie verbinde. Das große da drüben vibriert regelrecht damit.“

„Scheiße. Das kenn ich von Bildern; die *Lightbearer*.“ Der Kapitän schien darüber alles andere als erfreut. „Das zweitgrößte Perückenschiff in unserem System. Der Fakt, dass es hier ist, ist ein Statement.“

„Welches war noch mal das größte?“, fragte Sensoren, den Blick nun fest auf seine Anzeigen geheftet.

„Dieses Botschafter-Schiff, das die Erde umkreist; ich hab vergessen, wie es heißt.“ Der Kapitän fuhr sich durch den weißen Bürstenschnitt.

„*Supreme Salvation*”, ergänzte Co-Pilot.

„Alzheimer?“, witzelte der Sensortyp.

„Nein.“ Der Kapitän schnaubte. „Es war für uns einfach nie wichtig. Es ist dort stationiert, seit diese Arschlöcher die Kernwelten weichgequatscht und ihre Handelsbeziehungen etabliert haben.“

„Und die *Lightbearer*?“, fragte Xin. Auch wenn es immer schwieriger wurde, sie im Blick zu behalten, konnte sie die Augen kaum von ihr lassen. Irgendetwas an diesem Schiff rief nach ihr.

„Hat sich eher wie ein Handelsschiff verhalten.“ Co-Pilot wischte sich den Schweiß von der Stirn. „Sie war in den letzten Jahren im ganzen System unterwegs und ist deshalb auch in unseren Briefings aufgetaucht. Wenn ich mich recht erinnere, verfügt sie über eine Menge Feuerkraft und andere fortschrittliche Technik; wir sollten unser Glück also besser nicht überstrapazieren. In zehn Minuten haben wir Sichtkontakt zum Tor. Vielleicht sollten Sie schon mal Ihre Verbindung herstellen, Oddball.“

„Die Stationen sind noch da, wo sie beim letzten Mal waren“, meldete Sensoren. „Aber einige der Schiffe da drüben sind neu.“

„Fünf *goutas*, acht *rujas*, ein nicht klassifiziertes“, bestätigte Kapitän. „Könnte ein kleiner Schlachtkreuzer oder ein Lazarettschiff sein. Führen Sie einen gründlichen Scan durch, während wir das neue Schiff rechtsseitig passieren, und aktualisieren Sie unsere Datenbank.“

„Aye, Sir!“ Sensoren machte sich an die Arbeit. „Aktiv oder passiv?“

„Vorerst nur passiv.“

„Sie müssen Verstärkung von der anderen Seite erhalten haben.“ Co-Pilot schüttelte den Kopf. „Es ist so unfair, dass sie das können. Das stellt alle Informationen, für die wir unser Leben riskieren, automatisch in Frage.“

Kapitän zuckte mit den Schultern. „Es ist, wie es ist. Oddball?“

„Einen Moment bitte“, murmelte Xin, während sie sich in Meditationsmodus versetzte und nach der immateriellen Verbindung suchte, welche sie mit Suzy trainiert hatte.

Ihre Freundin war da. In dem Moment, in dem die Hexe spürte, dass Xin nach ihrem Geist tastete, griff sie von ihrer Seite aus zu, und die Verbindung schnappte ein. Trotzdem fühlte sie sich schwach und störungsanfällig an.

Vielleicht machte sich die immense Entfernung doch bemerkbar. Oder es lag am Stress der Situation. Suzys Geist wirkte unsicher und zugleich hochgradig aufgeregt an diesem seltsamen Berührungspunkt, den sie beide teilten.

„Ich bin soweit", berichtete Xin.

„Gerade rechtzeitig." Co-Pilot deutete nach vorn. „Da ist es. Sieht schon beeindruckend aus, was?"

Als sie aus dem Schatten des nicht klassifizierten velorianischen Schiffes ausschwenkten, erschien der große, im All schwebende Ring im Sichtfenster. Er war massiv, uralt und ...

„Es ist wunderschön!", flüsterte Xin, als sie sah, wie die Runen in der Ferne leuchteten, unzählige Farben von einem geheimnisvollen Schriftzeichen zum nächsten wirbelten, das glänzende Metall träge umhüllten, sich miteinander verflochten und pulsierten.

‚*Ja, das ist es*', flüsterte Suzy in ihrem Kopf, ebenso ehrfürchtig wie ihre Assistentin. ‚*Das ist ... unglaublich! Nur anhand der Bilder hätte ich niemals geahnt, dass es* ... so *aussieht!*'

‚*Verstehst du, wie es funktioniert?*', fragte Xin in Gedanken.

‚*Ich ... ähm ... ich bin mir nicht sicher*'

Suzy griff nach einer Datenfolie und begann, zu notieren, was sie sah und was es bedeuten könnte. Xin spürte zwar die Gedanken ihrer Freundin pulsieren und sprudeln, konnte über deren Inhalt aber nur spekulieren.

Währenddessen lenkte der Kapitän sein Schiff in einen weiten Bogen, um das außerweltliche Artefakt zu umkreisen. Selbst ohne klaren Größenvergleich und gerade weil ihr eigenes Schiff im Verhältnis winzig war, erschien das Tor gewaltig. Selbst die *Lightbearer* wurde von seinem Umfang mühelos in den Schatten gestellt.

‚Für welche Art von gigantischen Schiffen wurde dieses Ding nur gebaut?‘, griff Suzy Xins Gedanken auf, als hätte sie ihn gehört. *‚Ich wette, man könnte* Wayfinder *da durchjagen!‘*

‚Was ist ein Wayfinder?‘, fragte Xin.

‚Nur die größte Station, die ich kenne!‘ Suzys Stimme klang noch immer ehrfürchtig.

Als sie das Tor umkreisten und die andere Seite in Sicht kam, setzten sich die faszinierenden Farben dort fort.

‚Es hat mehrere Schichten‘, merkte Xin an. *‚Da sind die lebhafteren Farben, dann die Pastelltöne und darunter dieses matte, mottenkugelartige Aroma. Siehst du es?‘*

‚Ich verstehe immer noch nicht, wie du Geschmack sehen kannst.‘ Suzy fühlte sich an, als würde sie den Kopf schütteln. *‚Obwohl ich es auch spüre.‘*

‚Könnten die kräftigen Farben vielleicht so etwas wie die ... äh ... – mangels eines besseren Wortes – Benutzeroberfläche sein und die gedämpfteren Farben den zugrunde liegenden Mechanismus darstellen?‘, mutmaßte Xin.

‚Möglich ... ich sehe nur leider keinen offensichtlichen Ein-Aus-Schalter.‘ Suzy fiel mit einem Seufzer in ihren Stuhl zurück.

‚Warte, ich versuche mal eine Vergrößerung‘ Xin tastete nach Fokus- und Zoomring, drehte beides, bis das Tor ihr komplettes Sichtfeld ausfüllte, gestochen scharf und enorm vergrößert, und fuhr dann mit dem rein optischen Periskop langsam den kompletten Ring ab. Kurz darauf passierte die *Loooony Can* die Außenseite und begann eine weitere Umrundung. Mit jeder Sekunde, die sie sich in feindlichem Gebiet aufhielten, stieg die Spannung in dem winzigen Schiff unerbittlich an. Mittlerweile empfand Xin es als ein leicht elektrisches, über ihre Haut strömendes Kribbeln. Trotz der Hitze bekam sie eine Gänsehaut.

‚Siehst du diesen ganz schwachen Schein rundherum?' Suzy knabberte an dem Piercing in ihrer Unterlippe. *‚Ich glaube, das ist ... Energie, welche das Tor aus seiner Umgebung aufsaugt. So muss es seine Kraft beziehen.'*

‚Aber da ist doch nur leerer Raum', gab Xin zu bedenken.

‚Selbst im leeren Raum gibt es Energie', widersprach die Hexe. *‚Ich habe mal gesehen, wie ein außerweltlicher Magier sie gesammelt hat. Ich glaube, ich habe es selbst auch schon getan. Es war ein bizarres Gefühl.'*

‚Die Energie scheint sich in diesen Rillen dort zu sammeln, dann unter den Runen hindurchzulaufen und schließlich auf den dreien dort oben wieder an die Oberfläche zu treten', meinte ihre Assistentin.

‚Ergibt Sinn; die da drüben ist eine Transformationsrune.' Suzy machte sich weitere Notizen. *‚Und die beiden Gruppen dort ... Ziel- und Startpunkt vielleicht? Oder Bezeichnungen der beiden Tore? Sie sind jedenfalls miteinander verbunden. Dann müssen diese zwei neongelben Runen da oben der Schalter sein. Sie müssen es einfach sein!'*

‚Okay. Und wie betätigen wir ihn?'

‚Du könntest versuchen, Energie reinzupumpen, doch dann könnten die Velorianer dich entdecken.' Von Suzys Seite aus schoss ein wenig Angst in ihre Verbindung. *‚Nein, besser nicht. Das Risiko ist zu groß. Komm lieber wieder zurück.'*

„Okay“, sagte Xin laut, als sie die Verbindung zu ihrer Freundin zugunsten des Hier und Jetzt abbrach. „Ich hab's. Wir können umdrehen.“

„Wurde auch Zeit“, murmelte Co-Pilot. „Dieser Ort macht mir eine Gänsehaut.“

Der Kapitän schnaubte erneut, während er sich mit

einer Hand das Gesicht abtrocknete und mit der anderen einen neuen Kurs eingab.

„Lasst uns noch mal die Sensoren auf die *Lightbearer* richten, solange wir hier sind“, meinte er. „Junger Mann?!“

„Bin dran.“ Als die *Can* beidrehte, richtete Sensoren seine Instrumente neu aus. „Ich komm übrigens nicht durch die Hülle des nicht klassifizierten Schiffs ... Sollen wir noch einen aktiven Scan riskieren?“

Der Kapitän überlegte.

Xin stellte ihr Periskop neu ein, um einen besseren Blick auf die massive Außenhülle der *Lightbearer* zu bekommen. Eine einzelne dunkelblaue Form nahe der Front zog ihren Blick an. Als sie heranzoomte, konnte sie gerade so eine humanoide Gestalt hinter einem Fenster erkennen. Plötzlich schlug die Farbe in alarmiertes Rot um und die Gestalt beugte sich aufmerksam vor.

„Oh nein!“, rief Xin. „Ich glaube, sie haben uns entdeckt! Wir müssen ausweichen!“

Sie ließ das Periskop los und richtete hastig das Zielsystem aus, so wie sie es im Training gelernt hatte.

„Was?“ Kapitäns Augen wurden groß, seine Farben begannen, um ihn herumzuwirbeln. „Sind Sie sicher?“

„Woher wissen Sie das?“, fragte Co-Pilot.

„Energieaufbau in den Strahlenbänken der *Lightbearer*!“, meldete der Sensortyp.

„Scheiße!“ Ihr Kapitän hämmerte auf seine Konsole und die *Can* ruckte abrupt zur Seite. „Oddball: Täuschkörper ausbringen! Ausweichmanöver!“

Ein violetter Strahl schoss durch den Raum, welchen sie nur einen Herzschlag zuvor noch eingenommen hatten.

Mit einem Tastendruck warf Xin einen Täuschkörper ab, der sofort davonraste.

„Volle Kraft voraus!“, entschied der Kapitän und stellte

ihre Antriebseinheiten auf Maximum, während sein Co-Pilot einen neuen Kurs berechnete. „Nicht schießen, Oddball. Vielleicht können wir uns unbemerkt davonstehlen."

„Aye, Sir."

Im Zickzack durch den einsetzenden Strahlenregen jagend, ließen sie die velorianischen Schiffe rasch hinter sich. Die *Lightbearer* spie mehrere Jäger aus, welche kurzen Prozess mit dem Täuschkörper machten. Danach schienen die außerweltlichen Piloten unschlüssig, wohin sie fliegen oder worauf schießen sollten, sodass die *Loooony Can* nach einigen haaresträubenden Minuten unbeschadet davonkam.

„Nicht genug Sold in der Leere!", stieß der Sensortyp eine halbe Stunde später erleichtert aus. „Das war knapp! Wie haben die uns entdeckt?"

„Pech, schätze ich." Der Kapitän gab einen Kurs zur plutonischen Grenze ein. „Wir lassen bei der Rückkehr besser noch mal alle Abschirmungen überprüfen, nur zur Vorsicht."

Xin sagte nichts, doch ein unangenehmer Verdacht nagte an ihr. Sie hatte den velorianischen Magier am Fenster gesehen, seine Energie gespürt. Was, wenn er sie ebenfalls wahrgenommen hatte?

KAPITEL SIEBENUNDZWANZIG

RUFFA\\ ENTSCHEIDUNGEN

LIGHTBEARER, *AM RAUMTOR*

Etwas tief in Ruffa entspannte sich, als sie ihr Ziel endlich erreichten. Von den Menschen fehlte weiterhin jede Spur. Senoxes hatte einige Informationen weitergeleitet, welche darauf hindeuteten, dass die plutonischen Schiffe sich in einigen Tagen oder vielleicht auch erst in einer Woche in der näheren Umgebung sammeln würden. Die Verteidiger hatten also noch genug Zeit, sich zu organisieren.

„Diese letzte Lieferung Klone war deutlich hochwertiger als die vorherigen", lobte Ruffa seinen Schüler, als die beiden nach deren Inspektion den Hangar verließen. „Insbesondere die modifizierten Exemplare gefallen mir."

„Ja, dieser Händler hat einen ausgefeilteren Prozess als die anderen", entgegnete Evron. „Deshalb hat die Produktion länger gedauert und jedes Exemplar war beinahe doppelt so teuer wie der vorherige Durchschnittspreis." Seine Stimme konnte die tiefe Abneigung, welche ihm diese besondere Aufgabe bereitete, nicht völlig verbergen.

Trotzdem, er hatte seit seinem Aufbruch von der *Supreme Salvation* einen guten Teil seiner Verweichlichung überwunden. Noch nicht genug, um die modifizierte Charge freiwillig zu kommentieren. Was aber auch nicht nötig war, da sein Vorgesetzter alle nötigen Zahlen und Daten in Evrons detailliertem Abschlussbericht erhalten hatte.

„Im Vergleich ist es immer noch sehr grobschlächtige Arbeit." Ruffa bedeutete seinem Schüler, den längeren Weg entlang der Außenhülle des Schiffes zu nehmen. „Doch für unsere Zwecke wird es genügen. Wie viele haben wir insgesamt erhalten?"

„Ungefähr zehntausend."

„Gut." Der Kommandant nickte. „Ich bin sehr zufrieden damit, wie du diese Aufgabe gemeistert hast. Deine Studien kommen gut voran, und – wie ich von Berestul höre – engagierst du dich auch sehr in deiner magischen Ausbildung. All das werde ich deinem Erzeuger mit Freude berichten."

„Vielen Dank." Evron neigte den Kopf, seine Ohren in respektvoller Zuwendung gefaltet. „Ruffa, dürfte ich ... bitte noch einmal mit Jake sprechen?"

Irgendetwas in seinem Äußeren hatte sich verändert. Der Kommandant konnte es nicht genau benennen, doch sein Schüler hielt sich gerader. Er strahlte schon beinahe Selbstachtung und die ersten Anzeichen einer tief verwurzelten Autorität aus. Ja, diese Reise hatte viel dazu beigetragen, ihn auf den richtigen Weg zu bringen. Evron schien außerdem Erestrals Avancen zurückgewiesen zu haben; sie waren nahezu über Nacht verschwunden. Es gab also keinen Grund, ihm ein weiteres Gespräch mit seinem Menschen zu erlauben, außer vielleicht, um ihn zu belohnen.

Und für eine bloße Belohnung schien es zu gefährlich. Dennoch überdachte Ruffa die Bitte ernsthaft.

„Ich werde es mit Thallamon abstimmen müssen“, entschied er schließlich. „Das liegt nicht allein in meiner Hand.“

„Ich verstehe.“ Die Falten des anderen zogen sich leicht zurück. „Ich wäre Ihnen sehr dankbar, wenn Sie meinen Erzeuger davon überzeugen könnten, es zu erlauben.“

Ruffa musterte seinen Schüler eine ganze Weile. Dann nickte er bestätigend, ohne etwas zu versprechen. Evron wusste, dass es besser war, nicht weiter nachzuhaken. Schweigend legten sie einige Dutzend Schritte zurück und warfen hin und wieder vereinzelte Blicke aus den Fenstern ins All, um die Schiffe zu beobachten, welche sich um die drei Stationen scharrten. Das war alles, womit sie arbeiten konnten. Sofern keine weitere Verstärkung durch das Tor eintraf, musste es ausreichen.

„Was für eine Art Schiff ist das?“ Evron blieb stehen, um die ihm unbekannte Form näher zu betrachten.

„Das erste eines neuen Typs“, antwortete Ruffa, „entworfen als Rückfalloption, sollte unser derzeitiger Umgang mit der Menschheit seine Wirkung verlieren.“ Sein Blick glitt über die Verkörperung dessen, was er von Anfang an für den besseren Plan gehalten hatte. „Diese Schlacht wird uns einen Eindruck von der Praktikabilität des Entwurfs und möglichen Schwachstellen liefern, welche zu beheben sind, bevor größere Stückzahlen produziert werden können.“

Evron runzelte die Stirn. „Und was genau ist dieser Plan? Was soll das Schiff tun?“

Während der Kommandant es erklärte, verschoben sich Gesicht und Falten seines Schülers, um Unbehagen und Mitleid hinter einer neutralen Maske zu verbergen.

Momente wie dieser bewiesen, dass er immer noch zu viel Sympathie für die Menschen beherbergte. Nun, solange dies Evron nicht an der Erfüllung seiner Pflichten hinderte, konnte Ruffa darüber hinwegsehen. Mit der Zeit würden diese fehlplatzierten Emotionen abstumpfen und verhärten.

„Du verschwendest dein Mitleid", bemerkte Ruffa abschließend und wandte sich vom Fenster ab, um weiterzugehen. „Die sind doch nur Vieh."

„Ich frage mich, ob die Haslar das auch sagten, als sie unsere Vorfahren versklavten", flüsterte Evron.

Ruffa blieb stehen und drehte sich zu ihm um. Bevor er seinen Schüler für diesen absurden Vergleich rügen konnte, beugte der sich plötzlich näher ans Fenster. Seine komplette Haltung wechselte in gespannte Wachsamkeit, während seine Augen den leeren Raum draußen absuchten.

„Was ist los?" Der Kommandant eilte zurück, um ebenfalls hinauszublicken.

„Ich ... ich bin mir nicht sicher." Evron schüttelte den Kopf. „Ich dachte, ich hätte ... etwas gespürt. Jemanden. Es war sehr seltsam, wie ... goldenes Sonnenlicht ... oder feiner Regen."

Er berührte seine Wange, als könnte er sie tatsächlich nass oder verbrannt vorfinden.

„Ruffa an Brücke." Möglicherweise war es nur eine Einbildung; doch es war bereits der Verdachts aufgekommen, dass versteckte Spionagedrohnen oder vielleicht sogar bemannte Schiffe ihren Raum kreuzten. Ein paar Strahlen in diese Richtung zu senden konnte nicht schaden. „Detektionsangriff auf die von Evron angegebenen Koordinaten auslösen."

Er nickte seinem Schüler zu, damit dieser eine Schätzung des Bereichs abgab, aus dem er die Störung wahrgenommen hatte, und einen Moment später durchschnitt violettes Licht das Gebiet. Nichts.

Oder doch?

„Brücke an Ruffa: Wir registrieren getarnte Bewegung im genannten Bereich“, meldete der Kapitän der *Lightbearer*. „Unsere Strahlen können mit dem unregelmäßigen Flugmuster kaum mithalten. Wir lassen Jäger starten.“

Die Jäger schwärmten mit lobenswerter Geschwindigkeit aus und jagten der Störung nach.

„Es war ein Köder“, berichtete der Kapitän kurze Zeit später mit hörbarer Frustration. „Wir suchen weiter nach dem eigentlichen Schiff.“

Evron starrte immer noch hinaus zu den Sternen; sein Blick glitt mit unbeirrbarer Konzentration hin und her.

Schließlich schüttelte er den Kopf. „Ich glaube, sie sind weg. Ich spüre sie nicht mehr.“

Etwas in seiner Stimme ließ Ruffa von dem Datenfluss der Scannerkonsole, welcher direkt von der Brücke zu seinem persönlichen Computer floss, aufblicken. Nein, er musste sich irren. Sein Schüler würde doch nicht das Überleben seines Volkes aufs Spiel setzen, indem er die Menschen absichtlich entkommen ließ. Das war absurd. Schließlich war es Evron gewesen, der sie überhaupt erst entdeckt hatte.

„Ruffa an Brücke:“, rief er. „Irgendetwas Neues?“

„Nein, Kommandant, leider haben wir sie verloren.“ Der Kapitän klang ausgesprochen unzufrieden. „Wir lassen die Jäger ein dichtes Suchmuster fliegen, doch ich mache mir nicht viel Hoffnung. Wenn der Feind mit angemessener Geschwindigkeit geflohen ist, ist er längst außer Reichweite.“

Natürlich waren sie das. *Lästige Ratten.*

„Analysieren Sie die Scannerdaten, senden Sie eine

Kopie der Rohdaten und Ihrer Analyse an Tuvil“, entschied Ruffa. „Wir müssen sicherstellen, dass wir sie das nächste Mal rechtzeitig entdecken.“

„Selbstverständlich, Kommandant.“

Ruffa beendete die Verbindung und bedeutete Evron mit einer Geste, ihm zu folgen. Während er seine Schritte verlängerte, sagte er: „Berestul behauptet, er benötige dich für das Ritual, um das Tor geschlossen zu halten. Ich bin mir dessen nicht so sicher, doch auf der Brücke könntest du ohnehin nicht viel ausrichten.“

„Ich werde meine Pflicht erfüllen, wie Sie es für richtig halten“, erklärte der Jüngere selbstbewusst.

„Hast du Einwände dagegen, deinen Geist mit denen der anderen Magier zu verbinden? Soweit ich weiß, birgt ein Ritual dieser Art erhebliche Risiken für alle Beteiligten.“

Ein kleiner Teil von Ruffa hoffte, dass Evron ihm einen guten Grund geben würde, ihn an seiner Seite zu behalten. Er traute Berestul nicht, wenn es um die Sicherheit seines Schülers ging.

„Wofür könnten Sie mich denn sonst gebrauchen?“ Evron runzelte die Stirn. „Ich habe nicht genug Erfahrung, um einen Teil Ihrer Truppen zu befehligen, selbst zu kämpfen oder Sie über den Verlauf der Schlacht zu beraten.“

„Dank deiner Studien hast du ein weitaus tieferes Verständnis für militärische Angelegenheiten als die meisten Kapitäne dieser Rujas.“

„Aber keine nennenswerte Erfahrung in der Führung oder Handhabung eines solchen Schiffes.“ Evron legte unsicher die Ohren an.

„Deine Selbstreflexion und Bescheidenheit gereichen dir zur Ehre.“ Ruffa schluckte einen Seufzer hinunter. „Dennoch würde ich behaupten, dass du ebenso wenig, wenn nicht sogar weniger Erfahrung in der Ausübung von Magie dieser Größenordnung hast. ... Du könntest den Einsatz der menschlichen Klone planen und koordinieren. Es wäre nur fair, dir diese Aufgabe zu übertragen, da du sie ja auch beschafft hast."

Als die Spitzen von Evrons Falten weiß wurden, erkannte der Kommandant seinen Fehler. Doch es war zu spät.

„Nein, danke. Ich werde ...", Evron schluckte, „bei den Magiern aushelfen."

Ruffa faltete seine Ohren neu, um Zustimmung zu signalisieren, obgleich er nichts lieber getan hätte, als die Entscheidung seines Schülers zu überstimmen. Doch genau das hätte Thallamon in diesem Moment getan. Genau das hatte er unzählige Rotationen lang getan. Selbst wenn sich dies als Fehler herausstellen sollte, so war es doch zumindest Evrons und nicht Ruffas.

„Ich werde mich nach diesem Anruf erkundigen", versprach er und entließ seinen Schüler.

KAPITEL ACHTUNDZWANZIG

SUZY\\ BESTECHUNG

„Das ist er also, was?“, fragte Lucy. „Der große Abschied?“

„Ja.“ Suzy seufzte und leckte sich die Lippen. „Alles ist vorbereitet. Morgen machen wir uns auf den Weg. Es ist seltsam, weißt du ... dieses Gefühl. Als gäbe es kein Zurück mehr.“

Sie lehnte sich auf ihrer Couch zurück. Die bequemen Kissen schmiegten sich an ihren zierlichen Körper und gaben soweit nach, dass sie fast darin versank.

„Bist du nervös?“ Lucy fuhr sich durchs Haar.

Wie Suzy hielt auch sie eine große Tasse Kaffee in den Händen. Ihre weißblonden Strähnen waren zerzaust und sie trug ihren Pyjama. Da es in Elonia noch mitten in der Nacht war, saß sie im Bett, bequem abgestützt inmitten einer kleinen Armee dekorativer Kissen. Das Bett selbst schien weit entfernt von dem alten Etagenbett, welches die beiden vor nicht allzu langer Zeit geteilt hatten ... Nun, Lucy war jetzt die Großmagierin, also hatte sie sich wohl etwas Besseres zugelegt. Verblieb ihr altes Kinderzimmer wohl unverändert oder wurde es inzwischen für andere

Zwecke genutzt? Würde es Suzy klein und unzureichend erscheinen, nach allem, was sie durchgemacht und all den Orten, die sie gesehen hatte? ... Würde sie jemals dorthin zurückkehren?

„Nervös? Nein, nicht wirklich." Die Hexe schüttelte abgelenkt den Kopf, während sie versuchte, dieses seltsame Gefühl in ihrem Inneren zu benennen. „Es ist eher so, dass ich jetzt gerade nichts weiter tun kann und es keinen anderen Weg gibt als vorwärts. Xin und ich haben bis zum letzten Sauerstoffmolekül trainiert, und ich hab einen Plan ... na ja, mehr oder weniger. Außerdem soll ich mich heute ausruhen, also ... Tja. Es hat vielleicht so einen fatalistischen Beigeschmack ... Weißt du, was ich meine?"

Lucy nickte. „Ja, ich glaube, ich kenne das Gefühl. Es ist, als würde es dich innerlich jucken, noch eine Million Dinge zu tun, aber du weißt auch, dass es an diesem Punkt keinen Unterschied mehr macht, und dass du dringend Kraft sammeln musst, solange du kannst."

„Ja, genau."

Sie nippten eine Weile schweigend an ihren Getränken, bis Lucy meinte: „Du hast heute also frei?"

„Wie den meisten wurde mir *befohlen*, den Tag freizunehmen. Heute Morgen gab es dieses große Festmahl für die gesamte Crew, und ich hab sogar den Colonel dazu gebracht, einen Großteil dessen beizusteuern, was wir auf dem Plover ... ähm ... ‚*beschafft*' haben."

Suzys betontes Zwinkern entlockte ihrer Schwester ein leises Kichern.

„Oh Mann ... mein Magen arbeitet immer noch an all den Leckereien", fuhr die Hexe fort. „Es war supergut! Und danach hielt der Kapitän eine mitreißende Rede und ordnete an, dass alle außer ein paar Pechvögeln den Tag freinehmen und neue Energie tanken sollen."

„Das leuchtet ein." Der jüngere Zwilling griff außerhalb des Bildes nach einer Kaffeekanne, um sich nachzuschenken. „Gibt es noch was, das du tun möchtest, bevor es losgeht? So, nur für den Fall?"

Suzy unterdrückte den Impuls, auf ihren Piercings rumzukauen – es war eine schlechte Angewohnheit und ekelte Lucy total an.

„Na ja ...", gestand sie, „es gibt da schon etwas, das ich gerne tun würde. ... Aber ich kann nicht."

Lucy stellte die Kaffeekanne wieder beiseite. „Und warum nicht?"

Eine Million Gründe schossen Suzy durch den Kopf, doch sie sprach keinen davon aus, denn sollte dies tatsächlich ihr letzter Tag sein – in diesem Sonnensystem oder auch jedem anderen –, verloren alle Bedenken rasend schnell an Bedeutung.

„Du hast recht." Die Ältere lächelte vorsichtig. „Vielleicht mache ich's wirklich."

„Dann geh." Lucys Fingerspitzen berührten sanft das Glas. „Du hast dein Versprechen gehalten und jetzt gibt es nicht mehr viel zu bereden. Also verschwende bitte nicht deinen freien Tag an mich. Das macht den Abschied dann nur umso schwerer."

„Aber ich bin noch satt." Suzy tätschelte ihren Bauch. „Zu satt für ... sowas."

Lucy lachte auf – ehrlich und laut. Es zauberte ein wunderschönes Glitzern in ihre honigfarbenen Augen und nahm ihrem Gesicht locker zehn Jahre.

„Dann geh halt zuerst hoverboarden!" Sie zwinkerte. „Geh und fühl dich frei."

„Gute Idee. Danke, Schwesterherz." Suzy berührte den Spiegel ebenfalls, während sie versuchte, all die Liebe und guten Wünsche, welche sie für ihre Zwillingsschwester empfand, in diese letzten Worte zu legen. „Auf Wiedersehen … fürs Erste. Pass auf dich auf."

„Und du auf dich." Eine einzelne Träne lief Lucys Wange hinab. Sie störte sich nicht daran; stattdessen hielt sie Suzys Blick, während sie die Hand um den Spiegelrand legte.

Sie schlossen ihre Spiegel gleichzeitig. Langsam und sachte.

Ein tiefer, bebender Atemzug, ein paar Tränen, ein harter Kloß im Hals. Und das war es; Suzy hatte sich von ihrer Schwester verabschiedet. Es war schwer gewesen, aber nicht so schwer, wie sie befürchtet hatte. Also, ja, vielleicht sollte sie Jamaal wegen dieses Rennens anhauen, das sie schon so lange wiederholen wollten?

Einige Stunden später, als ihre innere Uhr frühen Abend anzeigte, stieg Suzy glücklich und erfrischt aus der Dusche. Sie starrte auf das neue Schmuckstück an ihrem Knöchel.

Zeit, einen Typen wegen einer Sache aufzusuchen.

Federov blickte auf, kaum dass sie um den Türrahmen spähte, welcher den verlassenen Vorraum mit seinem eigentlichen Büro verband.

„Fr. Magecraft, was kann ich für Sie tun?" Er bedeutete ihr, hereinzukommen, und legte die Datenfolie in seiner Hand auf einem ordentlichen kleinen Stapel in einer Ecke der nahezu leeren, glänzenden Schreibtischplatte ab.

„Also das ist Ihr neues, dauerhaftes Büro?", fragte sie, während sie hineinschlenderte und den Raum musterte. „Schick."

An der Rückwand hing einer der Hüte, wie sie die CCG-Leute trugen; die Kupferkette war vorne durchtrennt und auf der nach oben gerichteten Seite hatte sich eine leichte Staubschicht angesammelt. Daneben hingen eine Pistole und ein Familienfoto. Die kräftig gebaute Frau darauf trug den Hut. Neben ihr ein Mann, schmaler und kleiner als sie, ein Junge von vielleicht zehn oder elf Jahren und ein Mädchen, ein oder zwei Jahre jünger als ihr Bruder. Beide Kinder hatten Haarfarbe und Statur ihres Vaters geerbt, doch die Linien ihrer Gesichter spiegelten deutlich die ihrer Mutter wider. Der Junge hatte zwei gesunde Augen und ein verschmitztes Grinsen.

Die auffälligste Wanddekoration waren mit Abstand die beiden Fahnen, welche direkt hinter dem Colonel an der Wand montiert waren, ihre Fahnenstangen gekreuzt. Die eine war die plutonische Flagge, die andere das Banner seines Regiments. Es war dieselbe Kombination wie in seinem Vorzimmer, im Büro der Provoste, in Garins Vorraum, in der Messe und vermutlich jedem anderen von den Plutoniern frequentierten Bereich an Bord – mit Ausnahme vielleicht von Bogdanovs Räumlichkeiten und denen der CCG. War dies das originale Regimentsbanner? Es wirkte ein klein wenig ... prunkvoller. Suzy kniff die Augen zusammen und legte den Kopf schief.

„Was?" Federov folgte ihrem Blick über seine Schulter.

Suzy erinnerte sich an seine Bemerkung, sie solle ihrem Aufseher besser keine Respektlosigkeit entgegenbringen, stand etwas strammer und fragte: „Erlaubnis zum Scherzen, Sir?"

„Erteilt."

„Ich habe mich nur gefragt ...", sie zwinkerte, „wenn ich Sie aus dem richtigen Winkel betrachte, haben Sie dann Fahnenflügel statt eiserner Flügel?"

Er schnaubte.

Der Rest der Wände beherbergte eine kleine Waffenkammer: ein paar Schusswaffen, aber überwiegend Klingen in den verschiedensten Ausführungen. Eine Handvoll anderer Bilder – die meisten zeigten Sergey mit Yelena oder anderen Soldaten aus seinem alten Platoon – milderten den übermäßig martialischen Eindruck minimal ab.

„Nehmen Sie sich heute nicht frei?", versuchte Suzy es erneut mit Smalltalk.

„Doch, in etwa einer halben Stunde." Die Augen des Colonels folgten ihr, während sie umherwanderte und ihren Blick schweifen ließ. „Ich muss erst sicherstellen, dass für morgen alles vorbereitet und an seinem Platz ist."

„Richtig." Suzy nickte. „Also, alle schienen ziemlich glücklich über die zusätzlichen Leckereien, die wir heute Morgen zur Party beigetragen haben ..."

Federov holte tief Luft und lehnte sich in seinem Stuhl zurück. „Fr. Magecraft, ich möchte auch gerne noch mal zu meiner Freizeit kommen. Spucken Sie es einfach aus!"

„Klar; 'tschuldigung."

Mit einem plötzlichen Anflug von Lampenfieber kramte das Mädchen in ihrer Tasche. Sollte sie ihm eine geben oder zwei? Wenn sie eine gab, könnte es nicht reichen. Wenn sie zwei gab, würde er sicher erwarten, dass sie diesen Preis bei künftigen Verhandlungen einhielt, und das könnte auf Dauer teuer werden ... doch dies war ein besonderer Anlass. Und sie wollte es wirklich sehr. So sehr, dass sie ihm sogar drei oder fünf gegeben hätte. Doch das würde Verzweiflung zeigen. Es würde ihn auf eine Schwachstelle aufmerksam machen, die er ausnutzen könnte, sollte er doch einmal beschließen, sie zur Zusammenarbeit zwingen zu wollen. Nein, das Ganze musste geschmeidig ablaufen. Und mit der richtigen Menge. Sowohl an Geld als auch an Ehrlichkeit.

Also legte sie zwei Rationsmünzen auf seinen Schreibtisch und schob sie ihm zu, bemüht, jede sichtbare Emotion aus ihrem Gesicht und ihrer Stimme zu verbannen, als sie murmelte: „Da niemand so genau sagen kann, ob wir das morgen überleben, hab ich vor, es mir heute Abend gutgehen zu lassen. Ich würde es sehr schätzen, wenn Sie ... zu sehr mit Ihren eigenen Freizeitaktivitäten beschäftigt wären, um meinen Aufenthaltsort zu überprüfen."

Federov hob eine Augenbraue.

„Ich werde das Schiff nicht verlassen und ich bin morgen mehr als fit, um so vielen *parrucche*-Ärsche zu versohlen, wie ich kann. Darauf gebe ich Ihnen mein Wort."

Mit einem langsamen Lächeln und einem geradezu stolzen Funkeln in seinem gesunden Auge akzeptierte ihr Aufseher eine der Münzen und sagte: „Nun, was für ein Glück für Sie, dass ich selbst Pläne habe und wahrscheinlich zu betrunken sein werde, um heute Abend irgendwen zu kontrollieren. Sollten Sie allerdings in Schwierigkeiten geraten, ist diese Vereinbarung ungültig. Verstanden?"

„Aye, Sir!"

„Gut. Du hast doch daran gedacht, wer sonst noch Zugang hat?"

„*Da*." Sie lächelte und nahm die zweite Münze wieder an sich. „Darum hab ich mich bereits gekümmert."

Er nickte, griff nach einer weiteren Datenfolie und entließ sie durch demonstrative Unaufmerksamkeit. Suzy verließ das Büro. Ihre Seele schwebte vor Freude über den Erfolg ... und fröstelte zugleich bei dem Gedanken, das jetzt tatsächlich durchzuziehen.

KAPITEL NEUNUNDZWANZIG

GLEN\\ ROMMÉ

Entgegen seinen eigenen Befehlen – und auch seinen besten Absichten – verbrachte Glen den Großteil dieses letzten Tages in seinem Büro, bevor er ein letztes Mal die neue Brücke inspizierte. Er hatte gerade seine Runde durch den großzügigen Raum beendet und stand neben seinem neuen Stuhl, als sich die Türen öffneten. Leichte Schritte näherten sich und er wandte sich, in der Erwartung, seiner Schiffsmeisterin gegenüberzustehen, um. Vielleicht hatte sie noch eine Frage oder ein Detail ihres gemeinsamen Ausweichplans zu besprechen.

Doch die leise, vorsichtige Stimme gehörte jemand ganz anderem.

„Die neue Brücke sieht wirklich klasse aus“, urteilte Rotschopf Rivers, während ihre moosgrünen Augen umherschauten. „Ich bin immer noch beeindruckt, wie viel größer sie ist!“

Die Brückencrew hatte es geschafft, in allen Schichten zumindest eine Handvoll gemeinsame Simulationen durchzuführen, doch da dies eine der letzten fertiggestellten

Baustellen gewesen war, mussten sich alle noch daran gewöhnen ... einschließlich des Kapitäns.

„Aye." Glen nickte.

„Vielleicht hätten wir heute doch noch eine Übung durchführen sollen." Das junge Mädel wippte nervös auf und ab.

„Nein." Der erfahrene Admiral legte ihr eine sanfte Hand auf die Schulter. „Das hätte nur alle unnötig erschöpft. Jetzt ist die Zeit, sich auszuruhen."

Ihr Körper spannte sich unter seiner Berührung kurzzeitig an. Als er daraufhin zurückziehen wollte, entspannte sie sich jedoch und lehnte sich sogar ein wenig in den Kontakt.

Sie schenkte ihm ein Lächeln und fragte: „Warum tun Sie das dann nicht?"

Er schüttelte mit einem Hauch von Selbstironie den Kopf.

„Schon gut. Also ... ich dachte mir, ähm ... Wir ... Die einzigen Male, die wir jemals zusammensitzen, sind bei offiziellen Besprechungen und offiziellen Zurechtweisungen." Rivers holte ein Kartenspiel und eine Flasche mit der Aufschrift ‚Ingwerwein' hinter ihrem Rücken hervor. „Wie ich höre, spielen Sie recht gut Rommé. Hätten Sie vielleicht Interesse an einer Partie? Nur so zum Entspannen, ohne Einsatz oder so."

Glen lachte. „Wer hat Ihnen denn erzählt, dass ich Rommé spiele?"

Sie knabberte an ihrer Unterlippe, als wäre sie sich nicht ganz sicher, ob sie es verraten sollte, bevor sie murmelte: „Nick hat es möglicherweise erwähnt. Irgendwas darüber, dass Sie mit Ihren Töchtern spielen?"

„Aye. Mit Caley, meiner Jüngsten." Er streckte die Hand aus und sie reichte ihm die Karten. „Sie spielt am liebsten stundenlang. Dauernd von ihr geschlagen zu werden, gehört da zum Spaß dazu."

Bei diesen Worten grinste Rivers.

„Ist es wirklich so schwer, sich vorzustellen, wie ich verliere – nach all meinen Niederlagen, die Sie bereits miterlebt haben?", meinte er und zwinkerte gutmütig.

„Also, wenn man es genau nimmt, waren die meisten davon Pech", sagte sie. „... und die anderen fußten auf Fehlentscheidungen Ihrer Untergebenen – mir eingeschlossen."

„Nun, niemand ist unfehlbar. Und Sie haben hart daran gearbeitet, sich zu verbessern. Das weiß ich zu schätzen."

Sie schaute verlegen zu Boden.

„Sind das hier etwa diese plutonischen ‚Most Wanted'-Karten, von denen ich so viel gehört habe?", fragte Glen und schüttelte das Päckchen aus, um einen Blick auf die Gesichter jener Leute zu werfen, für deren Auslieferung das plutonische Oberkommando bereit war, stattliche Kopfgelder zu zahlen.

„Ja, ich hab keine dabei, also musste ich mir welche leihen." Rotschopf Rivers zuckte mit den Achseln. „Ein interessantes Konzept, um es mal vorsichtig auszudrücken."

„Aye. Nun, mit zwei Pokerdecks fehlen uns für ein vollständiges Rommé-Set noch zwei Joker."

Ein langsames Lächeln breitete sich auf ihrem Gesicht aus. Es ließ all die niedlichen Sommersprossen auf ihrer Nase und ihren Wangen tanzen, als sie meinte: „Das macht es doch nur spannender, oder nicht?"

Er lachte. „Da haben Sie natürlich Recht. Also, gehen wir zum *Beak* und schauen mal, ob sich dieser alte Mann noch an die Spielregeln erinnert."

„Wir können auch in Ihr Büro gehen." Sie schloss sich ihm an. „Ich möchte ja nicht, dass Sie Ihr Gesicht verlieren, falls die Plutonier anfangen zu wetten und Sie sie wertvolle Rationsmünzen kosten ..."

Ah. Da war sie wieder, diese kecke Überlegenheit. Solange sie die Erfüllung ihrer Pflichten nicht mehr beeinträchtigte ...

„Ich riskiere es. Ein Kapitän muss vor einer Schlacht Präsenz zeigen und ich habe hier schon zu viel Zeit vertrödelt."

Die Wachen salutierten und öffneten ihnen die innere Tür.

„Hey, was ist das?" Rivers blieb stehen, um die bronzene Glocke zu begutachten, welche in einer kleinen Nische in bequemer Reichweite eines Wachmanns hing. Dann glitt ihr Blick zu der großen Metalltafel darüber.

Beide trugen den Namen ihres Schiffs und das Datum, welches traditionsgemäß entweder die offizielle Taufe oder den Zeitpunkt der Jungfernfahrt verewigten. Da die *Gateshot* nie offiziell getauft wurde, hatte man entschieden, stattdessen den Tag festzuhalten, an dem sie halbfertig und unter Beschuss aus Helper 1 geflohen war.

„Alte irdische Tradition." Glens Finger strichen ehrfürchtig über die Tafel. „Früher bekam jedes Schiff eine Glocke und eine Plakette. Auf dem Mars ist das nicht besonders verbreitet, und Eves Leute machen so etwas überhaupt nicht, deshalb hatte sie sie ursprünglich nicht vorgesehen. Doch in der PR hält man anscheinend immer noch stoisch an dieser Tradition fest. Col. Federov bezeichnete das Fehlen dieser Dinge als schweren Protokollverstoß und ließ sie anfertigen."

„Das ist ... ähm ... ausgesprochen nett von ihm."

„Nicht unbedingt." Glen lachte. „Er hat die Wachen angewiesen, jedes Mal zu läuten, wenn Cmdr. Sheridan, ich oder sonst jemand von Rang die Brücke betritt. Und zu sämtlichen Zeremonien. Das wird verdammt nervig werden, wenn es erst richtig losgeht. Ich betrachte es daher eher als eine ... kleine, harmlose Rache."

Rivers verzog das Gesicht. „Dann ist es kleinlich."

Glen zuckte mit den Schultern. „Oder vielleicht ist es beides. Ich habe begonnen, den Colonel als alles andere als schwarz und weiß zu sehen."

Sie verließen die Brücke und steuerten die Aufzüge an.

Als sie sich ihren Weg durch die Menschenscharen bahnten, welche ihre Freizeit fröhlich in der Hauptbar der *Gateshot* zubrachten, zog die Frau hinter dem Tresen ihre Aufmerksamkeit auf sich.

„Kapitän!" Barbie stellte zwei Gläser und zwei Flaschen auf den Stahltresen. „Ich dachte mir, dass Sie auftauchen würden, also habe ich mir die Freiheit genommen, Ihnen eine zentrale Sitzecke zu reservieren." Sie deutete auf die Spitze des dreieckigen Grundrisses.

„Vielen Dank, Fr. Veltriva." Glen nahm die angebotenen Erfrischungen entgegen und legte zwei Münzen auf die Theke. „Wo ist Dr. Lustig?"

„Sie brauchen ihn morgen in Bestform; mich braucht erst mal niemand. Also habe ich ihm gesagt, er soll sich mit seinem schnuckligen Partner einen schönen Abend machen. Ich bin Doppelschichten gewöhnt." Sie schob die Münzen zurück. „Das geht auf mich. Ein kleines Dankeschön dafür, dass Sie mich mitnehmen. Ich hätte nicht gedacht, dass ich noch einmal in so ein Abenteuer hineinschlittere. Andererseits hätte ich auch nicht erwartet, das Soldatenleben zu vermissen."

„Ich merke jetzt schon, dass wir uns glücklich schätzen können, Sie dabeizuhaben."

Sie lachte. „Sparen Sie sich Ihren Charme für wen anders und genießen Sie den Abend, Admiral."

„Jawohl, Ma'am. Bitte sorgen Sie nur dafür, dass meine Leute morgen nicht zu betrunken zum Arbeiten sind!"

Sie winkte ab. „Ach, bitte! Ich bin nicht von gestern und das ist bei weitem nicht meine erste Schlacht."

„Gut zu wissen." Er zwinkerte ihr zu und entschuldigte sich, um Platz für andere durstige Gäste zu machen.

Glen führte seine Begleitung zu der freien Sitzecke. Nach einer Reihe von Spielen – von denen er nur zwei gewann – und reichlich freundlichem Smalltalk beschlossen seine Instinkte schließlich, dass es der perfekte Zeitpunkt war, diese eine Frage zu stellen, die ihm auf der Seele lag.

„Sagen Sie, Fr. Rivers, warum möchten Sie unbedingt auf der Brücke sein?"

„Ganz ehrlich?"

Er nickte. Das Mädel starrte noch ein paar zögerlichen Herzschläge länger auf ihre Karten. Dann schob sie sie zusammen und sah ihm in die Augen.

„Wegen Ihnen, natürlich." Sie schluckte. „Weil es mir Sicherheit gibt, Sie in Aktion zu sehen. Es gibt mir das Gefühl, dass ich das hier aushalten kann." Sie deutete um sich. „Und ich bin mir ziemlich sicher, dass ich damit nicht die Einzige bin."

Er legte fragend den Kopf schief, doch es wurde schnell klar, dass sie nicht mehr zu diesem Thema sagen würde.

Nun, vielleicht war doch noch mehr von seinem guten Ruf übrig, als ihm bewusst gewesen war.

KAPITEL DREISSIG

SERGEY\\ INGWERWEIN

„Also, morgen geht es zum Tor."

Sergey blickte auf und fand Dr. Felicity Fox neben seinem Tisch stehen. Es war das erste Mal, dass er sie in Zivilkleidung sah: eine schlicht geschnittene, dunkle Hose und eine locker sitzende Bluse, deren grüne Farbe das Funkeln in ihren strahlenden Augen betonte.

„Darf ich mich zu Ihnen setzen?" Das dezente Make-up unter ihrer hochgezogenen Augenbraue passte nicht so recht zum Rest.

Er machte eine einladende Handbewegung. „Es wäre mir eine Ehre, Doktor."

„Felicity." Sie stellte eine große Flasche und zwei Gläser auf den Tisch.

„*Encantado*." Er lächelte. „Sergey."

„*Encantada*." Mit einem Nicken setzte sie sich ihm gegenüber. „Dies ist kein Date."

„Und warum sollte ich das annehmen?"

„Ich sage nicht, dass Sie das tun. Ich stelle das nur sicher, damit es keinen Raum für Missverständnisse gibt." Sie öffnete die Flasche und füllte großzügig beide Gläser, bevor sie einen Toast aussprach. „Auf dass wir dieses Chaos überleben. *Nastrovje!*“

„*Nastrovje!*“ Er stieß mit ihr an und probierte die bernsteinfarbene Flüssigkeit. Obgleich sie nicht viel Alkohol enthielt, zog eine natürliche Schärfe seine Kehle hinab und wärmte ihn von innen. Sehr angenehm. Er brauchte einen Moment, um den Geschmack zu erkennen.

„Ingwer?“, fragte er.

Sie nickte. „Ich habe nur noch ein paar Flaschen.“

„Dann fühle ich mich geehrt, dass Sie eine davon mit mir teilen. Gibt es einen besonderen Anlass?“

„Abgesehen davon, dass wir morgen eine Selbstmordmission durchführen?“ Sie schüttelte den Kopf. „Vielleicht wollte ich einfach meine Wertschätzung dafür zeigen, wie Sie mit Xinyi und Marika umgegangen sind. Dass Sie überhaupt gehandelt haben, meine ich.“

„Sie schätzen meine Methoden immer noch nicht.“ Er drehte das Glas in seinen Händen, den Blick auf sie gerichtet. „Obwohl Ihre Patientinnen wohlauf sind und alles vergleichsweise gut ausgegangen ist?“

Sie wandte den Blick ab. „Zumindest haben Sie etwas unternommen. Und Sie integrieren die beiden wieder. Von da aus werden sie sich hochkämpfen.“

Irgendetwas stimmte nicht. Ihre Aussage klang nicht wie eine Lüge, eher so, als streife sie die Wahrheit. Aber hey – sie war hier, saß ihm gegenüber. Spielten die genauen Gründe wirklich eine Rolle?

„Davon bin ich überzeugt.“ Sergey hielt sein Glas erneut hoch. „Auf zweite Chancen.“

„Darauf, niemals aufzugeben“, korrigierte sie ihn. So etwas wie die Erinnerung an einen schmerzhaften Scherz huschte über ihr Gesicht.

Sie tranken und teilten dann einen langen Moment des

Schweigens. Felicitys Blick wanderte zum Fenster hinaus, wo die *Voidhammer* und zwei ihrer Schwesterschiffe, umgeben von ihren Eskorten, schwebten.

„Ein beeindruckender Anblick, nicht wahr?“, wagte er sich vor.

So etwas wie Abneigung huschte über ihr Gesicht.

„Ich bin sicher, Sie sehen das so.“ Sie füllte ihre Gläser nach. „Und ich bin nicht hier, um Ihnen den Anblick zu vermiesen.“

„Aber?“, hakte er nach, als sie nicht fortfuhr.

Sie lächelte kurz, freudlos. Der Ausdruck verschwand so schnell, wie er gekommen war, und machte einer neutralen, etwas traurigen Miene Platz. Wortlos schüttelte sie den Kopf.

„Sie sind Pazifistin und Heilerin, nicht nur von Beruf, sondern aus Überzeugung.“ Er hielt seinen Blick auf das Glas in seiner Hand gerichtet und beobachtete ihre Reaktion nur aus den Augenwinkeln. „Am Vorabend einer Schlacht zu stehen, insbesondere einer so großen, erfüllt Sie sicherlich mit Schrecken.“

Wahrscheinlich war sie deshalb hier – um nicht in ihrem Quartier in Trübsal zu versinken. Die Unruhe hatte sie wohl unter Leute getrieben. Warum aber hatte sie sich dann herausgeputzt und ausgerechnet jemanden aufgesucht, der alles verkörperte, was sie so unerträglich fand? Diese Frau war ein Rätsel, gehüllt in ein Mysterium. Es zu entwirren wurde mit jedem dieser privateren Treffen zu einem noch verlockenderen Ziel.

„Sicherlich belächeln Sie Pazifisten“, murmelte sie. „Behütete Personen ohne realistisches Verständnis dafür, wie sich die Planeten drehen. Liebesbekundende Kumbaya-Sänger, die sich nicht verteidigen können und nicht einmal verstehen, wie ihre Parolen alles mit den

Füßen treten, was Sie geopfert haben, um sich und die Ihren zu schützen."

Vorsichtig streckte Felicity die Hand aus und strich mit einem weichen Zeigefinger über den Rücken seiner künstlichen Hand. Die unerwartete Intimität des Moments ließ eine Gänsehaut seinen Arm hinauflaufen.

„Früher habe ich das." Er traf ihren Blick und drehte seine Hand mit der Handfläche nach oben. „Doch da kannte ich noch niemanden wie Sie. Sie sind äußerst beschützend. Ich glaube, deshalb verstehen Sie – auch wenn Ihnen dieses Verständnis nicht gefällt –, dass es in manchen Situationen keine befriedigenden friedlichen Lösungen gibt. Auf eine verdrehte Weise schaffen und sichern Menschen wie ich, die tun, was wir tun, erst jene Schutzräume, in denen Pazifismus entstehen und gedeihen kann."

Sie nickte, ihr Finger folgte den feinen Gelenken und glatten Konturen.

„Ich verstehe Ihr Argument. Ich sehe die Notwendigkeit dieser Mission." Die Ärztin holte tief Luft und blickte erneut aus dem Fenster. „Ein Frontalangriff auf das Tor ist nur nicht das, wofür ich mich verpflichtet habe. Das wird viele Leben kosten. Es könnte einen Krieg auslösen. Ich hatte nie vor, auf der Seite der Aggressoren zu stehen."

Sergeys Finger schnappten zu und umschlossen die ihren. Überrascht von dem plötzlichen Zugriff starrte sie erst auf seine Hand und dann in sein Gesicht.

„Wir sind nicht die Aggressoren, Felicity." Er hielt seine Stimme ruhig und vernünftig, auch wenn ihn ihre Äußerung unsagbar wütend machte. „Wenn jemand in dein Haus käme, eines deiner Kinder zum Mitgehen überredet, ein anderes dazu zwingt und ein drittes im Schrank vergewaltigt, wäre dann alles in Ordnung, nur weil er dir ein brandneues Holo-Display dalässt? Nein, auch du würdest deine Kinder zurückholen und den Angreifer rauswerfen, wahrscheinlich im hohen Bogen und mit deutlich weniger Zähnen, als er bei seiner Ankunft hatte. Wir sind hier nicht die Aggressoren. Wir sind diejenigen, die gesunde Grenzen setzen und den Müll entsorgen."

Sie wandte ihren Blick ab, unternahm jedoch keinen Versuch, sich seinem Griff zu entziehen. Sie wusste, dass er Recht hatte, dass Situationen wie diese nicht in Schwarz und Weiß zu betrachten waren. Als Psychologin hatte sie wahrscheinlich mehr als eine missbräuchliche Beziehung erlebt, welche sich nicht mit Worten heilen ließ. Manchmal gab es keine friedlichen Lösungen. Und doch war die Hoffnung in ihrem Herzen stark und rein. Vielleicht war es genau das, was ihn so faszinierte. Diese Sicht aufs Leben konnte er sich selbst nicht leisten. Dass sie offensichtlich sehr damit haderte und sein Argument vielleicht ein weiteres kleines Stück ihrer Hoffnung zersetzte, verwandelte seine Wut in Trauer. Langsam öffnete Sergey seine zusammengepressten Finger und massierte ihre Hand sanft zwischen beiden Händen. Felicity akzeptierte die Geste und wechselte das Thema.

Während sich mehrere Stunden sanft entfalteten und die Flasche sich gemächlich leerte, erreichte ihr belangloses Geplauder nicht noch einmal die Schwelle zur aufkeimenden Intimität. Sie teilten keine Lebensgeschichten, nur Anekdoten. Einige harmlose Lügen und einige zurückhaltende Wahrheiten. Doch das war in Ordnung. Selbst wenn sie *dafür* offen gewesen wäre ... Sergey hätte ihr heute Abend nicht die Aufmerksamkeit schenken können, die sie verdiente, wo er sich doch morgen voll und ganz auf seine

Aufgaben konzentrieren musste. Also ließ er es dabei bewenden. Sie beschlossen beide, sich früh zurückzuziehen; er begleitete sie zu den Aufzügen und überließ ihr die erste Kabine.

Bevor sich die Türen zwischen ihnen schlossen, schenkte Felicity ihm dieses besondere Lächeln – jenes, welches einem Mann das Herz schmelzen ließ, wenn er nicht aufpasste.

„Das war schön", sagte sie. „Danke für dein Verständnis."

Er nickte nur und lächelte zurück.

KAPITEL EINUNDDREISSIG

NICK\\ EINE EINMALIGE SACHE

„Das kann doch nicht wahr sein!“, murmelte Nick und starrte aufs Spielbrett. Es gab keine Chance mehr, diese Partie zu gewinnen.

Aber er war ja auch selbst schuld, wenn er gegen eine KI spielte, die genug Rechenleistung hatte, um eine kleine Wegstation zu betreiben.

Gabe gluckste und schob den letzten Spielstein an seinen Platz. „Ge ...“

Die Türklingel läutete.

„... wonnen.“

Wer kam denn um diese Uhrzeit noch vorbei? Nick schaute nach rechts – schon fast 22 Uhr. Der Mensch tauschte einen Blick mit seiner Drohne. Gabe machte diese Wippbewegung, die in seinem nonverbalen Vokabular einem Achselzucken entsprach und keinesfalls mit der anderen Art von Wippen verwechselt werden sollte, welches ‚Ja‘ bedeutete.

„Wer da?“ Nick studierte das Brett. Vielleicht gab es ja doch noch irgendeine Möglichkeit, wenigstens –

„Ich bin's, Suzy", meldete sich eine leise Stimme. „Hast du kurz Zeit?"

Nick rieb sich die Schläfe. Dann deutete er nach links, und das geräumige Einzelbett klappte mitsamt zerwühlter Decke in die Wand zurück.

Das Quartier des ersten Offiziers war nur geringfügig größer als die Zweipersonenkabine, welche Eve noch immer bewohnte, und deutlich kleiner als die, welche Glen und Suzy zur Verfügung standen. Nur ein großer Raum mit Bett, zwei Stühlen zu beiden Seiten des kleinen, an der gegenüberliegenden Wand verschraubten Tisches, einem großen Spind in der dritten Wand und einer kleinen Couch neben der Tür. Mehr brauchte er auch nicht. Ein angrenzender Raum beherbergte sein privates Bad – ein wahrer Luxus auf jedem Raumschiff.

„Sicher, komm rein." Der XO stand auf und wandte sich der Tür zu.

Das ungute Gefühl in seinem Magen verstärkte sich, als die Tür aufglitt und die junge Frau in einem niedlichen Kleid, dezentem Make-up ... und High Heels zum Vorschein kam.

Gabes zentrales Kameraauge gab ein leises *Surr*en von sich, während die Drohne den späten Besuch inspizierte und sich dann in der Luft drehte, um seinen Menschen zu mustern.

—[Sicherer Kanal: Gabe, Nick]—

Gabe: Brauchst du Hilfe?

Nick: Quatsch, ich werde sie vertrösten und wegschicken.

Gabe: Lass sie sanft abblitzen, Casanova. Nicht in das Mädchen verknallen, okay?

Nick: Gabe, sie ist viel zu jung für mich.

GABE: Außerdem hat sie sich gerade erst von Thea getrennt, und es ist der Abend vor der Schlacht. Bei euch Fleischsäcken kochen die Emotionen bei sowas immer besonders hoch.

NICK: Entspann dich, ich werde das nicht ausnutzen. Du solltest mich besser kennen!

GABE: Ja, und deshalb weiß ich, wie leicht du dich von einer heißen Braut um den kleinen Finger wickeln lässt. Und sie ist eine knallharte Nummer, also unterschätz sie nicht.

NICK: Ja, ja.

—

Nach dem leicht abwesenden Ausdruck in Suzys Augen zu urteilen, hielt die Drohne ihr eine ganz ähnliche Ansprache. Vermutlich irgendetwas mit der Grundaussage: „Finger weg von meinem Fleischsack!"

Als das Mädchen blinzelte und den Blick senkte, färbten sich ihre Wangen hübsch rosa. Gabe schnaubte. Die Drohne umkreiste sie einmal, dann hielt er sein zentrales Auge auf sie gerichtet, bis er die Tür passiert hatte und den Korridor hinunterbeschleunigte. Die Tür schloss sich hinter ihm und ließ die beiden Menschen in peinlichem Schweigen zurück.

Sie zuerst reden und sich blamieren zu lassen, war vielleicht eine etwas grausame, aber sicher auch wirksame Methode, um sie zu entmutigen. Nur – *Verdammt!* – sie sah gut aus. Mehrere Monate körperlichen Trainings hatten ihren dürren Körper beinahe auf normale Proportionen gebracht. Die High Heels hoben ihren Hintern und der Ausschnitt des weinroten Kleides ließ ihre kleinen Brüste optisch größer wirken und gewährte zugleich einen vielversprechenden Blick auf das Tattoo über ihrem Herzen.

Nick spürte, wie ihr Blick auch über seinen Körper wanderte; er trug noch immer seine Uniformhose und ein weißes T-Shirt. Er hatte keinen Besuch erwartet, und hätte er gewusst, dass sie so auftauchen würde, hätte er sich wahrscheinlich mehr angezogen.

Ihre Blicke trafen sich und die Hitze in ihren Feenaugen war in ihrer Unerwartetheit geradezu elektrisierend. Suzy schlich näher, blieb erst eine Handbreit vor ihm stehen und sah zu ihm auf.

„Ich denke, du weißt, warum ich hier bin“, hauchte sie. „Zumindest hat Gabe angedeutet, dass du es tust.“

„Vielleicht.“

Verdammt, sie roch gut. Irgendwie würzig, aber darunter lag auch immer noch dieser vertraute Duft, an den er sich beim gemeinsamen Trainieren und Schwitzen so gewöhnt hatte. Die Erinnerung daran, wie er sie einmal in einem Griff zu Boden drückte, aus dem sie später als erwartet abklopfte, färbte sich in seinem Kopf mit neuer Bedeutung. Sie hatte recht früh ein Auge auf ihn geworfen. Hatte sie es genossen, sein Gewicht auf sich zu spüren? Zu sehr, um sofort aufzugeben? Oder war es einfach nur ihr Ehrgeiz gewesen?

... Na ja, sie hatten schon eine Weile nicht mehr trainiert, also spielte es überhaupt eine Rolle?

Nick verschränkte die Arme und lehnte sich gegen den Stuhl zurück, der bündig am Tisch stand. „Suchst du jemanden, mit dem du am Vorabend der Schlacht was trinken gehen kannst? Ich bin sicher, Xinyi hat Zeit.“

„So was in der Art.“ Suzy errötete noch mehr, doch ihre Stimme blieb ruhig und ihr Blick auf ihn gerichtet, als sie fortfuhr: „Und ich hatte gehofft, meine Nerven ein wenig zu beruhigen, aber nicht mit einem Drink.“

Sie trat noch näher.

„Oh.“ Nick sah sich um und deutete dann mit dem Daumen auf den Tisch. „Möchtest du ein Spiel spielen?“

„Mir scheint, wir würden eins spielen, seit wir uns kennen.“ Suzy grinste und ließ ihre Fingerspitzen über seine Brust gleiten. „Und wenn du mich fragst, ist es langsam Zeit, dass wir aufhören, um das Brett zu kreisen, und zum Showdown übergehen.“

Verdammt, er hatte nicht erwartet, dass sie so direkt sein würde. ... Das war schon irgendwie scharf.

„Nein.“ Nick schluckte diesen Gedankengang herunter. „Das wird nicht passieren.“

„Und warum nicht?“ Ihre vorgestreckte Unterlippe war der einzige Hinweis darauf, dass seine Zurückweisung sie überhaupt berührte.

Nick fing ihre Hände ein, bevor sie tiefer wandern konnten. „Weil ich jetzt XO bin. Ich darf nichts mit Crewmitgliedern anfangen. Wenn du jemanden suchst, der dir den Abend versüßt, gibt es bestimmt genug in deinem eigenen Alter, die da sofort dabei sind.“

„Aber ich möchte keinen gaffenden Idioten, der abschießt, kaum dass ich ihn anlächle. Hab ich probiert, war nicht so geil.“

„Thea hat dir also nicht nur Standards beigebracht, sondern auch, wie man über Sex redet.“ Nick grinste. Diese marsianische Direktheit hatte er schon immer an ihr geschätzt.

„Vielleicht hat sie mir noch mehr beigebracht – Dinge, die du sehr genießen würdest, wenn du mir nur eine Chance gibst.“ Suzys Blick wanderte für einen langen, vielsagenden Herzschlag tiefer, bevor er sich erneut in seinen Augen bohrte. Nicks Magen flatterte. Sie war erwachsen geworden, keine Frage. „Außerdem verstehst du mich falsch. Das wird überhaupt nicht kompliziert. Ich stehe nicht in deiner Befehlskette und ich habe nicht vor, den XO in eine Beziehung zu verwickeln. Ich will dich nur ausprobieren. Einmal. Bevor es vielleicht zu spät ist, um rauszufinden, wie es sich angefühlt hätte."

Nick lachte. „Jetzt gibst du mir aber wirklich das Gefühl, etwas Besonderes zu sein."

Mit einem schelmischen Funkeln in den Augen drückte sie sich an ihn, gerade als seine Hände abwehrend auf Höhe ihrer Brüste verweilten.

Verdammt, kein BH ...

Er unterdrückte den Drang, zuzufassen, und schob sie stattdessen sanft von sich. „Nein, Suzy. Das wird nicht passieren. Bitte geh jetzt."

„Ach komm schon, das hier ist das Ende der Fahnenstange. Wir überleben morgen vielleicht nicht. Es könnte auch deine letzte Chance auf Sex sein!"

Nick beschloss, den Spieß umzudrehen, spiegelte ihren Ausdruck und sagte: „Oder ich gehe einfach raus und suche mir jemand anderen, mit dem ich Spaß haben kann."

Suzy starrte ihn an, lehnte sich zurück und verschränkte die Arme. „Du müsstest doch mittlerweile wissen, dass du bei Eve keine Schnitte hast. Und ich habe noch nicht gesehen, dass du dich ernsthaft für irgendjemand anderes interessiert hättest. Klar, du flirtest viel. Nach deinem Verhalten und dem, was die Leute erzählen, bist du ein Frauenheld. Warum ziehst du es also nie durch? ... Liegt das etwa an deinem Kopf?"

Ihr Gegenüber erstarrte. Seine Augen verengten sich gefährlich, als er mit leiser Stimme fragte: „Was willst du damit sagen?"

„Ich will sagen, dass du während deiner Krankheit vielleicht nicht genug Hormone zusammenbekommen hast, um ..." Sie hob einen steifen Zeigefinger und ließ ihn dann schlaff herabsinken. „Also hast du angefangen, es zu vermeiden."

Hitze schoss ihm den Hals hinauf und seine Fäuste ballten sich bei der Beleidigung. Natürlich war es reine Provokation, was den Schlag aber nicht weniger schmerzhaft machte. Es hielt seinen männlichen Stolz nicht davon ab, ihr zeigen zu wollen, dass er in dieser Hinsicht definitiv kein Problem hatte ... nun ja, zumindest nicht mehr ... doch genau darauf war sie schließlich aus.

„Meine Hormone sind völlig in Ordnung, danke der Nachfrage." Er deutete auf die Tür. „Und jetzt verschwinde!"

Sie verharrte. Er konnte sehen, wie es hinter ihren hübschen violetten Augen arbeitete. Die goldenen Sprenkel darin schienen sich zu bewegen und zu glitzern. Sie musterte ihn erneut, nahm fast schon eine Kampfhaltung ein. Er war es inzwischen so gewohnt, auf die feinen Bewegungen ihres Körpers zu achten, dass er es bemerkte, noch bevor sie es tat und sich wieder in eine gemäßigtere Haltung zurücknahm.

Schließlich entschied sie sich für eine andere Strategie und streckte ihm die Hand entgegen, den Zeigefinger herausfordernd erhoben. „Einen Kuss. Gib mir einen Kuss, und wenn er dich überhaupt nicht berührt, gehe ich – ohne Drama, ohne Komplikationen. Ich werde nie wieder darüber sprechen."

„Und wenn ich ‚Nein' sage?"

„Ach, komm schon! Du warst es doch, der *mich* die ganze Zeit angefixt hat – ständig in meiner Gegenwart seine Bizeps anspannt und sowas! Jetzt bin ich eine verdammte Kriegsverbrecherin, die sieben Jahre lang streng überwacht und kontrolliert werden wird." Sie schüttelte geradezu anklagend ihren Knöchel. „Von keinem Geringeren als

Sergey Federov! Meine Welt steht Kopf, und ich habe ihn dazu gebracht, mir diesen einen Abend Freiheit zu gewähren – Nur diesen einen, wohlgemerkt! –, um etwas Seelenfrieden zu finden. Ein verdammter Kuss ist wirklich das Mindeste, was du tun kannst! Außerdem ..."

Von einem Moment zum nächsten umspielte violette Elektrizität ihre kleine Faust. Nicks Eingeweide zogen sich zusammen, als er sich an all die Momente erinnerte, in denen er sie diese Energie hatte einsetzen sehen. Sein Hals wurde trocken.

„... wenn du willst, dass ich einfach gehe, musst du mich rauswerfen." Sie legte den Kopf schief. „Sicher, dass du versuchen willst, die kleine Hexe rumzuschubsen?"

Das war so unfair ... in einem rein körperlichen Kampf hätte er klar die Oberhand, aber so ... Damit hatte sie Tank ausgeknockt, verdammt! Natürlich könnte er um Hilfe rufen. Nicht, dass er dann jemals das Ende der peinlichen Leier zu hören bekommen würde ... Ach, scheiß drauf, was war schon ein Kuss? Er würde es bereuen, ihrer Erpressung nachgegeben zu haben, aber vielleicht nicht den Kuss. Wahrscheinlich nicht den Kuss.

„Ein Kuss? Das ist alles?", stellte er klar.

„Ja. Aber ein echter, nicht so einer nach dem Motto ‚Du bist meine niedliche kleine Cousine'. Küss mich wie ein Mann." Ihr Blick huschte wieder zu seinem Shirt. „Und ich will dein Sixpack anfassen."

„Mein Sixpack?" Er runzelte die Stirn.

„Du hast mich doch von Anfang an mit deinen gut definierten Bauchmuskeln geködert! Jedes Mal, wenn du dich mit deinem Unterarm hoch gegen den Türrahmen lehnst, sodass dein Hemd dieses kleine Bisschen hochrutscht. Oder im Trainingsraum ... Ja, dein Torso ist verdammt heiß und ich möchte ihn berühren, nur einmal! Komm schon, wo du mich doch überhaupt nicht attraktiv findest, wird das deine Meinung auch nicht ändern, oder?"

Verdammt, sie hatte recht, er hatte sie ein paar Mal provoziert ... aber ihre Hände auf sich zu spüren, während er sie küsste, könnte schon etwas riskant werden ... Sein Blick fiel auf ihre schmalen Finger. Er wusste, dass sie trügerisch zart erschienen; seit sie an Bord gekommen war, hatte sie Kraft darin aufgebaut.

„Okay, fein!" Nick atmete tief ein. Er ließ es klingen, als würde er nachgeben. Tatsächlich brauchte er es, um seinen Herzschlag zu beruhigen. An hässliche Dinge zu denken würde ihn hier unbeschadet durchbringen. Erinnerungen an Kriegszeiten kamen ihm in den Sinn. „Aber wenn ich danach ‚Nein' sage, gehst du! Keine Diskussion über meine Hormone oder darüber, was ich fühle oder nicht! Das hier ist mein Quartier und ich habe das Recht, dich rauszuwerfen wann immer es mir passt."

„Sicher." Suzy lächelte ganz harmlos. „Wenn du danach willst, dass ich gehe, dann gehe ich."

Sie zeigte ihm ihre großen, hilflosen Welpenaugen. Das war der letzte Tropfen.

„Fein!" Er rupfte sein Shirt aus der Hose. Zwar hatte er nicht vor, sich auszuziehen, er würde ihr aber auch keinen Vorwand liefern, mit ihren Fingern tiefer zu gehen. Suzys Augen funkelten noch mehr, als hätte sie seine Gedanken in seinem Gesicht gelesen. Sie schlich wieder näher.

„Du hast wirklich einen wunderschönen Körper, Nick", flüsterte sie und errötete.

Konnte sie das auf Kommando? *Verdammt ...*

Sie sah ihn um Erlaubnis suchend an. Als er nickte, schob sie ihre Hände unter sein Shirt und fühlte die straffen Muskeln an seinem Bauch. „Ich würde gern mehr davon sehen ... vielleicht ein bisschen lecken und küssen ..."

Wird nicht passieren, dachte Nick.

Es fiel ihm zunehmend schwerer, sich zu konzentrieren. Schmetterlinge folgten ihrer Berührung, wohin sie sie auch lenkte, und ihre Augen waren so zauberhaft, dass er sich darin verlieren konnte. Sie war zwar eine Kämpferin, hatte sich aber auch diese verletzliche Ausstrahlung bewahrt, die ihn anzog wie das Licht eine Motte.

Scheiße, wenn das hier schiefging und er einknickte, würde Glen ihm sowas von die Hölle heißmachen. Er war der XO, verdammt! Außerhalb der Befehlskette oder nicht, sie war tabu. Punkt, Ende, Aus.

Scheiße, bring es lieber schnell hinter dich ...

Nick legte ihr sanft die Hände an die Wangen und beugte sich zu ihren Lippen hinab. Er gab ihr diesen langsamen, sinnlichen Kuss, welchen er über Jahre hinweg perfektioniert hatte. Die Bewegungen kamen mühelos zurück. Suzy erwiderte ihn, passte sich bereitwillig seinem Rhythmus an, ließ ihn Tempo und Druck bestimmen. Ihre Lippen waren weich und anschmiegsam. Ihr Duft erfüllte seine Nase und vertrieb die schlechten Erinnerungen, welche er sich als Schutzschild heraufbeschworen hatte. Ihre Finger spreizten sich über seinem Bauch, ein Daumen zog sanft Kreise um den Rand seines Bauchnabels, bevor er nach außen wanderte.

Dann packte sie plötzlich seine Hüften, und ein leises Stöhnen entwich aus ihrem Mund in seinen. Die einfache Geste riss an seiner Selbstbeherrschung, umging sein Denkzentrum und stachelte den instinktiven, besitzergreifenden Teil in ihm an. Nicks Hände umfassten ihr Gesicht fester, und seine Zunge schlüpfte zwischen ihre geöffneten Lippen, noch bevor ein bewusster Gedanke sie stoppen konnte. Sie schmeckte so gut ... sein Herz hämmerte gegen seine Rippen, während sie sich an ihn presste, ihre Hände über seinen Rücken wanderten. Nick packte Suzys Nacken und hielt sie im Kuss gefangen. Er spürte ihren nackten Oberkörper durch die dünnen Lagen Stoff zwischen ihnen. Ihre linke Hand glitt abwärts, in seine Hose.

Scheiße, das war nicht –

Sie griff seinen Hintern, stieß ein weiteres leises Stöhnen aus, welches ihn anspornte, seine Lippen noch fester gegen ihre zu pressen. Nick drängte sie gegen die Wand, packte ihre Oberschenkel und hob sie hoch. Ihre kräftigen Beine schlangen sich um seine Taille, während ihre Hände Halt an seinem Nacken und in seinen Haaren suchten, dann über seine Schulterblätter erneut abwärts fühlten. Ihre Zunge glitt über seine, die Piercings in ihrer Unterlippe verführten ihn dazu, diese von innen zu erkunden.

Er sollte nicht –

Sie bewegte die Hüften, rieb sich an ihm, und ein Stöhnen entfuhr seiner Brust. Seine Hose war plötzlich zwei Nummern zu eng. Das verdammte Shirt und ihr Kleid waren im Weg. Er musste ihre nackte Haut auf seiner spüren, musste ... Seine Hände glitten ihre Schenkel hinauf, unter ihren Rock. Spitzenhöschen – sie trug Spitzenhöschen, verdammt ...

Nick zog zurück. So sollte es nicht laufen. Er musste aufhören!

Als er sich aus dem Kuss löste, keuchte er, ebenso wie Suzy.

„Nein", murmelte er.

Er hielt noch immer ihren nackten Hintern in seinen Händen.

„Und warum nicht?" In ihren Augen lag ein verträumter Ausdruck, als wäre sie noch nicht ganz da. Sie blinzelte es weg. „Sieh mich an, Nick! Ich bin kein

Mädchen mehr, ich bin eine Frau! Hör auf, mich wie eine zarte Blume zu behandeln! Hier geht's nicht um Romantik; es geht darum, was unsere Körper brauchen. Und du brauchst es ja wohl dringender als ich!"

Nick schüttelte den Kopf.

„Ach, erspar mir doch den Scheiß!" Sie ruckte mit der Hüfte, traf genau ins Schwarze und er knurrte. „Du bist steinhart, nach grad mal zehn Sekunden Rumknutschen. Du hast es sowas von nötig!"

Scheiße, sie hatte recht. Und ihre Haut war so makellos ... Nicks Blick blieb an der Stelle hängen, an welcher der Ausschnitt ihres Kleides verrutscht war und die Hälfte einer kleinen, aber perfekt abgerundeten Brust freilegte. Warum kämpfte er nochmal dagegen an? Ach ja – die darauffolgenden Komplikationen.

Wir überleben morgen vielleicht nicht ...

Ah, verdammt!

Vielleicht wollte er es ja doch, aber er würde sich nicht zum devoten Sexspielzeug einer 21-Jährigen machen lassen!

Er hob sie höher, damit sie seinen Schritt nicht mehr erreichen konnte, und drückte ihren zarten Körper fest gegen die Wand, während er sein Gesicht in ihrem Dekolleté vergrub und ihre entblößte Haut mit Zunge und Zähnen bearbeitete, bis sie nach Luft schnappte, ihr Puls in die Höhe schoss und ihre Augen vor Genuss zufielen. Sie war so herrlich weich und zart ... Seine rechte Hand massierte ihren Hintern und ihren Oberschenkel und neckte sie mit der Nähe zu ihrem Höschen, während seine linke Hand nach oben glitt, um eine Brust zu umfassen. Suzy zitterte, ihre Hände schienen nicht zu wissen, was sie tun sollten, außer sich an ihm festzuhalten. Jetzt hatte er sie.

Nick unterbrach seine Liebkosungen, trat zurück und

setzte sie sanft auf dem Boden ab. Ihre Augen flatterten auf, benommen – wie eine zwischen zwei Welten gefangene Schlafwandlerin –, Verwirrung milderte das Feenlicht ihres magischen Blicks.

„Eine Nacht." Er ließ sie ihn genau betrachten, ließ sie sehen, was sie wollte. „Und morgen ist das nie passiert. Wenn du dir nicht hundertprozentig sicher bist, dass du dich daran halten kannst – da ist die Tür."

Suzy leckte sich die Lippen. Sie nahm sich tatsächlich ein paar Sekunden Bedenkzeit, bevor sie nickte und versprach: „Mehr will ich gar nicht."

„Okay, dann ..."

Mit einem Gedanken ließ Nick das Bett aus der Wand klappen und warf sie regelrecht darauf. Sie schien kurz protestieren zu wollen, verstummte jedoch, als er ihr einen sinnlichen Blick zuwarf und sich das Shirt über den Kopf zog. Ihre Augen weiteten sich beim Anblick seines erneut auftrainierten Körpers, als er sich zu ihr gesellte, sich auf allen vieren über sie schob und ihre Oberkörper aneinander rieben. Nach einem hastigen Schlucken streckten sich ihm erneut ihre Lippen entgegen, während seine rechte Hand an ihrer Seite hinabglitt und seine Beine sie einschlossen.

„Mein Bett, meine Regeln", flüsterte er, während er begann, sich küssend ihren Hals hinabzuarbeiten. „Und du wirst mich nicht hetzen. Du willst einen echten Mann, hast du gesagt?"

„Oh, ja!", keuchte sie, als seine Zunge hervorschnellte und das Kleid über einer ihrer steifen Brustwarzen befeuchtete.

„Gut." Er zwang ihre Handgelenke sanft über ihren Kopf und hielt sie mit einer Hand fest, ohne dabei aufzuhören, ihren Hals und ihre zitternde Brust mit seinem

Mund zu verwöhnen. „Nun, wie du bemerkt hast, habe ich das hier schon ein Weilchen nicht mehr gemacht …“

Zumindest nicht außerhalb eines Traums …

„… also habe ich vor, es langsam anzugehen und jede Sekunde davon genießen. Ist das okay für dich? Ist es okay, wenn ich dich zuerst zum Schreien bringe? Bevor du im Gegenzug mit deinen hübschen Fingern überall an mir herumspielen darfst?“

Das schwache Flackern der kitzligen violetten Energie zog sich in ihre Hände zurück und sie stöhnte auf, wölbte den Rücken als unmittelbare Reaktion auf einen verspielten Biss in ihre empfindliche Brustwarze. Als er seine Hand von ihren Handgelenken nahm, ließ sie sie genau dort, wo sie waren.

„Mars, ja!“, flüsterte sie.

KAPITEL ZWEIUNDDREISSIG

EVE\\ AM VORABEND DER SCHLACHT

Ihre flüssige Form annehmend, glitt Eve durch die Durchreiche, um Konani in ihrer kargen, strahlungsabschirmenden Zelle Gesellschaft zu leisten. In ihrer metallischen Wächterform verneigte sie sich vor dem Wesen, welches die Energie für ihr Schiff lieferte.

„Ehrwürdige", sagte sie lächelnd. „Wie geht es dir an diesem schönen Tag?"

„Ehrenwerte Wächterin." Konani erwiderte die Verneigung. „Sehr gut, vielen Dank. Ich genieße es, diese neuen Schiffe zu beobachten, welche sich uns angeschlossen haben. Sind sie hier, um uns beim Passieren des Tores zu unterstützen?"

„In gewisser Weise." Eve betrachtete die plutonischen Kriegsschiffe auf dem die ganze Seitenwand einnehmenden Bildschirm. „Es war eigentlich nicht so vorgesehen, doch die Velorianer lassen uns keine andere Wahl, als anzugreifen."

„Ich verstehe." Konani nickte. „Die Tatsache, dass sie versuchen, die Freiheit einer Wächterin einzuschränken, nachdem sie schon versuchten, mich einzusperren, spricht nicht gut für ihre Absichten. Diese Tore wurden als Durchgänge erbaut, um das weite Universum zu verbinden, nicht als Barrieren, die man vor manchen schließt."

Natürlich würde sie so etwas sagen, wo doch die Freiheit, das Universum zu bereisen, die zentrale Freude ihres Volkes darstellte.

In einem unerwarteten Moment des Zweifels an ihrem Zugang zu jenem zentralen Wissensquell der Großen Neutralität fragte Eve: „Konani, weiß dein Volk, wer die Tore einst erbaute?"

Nach langem Überlegen schüttelte die Erwürdige den Kopf. „Nein. Nicht, dass ich wüsste. Ich vermute, ich bin noch nie jemandem begegnet, der das tat. Nicht einmal die Wächter. Es scheint, dass die Tore aufgrund der sie erfüllenden Magie schwer zu analysieren sind. Doch ich habe sagen hören, dass sie sogar älter seien als die Spezies der Haslar."

Es war also keine Frage des Zugangs.

Eve nickte; ihre Gefühle schwankten zwischen Erleichterung und Unruhe. Wie konnte eine derart wichtige Tatsache der Zeit zum Opfer fallen? Irgendwann musste es doch jemand gewusst haben … Nein, sollte es sogar Allgemeinwissen gewesen sein …

„Ist es notwendig, das zu wissen?", fragte Konani und bot ihrem Gast einen Platz auf der schmalen Bank vor dem Bildschirm an. „Solange sie so funktionieren, wie sie es sollen?"

„Wahrscheinlich nicht." Eve setzte sich mit einer dankbaren Geste. „Und sie zeigen keinerlei Anzeichen nachlassender struktureller Integrität, also ist es höchstwahrscheinlich ein müßiger Gedankengang."

Die Erwürdige, die wie ein sehr schmutziges menschliches Mädchen aussah, ließ sich neben ihr nieder und fragte:

„Wie geht es deinem Kapitän? Er war einige Male hier, seit wir anhalten mussten, und er wirkte … besorgt."

„Natürlich ist er das." Die Wächterin unterdrückte ein Seufzen. „All das hier ist nicht, was er erwartet oder gewollt hat."

Konani musterte sie von oben bis unten. „Du möchtest zu ihm gehen. Du möchtest dich verbinden."

Eve schüttelte mit einem schmalen Lächeln den Kopf. „Das möchte ich. Aber ich habe meine Pflicht dir gegenüber wochenlang vernachlässigt, um allen anderen zu dienen. Heute gehöre ich ganz dir. Er wird meine Abwesenheit verstehen."

Schließlich war der Wissensaustausch ein wesentlicher Teil des Bündnisses, welches es den Schiffen anderer Spezies erlaubte, die energiegebenden Wesen zu nutzen. Und da Eve es für klüger gehalten hatte, Konanis Kontakt zur Crew zu begrenzen, bis sie das Tor passiert hatten, und den Zugang sogar wieder hatte einschränken und das Fenster nach außen geschlossen halten müssen, um die plutonischen Dockarbeiter nicht zu verschrecken, war sie verpflichtet, einen Ausgleich zu schaffen. Es war höchste Zeit, das zu korrigieren und die inneren Konten auszugleichen.

Zudem hatte Botschafter Bogdanov es sich zur Aufgabe gemacht, regelmäßig vorbeizuschauen und mit der Ehrwürdigen über verschiedenste Themen zu sprechen. Ihm den Zugang zu verwehren war nicht so einfach gewesen, wie Eve es sich gewünscht hätte. Der Voidpriester hatte die richtigen Passwörter, um diesen gesicherten Bereich des Schiffs zu betreten, schlicht ‚erraten' und genau gewusst, wohin er gehen musste … Seinen Besuchen ein Ende zu setzen – insofern Eve das überhaupt vermocht hätte – hätte Konani sicherlich verärgert. Die Ehrwürdige schien eine gewisse Zuneigung zu dem Plutonier entwickelt zu haben. Das einzige, was Eve daher noch übrig blieb, war, zumindest einigen von Bogdanovs eher … propagandistischen Ansichten zu bestimmten Fragen etwas entgegenzusetzen.

Also unterhielten sich die beiden Außerirdischen mehrere Stunden lang – hauptsächlich über die Menschheit im Allgemeinen und die Crew der *Gateshot* im Besonderen.

Irgendwann fragte Konani: „Warum ist deine Seele bei ihnen zu Hause?“

Die Frage ließ Eves innere Welt abrupt zum Stillstand kommen. Sie wusste nicht einmal genau, warum.

Schließlich murmelte sie: „Ich weiß es nicht. Ich … mag sie einfach. Sie faszinieren mich. Vielleicht ist es aber auch nur meine neue Natur. Vielleicht fände ich jede neue Spezies absolut fesselnd, würde ich ihr jetzt begegnen.“

Konani legte den Kopf in einer engen Annäherung an die menschliche Geste schief. Sie deutete auf das, was sie tat, und erklärte: „Je länger ich mit einer Spezies in Kontakt bin, desto besser kann ich sie spiegeln. Ihre Art zu sprechen und zu handeln. Das macht meine Art so, um unsere Gastgeber besser kennenzulernen. Es erscheint nur respektvoll. Wie du weißt, bin ich noch relativ neu im Reisen. Einige meiner Art, die das schon länger tun als sie sich erinnern können, sollen angeblich in der Lage sein, ihren Gastgebern auch im äußeren Erscheinungsbild sehr nahe zu kommen.“

Eve musste sich zurückhalten, um nicht zu grinsen. ‚Relativ neu‘ bedeutete in diesem Fall immer noch ein paar Jahrtausende. Würde die Wächterin in ein paar weiteren Jahrtausenden ebenso leichtfertig über solche Zeitspannen sprechen wie Konani? Was für ein seltsamer Gedanke!

„Wächter tun dies ebenfalls“, fuhr Konani fort. „Vermutlich haben wir die Idee von ihnen übernommen. Ich habe das Thema im Laufe der Zeit mit mehreren meiner Art besprochen, da es mich interessiert. Und selbst bei unserer langen Erfahrung sind Begegnungen mit deiner Spezies sehr selten. Ich würde mir also nicht anmaßen, meinen kleinen Beobachtungen große Bedeutung beizumessen."

Sie hielt inne und Eve nickte ihr zu, fortzufahren.

„Manche Wächter scheinen eher dazu zu neigen, den Personen zu ähneln, denen sie begegnen." Konani zupfte ein paar lose Schlammbrocken von ihrem Bein und betrachtete sie. „Doch trotz ihrer immensen Wissensbasis machen sie am Anfang Fehler. Ihre Seele muss sich ebenso anpassen lernen wie ihr Körper. Das braucht Zeit und Übung. Ich glaube nicht, dass du das jemals gebraucht hast. Schließlich bist du verliebt."

Eve verschluckte sich und begann zu husten. Ein rotes Glimmen tanzte über die dunklen Augen ihrer Gegenüber – wie ein Lufthauch, der schwelende Glut anfachte. Konani wartete geduldig, bis die Wächterin ihre Fassung wiederfand.

„Ich bin in die Menschheit verliebt?", präzisierte Eve die Aussage der Ehrwürdigen.

Konani lächelte langsam und erklärte: „Liebe ist universell, ehrenwerte Wächterin. Es ist ein wertvolles Gefühl. Es hält das bekannte Universum zusammen."

„Ja", antwortete Eve langsam. „Ja, da magst du recht haben."

Sie saßen eine lange Weile schweigend da, bevor Eve murmelte: „Ich bin mir nur nicht sicher, ob das angemessen ist. Ich sollte neutral sein. Darf ich wirklich eine treibende Kraft bei diesem Angriff der Menschen auf die Velorianer sein?"

„Neutralität ist bestenfalls ein vager Begriff." Konani

knetete den Schlamm zwischen ihren Fingern, als wäre es Modelliermasse. „Du bist sowohl eine Verteidigerin als auch eine Wissenssuchende. Heutzutage wird das oft vergessen, doch während des großen Krieges waren es die Wächter, die die anderen Spezies gegen den dunklen Feind vereinten. Sie waren es, die sie beauftragten, kampftaugliche Schiffe zu bauen und mit Kriegern auszustatten. Sie standen direkt neben den Befehlshabern und Kapitänen, direkt neben der Königin. Sie waren es, die diese Schiffe mit Intelligenz füllten. Denn der Feind hätte alle getötet und die Galaxie mit Tod verseucht. In manchen Fällen bedeutet Schutz, das Gleichgewicht zu wahren und das Leben auf lange Sicht zu erhalten."

Eve nickte langsam. „Aber ist das in diesem Fall so? Was, wenn ich mich irre? Was, wenn die Verfehlungen der Velorianer nicht so schlimm sind, wie ich befürchte, und das Entfesseln der Menschheit gegen sie Folgen hat, die verheerender sind, als ich es berechnen könnte? Und was wird geschehen, wenn sie auf die anderen Zivilisationen treffen? Insbesondere auf die Haslar?"

„Das ist vielleicht die falsche Frage." Konani drückte den Lehm zurück in ihr Bein. „Nach allem, was ich von den Menschen erkenne, sind sie keine Spezies, die man mit geringer Gravitation angeben sollte. Sie sind keine Sklavenrasse. Sie würden sich ohnehin gegen die Velorianer erheben. Sie würden sich auch gegen die Haslar erheben. Ist also nicht die eigentliche Frage, wie viel schneller sie mit unserer Hilfe zum Erfolg finden?"

KAPITEL DREIUNDDREISSIG

GLEN\\ SCHLACHTPLÄNE

Glen studierte die holographischen Gestalten, welche sich um den ebenso transluzenten Konferenztisch versammelten. Das dargestellte Setup war deutlich größer als sein Büro, denn schließlich war es für VAdm. Gunnarssons Flaggbrücke ausgelegt. Um dem entgegenzuwirken, hatte Eve ein wenig digitale Magie angewandt und die taktische Anzeige im Zentrum verkleinert, während sie die anderen Kapitäne und den Vizeadmiral selbst in ihren tatsächlichen Größen beließ. Glen stutzte kurz, als sein Blick auf einer hageren Frau mit angegrauten, zu einem schlichten Pferdeschwanz gebundenem Haar hängen blieb, welche in einem für ihn stummen Gespräch mit mehreren anderen Offizieren vertieft stand. Obgleich er sich sicher war, der Plutonierin noch nie begegnet zu sein, kam sie ihm doch vage bekannt vor. Ein kurzer Gedanke und über ihrem Kopf erschien der Schriftzug ‚Cpt. Theodora Imrin, KO der *PDN Sanji Merabti*'.

Ach ja, natürlich. Jetzt erinnerte Glen sich an die Aufzeichnung, welche Gunnarsson Nick und ihm bei ihrem Besuch auf der *Voidhammer* gezeigt hatten, um ihnen eine plutonische Brückencrew in Aktion zu zeigen.

Als Imrin in seine Richtung blickte, lächelte der Admiral ihr freundlich zu und sie erwiderte die Geste.

„Also, wie wird das hier ablaufen?“, fragte Glen den neben ihn stehenden Gunnarsson, während sie auf die letzten beiden Kapitäne warteten.

„Ihr Schiff wurde meiner Aufsicht unterstellt.“ Der kontrollierte Tonfall des Plutoniers ließ klar erkennen, dass er den Protokollverstoß des Kernwelters nur deshalb tolerierte, weil er davon ausging, dass dieser es schlichtweg nicht besser wusste.

Außerdem gewährte der Fakt, dass der Kapitän der *Gateshot* nicht Teil jener Rangordnung war, welche die Rollen aller anderen im Raum so klar definierte, eine seltsame Zwischenrolle. Dieser Umstand würde ihm zweifelsohne erlauben, einige Fragen zu stellen, mit denen er sonst nicht durchgekommen wäre.

„Sie werden Ihre Befehle nach und nach erhalten, sobald diese notwendig und zeitkritisch sind“, informierte der Vizeadmiral den Störenfried. „Wie alle anderen, die Sie hier sehen.“

Also wurden Gunnarsson und die Anführer der beiden anderen Kampfgruppen vom Marschal gebrieft und gaben ihre Befehle dann an ihre jeweiligen Eskorten weiter. Alles wurde streng geheim gehalten, um zu verhindern, dass sensible Informationen nach außen drangen. Als ehemaliger Admiral der Erdraumflotte kannte Glen diese Prozedur von beiden Seiten. In der Vergangenheit hatte er die bekannten Schritte sowohl befolgt als auch geleitet. Dennoch fühlte er sich angesichts der plutonischen Effizienz etwas eingerostet. Und er hatte gelernt, besser niemals davon auszugehen, dass er wusste, was vor sich ging. Vermutungen konnten genauso tödlich sein wie jeder andere Informationsmangel.

„Die Velorianer werden sich auf die *Gateshot* stürzen, sobald sie sie sehen“, warnte Glen seinen Nebenmann. „Sehr wahrscheinlich werden sie ihr gesamtes Arsenal einsetzen, um uns zu zerstören.“

Er bemühte sich sehr, genau jenen Punkt zu treffen, an dem seine Stimme respektvolle Überzeugung vermittelte, ohne allzu forsch zu wirken. Schließlich fehlte ihm in dieser Situation jegliche Autorität.

„Wir haben genug Schiffe, um die velorianischen Kräfte zu binden, damit die *Gateshot* Ihren Vorstoß zum Tor machen kann“, erwiderte der Plutonier schließlich mit zurückhaltender Miene. „Die *parrucche* mögen eine seltsame Denkweise haben und sich schnell auf fragwürdige Faktoren fixieren, aber sie sind nicht dumm. Dass die *Gateshot* versucht, das Tor zu passieren, hat Ihr Schiff natürlich zu einem großen Ziel gemacht, als Sie dem Feind allein gegenüberstanden. In diesem Fall ist es jedoch nur eines von vielen. Solange Sie sich zurückhalten und uns den ersten Angriff fliegen lassen, wird Ihnen nichts passieren.“

Was er nicht sagte, war: „Wir wissen schließlich, wie wir unsere Arbeit zu erledigen haben – Sie offensichtlich nicht.“

Dennoch vibrierten diese unausgesprochenen Worte zwischen den Zeilen und in den leicht zusammengekniffenen Augen des Vizeadmirals mit. Glens Gedanken wanderten zurück zu einem Gespräch, das er erst vor wenigen Tagen mit Eve geführt hatte.

„Wir können ihnen nichts über die Wächter erzählen", hatte sie betont. „Es gibt einen Grund, warum mein Volk unser Image in so großem Maßstab kultiviert: Damit andere Spezies nicht versuchen, uns unser Wissen mit Gewalt zu entreißen. Die Plutonier entern velorianische Schiffe, um sie zu erbeuten und zu studieren. Sie könnten beschließen, dass ich zu wertvoll bin, um mich gehen zu lassen. Und du weißt, was mit der *Gateshot* geschehen wird, sollte ich gezwungen sein, mich selbst zu zerstören."

„Aye." Glen hatte einen vorwurfsvollen Blick auf die Wand ihres Büros geworfen ... auf die Wand des jahrtausendealten außerweltlichen Shuttles, welches Eves Volk womöglich extrahieren würde – ohne Rücksicht auf die Menschen und das Schiff drumherum. „Aber wenn wir ihnen nichts über deine Rolle in all dem sagen können, werden sie unser Schiff für ein nebensächliches Element halten. Das könnte ihre Strategie ruinieren und das Gefecht erheblich beeinträchtigen."

„Dir fällt auch keine Möglichkeit ein, glaubwürdig zu erklären, warum die Velorianer uns so dringend wollen, ohne die ganze Geschichte offenzulegen, oder?", hatte Eve gefragt, der innere Konflikt deutlich in ihren hübschen Augen sichtbar.

Also hielt der Admiral sich zurück. Gunnarsson war ein kluger Mann. Er würde ohnehin keine halbgaren Geschichten glauben. Darüber hinaus schätzte er seine eigenen Truppen richtig ein. Die Plutonier waren eine ernstzunehmende Streitmacht.

Das musste einfach reichen.

„Es ist Ihre Entscheidung, Vizeadmiral", räumte er schließlich ein. „Wir vertrauen auf Ihr taktisches Geschick."

„Hm." Der Blick des Hologramms verweilte noch einige Sekunden lang auf dem Kernwelt-Kapitän. Dann wandte er sich ab, um die Besprechung zu starten.

Glen reihte sich ein, als die anderen Kapitäne einen Kreis um den SchlachtPlan Bildeten. Es war natürlich nur eine erste Iteration. Wenn man sich auf eine universelle Wahrheit verlassen konnte, dann darauf, dass sich solche Pläne recht schnell änderten, sobald die ersten Geschosse flogen.

Nachdem jeder Kapitän einen kurzen und präzisen Statusbericht zu seinem Schiff abgegeben hatte, deutete der Vizeadmiral auf die Darstellung zwischen ihnen, welche seine Worte mit Bildern untermalte.

„Wir fliegen in Standard-Gefechtsformation Alpha_14 bis kurz vors Tor", erklärte Gunnarsson. „Dann bilden wir eine Kampflinie, an der sich die Velorianer ausrichten können. Während die *Voidhammer*, *Longsword* und *Kopesh* Deckungsfeuer geben und feindliche Vorstöße unterbinden, werden unsere kleineren Schiffe versuchen, ihre Formation aufzubrechen. Denken Sie daran, dass sich die *parrucche* oft so sehr auf ein Ziel fokussieren, dass sie alles andere außer Acht lassen. Unser Hauptziel sollte es daher sein, ihnen in den Man-of-Wars ein solches Ziel zu präsentieren, damit sie die Eskorten ignorieren, und diese Schwäche werden wir dann ausnutzen."

Die plutonischen Kapitäne nickten verstehend, während sich der vorgeschlagene Bewegungsablauf vor ihren Augen abspielte.

Glen seufzte innerlich.

„Zwei Dinge sind zu beachten." Gunnarsson zoomte auf

ein konkretes Schiff in der velorianischen Formation heran. „Erstens: Der Feind verfügt über einen neuen Schiffstyp. Wir sind uns noch nicht sicher, welche Rolle dieser tragen soll. Angesichts seiner Gesamtgröße und dessen, was wir von seinen Antrieben sehen können, ist er vermutlich schnell und wendig, mit moderater bis schwerer Panzerung. Unsere Experten stufen ihn als Schlachtkreuzer ein und gehen davon aus, dass er als Linienbrecher fungieren soll. Sicher wissen wir es jedoch erst, wenn wir ihn in Aktion sehen. Sie alle erhalten die begrenzten Sensordaten, welche wir sammeln konnten. Achten Sie auf Überraschungsangriffe dieses Schiffs und leiten Sie alle zusätzlichen Daten, die Ihre Sensoren von ihm erfassen, an die *Longsword* weiter."

„Jawohl, Sir", bestätigten alle.

„Zweitens." Gunnarsson deutete auf Glen. „Wie Sie wissen, führen wir hier zusätzlich eine sekundäre Operation durch. High Marshal Bogdanova erwartet von uns, dass wir die *Gateshot* bis direkt zum Tor bringen und ihr die bestmögliche Chance geben, hindurchzufliegen."

Sekundäre Operation. Da war es, ihre Rolle in all dem. Sie waren das sekundäre Ziel, der Babysitterauftrag.

Glen hielt alle Emotionen sorgsam hinter seiner professionellen Fassade verborgen, als sich die Blicke der plutonischen Kapitäne kurzzeitig auf ihm sammelten.

„Diesbezüglich werden wir wie folgt vorgehen", fuhr der Vizeadmiral fort. „Da wir nicht darauf vertrauen können, dass die *parrucche* sich an die Jupiter-Konventionen halten, wird die *Gateshot* zunächst unsere Lazarettschiffe bewachen, welche wie üblich am Rande des Kampfgeschehens verbleiben. Sobald wir die Verteidigungen der Velorianer durchbrochen haben, wird Mshl. Stenmark das Signal geben und die *Gateshot* kann ihr Ziel ansteuern. Es liegt dann an allen anderen Schiffen –

die nicht anderweitig beschäftigt sind – ihr Deckung zu geben. Verstanden?“

Alle bestätigten auch diesen Befehl.

„Gut. Also, unser wichtigstes Ziel ist es, diesen verdammten Aliens derart kräftig in den Arsch zu treten, dass sie durch ihr verdammtes Tor und zurück in das Loch kriechen, aus dem sie gekommen sind.“ Gunnarsson stand noch etwas gerader. „Dieses Sonnensystem gehört der Menschheit! Die Velorianer sind in unsere Heimat eingefallen und haben unsere Freiheit missachtet! Sie haben plutonischen Raum besetzt und damit einen Graben gezogen, der uns viel zu lange daran gehindert hat, die SRA in die Knie zu zwingen. Zu viele gute Menschen sind in den letzten zehn Jahren aufgrund des taktischen Nachteils der entmilitarisierten Zone gestorben. Jetzt greifen sie offen unsere Diplomaten und Schiffe an. Es reicht! Wir werden sie nachhaltig bereuen lassen, jemals einen Fuß in unser Territorium gesetzt zu haben – und zwar mit Vergnügen!“

Begeisterte, angeheizte „Hurra“-Rufe erklangen und hallten ringsum wider. Blicke verhärteten sich, Gesichter nahmen einen beinahe fiebrigen, kriegerischen Ausdruck an.

Aye, hier ging es wirklich nicht um die Mission der *Gateshot.* Sie war nie mehr als ein willkommener Vorwand gewesen, um einen Plan umzusetzen, der vermutlich schon seit geraumer Zeit in Planung war. Sie waren nur Beiwerk.

Glen warf einen kurzen Blick zur Seite.

Nick, Eve, Federov und Bogdanov standen an der Wand und schauten zu. Da sie sich im Beobachtungsmodus befanden, konnten sie zwar sehen und hören, wozu ihr Vorgesetzter Zugang hatte, waren für die restlichen Teilnehmer der Besprechung jedoch unsichtbar und stumm.

Auch die meisten plutonischen Kapitäne würden

zumindest ihren XO auf diese Art teilhaben lassen, um die Notwendigkeit von Wiederholungen zu reduzieren.

Während Nick die Arme verschränkte und eine tiefe Falte seine jugendliche Stirn teilte, stand Eve aufrecht, die Hände hinter dem Rücken, und bemühte sich um eine ausdruckslose Miene. Nur ihre Augen und der kaum wahrnehmbare Hauch ihrer Emotionen, welcher gegen Glens sechsten Sinn wehte, verrieten ihre Unruhe. Bogdanov legte ihr sanft seine Hand auf die Schulter, während er mit einem ähnlichen Pokerface zuschaute. Ihr frischgebackener Colonel schien derweil zwischen freudiger Erwartung, endlich wieder in Aktion treten zu können, und Beklommenheit angesichts seiner neuen Verantwortung hin- und hergerissen.

„Die *parrucche* haben die menschliche Gastfreundschaft längst überstrapaziert, und wir wollen sie hier nicht haben!“, fuhr Gunnarsson fort. „Das wollten wir nie. Sagen Sie Ihren Leuten also, sie sollen Herz und Seele in diese Sache legen. Für unsere Heimat! Für all unsere Leute, die grundlos angegriffen und getötet wurden! Für die Republik!“

Es folgte eine weitere Runde feuriger „Hurra“-Rufe, gefolgt von knackigen Saluten, einigen weiteren Plattitüden und Propaganda, und schließlich entließ der Vizeadmiral alle außer Glen.

„Hören Sie, Admiral.“ Er wandte sich dem anderen Mann zu. „Nur zwischen uns?“

„Natürlich.“ Glen winkte seine Beobachter aus dem Raum und kappte alle übrigen Verbindungen, sodass nur er zuhören konnte.

Als sie allein waren, nickte er, und Gunnarsson bekannte in beinahe kameradschaftlichem Ton: „Ich bewundere Ihren Schneid und Ihre Bereitschaft, durch dieses außerweltliche Wurmloch zu fliegen, ohne überhaupt zu wissen, was dahinter liegt. Es ist sehr plutonisch, nach neuen Horizonten zu streben. Aber wir verlassen uns immer darauf, dass unsere Basis verbleibt, dass unsere Republik uns einen sicheren Hafen bietet. Sie hingegen setzen auf die Unterstützung eines Aliens. Ich denke nicht, dass ich meine Leute jemals bitten könnte, mir unter solchen Umständen zu folgen."

Der Vizeadmiral holte tief Luft, während er seine eigenen Worte abwog. Da er offensichtlich noch nicht fertig war, wartete Glen geduldig, bis der andere Mann fortfuhr: „Ich sehe, dass Sie sich immer noch wegen des velorianischen Interesses an Ihrem Schiff sorgen, und mir ist bewusst, dass dies vermutlich nicht ganz das ist, was Sie sich von Ihrer Vereinbarung mit der High Marshal erhofft hatten." Gunnarsson lächelte leicht, als hätte er die Ergebnisse solcher Deals schon öfter miterlebt. Was angesichts seiner Position wahrscheinlich auch der Fall war. „Doch Ihre Mission ist nichts, was sie unseren Leuten verkaufen kann, und Sie wissen sicher, wie solche Dinge laufen, also werde ich Sie nicht mit leeren Höflichkeiten beleidigen."

Glen nickte. „Ich schätze Ihre Offenheit, Vizeadmiral."

Von einem erfahrenen Offizier zum anderen nickte Gunnarsson zurück und gab sein ehrliches Urteil über die Situation ab. „Marshal Stenmark bat mich um meine Einschätzung Ihrer Nützlichkeit und Gefechtsbereitschaft. Ich war es, der ihm geraten hat, Ihr Schiff am Rande der Schlacht zu positionieren. Ich habe dies aus mehreren Gründen getan. In erster Linie, weil Ihre Crew in der Vergangenheit zahlreiche Probleme hatte, von denen ich noch nicht überzeugt bin, dass sie alle vollständig gelöst sind. Doch auch, weil ... wenn Sie mir meine Offenheit gestatten?" Ein Mundwinkel des Vizeadmirals zuckte kurz.

Auf Glens erneutes Nicken hin gestand er: „Ihr Schiff hat eine vergleichsweise große Heckpartie, welche ich nicht unbedingt die Fadenkreuze meiner anderen Schiffe blockieren sehen möchte."

Etwas überrascht von dieser durchaus nachvollziehbaren, wenn auch völlig unerwarteten Begründung, lachte der Admiral laut auf. Gunnarssons kleines Zucken um den Mund verwandelte sich in ein echtes Lächeln, und er zwinkerte, was auf seinem militärisch-korrekten Gesicht untypisch und seltsam erschien.

„Nun", Glen schüttelte den Kopf in gespielter Missbilligung, „ich verstehe Ihren Standpunkt. Wir wollen ja nicht riskieren, dass das üppige Design meines Schiffs die plutonischen Waffenoffiziere von der Erfüllung ihrer Pflichten ablenkt."

„In der Tat." Die Augen des anderen Mannes funkelten noch einen Moment lang nach. Dann schwangen sein Gesichtsausdruck und Tonfall erneut in Ernsthaftigkeit um, als er sagte: „Meine Kampfgruppe wird Ihnen die bestmögliche Unterstützung bieten. Aber. Sollte der Marshal sich zu irgendeinem Zeitpunkt zum Rückzug entschließen und die *Gateshot* es bis dahin nicht geschafft haben, müssen Sie umkehren. Wir eskortieren Sie so weit, wie er es uns gestattet, doch wir werden Sie zurücklassen, sollten Sie einen Rückzugsbefehl missachten. Haben Sie das verstanden?"

„Natürlich." Glen zog die Schultern zurück. „Ihre oberste Pflicht gilt Ihren eigenen Leuten, nicht uns."

„So ist es." Gunnarssons Blick hielt den des anderen einen bedeutungsschweren Moment lang, dann salutierte der Vizeadmiral. „Was auch immer geschieht, es war ... interessant, Sie kennenzulernen. Ich hoffe sehr, dass Sie es schaffen und mit vielen spannenden Geschichten zurückkehren."

Glen erwiderte die Geste mit einem Lächeln und versprach: „Sobald wir zurück sind, komme ich persönlich vorbei und erzähle sie Ihnen."

Entlassen und allein in dem plötzlich weitläufigen, leeren Raum seines Büros, holte der Admiral tief Luft, um Mut zu fassen. Er stellte sich vor, wie er all die Frustrationen und Rückschläge der vergangenen Monate und Jahre ausatmete, als er seine Augen in einer Realität öffnete, die er sich zu Beginn dieser Reise nicht einmal in seinen wildesten Träumen hätte vorstellen können.

Für etwas Glück drehte er seinen Ehering und entschied sich eher spontan, in den Worten zu beten, die ihm seine Nana beigebracht hatte, als er noch ein kleiner Bursche gewesen war. Die fragile Hoffnung auf jenseitige Hilfe barg vagen Trost für einen Mann, der es gewohnt war, sich auf seine eigenen Fähigkeiten und Anstrengungen zu verlassen. Doch warum sollte er nicht alle denkbaren und undenkbaren Vorteile nutzen? An diesem Punkt war jedes bisschen Wohlwollen, welches ihnen ein himmlisches Wesen entgegenbringen mochte, mehr als willkommen.

„Hilf dir selbst, so wird dir geholfen." Rupert Mavericks Stimme war ausnahmsweise frei von übertriebener Grandiosität und Selbstdarstellung, als er aus einem deplatzierten Schatten heraustrat und in respektvoller Haltung neben der Tür stehen blieb. „Hätten Sie etwas dagegen, wenn ich mich Ihnen anschließe? Mir wird selten etwas gewährt, wo doch meinem Glauben nicht dieselbe Macht innewohnt wie dem Ihren. Trotzdem, es fühlt sich hin und wieder ganz ... angenehm an zu beten."

Da Glen weder Fehler noch Täuschung erkennen konnte, nickte er, und Maverick trat näher, verschränkte die

Hände auf dem Kristallknauf seines Gehstocks und senkte den Kopf. Der Hohepriester der Hekate – sofern er dieses Amt wirklich innehatte – schloss die Augen und bewegte seine Lippen lautlos in einer seinem Gegenüber unidentifizierbaren Sprache. Nach einer Minute richtete er sich auf und sein vielfarbiger Blick traf erneut auf Glens.

„Ich könnte Ihnen einen Segen spenden, wenn Sie möchten." Er deutete auf die rechte Hand des Admirals. „Sie haben die Hilfe der Wächterin angenommen, also wäre es nur fair, auch die meine zu empfangen."

„Heißt das, Sie sind bereit, Ihren Teil zu tun?"

„Aber selbstverständlich." Das Braun trat hervor, als Mavericks Augen in plötzlicher Intensität aufleuchteten. „Was Sie im Begriff sind zu tun, ist der Grund für meine Existenz. Sie können sich nicht vorstellen, wie lange ich auf diesen Tag gewartet habe. Jetzt, da er endlich da ist, ..." Er hielt inne und seine Fingerspitzen folgten den komplizierten Linien auf seinen Wangen bis zur Spitze des dünnen Ziegenbarts. „Außerdem könnte es das letzte Mal sein, dass ich so etwas anbieten kann, da ich vermutlich den Großteil meiner Magie verlieren werde, wenn wir erst einmal das Tor passiert haben."

Alle denkbaren und undenkbaren Vorteile, aye?

Glen entschied sich, zu ignorieren, was auch immer Maverick verschwieg, nickte und wollte seine rechte Hand ausstrecken, doch der Schwindelmagier schüttelte den Kopf.

„Geben Sie mir Ihre linke", forderte er.

„Warum?"

„Kosmisches Gleichgewichts-Voodoo-Zeugs." Das Blau in Mavericks Augen überwog für einen Herzschlag, als er die Augenbrauen wackeln ließ. „In vielerlei Hinsicht sind die Wächter und ich gegensätzliche Pole. Daher erscheint es mir nur angemessen, zu Ihrer Linken zu stehen, wo Sie doch Fr. Baileywick bereits Ihre rechte Hand überlassen haben."

Was auch immer das bedeuten mochte.

Glen streckte seine linke Hand aus und Maverick platzierte sie auf dem großen Edelstein, bevor er sie mit seinen beiden Händen bedeckte und erklärte: „Möge Athene, die Göttin der Strategie und Schutzpatronin der Helden, Ihre Entscheidungen im Kampf leiten. Möge Hekate, die Göttin der Magie, Ihre Instinkte schärfen, und mögen Ihre Liebsten Ihnen zur Seite stehen, um Ihr Herz und Ihre Seele in Ihrem Bestreben, sie zu erreichen, zu schützen."

Die kühlen Facetten unter der Hand des Admirals erwärmten sich, als das rote Licht im Inneren des Steins für einen Moment von einer Kerzenflamme zu einem hellen Leuchtfeuer aufloderte. In dem plötzlichen Licht konnte Glen die Knochen seiner Finger zählen und die dunklen Wirbel erkennen, welche sich auf seiner Haut sammelten und umeinander tanzten, um ein Bild zu formen. Wärme breitete sich in seinem Herzen und seinem Kopf aus und hinterließ jene gefestigte Bestärkung, welche eine wichtige Entscheidung oft hinterließ, sobald sie einmal getroffen war und nur noch ausgeführt werden musste.

Als das Licht zurückwich und Rupert seine Hand freigab, drehte Glen sie um und entdeckte ein überraschend realistisches Tattoo darauf. Ein Kompass, ein Sextant und ein Schlüssel kreuzten sich und überlagerten die vertrauten Linien seiner Hand.

„Keine Sorge, es ist nur vorübergehend." Im Lächeln des Magiers schwang für ein oder zwei Augenblicke ein Anflug von Erschöpfung mit.

Glen rieb sich vorsichtig über die Handfläche. Die

Symbole strahlten noch Wärme ab. Ansonsten fühlte sich seine Haut völlig unversehrt und normal an.

„Vielen Dank, Hr. Maverick", sagte er.

Rupert J. Maverick verbeugte sich. „Nein, ich danke Ihnen, Kapitän. Die Menschheit braucht Helden Ihres Kalibers, auch wenn sie es selten erkennt, bevor es fast schon zu spät ist."

Unsicher, was er darauf erwidern sollte, zog der Kapitän seinen Ärmel herunter. Er wies seinen XO per Comms an, den Führungsstab zusammenzurufen, damit er Befehle aufteilen und weitergeben konnte.

KAPITEL VIERUNDDREISSIG

RUFFA\\ EINDRINGLINGE UND WÄCHTER

Lightbearer, *am Raumtor*

Wie zu erwarten schickten die Menschen ihrer Streitmacht ein Ultimatum voraus.

„Hier spricht Marshal Stenmark von der Plutonischen Verteidigungsflotte zum velorianischen Befehlshaber am Raumtor“, erklärte der gedrungene, dunkelhäutige Mann, welcher von der plutonischen Flagge im Hintergrund geradezu überschattet wurde. „Sie haben zwei Stunden Zeit, die illegalen Befestigungen rund um das Raumtor zu demontieren oder aufzugeben und sämtliche ebenso illegalen militärischen Mittel aus diesem Sonnensystem zu entfernen. Sollten Sie dieser Aufforderung nicht nachkommen, wird die Plutonische Republik Ihre Verletzung der Regeln für gefechtsneutrale Zonen im menschlichen Raum ahnden, indem sie diese für Sie entfernt. Jede Aggression gegen unsere Truppen wird als kriegerischer Akt gewertet und dementsprechend beantwortet. Stenmark Ende.“

Ruffa wischte die Nachricht fort wie eine lästige Fliege.

„Ignorieren", befahl er und ersetzte die Ansicht über seinem Schreibtisch durch den Blick auf die tatsächliche, auf sie zukommende Bedrohung.

„Sollten wir nicht wenigstens antworten?", wagte Evron zu fragen. „Vielleicht verschafft uns das etwas Zeit."

„Wofür?" Der Kommandant streckte seine Falten. „Wir wissen, warum sie hier sind, sie wissen, warum sie hier sind, und es gäbe keine realistische Möglichkeit, ihre Forderungen umzusetzen, selbst wenn wir tatsächlich daran interessiert wären. Nein, diese Nachricht ist lediglich eine für die Nachwelt aufgezeichnete Formalität. Damit sie behaupten können, sie hätten uns eine Wahl gelassen. Nichts, was wir sagen, wird ihren Anflug verlangsamen, also brauchen wir uns auch nicht auf ihre kindischen Spielchen einzulassen."

Sichtlich verunsichert biss Evron sich auf die Lippe und zog seine Falten angesichts der milden Zurechtweisung zurück.

Ruffa analysierte die Aufstellung der in ihre Sensorreichweite einfliegenden plutonischen Schiffe. Trotz ihres größeren technologischen Vorsprungs gefielen ihm die Erfolgsaussichten dieses Kampfes nicht besonders. Auf der Holoanzeige näherten sich drei Man-of-War-Schlachtträger dem Tor, flankiert von zehn Zerstörern, einundzwanzig Fregatten und neunundreißig Korvetten. Zum Glück waren erst fünf Lichtwechsel zuvor letzte Verstärkungen eingetroffen. Damit standen Ruffa neun Goutas, vierzehn Rujas und zehn Crubas zur Verfügung, um dem Feind zu begegnen. Da die Stationen das Tor sichern und seine Hauptstreitmacht den Feind beschäftigen mussten, blieben nur die *Lightbearer* und der neue Prototyp, um es mit dem Schiff der Wächterin aufzunehmen. Der Prototyp hatte eine wichtige Rolle zu spielen, also durfte er vorher keinesfalls Schaden nehmen.

Angesichts der geringer entwickelten Technologie der Menschen würde es eine weitere Stunde dauern, bis diese sich ein Bild von der Lage machen konnten. Ruffa nutzte diesen Vorsprung bereits, um seine Truppen vorzubereiten und einen Schlachtplan auszuarbeiten.

„Wir werden ihnen auf halbem Weg entgegenkommen." Er zeigte auf die genaue Stelle auf der dreidimensionalen Karte. „Das verschafft uns mehr Zeit, um die plutonische Eskorte zu zerstören und den Vorstoß der Wächterin zum Tor zu vereiteln. Wir sollten davon ausgehen, dass sie ihre überlegene Technologie voll ausnutzen wird."

„Sagten Sie nicht, dass die Leistung ihres Schiffes bisher weit unter Ihren Erwartungen lag?" Evron runzelte die Stirn, während er die projizierten Bewegungen studierte. „Wo ist es?"

„Ja, es scheint, als musste sie mit der geringen Qualität vorliebnehmen, welche die Menschen ihr liefern konnten." Ruffa vergrößerte den dichten Verband aus Schiffen aller Größen. „Sie hält sich vermutlich beobachtend zurück und lässt die Menschen den ersten Angriff abfangen, um unsere Aufstellung und Strategie besser einschätzen zu können. So würde ich es auch tun."

Evron öffnete den Mund, doch es kamen keine Worte heraus, und er schloss ihn mit einem leichten Kopfschütteln wieder.

„Rede mit mir", ermunterte Ruffa seinen Schüler. „Sag mir, was du siehst, das mir entgeht."

„Ich bin mir nicht sicher." Der Jüngere kratzte seine äußeren Falten. „Es ist nur ... Die Plutonier wissen nichts von den Wächtern. Warum unterstützen sie sie überhaupt?

Warum setzen sie so eine große Streitmacht für ein Wesen ein, das sie nie zu verehren gelernt haben? Was, wenn ... Was, wenn die Wächterin den Plutoniern hilft und nicht umgekehrt? Vielleicht ist ihr Schiff nur ein ... Mitläufer."

Was für eine sonderbare Vorstellung.

„Unsinn", urteilte der Kapitän der *Lightbearer*. „Sie ist eine Wächterin! Sich in Politik und Schlachten einzumischen, verstößt gegen ihre Programmierung!"

„Nun, das tut sie so oder so." Evron deutete auf die Karte. „Zumindest, wenn Sie beide recht haben und sie die Plutonier irgendwie dazu gebracht hat, für sie zu kämpfen."

„Eine interessante philosophische Debatte", erklärte der Kommandant und übernahm damit erneut Kontrolle über die Diskussion. „Eine, die wir in aller Ruhe führen können, wenn die Schlacht erst gewonnen ist. Jetzt sollten wir uns darauf konzentrieren, die Plutonier zurückzuschlagen. Letztendlich spielt es keine Rolle, warum sie vor unserer Haustür stehen; es zählt nur, wie wir sie mit minimalen Verlusten vernichten können."

„Sehr wahr", stimmte der Kapitän zu.

Während Ruffa ihre Strategie festlegte, hielt sich Evron zurück und hörte aufmerksam zu.

„Sie werden sich in einer soliden Linie positionieren", erklärte der Kommandant. „Während die großen Schiffe den Beschuss aufrechterhalten, werden die kleineren versuchen, durch die Lücken in unserer Formation zu tauchen und von den Seiten anzugreifen. Diese Korvetten und Fregatten werden Entermanöver einleiten, sobald sich ihnen eine geeignete Gelegenheit bietet. Daher müssen wir eine geschlossene Front bilden und dürfen sie nicht durchschlüpfen oder hinter uns kommen lassen. Die Crubas werden bei Bedarf ihre Jäger freisetzen, um plutonische Enterversuche abzuwehren. Die *Lightbearer* hält ihr

Deckungsfeuer aufrecht, bis die Plutonier ernsthaft in den Kampf verstrickt sind und der Wächterin keine direkte Unterstützung mehr zukommen lassen können. Sobald sich die Gelegenheit bietet, werden sich die *Lightbearer* und ihre Eskorte zurückziehen, um das Schiff der Wächterin anzugreifen und zu entern. Wir müssen sicherstellen, dass es dieses Mal vollständig zerstört wird."

„Aber ...", Evron schluckte und sein Blick flackerte unruhig. „Wäre es nicht ... Wenn sie in einer geschlossenen Linie auf uns zukommen, wäre es dann nicht besser, unsere Flanken zu erweitern, um sie zu umschließen und von mehreren Fronten aus gegen sie vorzugehen?"

„Wenn wir über eine gleich große oder größere Anzahl an Schiffen verfügen würden, schon." Ruffa wies die Projektion an, zu zeigen, was sein Schüler im Sinn hatte, während er erklärte: „Allerdings haben die Plutonier hervorragende Entertruppen und den Vorteil der numerischen Überlegenheit. Sobald sie sehen, dass wir uns zerstreuen, werden sie es ebenfalls tun und einen noch größeren Umfang bilden. Dieser leere Raum macht uns verwundbar. Mit ihrer größeren Zahl stoßen sie in die Lücken zwischen unseren Schiffen und umzingeln, entern oder vernichten sie einzeln. Selbst unsere Jäger werden der schieren Masse der Plutonier nicht gewachsen sein."

Auf der Projektion lieferten ihre Schiffe einen tapferen Kampf, wurden jedoch schnell zerstört.

„Nein", sagte Ruffa, „wir müssen unsere Stärke bewahren, indem wir unsere Formation eng halten und die ihre mit unseren fortschrittlicheren Waffen durchbrechen. Sobald wir ihre großen Schiffe zerstören, sind die kleineren ungeschützt und werden rasch ausgeschaltet sein."

„Was ist mit dem neuen Prototyp?", fragte Tuvil. Er musste den Plan und alle Befehle an die Kapitäne der anderen Schiffe weitergeben, daher machte er sich detaillierte Notizen.

„Wir halten ihn im Herzen unserer Formation, bis sich eine Gelegenheit bietet, ihn gegen das Schiff der Wächterin zu entsenden. Seine erste Priorität ist die Zerstörung dieses Schiffs. Alle anderen Streitkräfte werden ihn dabei unterstützen." Ruffa stellte die Projektion so ein, wie er sich die Formation vorstellte. Die *Lightbearer* im Zentrum – da die Plutonier sich mit Sicherheit auf sie konzentrieren würden – der Prototyp in ihrem Schatten, die übrigen Schiffe dicht darum gruppiert, um das Ungeziefer fernzuhalten.

Evron beugte sich vor. „Schränkt das nicht unsere Manövrierfähigkeit ein?"

„Ein notwendiger Nachteil." Der Kapitän der *Lightbearer* schüttelte seine Falten aus und ordnete sie neu, um seine unterwürfige Zustimmung zu zeigen.

Der Schüler ahmte die Geste nach, wirkte jedoch weiterhin unschlüssig. Das war zu erwarten, schließlich war dies seine erste wirkliche Schlacht.

„Aber wird unsere Formation nicht ins Wanken geraten, sobald die *Lightbearer* sich zurückzieht?", fragte er leise.

„Es erfordert einiges an Geschick, sich nicht vom Feind ausbremsen zu lassen", stimmte der Kommandant zu. „Doch ich erwarte, dass diese Crew damit umgehen kann."

Die Falten des Kapitäns signalisierten rasch Zustimmung, ein Hauch von Stolz schwang in der Bewegung mit.

Ruffa schaltete die Holoanzeige ab.

„Tuvil: Geben Sie die Befehle weiter. Kapitän: Setzen Sie uns in Bewegung." Ruffa bedeutete seinem Schüler, ihn zu begleiten. „Evron: Du musst dich auf den Weg zur Station machen und dich darauf vorbereiten, mit den

Magiern zusammenzuarbeiten. Ich werde dich ein Stück begleiten."

„Was beschäftigt dich?", fragte der Kommandant, als sie die Brücke hinter sich gelassen hatten.

„Es ist nur ... es fühlt sich so falsch an." Evrons Falten spannten sich. „Was ... was werden wir mit der Wächterin tun, Ruffa? Wir können sie doch nicht zerstören, oder?"

„Wir werden es versuchen."

Sein Schüler sah ihn mit derselben bestürzten Panik in den Augen an, die Ruffa selbst empfunden hatte, als er vor vielen Rotationen zum ersten Mal mit dieser Möglichkeit konfrontiert worden war. Und so wie er damals blieb auch Evron eine ganze Weile sprachlos. Unruhige Bewegungen seiner Falten deuteten auf den inneren Kampf hin, sich mit dieser Idee abzufinden.

Schließlich erschlafften seine Mimik und Körperhaltung.

„Ich habe Geschichten über einen Wächter gehört, der sich selbst zerstörte ..." Evrons Stimme wurde in jener uralten Weise leise, wie solche Geschichten von Generation zu Generation weitergegeben wurden. „Angeblich hat er dabei einen halben Planeten mitgenommen. Sie könnte uns alle auslöschen, wenn sie wollte."

„Wenn sie wollte. Vielleicht." Der Kommandant ordnete seine Falten neu. „Miss diesen Geschichten nicht zu viel Gewicht bei, Evron. Die Wächter nähren sie absichtlich. Sie haben ein ganzes Universum mit dem Glauben infiziert, sie seien Halbgötter, gleichermaßen zu verehren und zu fürchten. Doch in diesem abgeschlagenen Hinterraumsystem, in dem niemand weiß, was sie ist, hat die Wächterin uns bislang nichts Ernsthaftes entgegensetzen können. Nein, sie ist jung und unerfahren, so wie Thallamon sie eingeschätzt hat. Ihr fehlt es an Entschlossenheit, uns oder den Menschen ernsthaft zu schaden. Das wird ihr zum Verhängnis werden."

„Aber ... sie ist eine Wächterin – außer aus Gründen der Selbstverteidigung kann sie niemandem ernsthaften Schaden zufügen; das ist ihr nicht erlaubt!"

Ein leises Grollen versetzte die Bodenplatten in Vibration, als die Antriebseinheiten der *Lightbearer* ihre Leistung erhöhten.

„Wer kann schon mit Bestimmtheit sagen, was ihre Art sein oder tun darf und was nicht?" Ruffa warf einen Blick aus den Fenstern, an denen sie vorbeigingen, und bemerkte zufrieden, dass sich ihre Eskorten bereits an dem größeren Schiff ausrichteten. „Außerdem hätte sie sich jederzeit selbst zerstören können. Das wäre der schnellste Weg für sie, um in die Große Neutralität zurückzukehren. Wenn sie wirklich nur Code in einer Maschine ist, der jederzeit in einen neuen Körper übertragen werden kann, wäre das die zweckmäßigste Lösung gewesen. Der einzige Weg aus diesem System, den wir nicht blockieren können. Also ist es entweder eine Lüge oder es fehlt ihr an Überzeugung."

„Aber wenn wir sie zerstören, schicken wir sie dann nicht nur schneller nach Hause?!" Evron biss sich auf die Lippe. „Und das wäre ein eindeutig aggressiver Akt. Ist der ganze Sinn des Schweigens nicht, dass ihr Volk nicht beweisen kann, dass wir in diesem System etwas Unrechtes tun? Damit es ihnen egal ist? Wenn wir einen ihrer Satelliten zerstören, werden sie sich dann nicht zum Gegenschlag verpflichtet fühlen?"

„Diese Möglichkeit besteht natürlich ..." Ruffa spürte, wie sich seine Falten spannten. Er hasste es, einen Feind zu haben, den er nicht festnageln konnte. „Es sei denn, sie haben dem Universum etwas vorgelogen und sind weder unsterblich noch dauerhaft verbunden. So oder so: die Geschichte zeigt, dass die Große Neutralität langsam handelt, und solange wir behaupten können, wir hätten nicht gewusst, dass sie auf diesem Schiff war, können wir uns da vielleicht noch herauswinden. Denn wenn sie Beweise hätte, welche ihr Volk dazu bringen würde, gegen uns vorzugehen, stünde die Große Neutralität bereits vor unserer Tür. Diese ganze Operation, alles, was wir in diesem System tun, ist ein Spiel auf Zeit, Evron. Wir brauchen nur genug davon, um die Große Not zu lindern. Alles andere ist zweitrangig."

„Verstehe." Sein Schüler blickte verloren ins All. „Aber sie ist eine *Wächterin*, Ruffa. Wir können doch keine Wächterin töten!"

„Evron!" Der Kommandant blieb stehen, um beide Schultern seines Schülers zu packen und ihn zu sich zu drehen. „Ähnliches hat man gesagt, als dein Erzeuger erstmals befahl, ihr keine Fragen zu stellen. Gegen sie vorzugehen, bedeutet, unser Volk zu schützen! Velorias Schicksal liegt in unseren Händen! Dies ist ein Kampf ums Überleben. Wenn die Wächterin uns dazu zwingt, sie zu zerstören, dann werden wir es tun. Um unseres Volkes willen!"

Der Jüngere senkte in stummer Niederlage den Kopf; seine Ohren hingen herab.

„Mir gefällt das genauso wenig wie dir", fuhr Ruffa fort, seine Stimme ein beschwörendes Flüstern. „Aber es ist der einzige Weg. Tu einfach deinen Teil und denk nicht weiter darüber nach. Die Wächterin ist nicht dein Problem, sie ist meins. Sorge du nur dafür, dass Berestul und seine Lakaien dem menschlichen Magier den Weg versperren."

Rings um sie begannen Lichter die Wände entlangzulaufen, um Gefechtsbereitschaft anzuzeigen. Schotten verriegelten die Fenster und verdeckten den Blick auf die Sterne. Der Jüngere schluckte und nickte.

Ruffa drückte Evrons Schultern als stummes Zeichen der Ermutigung und des Abschieds. „Geh jetzt. Dein Shuttle wartet im primären Hangar. Viel Glück."

„Ihnen ebenfalls." Sein Schüler schöpfte Mut und wandte sich zum Gehen, blieb dann aber stehen und fragte: „Ruffa, wenn ... wenn unsere Seelen wirklich versagen, wie manche behaupten ... Was, wenn wir heute sterben und nicht wiedergeboren werden?"

Der Kommandant dachte lange darüber nach. Schließlich erklärte er: „Das ist die Last unserer Generation, Evron. Deshalb tun wir, was wir tun. Um sicherzustellen, dass es nicht mit uns endet, auch wenn unsere eigenen Seelen es nicht schaffen. Veloria muss bestehen. Das ist alles, was zählt."

KAPITEL FÜNFUNDDREISSIG

GLEN\\ DAS WARTEN

„Sind wir einsatzbereit?“, fragte Glen, während er das geschäftige Treiben auf seiner neuen Brücke beobachtete.

Die plutonischen Streitkräfte rechneten damit, innerhalb einer halben Stunde auf die velorianische Kampflinie zu treffen. Damit an den Kontrollen alle maximal bereit und konzentriert waren, sobald es tatsächlich losging, löste in diesem Moment die ausgeruhte Hauptschicht die zweite Schicht ab, welche die *Gateshot* weit in die entmilitarisierte Zone und fast bis zum Tor gelenkt hatte.

Die bestätigenden Piepser von Übergabechecklisten und das Einschnappen von Gurten hallten über die Brücke. Schließlich meldeten alle Teamleiter volle Einsatzbereitschaft. Federovs Hologramm schaltete sich zu und gab dieselbe Rückmeldung fürs Bordmilitär.

Auch nachdem der frischgebackene Colonel seine Truppen in mehreren Simulationen aus einem taktischen Operationszentrum geführt und den damit verbundenen Vorteil strategischer Übersicht genossen hatte, schien er sich abseits des Geschehens immer noch unwohl zu fühlen.

Dass er seine Voidwalker-Rüstung trug, mochte als beruhigendes Symbol sowohl für seine Untergebenen als auch seine eigenen Nerven gedacht sein.

„Sie werden sich daran gewöhnen, Colonel", ermutigte ihn der Admiral. „Hat bei mir auch eine Weile gedauert."

„Aye, Kapitän."

Sein Gegenüber wirkte nicht überzeugt, schien jedoch sein Schicksal zu akzeptieren.

Glen wandte sich um und Eve nickte ihm zu; ein entschlossener, geradezu eifriger Ausdruck verbarg sich hinter dem leichten Lächeln ihres Pokerfaces. „Die *Gateshot* ist bereit, Kapitän."

Der Glanz in ihren Augen verriet ihm, dass sie sowohl die Bereitschaft für die Pläne der Plutonier als auch für ihren eigenen kleinen Rückfallplan meinte. Seit sie sich auf dessen Notwendigkeit geeinigt hatten, hatten die beiden kaum mehr als ein Dutzend Worte darüber gewechselt. Soweit Glen wusste, hatte sie Lustig und vielleicht noch einige andere Crewmitglieder in uneinsehbaren VR-Simulationen trainiert, um die ganze Nummer geheim und so weit wie möglich von Federovs Wahrnehmung fernzuhalten.

Als Antwort auf Federovs kleine Brückeninvasion hatte Eve den Bereich der KOs rückwärtig durch eine halbhohe, schusssichere Wand abgegrenzt und ihre Station seitlich darin integriert. Auch wenn es den Admiral beruhigte, nicht mehr sang- und klanglos von hinten erschossen werden zu können, war es doch gewöhnungsbedürftig, so unmittelbar zu ihr aufzuschauen. Da es eine deutliche Krafteinwirkung benötigte, den außerweltlichen Roboter von den Füßen zu holen, war Eve wie üblich als einziges Mitglied der Brückencrew mobil. Selbst die neue Wachmannschaft hatte sich bei Ausrufung der Gefechtsbereitschaft auf Notsitzen zu sichern.

Botschafter Bogdanov saß mit einem seiner Leibwächter in der Beobachterecke. Zu seiner Rechten lehnte Maverick an der Wand, seine Katze auf den Schultern. Suzys Hologramm stand bei ihnen, und sogar Dr. Fox hatte sich entschlossen, das Überschreiten jener unsichtbaren Linie, die den offiziellen Beginn dessen markierte, was ebenso gut ihre letzte Schlacht sein konnte, per Hologramm mitzuerleben. Dass Pro. Maj. Garin ausgerechnet heute selbst die Brückenwache anführte – wobei sie zweifellos auch ein Ohr auf den Kommunikationskanälen ihrer Provoste hielt – verursachte beim Admiral gemischte Gefühle.

Zu seiner Rechten straffte Nick sich sichtbar und meldete: „Volle Gefechtsbereitschaft bestätigt, Kapitän!"

„Gut." Glen holte tief Luft. „Lt. Singh: Öffnen Sie einen schiffsweiten Kanal."

„Kanal ist offen."

„Achtung, gesamte Besatzung, hier spricht der Kapitän. Wir erreichen in Kürze die Gefahrenzone. Die Position der vorderen Verteidigungslinie des Feindes ist ungewiss. Bleiben Sie also wachsam, halten Sie sich bereit und zeigen Sie vollen Einsatz! Wir sind endlich hier – und wir werden es hindurchschaffen!"

Auch wenn sie sich wahrscheinlich noch weit außerhalb der Reichweite der velorianischen Verteidigungsanlagen befanden und für ungewisse Zeit hier verweilen würden, um die Lazarettschiffe zu bewachen, elektrisierte die Aussicht auf Kampfhandlungen die Luft. Es ließ alle aufrechter sitzen und sich mit gesteigerter Konzentration auf die aktuelle Aufgabe fokussieren.

Mit schmalen Lippen und tief in die Manteltaschen

geschobenen Händen fing Dr. Fox' Hologramm den Blick von Fr. Rivers auf, tauschte ein kurzes Nicken mit ihr und erlosch dann.

„Befehl von VAdm. Gunnarsson", meldete Singh wenige Minuten später. „Wir sollen die uns zugewiesene Position sichern."

Glen beobachtete, wie der betreffende Bereich auf der einen seiner Bildschirme dominierenden Karte aufleuchtete.

„Pilot: Wechseln Sie zu Verteidigungsmuster 2/15", befahl er.

Während Ludmilla umgehend den Konterschub aktivierte, um sie abzubremsen und das Manöver einzuleiten, lösten sich rund um die *Gateshot* herum die plutonischen Kriegsschiffe aus ihrer Reisekonfiguration und formierten sich zu einer Angriffslinie. Dadurch vergrößerte sich der Abstand zwischen der weiter beschleunigenden Gefechtsfront und den zurückgelassenen Schiffen rasch.

„Fr. Magecraft", Glen wandte sich ihrem Hologramm zu, „bestätigen Sie Ihren Status. Ist alles vorbereitet?"

Das Gesicht des Mädchens wirkte angespannt und eine Mischung aus Entschlossenheit und Furcht wehte durch ihre magische Verbindung. Seit sie mit Fr. Yun aktiv diese Seite ihrer Gabe trainierte, war Suzy besser darin geworden, unwillkürliche Lecks zu unterdrücken. Dieser Ausrutscher bewies deutlich ihre Nervosität.

„Aye, Kapitän." Sie nickte. „Wir können beginnen, sobald das Tor in Sicht ist."

„Halten Sie sich bereit", ordnete er an. „Für den Fall, dass sich früher als erwartet eine Gelegenheit ergibt."

Suzys Hologramm salutierte und erlosch. Maverick drückte Bogdanov in einer geradezu väterlichen Geste die Schulter, bevor er und seine Katze ebenfalls verschwanden.

„Warum haben Sie ihr so viele Wachen abgestellt?", fragte Nick das Hologramm des Colonels. „Erwarten Sie, dass die Velorianer versuchen werden, die Schwachstelle an unserer Front auszunutzen, oder glauben Sie, dass sie die Magie anvisieren werden?"

„Vor allem Ersteres." Das Gesicht des Plutoniers verdüsterte sich. „Sagen wir einfach, ich bin nicht glücklich darüber, ausgerechnet ganz vorne am Schiff Fenster unbedeckt zu lassen, nur damit einer unserer wertvollsten Aktivposten nach draußen schauen kann."

„Das haben wir doch bereits besprochen", mischte sich Glen in das Gespräch ein, welches in erster Linie dazu diente, die Nerven aller anderen unter Kontrolle zu halten.

Nichts war so schlimm wie Stille. Selbst wenn die Brückencrew nicht hören konnte, was genau gesagt wurde – solange der Führungsstab gelassene Worte wechselte, war alles in Ordnung. Also würden sie reden und alle beruhigen, bis der Kampf auch bei ihnen ankam.

„Selbst wenn Fr. Magecraft mit Fr. Yun verbunden ist, wird sie wahrscheinlich immer noch einen direkten Blick auf das Tor benötigen, um es zu aktivieren", gab Glen zu bedenken. „Außerdem hat Hr. Maverick zugesagt, magische Abschirmung zu stellen."

„Ja, sicher." Auch eine Nacht Schlaf schien den guten Colonel nicht weiter überzeugt zu haben als die Planungssitzung vom Vortag. „Endlich eine praktische Verwendung für dieses Ärgernis. Ich hoffe nur, dass er hält, was er verspricht."

„Ich bin nur froh, dass die beiden nach dem üblen Streit während der Gründungsfeier wieder zusammenarbeiten können", kommentierte Nick, ein Auge auf die Brücke, das andere auf seinen durchscheinenden Nachbarn gerichtet.

„Sie müssen wohl eine sehr produktive Aussprache gehabt haben.“

„Kapitän: Die Velorianer manövrieren, um unsere Angriffslinie abzufangen“, meldete Montoya einige Zeit später.

„Das ging schnell“, kommentierte Glen, während er in das Geschehen hineinzoomte.

„Ihre Schiffe verfügen über überlegene Sensoren“, erinnerte Eve ihn. „Es war unvermeidlich, dass sie die Plutonier zuerst entdecken.“

„Sensoren: Steuert eins davon auf uns zu?“, hakte Glen nach.

„Noch nicht, Sir“, bestätigte Montoya seine eigene Einschätzung.

„Na dann.“ Der Admiral lehnte sich zurück, um den Beginn der Schlacht zu beobachten. „Warten wir mal auf unseren Einsatz.“

Und so begann das Warten.

KAPITEL SECHSUNDDREISSIG

THEODORA\\ ERSTER ANGRIFF

Kapitän Theodora Imrin saß an der zentralen Station auf der Brücke der *Sanji Merabti* und beobachtete die sich nähernde velorianische Linie. Ihre Fregatte war mit zwei Schattensphären und einem ganzen Voidwalker-Platoon ausgerüstet worden. Ihre Befehle waren so eindeutig, wie sie nur sein konnten: Nach dem ersten Aufeinandertreffen die Schattensphären abwerfen, eine Lücke ausnutzen und die Entermannschaften in Sprungreichweite bringen. Sie studierte die vom Kampfkoordinator auf der *Voidhammer* weitergeleiteten Projektionen.

„Sieht aus, als hätten sie noch ein paar Verstärkungen durchs Tor bekommen", stellte sie fest, während sie das Holo mit den bereitgestellten Aufklärungsdaten abglich. „Scanner: Wie hoch ist die aktuelle Feindzahl und -zusammensetzung?"

„Die *Lightbearer*, 9 *goutas*, 14 *rujas*, dieses unklassifizierte Schiff und 10 ... äh ...", der Lieutenant in der Scannersektion stockte, um es noch einmal zu prüfen, „... *crubas*."

„*Crubas*?“ Theodora vergrößerte eines der unbekannten Schiffe. „Was soll das sein?“

„Trägerschiffe“, meldete die Taktik. „Neuesten Informationen zufolge kann jedes vermutlich bis zu 150 Jäger aufnehmen. Ähnliche Größe und Panzerungsklasse wie *goutas*, schwerere Bewaffnung.“

„Vermutlich, wie? Nun, wir werden ja bald sehen, was sie können.“ Die Kapitänin scrollte durch die lückenhaften Informationen. „Comms: Informieren Sie unsere Anhalter über ihre möglichen Sparringspartner. Das dürfte interessant werden.“

„Aye, Kapitän.“

„Jetzt haben sie auch noch Jägerträger“, murmelte Theodora. „Von wegen, friedliche Händler. Es wird wirklich Zeit, dass das Oberkommando was gegen diese Bastarde unternimmt.“

Matej – seit 19 Jahren ihr XO – nickte und ergänzte: „Und vergessen wir bei unseren Berechnungen nicht die drei Stationen. Die werden uns sicher gut mit Geschossen eindecken.“

„Noch nicht, noch sind wir zu weit entfernt.“ Theodoras Pferdeschwanz strich über die Rückenlehne, als sie den Kopf schüttelte. „Die wissen, dass wir leicht ausweichen können. Die schwere Hardware werden sie sich für den Moment aufsparen, in dem wir festgenagelt sind oder zu nah rankommen.“

„Zumindest hoffen wir das?“ Matej wackelte mit seinen buschigen Augenbrauen. „Ist ja nicht so, als wenn die Perücken an guten Tagen viel Sinn machen würden ... geschweige denn heute.“

„Tja, das stimmt wohl ...“ Die Kapitänin schnaubte. „Wir werden sehen. Möge die Leere uns beschützen!“

„Möge die Leere uns beschützen.“

An Matejs Station blinkte ein Licht auf und er meldete: „Kapitän: Alle Anhalter sind einsatzbereit."

„Gut. Dann brechen wir mal diese Linie auf", sagte Theodora. „Sobald die erste Salve abgefangen ist."

Kaum dass sie sich gegenseitig auf den Scannern hatten, begannen beide Seiten zu schießen. In der Leere, wo ballistische Krümmung und Luftwiderstand keine Rolle spielten, bestimmten Sensorreichweite und Navigationsfähigkeiten das Schlachtfeld.

Natürlich hatten die Perücken den Vorteil der Sensorreichweite, und einige ihrer Waffen waren mit Störtechnik ausgestattet, was es für Gegenmaßnahmen schwieriger machte, sie zu lokalisieren.

„Unsere Man-of-Wars setzen flächendeckende Abwehrstrahlen ein", meldete die Scannersektion.

Das reichte normalerweise, um den Großteil der auf sie zuhaltenden Geschosse abzufangen.

„Gegenmaßnahmen ausbringen!", befahl Theodora.

Eine Explosion erhellte für einen Augenblick den Hauptschirm.

„Zu nah!", tadelte Matej.

„Entschuldigung, Sir", rief das Waffenteam.

Theodora registrierte mehrere große Explosionen in unmittelbarer Nähe. Zwei der Korvetten hatten ihre Schüsse verfehlt und waren schwer beschädigt. Einer der Zerstörer hatte einen üblen Kratzer auf der Außenhülle abbekommen.

„Verdammt, diese Korvetten waren Teil unserer Gefechtsgruppe!", fluchte Matej.

Seine Vorgesetzte nickte und befahl: „Waffen, SP-03-Unterdrückungsfeuer! Navigation, minimale Ausweichmanöver, bis wir aktualisierte Befehle erhalten!"

„Aye, Ma'am!"

Weitere Explosionen zuckten über den Hauptbildschirm, als Projektile heranflogen und zerstört wurden. Leider zeigte ihr eigenes Feuer etwa genauso viel Wirkung wie die Angriffe der Perücken.

„Kapitän: Es gehen revidierte Befehle ein", meldete die Comm-Station. „Ruja_6 ist unser erstes Ziel, die *Zjena Mirak* und die *Roy Rodop* unsere neue Gefechtsgruppe. Wir fliegen Schlachtplan Alpha_4, zweite Position. Die *Voidhammer* und die *Albion* helfen uns, einen Korridor freizuschießen."

„Sehr gut." Theodora bedeutete ihrem XO, den Befehl im Detail zu managen, damit sie sich einen Moment Zeit nehmen konnte, die Gefechtskarte zu studieren.

Ihre Brücke summte vor Bestätigungen und konzentrierter Arbeit. Bei einer so erfahrenen Crew wie der ihren hatten alle Stationen dieses Manöver unzählige Male ausgeführt und kannten es auswendig. Natürlich nicht gegen velorianische Schiffe. Im Einzelkampf hatte die *Sanji* kaum eine Chance gegen eine *ruja*. Zwar entsprachen die fremden Schiffe in Klasse und Größe in etwa plutonischen Fregatten, doch ihre überlegene Manövrierbarkeit und Bewaffnung würden die meisten Versuche, sie im Alleingang zu besiegen, zunichte machen. Eine gut koordinierte Gefechtsgruppe hingegen sollte relativ leicht eine *ruja* besiegen können. Wenn sie erst einmal eine einkreisen konnte ...

„Kapitän: Wir haben Befehl, die Schattensphären auszusetzen", übermittelte das Comm-Team. „Sie sollen sich einschleichen und *rujas* 3 und 5 angreifen, dann weiterziehen, um die Kampflinie bei Gouta_2 zu durchbrechen."

„Verstanden." Theodora wechselte zu einer anderen Ansicht und befahl: „Waffen: Sobald Sie mit dem Hauptangriff fertig sind, schaffen Sie unauffällig einen Korridor für unsere Sphären. Comms: Informieren Sie diese über ihre Befehle. Die *Loooony Can* startet zuerst, dann die *Treacherous Debris*. Steuermann: Halten Sie die Hangars von der Kampflinie abgewandt und im feindlichen Sensorenschatten."

„Aye, Kapitän!"

Als die *Voidhammer* und der Zerstörer *Albion* den konzentrierten Beschuss von Gouta_1 direkt vor ihrer Gefechtsgruppe verstärkten, waren die Außerweltlichen schnell überwältigt. Mit mehr Geschossen, als sie abfangen konnten, drangen genug durch, um schwere Schäden zu verursachen. Als dann noch ein sechzig Tonnen schweres Geschoss aus dem Hauptgeschütz der *Voidhammer* sauber durch das Magazin der *gouta* schlug, riss der daraus resultierende Feuerball das Perückenschiff auseinander und schleuderte Stücke davon in alle Richtungen.

„Eingehende Trümmer!", warnten die Sensoren, gerade als ihr Steuermann die *Sanji* brutal zur Seite riss.

Mehrere G drückten Theodora in ihre Sicherheitsgurte und schleuderten sie beinahe über die linke Armlehne, als die Dämpfer es nicht schafften, die gesamte Wucht des Manövers auszugleichen. Das würde einige fiese blaue Flecken geben ...

„Solange wir es noch spüren, geht's uns gut!", knurrte Matej ihr Mantra, als ein weiterer Stoß durch das Schiff lief und es aus der Bahn warf.

„Trümmertreffer in Hecksektion 4", rief jemand von den internen Sensoren. „Hangar 1 ist kompromittiert!"

„Notfall-Gegenschubsequenz Delta-27 eingeleitet!", ergänzte der Steuermann.

In Erwartung des knochenrüttelnden Ergebnisses umklammerte Theodora ihre Armlehnen fester. Das mit flackernden roten Markern beleuchtete Holo-Modell ihres Schiffes tanzte wild über der Konsole. Blaue Flammen schossen in einem vorprogrammierten Muster, welches genau diese Bewegung ausgleichen sollte, daraus hervor.

„Schadensbericht!", brüllte sie über das Getöse hinweg, noch bevor die Sanji ihre Ausrichtung vollständig korrigiert hatte.

„Es sieht nicht gut aus", berichtete ihr Chefingenieur. „Aggregiere soeben die eingehenden Daten. Aber wir leben noch."

„Hangar_1?", hakte Theodora nach.

„Zur Hälfte weg, ebenso ein Teil des Rumpfs in Hecksektion_4", bestätigte er ihre Befürchtungen. „Alle Luftschleusen sind dicht, wir verlieren keine Atmosphäre."

„Die *Loooony Can* wurde rausgeschleudert, als Hangar_1 getroffen wurde", meldete das Sensorteam. „Ebenso zwei Walker-Trupps."

„Statussignale gehen ein", meldete ihr leitender Kommunikationsoffizier.

„Wir werden angegriffen!" Matej zeigte auf den gemeinsamen Bildschirm. „Ruja_6 will uns offenbar den Rest geben."

„Viel Glück dabei." Theodora machte eine knappe Handbewegung. „Sind Walker im Weg?"

„Überlebende sind ziemlich verstreut und fragen nach Befehlen", kam es von den Comms zurück.

„Gut, sagen Sie ihnen, sie sollen sich vorerst zurückhalten", entschied Theodora. „Waffen: Feuer frei! Geben Sie der *ruja* alles mit, was wir haben! Konzentrieren Sie sich auf deren Bug und brechen Sie ihn auf, damit die Walker rein können!"

„Aye, Ma'am!"

KAPITEL SIEBENUNDDREISSIG

JOE\\ UNSICHTBARE HILFE

„Die *Sanji* steckt in Schwierigkeiten!“

„Wir auch!“ Joe – besser bekannt als Kapitän und Pilot der *Loooony Can* – hatte gut damit zu tun, die wild taumelnden Bewegungen seiner Schattensphäre zu stoppen, und schenkte der Warnung seines Sensormanns kaum Beachtung.

„Stabilisiere ...“ Co-Pilot unterstützte die Bemühungen seines Vorgesetzten mit sicherer Hand und einem feinen Gespür für die Steuerung.

„Scheiße, hier stimmt was nicht!“ Der Kapitän schaltete nacheinander alle Antriebseinheiten ein, bis er welche fand, die funktionierten.

„Ähem, Käp, da ist ein Schiff im Weg!“, wies das Sensor-Großmaul auf das Offensichtliche hin.

Die Schwesterfregatte der *Sanji*, die *Roy Rodop*, wurde auf ihren Bildschirmen immer größer, als sie direkt auf sie zurasten.

„Ich weiß, verdammt!“ Joe hantierte an seinen Steuerelementen herum. „Ich bekomme Einheit_5 nicht online!“

Mit seiner gewohnt phlegmatischen Art verpasste ihr

Bombardier der Maschine links von sich einen gezielten Tritt. Mit einem empörten Stottern fuhr Antriebseinheit_5 hoch. Joe zog sie sofort auf volle Leistung, bevor sie ihm erneut den Dienst versagen konnte.

„Ausweichmanöver_8 greift!“, meldete Co-Pilot mit einem erleichterten Seufzer.

„Fick mich!“, rief der Kapitän und lenkte sie vom Kollisionskurs mit der *Roy* weg.

Der Rumpf des deutlich größeren Schiffs schoss als verschwommener Streifen an ihnen vorbei.

„Nicht genug Sold in der Leere“, quälte Sensoren den alten Flachwitz. Niemand beachtete ihn.

„Schäden!“, befahl Joe, während er die Ausgaben aller Antriebseinheiten überprüfte.

„Wir haben ordentlich was abbekommen“, fasste Sensoren nüchtern zusammen, nachdem er mehrere Checklisten in Rekordzeit durchgegangen war. „Schäden an der Außenhülle, mehrere Antriebseinheiten zicken rum, und ich habe krumme Werte im Wärmespeicher.“

„Arrrrrgh, nicht der Wärmespeicher!“ Joe fluchte erneut.

„Die *Sanji*, Kapitän.“ Co-Pilot hatte das gemeinsame Periskop heruntergezogen und drehte es zu ihm. „Ruja_6 ist hinter ihr her.“

Als Joe einen ersten Blick auf ihre direkte Umgebung warf, sank seine Stimmung nur weiter. Trümmer übersäten die Leere. Von den beiden Trupps an Walkern, die mit ihnen herausgespült worden waren, konnte er nur die Transpondersignale einer Handvoll Überlebender erkennen, welche die Kombination aus hohen G-Kräften und dem Beschuss umhersirrender Objekte überlebt hatten. Das hieß natürlich nicht, dass da nicht mehr waren. Während er zusah, sortierten sich die Walker und suchten wohl bereits nach einem Ziel.

„Selbstmordverliebte Verrückte!“, urteilte der Kapitän – vielleicht etwas zu hart, wenn man seinen eigenen Beruf bedachte. Wenigstens genossen seine Crew und er den Schutz einer echten Schiffshülle.

„Also, Käp, was machen?“, fragte Bomba und schaute durch sein eigenes Guckrohr. „Tanzen wir mit?“

Joe begegnete dem Blick seines Co-Piloten. Sie hatten noch nicht einmal eine vollständige Schadensanalyse vorgenommen.

„Selbst mit der *Roy* zur Unterstützung stehen die Chancen der *Sanji* nicht gut“, gab sein Freund und damit die bordeigene Stimme der Vernunft zu bedenken.

„Stimmt schon“, grummelte Joe und plante einen Kurs, der sie von hinten an den Feind ranbringen würde – dorthin, wo ihre Torpedos die besten Chancen hatten, schweren Schaden anzurichten. „Beeilen wir uns besser, damit wir diesen Wärmespeicher überprüfen können.“

KAPITEL ACHTUNDDREISSIG

SUZY\\ INTERIM

Zum gefühlt hundertsten Mal überprüfte Suzy den Ritualkreis, welchen sie auf den Boden im vorderen Bereich des *Beak* gezeichnet hatte – dort, wo Tische und Stühle aus dem Weg geräumt worden waren – und stellte fest, dass er sich immer noch im bestmöglichen Zustand befand. Doch das machte sie nur noch nervöser.

„Ich dachte, Sie hätten gesagt, Sie würden kein Ritual durchführen", murmelte Pro. Eisengaard-Diaz, während er ihr dabei zusah. Es war halb Frage, halb Feststellung.

Ihr Aufpasser für diesen Tag – erstrangig damit beauftragt, die ihnen zugeteilten Wachtrupps zu überwachen – war als Einziger im Raum noch auf den Füßen. Abgesehen von der Schiffshexe selbst natürlich. Die zwanzig Soldaten, Xinyi und sogar Rupert hatten sich alle in den Sitzen an den vorderen Fenstern niedergelassen und sich (bis auf den Magier) mit den Notgurten angeschnallt, welche normalerweise zwischen den Polstern versteckt lagen.

„Das tu ich auch nicht." Suzy ging in die Knie und streckte die Hand mit dem verbleibenden Stumpf ihres bewährten Kristalls, welchen sie auf Helper1 gefunden hatte, aus. Doch dann hielt sie inne und zog ihn wieder zurück. Die Rune, der sie gerade noch den letzten Schliff hatte geben wollen, war perfekt, so wie sie war. Xins Sicht hatte gezeigt, dass der Energiefluss ungehindert und exakt so verlief, wie sie es wollten. In letzter Minute noch daran herumzubasteln würde den Effekt vermutlich eher behindern als optimieren.

Sie seufzte.

„Das ist nur was, das ich mir abguckt habe", erklärte sie. „Es hilft, sich zu konzentrieren und den Geist frei zu bekommen. Man könnte es eher als ... Magier-Stim bezeichnen. Es ist nicht wirklich ein Ritual."

„Verstehe." Diaz nickte ernst, als könne er tatsächlich irgendetwas aus der Ansammlung fremdartiger Kritzeleien herauslesen, welche die beiden Frauen magisch in die Deckplatten eingraviert hatten. „Und was ist falsch daran?"

Die Hexe erhob sich und schüttelte den Kopf. „Nichts. Nur Nervosität, schätze ich."

Als sie zu der Sitzbank schlich, auf der Rupert und Xin einander bereits gegenübersaßen, steckte sie den Kristall zurück in ihre Tasche. Der Provost kam hinterher und beide schnallten sich an – Suzy neben Rupert, Diaz neben Xin.

Es wurde still.

Rupert und Xin schienen durch die großen Frontfenster, welche im Gegensatz zu den anderen noch nicht durch externe Schutzplatten gesichert waren, genug zu erkennen – doch sie waren die Einzigen.

„Was denkst du gerade?", flüsterte die Hexe, während sie das Profil ihres Lehrers studierte.

Er beobachtete die in der Ferne kämpfenden Schiffe mit intensiver Konzentration. Das Braun in seinen Augen überwog, nur ab und zu blitzte kurz Grau auf. Er schüttelte leicht den Kopf, ohne auch nur einmal in ihre Richtung zu blicken.

„Es ist so farbenfroh." Xin legte ihr Fernglas beiseite und umarmte sich selbst. „Ich hätte nie gedacht, dass der Tod so vieler Menschen so ... hübsch aussehen könnte."

Ihr Gesicht verzog sich, als wäre sie angewidert von dem bloßen Gedanken an das, was sie gerade gesagt hatte.

Vermutlich der einzige Grund, warum die Plutonier, die über sie wachten, sie nicht sofort zusammenstauchten – das und ihr äußerst respektvoller, gedämpfter Tonfall. Dennoch rückte Diaz etwas näher, seinen Blick auf die beiden mit ihnen wartenden Soldatengruppen gerichtet.

Zur Hälfte von Tank und zur Hälfte von Federov gestellt, schienen die Trooper über ihre erzwungene Untätigkeit ebenso unzufrieden wie Suzy. Und angesichts der angespannten Mienen, mit denen sie jenen offiziellen Feed verfolgten, der zeigte, was zu weit entfernt geschah, um es klar erkennen zu können, schien ihre Nationalität für ihre Einstellung zu dieser Schlacht kaum eine Rolle zu spielen.

Allein schon die kurzen Einblicke, welche externe plutonische Kameras von der Hölle einer groß angelegten Weltraumschlacht einfingen, erschütterten Suzy bis ins Mark. Am liebsten hätte sie weggeguckt. Angesichts der Tatsache, dass es sich um echte Menschen handelte, die dort draußen – zumindest teilweise aufgrund der Mission der *Gateshot* – ihr Leben riskierten und verloren, wagte sie das jedoch nicht.

Stattdessen versuchte sie, die aufsteigende Übelkeit zu unterdrücken, welche sich in ihrem Magen breitmachte, als die Zahl der prognostizierten Opfer von Minute zu Minute stieg. Schließlich sprang Dite auf ihren Schoß, schnurrte beruhigend und rieb ihre Wange an Suzys. Dankbar vergrub die Hexe ihr ganzes Gesicht in dem flauschigen, violetten Fell und ließ ein paar der in ihren Augen brennenden Tränen hineinlaufen, während sie sich auf die Lippe biss, um die Schluchzer zu unterdrücken. So hatte sie sich das nicht vorgestellt, als sie den Mars verließ. Und das war nur die Berichterstattung aus der Ferne.

Schlagartig fürchtete sie den Moment, in dem die *Gateshot* selbst mitten ins Geschehen fliegen und sie das alles aus nächster Nähe erleben würde.

Dann mischte sich eine herbe Note in Dites subtiles, blumiges Parfüm. Oder vielleicht war es eine spontane Erinnerung. Denn plötzlich fühlte Suzy sich kurzzeitig in den Moment stillen Glücks zurückversetzt, als sie an diesem Morgen in kräftigen Armen aufgewacht war. Nick eine behütende, beschützende Präsenz in ihrem Rücken. Ein einzelner, perfekter Moment ohne Druck, Ansprüche und Stress, in dem sie alles hatte, was sie wollte.

Das Leben ist kostbar, dachte sie. *Das Leben ist schön.*

Dafür kämpfte sie hier, und – bei Hekate – die Möglichkeit auf mehr Momente wie diesen würde ihr niemand nehmen!

Suzy atmete tief ein und mit dem Geruch kam neue Entschlossenheit, löste ihre verkrampften Muskeln und schmolz die eisige Beklemmung in ihrer Brust.

„Ich kann das", flüsterte sie ganz leise.

Lautloses Schnurren vibrierte gegen ihre Wange.

KAPITEL NEUNUNDDREISSIG

THEODORA\\ AUSWEICHMANÖVER

Theodora starrte mit fest zusammengebissenen Zähnen auf den Hauptschirm, während Ruja_6 auf sie zuhielt. Das feindliche Schiff war verdammt noch mal viel zu schnell.

Leerenverlassene Alien-Technologie!

„Unsere kinetischen Geschosse zeigen kaum Wirkung", meldete die Taktik.

„Taktischer Rückzug?", schlug ihr XO vor.

„Und ihnen unser ohnehin schon zerschossenes Heck präsentieren, damit sie uns komplett ausweiden können?", konterte die Kapitänin. „Kein guter Plan."

„Sensoren: Wo ist unsere Gefechtsgruppe?", rief Matej.

„Sie passt sich unserer veränderten Position an", berichtete der Teamleiter. „Die *Zjena Mirak* hat keine freie Schussbahn, wir sind im Weg. Die *Roy Rodop* ist noch zu weit weg, schließt aber auf."

„Wie lange bis sie hier ist?", fragte Theodora.

„Drei Minuten."

„Sind Jäger in der Nähe?"

„Nein; zumindest nicht unsere.“

„Drei Minuten – das schaffen wir.“ Sie nickte. „Steuer: Rollen Sie uns über diese großen Trümmerbrocken auf Vektor_3. Wir tauchen unter den Salven weg und werfen *Treacherous Debris* und die verbleibenden Voidwalker in ihrem Schatten aus. Nur für den Fall.“

„Aye, Kapitän!“

„Taktik: Halten Sie das Sperrfeuer aufrecht. Kurz bevor wir dort sind, werfen Sie einen Störsender ab, um das Entladen zu verschleiern.“

„Aye, Kapitän!“

„Comms: Informieren Sie alle Verbündeten in der Nähe über den Störsender und weisen Sie unsere Anhalter an, sich für den Sprung bereitzumachen.“

„Jawohl, Kapitän!“

Finger huschten über Konsolen und Befehle wurden mit bemerkenswerter Geschwindigkeit aufgeteilt und ausgeführt. Während alle auf ihre jeweiligen Aufgaben fokussiert waren und ihr XO die Aufsicht führte, wägte Theodora Optionen und mögliche Ergebnisse ab. Sie hatten schon mit schlechteren Chancen gearbeitet ... aber auch mit deutlich besseren.

„Drei weitere Treffer“, meldeten die Sensoren. „Sektoren 3, 4 und 8. Alles leichte Schäden; keine Hüllenbrüche. Zwei feindliche Jäger zerstört; drei weitere brechen ihren Angriff ab.“

„Alle Anhalter bereit zum Absprung“, ergänzte ein Comm-Offizier.

„Störsender draußen“, meldete die Waffenstation. „Auslösung in 10 ...“

„Auswerfen!“ befahl der XO, als die *Sanji* optimale Distanz zu den Trümmern erreichte.

Auf ihrem Display verfolgte Theodora die winzigen Punkte. Jeder von ihnen stellte einen Voidwalker dar, der mit einer Geschwindigkeit ins All geschleudert wurde, welche jeden Ungeübten schon beim bloßen Anblick zum Erbrechen bringen würde. Diese Leute waren wirklich so hart wie Soldaten es nur sein konnten. Die aus der schnellen Drehung des Schiffes resultierende Trägheit trug sie rasch aus der unmittelbaren Gefahrenzone und in Richtung Deckung.

Die Schattensphäre folgte zuletzt, mit einer leichten Verzögerung, damit sie nicht in ihre Kameraden wegkegelte.

„... 1!"

„Alle Waffen abfeuern, sobald wir den Feind wieder sehen können!", befahl Theodora.

„Ja, Kapitän!"

Weißes Rauschen überlagerte sämtliche Sensoren der *Sanji*, als hochradioaktive Partikel den umgebenden Raum fluteten. Der Einsatz von Störsonden war stets ein zweischneidiges Schwert. Erst recht während ihr Schiff blindlings durch eine enge Formation raste und sich andere, ebenso blinde Akteure ringsum bewegten. Sie hoffte nur, dass die Perücken tatsächlich so anfällig für diese Art von Störung waren, wie es die vorliegenden Informationen vermuten ließen. Theodora schloss kurz die Augen.

„Möge die Leere mit uns sein", murmelte sie.

„Amen", stimmte Matej leise zu.

Vierundachtzig Sekunden lang herrschte gespenstische Stille, da die Hälfte der Stationen gezwungen war, das Ende der Störwirkung abzuwarten. Ausgehend von den vorherigen Sensorwerten und unter Berücksichtigung der vermuteten Bewegungen der anderen Schiffe stoppte der leitende Steuermann die Rollbewegung der *Sanji* und drehte sie in die Richtung, aus der er den Feind erwartete. Seinem Vorbild folgend, richtete die Taktik alle Waffen dorthin aus.

KAPITEL VIERZIG

JOE\\ BOMBARDEMENT

„Diese Cpt. Imrin ist komplett durchgeknallt!" Joe konnte seine Bewunderung für ihre Kühnheit kaum verbergen. „Das ist die beschissenste Situation, um einen Blender zu zünden, von der ich je gehört habe!"

„Ach, uns blendet das doch nicht." Sensoren grinste über seinen dummen Wortwitz. „Also, kaum."

„Und sie wird direkt an uns vorbeifliegen", murmelte Joe. „Okay, Planänderung: Wir nutzen die Gelegenheit und gehen nah ran." Der Kapitän richtete sein Boot auf den prognostizierten Kurs von Ruja_6 aus. „Wir nehmen die Seite, die die *Sanji* nicht sofort eindeckt, kaum dass sie wieder sehen können. Helfen wir ein bisschen nach."

„Suche nach guten Angriffspunkten", erfüllte Sensoren den implizierten Befehl und schickte Pilot seine Einschätzung, welcher Bereich für ihr Manöver am sichersten sein sollte.

Joe nickte und sobald die Sonde ihren Teil des Gefechts in radioaktiven Nebel hüllte, gab er Schub. Die zickige Antriebseinheit maulte kurz, doch er kannte seine *Can* und schaltete die Hilfsantriebseinheiten zu, um den holprigen Flug auszugleichen.

„Ich sage es ja nur ungern", murmelte Co-Pilot, „aber wir sollten so schnell wie möglich anhalten und überprüfen, was da nicht stimmt."

„Lass uns erst diesen Perückenarsch aufschlitzen", presste der Kapitän zwischen zusammengebissenen Zähnen hervor.

„Keine Ruhe den Leerenlotsen", flötete Sensoren in unerträglich gut gelauntem Ton.

„Okay, wo sind die Schwachstellen bei dem Ding?", fragte Pilot und betrachtete die vormarkierten Pläne, welche Sensoren ihm daraufhin schickte.

Rujas waren relativ kleine Schiffe – nur etwa zweihundert Meter lang – sodass es trotz ihrer stärkeren Panzerung nicht viel brauchte, um sie zu zerstören ... wenn man denn nah genug rankam und die richtige Stelle traf. Und genau dafür waren Schattensphären entworfen.

„Das sieht gut aus. Wenn wir hier in diesen beschädigten Bereich einen Torpedo landen", dachte Joe laut, „sollte das genug Wumms geben, um in ihr Magazin durchzuschlagen, möglicherweise sogar eine Kettenreaktion bis hin zum Reaktorkern auszulösen. Stimmt's, Bomba?"

Er schickte das Bild weiter und nach einem kurzen Blick darauf grunzte ihr Bombardier zustimmend. Der gedrungene Kerl war kein großer Redner; war auch besser so, denn sein Mittgürtler-Akzent war so dick, dass man ihn mit dem Messer schneiden konnte.

„Gut, so machen wir's." Joe drehte den Kopf ein wenig. „Co, gib der *Sanji* Bescheid, damit sie uns nicht aus Versehen wegpustet."

Da sie für die eigenen Leute genauso unsichtbar waren wie für den Feind, mussten sie ihre Kameraden ohnehin über ihre Position informieren. Freundbeschuss wollte hier wirklich niemand riskieren.

Der Pilot lenkte die *Can* durch den Energieschild der *ruja* und eng an der Hülle des größeren Schiffs entlang in Richtung Ziel. Ankunftszeit eine Minute.

„Störnebel lichtet sich", meldete Sensoren.

Überall um sie herum richteten sich die Nahbereichsabwehrsysteme und größeren Waffen des Feindes neu aus. Für einen angstvollen Moment dachte Joe an den defekten Wärmespeicher ihres Schiffes, und seine Handflächen kribbelten, als er die Steuerung fester packte. Doch alle Geschütze schwenkten herum, um die zwei auf die *ruja* zuhaltenden plutonischen Fregatten ins Visier zu nehmen. Kein einziger Schuss löste sich in Richtung der *Loooony Can*.

Langsam und leise atmete der Kapitän aus. So dicht beieinander war Angst keine Emotion, die er gern projizierte. Trotzdem – Druck zu spüren war schließlich menschlich. Er hatte ein paar Typen gekannt, denen ihre eigene Sicherheit und die ihrer Crew egal gewesen war. Betonung auf *gekannt*.

„Antwort von der *Sanji*", berichtete Co-Pilot und warf ihm einen Blick zu. Dem Ausdruck in seinen Augen nach war er nicht getäuscht. Doch sie beide dienten auch am längsten zusammen und saßen sich praktisch gegenseitig auf dem Schoß. „Sie nehmen die Steuerbordseite unter Beschuss, um uns Raum und Ablenkung zu verschaffen."

„Gut." Joe lockerte seinen Griff ein wenig. „Was ist mit der anderen Schattensphäre?"

„Die *Treacherous Debris* hat sich noch nicht gemeldet. Aber sie wurden ganz weit da drüben ausgeworfen, also sollten sie erstmal niemandem in die Schusslinie kommen", bestätigte Co-Pilot Joes Vermutung.

„Sehr gut. Zweiunddreißig Sekunden bis zur Zielzone“, rief der Kapitän.

„Bestätigt“, gab Sensoren zurück. „Zielzone frei. Keine Jäger, kein gar nichts.“

Plötzlich und ohne Vorwarnung machte das Perückenschiff unter ihnen einen deftigen Schlenker. Der Abstand der *Can* zur gegnerischen Hülle weitete sich schlagartig. Der Energieschild ragte vor ihnen auf, als die Schattensphäre direkt auf ihn zuzufallen schien.

„Scheiße!“ Joe hämmerte einen Korrekturschub rein.

Einen Energieschild von innen zu durchschlagen war ein guter Weg, um entdeckt zu werden. Wenn ein Körper ihrer Größe den flimmernden Film von der falschen Seite passierte, würde der gegnerische Bordcomputer Alarm schlagen. Das Design der *Can* konnte nur so viel kaschieren, und die Energie, welche sich vom gegnerischen Schild auf ihre Hülle übertragen würde, bräuchte sicher ein oder zwei Sekunden, um sich zu zerstreuen. Mit ihrem angeschlagenen Wärmespeicher wollte Joe selbst dieses kleine Zeitfenster nicht riskieren.

„Wooooow“, keuchte Sensoren. „Ganz ruhig, Boss!“

Co-Pilot klammerte sich an die Armlehnen, als ihr winziges Schiff herumschwang und die Schubgravitation für einen Moment das Gewicht eines großen Mannes auf die Brust eines jeden von ihnen absetzte.

Dann hatten sie die Richtung geändert und schossen zurück in Deckung, verfehlten den Schild um vielleicht ein oder zwei Meter.

Niemand sprach während der wenigen hektischen Herzschläge, die Joe benötigte, um sie neu am Perückenschiff auszurichten. Die letzten Reste ihrer üppigen unsichtbaren Besucher verschwanden; normale Schubgravitation setzte wieder ein.

Schließlich bestätigte Sensoren: „Keine Reaktion. Ich glaube nicht, dass sie uns gesehen haben."

„Leere", grunzte Bomba erleichtert.

„Bestätige neuen Anflugvektor." Co-Pilots Finger flogen über seine Steuerelemente, während er die erforderlichen Parameter neu einstellte.

„Kurs frei", meldete Sensoren eifrig.

„Ziel erfasst", murmelte Bomba.

„Ein Torpedo sollte reichen", wies ihn der Kapitän an. „Wenn du ihn genau in das Loch da setzt."

Bomba grunzte.

Der Kapitän brachte sie so nah heran, wie er sich traute.

„Sobald bereit, Feuer frei!", befahl er.

Ein leichtes Zittern durchlief die *Loooony Can*, als Bomba ein Siebtel ihrer nutzbaren Ladung entsandte.

Der Kapitän lenkte die Schattensphäre aus der Flugbahn der *ruja* heraus und gab Vollschub. Hinter ihnen zündete der Torpedo seinen Bordantrieb und schoss davon.

Kontra zu seiner mangelnden Redseligkeit, Bomba war ein herausragender Schütze.

„Volltreffer!", bestätigte Sensoren.

Ihr Bombardier schnaubte selbstzufrieden.

Einen nervenaufreibenden Moment lang passierte nichts. Dann schossen Flammen aus dem Loch, in welches sie den Torpedo versenkt hatten. Zahllose Risse zogen sich durch die Hülle des feindlichen Schiffs. Ruja_6 wurde geradezu ausgeweidet. Von inneren Explosionen zerrissen, zerfiel das Schiff zu einer schnell auseinanderdriftenden Trümmerwolke.

Sensoren jubelte und applaudierte begeistert.

KAPITEL EINUNDVIERZIG

JATHEKI\\ GELANGWEILT

„MIR IST LANGWEILIG“, SINNIERTE JATHEKI.

Der Seher wurde durch das, was er wahrnahm, zunehmend beunruhigt, die Strategin ebenfalls, weil sie nicht Teil des Kampfes war, und der Trickser konnte ausnahmsweise einmal mit beiden mitfühlen. Also brachte er ihren gemeinsamen Körper in Bewegung. In einer geschmeidigen Bewegung sprang er über die überraschte Suzy hinweg und hielt dem anderen Mädchen, welches ihn und seinen Spazierstock nun seit fast einer Stunde aufmerksam musterte, die Hand hin.

„Na, Glitzerauge?“, sagte er. „Wie wäre es? Sollen wir uns das Geschehen mal aus der Nähe ansehen?“

Xinyi Yuns mehrfaches Blinzeln ließ all die hübschen Symbole in ihren Augen durcheinanderwirbeln. Die Götter wussten, was sie gerade sah. Visionszauber waren notorisch schwer zu weben und einzuschränken ... man frage nur die gute alte Kassandra von Troja.

„Aus der Nähe ansehen?“, wiederholte die junge Frau, während sie sich langsam losschnallte und nach ihrem Fernglas griff.

Glitzerauges Blick wechselte von seiner ausgestreckten Hand und der leichten Verbeugung zum faszinierenden Spiel leuchtender Farben, welches um seinen Stock kreiste. Das war es, was ihre gesteigerte Sicht am meisten anzog. Absolut verständlich.

„Wohin wollen Sie denn gehen?", fragte Pro. Eisengaard-Diaz mit einem Stirnrunzeln.

Zwar stand der Provost auf, damit seine Nachbarin aus der Sitzecke schlüpfen konnte, doch seine Körpersprache verriet Zweifel und Widerwillen. Folglich trat er in die neue Konstellation hinein statt beiseite. Nicht direkt zwischen Jatheki und sein Mündel, doch die Absicht war da. Die Absicht, zu schützen.

„Nach draußen, natürlich! Wo wir mit eigenen Augen sehen können, was vor sich geht." Den Trickser juckte es, die Herausforderung anzunehmen, doch die anderen hielten ihn zurück. Sie waren mehr daran interessiert, nach da draußen zu kommen, als hier drinnen einen Streit anzufangen.

„Sie trägt keinen Raumanzug." Diaz deutete auf Xin. „Und Sie auch nicht."

Maverick warf einen Blick auf Dite, welche sich auf dem Tisch räkelte, und diese kicherte leise.

„Papperlapapp!" Er winkte ab. Dann beugte er sich vor, um ins Visier des anderen Mannes zu spähen, während er fortfuhr: „Fühlen Sie sich frei, uns zu begleiten ... doch bedenken Sie, dass Sie kein Schoßtier meiner Herrin sind, und ich daher nicht sonderlich motiviert bin, Ihre körperliche Verfassung zu erhalten."

Die sich in den Gesichtszügen des Menschen vermischenden, widersprüchlichen Gefühle verrieten deutlich, dass er den Köder noch nicht ganz geschluckt hatte.

‚Schäm dich, Dite', stichelte der Trickser, nur für sie hörbar. *‚Lässt du etwa nach?'*

‚Wohl kaum', schnurrte sie und erhob sich, um träge ihre Muskeln zu strecken. *‚Doch ich bin ebenso von der Zeit und dem richtigen Moment abhängig wie du.'*

„Schon gut, Provost." Xinyi legte ihrem ungefragten Kavalier eine Hand auf den Arm. „Mir passiert schon nichts. Außerdem bekommen wir vielleicht schon einen ersten Blick auf das Tor. Dafür sind wir doch hier, oder?"

„*Da.*" Eisengaard-Diaz starrte den Magier aus der Sicherheit seiner Maske an. Doch er kannte seinen Platz. Und hatte seine Befehle.

„Fein", sagte der Provost. „Aber Sie passen besser auf sie auf!"

Der Trimorph legte die Hand aufs Herz und gelobte feierlich: „Bei meiner Ehre."

„Wie erreiche ich euch?", fragte Suzy. „Oder kommt ihr gleich zurück?"

Die kleine Hexe wirkte sichtlich nervös. Sie war völlig überfordert und wusste auch darum. Nun ... da würde sie schon daran wachsen.

Jatheki schnippte ihr eine Münze zu, wie er sie auch Glen gegeben hatte. Es war nur Show, doch jede Darbietung sollte konsistent sein.

„Denk einfach an mich und ich werde hören, was du sagst." Er klopfte mit seinem Stock auf den Boden und öffnete ein Portal ins All.

Eisengaards Augen weiteten sich, doch er bewahrte die Fassung. Klein-Kassandra leckte sich nervös die Lippen, dann hakte sie sich bei Jatheki ein. Dite sprang vom Tisch und folgte ihnen.

Als die drei durch den Riss in der Realität ins offene All

traten, wehte der erfrischende Duft von Möglichkeiten um sie herum. Jatheki hatte sie oberhalb des *Beak* rausgebracht, sodass sie sehen konnten, wohin das Schiff steuerte. Dem Mädchen stockte der Atem. Ihre Knöchel wurden vom Umklammern des Fernglases ganz weiß. Panik durchflutete ihr Herz und ihre Haltung für die wenigen Sekunden, die sie brauchte, um zu begreifen, dass ihr zerbrechlicher Körper weder erstickte noch erfror oder verkochte. Danach wich dieses instinktive menschliche Empfinden einer vorsichtigen Begeisterung über die majestätische Pracht des Universums, und ihre Augen weiteten sich in dem Versuch, alles auf einmal aufzunehmen.

Sieh sie dir an, schnurrte Dite in seinem Geist. *Überwältigtes Staunen ist und bleibt eine wahre Freude.*

Jatheki schnaubte leise auf. Dann streckte er seine Magie aus und suchte nach seiner Verbindung zur Quelle.

Brauchst du meine Hilfe schon?, bot seine Gefährtin an.

Ich orientiere mich nur kurz, erwiderte der Seher.

Ein Meer von Möglichkeiten tobte um ihn herum, als er in die Zukunft blickte. So viele vage und verwirrende Möglichkeiten ... alles von völliger Niederlage und Zerstörung bis hin zu ... bis hin zu ... wo war der Weg zur anderen Seite des Tores? Es konnte doch nicht verschwunden sein! Er hatte so lange daran gearbeitet, hatte die Kreuzungen so gestaltet, damit alle, die er brauchte, sich jetzt hier einfanden. Wo war sie hin?

Große gelbe Augen musterten ihn. Schließlich tadelte Dite: *Hör auf, dich zu sorgen. Wir haben alles getan, was wir tun mussten. Jetzt sind die Menschen an der Reihe zu handeln, und wir müssen Vertrauen in sie haben.*

So ist es wohl ..., stimmte Jatheki zu und schloss die Augen.

Die Erinnerung der Strategin bescherte ihnen das Gefühl einer steifen, salzigen Brise, die ihr langes, seidiges

Haar zurückwehte und für einen Moment das Brennen der mediterranen Mittagssonne linderte. Das Flattern der Segel und das Kampfgeschrei der Krieger. Das Klirren von in erwartungsvoller Vorfreude gezogenen Metalls vermischte sich mit dem Knarren uralten Holzes, welches eigens gefällt worden war, um diese Überfahrt über das weindunkle Meer zu ermöglichen. Der Geruch von ehrlichem Schweiß, Bronze und Leder.

Der Trickser fügte die Klänge uralter Wälder hinzu, erfüllt von unzähligen kleinen Wesen und gewaltigen Bestien. Nasse Schritte schmatzten leise, als kalter Regen auf sein Gesicht tropfte.

Duftende Morgennebel auf taunassen Wiesen wallten aus dem Geist des Sehers empor. Während seine Fingerspitzen über lange Gräser und zaghafte Knospen strichen, sahen seine Augen bereits alles in blendendem Licht – volle Blüte und rascher Verfall; Vergangenheit, Gegenwart und Zukunft – alles in einem faszinierenden Geflecht der Möglichkeiten.

Für einen kostbaren Moment verbanden und synchronisierten sich alle Teile Jathekis, während ihre Herzen vor Sehnsucht nach einfacheren Zeiten und Orten anschwollen.

Dann öffnete der Trimorph die Augen zur Dunkelheit des Alls, zur Lautlosigkeit des Vakuums, zur Verwirrung der Gegenwart und zu keiner klaren Zukunft, und er fühlte sich fehl am Platz wie nie zuvor. Nur ein weiterer Wanderer auf dem Weg zu einem unbekannten Ziel. Ohne Garantie, dieses tatsächlich zu erreichen.

Wie faszinierend. Wie wundersam.

Er hatte sich schon lange nicht mehr so gefühlt.

So zögerlich, so schwach, so ... *menschlich.*

KAPITEL ZWEIUNDVIERZIG

JOE\\ BRENNENDE LEERE

SOBALD DIE *RUJA* DAMIT FERTIG WAR, SICH ÜBER DIE komplette Umgebung zu verteilen, suchte Joe nach einem sicheren Fleck, um einen genaueren Blick auf die mechanischen Probleme der *Loooony Can* zu werfen.

„Co-Pilot: Schau dir die Sache mal an. Sensoren: Kontaktier die *Roy Rodop* und sag ihnen, dass wir für einen Tech-Check dicht ranfliegen. Frag, wohin sie unterwegs sind“, befahl der Kapitän und richtete ihr Schiff am Flugkorridor der befreundeten Fregatte aus.

Sollte ihr beschädigter Wärmespeicher sie langsam sichtbar machen, würde der Sensorschatten des größeren Schiffs die *Can* verbergen, und es so aussehen lassen, als wäre sie nur ein Teil der Außenaufbauten. Sollten sie ihre Triebwerke für schnelle Reparaturen abschalten müssen, könnten sie sich an die Hülle der *Roy* heften – und falls der Schaden zu groß oder zu gefährlich war, um weiterzufliegen, hätten sie einen Hangar in der Nähe. Sensoren stellte die Verbindung her und besprach das Problem mit dem zuständigen Comm-Offizier.

Schließlich berichtete er: „Wir können in ihren Steuerbordschatten abtauchen und bei Bedarf an Sektion_12 andocken. Sie warten auf die *Zjena Mirak*, die in etwa acht Minuten eintreffen sollte. Passt also."

„Gut." Kapitän nickte. „Dann funk als Nächstes die *Voidhammer* an und vergewissere dich, dass unsere Befehle noch stehen."

„Aye, Cap."

„Was macht das Leck?" Joe musste sich ganz schön verrenken, um einen Blick auf Co-Pilot zu erhaschen, welcher auf der untersten Ebene der *Loooony Can* am Werke war. Sein alter Freund schüttelte den Kopf, während er verschiedene Schalter austestete.

„Wir hatten Glück, dass der Wärmespeicher den Schlag abgefangen hat, als wir aus der *Sanji* gespült wurden – vermutlich Splitter oder so. Sonst würden wir jetzt Atmosphäre verlieren. So bluten wir nur Dampf. Ich schotte die äußerste Kammer ab, das sollte ein wenig helfen, trotzdem ..."

Er zuckte mit den Schultern.

„Werden wir nicht lange unsichtbar bleiben", beendete Kapitän den Gedanken und betrachtete seine Anzeigen. „Dann haben wir wohl auch die Hilfsantriebe in diesem Bereich verloren; deshalb fühlt sich das Steuern gerade so bescheiden an."

„Scheiße", kommentierte Bomba.

„Wenigstens sind alle anderen Systeme im grünen Bereich", stellte Sensoren erfreut fest. „Vorläufig."

„Ja, klasse ..."

Eine Schattensphäre war nutzlos, wenn man sie orten konnte. In ihrem Geschäft bedeutete ein leicht zu entdeckendes Schiff den vorzeitigen Ruhestand. Und wenn dann auch noch ihre Manövrierfähigkeit beeinträchtigt war...

Co-Pilot stieß sich ab und schwebte herüber, um sich erneut neben Joe anzuschnallen.

„Ich sage, wir fliegen weiter", meinte er. „So schlimm ist es jetzt auch nicht."

Sensoren nickte zustimmend. „Wir sind schon mit schlimmeren Schäden geflogen. Wenn wir jetzt die *Roy* um Mitfahrt bitten, sind wir die Lachnummer der Schlacht – und verpassen den ganzen Spaß!"

Bomba grunzte auf eine Art, die „Ja", „Nein" oder beides bedeuten konnte.

Joe rieb sich den Schädel. Theoretisch war das hier keine Demokratie. Zu entscheiden, ob sein Schiff flugtauglich war, oblag dem Kapitän; zu entscheiden, ob er wegen defekter Technik das Leben seiner gesamten Besatzung riskieren wollte, ebenfalls.

„Wie läuft die Schlacht denn insgesamt?", fragte er.

„Könnte besser sein", antwortete Sensoren ungewöhnlich ernst. „Wir haben im ersten Gefecht einen Zerstörer, drei Fregatten und fünf Korvetten verloren."

„Und die Perücken?"

„Zwei *goutas* und drei *rujas* sind zerstört oder kampfunfähig. Mehrere werden geentert. Eine der *crubas* haben wir auch erwischt – aber erst, nachdem sie rund zweihundert Jäger ausgespuckt hatte. Diese Träger sind anscheinend richtig lästig."

Also noch reichlich Gegner ... die *Can* aus dem Spiel zu nehmen, obwohl sie noch was bewirken könnte, wäre sowohl eine Schande als auch Pflichtverletzung.

„Gib Meldung; sag ihnen, dass wir einsatzfähig genug sind." Joe knackte seine Fingerknöchel. „Unsere Befehle haben sich nicht geändert?"

„Nope. Wir sollen *rujas* 3 und 5 angreifen und dann die Schlachtlinie bei Gouta_2 aufbrechen."

„Gut, dann mal los – solange wir noch unsichtbar sind und diese verdammten Aliens woanders hinschauen", entschied der Kapitän.

„Aye, Sir." Co-Pilot machte sich an die Arbeit, ein winziges Lächeln auf den schmalen Lippen.

Joe massierte sich mit der linken Hand den Nacken, während er mit der rechten den Flugplan eingab. Da es in ihrer kleinen Kiste keine Annehmlichkeiten wie übermäßig gepolsterte Sitze, Dämpferfelder oder – Leere bewahre – künstliche Schwerkraft gab, hatte der holprige Start seine alten Knochen ordentlich durchgeschüttelt. Jetzt, wo er einen Moment Zeit hatte, um es auszufühlen, tat es höllisch weh.

„Wenn wir erst diese Mission abgeschlossen haben, will ich eine dieser sexy Massagen", sagte er, um sich auf den positiven Ausgang dieser Nummer zu konzentrieren. „Ich hoffe echt, dass der Plover noch da ist, wenn wir zurückkommen."

„Na, ich weiß da einen Knochen, den sie dir bestimmt nicht mehr einrenken können", stichelte Sensoren. „Der ist schon zu krumm."

„Ach, halt die Klappe!"

Kapitän lachte und schwenkte sie aus dem Schatten der *Roy Rodop*, um einen Blick auf die velorianische Schlachtlinie zu werfen.

Der Raum um sie herum stand regelrecht in Flammen. Geschosse aller Art trafen auf Gegenmaßnahmen, Strahlen zerrissen die Leere ebenso wie Hüllen und Geschosse. Jäger und Voidwalker versuchten, Distanzen zu überbrücken.

Alle drängten sich viel zu dicht. Kollateralschäden waren vorprogrammiert.

Co-Pilot räusperte sich, bevor er murmelte: „Leere ..."

„Die passiven Scanner werden von all den Störungen in diesem Bereich total überfordert." Selbst der sonst so quirlige Jungspund klang unnatürlich ruhig. „Ich muss warten, bis es etwas aufklärt. Können wir außenrum fliegen?"

„Mit kaputtem Wärmespeicher? Schlechte Idee." Joe hatte immer noch Schwierigkeiten, ihre *Can* auf Kurs zu halten. Diese verdammten Hilfsantriebe schienen etwas Leistung zu bringen, und er konnte sie weder steuern noch abschalten.

„Scheiße, ich weiß", erwiderte Sensoren. „Aber wenn ich sie nicht sehe, kann Bomba sie nicht treffen!"

So viel stimmte. Ihr Bombardier grunzte.

Verdammt, für den Bruchteil einer Sekunde schweiften Joes Gedanken ab und er wünschte sich diese Magierin Oddball zurück. Sie war nicht nur hübscher anzusehen gewesen, sondern auch eine deutlich aufmunterndere Gesprächspartnerin.

„Wir sind am Rand", erinnerte ihn sein Co-Pilot ganz vernünftig. „Wir können es uns leisten, eine Schleife zu fliegen und uns zu orientieren. Das wäre auf jeden Fall sicherer. Bei all dem Zeug im Weg müssen sie uns nicht mal sehen – der Splitterregen erledigt die *Can* von ganz allein."

„Stimmt", gab Joe zu und korrigierte den Kurs erneut. „Dann gib den Hauptantriebseinheiten mal etwas mehr Schub."

Er betete zur Leere, dass er sie mit seiner Großspurigkeit gerade nicht alle ins Verderben gestürzt hatte.

KAPITEL DREIUNDVIERZIG

RUFFA\\ ERSTE ZAHLEN

RUFFA STAND AUF DEM KLEINEN VORSPRUNG MIT Blick auf die Brücke der *Lightbearer*, welcher es ihm erlaubte, dem Kapitän seines Hauptschiffes direkte Befehle zu erteilen und zugleich auf seiner Konsole den Verlauf der Schlacht zu analysieren und den Rest der Flotte anzuleiten. Wie bei solchen Gefechten üblich, forderte das erste Aufeinandertreffen auf beiden Seiten erhebliche Verluste, bevor sich die Kämpfe in eine Art Pattsituation einpendelten. Eine Ruja am äußeren Rand der Linie, welche von mehreren plutonischen Fregatten angegangen worden war, erlosch gerade auf seinem Display.

„Kommandant: Wir haben das Schiff der Wächterin gefunden!", meldete Tuvil und trat auf ein Zeichen seines Vorgesetzten hin an die Konsole. „Es ist tatsächlich an den von Senoxes angegebenen Koordinaten."

Der Blick weitete sich und zeigte mehrere Schiffe, welche am äußeren Rand ihrer Sensorenreichweite drifteten – eine vertraute Form patrouillierte ein kleines Areal, in welchem sich fünf weitere Schiffe befanden.

„Also war der Dummkopf ausnahmsweise einmal von Nutzen und hat tatsächlich Zugriff auf plutonische Schlachtdaten erhalten.“ Ruffa konnte es kaum glauben.

„Wir vertrauen seinen Informationen also?“, Tuvils Falten zitterten unentschlossen.

„Seine anfänglichen Truppenzahlen stimmten, das hier ebenfalls. ... Ich beginne, vorsichtig interessiert zu sein.“

Der Kommandant studierte eine Weile die Bewegungen des Schiffes der Wächterin, seine Gedanken längst wieder bei ihrem eigentlichen Feind.

Schließlich erklärte er: „Es ist, wie ich es sagte. Sie wartet darauf, dass die Plutonier unsere Linie für sie aufbrechen.“

Er schätzte die Winkel und Entfernungen ab. Leider hatten sie es lediglich geschafft, die Waffen einer der drei Stationen fertigzustellen. Da deren Einsatz die betreffende Station sofort zu einem bevorzugten Ziel machen und zugleich offenbaren würde, wie gefährlich die bewachende Dreierkombination tatsächlich sein konnte, hielt der Kommandant es für klüger, diese Tatsache vorerst zu verbergen.

„Tuvil: Weise jedes Schiff in unmittelbarer Nähe an, diesen zentralen Man-of-War anzugreifen.“

„Ja, Kommandant.“

Ruffa warf einen Blick auf den Hauptbildschirm, um das scheußliche menschliche Ungetüm, welches der *Lightbearer* den Weg versperrte, zu betrachten. Es hatte sich zur Gefechtslinie ausgerichtet und all seine Waffen häuften ihre letztlich wirkungslosen Salven gegen die überlegenen velorianischen Schilde und Gegenstrahlen. Neben der menschlichen Flagge und der Silhouette einer stilisierten Klinge stand auf der Hülle der Name *PDN Longsword*.

Nun, es war an der Zeit, diese antiquierte Waffe in zwei Teile zu zerbrechen.

„Kapitän: Haben Sie alle Strahlenemitter der *Longsword* lokalisiert?", rief Ruffa hinunter zur Brücke.

„Ja, Kommandant!"

„Gut." Ruffas Falten breiteten sich leicht aus, als er fortfuhr: „Wählen Sie einen Querschnitt aus, welcher etwa ein Viertel des sich drehenden Bereichs ausmacht. Decken Sie ihn mit Räumungsgeschossen ein, um so viele Nahbereichsabwehrsysteme wie möglich zu zerstören. Setzen Sie dann die Jäger frei. Sie sollen die Strahlenemitter dort außer Gefecht setzen – und zwar um jeden Preis! Sobald das einen sicheren Korridor generiert, sollen die verbleibenden Jäger diesen nutzen, um die Stückpforten und Antriebseinheiten der *Longsword* zu attackieren. Ich will dieses Ding treibend und unfähig, sich zu verteidigen, sehen. Danach überschütten Sie die beschädigten Bereiche mit allem, was wir haben."

KAPITEL VIERUNDVIERZIG

THEODORA\\ TOD EINES GIGANTEN

Theodora hätte den Moment, in dem die *Longsword* starb, womöglich verpasst, wäre da nicht ein Sensortechniker mit kreidebleichem Gesicht gewesen, welcher stotternd hervorbrachte: „K-Kapitän, d-das müssen Sie sich ansehen ..."

Als er den Vidfeed eines nahegelegenen Zerstörers oder vielleicht sogar der *Voidhammer* selbst aufrief, war die *Longsword* bereits von Einschlagkratern übersät. Selbst ihre Begleitschiffe konnten sie nicht vor dem Beschuss durch die Hälfte der velorianischen Streitkräfte schützen. In genau diesem Moment feuerte die *Lightbearer* all ihre Waffen gleichzeitig ab. Mehrere superschwere kinetische Projektile durchschlugen den nahen Zerstörer *Salacia*, welcher daraufhin explodierte. Andere Teile der Eskorte des Schlachtträgers fielen einer Schar winziger außerweltlicher Jäger zum Opfer, als diese direkt auf ihre Antriebseinheiten oder andere verwundbare Bereiche einstürzten.

Die *Longsword* jedoch bekam die volle Wucht ab. Mindestens achtzehn Einschläge erschienen in ihrer Hülle.

Saubere, beinahe ordentliche Einschläge. Doch die kinetische Energie der Geschosse riss auf der Austrittsseite große, ausgefranste Krater und spie Metall und Körper in die Leere hinaus. So wie eine Pistole ein sauberes Loch in der Schläfe hinterlässt und den größten Teil des Gehirns aus dem Hinterkopf rausbläst. Explosionen erschütterten den verbliebenen Rumpf, als das Achtermagazin und mehrere Reaktorkerne detonierten.

„Bei der Leere!" Theodora starrte ungläubig.

Natürlich konnte ein Man-of-War theoretisch zerstört werden. Sie hatte es nur noch nie miterlebt. Auch konnte sie sich nicht daran erinnern, im Verlauf ihrer langen Karriere mehr als eine Handvoll Male auch nur davon gehört zu haben. Und niemals mit einer solchen Endgültigkeit, wie sie es gerade sah. Auf diesem Schiff hatten sich Zehntausende Menschen befunden! Sie hoffte inständig, dass man das Personal rechtzeitig in gesicherte Zonen evakuiert hatte.

Matej nickte nur, unfähig, ein Wort hervorzubringen.

Als die plutonische Schlachtlinie ins Wanken geriet, rückten mehrere velorianische Schiffe vor. Das nicht klassifizierte Schiff bewegte sich zuerst, gedeckt vom Perücken-Flaggschiff. Beide schwenkten nach oben aus und streiften das sich rasch ausdehnende Trümmerfeld, während sie beschleunigten. Zwei *rujas* folgten.

Die verbleibenden Schiffe deckten ihren Rückzug.

Da größere Teile der *Longsword* möglicherweise noch immer eine beträchtliche Zahl eingeschlossener Überlebender bargen, zögerten viele plutonische Schiffe, welche sich am nächsten am Geschehen befanden, den Feind zu beschießen, auch wenn so mancher nervöser Abzugsfinger sicher nur auf ein freies Schussfeld wartete.

„Wohin fliegen sie?“, flüsterte Theodora.

Der Leiter des Sensorteams schluckte hörbar und sagte dann: „Sie nehmen Kurs auf unsere Lazarettschiffe, Kapitän.“

„Nein“, widersprach Matej. „Sie sind hinter unserem Sekundärziel her.“

KAPITEL FÜNFUNDVIERZIG

GLEN\\ EINLADUNG ZUM TANZ

Während die Schlacht voranschritt, wirkte Federov zunehmend unruhig und darauf aus, sich an ihr zu beteiligen. Glen konnte ihm diesen Impuls nicht verdenken, denn es ging ihm genauso. Mit der Zerstörung der *Longsword* sackte nicht nur die Stimmung des Colonels verständlicherweise ab. Schock legte sich auf jedes plutonische sowie die meisten anderen Gesichter. Auf dem Schlachtträger hatten so viele Menschen gedient ...

Botschafter Bogdanov starrte auf den Hauptschirm. Selbst der Voidpriester wirkte sichtbar erschüttert, wenn auch nicht unbedingt überrascht.

„Können wir jetzt angreifen?“, fragte Federov.

„Comms:“, vergewisserte sich Glen, „Haben wir neue Befehle erhalten?“

Er rechnete nicht damit. Der Marshal hatte sicher alle Hände voll damit zu tun, seine Hauptflotte neu zu ordnen, und würde kaum Zeit und Gedanken an das Anhängsel verlieren.

„Nein, Sir“, bestätigte Singh die Vermutung des Admirals.

Federovs Augen verengten sich.

„Pilot: Schwenken Sie weiter aus, damit wir mehr von der Gefechtslinie sehen können", befahl der Admiral. „Unauffällig, versteht sich."

„Aye, Kapitän."

Ludmilla gab ihren plutonischen Helfern ein Zeichen, ihr eine neue Flugbahn zu berechnen, und schon bald bewegte sich die *Gateshot* weiter raus. Da die eigentliche Schlacht direkt am Rand ihrer Sensoren stattfand, verschaffte ihnen das einen etwas besseren Blick auf das tatsächliche Geschehen.

„Fr. Baileywick: Gibt es irgendeine Möglichkeit, unsere Sensorreichweite zu erhöhen?"

„Ich werde sehen, was ich tun kann, Kapitän." Sie beantwortete die implizierte Frage mit einem Nicken und tat eine halbe Minute lang so, als würde sie an den Einstellungen herumspielen, bevor sie erklärte: „Das sollte helfen. Dr. Lustig: Könnten Sie bitte die vorderen Sensoren neu ausrichten?"

Ihr Chefingenieur spielte mit und bestätigte kurz darauf die Änderung.

„Lt. Montoya: Hilft das?", fragte Eve.

„Ja. Sensorreichweite um zwei Prozent erhöht", stellte die plutonische Teamleiterin fest.

Glen studierte die etwas vergrößerte taktische Anzeige. Federovs Holo beugte sich vor, als stünde er tatsächlich neben ihm.

Um den Colonel weiter von ihrer momentanen Nutzlosigkeit abzulenken, zeigte Glen auf das Schiff, welches soeben die *Lightbearer* überholte, und fragte: „Fr. Baileywick: Können Sie uns mehr über dieses nicht klassifizierte Schiff sagen, jetzt, wo wir es tatsächlich auf unseren Sensoren haben?"

Eve warf die vergrößerte Silhouette und die übrigen Sensordaten auf den Hauptschirm und kniff die Augen zusammen. Sie ließ sich Zeit damit, mehrere Reihen von Zahlen zu studieren, welche zu schnell vorbeiliefen, als dass menschliche Augen sie hätten lesen können, bevor sie erklärte: „Ich erkenne es immer noch nicht. Wie ich bereits sagte, muss es sich um ein neues Design handeln. Etwas, dem mein Volk bislang noch nicht begegnet ist."

„Ergibt Sinn", stimmte Nick zu. „Was könnte angesichts Ihrer Wissensbasis der Hauptzweck dieses Schiffes sein?"

„Ich bin mir noch nicht sicher ..." Die Wächterin schüttelte den Kopf. „Vielleicht kann ich das besser einschätzen, wenn es näher kommt."

„Sieht so aus, als bekämen Sie diese Gelegenheit eher früher als später." Der XO starrte auf das Zentrum der Schlacht. „Die Velorianer durchbrechen doch nicht tatsächlich die plutonische Kampflinie, oder?"

Sogar Jiăng hielt mehrere Sekunden inne, bevor er antwortete: „Nein, aber einige der Schiffe drehen davon ab, Commander; sie bleiben nur so lange dicht dran, wie sie ihnen Deckung bietet."

„Ihre übrigen Truppen erleiden schwere Verluste. Das ist ein strategischer Albtraum!" Nick schüttelte fassungslos den Kopf.

„Es sind Velorianer." Federovs Stimme klang angespannt, als sein Blick zwischen Eve, Glen und den Lazarettschiffen auf der taktischen Anzeige hin und her wanderte. „Und sie halten auf uns zu."

„Aye", stimmte Glen zu.

„Das nicht klassifizierte Schiff hat die plutonische Linie

passiert!“, meldete Lt. Jiǎng. „Und die *Lightbearer* ist dicht hinter ihr!“

„Verdammt, das könnte unangenehm werden“, murmelte der Admiral. „Kommen wir noch an dem Schiff vorbei, wenn es erst zu uns aufgeschlossen hat?“

„Wie wäre es, wenn wir ihm gar nicht erst die Chance geben?“ Der Blick seines XOs huschte zu Ludmilla.

Verdammte Axt!

Sie konnten nicht zulassen, dass die Lazarettschiffe ins Kreuzfeuer gerieten. Dann hätten sie im Handumdrehen eine weitere Meuterei am Hals – und diesmal mit gutem Grund.

„Comms: Weisen Sie unsere Schützlinge an, sich auf Rückfallposition_Alpha zurückzuziehen“, befahl der Kapitän. „Informieren Sie den Marshal und VAdm. Gunnarsson, dass wir die Aufmerksamkeit der Velorianer auf uns ziehen und ihr Feuer von den Neutralen weglenken werden. Pilot: Berechnen Sie einen Kurs, um genau dieses Ziel zu erreichen!“

KAPITEL SECHSUNDVIERZIG

RUFFA\\ NOTWENDIGE OPFER

„Kommandant", warnte der Kapitän der *Lightbearer* mit wachsender Anspannung in der Stimme, „unsere Schilde halten dieser Belastung nicht stand. Unsere Hülle nimmt bereits Schaden."

„Schaden, den wir später problemlos reparieren können." Ruffa umklammerte den Rand der taktischen Anzeige. „Zuerst müssen wir das Schiff der Wächterin zerstören. Alles andere ist zweitrangig."

Neben ihm räusperte sich Tuvil. „Kommandant, der Gouverneur –"

„... hat mir die Befugnis erteilt, dies nach meinem eigenen Ermessen zu erledigen", unterbrach ihn Ruffa. „Sicher ist das Tor ein Faktor, aber die Wächterin stellt das eigentliche Problem dar. Wir haben sie im Visier. Wenn wir warten, entkommt sie möglicherweise erneut."

„Und die Plutonier?", fragte sein Adjutant.

„Wir haben gerade eines ihrer Hauptschiffe zerstört", gab Ruffa zurück. „Das können wir mit den anderen ebenso. *Nachdem* wir unser primäres Ziel eliminiert haben.

Sieh sie dir an; ihre Linie ist gebrochen. Wir können ihnen später in aller Ruhe den Garaus machen."

Die Falten des Kapitäns zuckten, als er sagte: „Die beiden anderen großen Schiffe manövrieren, um ihre Hauptgeschütze in Stellung zu bringen. Aus dieser Nähe werden wir ihnen nicht ausweichen können."

Gleichgewicht – er hatte recht ... Die Lage wurde in der Tat etwas brenzlig ...

Ruffa deutete auf zwei bereits schwer beschädigte Rujas. „Tuvil: Weise diesen beiden an, sich zwischen die Hauptschiffe und uns zu manövrieren."

„Das würde die Kräfte reduzieren, welche die Plutonier von uns fernhalten", gab sein Adjutant zu bedenken.

„Ein notwendiges Opfer", entschied Ruffa. „Wir brauchen nur ein wenig mehr Zeit, um diese Position zu räumen."

„Jawohl, Kommandant." Tuvils Falten spannten sich kurz, doch er gab die Befehle wie angewiesen weiter.

Eine der Rujas stürzte sich auf das ihm nächstgelegene Hauptschiff. Die andere nicht. Mit einer verwirrten Falte wiederholte Tuvil den Befehl.

Das Geschütz des zweiten Man-of-War feuerte und mehrere schwere kinetische Geschosse flogen auf sie zu. Unter Ruffas Füßen tauschte die Brückencrew eine Flut aus Befehlen und Bestätigungen aus. Notantriebe beleuchteten einen großen Teil des winzigen Modells der *Lightbearer*, noch während die Projektile bereits den geschwächten Schild und Rumpf des Schiffes durchschlugen und auf der anderen Seite wieder austraten. Eine rumpelnde Vibration erschütterte die Brücke, als ein Teil der kinetischen Energie auf das Schiff übertragen wurde. Die Brückencrew unterbrach ihre Aktivitäten und blickte auf.

Ruffa studierte die eingehenden, systemgenerierten Schadensberichte – aber nur zwei Herzschläge lang.

„Alles in Ordnung", urteilte der Kommandant. „Bis das Geschütz nachgeladen ist, sind wir weit genug entfernt, um leicht auszuweichen. Tuvil: Befiehl dem Rest der Flotte, die Schädlinge in Schach zu halten, bis wir zurück sind."

„Kommandant: Wir haben ein massives Leck im sekundären Energiekern-Kühlsystem! Das hält unser Schiff nicht aus!", protestierte der Kapitän. „Wir müssen die Geschwindigkeit drosseln, sobald wir die unmittelbare Gefechtszone verlassen haben!"

„Wir müssen das Schiff der Wächterin zerstören!" Ruffas Falten breiteten sich in einer unbewussten Bewegung zur Hälfte aus. „Alles andere ist zweitrangig! Haben Sie das verstanden?"

Der Kapitän presste seine Falten eng gegen den Schädel. „J-Jawohl, Kommandant!"

KAPITEL SIEBENUNDVIERZIG

XINYI\\ ERSTE EINDRÜCKE

Durch ihre seltsame Verbindung konnte Xin Suzys ungeduldige Nervosität spüren. Wie eisige Luft, die auf ungeschützter Haut kribbelt. Jetzt, wo endlich etwas passierte, kämpften Panik und Erleichterung in der jungen Frau um die Vorherrschaft.

Unten im *Beak* wurden die Sicherheitsmaßnahmen verschärft, je näher die Schlacht dem Schiff rückte. Hier oben konnte Xin die velorianischen Schiffe sehen, welche mit Vollschub auf sie zuhielten. Kaum hatte das führende Schiff die Hauptschlacht hinter sich gelassen, eröffnete es das Feuer. Strahlen und Projektile schossen durch die Weite des Alls. Zuerst verfehlten viele ihr Ziel, diejenigen, die getroffen hätten, wurden leicht von den Gegenmaßnahmen der *Gateshot* abgewehrt. Doch der zerstörerische Regen nahm stetig zu, und als die beiden flankierenden *rujas* ihren Anteil beisteuerten, kam der tödliche Hagel der Schiffshülle immer näher.

Instinktiv packte Xin Ruperts Arm fester, um ihn zurückzuziehen, als ein etwa menschengroßes Geschoss auf sie beide zuraste. Es wurde erst viel zu nah abgefangen. Die

Bruchstücke trudelten weiter und prallten gegen den Trümmerschild, sodass das transparente Netz zischte und knisterte.

„Scheiße, kommt sofort wieder hier runter!", rief Suzy ihnen zu. „Durch die Fenster seht ihr alles genauso gut!"

„Ach, jetzt übertreib mal nicht." Rupert schlug den kupfernen Fuß seines Gehstocks auf die glänzend schwarze Hülle der *Gateshot*. Fremdartige, leuchtende Runen und Wirbel liefen von der Kontaktstelle nach außen und bildeten zu ihren Füßen einen etwa vier Meter großen Kreis. „Uns passiert schon nichts. Und wir haben hier die beste Aussicht!"

Eine schützende Kuppel flackerte auf und umschloss die drei Beobachter. Sie strahlte wunderschön. ... So viele ineinander verflochtene Energieflüsse ... Xin spürte, wie Suzy bei dem durch ihre Augen übertragenen Anblick der Atem stockte.

„Xin, ich muss das Tor sehen!", unterbrach die Hexe die abschweifenden Gedanken ihrer Gehilfin. „Kannst du es schon erkennen?"

„Oh, richtig! Tut mir leid."

Xin wandte sich hastig um. Als sie das Fernglas hob, balancierte sich der interne Mechanismus aus, um all die störenden Bewegungen auszugleichen. Obwohl es rein optisch funktionierte, lieferte das Gerät ein gestochen scharfes Bild.

Himmel, wo war nur das Tor?

Dort!

Doch selbst mit zwanzigfacher Vergrößerung blieb das Alienartefakt in der Ferne schwer erkennbar.

„Es ist so winzig!", meldete Xin und kniff die Augen zusammen, um besser sehen zu können. „Ich kann es kaum ausmachen bei all den Farben und dem ganzen Zeug ..."

„Verdammt!“, fluchte Suzy. Xin spürte das Echo der Bewegung, als die Hexe sich abschnallte und zu ihrem Kreis stapfte, während sie anordnete: „Macht nichts. Behalt es im Blick und gib mir sofort Bescheid, sobald du die Aktivierungsrunen erkennen kannst!“

„Aye-aye, Boss!“

KAPITEL ACHTUNDVIERZIG

THEODORA\\ RÜCKENDECKUNG

Die Hitze des Gefechts ließ selten Raum für Trauer oder Panik. Also schob Theodora beides beiseite, um sich auf das Hier und Jetzt zu konzentrieren.

„Ruja_8 rückt vor, um die *Voidhammer* anzugreifen", meldete die taktische Station. „Sollen wir folgen?"

„Ja, knacken wir sie, solange sie uns ihr Heck präsentieren." Theodora unterstrich ihre Worte mit einer knappen Handbewegung. „Comms: Informiert unsere Gefechtsgruppe über die Änderung. Steuermann: Hinterher!"

Plötzlich erschütterten mehrere Explosionen den Bug der *Sanji*. Alarme heulten auf, rote Symbole übersäten das taktische Display. Dann eine weitere Serie von Explosionen, so nah, dass sie die gesamte Brücke durchschüttelten. Eine Wand gab nach und begrub mehrere Stationen und Crewmitglieder unter Trümmern.

„Was war das?" Matej hustete und versuchte, etwas durch den Staub zu erspähen.

Mehrere Sekunden lang übertönte das Zischen des Feuerlöschsystems sämtliche Schmerzensschreie und Schockreaktionen.

Die Sensorstation antwortete als erste. „Getarnte Minen, Sir. Möglicherweise magnetisch oder selbstlenkend. Die Jäger müssen sie im Vorbeiflug abgeworfen haben."

„Steuer: Voller Stopp!", befahl Theodora. „Comms: Warnen Sie unsere Gefechtsgruppe!"

Zu spät. Neben ihnen wurde die bereits beschädigte *Zjena Mirak* auseinandergerissen, als die Minen eine Schwachstelle trafen und eine zerstörerische Kettenreaktion auslösten. Die *Roy Rodop* schaffte es, auszuweichen. Ihr plötzlicher Richtungswechsel ließ eine Kaskade winziger, brennender Punkte nahe ihres Bugs aufleuchten. Vermutlich waren mehrere Minen miteinander kollidiert, anstatt ihr Ziel zu treffen.

„Schadensbericht!", forderte Matej von der Technik.

„Sieht übel aus, Sir", meldete der Teamleiter. „Wir haben mehrere Bugsektionen verloren. Atmosphäre entweicht und unsere Reaktorkammer ist strukturell beschädigt; die Eindämmung versagt!"

Kapitän und XO sahen sich mit hilfloser Wut in den Augen an. Sie hatten noch nie ein Schiff verloren.

In diesem Moment – wie auf dem Hauptbildschirm zu sehen – durchschlug eine massive Ladung Ruja_8 und schob sie aus ihrer Flugbahn. Einen langen Moment trudelte das feindliche Schiff orientierungslos. Dann aktivierte es alle Antriebe auf Maximum, um seine verstümmelten Überreste auf die Quelle seiner Zerstörung zuzusteuern.

„Scheiße, sie wollen die *Loreley* rammen!" Matejs Augen weiteten sich. „Die kommt niemals rechtzeitig weg!"

„Kann sie die *ruja* abdrängen?", fragte Theodora, die sich gerade noch mehr um das Schicksal ihres eigenen Schiffes sorgte.

„Negativ“, antworteten die Sensoren. „Ihre Masse-Schieber sind defekt.“

Leere!

„Waffen: Feuern Sie alles, was wir haben, auf Ruja_8“, befahl die Kapitänin.

„Es tut mir leid, Ma'am“, stammelte ein Waffenoffizier. „Ich habe keinen Zugriff; meine Konsolen sind tot!“

„Und beide Sekundär-Stationen liegen unter Trümmern!“, fügte der Ingenieur unter heftigem Husten hinzu.

„Dann weisen Sie die Batterien an, auf manuelle Zielerfassung umzuschalten!“

„Jawohl, Ma'am“, antwortete der Waffenoffizier. „Aber bei unserem unruhigen Flugmuster und so vielen Verbündeten in der Nähe werden sie nicht viele Schüsse abgeben können.“

„Verdammt. Können wir denn sonst nichts tun?“ Die Finger des XO flogen mit zielstrebiger Intensität über seine Kontrollen.

„Nein,“ entgegnete der gedrungene Ingenieur hilflos. „Die *Sanji* ist außer Gefecht, Sir. Das Einzige, was noch funktioniert, sind die Antriebe.“

„Und wir sind die Einzigen in Reichweite?“ vergewisserte sich Theodora.

„Aye, Kapitän.“ Der Sensoroffizier, der seinen gefallenen Teamleiter ersetzt hatte, schluckte. „Die *Roy* könnte vielleicht rechtzeitig umschwenken, aber ... nun ja. Vielleicht. Es wäre knapp. Sehr knapp.“

Kalte Gewissheit erfüllte Theodora, als sie über ihre verwüstete Brücke blickte und die blinkenden roten Markierungen betrachtete, welche inzwischen das gesamte Abbild ihres Schiffes einnahmen. Nein. Zu viele Leben standen auf dem Spiel, um es zu riskieren. Und die *Sanji* war ohnehin Schrott. Eine Reparatur wäre zu aufwendig.

Warum ihrer alten Dame nicht zumindest einen ruhmreichen Abgang gewähren?

„Pilot: Abfangkurs berechnen; sorgen Sie dafür, dass wir die *ruja* mit minimalem Schaden für die *Sanji* rammen. Maschinenraum: Leiten Sie die Steuerung zu meiner Station um. Ich werde sie auf Kurs halten." Nervöse Erwartung legte sich um ihr Herz. „Comms: Öffnen Sie einen schiffsweiten Kanal und warnen Sie alle Verbündeten in der Nähe, Abstand zu gewinnen."

„Kanal offen, Ma'am", antwortete der Offizier mit großen Augen.

„Alle Mann: Hier spricht der Kapitän. Evakuieren Sie sofort! Ich wiederhole, hier spricht der Kapitän. Evakuieren Sie sofort! Evakuierungsprotokoll_4. Sie haben maximal zwölf Minuten, um die Explosionszone zu verlassen!"

Sie kappte den Kanal, richtete sich auf und wandte sich an die Brückencrew. „Das gilt auch für Sie alle. Wegtreten!"

Alle, die dazu in der Lage waren, salutierten knapp und folgten ihrem Befehl. In kürzester Zeit war die Steuerung umgeleitet und die Unverletzten stützten die Verwundeten, um sich in geordneter Eile zurückzuziehen.

Matej stand auf und salutierte. „Zeigen Sie's ihnen, Kapitän."

Er wäre geblieben, wenn er gedurft hätte. Doch das war zu riskant. Für den Fall, dass einer der KOs nicht überlebte, musste der andere die Verantwortung für ihre Besatzung übernehmen können.

„Mach ich." Sie erwiderte die Geste. „Bring unsere Crew in Sicherheit."

„Aye, Kapitän!"

Er war der Letzte, der ging, hielt kurz an der Schwelle

inne und rief: „Pass auf dich auf, Theodora. Heute ist nicht der Tag, an dem ein Schiff nach dir benannt wird!"

Sie zwang sich trotz ihrer Gänsehaut zu einem Lächeln. „Stimmt. Und jetzt schieb deinen faulen Hintern von meiner Brücke, Matej!"

„Aye, Kapitän."

Bevor er ging, läutete er ein letztes Mal die Schiffsglocke.

Als Theodora Imrin die Kollisionsprognosen studierte, machte sich nervöse Aufregung in ihrem Magen breit. Selbst ihre 43-jährige Erfahrung als Pilotin hatte sie kaum auf dieses Manöver vorbereitet. Sie betete nur zur Leere, dass die verdammten Perücken nicht im letzten Moment wegziehen würden. Mit all ihren ausgefallenen Antrieben würde es die *Sanji* schwer haben, auf späte Ausweichversuche zu reagieren. Hoffentlich hielt ihr altes Boot lang genug zusammen.

„Gutes Mädchen", murmelte Theodora und streichelte sanft ihre Armlehne. „Wir schaffen das schon. Nur ein kleiner Schubser von der Seite und diese verdammten Perücken kommen vom Kurs ab. Wir schaffen das."

Sie hatte einmal von einem Kapitän gehört, der drei Schiffe verloren hatte. Angeblich nie seine Schuld. Der betrunkene Matrose, welcher es ihr erzählt hatte, behauptete steif und fest, er habe alle drei Schiffsplaketten über dem Bett des Kapitäns anbringen müssen und direkt am nächsten Tag um Versetzung gebeten. Würde man sie nach diesem Tag auch als Unglücksbringerin ansehen?

Erleichterung durchströmte Theodora, als die letzten Rettungskapseln die *Sanji* verließen.

„Annäherungsalarm!", meldete der Bordcomputer. „Gegenmanöver sollte –"

„Verstanden. Halt die Klappe!" Die Kapitänin biss sich auf die Unterlippe.

Ruja_8 füllte den Hauptschirm; sie würden die *Loreley* in Kürze erreichen.

Die Antriebseinheiten des Zerstörers glühten unter sichtbarem Maximalschub. Mit seiner großen Masse erwies sich die Trägheit als erbarmungsloser Gegner. Keine Chance, rechtzeitig auszuweichen.

„Na ja, dafür sind wir ja hier", flüsterte Theodora und versuchte, Energie auf eine der kaputten Antriebseinheiten umzuleiten, um noch ein wenig mehr Schub zu erhalten.

Es brachte nichts. Das Schiff ächzte unter der Überlastung aller seiner Systeme. Irgendwo in der Ferne prallte ein schweres Objekt auf ein anderes, was eine leichte Vibration durch den Boden und Theodoras Sitz bis in ihre Wirbelsäule sandte. Weitere rote Symbole erschienen auf dem Bildschirm und eine neue Explosion vergrößerte das Loch in der Außenhülle. Als die Fregatte unaufhörlich auf die *ruja* zuraste, versuchte das Perückenschiff auszuweichen. Der Plan war wohl, die Fregatte seitlich vorbeiziehen zu lassen und dann in einen anderen Teil des Zerstörers einzuschlagen.

„Oh nein, das könnt ihr euch abschminken!"

Noch während Theodora korrigierte, merkte sie, dass bei dieser Entfernung keine Feinjustierung mehr möglich sein würde. Nicht ohne die vorderen Navigationsdüsen. Es ging um alles oder nichts.

Also stellte sie die Antriebseinheiten auf asymmetrischen Schub um und ignorierte die schrillen Sirenen und aberwitzigen Warnmeldungen für drohende Strukturschäden, Reaktorüberhitzung und Kollision sowie all die zahllosen Sekundäralarme. Es war der einzige Weg, die nötige Kurskorrektur zu erzwingen.

Als sie alles wieder auf Maximum hochfahren wollte, schlug der erwartete Gegenangriff ein. Ruja_8 feuerte ihre gesamte verbliebene Munition in die ausgeweidete Fregatte. Weitere Vibrationen erschütterten die Brücke. Rote Punkte überall; die Hälfte ihres Schiffes zerfiel in die Leere.

Doch der Konterangriff reichte nicht. Auf dem Display blinkten die projizierten Kurslinien auf und zeigten, dass beide Schiffe ausscheren würden ohne die *Loreley* zu streifen.

„Hab dich!“ Theodora lächelte grimmig.

Sie hatte ein gutes Leben im Dienst ihrer Heimat verbracht und ihre Kinder waren erwachsen und versorgt – kein Grund für Reue.

Mit ihrer letzten Handlung leitete Kapitänin Theodora Imrin alle verbleibende Energie in die Hauptantriebe um, und die beiden Schiffe kollidierten hart.

Ein scharfer Schmerz war alles, was sie noch spürte, als die Brücke der *Sanji Merabti* in Flammen aufging und die Leere sie umarmte.

KAPITEL NEUNUNDVIERZIG

GLEN\\ UNANGENEHME ÜBERRASCHUNG

„Sie haben angebissen“, kommentierte Lt. Montoya, was Glen auf dem Hauptschirm ohnehin klar erkennen konnte. „Unklassifiziert_1, *rujas* 10 und 11 kommen direkt auf uns zu. Die *Lightbearer* ist noch ein gutes Stück dahinter.“

Der Kapitän nickte und sagte: „Halten wir ihr Interesse aufrecht, damit sie sich nicht doch entschließen, zu den Neutralen abzudrehen.“

„Das werden sie nicht.“ Eves Stimme war reine, ruhige Analyse. „Wir sind das Ziel, und die Velorianer werden uns mit tunnelsichtigem Fokus verfolgen.“

„Sollen wir sie angreifen oder lassen wir sie uns einfach bis zum Tor hinterherjagen?“, bot Nick Optionen an.

„Und was würde sie davon abhalten, uns bis ins nächste Sonnensystem an den Fersen zu kleben?“, entgegnete Federov. „Außerdem, wenn wir den Stationen zu nahe kommen, werden die uns, lange bevor wir beim Tor ankommen, in Stücke schießen.“

„Aye.“ Der Admiral hatte schon genug Raumgefechte miterlebt, um einschätzen zu können, welchen Schaden eine Station dieser Größe einem vorbeifliegenden Schiff wie dem seinen zufügen konnte. „Jetzt kopflos vorzustürmen ist kein guter Plan. Wir sind ein großes Ziel. Die kleineren plutonischen Schiffe haben deutlich bessere Chancen, durchzuschlüpfen – und können sich auf die Schlachtträger als Rückendeckung verlassen. Sobald sie die Stationen eingenommen haben und die Hauptflotte den Widerstand an der Gefechtslinie beseitigt hat, können wir in aller Ruhe durchs Tor fliegen."

„Angesichts dieser Prognosen zu deren Geschwindigkeit im Vergleich zu unserer werden wir unseren velorianischen Verfolgern sowieso nicht davonfliegen können", schaltete sich Montoya hilfreich ein. „Sie werden uns einholen, lange bevor wir das Tor erreichen."

Das würde kein Problem darstellen – sobald sie zu Plan B übergingen. Doch der richtige Moment dafür war noch nicht gekommen. Oder doch?

„Schiffsmeisterin: Ihre Empfehlung?" Glens vage Worte verbargen die eigentliche Frage.

„Col. Federov hat Recht." Eve schüttelte den Kopf. „Ich bezweifle, dass wir einfach hin- und durchfliegen können, egal wie schnell wir sind. Unsere Verfolger auszuschalten, solange sie auf sich allein gestellt sind, ist die logischste Vorgehensweise. Das gibt den plutonischen Streitkräften auch Zeit, uns wie versprochen einen Weg freizumachen. Wir können allerdings den velorianischen Fokus auf uns nutzen, um sie zurück ins plutonische Kreuzfeuer zu manövrieren, während wir gleichzeitig die *Gateshot* in eine vorteilhaftere Position für einen Vorstoß zum Tor bringen."

„Das klingt nach einer Idee, auf die wir uns alle einigen können!", kommentierte Nick und spiegelte damit die verschmitzten Grinser und eifrigen Nicker wider, welche überall auf der Brücke ausgetauscht wurden.

Glen dachte kurz darüber nach, bevor er sagte: „Ja, so machen wir es. Pilot: Planen Sie einen entsprechenden Kurs! Taktik: Geben Sie mir Angriffsstrategien. Sensoren: Wie steht es um die Detailanalyse des Unklassifizierten?"

„Dieses Schiff scheint für den Frontalangriff ausgelegt zu sein, dort ist die Panzerung am stärksten. Aber das ist auch schon alles, was wir mit Sicherheit sagen können", berichtete Lt. Montoya, während sie einen kleinen Ausschnitt auf dem Hauptbildschirm abtrennte, um eine vorläufige Zeichnung des fraglichen Schiffes zu zeigen, direkt neben der Bildübertragung, welche es an der Spitze der beiden *rujas* zeigte. Die Zeichnung beinhaltete nur die äußere Schicht und vielleicht zwei oder drei Ebenen. Wohin die Sensoren nicht vordringen konnten, herrschte strukturlose Leere. Besonders der Bug wirkte auffallend leer. Insgesamt gab es wenig zu erkennen.

„Es könnte sich um einen Gefechtsträger handeln." Montoya zoomte auf das, was sie beschrieb. „Es hat mindestens einen großen Hangar mit einer nach vorn gerichteten Rampe und einen nach achtern – optimal ausgerichtet, um kleine Jäger oder vielleicht Drohnen auszubringen. Möglicherweise ist es eine größere Version dieser *crubas*."

„Velorianer nutzen überwiegend Mehrzweckschiffe; sie scheinen keine eigentliche Marine zu haben, richtig?" Glen wandte sich an Eve, um seine Erinnerung an ihre früheren Erklärungen bestätigt zu bekommen.

„Richtig. Während der Besatzungszeit war ihnen keine erlaubt, und was sie danach aufgebaut haben, ist eher eine Handelsflotte", erklärte sie. „Ihre *cruba*-Klasse ist eine Ausnahme. Doch solche dedizierten Kriegsschiffe verrichten in der Regel Unterstützungsaufgaben, wie etwa die Verteidigung von Installationen oder Geleitschutz für Frachterkonvois."

„Somit ist das da also in mehrfacher Hinsicht etwas Neues.“ Nick zog eine Kopie des Entwurfs auf seine eigene Konsole und beugte sich vor, um ihn genauer zu betrachten.

„In der Tat.“ Eves Blick verblieb auf den eingehenden Datenströmen.

Auch wenn ihr äußeres Erscheinungsbild nichts verriet, fühlte Glen ihre Frustration darüber, dass sie nicht identifizieren konnte, womit sie es zu tun hatten, auf seiner eigenen Haut prickeln.

„Nun, was auch immer es ist“, entschied Federov und verschränkte die Arme, „wenn es sich zu nah ranwagt, schicke ich meine Voidwalker rüber. Die übernehmen das Ding im Handumdrehen.“

„Es übernehmen?“ Ein schelmisches Funkeln blitzte in den Augen des XO auf, als er sich dem Hologramm zuwandte. „Damit Ihre Kameraden es auf dem Rückweg mitnehmen und das neue Design der Nachbarn in Ruhe analysieren können?! Nach dem, was gerade passiert ist, hätte ich angenommen, Sie wären eher darauf aus, es zu zerstören.“

„Persönliche Gefühle haben auf dem Schlachtfeld nichts verloren, Commander“, gab der Plutonier zurück. „Das sollten Sie wissen.“

„Ich bewundere Ihren Eifer, ins Gefecht stürzen zu wollen.“ Glen rieb sich den Nasenrücken. „Und Ihren Geschäftssinn. Doch Ihr nächster Versuch, ein velorianisches Schiff zu kapern, ist verschoben. Wir werden vorerst versuchen, sie aus der Ferne abzuschießen. Taktik?!“

Lt. Jiăng nickte und begann, Kampfstrategien zu umreißen, als die erste feindliche Salve ihr Schiff traf.

„Kapitän: Plutonische Korvetten greifen die *rujas* an!“, rief Lt. Singh. „Beide sind bereits Opfer von Enteraktionen geworden.“

Glen und Nick tauschten einen beinahe überraschten Blick aus.

„Was?“, sagte Federov. „Wir stehen immer noch unter plutonischem Schutz.“

Richtig.

„In der Tat.“ Der Kapitän nickte mit einem kleinen, dankbaren Lächeln, das die scharfe Reaktion des Colonels abfedern sollte.

Und tatsächlich: Drei Korvetten hatten die *rujas* fachmännisch in die Zange genommen und sie so in ein Gefecht fernab der beiden anderen velorianischen Schiffe gezwungen. Kaum hatten sie die Geschwindigkeit des Feindes erreicht, setzten sie weitere Voidwalker und einige Entershuttles über, bevor sie sich erneut auf sichere Distanz zurückzogen.

„Ausgezeichnet, das sollte diese *rujas* erledigen“, sagte Nick.

Das unklassifizierte Schiff ließ sich vom Verlust seines Geleits nicht beirren und versuchte weiterhin, die *Gateshot* abzufangen. Ludmilla leistete hervorragende Arbeit beim Ausweichen, doch selbst ihr Talent konnte sie nicht von ihren Verfolgern befreien.

„Unsere Waffen zeigen keine nennenswerte Wirkung gegen ihre Panzerung“, meldete Montoya wenige Minuten später. „Und sie holen auf.“

„Was ist mit der *Lightbearer*?“ Glen beobachtete, wie das feindliche Flaggschiff weiter zurückfiel. Im Weltall bedeutete das nicht, dass sie langsamer wurde – nur, dass sie nicht im gleichen Maß beschleunigte wie die anderen Schiffe.

„Unsere Manöver scheinen gewirkt zu haben. Die Plutonier beschießen sie ununterbrochen“, berichtete ein Taktikoffizier.

„Es scheint, als hätte sie entweder Schäden an ihren Antrieben oder am Reaktorsystem erlitten“, fügte Lustig hinzu. „Sie versucht, ihren Rückfall dadurch auszugleichen, dass sie vermehrt auf uns feuert. Zwei so große Schiffe, die ihr Feuer auf einen kleinen Abschnitt konzentrieren, das ist zu viel für unsere hinteren Energieschilde. Wir müssen eine Notkühlung aktivieren, sonst brennen uns bald die Schildgeneratoren durch.“

Das war gar nicht gut ...

Glen hätte nichts lieber getan, als zum Tor zu fliegen und das Ganze hinter sich zu bringen, doch er wusste auch um die tückische Gefahr, die von Zielüberfokussierung ausging. Sie mussten klug und geduldig bleiben.

„Wie lange halten die Energieschilde noch?“ fragte er.

„Fünf Minuten, maximal“, antwortete Lustig unzufrieden. „Alles darüber hinaus riskiert irreversible Schäden.“

Verdammt.

Nun, es gab nichts, was sie dagegen tun konnten. Die Schilde vollständig zu verlieren, war jedenfalls keine Option.

„Wie lange dauert die Notkühlung?“

„Mindestens acht Minuten“, antwortete ihr Chefingenieur.

Glen öffnete einen privaten Gedankenkanal zu Eve. *‚Hör zu, Eve, dies ist der Moment. Jetzt geht's ums Ganze. Jetzt müssen wir alles geben. Wir können es uns nicht leisten, direkt vorm Tor außer Gefecht gesetzt zu werden! Wir können es uns nicht leisten, zu sehr beschädigt zu werden, um durchzukommen!‘*

Ihre Augen flackerten, als sie einen Moment lang innehielt und nachdachte, während sie versuchte, ihre Zweifel und ihr angeborenes Bedürfnis nach Geheimhaltung zu überwinden.

Mit einem grimmigen Nicken befahl der Admiral: „Dr. Lustig: Schalten Sie es ab."

„Kapitän!", rief Montoya mit Dringlichkeit. „Das Unklassifizierte hat gerade eine Welle kleiner Gefährte freigesetzt. Mindestens ... zweihundert auf einmal! Sie kommen schnell näher!"

„Was zum –" Rivers' Stimme klang verwirrt. „Das sind keine Jäger."

Eve blickte überrascht auf.

Nicks Augen weiteten sich. „Es ist ein Enterträger!"

KAPITEL FÜNFZIG

JOE\\ ABGESCHNITTEN

„Da verpufft unsere Mitfahrgelegenheit", murmelte Joe, als das, was von der *Sanji Merabti* übrig geblieben war, mit den Überresten von Ruja_8 kollidierte und beide zu einem überdimensierten, feurigen Kometen verschmolzen, welcher schlingernd in die Leere davontrieb. Schiffe räumten hastig seine Flugbahn. Ein Schwarm Rettungskapseln zerstreute sich rasch, um es den Feinden zu erschweren, sie abzuschießen.

„Verdammt", bestätigte Bomba.

Alle schwiegen eine Minute lang. Sie hatten diese Minute. Es war nur recht und billig, den Menschen, mit denen sie in den letzten Monaten zusammengelebt hatten und die gerade ums Leben gekommen waren, zumindest so viel Respekt zu zollen.

„Ich mochte die Crew", durchbrach Sensoren schließlich die Stille. „Besonders die süße Blonde aus der Technik. Ich hoffe, sie hat's geschafft. Wollte sie eigentlich mal nach 'nem Date fragen."

„Stellen wir lieber erst mal sicher, dass *wir* es schaffen", meinte Co-Pilot und überprüfte ihren Status. „Scheiße, diese Schlacht ist komplett gaga! Die Perücken haben alle mobilen Einheiten ins Zentrum gezogen, die halbe Leere mit getarnten Minen und Jägern vollgemüllt – und wofür? Um an dieses mysteriöse Schiff zu gelangen, auf dem Oddball dient?"

„Sieht ganz so aus." Der Kapitän seufzte.

Ihre Ziele waren gerade mit Höchstgeschwindigkeit davongezogen und hatten die *Can* mitten in einem Minenfeld zurückgelassen.

Da keine Feinde in unmittelbarer Nähe waren, erhielt Joes Crew den Auftrag, mit den hochempfindlichen Sensoren ihrer Schattensphäre so viele der getarnten Minen wie möglich zu kartieren. Das gab ihnen zugleich die Gelegenheit, den angeschlagenen Wärmespeicher zu kühlen.

Währenddessen hatten das unklassifizierte Perückenschiff, die *Lightbearer* und zwei *rujas* Distanz zur Hauptstreitmacht aufgebaut. Kaum hatten diese die plutonische Schlachtlinie hinter sich gelassen, erkannten die restlichen Perücken, welche ihren Anführern in die feindliche Linie gefolgt waren, dass es keinen Sinn mehr machte, den Vorstoß voranzutreiben und zogen sich diese wieder zu ihren eigenen Leuten zurück. Zumindest versuchten sie es. Doch sich ohne jegliche Deckung und Feuerunterstützung im Niemandsland wiederzufinden, war unter keinen Umständen eine gute Situation. Erst recht nicht, wenn wütende Plutonier von allen Seiten auf einen draufhielten. Jedes Alienschiff, das nicht gerade vom Glück begünstigt war, wurde unerbittlich und diszipliniert beschossen, bis nur noch feiner Staub davon übrig blieb.

„Scheiße, was ist da gerade passiert?", fragte Co-Pilot.

„Großer, dummer Fehler?", antwortete Bomba.

„Das ist noch milde ausgedrückt." Joe schüttelte den Kopf über die kolossale Idiotie. „Blutiger Anfängerfehler. Was für ein hirnloser Arsch lässt seine Truppen so im Regen zurück? Und wofür?"

„Oddballs Schiff?", mutmaßte Co-Pilot. „Die Perücken wollen es wohl unbedingt. Sie haben dieses Tunnelblick-Problem, nicht wahr?"

„Ja, aber ... Leere!" Joe konnte einfach nicht aufhören, den Kopf zu schütteln. Die ganze Situation war so dermaßen absurd. Wie wählten diese Arschlöcher nur ihre Anführer? Definitiv nicht aufgrund von Erfahrung oder Verdienst, wenn man sich dieses Chaos ansah ...

„Also ich find's gut", meinte Sensoren. „Macht unseren Job einfacher."

Bomba grunzte zustimmend.

„Ja." Joe nickte langsam, dann fragte er: „Co-Pilot: Gibt es Neuigkeiten, die wir nicht mit eigenen Augen sehen können?"

„Einige haben die Flaggen gewechseLt. Sieht so aus, als hätten wir erfolgreich sieben velorianische Schiffe erbeutet."

Sensoren jubelte laut.

„Gewonnen ist die Schlacht erst, wenn sie vorbei ist", mahnte Joe.

„Schon, aber nach dem, was da drüben gerade passiert ist, wendet sich das Blatt definitiv zu unseren Gunsten", entgegnete der junge Hüpfer.

Das konnte er laut sagen.

Währenddessen ließ auf der anderen Seite des Schlachtfelds das schwarze Kernweltschiff die Lazarettschiffe zurück – mit der klaren Absicht, die Aliens von ihnen wegzuführen.

„Wir sollten einen Weg hier rausfinden", meinte Co-Pilot. „Wir haben kartiert, so weit unsere Scanner reichen – und der Wärmespeicher ist so kalt, wie wir ihn derzeit bekommen können."

„Ja." Kapitän zog behutsam an den Kontrollen und betete, dass die beschädigten Antriebseinheiten sie nicht zu einer Seite reißen würden.

„Weißt du", meinte der Co-Pilot nachdenklich, „wir müssen nicht durch das ganze Minenfeld fliegen. Oddballs Schiff schwenkt herum. Wir könnten es abfangen."

Der mögliche Flugplan, den er seinem Vorgesetzten vorlegte, ließ sie das Hauptgefecht umgehen und in Richtung Tor steuern.

„Und warum sollten wir das tun?" Sensoren verstand mal wieder nichts.

Bomba schon. „Wir haben noch 'ne Sechser."

„Ja", stimmte der Kapitän zu. „Die wäre ein hübsches Accessoire für eins dieser großen Löcher in der *Lightbearer* ... Wir könnten die ganze Schlacht entscheiden, schaffen, woran all die großen Pötte gescheitert sind!"

„Wir brauchen Erlaubnis, um die einzusetzen", gab Sensoren zu bedenken.

„Ich glaube kaum, dass der Marshal was dagegen hätte." Co-Pilots Stimme beinhaltete ein sardonisches Lächeln. „Solange wir ihn nicht mit Vorwissen belästigen."

Bomba grunzte zustimmend.

Der Jungspund verrenkte sich im Sitz, um sie alle der Reihe nach anzustarren – so gut es eben ging.

„Wir werden vor Jupiter zur Rechenschaft gezogen, wenn wir das überstehen", murmelte er schließlich.

Bomba öffnete die Faust explosionsartig und lachte.

„Wenn wir rankommen, unmöglich nicht zu treffen! Wenn wir den Pott sprengen, liefern sie uns nicht an Jupiter – die geben uns Orden!"

„Stimmt schon ..." Ein zögerliches Grinsen breitete sich auf Sensorens Gesicht aus. „Sie benennen Schiffe nach uns, wenn wir das durchziehen!"

Der Co-Pilot nickte. „Wir werden diese verdammten Perücken wie kopflose Hühner zerstreuen! Ohne ihr Flaggschiff knicken die endgültig ein."

„Sicher." Joe holte tief Luft.

Darum ging es doch; dafür machten sie diesen verdammten Job. Um wirklich was zu bewegen. Was konnte er mehr verlangen?

Die Frage war, ob sie es so weit schaffen würden, ohne entdeckt zu werden. Was, wenn die Gruppe abdrehte, bevor sie sie erreichten? Ihre winzigen Triebwerke waren nicht für Hochgeschwindigkeitsverfolgungsjagden mit kilometerlangen Schiffen ausgelegt. Diese Schiffe hatten Triebwerke, die um ein Vielfaches größer waren als die komplette *Can*. Doch die hatten auch viel mehr Masse in Bewegung zu setzen ... und Trägheitsdämpfer.

„Das müssen wir perfekt abpassen." Er stellte seine Steuerung auf den neuen Flugplan um. „So wie ich das sehe, haben wir nur einen Versuch."

„Die Leere gibt und die Leere nimmt", stimmte Co-Pilot zu.

„Für die Republik!", antworteten sie alle wie aus einem Mund. „Für unsere Heimat!"

Pilot drehte ihr Schiff vom Minenfeld ab und gab Vollschub.

KAPITEL EINUNDFÜNFZIG

JATHEKI\\ FALSCHHEIT

Da die *Gateshot* so riesig war, sahen die Schiffe, die sie angriffen, winzig – ja fast unbedeutend – aus. Wäre da nicht der ihnen anhaftende Gestank nach Tod gewesen. Jatheki kniff die Augen zusammen, als der Seher sich bemühte, das unangenehme Gefühl zu lokalisieren. Es kam ihm bekannt vor und doch ... nicht ganz.

Ohne Geräusche wirkte der Kampf zwischen der *Gateshot*, dem verfolgenden Schiff, welches unablässig Entershuttles aussandte, und dem verwundeten Riesen, der ihnen beiden hinterherhinkte, seltsam kontextlos, ohne unmittelbare Wirkung.

Der Enterträger. Die Shuttles. Dort war es. Die faulige Falschheit, das nagende Unbehagen, das Jatheki nicht losließ. Als die *Gateshot* das Feuer auf sie eröffnete, sprühten in der Ferne immer mehr winzige Funken auf. Wie höllische Glut, die gegen einen himmlischen Wandteppich prasselte.

„Können wir sie alle erwischen?", flüsterte Xinyi ängstlich.

„Wohl kaum", antwortete die Strategin mit einem Anflug von Abscheu in der Stimme. „Es ist ein Zahlenspiel. Wegwerftruppen. Akzeptierte Verluste von 60–80 %. Deshalb schicken sie so viele auf einmal. Die größeren Shuttles werden vermutlich 10–12 Personen fassen, die kleinen, torpedoartigen Vehikel 5–7. Bei etwa ..." Bei der Vielzahl an Schlachten, die sie gesehen hatte, genügte ein kurzer Blick für eine Einschätzung, „... sagen wir zweihundert Fahrzeugen in der ersten Welle, sind das insgesamt 1.700–2.100 Feinde. Das heißt, zwischen 340 und 840 davon werden dieses Schiff entern."

Klein-Kassandras Augen weiteten sich. „Das sind mehr, als wir Leute an Bord haben!"

„Ja, und es ist nur die erste Welle. Ich gehe davon aus, dass sie mehr schicken werden." Die Strategin zuckte mit den Schultern. „Aber ein Schiff zu entern ist nicht einfach. Man kann über die Plutonier sagen, was man will – sie verstehen etwas von Krieg. Sie werden sich tapfer schlagen."

„Aber ... es sind so viele!", protestierte das Mädchen. „Wir können unmöglich gegen alle bestehen!"

Jatheki spürte, wie sich sein Mund zu einer dünnen Linie verengte. Dite strich mit dem Schwanz über seine Wade. Die Bewegung wirkte etwas hölzern. Besorgnis. Dazu kam noch das Gefühl, dass etwas nicht stimmte, welches ihn hartnäckig verfolgte. Der Trimorph fühlte sich entschieden unwohl; er wusste, woher das kam, als die ersten Seelen die zerstörten Shuttles verließen und auf sie zuflogen.

Der Einschlag ließ ihn taumeln, und das Mädchen musterte ihn mit offensichtlicher Verwirrung.

„Was ist das? Was passiert hier?", fragte sie.

Übelkeit stieg in Jatheki auf, als er spürte, wie die monströse, sündhafte Ausbeutung, welche die Menschheit an ihrem spirituellen Kern betrieb, durch ihn hindurch Richtung Jenseits zog.

„Kannst du es nicht sehen?“ Er konnte das Knurren nicht unterdrücken. „Die Falschheit?“

Kinder.

Sie waren dumme, verantwortungslose Kinder und sich der zerstörerischen Natur ihres unternehmerischen Drangs nicht bewusst. Der verheerenden Folgen für ihr Seelenheil.

Seine Hände umklammerten den Gehstock fester.

Oh, wie er das stoppen wollte! Wie sehr er sich danach sehnte, auszuholen und sie alle mit einem einzigen Schlag aus ihren jämmerlichen körperlichen Gefängnissen zu reißen und zurück in die Quelle zu schleudern!

„Falschheit?“, flüsterte Xin.

Die goldenen Kugeln ihrer Augen verschoben sich, um die ferne Schlacht genauer zu studieren. Die Fackeln stiegen aus den goldenen Tiefen ihrer Iriden auf und blieben – von einer unsichtbaren Kraft fixiert – im Vordergrund stehen. Sie machte einen unwillkürlichen Schritt vorwärts. Und erstarrte.

Von einem Moment auf den anderen erzitterte ihr ganzer Körper wie Espenlaub. Sie schluckte hart, und Tränen liefen ihr in plötzlichen Strömen über die Wangen. Ihr Atem beschleunigte sich und stockte.

Sie konnte es sehen! Sie konnte es wirklich sehen!

Jatheki drückte sanft ihre Schulter. „Blicke nicht zu tief in den Abgrund, meine Liebe. Das ist deiner geistigen Gesundheit nicht zuträglich.“

Als hätte er einen Bann gebrochen, der sie an den unheiligen Anblick gefesselt hielt, blinzelte Klein-Kassandra und wandte den Blick hastig ab. Die winzigen Fackeln lösten sich von ihren Plätzen und trieben zurück in das träge wirbelnde magische Gemisch ihrer Augen.

„Es ist ... schrecklich", bestätigte sie. „Was-was *ist* das?"

KAPITEL ZWEIUNDFÜNFZIG

GLEN\\ PLAN B

„Ein Enterträger“, wiederholte Glen die Worte seines XOs, während die Wolke aus Shuttles auf sie zuraste.

Verdammte Axt, das war nicht gut. Er hätte nicht überrascht sein sollen – es war nur logisch.

„Waffen: Komplett auf defensive Feuermuster umschalten!“, brüllte der Admiral. „Schalten Sie so viele wie möglich aus! Pilot: Maximieren Sie den Abstand zu diesen Shuttles. Nahbereichsverteidigung, Feuer frei! Scanner: Leiten Sie die Informationen darüber, welche Luftschleusen angegriffen werden, an die Kanoniere und Col. Federovs Teams weiter, sobald Sie eine Einschätzung haben. Colonel: Sichern und verteidigen Sie diese Ziele!“

Eine Flut von Bestätigungen rollte auf ihn zu, und innerhalb weniger Minuten war der Raum zwischen der *Gateshot* und den velorianischen Schiffen von verstärkten Bemühungen erleuchtet, ihre unwillkommenen Verfolger abzuschütteln. Doch die Zahlen waren nicht auf ihrer Seite. Es waren einfach zu viele Shuttles und die *Gateshot* verfügte nur über begrenzte Gegenmaßnahmen.

„Seit wann wenden die Velorianer diese Taktik an?“,

sagte Nick, um seine Anspannung zu verbergen, während seine Finger über die Bedienelemente tanzten. „Ich dachte, sie verlassen sich lieber auf ihre überlegene Feuerkraft und Präzision?"

Eve warf Federov einen Blick zu. „Möglicherweise passen sie sich an."

„Möglich. Aber viel Erfahrung können sie damit noch nicht haben. Sollen sie doch entern! Unsere Verteidigung wird mit ihren Klontruppen kurzen Prozess machen." Der Plutonier hatte seine mündlichen Befehle bereits weitergegeben und begann nun, auf seiner Seite der Verbindung mehreren Personen Zeichen zu geben. Als er sich wieder Glen zuwandte, klang seine Stimme hart und entschlossen. „Kapitän: Erlaubnis, Walker zum Gegenentern auszusenden?! Während die Velorianer auf das Gefecht an Bord unseres Schiffs fixiert sind, können meine Leute dieses hässliche Stück Metall von innen außer Gefecht setzen, bevor es weitere Wellen ausspuckt."

„Nein", antwortete der Admiral mit fester Stimme, während er auf die jämmerlichen Dellen starrte, welche ihre Projektile und Strahlen in der schieren Masse der Enterer hinterließen. „All Ihre Truppen werden zur Verteidigung dieses Schiffs benötigt. Wir können niemanden entbehren."

So würde das nicht funktionieren ...

„Kapitän:", rief einer von Lt. Jiangs Helfern, „Beide Gegner haben den Beschuss wieder aufgenommen."

Natürlich hatten sie das ...

‚*Eve*', gedanken-commte der Kapitän, ‚*bitte tu was! Jetzt ist der Moment. Wir können es uns nicht leisten, mehr Crew zu verlieren als unbedingt nötig!*'

Sie schluckte und blickte zur Seite, sichtlich im inneren Kampf mit sich selbst.

„Admiral:", gab Federov zu bedenken, „Wir können ein oder zwei Wellen abwehren, aber dieses *parrucche*-Schiff ist groß genug, um deutlich mehr Truppen und Shuttles zu beinhalten, als wir bislang sehen. Diese erste Welle dient dazu, unsere Reaktion und Verteidigung zu testen."

„Ich weiß." Glen legte die Fingerspitzen aneinander. „Darauf zähle ich."

Der jüngere Mann runzelte die Stirn, widersprach aber kein zweites Mal. Vielleicht sah er etwas in den Augen des Älteren.

„Dies ist eine Standard-Entertaktik." Der Admiral tippte gegen sein Display. Sein Blick ruhte auf Eve. Sie war diejenige, die verstehen musste, wie schlimm es werden könnte, wenn sie jetzt nicht handelte.

„Altes ESF-Muster", fuhr er fort. „Sie warten, bis unser Schild nachgibt. Ein Schwarm aus Projektilen bindet unsere Verteidigung, damit genug Shuttles durchschlüpfen können – vollgepackt mit Truppen, die ganz wild darauf sind, unser Schiff zu übernehmen. Und falls wir uns doch hartnäckiger wehren, als sie kalkuliert haben, wird die zweite Welle deutlich größer ausfallen."

‚*Wir müssen jetzt handeln*', fügte er lautlos, nur für sie, hinzu. ‚*Wir müssen sie loswerden und hier verschwinden! Die Zeit für Zurückhaltung ist vorbei!*'

Federov erwiderte nichts weiter; er hatte sicher auch ganz gut damit zu tun, die innere Verteidigung zu organisieren.

„Die Shuttles nähern sich!", meldete Montoya. „Zeit bis zum ersten Kontakt: zwei Minuten."

„Eingehende Projektile übersteigen verfügbare Gegenmaßnahmen!" Lt. Jiangs ruhige Stimme klang so panisch, wie Glen sie noch nie gehört hatte. „Der Energieschild ist immer noch außer Betrieb!"

Die Wächterin nickte – eine endgültige, entschlossene Geste.

Gott sei Dank!

„Fr. Baileywick: Führen Sie Plan B aus!", befahl Glen.

„Erlaubnis, mich mit dem Schiff zu verbinden, Kapitän?" Sie legte beide Handflächen auf ihre Konsole.

„Erlaubnis erteilt!"

Eve neigte den Kopf und ihre Handflächen versanken einige Millimeter in der Konsole.

„Überschreibe Reduktionsprotokolle", meldete sie.

„Kapitän:", Montoya keuchte und schüttelte überrascht den Kopf, „Unsere Sensorreichweite hat sich gerade ... verzehnfacht! Die komplette Skala hat sich verschoben!"

„Auch die verfügbare Energie aus unserer primären Energiequelle ist gestiegen", berichtete Lustig, worauf er offenbar nur gewartet hatte. „Leite auf die Strahlenbänke um."

„Lt. Jiăng: Ihnen stehen neue Gegenmaßnahmen zur Verfügung", verkündete Eve. „Ich empfehle, jetzt die Notfall-Impulswelle zu verwenden und sich dann mit den Gitterstrahl-Emittern vertraut zu machen."

„Abkühlung abgeschlossen", fügte Lustig hinzu.„Schildgeneratoren fahren wieder hoch."

„Tun Sie es!", befahl Glen in Richtung Jiăngs Sektion.

„Aye, Sir!"

Das winzige Lächeln, welches auf den Lippen des leitenden Waffenoffiziers spielte, ließ Glen vermuten, dass er heimlich für diese Situation ausgebildet worden war. Während die Finger des Mannes über seine Konsole flogen, wies er sein Team gleichzeitig an, wie die von Eve erwähnten neuen Funktionen zu aktivieren waren.

Während der Admiral beobachtete, lief ein Energieschub aus den Schildgeneratoren durch die Hülle. Auf dem

Hauptbildschirm flackerte das kaum sichtbare Feld, während es sich weiter und weiter nach außen aufblähte. Wo auch immer es die Wolke aus auf sie zukommenden feindlichen Projektilen berührte, detonierten diese oder wurden kurzerhand aus ihrer Bahn geworfen. Einige von ihnen leitete die Bewegung sogar in feindliche Shuttles um. Als es über das nicht klassifizierte Schiff hinwegrollte, blitzte dessen Energieschild kurzzeitig hell auf und brach dann zusammen.

Erschöpft flackerte der Energieimpuls in einer Entfernung von etwa 5 k aus.

„Was war das?" Montoyas dunkle Augen waren tellergroß und auf die Ausgaben ihrer Konsole fixiert.

„Ich habe Ihnen doch gesagt, dass sie ein besonderes Schiff ist." Rivers' Stimme versuchte nicht einmal, ihre überschäumende Begeisterung zu verbergen.

„Kapitän: Wir können das nur einmal alle halbe Stunde machen", warnte Lt. Jiăng. „Aufgrund des Aufladezykluses. Doch das sollte uns etwas Luft verschafft haben."

Mit verstärkten Strahlbänken und neuem Elan schossen er und sein Team bereits weitere der verbleibenden Shuttles ab. Sie nutzten die Gelegenheit auch, um auf den Träger selbst zu halten. Zwei große Löcher erschienen im Mutterschiff, bevor dessen Energieschild erneut hochfuhr und eine weitere Salve feindlichen Feuers Jiăngs Aufmerksamkeit ablenkte.

„Verstanden, Lieutenant." Glen nickte Eve dankbar zu. „Sensoren: Wie viele Entershuttles verbleiben?"

„Ähm ... 62 ... nein, 58", meldete Montoya. „Zeit bis zum ersten Ziel: 34 Sekunden."

Glen sah zu Federov. „Sind Ihre Leute bereit?"

„*Da*." Der ehemalige Voidwalker zeigte Zähne, während er den Rand seiner taktischen Anzeige umklammerte.

„Diese Bastarde werden nicht wissen, was sie getroffen hat."

„Gut. Pilot: Wie sieht unser Flugkorridor aus?"

„Neuer Korridor etabliert", meldete Ludmilla knapp.

Nach einem kurzen Blick auf den von der Steuerkonsole eingehenden Datenstrom hob der Kapitän eine Augenbraue in Richtung seiner Schiffsmeisterin.

„Wir sind nicht schneller?", fragte er.

„Nein", erwiderte Eve ohne jeglichen Hinweis auf eine Erklärung.

Der Admiral zuckte mit den Schultern.

„Schade", entgegnete er und commte die Schiffshexe an. „Fr. Magecraft: Haben Sie das Tor schon im Visier?"

„Es ist noch zu klein, als dass Fr. Yun es klar erkennen könnte." Die junge Frau klang frustriert. „Aber es sollte nicht mehr allzu lange dauern."

„Verstanden. Sagen Sie mir Bescheid, sobald sich etwas ändert."

„Aye, Kapitän."

KAPITEL DREIUNDFÜNFZIG

WIRE\\ ENTERGEFECHT

„Rechts lang! Los! Los! Los!", brüllte SSgt. Bawker, kaum dass die Aufzugstüren aufzischten und seinen Trupp in einen der breiteren Korridore am Heck, nahe der Außenhülle, entließen.

Wie der Rest ihrer neuen Kameraden gab Wire Fersengeld.

Nun ja, so gut das eben beim Schleppen der Munitionskisten ging. Die frischgebackene Ladeassistentin – oder ‚Munitionsesel', wie Khalil es liebevoll nannte – hatte zwar einen robusten Schwebekarren für den Einsatz auf dem Schlachtfeld erhalten, um die dunkelblauen Kisten für sie zu heben, doch das Ding ließ sich beschissen steuern. Also machte sie es wie der Esel des anderen Feuerteams und zerrte das Teil mit roher Gewalt hinter sich her. Neben ihr hatte Jamaal das Maschinengewehr geschultert, welches einen Teil der Munitionsgurte in ihren Kisten in tödlichen horizontalen Hagel verwandeln würde.

„Feuerteam_1: Nach rechts! Feuerteam_2: Nach links!", rief ihr stämmiger Truppführer über das Getöse von aufschlagenden Stiefeln, klappernder Ausrüstung und auf die Schnelle überprüfter Waffen hinweg. „Standardaufstellung! Und denkt an den Befehl des Colonels: Akzeptiert keine Kapitulation! Wir können es uns nicht leisten, Gefangene zu versorgen oder uns dazu verleiten lassen, jemanden zur Bewachung abzustellen, nur damit diese Perücken-Bastarde uns später in den Rücken fallen. Keine Gefangenen!"

Der Befehl klang nicht unbedingt ganz ... legal.

„Jawohl, Sir!", keuchten alle. „Keine Kapitulation!"

Hilfreiche AR-Pfeile blinkten auf, um ihnen den Weg zu weisen. Wenn Entershuttles auf sie zuhielten, war Zeit der entscheidende Faktor. Sie mussten diese Zugänge sichern, bevor Feinde in die *Gateshot* strömten, bereit, Schaden anzurichten.

Während Feuerteam_2 um die nächste Ecke joggte und ihre Luftschleuse in Sicht kam, richtete das Schiff dort bereits seine Verteidigung ein. Die Luftschleuse befand sich in der Mitte einer T-Kreuzung, leicht zurückgesetzt vom kreuzenden Korridor.

„Esel: Park das Ding dort! ECM und Thrifter: Richtet das Biest ein!" Khalil, Anführer ihres Feuerteams, deutete auf eine aus der linken Wand schwenkende Barrikade, dann den Korridor runter und nach links. „Mike und Judy: Greifen und weiter!"

Wire hatte die Bremsen ihres Wägelchens noch nicht ganz betätigt, als die beiden zuletzt Angesprochenen im Vorbeilaufen jeweils eine Munitionskiste vom Stapel griffen. Kaum waren sie vor der Schleuse abgebogen, klappten in der Kreuzung mehrere Platten aus dem Boden hoch und rasteten hörbar ein – sie generierten Trichterbarrieren und Stolperfallen in einem.

„ECM: Du bist am Biest", befahl Khalil.

„Aye, Sir!" Jamaal ließ das Maschinengewehr von den Schultern gleiten.

Haken fuhren zur Befestigung der schweren Waffe aus dem Boden aus, und Khalil packte rasch ein Ende des Dreibeins, um sie für das automatische Verzurren zu stabilisieren. Mit der anderen Hand gab er ein Zeichen, als er sagte: „Thrifter: Du fütterst."

„Aye, Sir!" Lily, deren blonde Locken unter dem Helmrand hervorlugten, nahm Wire eine weitere Kiste ab. Das Metall darin klapperte, als sie den stabilen Behälter neben dem Gewehr auf den Boden knallte und den Deckel aufriss.

Mit einem kratzenden Schaben schwang eine weitere Barrikade aus der rechten Wand heraus und verband sich mit derjenigen, welche bereits das Maschinengewehr und seine Bediener abschirmte. Der Korridor war auf dieser Seite nun vollständig blockiert.

Khalil zeigte auf eine Barrikade rechts hinter ihnen. „Wire: Du steuerst die schiffsinternen Geschütztürme. Geh dort in Deckung und stell die Verbindung her; ich bin dein Schutzschild. Du schießt auf alles, was es bis zur Mitte des kreuzenden Korridors schafft!"

„Jawohl, Sir! Bis zur Mitte!"

Auf sein Zeichen hin erschienen AR-Bedienelemente und mehrere Vid-Schirme vor ihr. Darauf sah sie Mike und Judy, wie sie jeweils eine Munitionskiste in Wandaufnahmen einsetzten und sich dann tiefer hinter ihre eigenen Deckung kauerten. Zwischen ihren Barrikaden und der Schleuse senkten sich zwei Geschütztürme aus versteckten Fächern in der Decke herab. Ein gelbes AR-Licht zeigte den Status des Ladevorgangs an. Das Schiff meldete Wire für beide Waffen einen grünen Abschluss der internen Systemprüfung, und Wire schob alle Vidfeeds beiseite, die sie nicht brauchte. Die würden sie nur verwirren, wenn es erst losging. Das Gelb wechselte zu Grün. All dies wäre auf einem ESF-Schiff überflüssig gewesen. Aber Plutonier mochten es gar nicht, wenn Maschinen entschieden, auf wen geschossen wurde und auf wen nicht.

„System hochgefahren. Spulen grün. Impuls frei. Magnetik stabil. Waffe bereit", rief Jamaal wie ein Pilot, der seine Checkliste durchgeht.

„Erster Gurt sitzt", ergänzte Lily. „Hab noch zwei."

„Noch zwei", bestätigte Jamaal.

„Hey, Boss, warum die schwache Munition?", fragte Lily. Die Mittezwanzigerin war ebenfalls Frischfleisch. Ex-Ganger mit Erfahrung im Schmuggelgeschäft.

„Weil sie ausreichen wird." Khalil tastete mit den Fingerspitzen prüfend seinen Waffengürtel ab – das einzige Anzeichen von Nervosität, das er zeigte. „Velorianische Klone sind weiche Ziele; selten mit mehr als leichten Westen gepanzert. Sie tragen auch nur selten Helme, vielleicht wegen der Ohren. Außerdem sollten wir so nah an der Außenhülle – selbst ohne Antimaterial-Modus – besser nicht riskieren, Löcher in die Wände zu stanzen."

Lily nickte. „Verstehe."

„Okay, Leute", wandte sich Khalil an alle – laut und über Comms. „Augen auf und Nachtsicht an! Gerüchten zufolge sehen die Perücken im Dunkeln schlecht. Also: Licht aus in drei! Feuert nach Sicht!"

In diesem Moment ächzte die Schleuse unter dem erzwungenen Druckausgleich. Ein nervöses Flattern machte sich in Wires Magen breit. Ihr Blick sprang zwischen den Turm-Feeds eines leeren Korridors und ihrer eigenen Sicht auf die Tür ins All hin und her. Das Licht wurde so schwach, dass sogar die Plutonier die Nachtsicht ihrer Helme aktivieren mussten. Für die Kameras der *Gateshot* kein Problem. Diese Vidfeeds waren klarer und detailierter als die Filter ihres neuen Helms. Außerdem hatten sie Wärmebild. Noch besser.

Die Schleuse sprang auf. Füße trampelten über den Boden. Jamaal eröffnete das Feuer auf die humanoiden Gestalten, welche in den dunklen Korridor stürmten und über die ersten Stolperfallen im Boden fielen. Wire konzentrierte sich ganz auf die Vidfeeds, auf die rote Linie, die ihre Todeszone von seiner trennte. Er mähte die ersten paar nieder. Sie hatten keine Chance. Die Nachfolgenden kamen leichter vorwärts – vielleicht, weil ihre gefallenen Kameraden Teile des tückischen Bodens verdeckten. Wer die erste Hälfte der Kreuzung überlebte, geriet in Wires Schussfeld. Binnen Sekunden verstopften Leichen und Sterbende die T-Kreuzung. Dann war alles vorbei, bis auf das schmerzerfüllte Stöhnen und die gurgelnden Atemzüge derer, die sich noch ans Leben krallten.

Vorne umrundeten Mike und Judy mit gezogenen Waffen ihre Barrikaden. Sie warfen vorsichtshalber je eine Granate in das Shuttle und begannen dann, die Sterbenden auszuschalten. Wire hielt Ausschau nach Bewegung. Sie war die Rückendeckung der beiden. Die Geräusche verstummten abrupt – eines nach dem anderen – und Stille fiel wie eine erstickende Decke.

„Das hat länger gedauert, als ich erwartet hätte ...“, murmelte Khalil.

„Weil sie leichte Panzerung und Helme anhaben“, sagte Wire und richtete sich auf. „Ich dachte, Velorianer tragen sowas nicht?“

Er runzelte die Stirn. In diesem Moment flackerten die Lichter wieder an und enthüllten das ganze vom Angriff hinterlassene Chaos. Blut und andere Körperflüssigkeiten bedeckten Boden und Wände. Halbherzig aufgestapelte Leichen verstopften die Kreuzung.

„Boss: Das musst du dir ansehen.“, rief Mike, „Das sind keine velorianischen Klone!“

„Keine Klone?“ Khalil spähte über die Barrikade.

„Doch, Klone schon.“ Während der andere Soldat berichtete, sah Wire es selbst im Feed, und ihre Augen weiteten sich zeitgleich mit Judys Worten. „Aber keine velorianischen.“

„Feuerteam_2!“, bellte Bawkers Stimme per Comms. „Rüber zur nächsten Schleuse! Ein weiteres Shuttle dockt gleich an!“

„Scheiße!“, fluchte Khalil. Dann bedeutete er Lily, die Kette abzutrennen, und Jamaal, das Biest zu schultern, während er zurückcommte: „Bawker: Es sind menschliche Klone. Ich wiederhole: Sie schicken *menschliche* Klone! Leicht gepanzert – Helme und Westen.“

Ein kurzer Moment Stille.

„Ja, bei uns auch“, meldete Bawker. „Hilft nix. Bewegung, Florimonte!“

„Aye, Sir!“

Khalil befahl Mike und Judy, die Munition aus den Gefechtstürmen zu ziehen und ihrem Korridor zur nächsten Schleuse zu folgen.

All diese Türen ins All gehörten zu einem Netz, welches das Wartungspersonal nutzte, um die Außenhülle zu erreichen. Notwendige Schwachstellen – schwer gepanzert und jeweils mit eigenen, nach außen gerichteten Abwehrtürmen auf der Außenhülle. Um den plutonischen Ansprüchen zu genügen, wurden diese nun über die Brücke oder – in dringenden Fällen wie einem laufenden Entervorgang – von einer Vielzahl spezialisierter Schützen irgendwo in einem Kriegsraum oder so bedient.

Wire zerrte ihren Munitionswagen hinter sich her. Der nächste Gefechtsort war nahezu identisch mit dem letzten, und sie hatten sich gerade auf die gleiche Weise aufgestellt, als die Luftschleuse aufsprang. Schlagartige Dunkelheit umhüllte sie, doch sowohl Nachtsicht als auch die Wärmebildkameras zeigten nur einen leeren Korridor. Khalil blieb cool.

„Wartet, bis sie sich bewegen", wies er an. „Wir haben nur begrenzt Munition."

„Aye, Sir", flüsterte Wire.

Dann plötzlich das verräterische Klappern von über den Boden schlitternden kleinen Kanistern. Das Zischen von austretendem Gas. Überhitzter Rauch, entwickelt, um Wärmebildkameras unbrauchbar zu machen, füllte die Luftschleuse.

„Feuer!", befahl Khalil, und Jamaals Maschinengewehr vibrierte mit dem ununterbrochenen Brummen und Zischen von 1.500 magnetisch beschleunigten Projektilen pro Minute.

Wire verstärkte diesen tödlichen Hagel mit den beiden Geschütztürmen. Für einige hektische Herzschläge waren das Klingeln von Metall und das Sirren von Querschlägern alles, was sie hörten. Ein Körper fiel zu Boden. Nur einer. Dann das kratzende, huschende Schaben von Metall auf Metall. Wire schaute nach oben.

„An der Decke!", warnte sie und zielte erneut, gerade als die erste an der Decke hängende Gestalt die Rauchwolke durchbrach.

Der Mann in taktischer Ausrüstung fiel zu Boden und rollte sich ab. Mit einer flüssigen Bewegung sprang er erneut auf die Beine und riss eine der vorinstallierten Barrikaden aus der Wand, um sie als Deckung zu nutzen. Ein kleiner Zylinder flog auf sie zu. Jamaal, der ebenfalls zur Decke gezielt hatte, setzte eine kurze Salve, um die Granate abzulenken. Sie explodierte knapp über und hinter dem

Typen, der nur vier Meter entfernt in Deckung gegangen war.

Wire schloss instinktiv die Augen, wodurch sie beinahe die beiden anderen an der Decke entlangkriechenden Feinde übersah. Sie steuerten direkt auf ihre Geschütztürme zu. Wire richtete je einen Turm auf jeden von ihnen und gab Kette, doch die vollständig in dunkle Kampfausrüstung gehüllten Männer schienen davon kaum beeinträchtigt.

In einem verzweifelten Versuch, sie zu erwischen, bevor sie ihre Waffen erreichten, konzentrierte die Spartanerin beide Türme auf einen von ihnen und zerfetzte ihm regelrecht den Oberkörper. Welche Hightech-Rüstung er auch immer trug – das hielt sie nicht aus. Er fiel zu Boden. Doch damit hatte der andere freie Bahn auf ihr linkes Geschütz.

Judy und Mike hatten derweil mehrere Granaten in die Schleuse geworfen und gaben nun kurze, präzise Feuerstöße auf die Rüstungsschwachstellen des verbleibenden Angreifers ab.

Es reichte nicht. Er packte den Geschützturm, stieß sich von der Decke ab, um ihn aus der Halterung zu reißen, und griff die CCG-Soldaten dann mit bloßen Händen an.

WAS ZUM –???

„Mike, Judy!“, rief Wire. „Schussfeld räumen!“

Sie konnte nicht auf den Typen schießen, wenn ihre Kameraden direkt daneben standen, verdammt!

Der Freak versenkte seine Faust in Judys Brust. Die zierliche Brünette blinzelte überrascht. Ihr Mund bewegte sich, doch entweder war es zu laut, um sie zu hören, oder es kam keine Luft heraus, um die Worte zu formen, die sie mit ihrem letzten Atemzug äußern wollte. Ihr kompaktes Sturmgewehr glitt aus schlaffen Händen und klapperte zu Boden, als sie auf die Knie sank. Mike tauschte blitzschnell sein KSG gegen eine Schrotflinte. Mit der diamantenharten Spitze an deren Ende zerschlug er das Visier des Gegners, wirbelte die Waffe herum und entlud aus kürzester Distanz den vollen Inhalt der verkürzten Läufe. Der Helm blähte sich auf und barst. Blut spritzte zurück auf Mike und tropfte den Hals des Feindes hinunter. Mit ruckartigen Bewegungen sank der Körper zu Boden. Als der Helm wegrollte, enthüllte er einen blutigen Stumpf, der elektrische Funken sprühte.

Heilige –!

„Wire!", rief Khalil, und sie fokussierte sich wieder auf ihren eigenen Körper.

Ihr Boss deutete auf die schwer verbrannte Kreatur, die gerade über die Barrikade sprang, hinter der Lily und Jamaal noch vor einer Minute gekauert hatten. Lily lag regungslos, ihr Hals sauber durchschossen. Jamaal schlug dem Angreifer gegen die Gesichtspanzerung, und für einen Sekundenbruchteil wirkte das Ding geradezu überrascht. Dann rammte es den Kolben seiner Waffe in Jamaals Helm, und transparente Polymer-Splitter flogen in alle Richtungen. Der Spartaner taumelte blind zurück.

„Deckungsfeuer!", befahl Khalil. „ECM: Runter!"

VERDAMMT …

Wire riss ihr KSG hoch.

„Auf Gesicht und Hals!", rief Khalil und hielt drauf.

Er war ein exzellenter Schütze, doch das Ziel ging nicht leicht zu Boden. Selbst aus nächster Nähe dauerte es eine halbe Ewigkeit konzentrierten Beschusses, bis das Ding endlich zu Boden ging.

„SCHEIẞE!" Wire hielt ihr KSG weiterhin auf den zuckenden Körper gerichtet. „Was zum Teufel sind das für Dinger?"

„Cyborgs." Khalil blickte den Flur hinunter, während

er Jamaal aufhalf. „Es sind Menschen ... technisch gesehen. Allerdings bekommen sie überall Metallteile und Augmentierungen eingesetzt, manchmal werden die sogar direkt auf den Knochen befestigt. Vor dem Einsatz pumpt man sie bis zum Anschlag mit Stims voll; das unterdrückt Schmerzen, gewährt schnellere Reaktionen, bessere Sicht und so weiter. Ich sehe keine Klauen oder so, also haben sie vermutlich dank implantierter Magnete an der Decke gehaftet. Jamaal, alles okay?"

„Ich lebe noch ..." Der dunkelhäutige Marine hustete.

„Das ist doch schon mal was." Khalil musterte den zertrümmerten Helm. „Den behältst du besser auf, auch wenn die Splitter wehtun. Hier, ich hol dir den neben deinem Auge raus. Halt still. ... Okay, hab ihn."

Ihr Vorgesetzter zog einen Splitter von unrealistischen Ausmaßen aus Jamaals zerfetztem Gesicht und schnippste ihn beiseite, während er fortfuhr: „Lass die Sanis den Rest machen – Gehirnerschütterungsrisiko und so. Ich hab's schon gemeldet. Du hältst dich erst mal hinten."

„Aye, Sir." Jamaal klang ungewohnt gedämpft, als er sein verlorenes KSG aufhob und Khalil und Wire zur Luftschleuse folgte.

Mike kam ihnen entgegen. Gemeinsam begutachteten sie die ausgebrannte Hülle. Es war eher ein Entertorpedo als ein richtiges Shuttle ...

„Nur fünf Sitze." Khalil umklammerte seine Waffe fester. „Wir hatten wohl Glück."

Mike sah sich lange um, dann trat er gegen ein verkohltes Stück Fleisch, aus dem Metall ragte.

„Meinst du, das reicht an Teilen, um noch zwei Cyborgs zu bauen?", fragte er. Gedämpfte Wut brannte in seinen Augen, als er von den Leichenteilen zu der Stelle blickte, wo Judys Körper außer Sicht lag.

„Ich denke schon ..." Khalil schüttelte den Kopf. „Ich melde es als unbestätigt, nur für den Fall, dass uns einer entgangen ist."

Er schien Mikes innere Unruhe zu bemerken. Seine Lippen pressten sich kurz zu einer dünnen Linie zusammen, als er seine Waffe holsterte, um dem anderen die Schulter zu drücken. „Verschließt die Luftschleuse und schnappt euch eure Ausrüstung. Wir werden noch woanders gebraucht."

„Aye, Sir", flüsterte Wire und schluckte schwer.

Sie wusste, wie es lief: Die Lebenden hatten Vorrang. Die Gefallenen würden sie später bergen, wenn das Schiff wieder sicher war. Ergab Sinn. Fühlte sich trotzdem immer wieder falsch an. Damals im Krieg genauso wie jetzt. Sie fragte sich, wie viele sie bergen mussten, wenn all dies vorbei war.

Und ob sie selbst darunter sein würde.

KAPITEL VIERUNDFÜNFZIG

SUZY\\ BLOCKIERT

Als die *Gateshot* ihrem eigentlichen Ziel näherkam, beobachtete Suzy es angespannt durch Xins Augen. Sie musste die Aktivierungsrunen so schnell wie möglich ausmachen. Schließlich wusste niemand, wie lange das Tor brauchen würde, um ... hochzufahren oder was auch immer es brauchte, bevor ein Schiff hindurchfliegen konnte. Angesichts der Verfolger, die ihnen an den Fersen klebten, könnte jede Sekunde zählen!

Nur ... mit den drei velorianischen Stationen, die wie strenge Wächter in einem Kreis um das riesige, uralte Artefakt hingen, wusste niemand, wann sie ihren Sprint wagen würden.

Oder plante Glen, jetzt einfach durchzuziehen? Das wäre doch viel zu gefährlich, oder?

Nervosität flackerte durch die geistige Verbindung. Suzy konnte die angespannten Muskeln in Xins Rücken spüren. Ihre Freundin wusste nur zu gut, dass hinter ihr eine Schlacht tobte. Dies ließ sich schwer ausblenden.

Und da war noch etwas anderes. Eine ... unnatürliche Übelkeit, welche sich in ihrem Magen ausbreitete. Rupert hatte ihr etwas gezeigt. Etwas Schlimmes. Suzy wusste nicht, was es gewesen war, doch es lenkte die Konzentration ihrer Assistentin ab. Der Schwindelmagier beobachtete es immer noch, und eine düstere, heiße Wut überlagert mehr und mehr die drei um seine schlanke Gestalt wirbelnden Farben.

„Xin, konzentrier dich!“, zischte Suzy. „Ich weiß, dass er dich ablenkt, aber das Tor ist echt wichtiger! Wenn alles andere passt, müssen wir bereit sein!“

„Ja, klar. Tut mir leid!“

Xin rieb sich die Augen, dann fokussierten sie sich erneut auf den fernen Ring. Sie drehte an der rein optischen Vergrößerung ihres bewährten Fernglases. Viel zu langsam wurde das Tor schärfer. Immer mehr Details wurden erkennbar.

In der völligen Stille des Weltraums ließ das Wissen, dass ein Geschoss oder ein Trümmerteil sie jeden Moment erwischen könnte und sie es niemals kommen hören würde, Xins Nacken mit zunehmender Unruhe kribbeln.

„Dafür ist Rupert da“, versuchte Suzy, ihrer beider strapazierten Nerven zu beruhigen. „Wir müssen ihm vertrauen. Komm schon, wir haben es fast. Ich kann die oberen Symbole langsam erahnen.“

„Ja, ich weiß“, flüsterte Xin. Sie atmete tief ein, zwang ihren rasenden Puls herunter und tat ihr Bestes, um sich zu entspannen, während sie nach den drei Runen suchte, welche sie zuvor als den wahrscheinlichsten Aktivierungsschalter identifiziert hatten.

Nach einer weiteren nervenaufreibenden Ewigkeit kamen sie in Sicht. Zuerst war da nur ein schwaches Leuchten von Magie, das von verschiedenen Teilen des Mechanismus ausging. Dann nahmen die Umrisse endlich deutlichere Formen an.

Suzy atmete explosionsartig aus.

„Okay, da sind die Runen, die wir identifiziert haben." Die Hände des Mädchens öffneten und schlossen sich in nervösem Tatendrang. „Magecraft an MacAllister: Ich kann die Runen sehen. Soll ich versuchen, das Tor zu öffnen?"

Eine Pause. Ein seltsames Gefühl nachdenklicher Abwägung. Dann antwortete Glen: „Ja. Sehen wir, ob es funktioniert und was die Stationen in diesem Fall unternehmen."

„Verstanden." Suzy nickte sich selbst zu. „Ich leite jetzt Energie in die Runen."

Das ist einfach, dachte sie. *Wie einen Schalter umlegen. Keine große Sache.*

Das hier war lediglich der Höhepunkt mehrerer, von zahlreichen persönlichen Opfern begleiteter Monate, in denen sie sich mit einem scheinbar unlösbaren Problem rumgeschlagen und unerbittlich ums Überleben gekämpft hatte. Und das war auch immer noch nicht vorbei. Noch immer mussten sie sich Angriffen und Gegenwehr stellen, um zur anderen Seite vorzustoßen ... ein sehr passender Abschluss für diesen Abschnitt ihrer Reise.

‚*Hör auf zu zaudern und mach endlich*', schnitt Ruperts Stimme in ihre Gedanken.

„Schon gut, schon gut!"

Die Hexe holte tief Luft und hielt den Atem an. Sie konzentrierte sich auf die Runen. Als sie die ganze Energie aussandte, von der sie sich ohne Bedenken trennen konnte, weiteten sich Xins Augen.

Der Energiefluss im Tor veränderte sich. Die Runen leuchteten heller, während das Artefakt Magie aus der Umgebung sog. Ein feines Flimmern begann sich im Inneren zu bilden. Wie erhitzte Luft über einem Herd.

Marsstaub, es funktionierte! Es funktionierte wirklich!

... Und *sie* tat es. Suzy Lisbeth Magecraft benutzte ihre Magie, um das marsverlassene Raumtor zu öffnen! Mann, wenn Lucy sie jetzt sehen könnte! Das war ... unglaublich! Und so verdammt einfach!

Plötzlich – ohne Vorwarnung oder Sinn – schoss ein heller Blitz von einer der Stationen in Richtung Tor. Wie ein Laserstrahl schlug er in die mittlere der von Suzy ausgelösten Runen ein. An seinem Ende verwandelte sich der Strahl in ein dunkles Seil und wickelte sich fest um das Symbol.

„Was zum –?" Die Hexe keuchte und taumelte rückwärts, direkt aus ihrem Konzentrationskreis heraus. Das Brennen in ihrem Inneren fühlte sich an wie ein körperlicher Schlag – und gleichzeitig, als hätte ihr jemand etwas gestohlen. In der Ferne stolperte auch Xin. Ihre Verbindung war nicht wirklich gekappt worden, nur ...

„Was ist passiert?" Diaz fing Suzy auf, zurückhaltende Dringlichkeit in seiner Stimme.

Xin blickte zu einer der Stationen hinüber. Das gedämpfte Leuchten, welches sie dort schon zuvor wahrgenommen hatte, leuchtete nun dreimal so hell.

„Suzy?", ertönte Glens Stimme über Comms. Er war eindeutig besorgt. Als würde auch er spüren, dass hier etwas gewaltig schief lief. „Was war das?"

Marsstaub, sie hatte echt denken müssen, dass es einfach sei, oder? Wie ein verdammter Noob ...

„Ich hab's herausgefordert", murmelte Suzy.

„Wie bitte?", hakte Glen nach.

„Nichts. Sir, ich werde ... blockiert", sagte das Mädchen laut und über Comms, damit alle es hören konnten. „Ich glaube, die Velorianer hindern mich irgendwie daran, das Tor zu öffnen!"

Ein gemurmelter Fluch lief durch ihre Verbindung zu Glen.

„Du meinst also, wir kommen nicht durch?“, warf Nick ein. „Wir müssen in jedem Fall warten, bis die Plutonier die Velorianer erledigt haben?“

Suzy spürte Glens Unbehagen, spürte, wie ihn eine Ahnung piekste, als habe sich sein Sitz in einen Dornbusch verwandelt. Er wusste einfach, dass ihnen die Zeit davonlief. Suzy musste etwas tun.

„Scheiß drauf!“, knurrte sie. „Wir haben nicht alles riskiert, um bis hierhin zu kommen, nur um uns dann die Tür vor der Nase zuschlagen zu lassen! Wir fliegen durch dieses Tor! Und zwar jetzt!“

„Wie?“, fragte Nick.

Suzy krempelte die Ärmel hoch, ballte die Fäuste, schüttelte Diazs helfende Hände ab und stapfte zurück in ihren Kreis. „Ich schätze, ich muss nochmal anklopfen – mit mehr Nachdruck!“

KAPITEL FÜNFUNDFÜNFZIG

SERGEY\\ UMDENKEN

Als die panischen Meldungen nur so hereinströmten, starrte Sergey mit wachsender Unruhe auf das taktische Display. Was passierte hier? Das hätte ein Spaziergang sein sollen!

„Menschliche Klone", meldete Brigadier Major Stenson. „Die Velorianer haben menschliche Klone geschickt, leicht bis mittelschwer gepanzert!"

„Sie schicken nicht mal ihre eigene Spezies?" Yelena schüttelte angewidert den Kopf. „Verdammte Feiglinge!"

„Einige meiner Leute melden Cyborg-Einheiten", fuhr der Brigadier Major fort und markierte die betroffenen Luftschleusen auf dem Display. „Stark aufgerüstet und verdammt schwer auszuschalten."

Mit einem Gedanken forderte Sergey einen Vidfeed an, der ihm diese Einheiten zeigte.

„Martine", identifizierte er das Gesicht, welches sie wahrscheinlich alle trugen.

Er rieb sich die Nasenwurzel. Nur ein gutes Dutzend genetische Blaupausen für Cyborg-Klone hatten sich am Markt ernsthaft durchgesetzt. Alle nach ihrem jeweiligen

Original benannt. Martine waren hochwertige, sehr teure Ein-Mann-Armeen.

Zur Leere mit ihnen!

Scheiße. Seine Leute bekamen gerade mächtig auf die Fresse, weil er schwache Munition hatte ausgeben lassen.

„In zehn Jahren haben die Velorianer – soweit wir wissen – nicht einmal menschliche Klone eingesetzt, geschweige denn Cyborgs“, sagte Yelena. Sie wandte sich an ihren Vorgesetzten. „Also: Was machen wir?“

Richtig. Es brachte nichts, sich selbst fertigzumachen. Dafür war später Zeit. Zuerst mussten sie diese beschissene Situation in den Griff bekommen.

„Wir brauchen stärkere Argumente“, entschied Sergey. „Und zwar durchschlagende. Railguns und Rohre sollten's tun. Wir müssen den Feind nur von der Außenhülle weglocken, bevor wir die einsetzen. Gebt die Order: Sobald eine Bedrohung nicht eindämmbar ist, wird ausgewichen und zurückgefallen. Die meisten dieser Cyborgs sind praktisch immun gegen Handfeuerwaffen und herkömmliche Sprengladungen. Lev: Railguns und Rohre lokalisieren und verteilen. Waffenkammer: Penetrationsmunition und panzerbrechende Raketen ausgeben. Offiziere: Positioniert eure Truppen um und organisiert ihre Neuversorgung.“

„Jawohl, Sir!“, bestätigten alle. Finger flogen über unsichtbare AR-Ausgaben.

„Wenn wir jetzt zurückfallen und den Kampf in die Länge ziehen, wird es schwer werden, eine zweite Welle abzuwehren“, sagte Stenson in einem Tonfall, der verriet, dass er auf etwas aufmerksam machen wollte – schlicht, weil er der dienstältere Soldat war und mehr Einsätze gesehen hatte als der junge Colonel. Ohne Respektlosigkeit oder Schadenfreude, nur ein ehrlicher Ratschlag.

„Das ist mir bewusst.“ Sergey ließ mit einem Nicken

erkennen, dass er den Hinweis zu schätzen wusste. „Doch auf der anderen Seite des Tors bekommen wir keine weitere Verstärkung. Also ist es umso wichtiger, unsere Truppen am Leben zu halten. MacAllister tut sein Bestes, um den Abstand zu den Perücken zu vergrößern – mit ein bisschen Glück müssen wir nur noch kurz durchhalten und können dann aufräumen."

Als Antwort nickte Stenson und widmete sich erneut der Führung seiner Truppen.

Sergey packte die Kante des Holodisplays, über dem das Hecksegment der *Gateshot* schwebte. Alle kompromittierten Schleusen waren rot markiert, die beiden kämpfenden Parteien durch verschiedenfarbige Symbole dargestellt. Die Knöchel seiner linken Hand knackten leise, und er lockerte den Griff der rechten, damit sein Augmetik keine Dellen in der Konsole hinterließ. Leere, wie sehr es ihn danach sehnte, da raus zu gehen und diese verdammten Martine eigenhändig in Grund und Boden zu stampfen.

„Wissen Sie, Colonel ..." Thompson versuchte offensichtlich, einen ähnlichen Ton wie Stenson anzuschlagen – mit eher fragwürdigem Ergebnis. „Das Schiff hilft, wenn Sie es lassen."

„Sie meinen diese KI, welche Fr. Baileywick so hart runterspielt?" Sergey konnte das tief verwurzelte Misstrauen kaum aus seiner Stimme halten.

Der Spartaner trat einen Schritt näher. Yelena verlagerte kaum merklich ihr Gewicht und machte sich bereit, in eine körperliche Auseinandersetzung einzugreifen.

„GaSIn ist darauf programmiert, uns zu schützen", erwiderte Thompson ruhig und sachlich. „Er kann auf alle internen Sensoren, Kameras und Bordabwehrsysteme zugreifen und sich viel schneller einen Überblick verschaffen als jeder Mensch. All Ihre Redundanzen und

Ihr Vertrauen in Menschen kosten Zeit. Sie wissen, wie kostbar Zeit im Gefecht ist. Wenn Sie einen Geist in der Maschine brauchen, um sich sicher zu fühlen, können Sie Baileywick jederzeit um Unterstützung bitten. Sie hat sich sehr bemüht, Ihnen bloß nicht auf die Füße zu treten. ... Vielleicht ist es an der Zeit, sich ihrer Flexibilität anzupassen, ... Sir?!“

Der Vorschlag überraschte Sergey nicht. Er hatte genau dieses Argument kommen sehen. Doch man warf derartige Regeln nicht einfach über Bord, nur weil es im Moment bequem schien. Während er seine Antwort abwog, glitt sein Blick zum Waffenständer an der Tür. Neben seinem eigenen KSG und Rohr standen darin die Waffen seines gesamten Führungsstabs. Sauber. Ungenutzt.

Der Spartaner trat zurück. „Ganz abgesehen davon könnte ich vier Kämpfer in Exo-Anzügen stellen. Die meisten Korridore sind dafür zu eng, aber in diesen größeren Wartungsräumen und -gängen hier würden die Wunder wirken.“ Er deutete auf eine Auswahl von Knotenpunkten. Vermutlich waren diese dafür konzipiert, dadurch große Ersatzteile und Ähnliches vom Schiffsinneren zur Außenhülle zu bewegen. „Wenn die leichteren Trupps und Drohnen die Cyborgs dorthin locken, schalten wir sie aus. Stenson hat zwei weitere Anzugpiloten, die aushelfen könnten.“

„Abgelehnt. Ich verstehe, was Sie meinen, Major, doch selbst in Rekordzeit würden Sie mindestens eine halbe Stunde brauchen, um sich auszurüsten und dahinzukommen.“

Thompson wirkte überrascht. Sergeys Blick wanderte erneut zu den unbenutzten Waffen.

Ach, scheiß drauf, dachte er.

Dieser verdammte spartanische Gorilla hatte einen

validen Punkt angesprochen. Und so sehr Sergey Kompromisse hasste – das hier war nicht der Moment, in dem Stolz im Weg stehen durfte.

Er holte tief Luft, bevor er sich an den gesamten Kriegsraum wandte: „Hört alle her! So funktioniert das nicht. Einige unserer besten und erfahrensten Kämpfer stehen hier rum und starren auf irgendwelche Displays, während unsere Leute da draußen auf die Fresse kriegen! Ich kann mir das nicht ansehen, und ich weiß, dass es vielen von euch genauso geht. Also: alle, die bei ihren Truppen sein wollen, dürfen gerne zum Kampf aufbrechen – vorausgesetzt, sie trauen sich zu, die Befehls- und Meldekette aufrechtzuerhalten."

Auf vielen Gesichtern wurden Schock und Verwirrung von Erleichterung abgelöst.

„Colonel, was –?", tönte MacAllisters Stimme aus Sergeys Station.

Doch der Colonel kappte die Verbindung und fuhr fort: „Nutzt GaSIn zur Koordination von Truppenbewegungen, Versorgungsläufen und so weiter. Aber diese KI hält sich aus Entscheidungen über Leben und Tod raus! Lev, du bleibst hier und überwachst die Logistik."

Dann ließ Sergey seinen Worten Taten folgen.

Auf dem Weg zum Waffenständer gedanken-commte er: ‚*Baileywick, Sie halten sich da ebenfalls raus. Ihre volle Aufmerksamkeit wird auf der Brücke gebraucht.*'

Als er nach seinen Waffen griff, bildete sich hinter ihm bereits eine Schlange.

„Hab's ja gesagt", flüsterte Thompson. „Sie schulden mir drei Münzen."

„Anfängerglück", raunte Yelenas Stimme zurück.

Leere – das würde ein verdammt unangenehmes Debriefing geben.

KAPITEL SECHSUNDFÜNFZIG

SUZY\\ ÜBERBRÜCKEN

Suzy versuchte noch fünf weitere Male, das Tor zu öffnen. Jeder Versuch tat verdammt weh, wenn auch jeder ein kleines bisschen weniger als der vorherige. Trotzdem war sie magisch gesehen langsam außer Atem. Und ihre Frustration wuchs.

Verdammt noch mal! Hatte sie nicht einen Eid auf die marsverfluchte Göttin der Scheidewege geschworen? Sollte das nicht wenigstens ein paar Vorteile mit sich bringen, die ihr helfen könnten, einen beschissenen *Durchgang* zu öffnen?

„Hörst du mich, Hekate?", rief die Hexe. „Fällt die Nummer hier nicht genau in deinen Zuständigkeitsbereich? Ist dies nicht eine der größten Weggabelungen, vor denen die Menschheit jemals gestanden hat? Sollte ich nicht so etwas wie dein Champion sein? Wie wär's also mit ein bisschen leerenverlassener Hilfe? ... Bitte?!"

Nichts geschah.

Stille.

„Kennen Sie die Definition von Wahnsinn?", murmelte Diaz, als er Suzy eine Hand hinhielt, um ihr aufzuhelfen.

Die Hexe knurrte. Unbeeindruckt davon zog er ihre zierliche Gestalt erneut auf die Beine, sobald sie seinen gepanzerten Unterarm ergriff.

„Warten Sie!“ Er hielt sie fest, als sie wie eine Boxerin zurück in ihren Kreis stürmen wollte. „Halten Sie doch mal kurz inne und denken Sie nach.“

„Dazu hab ich keine Zeit!“, fauchte sie. „Ich muss uns durch dieses verdammte Tor bringen! Und zwar gestern!“

„Ich weiß.“ Er hob eine beschwichtigende Hand. „Aber einen Moment nachzudenken ist nicht dasselbe wie etwas zu überanalysieren. Sie sollen ja nicht wieder in Prokrastination verfallen. Hören Sie doch nur mal kurz auf damit, Ihren Kopf gegen diese unsichtbare Wand zu hämmern, und treten Sie einen Schritt zurück. Gibt es nicht vielleicht einen besseren Weg?“

Suzy holte tief Luft und seufzte.

„Vielleicht haben Sie ja recht“, gab sie zu. „Ich bin nur ... Argh! Das ist so unfair! Da hab ich endlich begriffen, dass es überhaupt nicht kompliziert ist, dieses verdammte Ding zu öffnen, und dann macht es mir jemand unmöglich!“

„Jemand? Gut, fangen wir da an. Wer oder was blockiert Sie?“

„Ich weiß es nicht!“

Diesmal ließ er sie los, als sie ihren Arm freizog, und Suzy rieb sich mit beiden Handflächen durchs Gesicht.

„Okay, was wissen Sie denn?“ Sein analytischer Tonfall beruhigte ihren inneren Sturm und brachte sie wieder zur Vernunft.

Die Hexe hielt inne und schloss die Augen, um sich genau vor Augen zu führen, was jedes Mal passierte, wenn sie Kraft auf das Tor anwandte.

„Ich glaube, da ist jemand auf einer dieser Stationen“, murmelte sie. „Vielleicht sogar mehrere. Sie blockieren die

Aktivierungsrune am Tor. Wenn ich also Energie reinpumpe…"

Suzy ließ ihre Worte verstummen, während sie überlegte, was genau dort vor sich gehen könnte.

„… greifen die Sie an?", fragte Diaz und zeigte auf den Kreis, aus dem sie immer wieder heraustaumelte.

„Nein", antwortete das Mädchen mit gerunzelter Stirn. „So fühlt es sich nicht an. … Ach, verdammt. Ich glaube, ich verprügel mich selbst!"

Sie erinnerte sich an den defensiven Reflexionszauber, den sie vor kurzem gemeistert hatte.

„Wie bitte?" Der Provost legte den Kopf schief.

„Meine Energie kommt zurück. Vermutlich tun die gar nicht mehr, als die Rune mit einem Reflexionszauber abzuschirmen. Deshalb lässt der Rückstoß nach! Ich schwäche nicht die anderen, ich schwäche mich selbst! Meine Güte, was bin ich doch für eine Idiotin!" Die Hexe warf die Arme hoch.

Dann klatschte sie in die Hände. „Hey, aber vielleicht … Wenn ich es zurückreflektiere, baut das vielleicht genug Schwung auf, um den anderen Zauber zu zerschmettern!"

Sie wollte wieder in den Kreis eilen, doch er packte sie erneut.

„Moment! Was, wenn sich all diese Energie aufaddiert und dann hier landet?" Diaz deutete zu Boden.

Marsstaub.

Nachdem klar geworden war, dass auf dieser Seite des Schiffes erst mal keine Korridorkämpfe ausbrechen würden, hatte Federov die woanders dringend benötigten Soldaten abgezogen. Diaz und Suzy waren also inzwischen allein im Raum. Doch das war kein Grund, Selbstmord zu begehen.

Suzy schluckte. „Ja … Sie haben recht. Das ist vielleicht nicht die beste Idee – nennen wir das vorerst Plan F."

„Machen wir das“, stimmte er zu. „Also, was könnten Sie sonst noch versuchen? Kann Maverick Ihnen nicht helfen?“

Einen Versuch war es wert. Schließlich war er Hekates Hohepriester – vielleicht war er ja der Weg, auf dem ihre Göttin sie unterstützen würde! Auch wenn ihr Magielehrer einen eher zurückhaltenden Ansatz bei der Wissensvermittlung pflegte – sie standen schließlich unter Zeitdruck, also ließe er sich möglicherweise überreden.

Das Mädchen hielt die Goldmünze zwischen Daumen und Zeigefinger und rief: „Hey, Rupert, bist du da? Hast du eine Idee, wie wir das Tor aufkriegen können?“

Als er nicht antwortete, verlagerte Suzy ihr Bewusstsein in Xins Körper und blickte zu ihm auf. Der Schwindelmagier starrte noch immer in die Ferne, seinen Blick fest auf den Raum hinter der *Gateshot* gerichtet. Die Schwärze, die ihnen so dicht auf den Fersen war, schien sich um ihn zusammenzuziehen und ihn ersticken zu wollen.

Als die vereinten Blicke der beiden Frauen dem seinen folgten, sahen sie, wie die *Lightbearer* weiter zurückfiel, während das andere Schiff stetig aufholte. Ein Gefühl von Falschheit und Schmerz durchzog die verzerrte, dämonische Form, wie der scharfe Nachhall eines massiven Messinggongs.

Es war so unheimlich ...

Geschosse und Strahlen durchquerten von beiden Seiten den sich verkleinernden Abstand.

Suzy blinzelte ihre eigenen Augen auf. Das Herz hämmerte ihr in der Brust.

„Leider ist er im Moment keine große Hilfe ...“, murmelte sie.

Entmutigende, geradezu depressive Gedanken machten sich bereit, sie zu überwältigen, doch Diaz unterbrach deren Einfluss, als er fragte: „Also, wenn diese Magier Sie nicht wirklich berühren, heißt das, Sie können die auch nicht erreichen?"

Eine Erinnerung schoss Suzy durch den Kopf. Morgans Ritual. Das, mit dem er ihren Vater getötet hatte. Es stand in seinem Notizbuch. Sie könnte … Nein … nein, das würde nicht funktionieren.

„Woran denken Sie?", hakte Diaz nach.

„Ich habe ein Ritual. So eine supergruselige, zerstörerische Voodoo-Nummer. Aber ich habe nichts Persönliches, das mich mit dem Magier oder den Magiern dort verbinden könnte." Sie begann, um ihren Konzentrationskreis herumzutigern. „Ich weiß nicht einmal, wer die sind … also wird es nicht funktionieren."

„Und was ist mit Sträfling Yun? Sie wenden doch keine gruselige Voodoo-Magie auf sie an, oder?"

„Nein!"

Diaz lehnte sich mit verschränkten Armen gegen einen Tisch. „Wie verbinden Sie sich dann mit ihr, wo sie doch so weit weg ist?"

„Na ja, ich …", Suzy leckte sich über die Lippen und gestikulierte hilflos, „… tue es einfach."

Der Provost bedeutete ihr, weiterzureden.

„Das ist es!" Suzy schnipste mit den Fingern. „Ich muss da rüber! Vielleicht kann Rupert einen Weg bereitstellen!"

Sie musste nur zuerst zu ihm durchdringen.

KAPITEL SIEBENUNDFÜNFZIG

JOE\\ KASKADENEFFEKT

„Unser Winkel stimmt nicht“, wies Co-Pilot auf etwas hin, das Joe auf seinen eigenen Anzeigen nur zu gut sehen konnte.

„Ich weiß“, knirschte der Kapitän der Schattensphäre durch zusammengebissene Zähne und wischte sich den Schweißfilm vom Gesicht.

Es wurde schon wieder heiß und stickig in dem beengten Raum. Viel zu früh. Es war viel zu früh dafür. Der Verlust eines Teils ihres Wärmespeichers forderte seinen Tribut. Außerdem brachte der Schaden an den Antriebseinheiten inzwischen das gesamte Flugkontrollsystem durcheinander. Vielleicht sorgten ein paar durchgeschmorte Leitungen für fehlerhafte Signale, die den Navigationscomputer verwirrten oder so. Er war kein Techniker, woher sollte er das schon wissen.

„Die Schiffe da vorne sind ganz schön schnell unterwegs“, bemerkte Sensoren.

„Kein Scheiß, Sherrok“, erwiderte Bomba trocken.

„Wenn wir überschießen, fliegen wir einfach hinter

ihrem Arsch vorbei", setzte Sensoren nach. Er bekam selten mit, wann er besser den Mund halten sollte.

„Kein Scheiß, *Sherlock*", knurrte Joe und betonte den richtigen Ausdruck extra für Bomba. In dem vergeblichen Versuch, mehr Schub auf die Backbordseite zu bekommen, legte er mehrere Schalter um.

„Systemcheck läuft", meldete Co-Pilot.

Sein ruhiger, professioneller Ton verfehlte seine Wirkung nicht und zwei Minuten vergingen, ohne dass jemand ein weiteres Wort verlor.

Um sich abzulenken, studierte der Kapitän die drei Schiffe in der Ferne. Seine *Can* näherte sich der Gruppe in einem nahezu rechten Winkel und war noch weit genug entfernt, dass selbst kleine Kurskorrekturen noch einiges bewirken konnten – wenn man sie denn richtig eingab.

Während Oddballs Schiff in Richtung des Tores auswich, verfolgten das Unklassifizierte und die *Lightbearer* sie unerbittlich. Nun ja, das mittlere Schiff war nicht mehr wirklich unklassifiziert. Angesichts der Flotte winziger Schiffe, welche es gerade ausgespien hatte, war sein Zweck nun so klar wie die Leere. Und es bewies zweifelsfrei die Doppelzüngigkeit der Perücken. Wozu brauchte eine Spezies harmloser Tech-Händler einen Enterträger? Und dann noch einen dieser Größe?

Verdammte Aliens! Sie hatten ihn sicher gebaut, um plutonische Stationen und Schiffe in der Nähe der entmilitarisierten Zone aufzubringen. Das Oberkommando hatte Recht, sich Sorgen zu machen. Recht, eine Flotte zu schicken, um diese Stationen zu zerlegen. Die Perücken waren eindeutig zu weit gegangen! Das hier war verdammt noch mal menschlicher Raum – plutonischer Raum!

„Leere, das ist übel", unterbrach Co-Pilots Stimme Joes

Gedanken. „Wir haben mehr Systeme im roten als im grünen Bereich, Kapitän."

„Das hab ich befürchtet." Joe holte tief Luft und seufzte. „Kannst du irgendwas wegen der Steuerung machen?"

Neben ihm runzelte Co-Pilot die Stirn, während er die Details auf seinem Bildschirm studierte.

„Ich versteh's nicht", meldete sich Sensoren erneut zu Wort. „Dieses Ding soll doch superstabil sein. Wir haben nur ein paar kleine Dötscher abbekommen."

„An der falschen Stelle kann selbst das kleinste Problem einen Kaskadeneffekt auslösen", murmelte Co-Pilot. „Wir könnten einen kompletten Systemneustart versuchen. Aber das würde fünf Minuten dauern, und wenn wir richtig Pech haben, verabschiedet sich der Computer dabei endgültig."

„Und dann treiben wir tot in der Leere?" Bomba klang wenig begeistert von der Aussicht. „Keine Hilfe, gar nichts?"

„Na ja, wir haben noch unser Notsignal ...", warf der Jungspund ein.

„Du meinst das, was uns für Freund und Feind gleichermaßen sichtbar macht?" Der Kapitän testete einen weiteren Ansatz, die zickigen Antriebseinheiten zu regulieren. Irgendetwas musste doch funktionieren!

Das Lächeln auf dem Gesicht seines Co-Piloten hatte einen seltsamen Beigeschmack. Eine unangenehme Mischung aus fatalistischem Amüsement und todesverachtender Wut.

„Wir sind schon so weit gekommen!", sagte Joe und seufzte. „Okay, wie stehen die Chancen bei deinem Plan?"

Co-Pilot zuckte mit den Achseln. „Schwer zu sagen."

Joe bekam langsam Kopfschmerzen. Dehydrierung.

Leere, seine Null-g-Flasche war noch randvoll! Als er sie von der Wand löste, ging er laut ihre Optionen durch: „Also, entweder haben wir Glück, das System fährt sauber wieder hoch, wir korrigieren den Kurs, erreichen die leerenverlassene *Lightbearer*, vaporisieren sie und sterben als Helden, wenn die Rache der Velorianer über uns hereinbricht. Oder wir haben Pech, das System startet nicht, wir werden entweder vom Notruf oder durch unsere Wärmesignatur entdeckt und in Atome zerlegt. Oder wir ersticken. Oder wir verfehlen unser Ziel und der gleiche Scheiß gilt?“

„Wir könnten auch Glück und Pech zugleich haben“, meinte Co-Pilot. „Und in den beiden letzten Fällen von Verbündeten aufgegriffen werden – nur um dann zum Ziel von Spott und Mitleid zu werden, wenn unsere Kameraden realisieren, *welches* epische Ziel wir da um eine Sackhaarbreite verfehlt haben.“

„Ja“, brummte Bomba düster. „Beinahe zählt nicht! Ich sage: Neustart und beten!“

„Neustart und beten“, stimmte Sensoren zu. „Wir haben Notsauerstoff und drei Torpedos. Wir können eine Weile aushalten!“

Während er das pisswarme Wasser seine Kehle herunterzuzwang, horchte Joe in sich hinein, was Ausbildung und Erfahrung zu der Sache beizutragen hatten.

Er schloss für einen langen Herzschlag die Augen, sah dann Co-Pilot an und befahl: „Ja, wir schaffen das. Harter Neustart. Jetzt.“

Sein alter Freund nickte und legte den Schalter um.

Im nächsten Augenblick erlosch jedes Licht, jedes künstliche Geräusch verstummte, und die *Loooony Can* raste als echte Schattensphäre durch den Raum. Vier nervöse, verschwitzte Männer beteten wortlos, dass ihr Computer wieder anspringen möge – und das schnell.

KAPITEL ACHTUNDFÜNFZIG

SUZY\\ VERBINDUNGEN

Suzy setzte sich und verband sich erneut mit Xin, um ihrer Freundin zu erklären, was sie brauchte.

„Hr. Maverick.“ Xinyi blickte zu dem hochgewachsenen Magier auf, welcher die beiden gerade vor einem weiteren Geschosshagel abschirmte. „Bitte, Suzy braucht Ihre Hilfe!“

Als er den Blick von der wirbelnden Leere hinter ihnen losriss und den Fokus vom Kampf der *Gateshot* zurück auf das aktuelle magische Problem lenkte, zog sich die seine Aura überschattende, unheimliche Dunkelheit ein Stück weit zurück.

„Sie muss wen-auch-immer konfrontieren, der die Magie auf dieser Station dort drüben ausübt“, fuhr Xin fort. „Können Sie sie vielleicht da hinbringen? Also, so richtig? Sie haben uns beide ja auch hierhergebracht, oder?“

„Das habe ich“, bestätigte er. Erste Anzeichen von Anstrengung zeichneten sich in Form tiefer Falten um seine Augen ab, als die zerschmetterten Reste eines abprallenden Geschosses in seinen Schild einschlugen und diesen vibrieren ließen. Er schaffte es nicht ganz, seine wachsende

Erschöpfung hinter seinem überlegenen Tonfall zu verbergen, als er hinzufügte: „Doch was euch vorschwebt, funktioniert leider nicht. Eine derart große Distanz zu überbrücken ist für die körperliche Unversehrtheit eines Menschen nicht gerade ... förderlich."

„Verstehe", murmelte Xin, auch wenn ihr nicht ganz klar war, wie sich dieser Skaleneffekt auswirken würde. Andererseits waren ein paar Dutzend Meter nichts im Vergleich zu mehreren zehntausend Kilometern. Und seine Worte klangen plausibel. „Wie könnte sie dann dorthin gelangen?"

„Warum sollte sie das müssen?" Der blauäugige Teil von ihm blickte durch Xins Augen direkt auf Suzy. „Magie kann berühren, ohne im selben Raum zu sein. Sie ist schließlich reine Vorstellungskraft – das In-die-Realität-bringen von dem, was man begehrt. Sie bindet uns aneinander und an das Universum, wenn wir das wollen. Wenn wir es zulassen."

„Zumindest, wenn ich genug Magie habe, um meine Vorstellungen umzusetzen," erinnerte sich Suzy an eine seiner früheren Lektionen.

Rupert lächelte, während er langsam seine linke Hand zur Faust ballte. „Oder, wenn du bereit bist, sie dir zu nehmen."

Suzy runzelte die Stirn, unsicher, was genau er meinte. Doch dann blickte Xin zurück auf das entfernte Leuchten im Herzen der Station, auf die Magie, die nach dem Tor griff, um es zu binden. Das war Energie. Magie war eine Form reinster Energie.

„Alles ist miteinander verbunden", flüsterte Suzy mit Xins Stimme.

„Manche Verbindungen erfordern eine besondere Seele, um sie zu knüpfen und nutzen zu können", mahnte

Rupert. „Aber ja, im Kern ist das die Lektion des Tages. Fühlst du dich adäquat unterrichtet?"

„Allerdings", Suzy ballte die Fäuste, „und ich hab große Lust, dieses Wissen weiterzugeben. Sehen, machen, lehren, richtig?"

Etwas wie echter Stolz blitzte in den Augen des Schwindelmagiers auf, als er sie anlächelte.

Nur wie funktioniert das jetzt genau?

Eine sanft brütende Stille legte sich über sie, während Suzy das Licht in der Station studierte – die dunklen Energiefäden, welche sich um die Aktivierungsrunen des Tores schnürten.

Nachdem Suzy ein oder zwei Minuten lang regungslos dagestanden hatte, näherte Diaz sich und wedelte zögernd mit einer Hand vor ihrem Gesicht. Die Geste riss sie aus ihrer Versenkung.

„Mir geht's gut", fuhr sie ihn an. „Ich hab's gleich, okay? Hören Sie auf, mich abzulenken!"

Diaz hob beschwichtigend beide Hände und wich zurück. „'Tschuldigung."

Die Hexe legte sich in ihren Konzentrationskreis und schloss die Augen. Sie musste aus ihrem eigenen Kopf heraus und dorthin.

Alles war miteinander verbunden.

Vielleicht konnte sie also ihren Geist bewegen, ohne ihren Körper mitzunehmen. Schließlich tat sie das schon den ganzen Tag mit Xin.

Ein Schritt nach dem anderen ...

Sie zoomte aus ihrer eigenen Existenz heraus, konzentrierte sich auf Xins Wahrnehmung, bis sie den Boden unter ihrem eigenen Körper nicht mehr spürte, dafür aber die Hülle der *Gateshot* unter den Sohlen von Xins Stiefeln, als wären es ihre eigenen. Sie ging alle Sinne durch, roch den leicht staubigen Duft von Ruperts Rasierwasser, gemischt mit salziger Luft, welche auch auf ihrer Zunge prickelte. Sie hörte nichts. Xin öffnete verwirrt die Augen und sah den Grund für diese Geräuschlosigkeit. Der Weltraum. Richtig, sie war im Weltraum.

Suzy drehte den Kopf ihrer Freundin, um auf das Licht in der Ferne zu starren, direkt dort, im Herzen jener Station, und konzentrierte sich unter Ausschluss alles anderen darauf. *Dort* musste sie hin. Auch wenn sie keine Ahnung hatte, was oder wer dort auf sie wartete ...

Schließlich hatte sie sich ja auch mit Xin verbunden, als die so unglaublich weit entfernt gewesen war. Auch damals hatte sie nicht gewusst, was sie erwarten würde, als sie die Verbindung herstellte.

Was sie brauchte, war ein Fokuspunkt – etwas, an dem sie sich festhalten konnte.

Bei näherer Betrachtung teilte sich das magische Licht in mehrere unterschiedliche ... Geschmacksrichtungen, mangels eines besseren Wortes. Zwei davon brannten heller als der Rest. Und plötzlich war sie sich sicher, dass sie genau dorthin musste.

Vorstellungskraft. Verlangen. Genau wie das Verbinden ihres BCI mit einem entfernten Computer, richtig? Sie musste sich nur verbinden und hinübergehen. Wie eine VR-Erfahrung. Wie damals, als sie in Eves Erinnerung Tank gewesen war. Wie damals, als Eve in Suzys Körper gegen Morgan gekämpft hatte.

Dort, das linke der hellen Lichter fühlte sich ... näher an. Menschlicher, weniger ... fremd und seltsam. Das Licht war ihr Zugang. Diese Person war ihr Ziel.

Und da war noch etwas ...

Glaube.

Magie war Glaube. Von all den Dingen, die das

Universum formten, war Glaube das mächtigste. Und wie alle wichtigen Gabelungen ihres Lebenswegs würde sie auch diese nur mit einem gewagten Sprung ins Ungewisse überwinden können.

„Für Hekate", flüsterte Suzy mit Xins Stimme, mit ihrer Stimme.

Unter Ruperts sich weitenden braunen Augen schloss Suzy Xins Augen und spürte, wie die Verbindung einrastete.

Dann sprang sie aus der Haut ihrer Freundin weiter ins Ungewisse – in der Hoffnung, im Körper ihres Feindes zu landen.

KAPITEL NEUNUNDFÜNFZIG

JOE\\ BESTE CHANCEN

JOE STARRTE AUF DEN FLUGKORRIDOR, DEN ER IN seiner AR ausgearbeitet hatte.

Das Symbol für ‚keine Verbindung' blinkte als rotes Warnzeichen in seinem peripheren Sichtfeld, während die *Loooony Can* weiterhin energielos durch die Leere raste. Ein weiterer Blick durch das Periskop, kombiniert mit seiner langjährigen Erfahrung in Low-Tech-Navigation, bestätigte seine Einschätzung.

Er passte den Plan an, um eine weitere Minute auf ihrem alten, nun überholten Kurs zu berücksichtigen. Ihre lange Beschleunigungsphase hatte ihnen genug Geschwindigkeit verschafft, um im Fall eines Überschießens komplett aus der Schlacht hinauszufliegen. Wenn sie nicht rechtzeitig zum Angriff abbremsen konnten, würden sie das Ziel verfehlen und die *Lightbearer* passieren.

Und – mit besonders viel Pech – überleben, nur um anschließend als Deserteure gebrandmarkt zu werden. Das wäre, gelinde gesagt, eine bittere Ironie …

Nein, das hier würde klappen.

Es musste einfach klappen.

Joe berechnete eine Reihe neuer Winkel und Vektoren und bereitete diese nötigen Kurskorrekturen für eine schnelle BCI-Eingabe vor. Sobald die *Can* wieder hochfuhr, musste das schnell gehen.

Falls sie überhaupt wieder hochfuhr.

Co-Pilot spülte seine Nervosität mit seinem eigenen pisswarmen Wasser hinunter. Joe hörte es nur am leichten Rascheln der Kleidung seines Sitznachbarn.

Er stellte sich vor, wie Bomba das Foto seiner Frau aus der Brusttasche seines Anzugs gezogen hatte und es streichelte, obwohl er ihr hübsches Gesicht in der Dunkelheit nicht sehen konnte.

Sensoren war der Einzige, der seine Anspannung offen zeigte. Das nervöse Klopfen, mit dem er auf die Armlehne trommelte, ging Joe auf die Nerven.

Er wollte den jungen Soldaten gerade zurechtweisen, da lief ein tiefes Brummen durch ihr Schiff. Es stieg rasch in seiner Tonhöhe an, als der Hauptreaktor wieder hochfuhr. Mehrere Zischlaute und vereinzelte, unterschwellige Erschütterungen oder pochende Impulse, mehr gefühlt als gehört, setzten ein. Dumpfes Knarzen und ein mechanisches Ausatmen kündigten die Rückkehr der Luftzirkulation an, gerade als eine leichte Brise von der Decke herabströmte und Joes Gesicht streichelte.

„Leere, JA!", jubelte Sensoren und riss die Faust hoch – nur um fluchend zusammenzuzucken, als er gegen eine Stahlplatte schlug.

Ein leises Schmatzen, gefolgt vom Rascheln von Stoff und dem scharfen Klicken eines Knopfes, verriet, dass Bomba das Foto seiner Frau hastig wieder verstaute. Co-Pilots erleichtertes Lachen übertönte es beinahe.

Endlich flackerten die Konsolen zu neuem Leben und Joe rief den aktuellen Flugplan auf.

„Sensoren: Vollständiger Systemcheck!", befahl er. „Co-Pilot: Überprüf meine Berechnungen! Bomba: Bestätige Einsatzbereitschaft deiner Station!"

„Aye, Kapitän!"

Von einem Moment auf den anderen herrschte geschäftiges Treiben im engen Raum. Das BCI-Verbindungssymbol sprang auf Grün und verschwand aus Joes Sichtfeld. Er synchronisierte den Flugplan auf der Konsole mit dem in seinem Kopf. Die Checkliste links von ihm zeigte noch immer mehr Rot als Grün, doch als er vorsichtig die Antriebseinheiten durchtestete, reagierten sie deutlich besser.

„Noch lange nicht perfekt", verkündete er. „Aber sie wird fliegen."

Co-Pilot nickte als Antwort auf das implizierte ‚Gut gemacht' und runzelte dann die Stirn, als er seine Konsole studierte.

„Alle wichtigen Systeme wieder online", jubelte Sensoren. „Außer unserem Wärmespeicher natürlich."

„Waffen oki-doki", ergänzte Bomba.

„Gut." Joe lächelte. „Co-Pilot?"

„Mit diesem Flugkorridor werden wir unser Ziel immer noch verfehlen", wies sein Freund auf das Offensichtliche hin.

„Werden wir. Aber ich hatte eine Idee." Der Pilot aktivierte die Korrekturantriebe, und die *Can* neigte sich seitwärts, um dem neuen Kurs zu folgen.

„So ramponiert, wie wir sind, sollten wir die *Lightbearer* absichtlich überschießen." Er deutete auf die schnelle Skizze, die er während des Wartens erstellt und nun auf alle Konsolen gestreamt hatte. „Der Perückenkahn hat da, nahe der Mitte, ein ordentliches Loch. Wenn wir das Timing hinkriegen, schicken wir die Sechser genau darauf zu, schießen an ihr vorbei und sind aus dem Schneider, wenn sie hochgeht."

„So eine lange, langsame Zustellung ist riskant", gab Sensoren zu bedenken. „Wenn sie den Torpedo entdecken, zerstören sie ihn einfach mit ihren Abwehrsystemen, und wir sind auf dem Weg ins weite All. Umzudrehen würde bei dieser Geschwindigkeit enorme Kräfte erfordern. Schaffen das die Antriebseinheiten in ihrem aktuellen Zustand überhaupt?"

„Die rechnen nie mit 'nem Schuss aus diesem Winkel", verteidigte Bomba den Plan ihres Kapitäns. „Halten es sicher für Trümmer und ignorieren es."

„Darauf setze ich." Joe spürte, wie sich ein böses Grinsen anbahnte. „Außerdem wird die Wahrscheinlichkeit, dass sie uns entdecken, mit unserem kaputten Speicher umso größer, je näher wir ans Ziel rangehen. Ein einzelner Torpedo hingegen sollte in all dem Chaos da unentdeckt bleiben – besonders, wenn wir ihn dunkel senden, mit einem Timer."

„Machbar", brummte Bomba und kratzte sich hörbar durchs kurze, drahtige Haar. „Mit guter Berechnung."

„Unsere Geschwindigkeit reicht definitiv, um die Ladung bis ins Zentrum zu schicken ..." Co-Pilot tippte nachdenklich gegen sein Kinn und ließ eine Reihe Berechnungen laufen.

„Ich würde aber dieses Loch weiter vorne anpeilen", warf Sensoren ein. „Seht ihr die Scans? Das dampft und leuchtet blau. Ich wette, die vorherigen Treffer haben eine der Reaktoreindämmungen erwischt. Wahrscheinlich kann das Schiff deshalb auch nicht mehr mit den anderen mithalten. Wenn wir nahe genug am Kern sprengen ..."

Er ließ den Satz unvollendet.

„Kaskadeneffekt." Co-Pilot lachte. „Wir knacken einen

der Kerne und das ganze System wird überlastet. Das sollte den kompletten Klotz sprengen!"

„Gefällt mir." Der Kapitän nickte. „Aber bei dem Ziel überschießen wir nach vorne. Wenn wir Pech haben, geraten wir ins Fadenkreuz beider Perückenschiffe."

„So wie ich's sehe", Bomba zuckte hörbar mit den Schultern, „wird die *Lightbearer* kein Problem darstellen. Das andere Schiff ist beschäftigt – vielleicht beschäftigt genug, um auch noch von uns explodiert zu werden."

„Velorianer haben Tunnelblick." Sensoren klatschte begeistert in die Hände. „Es könnte funktionieren! Wir wären nah genug, um beizudrehen und es zumindest zu versuchen ..."

Joe schüttelte den Kopf. „Beim Zustand unserer Antriebseinheiten würde ich nicht darauf wetten."

„Aber stell dir vor, wie beeindruckend das wäre!", sinnierte Co-Pilot. „Eine einzige Schattensphäre, die das velorianische Flaggschiff knackt *und* den Kernweltern den Arsch rettet? Da benennen sie bestimmt Schiffe nach uns!"

„Außerdem", fügte der Jungspund mit ungewöhnlich ernster Stimme hinzu, „brauchen Oddballs Leute uns. Die Republik hat ihnen Schutz bis zum Tor zugesichert, oder? Ich sehe niemand anderen in der Nähe, der dieses Versprechen einhalten könnte. Wir müssen alles tun, was wir können, um ihnen zu helfen!"

„Du hast recht." So hatte der Kapitän das noch nicht betrachtet.

Er hatte das Leben seiner Crew gegen die Chancen abgewogen, die Perückenkähne zu zerstören. Diese Rechnung war falsch. Die *Gateshot* trug nicht nur Kernwelt-Soldaten und Zivilisten, sondern ein ganzes Regiment ihrer Kameraden. Und trotz ihres überstürzten Vorstoßes bekamen die da drüben ordentlich eins auf die Mütze. Das waren viele Leben – genug, um das Opfer von vier selbstmörderischen Irren aufzuwiegen.

„Packen wir's an!"

Joe lenkte die *Loooony Can* auf ihre neue Flugbahn, sein Herzschlag beschleunigt von der glorreichen Erwartung, die Explosion seines Lebens zu sehen – und vielleicht sogar lange genug zu überleben, um auch noch das zweite Schiff zu sprengen.

KAPITEL SECHZIG

GLEN\\ MASSE UND BESCHLEUNIGUNG

Rivers' jubelnder Aufschrei verriet Glen die gute Nachricht, noch bevor Montoya meldete: „Sir, die *Lightbearer* scheint die Leistung ihrer Antriebseinheiten weiter reduziert zu haben!"

Trotz des Protokollverstoßes ihrer Untergebenen klang die Plutonierin zufrieden. Etwa so zufrieden, wie Glen sich fühlte, endlich einmal gute Nachrichten zu bekommen – insbesondere nachdem sie ihre Tarnung aufgegeben hatten, indem sie ihre Systeme weit über das hinaustrieben, wozu menschliche Technik eigentlich fähig sein sollte. Dazu kamen Federovs Schwierigkeiten mit den Entertrupps und der militärischen Logistik, und nun ja ... immerhin machten sie an einer Front Fortschritte. Wenn sie jetzt nur noch diesen Enterträger abschütteln könnten ...

„Allerdings", fügte Montoya hinzu, „verlässt sie auch gerade die effektive Reichweite unserer Unterstützung und der Fokus der plutonischen Flotte verlagert sich auf das Zerschlagen der Überreste der velorianischen Kampflinie."

„Außerdem beschießt die *Lightbearer* uns weiterhin." Lt. Jiǎng teilte den Optimismus nicht. „Wir brauchen noch etwa zwanzig Minuten, bis wir Ausweichdistanz erreichen."

„Das ist etwa der Zeitpunkt, an dem wir ins Fadenkreuz der Stationen geraten", ergänzte Nick.

Verdammte Axt.

„Col. Federov", sagte Glen, um die Aufmerksamkeit des Militärführers auf sich zu ziehen. „Wie halten sich Ihre Leute?"

„Wir räumen noch mit den Enterern auf, die während unseres Rückzugs durchgerutscht sind. Vor allem die Cyborgs sind eine echte Plage. Die Nachversorgung ist zu 86 % abgeschlossen. Wir werden damit fortfahren, die Eindringlinge einzudämmen und zu eliminieren."

Glens Gedanken rasten. Ihr Plan B hatte keine internen Feinde berücksichtigt. Er war davon ausgegangen, dass die Soldaten damit fertig würden.

Eve schaltete sich in das Gespräch ein.

„Ich könnte umgehend 50 Kampfdrohnen entsenden." Ihr Tonfall ließ es wie eine Frage klingen. „Weitere 50 nach deren Aktivierung. Allerdings sind sie alle selbstregulierend."

„Sie meinen, die entscheiden selbst, auf wen sie schießen?" Federov hatte sichtlich Mühe, dies überhaupt in Betracht zu ziehen.

„Ich kann sie auch steuern, wenn Sie es wünschen", bot die Schiffsmeisterin an.

Auf einem Vidfeed verfolgte Glen, wie Federov sich einem seiner neuen, mit sichtbaren Verlusten getroffenen Trupps anschloss. Die Achtung, welche seine Leute dem jungen Colonel entgegenbrachten, war beeindruckend. Kein Widerspruch, keine niedergeschlagenen Gesichter. Im Gegenteil: Der Sergeant schien regelrecht enthusiastisch, die Führung an seinen Vorgesetzten abzugeben. Diese zusätzliche Belastung schien die Fähigkeit des militärischen Leiters der *Gateshot*, die Schlacht zu koordinieren, nicht zu beeinträchtigen.

Wenn er nur nicht so stur wäre in Bezug auf –

„Nein!", antwortete Federov, während er den Trupp neu formierte und die Spitze übernahm. „Schiffsmeisterin, ich habe Sie bereits gebeten, sich aus dieser Angelegenheit herauszuhalten. Dafür gibt es mehrere gute Gründe und keiner davon hat mit Stolz zu tun. Viele hochwertige Cyborgs sind mit IFF-Spoofern ausgerüstet, sodass Ihre Drohnen ohnehin nicht wüssten, auf wen sie schießen sollen."

Zwar zeigte Eve keine äußeren Anzeichen von Kränkung oder Verärgerung, doch ein leichtes Kribbeln lief über Glens sechsten Sinn.

„Colonel, wir möchten nur helfen", fügte der Kapitän hinzu. „Gibt es irgendetwas, das wir tun können, um Sie zu unterstützen?"

Einen Moment lang schien ihr Gegenüber darüber nachzudenken. Währenddessen trieb er seinen neuen Trupp voran und schien an mindestens zwei anderen Gesprächen per Gedanken-Comms teilzunehmen, bevor er antwortete: „Positionieren Sie diese Drohnen als Geschütze an den bereits kompromittierten Schleusen. Bis auf Weiteres sollen sie alles angreifen und eliminieren, was das Schiff betreten will – auf meine Weisung hin. Ab dem Zeitpunkt ihrer Aufstellung dürfen sie sich weder bewegen noch ihre Ausrichtung ändern. Stimmen Sie ihre Aufstellung mit meinen Koordinatoren ab, bevor Sie die Kontrolle an diese übergeben."

Er hatte seinen letzten Satz kaum beendet, als er seinen Leuten eine Reihe von Handzeichen gab. Geschlossen stürmten sie nach vorne, direkt in den

Rücken einer von zwei Cyborgs angeführten Gruppe Klone.

Verdammte Axt, GaSIn hatte die als freundlich markiert!

Eine halbe Minute später und ohne eigene Verluste, hatte Federovs Trupp die Klone ausgeschaltet, und der Colonel hielt ein Gerät hoch, welches er von einem der Cyborgs abgetrennt hatte.

„Woher wussten Sie das?", fragte der Kapitän.

„Ihre Bewegungsmuster passten zu keinem der unseren. Ich lasse das hier zur Bergung und Analyse zurück. Und, Kapitän, bitte lassen Sie mich einfach meine Arbeit machen."

Damit beendete er das Gespräch.

Hatte dieser verdammte Bastard ihn gerade schon wieder abgewürgt?

—[Sicherer Kanal: Pro. Maj. Garin, Adm. MacAllister]—

Pro. Maj. Garin: Heben Sie sich das für die Nachbesprechung auf. Ich sorge dann schon dafür, dass es nicht eskaliert.

Adm. MacAllister: War er nicht bisher derjenige, der immer Disziplin, Protokoll und so weiter gepredigt hat? Ich bin der verdammte Kapitän dieses Schiffes!

Pro. Maj. Garin: Er passt sich spontan an. So macht er es immer. Und er hat Sie nicht in den Prozess einbezogen, damit Sie sich aufs Fliegen konzentrieren können.

[Gespräch beendet.]

—

„Kapitän!“, rief Montoya, bevor Glen sich umdrehen konnte, um die Brückenwache finster anzufunkeln. „Das Unklassifizierte hat eine zweite Welle von Entershuttles abgeworfen. Ankunft in etwa sieben Minuten!“

„Wie viele?“, kam Nick seinem Vorgesetzten zuvor.

Montoya schluckte. Ihre Stimme zitterte etwas, als sie antwortete: „Mindestens 362. ... Sie sind noch nicht fertig.“

Verdammte Axt!

„Bitte sag mir, dass du noch ein Ass im Ärmel hast“, flüsterte Nick.

„Ich fürchte nein.“ Der alte Mann kratzte sich am Kinn.

Oder vielleicht doch?

Einem plötzlichen Geistesblitz folgend, zog Glen die Goldmünze aus der Tasche und starrte auf die zwei darauf eingravierten, ineinander verschlungenen Disteln.

Nun, einen Versuch war es wert.

KAPITEL EINUNDSECHZIG

EVRON\SUZY\\ INNERER KONFLIKT

Evron taumelte, als sich etwas in ihm verschob. Für ein oder zwei Herzschläge war er sich nicht sicher, ob ... Hatte Berestul etwas getan? Versuchte er am Ende doch, ihm zu schaden? Nein, sicherlich würde er in einem derart kritischen Moment keine Energie verschwenden. Sie hatten gerade erst einen weiteren Versuch vereitelt, das Tor zu öffnen.

Zu seiner Linken korrigierte Erestral seinen Stand. Hatte er etwas getan? Er würde sicher gerne die Gelegenheit nutzen, sich aus Evrons Fängen zu befreien, oder?

Warum dieses plötzliche Jucken in seinem Inneren? Sicher, in einem Kreis mit all diesen Magiern zu stehen und für sein Talent ausgeblutet zu werden, während draußen eine Schlacht tobte, hinterließ ein seltsames Gefühl vager Paranoia in ihm, aber –

„Evron!", tadelte Berestul, während er den Jüngeren zurück in dessen kleinen Kreis winkte. „Bleib wachsam! Lass dich jetzt nicht ablenken. Sie könnten es erneut versuchen."

„Richtig." Der andere Velorianer schüttelte den Kopf. „Entschuldigung."

Als Evron die magische Anordnung studierte, flackerten schwach leuchtende Linien vor seinen Augen auf, welche von jedem Magier jeweils in dessen eigenen Kreis liefen, sich dort sammelten, nur um dann in das größere Ritual abgezapft zu werden. Alles vereinigte sich in Berestuls zentralem, etwas größerem Kreis. Dort verdichtete es sich zu einer durchscheinenden Säule, pulsierte nach oben und geradewegs durch die metallene Decke in Richtung ... irgendwo.

Vermutlich zum Tor.

Was zum ...?

Evron blinzelte und die Lichter verschwanden wieder. Was war das gerade gewesen? Er blickte sich um, doch niemand außer ihm schien etwas bemerkt zu haben. Alle hatten die Augen in Konzentration geschlossen. Nur Berestul öffnete seine hin und wieder und sah sich um, als spürte er eine Störung und versuchte, deren Quelle auszumachen. Seine aufdringlich überkomplizierten Augen schauten erneut nach rechts, und er knurrte: „Konzentrier dich, Evron!"

Was war das Problem dieses Typen? Magie war nicht einmal Evrons Stärke. Nichts war seine Stärke. Er war doch nur ... Was war *sein* Problem? Woher kamen diese seltsamen Gedanken? Evron schloss die Augen, schüttelte seine Falten aus und konzentrierte sich erneut auf seine Aufgabe.

Evron. So hieß er. Der Magier, in dessen Haut Suzy gesprungen war. Durch seine Augen sah die Welt anders aus. Nicht so unfassbar seltsam wie aus Xins Perspektive, aber trotzdem ...

‚*Hey!*', protestierte ihre Freundin. Sie war noch da und fungierte wohl als fragile Verbindung zwischen der Hexe und diesem fremden Körper.

‚*Sorry*', murmelte Suzy.

Es war eher eine zerstreute Reaktion als alles andere. Der Großteil ihrer Gedanken beschäftigte sich damit, was sie als Nächstes tun könnte. Sie musste etwas tun! Dafür war sie schließlich hier.

Obwohl sie scheinbar in seinem Körper mitfuhr, war Evrons Geist vor ihr verschlossen. Ähnlich wie damals, als Eve Suzys Körper geteilt hatte, gab es eine Art flexible Wand zwischen ihnen beiden. Diese hier fühlte sich jedoch deutlich dicker an. Vielleicht lag es an der Fremdartigkeit seines Geistes ... Andererseits war Eve auch eine Außerweltliche, also ... hm ...

Plötzlich erklang von rechts ein schrilles Kreischen, und als Evron die Augen aufriss, starrte Suzy in glänzende schwarze Perlen. Das kleine Wesen, welches bis jetzt zufrieden auf der Schulter ihrer Mitfahrgelegenheit gesessen hatte, fauchte sie an. Nicht ihn. *Sie*. Da war sie sich ganz sicher.

Runen leuchteten überall in seinem dunklen Fell auf, und eine weitere Intelligenz drängte gegen Suzys und Evrons Geist.

Scheiße, dieses Ding sah sie! Es spürte sie! Und irgendwie wusste es, dass sie im Körper seines Herrn steckte.

Mit einem weiteren Kreischen – einer verwirrten Mischung aus Wut und Sorge – kratzte das Wesen dem verdutzten Velorianer quer übers Gesicht. Evron schrie vor Schmerz auf und taumelte aus seinem Kreis. Er versuchte, das kleine Biest von seiner Schulter zu stoßen, doch es hatte die Krallen seiner anderen drei Pfoten tief in seiner Kleidung versenkt. So tief, dass Blut floss.

Die übrigen velorianischen Magier blinzelten verwirrt die Augen auf.

‚Das könnte unsere Chance sein!‘, keuchte Suzy. *‚Xin, versuch, das Tor zu öffnen!‘*

Zurück auf der *Gateshot* hob ihre Freundin zögerlich eine Hand in Richtung des Alienartefakts. Mit einem kräftigen Atemzug und einem Biss auf ihre Unterlippe leitete sie Energie in die Aktivierungsrunen, kaum dass deren Fesseln lockerer wurden.

„Evron! Bring es unter Kontrolle!“, knurrte der Anführer-Magier. Obwohl er zweifellos velorianisch sprach, verstand die menschliche Hexe ihn problemlos.

„Ziffin, was ist los? Was ist passiert?“, versuchte Evron vergeblich, sein Haustier zu beruhigen.

Eine tröstliche Ruhe verließ seinen Bereich ihres geteilten Geistes und floss in den des Wesens. Er hatte eine Verbindung zu diesem Ding! Das musste der Grund sein, warum es Suzy spürte. Vielleicht war das auch der Grund, warum dieser Velorianer für sie am leichtesten erreichbar gewesen war.

Das war so seltsam.

Der kleine Fellball wollte sich nicht beruhigen lassen und schickte im Gegenzug eine warnende Panik aus.

Aus Xins Blickwinkel sah Suzy, wie sich die Energieverteilung im Tor verschob. Es zog immer mehr Energie an und der Raum in seinem Zentrum begann erneut zu flimmern wie Hitze über einer Herdplatte.

„Evron!“, schrie der Anführer. „Wir verlieren das Tor!“

„Ziffin –“, begann Evron.

Ein kinetischer Impuls riss das kleine Wesen von seiner

Schulter und schleuderte es quer durch den Raum. Es prallte gegen die Wand und fiel schlaff zu Boden. Sein Geist schrumpfte augenblicklich zu einem schwächelnden Kern aus Schmerz und Verwirrung.

„Erestral!", fauchte Evron wütend. Ohne sich um sein zerrissenes Hemd und die blutende Schulter zu kümmern, wirbelte er herum und konfrontierte seinen Nebenmann.

Dieser hatte die Hand ausgestreckt und ein selbstzufriedenes Grinsen auf den Lippen. Suzy empfand sofort Abneigung gegen ihn. Nicht nur wegen des blendenden Hasses, welcher aus Evrons Geist in ihren abstrahlte. Großartig – vielleicht würden die beiden sich lange genug gegenseitig beschäftigen, dass die *Gateshot* entkommen konnte!

Doch gerade als Evron sich auf den anderen Außerweltlichen stürzen wollte, gestikulierte der Magierboss und lähmte alle Bewegung in Suzys Mitfahrgelegenheit.

„Dafür haben wir keine Zeit!" Die Ohren des Anführers machten etwas Seltsames und eine Mischung aus Wut und Angst wallte in Evron auf, als er fortfuhr: „Was auch immer Kommandant Ruffa von mir halten mag, mir ist die Lage sehr wohl bewusst. Diese Stationen sind praktisch wehrlos und selbst wenn die Plutonier das nicht erkennen und kommen, um uns auszuräuchern, wird mir dein Erzeuger den Kopf abreißen, wenn wir die Wächterin entkommen lassen. Also entweder halte ich das Tor geschlossen und beseitige diese Plutonier – oder wir sind alle tot! Ich werde nicht untergehen, nur weil irgendein dummer Idiot mit mehr Macht, als er zu nutzen weiß, mein Ritual boykottiert! Wir halten diese Linie, bis das Schiff der Wächterin zerstört ist! Und du wirst mir dabei helfen! Du wirst mir alle Macht geben, die ich dazu brauche!"

‚Praktisch wehrlos', was?, dachte Suzy. *Gut zu wissen …*

Ein weiterer Teil des Ritualkreises erwachte zum

Leben. Während Evron verständnislos auf die seltsamen Symbole auf dem Boden starrte, konnte Suzy sehen, wie gespenstische Tentakel aus den Runen hervorkrochen, um nach ihm zu greifen. Der Anführer, dieser Arsch, hatte vor, ihm seine Magie auszusaugen. Morgan war also nicht der Einzige gewesen, der diesen Trick beherrschte.

Schwäche legte sich bleischwer in Evrons Glieder, doch das ließ seine Wut nur heißer brennen. Er hatte alles getan, was sie von ihm verlangt hatten, verdammt noch mal! Er hatte Erestral dazu gebracht, sich ihm zu unterwerfen. So würde er nicht untergehen. Doch was konnte er tun?

Suzy fühlte, wie die Mauer zwischen ihnen schwächer wurde. Sie konnte Evrons Gedanken schon fast hören. Das war so seltsam. Und wenn sie zuließ, dass dieser Oberarsch den armen Kerl aussaugte, verlor sie ihren Verbindungspunkt. Wenn sie danach keinen neuen fand, könnten die Velorianer tatsächlich gewinnen!

‚Suzy, hier passiert etwas!‘ Xins Stimme klang angespannt. *‚Ich hatte es fast, aber jetzt schließt sich das Tor wieder! Es fühlt sich ... finaler an als vorher. Und wir kommen bald in Reichweite der Stationen!‘*

‚Ich weiß‘, fauchte die Hexe zurück. *‚Ich arbeite dran!‘*

Sie war selbst schon in dieser Situation gewesen, verdammt. Sie wusste genau, was sie sagen musste. Wenn er sie nur hören könnte!

In einem verzweifelten Versuch, Evrons Aufmerksamkeit zu gewinnen, beschwor Suzy Hekates Dolch herauf und rammte ihn in die Wand zwischen ihren Geistern. Es entstand ein hübsches kleines Loch und sie lehnte sich vor, um hineinzuflüstern: „Evron, lass mich dir helfen. Du weißt vielleicht nicht, wie man mit Magie kämpft, aber ich weiß das! Ich kann dir helfen, zu überleben!“

„Was? Wer bist du?“, hallte seine Stimme zurück. „Und wo?“

„Eine Freundin.“ Suzy legte all die Geschmeidigkeit, die sie aus Ruperts Stimme kannte, in die Worte. Es war schließlich keine komplette Lüge. Dem Velorianer selbst wollte sie ja nichts Böses. Mit Freuden würde sie all seine Kumpanen und diesen verdammten Ritualkreis dem Boden gleichmachen, aber das war ein anderes Thema ... „Ich bin hier, bei dir. Ganz nah. Ich kann dir helfen.“

Einen zitternden Herzschlag lang hing fühlbare Unentschlossenheit zwischen ihnen.

„Hör mal“, setzte die Hexe nach, „er ist dabei, deine Seele zu verschlingen. Welche Wahl hast du denn, bitte?“

Ein weiterer zögernder Herzschlag. Dieser fühlte sich schneller an und gleichzeitig wie eine halbe Ewigkeit.

„Nein“, murmelte Evron. „Ich werde nicht als Fußabtreter sterben! Das war ich mein ganzes Leben lang!“

„Wenn du nichts tust, *wirst* du als Fußabtreter sterben“, konterte sie.

Wie hohl war dieser Typ?

„Wenigstens werde ich mein Volk nicht verraten haben.“

„Nein, dein Volk wird dich verraten haben!“

Er zuckte innerlich zusammen, als hätte sie ihm tatsächlich eine gelangt.

Etwas, das Morgan gesagt hatte, kehrte in Suzys Erinnerung zurück, und sie flüsterte: „Wenn er deine Seele frisst, kannst du nicht wiedergeboren werden. Du hast keine Chance, es beim nächsten Mal besser zu machen. Das weißt du, oder? Und du weißt auch, dass es falsch ist, sich gegen eine Wächterin zu stellen, nicht wahr? Ich spüre dein Zögern! Ich spüre deinen Schmerz! Du hast schlimme Dinge getan. Deshalb glaubst du, es sei in Ordnung zu sterben. Du glaubst, du verdienst es. Ich urteile nicht. Das ist mir egal. Was mir wichtig ist, sind meine Freunde und meine Crew. Hilf mir, die Wächterin auf ihren Weg zu schicken! Hilf mir, das Tor zu öffnen!"

„Du bist das", begriff der Velorianer. „Du bist die menschliche Magierin."

„Ja, das bin ich. Und ich habe bereits einen verdammt mächtigen Haslarmagier besiegt. Er konnte mich nicht zu Fall bringen, also wird es dein kleiner Dilettantenzirkel auch nicht schaffen." Suzy legte ihre beste Pokerstimme auf, um die Notlüge zu kaschieren. „Die einzige Frage ist: Wirst du noch da sein, um es mitzuerleben?"

„Scheiße." Eine einzelne Träne lief Evron über die Wange und seine Ohren pressten sich flach an seinen Schädel. „Na gut. Was soll ich tun?"

Suzy lächelte. „Tritt beiseite und lass mich mal kurz deinen Körper ausleihen."

Und als sich sein Geist tief in sich selbst zurückzog, schob sie Hekates Schlüssel in das Loch und drehte ihn. Die Hexe schloss die Augen. Als sie sie erneut öffnete, war sie ein auf dem Boden kauernder Alien.

„Nicht so schnell!" Sie packte die Energie, die Evrons Körper verließ – *ihren* Körper verließ – und zog daran, als wäre sie eine Kette.

Berestul stotterte einige verwirrte Silben. Seine Augen weiteten sich und er taumelte einen Schritt zurück. Leider nicht genug, um seinen Kreis zu brechen. *Egal* …

Schweiß bedeckte ihre Stirn, als Suzy die Hand ausstreckte. Sie musste sich stark anstrengen, als würden ein Dutzend Gravitationen gegen sie arbeiten. Dann plötzlich pulsierte ihre Magie durch den Arm ihres geliehenen Körpers und hüllte ihn in violette Blitze. Diese ließ sie auf den Kerl los, der Evron festhielt. Wie die kleine Bestie

Ziffin zuvor wurde Erestral zurückgeschleudert und prallte mit einem knochenbrechenden *Wumms* gegen die kalte Metallwand.

Das zeigte Wirkung.

„Du ... du respektloser Schwachkopf!", tobte Berestul.

Sein Halt am Ritual schwankte. Er konnte nicht gleichzeitig Evron fesseln und das Tor geschlossen halten. Seine Schergen begannen nervöse Blicke auszutauschen. Angst machte sich breit.

„Ich glaube, Sie verwechseln mich mit jemand anderem." Frei von ihren Fesseln erhob sich Suzy und breitete ihre Ohren vollständig aus. „Mein Name ist Suzy Magecraft und ich bin hier, um Ihren widerlichen, leerenverlassenen Hintern bis zurück auf Ihren Heimatplaneten zu treten. Arschloch."

KAPITEL ZWEIUNDSECHZIG

JATHEKI\GLEN\\ EIN KLEINES BISSCHEN HILFE

„Ich kann sie kaum noch spüren“, murmelte Klein-Kassandra. „Es ist, als hätte sie sich … von mir entfernt.“

Jatheki klopfte ihr beruhigend auf die Schulter. „Sie hat sicher nur jemanden gefunden, mit dem sie sich prügeln kann. Lass ihr etwas Zeit dafür.“

Der Seher konnte noch immer die schwache Verbindung erkennen, welche wie eine Rettungsleine um die Seele seiner Gegenüber gewickelt war und sich bis zur velorianischen Station erstreckte. Kein Grund zur Sorge. Noch nicht.

Hinter ihnen tobte weiterhin lautlos die Schlacht. Die Strategin beobachtete, wie sich das Kräfteverhältnis mehrfach verschob, bis es sich schließlich abrupt gegen sie kehrte.

„Sie sind so wütend.“ Das Mädchen folgte seinem Blick. „Die Dunkelheit, das Unrecht … Sie haben mir nie gesagt, was es ist.“

Ablenkung. Sie wollte abgelenkt werden. Oder vielleicht interessierte es sie tatsächlich.

„Klone." Jatheki spie das Wort geradezu aus. „Eine große Menge menschlicher Klone. Gequälte Seelen, die dringend Erlösung brauchen."

„Erlösung?" Xinyi schluckte. „Sie meinen … den Tod?"

„Der Tod ist nicht das Ende. Er ist nur eine Wegstation zum Ausruhen und Heilen." Jatheki lockerte seine Schultern. „Dorthin müssen sie, um wieder ganz zu werden."

„Kann so etwas Schreckliches überhaupt verheilen?", fragte Xinyi skeptisch.

„Bei den meisten schon … mit genug Zeit."

Der Trimorph seufzte.

„Maverick: MacAllister hier", hallte die Stimme des Kapitäns in der aufziehenden Stille wider. „Die Entertrupps sind drauf und dran, uns zu überrennen. Die *Lightbearer* beschießt uns ohne Unterlass. Es ist Zeit, für Ihre Überfahrt zu bezahlen. Tun Sie etwas!"

Xinyi sah sich um, als versuche sie die Quelle der Stimme ausfindig machen. Der Strategin verlangte es danach, ihre Waffen zu ergreifen und Feuer auf die sie verfolgenden Abscheulichkeiten regnen zu lassen. Dem Trickser ebenso. Bevor der Seher eingreifen konnte, hoben sie ihren Stab. Und stoppten.

„Sie wollen es tun." Klein-Kassandra richtete ihren goldenen Blick auf ihn. „Es ist überall auf Ihnen. Rache. Verzweiflung. Rot lodernde Flammen und kalter blauer Stahl."

Natürlich. In seiner unmittelbaren Nähe waren ihre Fähigkeiten sicherlich geschärft. Sie konnte besser interpretieren, was auch immer sie sah.

Er holte aus. Als seine Macht durch den Stab floss, entsprang diesem ein goldener Schild und schwappte wie eine durchscheinende Welle zum Heck des Schiffs. Er dehnte sich in alle Richtungen und raumwärts aus, raste den anfliegenden Geschossen entgegen, welche die Gegenmaßnahmen der Gateshot nicht hatten stoppen können. Beim Aufprall lösten sich diese in Nichts auf. Staub in jenem wirklichen Wind, welcher den Mantel und das Haar des Trimorphs dramatisch um seinen schmalen Körper flattern ließ.

Schmerz flammte in Jatheki auf und sein Griff verkrampfte sich um den hölzernen Stab. Für einen Herzschlag färbte sich das Fleisch seiner Finger tintenschwarz und die Übelkeit von Überanstrengung vermischte sich mit dem ständigen Unwohlsein. Dem Unwohlsein, dauerhaft von halbverrückten Seelen auf ihrem Weg ins Jenseits durchdrungen zu werden und den miserablen Qualen derjenigen, welche noch an ihre jämmerlichen, unnatürlichen Existenzen gekettet waren. Er zwang es nieder. Er war schließlich drei Aspekte in einem! Ein bisschen epische Magie sollte ihm nicht einmal die Frisur ruinieren.

Dite miaute in gedämpfter Besorgnis und Warnung.

Xinyi starrte ihn mit großen Augen an.

„Was?" Der Trickser drehte langsam den Kopf und fragte scherzhaft, als wäre nichts geschehen: „Kannst du etwa meine Abscheu schmecken?"

Das Mädchen ignorierte sowohl die Bemerkung als auch seine Schwäche und verlangte zu wissen: „Warum tun Sie es nicht? Sie sind doch hier, um zu helfen, oder? Die Zerstörung dieses Schiffes würde nicht nur uns helfen, sondern auch denen! Warum tun Sie denn nichts?"

Da war sie. Bei all der seraphischen Hingabe, die sie in letzter Zeit gezeigt hatte, hatte er schon befürchtet, ihre jüngsten Erfahrungen hätten diese strahlende Seele in eine Art entrücktes Nirwana verschoben. Doch als das Mädchen ihre zierlichen Hände zu Fäusten ballte und ihre Augen in offener Herausforderung verengte, konnte er sie wieder sehen, klar wie eh und je. Jene Seele, über die er seit einem Dutzend Leben gewacht hatte. Ihr Kern blieb unberührt: sich für die Schwächeren einzusetzen, selbst wenn es ihr selbst zum größten Nachteil gereichte.

Eine entzückende Ansammlung einiger der edelsten menschlichen Eigenschaften.

„Töten ist das Vorrecht eines freien Willens“, erklärte er mit gequälter Resignation und verschob den Schild, um eine weitere Handvoll Metallbrocken abzuwehren, welche nur darauf aus waren, die Hülle ihres Gefährts zu durchschlagen. Seine Knie wurden einen Augenblick lang schwach.

Sie musterte ihn weiter, wahrscheinlich in der Hoffnung, er würde ihr eine präzisere Antwort ohne all die existenzielle Theatralik liefern.

„Nein“, erklärte sie schließlich. „Unveränderlich sind Sie nicht. Auch nicht machtlos. Ihr ganzer Zweck besteht darin, einzugreifen. Sie sind hier, um unseren Weg zu ebnen. Diese blaue Farbe, die dort drin gefangen ist.“ Klein-Kassandra zeigte mit dem Zeigefinger auf sein Herz, war nur einen Zentimeter davon entfernt, seine Brust tatsächlich zu berühren. „Sie setzt die Veränderung in Gang, nicht wahr? Der wahre Sinn von ... Ihnen.“

Das Mädchen gestikulierte auf den Rest seiner Gestalt.

Er schüttelte den Kopf. In Reaktion zogen sich die feinen Linien um ihre Augen noch weiter zusammen. Gerade so, als würde sie ihn neu bewerten.

„Sie wurden vom Tod berührt“, verkündete sie nach einer weiteren kurzen Pause. „Wann können Sie es sonst tun, wenn nicht jetzt?“

Wie? Was?

Jatheki hob die Hände seines Gefängnisses, um sie zu betrachten, und sein Spiegelbild starrte ihm aus dem

Knaufs seines Stocks entgegen. In den zahlreichen Facetten des Edelsteins lösten sich seine Einzelteile voneinander und blickten ihm in Fragmenten entgegen. Wie ein kubistisches Meisterwerk. Auf einer der Facetten schimmerte Hades' sternenerfüllter, dunkler Fingerabdruck über seinem Brustbein.

Was für ein Gedanke … Was für ein wundervoller Gedanke!

‚*Was für ein dummer Gedanke*', kommentierte Dite in seinem Kopf. ‚*Ich stimme ihr darin zu, dass wir etwas tun sollten, aber wir sind aus gutem Grund an bestimmte Regeln gebunden.*'

‚*In der Tat*', stimmten alle seine Teile überein, und Macht sammelte sich in seinen Händen – die Macht der Menschheit. ‚*Doch was, wenn jemand anderes bereits die Entscheidung zum Töten getroffen hat? Was, wenn wir einfach nur … das Ziel ändern?*'

Der Seher nutzte seine Kraft, um zu sehen, was in der Gegenwart verborgen lag. Sein Blick reichte nicht über das hinaus, was er im Moment wissen musste. Er beleuchtete kaum mehr als den Weg, der direkt vor ihnen lag.

„Dite, mein stets hilfreiches Leuchtfeuer des Chaos", er streckte die linke Hand aus, „ich würde mich sehr freuen, deine Hilfe in Anspruch zu nehmen."

„Dafür bin ich hier", antwortete ihre melodische Stimme laut.

Als sich eine weiche Frauenhand in die seine legte und eine weitere auf seine Schulter, füllte der berauschende Duft frisch geschnittener Rosen und salziger Luft seine Nase. Macht strömte in ihn und verstärkte seine kümmerlichen Reserven mit entschlossenem Feuer und verbissener Schutzbereitschaft.

„Vielen Dank", sagte Jatheki – sowohl zu ihr als auch zu

der Crew, die ihm genau das gegeben hatte, was er brauchte, und zwar im exakt richtigen Moment.

Mit einem Aufruhr kinetischer Kraft packte der Magier den Torpedo, welchen die *Loooony Can* abgefeuert hatte, und riss ihn durch das Loch in der *Lightbearer*. Als er aus der anderen Seite des Schiffes austrat, änderte Jatheki seine Flugbahn. Im Wettlauf gegen die Programmierung des Geschosses beeilte er sich, es heranzuziehen. Mit einer letzten, dramatischen Handbewegung schob er ihn tief in eines der Löcher im Enterträger, welche die Crew der *Gateshot* während der Überlastung von dessen Schild geschaffen hatte.

Es war eine Punktlandung.

„Maverick: MacAllister hier." Der Kapitän ließ seine Stimme mit unnachgiebiger Autorität vibrieren. „Die Entertrupps sind drauf und dran, uns zu überrennen. Die *Lightbearer* beschießt uns ohne Unterlass. Es ist Zeit für Ihre Überfahrt zu bezahlen. Tun Sie etwas!"

Einen langen Moment geschah nichts. Dann erklang Mavericks ruhige Stimme: „Aye, aye, Kapitän."

Ein paar Sekunden später flackerte die taktische Anzeige über Glens Konsole. Sie stellte sich neu her, und ein großer Teil der kleinsten Punkte, die im Begriff gewesen waren, ihr Heck zu treffen, fehlte. Nick blinzelte verwirrt und schlug gegen die Konsole.

Montoyas Augen weiteten sich. „Kapitän: Mehrere Salven gerade einfach ... verschwunden! Alles zwischen der *Gateshot* und etwa 14 Kilometer in jede Richtung!"

„Er ist also doch zu was gut." Glen gestattete sich ein kleines Lächeln, als er zu Eve hinüberblickte.

Sie nickte und ein kurzes Echo seiner Erleichterung spielte um ihre Lippen.

Auf seiner Konsole konnte er sehen, wie Lt. Jiǎngs Team die Gelegenheit nutzte. Zumindest vorübergehend hatte Mavericks Eingreifen eine Menge Ressourcen freigesetzt. Das Taktikteam richtete alle Strahlen- und Gaussgeschütze, welche plötzlich kein Ziel mehr hatten, auf die herannahenden Entershuttles. Es machte einen sichtbaren Unterschied.

„Wir haben die nächste Angriffswelle geradezu zerschlagen", berichtete Montoya einen Moment später. „Etwa 72 % ihrer Transporter wurden zerstört."

Dann war die Gelegenheit auch schon wieder vorbei und ihre Verteidigung wurde durch die nächste Salve gebunden. Doch so war die Angriffswelle zu bewältigen.

„Hilft das?", fragte Glen Federov.

„*Da*." Stimme und Haltung des Colonels verrieten deutlich seine Erleichterung. „Bis die zweite Welle die automatischen Verteidigungsanlagen durchbrochen hat, sollten wir den Rest der ersten erledigt haben und bereit stehen."

Die taktische Anzeige des Admirals zeigte, dass die verbleibenden Entermannschaften langsam aber sicher vernichtet wurden.

„Sehr gut." Er nickte.

„Sollten wir Maverick bitten, das ... noch mal zu machen?", wagte Nick zu fragen.

In diesem Moment detonierte das Zentrum des Enterträgers in einer aufsehenerregenden Flammenfontäne. Die gewaltige Energie eines winzigen Sterns entfesselte eine immense Druckwelle, welche sich durch die Atmosphäre des Schiffes fortsetzte, in jede letzte Ecke und jeden Winkel drang und es komplett auseinanderriss. Der

Hauptschirm dimmte die Helligkeit des gleißenden Blitzes künstlichen Sonnenlichts kaum.

„AUSWEICHEN!", riefen beide KOs, als sie mehrere große Trümmerteile auf ihr Schiff zurasen sahen.

Glen wusste, dass sie unmöglich ausweichen konnten. Alle Antriebe waren bereits voll ausgereizt. Diese Schiffsteile würden dem bereits beschädigten Heck ihrer hübschen Dame den Rest geben.

„EVE!", brüllte er.

Er war sich nicht einmal sicher, was er hoffte, dass sie tun könnte ...

KAPITEL DREIUNDSECHZIG

JATHEKI\\ ZERSTÖRERISCHE ERLÖSUNG

Jatheki schwelgte in der Zerstörung.

In einem Moment war da noch ein Schiff voller leidender Seelen. Im nächsten Moment entließ eine Trümmerwolke selbige in die Erlösung des Todes. Als die gerade Befreiten auf sie zurasten, schrie Xinyi vor Schreck auf und duckte sich hinter den Trimorph, welcher die Arme weit ausbreitete, um sie willkommen zu heißen. Tausende stürzten sich auf Dite und ihn, die nächsten Tore zur Quelle der Menschheit.

Es war zu viel für seine Gestalt. Es riss ihn auseinander wie ein Wüstensturm einen Schneemann.

Doch Hekates tätowierte Bindungen gaben Jatheki nicht frei. Seine Haut brannte, als wäre sie in ätzende Flammen gehüllt und die auflodernden Linien und Zeichen zwangen seine Bestandteile erneut zusammen. Zurück in ihre Form. Qualvoller Schmerz erfüllte seine komplette Existenz. Die Zeit selbst schien aus dem Takt zu geraten. Mit einem Schrei taumelte Jatheki auf die Knie und brach zusammen. Dite fing ihn auf, eine leuchtende Gestalt aus reiner, herzerwärmender Helligkeit. Für die wenigen Sekunden, die es dauerte, bis der

Großteil der Seelen die Ebene gewechselt hatte, zitterte auch sie und ein leises Stöhnen entfloh ihre vollen Lippen.

Als Jatheki wieder zu sich kam, fand er sich auf exquisiten, starken Beinen ausgestreckt, tröstende Arme um ihn geschlungen. Und ihr Gesicht ... dem Trickser stockte der Atem, als er das Antlitz erblickte, welches ihn vor so langer Zeit eingefangen hatte.

„Oh nein!", keuchte Klein-Kassandra.

Am Heckbereich der *Gateshot* flammte der Trümmerschild auf, als ein Hagel winziger, hochbeschleunigter Partikel vom schwächelnden Kraftfeld desintegriert oder abgestoßen wurde.

Der Schild würde nicht reichen.

Jatheki griff nach seinem Stab. Er flog auf seine Hand zu ... und prallte gegen reaktionsloses Fleisch. Als sich seine Finger schlossen, war der Stab bereits zu Boden gefallen. Der Trimorph fühlte sich ausgedörrt, arthritisch, zu Hackfleisch zerprügelt.

Wie jämmerlich ...

Ein rot-goldener Schild leuchtete auf, kurz bevor die ersten größeren Brocken die schimmernde schwarze Oberfläche der *Gateshot* treffen konnten. Für die schmerzhafte Ewigkeit, die es brauchte, um das Schlimmste zu überstehen, glitzerten hübsche kleine Runen darauf auf wie Sterne in der Leere.

Dann brach der Schild zusammen.

Und mit ihm das Mädchen, das den Stab ergriffen hatte und gleichzeitig Dites Hand hielt wie ein ertrinkendes Kätzchen. Xinyis goldene Augen rollten in ihren Kopf zurück.

„Oh nein, nix da!" Der Trimorph sammelte, was er noch aufbringen konnte, und schickte ihr einen kleinen

Stromschlag. „Wage es ja nicht, ohnmächtig zu werden und Suzy ihren Weg nach Hause zu versperren!"

Klein-Kassandra hustete krampfhaft und ihre Augen flogen auf.

Der Trickser sank mit einem Seufzer zurück. Seine Wange berührte die geschmeidige, anmutige Schulter seiner Gefährtin. Ein verräterischer Teil von ihm atmete tief ein, um seine verblassende Erinnerung zu nähren. Doch diese Schwäche war die leichteste zu überwinden.

„Lass das Gesicht fallen, Dite", knurrte er. „Es gehört dir nicht!"

Die atemberaubend schöne Frau verwandelte sich zurück in eine Katze. Sie hüpfte mit einem Kichern davon und ließ ihn unzeremoniell zu Boden fallen.

„Hat sie gerade ...?" Xinyis Augen weiteten sich, als sie das violette Tier betrachtete. Ihre Stimme klang so undeutlich und erschöpft, wie der Trimorph sich fühlte.

„Nein, hat sie nicht." Er konnte nicht einmal einen Hauch von Schärfe in seine Stimme legen. „Du solltest es mit der Magie nicht übertreiben, Liebes. Das zehrt an den Kräften und verwirrt den Verstand."

„Heh." Das Mädchen schüttelte langsam den Kopf, als versuche sie, einen Traum abzuschütteln. „Weil ... also, ich hätte schwören können, dass sie vor Magie nur so gestrahlt hat. Da sind immer noch überall weiße Flecken in meiner Sicht. ... Und ich habe es auch gespürt!"

„Vorsicht, kleine Kassandra." Jatheki kämpfte sich erneut auf die Füße. „Wenn du es ihr abkaufst, wird dir die liebe Dite hier weismachen, sie sei die mächtigste Kraft im Universum. Die Gute übertreibt zu gerne."

Dite schnurrte selbstgefällig.

„Irgendwelche Neuigkeiten von Suzy?", fragte er.

Xinyi runzelte die Stirn und schien aufmerksam in die Ferne zu lauschen. Schließlich verneinte sie.

„Ich bin sicher, sie schafft es.“ Der Trimorph nickte zur Bekräftigung. Oder vielleicht, um das erhabene Gefühl zu verstärken, das Universum drehe sich nur um ihn. Was für ein faszinierend menschliches Gefühl!

Er streckte die Hand aus und half dem Mädchen ebenfalls auf. Alles tat weh. Glücklicherweise gab nichts nach. Es war ausgesprochen unerquicklich, sich so ... verletzlich und abgeschlagen zu fühlen. Aber auch sehr belebend.

Insgesamt war die ganze Angelegenheit das Beste, was ihm in diesem Jahrtausend widerfahren war. Nachdem die Falschheit behoben war, ließ der Druck auf seine Sinne nach und das Wissen, dass sie so viele Seelen in verzweifelter Not befreit hatten, ließ eine gewisse ... Zufriedenheit in Jathekis bleierne Gliedern einkehren.

Trotzdem hätte er jetzt nichts lieber getan, als ein oder zwei Jahrhunderte zu verschlafen.

‚*Denk nicht einmal daran*‘, schnurrte Dite nur für seine Ohren, ‚*wir müssen dieses Ende der Verbindung sichern, sonst war womöglich alles umsonst!*‘

‚*In der Tat.*‘ Er seufzte und richtete sein Erscheinungsbild, so gut er konnte.

KAPITEL VIERUNDSECHZIG

RUFFA\\ DAS PRIMÄRE ZIEL

„Was ist gerade passiert?", verlangte Ruffa zu wissen. „Hat die Wächterin unser Schiff zerstört?"

Unten auf der Brücke pressten sich Falten an Schädel, welche sich wiederum dichter vor die Kontrollschirme drängten. Hektisch tippende Finger wurden neben den ständigen Warnsignalen zum einzigen Geräusch.

„Kommandant", warnte der Kapitän der *Lightbearer* mit zunehmender Anspannung in seiner Stimme, „das Leck im Kühlsystem unseres Energiekerns hat sich durch die Belastung der Verfolgung vergrößert. Wir müssen gegensteuern und ausweichen! Wenn wir das Trümmerfeld passieren, könnte –"

„Nein." Ruffa starrte auf die taktische Anzeige. „Wir müssen das Schiff der Wächterin zerstören! Alles andere ist zweitrangig. Sie ist uns bereits zu weit voraus. Wenn wir das Trümmerfeld umfliegen, holen wir sie nie ein."

Tuvils Falten zuckten, als er sagte: „Sir, wir haben inzwischen mehr als die Hälfte unserer Flotte verloren. Die acht verbleibenden Crubas sind der einzige Grund, warum die Plutonier uns nicht einfach überrennen. Die Menschen haben mehrere unserer Schiffe gekapert und entsenden Unterstützung für die Wächterin. Wäre es nicht besser, unsere Truppen im Schutz der Stationen zu sammeln? Die Wächterin fliegt zum Tor; sie wird dorthin kommen. Müssen wir sie wirklich verfolgen? Wenn wir ihrem Schiff weiterhin Gründe für Ausweichmanöver geben, kann unsere Flotte zuerst dort sein und ihr den Weg abschneiden. Im Moment werden diese Schiffe in einer ungedeckten Halteaktion verschwendet."

„Wir haben sie fast, Tuvil." Ruffa griff nach dem winzigen Schiff auf dem Display und ballte seine Faust darum. „Unsere beste Möglichkeit, ihr Gefährt zu zerstören, ist gerade explodiert. Jetzt liegt es an uns, Veloria zu schützen. Selbst wenn die Plutonier das Tor gewinnen, werden sie kein Interesse daran haben, es zu passieren. Sie wissen nicht einmal, wie. Wir müssen davon ausgehen, dass die Wächterin dieses Wissen besitzt. Wir müssen sie aufhalten, sonst war alles umsonst!"

Mit einem Seufzer schüttelte er seine Falten aus.

„Aber du hast recht. Befiehl unseren Streitkräften, sich zu den Stationen zurückzuziehen und diese zu schützen. Alle Schiffe, die nicht reagieren, sind als kompromittiert anzusehen und zu vernichten. Wenn die Fernzerstörungssequenzen nicht funktionieren, lass sie als feindlich markieren und aus der Ferne neutralisieren. Die schlachtfähige Station soll das Schiff der Wächterin anvisieren, aber erst schießen, wenn garantiert ist, dass sie nicht verfehlen werden! Ebenso die Schiffe. Ich will die Wächterin in einem konzentrierten Geschosshagel vergehen sehen!"

Tuvils Falten schlossen sich für einen kurzen Moment. Dann verbeugte er sich, um zu bestätigen, dass er verstanden hatte, und machte sich daran, die Befehle weiterzugeben.

„Kapitän: Weichen Sie den Trümmern aus, aber nur mit möglichst geringem Abstand“, sagte Ruffa. „Und wehe, Sie verlieren den Anschluss an unser primäres Ziel!“

KAPITEL FÜNFUNDSECHZIG

EVRON\SUZY\\ ZU NETT

ALS DIE MENSCHLICHE MAGIERIN SEINEN KÖRPER übernahm, fühlte sich Evron in den Hintergrund seiner eigenen Existenz gedrängt. Immerhin wurde ihm nicht länger das Leben ausgesaugt ... Doch allein das Gleichgewicht wusste, was dieses verrückte Weib mit ihm anstellen würde, wenn sie erst mit den anderen fertig war. Und das alles nur, weil er mal wieder ein Feigling gewesen war. Ein Schwächling.

Als Erestral gegen die Wand krachte, konnte Evron sich eines kleinlichen Aufflackerns von Genugtuung über den Anblick und das Geräusch nicht erwehren. Und er konnte es kaum erwarten, dass sie auch Berestul eine Lektion erteilte. Sie schien dazu durchaus in der Lage zu sein. Die Kraft, die plötzlich durch seinen Körper strömte, fühlte sich enorm an. Wenigstens war er nicht von einer Betrügerin verdrängt worden. Diese Magierin hatte womöglich tatsächlich einem Haslar gegenübergestanden und überlebt ...

Diese Geschichte würde er gern hören. Einer der allmächtigen Haslar, zu Fall gebracht von einem

Menschen? Das musste ein beeindruckender Kampf gewesen sein. Oder ein sehr schwacher Haslar.

Jetzt, wo sie durch seine Augen sah, konnte er die Energie des Rituals erkennen, die ihr nach den Fersen schnappte und versuchte, sie ins Stolpern zu bringen. Die fahrlässige Leichtigkeit, mit welcher sie sich hinunterbeugte und eine der Runen zerschnitt, entfachte Neid in seinem Herzen. Magie war ihm nie wie ein Geschenk vorgekommen. ... Bis er sie gebraucht hatte. Jetzt, da diese Kraft ihn band, jetzt, wo sie ihn überhaupt erst in diese stinkende Lage gebracht hatte, wünschte er sich das Wissen und die Sicht dieser menschlichen Magierin.

Selbst mit all seiner Autorität hatte Thallamon es nie vermocht, Evrons Geist zu fesseln oder seinen Körper zu übernehmen. Dieser letzte Zufluchtsort war ihm immer geblieben. Bis heute.

Vielleicht wäre der Tod – selbst ein ewiger – doch keine so schlechte Alternative.

... Freggog, das hier war Verrat.

Jeder Schlag, den er sie mit dem primären Magier austauschen ließ, war ein Schlag gegen Veloria. Ohne Berestuls Griff am Tor würde es sich öffnen. Die Wächterin würde hindurchfliegen. Die Große Neutralität würde über die Velorianer herfallen. Wofür genau, wusste Evron nicht. Er wusste nicht einmal, was mit den Frauen geschah – schwanger oder nicht – die wegen ihrer menschlichen Gene nach Evrolith verschifft wurden.

Was auch immer die Wissenschaftler dort mit ihnen anstellten, es war vermutlich ähnlich angenehm wie die vergewaltigende Entnahme seiner eigenen Kerngene. Doch angeblich würde es seine Spezies am Leben halten. Angeblich war es die einzige Chance auf eine Zukunft, die Veloria noch blieb.

Und was machte Evron? Wie konnte er sich an der Bezwingung der Magier ergötzen, wo sie doch gerade alles waren, was zwischen seiner gesamten Rasse und dem sicheren Untergang stand?

Er musste handeln! Er musste etwas tun, um die Menschen aufzuhalten!

Irgendetwas.

An der Wand bewegte sich Erestral schwach. Das Mädchen schien es noch nicht zu bemerken. Eine schwache Hoffnung keimte in Evron auf. Vielleicht hatte der Mensch mit seinem Körper auch seine Schwäche übernommen. Ganz auf Berestul fokussiert, schenkte sie den anderen Magiern, die ihr Bestes gaben, das Tor auch ohne ihn geschlossen zu halten, kaum Beachtung.

Es könnte funktionieren! Er musste nur die Kontrolle zurückerlangen. Nur ein wenig. Nur für einen kurzen Moment.

Schweißperlen bedeckten Evrons Stirn, als Suzy ihre Magie sammelte, um diesen Berestul endgültig aus seinem persönlichen Kreis zu stoßen. Seine Gegenangriffe mit ihrem Schild abzuwehren und gleichzeitig den außerweltlichen Körper und die Verbindung zu Xin intakt zu halten, war anstrengender, als sie erwartet hatte. Trotz all seines albernen Gehabes war dieser Mistkerl ein verdammt starker Magier. Sie war nur froh, dass die anderen Magier sich größtenteils raushielten. Soweit sie es erkennen konnte, pumpte ihr Anführer ihnen jedoch immer noch Energie ab. Das Ritual wurde allerdings zunehmend chaotisch; die von Xins Sicht schwach angezeigten Energielinien brachen an vielen Stellen auseinander und zerstreuten sich.

‚Dir ist schon klar, dass selbst, wenn ihr durchs Tor kommt, da nur mehr von uns auf euch warten, oder?‘, fragte Evrons Stimme in ihrem Kopf. *‚Mehr Schiffe mit viel mehr Magiern?! Mein Vater hielt es aus politischen Gründen nicht für klug, zu viele auf diese Seite zu beordern, aber …*‘

Er ließ den Satz unvollendet.

‚Dein Vater?‘, dachte Suzy zurück, obwohl es ihr im Nacken kribbelte wie bei einer von Glens Vorahnungen. Sie sollte dieses Gespräch jetzt nicht führen.

‚Ja. Ich bin der Sohn von Thallamon, dem primären velorianischen Botschafter. Du hast vielleicht von ihm gehört?‘ Evron schien überlegene Nonchalance projizieren zu wollen, aber es klappte nicht ganz.

Suzy wich einem dunkelblauen Energiestoß aus. Ihre Zähne wollten auf ihre Piercings beißen, doch natürlich waren die nicht da.

Und Evrons Zähne fühlten sich merkwürdig an.

Für eine Sekunde schien er protestieren zu wollen. Dann schwenkte er stattdessen auf Schmeicheleien um – was eindeutig ebenfalls nicht zu seinen Stärken gehörte.

‚Hör mal, wenn du einfach kurz aufhörst, können wir sicher darüber reden‘, sagte Evron. *‚Immerhin hast du in mir immer noch eine wertvolle Geisel, oder?*‘

Eine Geisel?

So hatte Suzy das bisher noch gar nicht gesehen. Sie schleuderte einen kinetischen Stoß auf Berestul und erhaschte, während ihr Gegner sich hinter einen Schild duckte, in einer kleinen reflektierenden Scheibe an der Wand einen Blick auf ihren geliehenen Körper. Zwar sah sie nur einen Teil seines Gesichts, doch jetzt, wo sie wusste, wo es einzuordnen war, erkannte sie ihn trotzdem.

Marsstaub …

Sie hatte ihn bisher nur ein einziges Mal aus der Ferne

gesehen, auf der anderen Seite eines überfüllten Ballsaals … sicher auf einem dieser großen Empfänge, die Gouverneur Marshall regelmäßig gab. Doch das plötzliche Wissen, wer er war – und dass sich ihre Wege mindestens einmal zuvor gekreuzt hatten – verlieh der gegenwärtigen Situation einen seltsamen Beigeschmack.

Er schien ihren Moment der Unsicherheit zu spüren. Mit einem Gefühl, als würde er schlucken, murmelte er, *‚Du erkennst mich.‘*

Es war keine Frage. Auch nicht wirklich eine Feststellung. Es war eher ein Schwanken zwischen …

‚Du sagtest Magecraft‘, überspielte er sein Zögern. *‚Du bist die andere Tochter. … Eine von den Zwillingen.‘*

Etwas durchfuhr sie, von seiner Seite aus. Etwas wie die Bemühung, alles in die richtige Perspektive zu rücken.

‚Scheiße‘, dachten sie beide.

Berestul sammelte Energie für seinen nächsten Angriff. Suzy machte sich bereit zum Konter. Plötzlich verschwamm ihr Blick. Ihre Hände fühlten sich taub an. Ihr Kopf begann sich zu drehen.

Was zum –, dachte sie.

‚Es tut mir so leid, Suzy‘, Evrons Gedankenstimme klang ehrlich betroffen. *‚Aber ich kann dich nicht gewinnen lassen. Ich darf es nicht.‘*

Schmerz blühte in ihrem Rücken auf, direkt gefolgt von einem reißenden Gefühl an ihrer Vorderseite. Eine blutige Klinge trat aus Evrons` Brustkorb aus. In einer anderen reflektierenden Oberfläche erschien Erestrals fies-manisch grinsendes Gesicht über ihrer Schulter.

Evron griff nach ihr. Nicht im physischen Sinn, sondern nach ihrem Geist. Er klammerte sich daran wie ein Ertrinkender an eine Rettungsweste. Nicht, um sich selbst zu retten, sondern um sie mit sich hinabzuziehen. Um ihren

Geist in seinem sterbenden Körper festzuhalten. Berestul lachte und schleuderte seine Magie.

Sergeys Worte hallten in ihrem Kopf wider. „Sie sind zu nett. Zu naiv. Wenn Sie das nächste Mal von irgendeinem Vergewaltigerarschloch aufgefordert werden, sich selbst Handschellen anzulegen oder sowas in der Art ..., dann schalten Sie Ihre Waffe auf vollautomatisch oder Ihre Magie auf was auch immer dort das Limit ist, und machen den Typen platt."

‚*Tut mir auch leid*', flüsterte sie.

Sie setzte die Erinnerung daran, wie es sich angefühlt hatte, Magie aus der Leere zu ziehen, ganz in den Mittelpunkt ihres Geistes.

Dann stellte sie sich als schwarzes Loch vor, als leere Batterie, und riss ihre Seele weit auf. Als Berestuls Magie Evrons sterbenden Körper berührte, griff sie zu, nahm sie an, sog sie ihm direkt aus den Händen.

Und sie hörte nicht auf.

Berestuls Augen weiteten sich, als er auf seine Hände starrte. Er taumelte vorwärts. Die fünf mit ihm verbundenen Magier fielen zuerst. Die Lichter, welche ihre Existenz markierten, flossen durch ihn hindurch in sie hinein. Dann verließ die in ihrem Anführer brennende Flamme seinen Körper und zerstreute sich in Suzy. Mit leeren Augen sackte Berestul zu Boden.

„Vater!"

Erestral versuchte, die Klinge aus ihrem Körper zu reißen, doch sie machte eine schnelle Handbewegung, um ihn erneut fortzuschleudern. Durchflutet von der fremden Energie, stanzte sie stattdessen ein Stück Fleisch und Knochen von der Größe ihres Kopfes aus Erestrals Brust heraus. Es flog bis zur Wand und schlug mit einem widerwärtig klatschenden Geräusch dagegen.

Die Hexe schluckte hart, als der Rest ihres Gegners zu Boden ging.

Jupp, der würde nicht wieder aufstehen ...

SCHEIßE!

Evron war noch da, voller Reue, Verwirrung und Panik. Als die Erkenntnis seines unmittelbar bevorstehenden Todes einsickerte, verblasste all das und ein einziges Bild erfüllte seinen Geist und seine Seele.

Ein Mann. Ein Mensch. Die sanfte Berührung seiner Lippen. Das kostbare Klingen seines Lachens. Sein himmlischer Duft.

Jake.

Marsstaub, sie konnte doch nicht ...

Sie sind zu nett, flüsterte Sergeys Stimme erneut.

Nein, bin ich nicht, dachte Suzy, während sie auf das Massaker starrte, das sie gerade angerichtet hatte.

Jakes Gesicht flackerte in ihrem Blickfeld auf und verschwand wieder.

Es tut mir so leid.

War das Evrons Gedanke oder ihrer?

Sie sind zu nett, flüsterte Sergey.

Na und?, antwortete die Hexe.

Als Evrons Körper versagte und auf die Knie fiel, zwang Suzy ihn zu einem letzten, zittrigen Atemzug.

Dann schleuderte sie den an ihrer Seele klammernden Velorianer von sich und hämmerte ihn hart in die Verbindung, welche er noch immer mit seinem Schoßtier teilte.

Ihre Wange schlug auf dem Boden auf. Ihr Ohr schmerzte auf seltsame Weise und an merkwürdigen Stellen.

‚Suzy!‘, kreischte Xins Stimme. *‚KOMM ZURÜCK, VERDAMMT NOCH MAL!‘*

Suzy sah zu, wie der kleine Fellball sich erhob und

benommen umherblickte. Eine deplatzierte Intelligenz starrte sie in verwirrtem Entsetzen an.

Mit einem Lächeln schloss die Hexe Evrons Augen.

Als der letzte Tropfen Leben aus dem Velorianer rann, ergriff sie Xins ausgestreckte Hand und glitt durch ihre Freundin zurück in ihren eigenen Körper.

KAPITEL SECHSUNDSECHZIG

GLEN\\ RETTUNG IN LETZTER SEKUNDE

Glen war sich sicher gewesen, dass seinem Schiff gleich gründlich die Schwanzfedern gestutzt würden.

Doch das geschah nicht. Rote Lichter blinkten auf seiner taktischen Anzeige. Auf dem Vidfeed raste das Trümmerfeld auf sie zu. Dann störte eine Welle aus statischem Rauschen beides, und kaum hatte sich das Bild wieder geklärt, verblieb darauf nur ... eine sanft schwebende Wolke aus glitzerndem metallischem Staub.

„Verdammte Axt“, murmelte er. „Ich schätze, ich muss Maverick dafür danken, dass er uns den Rücken freihält.“

Sein XO nickte lediglich.

„Taktik:“, die Verwirrung stand Nick ins jugendliche Gesicht geschrieben, als er zu Jiăng rübersah, „Haben *wir* den Enterträger zerstört?“

„Nein. Keine unserer Salven kam auch nur in die Nähe des Detonationspunktes oder hätte ein solches Zerstörungsmuster verursachen können“, antwortete der Offizier in dem knappen Tonfall von jemandem, der selbst noch nach Antworten sucht, und blickte weiter. „Sensoren?!“

„Das … ähm …" Montoya wirkte von ihren Anzeigen überfordert. „Bei all den Störungen …"

„Darf ich?", bot Rivers an. „Ich glaube, ich kann die Daten etwas aufklären."

Die Lieutenant nickte.

„Nicht nötig", warf Glen mit düsterem Ton ein. „Ich habe diese Art von Zerstörung schon gesehen. Das war eindeutig eine thermonukleare Explosion."

Die Augen des XO verengten sich. „Wer hätte eine Fusionsbombe so präzise platzieren können? Außer uns und der *Lightbearer* ist niemand in der Nähe. Haben die vielleicht versehentlich einen Reaktor gesprengt? Das würde –"

„Kapitän: Das sollten Sie hören", unterbrach Singh die Spekulationen seines Vorgesetzten.

Auf das zustimmende Nicken des Admirals hin ertönte eine etwas panische Stimme aus den Lautsprechern: „Yun an Brücke, eine plutonische Schattensphäre entfernt sich mit hoher Geschwindigkeit vom Bugbereich der *Lightbearer*. Mit ihr stimmt etwas nicht! Sie braucht dringend Hilfe."

„Sensoren: Bestätigen?!" Glen zoomte auf den genannten Bereich.

Scheiße, die *Gateshot* näherte sich rasend schnell dem Tor. Es war an der Zeit, entweder vorzusprinten und zu hoffen, dass die Stationen nicht feuerten, oder abzudrehen, um von der plutonischen Hauptstreitmacht Unterstützung zu erhalten. So oder so: Auf das velorianische Flaggschiff zuzuschwenken und eine Rettungsaktion zu starten, stand definitiv nicht zur Debatte!

Montoya fuhr mit den Fingern über den Bildschirm, während sie ein paar Sekunden lang ihre Konsole studierte. Schließlich nickte sie, rief einen überraschend scharfen

Vidfeed auf und sagte: „Ich habe sie gefunden! Direkt hinter uns, 4 k entfernt. Sie verlieren Wärme. Angesichts ihres hochgradig irregulären Flugverhaltens würde ich vermuten, dass sie von etwas getroffen wurden."

„Wir könnten sie einsammeln", meinte Rivers vorsichtig. „Sie mit unseren Antigravs ranziehen? Entgegengesetzt zu dem, wie wir den neptunischen Frachter weggeschubst haben?"

Nick beugte sich zu seinem Vorgesetzten rüber und flüsterte: „Die haben uns wahrscheinlich gerade den Arsch gerettet."

Ach, verdammt …

„Technik: Angeln Sie uns die Schattensphäre", befahl Glen. „Aber hängen Sie uns dabei nicht gleichzeitig die *Lightbearer* ans Heck!"

Nachdem er einen Blick auf das vorgeschlagene Manöver geworfen hatte, befahl er weiter: „Comms: Rufen Sie die Schattensphäre und sagen Sie denen, sie sollen Hangar 5 ansteuern, sobald wir sie rangezogen haben. Waffen: Geben Sie ihnen so viel Deckungsfeuer, wie Sie entbehren können. Oh, und Colonel Federov: Ihre nächsten Termine wurden abgesagt. Die verbliebenen Shuttles sind aufgrund von Hochgeschwindigkeits-Trümmerregen ausgefallen."

Lustig, Singh und Jiǎng machten sich an ihre Aufgaben. Federov sprach sich mit jemandem ab und bestätigte dann.

„Gut. Dr. Lustig: Haben wir durch das Ganze ernsthafte Schäden erlitten?"

„Nein, Kapitän", meldete ihr Chefingenieur mit einem glücklichen Lächeln im Gesicht. „Minimale äußere Schäden an unserer hübschen Dame. Die Enterer haben mehr Schaden angerichtet als die Munition. Viele der hinteren Luftschleusen sind außer Betrieb und die rückwärtigen Schildgeneratoren stehen weiterhin unter kritischer Belastung."

„Es scheint, als hätten die Plutonier die Oberhand gewonnen." Nick deutete auf die Gesamtanzeige. „Mehrere der verbliebenen velorianischen Schiffe sind jetzt als ‚freundlich' markiert und der Rest ihrer Linie zerstreut sich."

„Sagen Sie das der *Lightbearer*." Glen runzelte die Stirn über das große Schiff, welches ihnen immer noch am sprichwörtlichen Arsch klebte.

„Ich muss Sie hier korrigieren, Commander, aber die Velorianer zerstreuen sich nicht", warnte Jiăng. „Sie ziehen sich zu ihren Stationen zurück. Wahrscheinlich, um uns den Weg abzuschneiden. Vermutlich wird ihnen das sogar gelingen. Denn obwohl die *Lightbearer* zurückfällt, zwingt uns ihr Feuer weiterhin zum Ausweichen, was unseren optimalen Anflugvektor beeinträchtigt und den anderen velorianischen Schiffen Zeit gibt, ihre Position einzunehmen."

„Aber sie haben verloren!" Nicks Stimme klang ungläubig. „Das ist taktischer Selbstmord!"

„Velorianischer Zielfokus", korrigierte Eve. „Sie wollen dieses Schiff *wirklich* zerstören."

„Kapitän:", rief Ludmilla, „Wir kommen den Stationen unangenehm nahe. Kurs halten oder abschwenken?"

Jiăngs grobe Schätzung, wie viel Feuer ihnen entgegenschlagen könnte, wenn all diese Verteidiger auf die *Gateshot* schossen, ließ den erfahrenen Admiral bis ins Mark erkalten. Das letzte Mal, als er so hoffnungslos unterlegen gewesen war, hatte sein Schiff irreparablen Schaden genommen und viele gute Menschen waren ums Leben gekommen. Nick wäre beinahe einer davon gewesen. Ein kurzer Blickkontakt verriet ihm, dass der Bursche sich ebenfalls daran erinnerte.

„Wir sollten abbrechen“, sagte Nick. „Unsere Verstärkung ist unterwegs. Wir haben gewonnen.“

Nein, hatten sie nicht ... noch nicht. Und sie hatten bereits weit mehr von den Fähigkeiten der *Gateshot* offenbart, als Eve lieb gewesen wäre. Konnten sie darauf vertrauen, dass die Plutonier die Geheimnisse der Wächterin respektieren würden?

Plötzliche Wärme lenkte Glens Blick auf seine linke Hand. Als er auf das Tattoo starrte, welches Maverick auf seine Handfläche gezaubert hatte, verlangsamte sich die Zeit. Die geschäftige Hektik auf der Brücke verebbte und Stille kehrte ein. Sein Instinkt schärfte sich mit nahezu schmerzhafter Intensität, während sich sein Geist ausdehnte. Optionen, Strategien und mögliche Ergebnisse entfalteten sich vor seinem inneren Auge. Dann wich all das einer immateriellen Erkenntnis. Seinem Instinkt. Seinem Glauben.

Entschlossen blickte der Admiral auf.

Die Zeit setzte wieder ein.

„Nein. Wir würden sämtlichen Anschwung verlieren“, entschied er. „Wenn wir jetzt abdrehen, sitzen wir fest.“

„Und was dann?“ Sein XO beugte sich näher, um leise zu widersprechen. „Gegen diese Übermacht haben wir keine Chance.“

Der alte Mann hob eine Augenbraue. „Du meinst, so wie wir vor zehn Minuten keine Chance hatten? Außerdem frage ich mich, warum diese Stationen noch keinen einzigen Schuss abgegeben haben. Du nicht auch?“

Die Augen seines jungen Freundes verengten sich. Es war die Pflicht eines XO, seinen Kapitän davon abzuhalten, die Crew zu gefährden, wenn er die Entscheidungen seines

Vorgesetzten für suizidal unklug hielt. Nick richtete sich in seinem Sitz auf und schüttelte den Kopf.

„Verdammt", murmelte er unzufrieden. „Ich hoffe echt, dass deine Vorahnungen uns da durchbringen."

Glen erlaubte sich ein kleines Lächeln.

Vertrauen war schon etwas Kostbares.

„Kurs halten, Lt. Ludmilla", befahl der Kapitän.

„Die *Loooony Can* ist gesichert", meldete Eve. „Sie schaltet soeben die Triebwerke ab. Medizinisches Personal steht bereit."

„Kapitän:", rief Jiăng, „Wir erreichen unsichere Nähe zu den Stationen. ... Jetzt."

Ein paar Herzschläge lang starrten alle auf den Hauptbildschirm. Alle hielten in ängstlicher Erwartung den Atem an.

Nichts passierte.

„Kapitän: Schauen Sie mal!" Rivers zoomte auf der taktischen Anzeige heraus.

„Erde", murmelte Nick. „Das wird wehtun. Ich wette, die Velorianer merken das erst, wenn es zu spät ist. Uns hilft es allerdings nicht ..."

„Kapitän!", rief Montoya. „Die *Lightbearer*!"

Hinter ihnen verschwand das velorianische Flaggschiff in einer riesigen Wolke aus Feuer und Gas.

KAPITEL SIEBENUNDSECHZIG

SUZY\\ ZWEI VÖGEL, EIN FLUG

SUZY RISS DIE AUGEN AUF UND RANG NACH LUFT. DER Überschuss an Energie verbrannte ihr Inneres zu Asche. Zumindest fühlte es sich so an. Gleichzeitig sickerte er aus ihr heraus und entglitt ihrem krampfhaften Griff. Langsam, aber unaufhaltsam. Sie musste ihn jetzt einsetzen, sonst wäre er verloren! Und das Tor war –

'*Sie haben es versiegelt!*', meldete Xin atemlos. Sie fühlte sich erschöpft und am Ende ihrer Kräfte, '*Sie haben den Zauber permanent gemacht. Oder semi-permanent ... Ich glaube, er verliert an den Rändern an Kraft, wird aber noch eine ganze Weile halten. Ich bin mir nicht sicher, ob wir ihn brechen können. Zumindest wüsste ich nicht, wie.*'

'*NEINNEINNEINNEINNEIN!!!*', schrie Suzy. Ihr Kopf drehte sich wie wild. Sie mussten einen Weg darum herum finden. Es musste eine andere Möglichkeit geben. Sie –

Natürlich gab es die.

Die Hexe sank auf die Knie und presste beide Handflächen auf den Boden.

„Eve, bist du das Schiff?", keuchte sie durch klappernde Zähne.

„Das bin ich", hallte die Stimme ihrer Freundin und Lehrerin aus jedem Lautsprecher in der Nähe. Graublaue Augenpaare erschienen auf allen Bildschirmen ringsum.

„Ich muss mich mit dir verbinden." Suzy schluckte, ein kurzer Anflug von Panik erfasste sie angesichts dessen, was sie gleich versuchen wollte. „Aber du musst mit dem Schiff verbunden bleiben. Du musst die *Gateshot* sein – jeder letzte Quadratzentimeter davon!"

„Okay, wie –", begann Eve, doch mit ihren überladenen Sinnen hatte Suzy die schwache Essenz, welche durch die Deckplatten unter ihr floss, bereits ausgemacht.

Als sie die Verbindung herstellte, blieb ihre menschliche Hülle zurück, nur ein fernes Fragment des gigantischen Körpers, den sie nun bewohnte. Die schwache Wand zwischen Eve und ihr, welche Suzy noch von ihrer letzten Gedankenverschmelzung kannte, zerriss wie Papier, als sie sie mit ihrer Magie berührte.

Plötzlich waren sie eins.

Eve und Suzy und die *Gateshot*. Der verbliebende Teil der Hexe staunte, als sie jedes einzelne Stück Metall spürte, jede Drohne, jeden Container, der gegen den Boden drückte. Und die Menschen überall! Auch sie waren verbunden, ihre BCIs Satelliten der Matrix, die wie Blut durch lebendes Gewebe durch die gesamte Struktur flossen. Ihr Gewicht auf den Teppichen und Deckplatten, ihre Wärme, wie sie von den internen Sensoren wahrgenommen wurde, die Verdrängung der Luft in ihrem Umfeld, der Sauerstoffgehalt, der überall dort, wo ein Lebewesen weilte, ganz leicht sank.

Und Konani. Die reine Energie der Ehrwürdigen, die aus der kleinen Kammer vorn in die Maschinerie strahlte.

Sie floss weiter, die gesamte Länge des Schiffs hinab, bis in den letzten Winkel, belebte unterwegs Maschinen und Computer. Drohnen, die den Organismus wie Arbeiterameisen warteten und durch die Korridore schwärmten.

Xin stand auf der Außenhülle, die Arme weit ausgestreckt, und versuchte verzweifelt, mit ihrer Magie eine Tür zu öffnen, die sich nicht rühren wollte.

Das Einzige, was Suzy nicht spüren konnte ...

‚*Rupert! Dite!*', rief sie in Gedanken. ‚*Ich kann euch nicht spüren! Hört auf, euch zu verstecken, oder bleibt zurück!*'

Ein träges Aufflackern von Energie, dann tauchten zwei weitere Wesen neben Xin auf. Miniatursonnen, die so hell wie Konani brannten, aber mit einem gänzlich anderen Feuer. Eve schnappte nach Luft, als sie diesen Anblick sah und dieses Feuer auf ihrer Hülle spürte.

‚*Ich kann Magie sehen!*', flüsterte sie in ihren gemeinsamen Geist.

‚*Und ich kann Technologie fühlen.*' Suzy lächelte tief in ihrem Inneren. ‚*Jetzt lass uns gemeinsam einen Zauber wirken.*'

Überall im Schiff stellte sie sich die Runen vor, die sie brauchen würde, um ein Ritual dieser Größenordnung zu stabilisieren. Augenblicklich nahm der Zauber Gestalt an und die Zeichen blinkten auf Wandschirmen, Drohnen und jeder anderen Ausrüstung auf, auf die sie sie projizieren konnte.

„Eve, was geht hier vor?", meldete sich Glen; seine Stimme wurde ohne Verzögerung weitergeleitet.

„Kapitän, hier ist Suzy", sagte die Schiffshexe und übernahm einen Teil der Brückensteuerung. „Das Tor ist blockiert. Aber ich habe einen anderen Weg."

„Einen anderen Weg?" Ein hauchdünner Strom

ungläubiger Verwirrung sickerte in ihre empathische Verbindung.

Nicks Stimme mischte sich ein: „Suzy, hör mal, es ist okay. Wir haben gewonnen. Wir können uns jetzt Zeit lassen."

„Uns Zeit lassen?"

Suzy lauschte in sich hinein. Die fremde Magie brodelte und brannte immer noch ... und sie entwich. Sie sickerte davon, driftete außer Reichweite wie illusorischer Nebel.

„Nein, das können wir nicht", beschloss sie. „Es gibt keine Zeit für Erklärungen, aber dies ist eine magische Angelegenheit. Also treffe *ich* die Entscheidung. Und ich sage, wir machen das *jetzt*. Vertraut mir einfach und haltet euch fest!"

Während Suzy den 3D-Holoausgang der Brücke aktivierte und in die bislang verborgenen Sternenkarten eintauchte, wandte sie sich im Geist an Eve. *‚Eve, ich brauche ein Ziel. Wo ist dein Zuhause?'*

Ein Vidfeed von Glen, der zu den wild wechselnden Lichtmustern um ihn herum aufsah, flackerte in ihrem gemeinsamen Raum auf.

„Suzy –", begann er.

‚Gib mir einen sicheren Ort', präzisierte diese. *‚Groß genug für die* Gateshot*? Weit weg von den Velorianern, die auf uns warten? Etwas, das du sehr gut kennst; ein Ort mit persönlicher Bedeutung.'*

Eves umherschweifender Geist richtete sich neu aus, folgte dem zielgerichteten Denken der Hexe.

Rings um die Brückencrew raschelten dunkle Formen. Dann wurden riesige Blätter beiseitegeschoben und gaben den Blick auf einen atemberaubenden, mondlosen Sternenhimmel frei. Suzy spürte, wie Glen einen kurzen Anflug von Schwerelosigkeit erlebte, als der Blickpunkt immer weiter anstieg, bis nur noch Sterne sie umgaben. Eine kleine Raumstation fremdartigen Designs – weit links – war kaum auszumachen.

Zuhause.

Für einen Moment flackerte das Gefühl von gleißendem Sonnenlicht auf ihren Federn und der Duft von nasser Rinde und feuchtem Laub durch ihren gemeinsamen Geist. Dann wurde die intensive Erinnerung an das erste Mal, als Eve die ganze Pracht des Weltraums gesehen hatte, von einer Sternenkarte abgelöst, die Konstellationen, die Raumstation und alle weiteren Objekte in der Nähe zeigte. Die Wächterin konzentrierte sich darauf und hielt sie mit unbeirrbarer Konzentration in ihrem Geist fest.

Gut, Suzy holte tief Luft. *Dann ist das unser Ziel.*

Als sie sich vorstellte, was ihre Magie bewirken sollte, setzte die brennend heiße Energie, welche durch sie hindurch und in die *Gateshot* floss, ihren Geist in Brand. Violettes Feuer blitzte die Länge des Schiffs entlang, bis in die Spitzen ihrer Flügel. Und als der Phönix Suzy mit dem dunklen Raubvogel Eve gleichzog, verschob sich die Realität.

Von einem Augenblick auf den nächsten verschwand die *Gateshot* aus dem Gefüge der Wirklichkeit und wurde an einen anderen, fernen Ort geschleudert.

KAPITEL ACHTUNDSECHZIG

RUFFA\\ SEELENRÄUBER

„Was ist passiert?“, bellte Ruffa, als die feurige Überlagerung vom Hauptschirm wich und die Warnlichter für ‚katastrophalen Ausfall‘ wieder auf ein schiffsweites technisches Problem zurückdimmten.

„Unsere sekundäre Energiekernkaskade ist soeben katastrophal ausgefallen, scheinbar aufgrund von Überhitzung“, meldete der Kapitän der *Lightbearer* mit zitternden Falten. „Ich habe Sie davor gewarnt. Wir haben Glück, dass wir das überlebt haben. Wir müssen die Verfolgung abbrechen!“

Er gab ein Zeichen und für einige Minuten wurde alles dunkel.

Als die Stromversorgung wiederhergestellt war, erschien sie Ruffa schwach und minimalistisch.

„Was …?“ Tuvil starrte auf das taktische Display. Es war von statischen Störungen durchzogen und die dort angezeigten Schiffe flackerten unruhig.

„Radioaktive Explosionen neigen dazu, die Scanner zu stören“, erklärte Ruffa gedankenlos.

„Sicher, aber …“ Sein Adjutant deutete auf den leeren Raum direkt vor ihrem Schiff.

„Wo sind sie?“, verlangte der Kommandant zu wissen und tippte auf das Display, um eine präzise Ortung zu erzwingen. „Wo ist das Schiff der Wächterin?“

„Scan läuft!“ Der erfahrene Offizier an der Sensorstation zuckte bei dem unausgesprochenen Befehl zusammen. Während seine Finger mit zunehmend ruckartigen Bewegungen über die Konsole flogen, wechselte Ruffa einen Blick mit dem Kapitän der *Lightbearer*.

„Nun?“, tadelte der Kapitän seinen Untergebenen.

„Ich ... ähm ... ich ...“ Der Offizier glättete seine Falten an seinem Schädel. Schließlich gab er mit leiser Stimme zu: „Wir haben sie verloren, Commander.“

„Verloren?“, knurrte Ruffa. „Es handelt sich um ein Schiff von erheblicher Größe! Wie kann man so etwas einfach ‚verlieren‘?“

„Ich ... weiß es nicht, Commander. Sie sind einfach ... verschwunden“, antwortete der Offizier hilflos und verwirrt, während seine Finger weiterhin die Bedienelemente malträtierten.

„Haben Sie die Beeinträchtigungen der Sensoren durch die verbleibende Radioaktivität am Schiff berücksichtigt?“, fragte der Kapitän.

„Ja, natürlich, Sir“, erwiderte der Offizier. „Und trotzdem. Sie sind nirgendwo in der Nähe. Es ist, als wären sie nie dagewesen.“

„Eine Tarnvorrichtung?“, vermutete Tuvil.

„An einem Schiff dieser Größe?“ Ruffa rieb nachdenklich seine äußeren Falten. „Nicht völlig unmöglich, aber höchst unwahrscheinlich. Außerdem: Warum sollten sie die erst jetzt aktivieren? Das ergibt keinen Sinn.“

Dazu kam: Kein Tarnfeld konnte ein beschädigtes Schiff effektiv verbergen, ganz gleich, wie ausgefeilt die zugrunde liegende Technologie auch sein mochte. Nein.

Das Schiff der Wächterin war eben noch da gewesen, und nun war es fort. Soweit Ruffa das beurteilen konnte, gab es dafür keine vernünftige Erklärung.

Er starrte auf den leeren Raum, den seine Gegnerin noch vor Kurzem eingenommen hatte.

„Weisen Sie die Stationen an, sämtliche verfügbare Energie in ihre Sensorbänke zu leiten", befahl er Tuvil. „Ich will diesen Sektor bis auf molekulare Ebene analysiert haben! Sie müssen schließlich irgendwo sein!"

„Jawohl, Kommandant", bestätigte Tuvil.

„Und öffnen Sie einen Kanal zu Berestul. Es gibt eine Möglichkeit, nach der wir nicht scannen können."

„Ja, Kommandant."

„Commander!" Der Offizier an der Kommunikation wurde totenbleich. „Unsere Stationen werden angegriffen!"

„Was? Von wem?" Ruffa vergrößerte die Anzeige.

Ein neues plutonisches Man-of-War und seine Eskorte tauchten von der anderen Seite des Schlachtfeldes auf und nahmen die Stationen ins Visier. Die sich zurückziehenden velorianischen Streitkräfte fanden sich zwischen diesen neuen Einheiten und ihren ursprünglichen Verfolgern eingekesselt. Selbst die eine Station, welche mit hoher Feuerrate schoss, würde den Gegner kaum abschrecken. Es war ein taktischer Albtraum.

Senoxes hatte kein Wort über eine zweite Flotte verloren!

In stummer Wut beobachtete Ruffa, wie mehrere seiner Rujas und sogar eine Gouta begannen, ihre eigenen Einheiten anzugreifen.

Das war ...

„Kommandant", der Kapitän legte seine Ohren zurück und zeigte sich offen zögerlich, „die Plutonier ignorieren uns völlig. Es scheint, als würde die radioaktiven

Rückstände unsere Anwesenheit weiterhin verbergen. Die Explosion hat ihre Scanner vermutlich glauben lassen, wir seien zerstört worden. Wir sollten diese Gelegenheit zur Flucht nutzen."

„Nein, wir sollten diese Gelegenheit nutzen, um ihnen in den Rücken zu fallen und die Stationen zu entlasten!", entschied Ruffa.

„Kommandant, mit den vorliegenden Schäden an den Systemen der *Lightbearer* haben wir keine Chance!", flehte der Kapitän. „Wir haben nur noch eine Energiekaskade! Das reicht nicht aus, um Schilde, Waffen und Antrieb zu versorgen! Ich rate dringendst davon ab, jetzt jemanden anzugreifen!"

Hitze lief Ruffas Falten hoch und runter. Was eine sehr geradlinige Aufgabe hätte sein sollen, war zu einer Katastrophe umgeschlagen. Und nun, wo das Schiff der Wächterin – sein primäres Ziel – nirgends zu finden war, begriff er das ganze Ausmaß der Lage. Wie in Velorias Namen hatten diese stinkenden Barbaren es nur geschafft, ihre überlegene Technologie zu überwältigen? Das war ... frustrierend – und zwar jenseits aller Vorstellungskraft.

„Commander!" Tuvils Falten und Stimme bebten, als er von einer Anzeige aufsah.

Noch mehr schlechte Nachrichten?

„Was?", blaffte Ruffa.

„Der primäre Magier ist tot", berichtete Tuvil sichtlich erschüttert. „Genauso wie alle anderen Magier."

Ein erster Anflug von Angst lief Ruffa über den Rücken.

„Evron?", fragte er.

Tuvil schüttelte den Kopf.

„Ich verstehe." Ruffa konnte es nicht glauben. Das war ... unfassbar. Die ganze Situation war jenseits aller

Vernunft. Es ergab einfach keinen Sinn! „Kapitän, bereiten Sie uns darauf vor, in den neptunischen Raum auszuweichen. Weisen Sie alle Streitkräfte, die sich losreißen können, an, dasselbe zu tun. Ich muss einen Moment nachdenken."

Die Falten des Kapitäns sanken erleichtert herab, als er den Befehl bestätigte.

Mit einem distanzierten, sinkenden Gefühl nahender Katastrophe bedeutete Ruffa seinem Adjutanten, ihn in sein Büro zu begleiten.

„Was ist mit den Magiern passiert?", fragte er, kaum dass sich die Tür hinter ihnen geschlossen hatte.

Tuvil verzog seine Falten in offener Verwirrung, als er berichtete: „Die Wachen, die zur Sicherung des Raums abgestellt waren, melden keinen Einbruch. Der gesamte Flügel der Station ist vollkommen intakt, ebenso die meisten Körper der Magier. Die Wachen berichten, Evron sei durch Erestrals Klinge getötet worden, welcher seinerseits durch Magie auseinandergerissen wurde. Ich rufe soeben die Kameraaufzeichnungen ab. Aber ... ähm ... Unsere Heiler konnten nichts mehr für sie tun, Commander. Für keinen von ihnen."

Gedankenverloren berührte der leitende Krieger die Uhr auf seinem Schreibtisch mit den Fingerspitzen.

Was war gerade geschehen? Wie hatte dieser Tag derart entgleisen können?

„Ich habe das Bildmaterial!", beeilte sich sein Adjutant zu melden. „Darf ich?"

Ruffa bedeutete ihm, es an das Holodisplay seines Schreibtisches weiterzuleiten, und verfolgte dann die Wiedergabe mit wachsender Verwirrung und Furcht. Als Evron fiel und zum letzten Mal die Augen schloss, schmerzte Ruffas Herz angesichts seiner eigenen

Unfähigkeit, den Jungen zu schützen. Er spulte zu einer anderen Stelle zurück und erhöhte die Lautstärke.

„Ich glaube, Sie verwechseln mich mit jemand anderem", sagte Evron, als er sich aufrichtete, seine Falten vollständig ausgebreitet, seine Stimme gleichzeitig die seine und doch ganz anders in Betonung und Tonfall. „Mein Name ist Suzy Magecraft und ich bin hier, um Ihren widerlichen, leerenverlassenen Hintern bis zurück auf Ihren Heimatplaneten zu treten. Arschloch."

Suzy Magecraft.

Magecraft.

Ein menschlicher Name.

Schwäche durchfuhr den militärischen Befehlshaber bei der Erkenntnis dessen, was geschehen sein musste. Er schritt um seinen Schreibtisch herum und setzte sich, um die unerwartete Regung zu verbergen.

Dennoch konnte er sie nicht gänzlich aus seiner Stimme fernhalten, als er gestand: „Ich habe von so etwas gehört. Alte Überlieferungen behaupten, dass die mächtigsten Haslar-Magier ihre Feinde aus der Ferne zu töten vermochten. Deshalb werden diese Rituale, welche die Verschmelzung mehrerer Geister miteinander erfordern, als gefährlich eingestuft. Zumindest theoretisch können die Beteiligten dabei übernommen werden. Bei solch einem Ritual, so heißt es, ermöglicht der Eintritt in einen Geist den Eintritt in alle anderen."

Tuvils Augen weiteten sich. Offenbar erinnerte er sich an dieselben Geschichten über jene Schreckgespenster, welche selbst die Haslar derart fürchteten, dass sie überall dort ausgerottet worden waren, wo die Reichweite der Meisterrasse gegolten hatte. Er stammelte: „Wollen Sie sagen, das war ein ... Seelenräuber?"

„Unmöglich!" Das Wort verließ Ruffas Lippen, noch

bevor sein Verstand den Gedanken überhaupt ganz erfassen konnte. „Lächerlich!“

Es war unmöglich, dass die Menschheit mit ihren minimalen magischen Fähigkeiten eine derart mächtige Kreatur hervorbringen könnte – eine Kreatur, welche selbst die Haslar-Königin fürchtete.

Doch welche andere Erklärung gab es für das Verschwinden des feindlichen Schiffs als mächtige Magie?

Und wie sollte er das alles Thallamon erklären, ohne seinen Kopf zu verlieren?

Drei Lichtwechsel später hatte sich Ruffas innere Aufruhr noch immer nicht gelegt, sondern war vielmehr in eine düstere Akzeptanz seines Schicksals übergegangen.

Während er rastlos um seinen Schreibtisch herumschritt und darauf wartete, dass seine Verbindung zu Thallamon auf der anderen Seite angenommen wurde, blühte ein stechender Schmerz in seiner Brust auf. Er streckte die Hand aus, um die Uhr auf seinem Schreibtisch zu berühren. Durch einen Trick seines Geistes überlagerte sich Evrons Gesicht mit dem Bild seines eigenen Kindes.

Er hatte den Jungen im Stich gelassen. Er hatte seinen Vorgesetzten im Stich gelassen. Er hatte Veloria im Stich gelassen. Der Verlust des Tors, vieler ihrer Schiffe und Magier in diesem System sowie die Flucht der Wächterin in unbekannte Gefilde summierten sich zu einer überwältigenden Schmach.

Er hatte Schande über sich selbst, seinen Vorgesetzten und sein Blutnetz gebracht.

Es gab nur einen Weg, dessen Beschreiten ihm zumindest eine Chance auf Sühne bot.

Nur einen einzigen.

Er hatte dies akzeptiert.

Dennoch hatte es ihn viel gekostet, den ersten Schritt zu tun. Und er stand erst ganz am Anfang.

Und er würde nicht allein fallen.

Sein Nachkomme lächelte ihm aus der Uhr entgegen – und verschwand.

„Ruffa." Thallamons Hologramm erschien vor seinem Schreibtisch und überragte den Kommandanten. „Ich habe Ihren vorläufigen Bericht gelesen."

Die Ohren des Gouverneurs waren komplett aufgestellt, seine Augen von etwas getrübt, das Ruffa als eine Mischung aus Trauer und Wut interpretierte. Seine Körperhaltung deutete auf den kaum unterdrückten Wunsch hin, den Untergebenen, der ihn so sehr verärgert und enttäuscht hatte, offen zu attackieren.

Ohne ein Wort kniete dieser nieder, die Ohren ganz nach hinten gelegt, und bot ihm die Phiole dar. Er hatte den Kragen seiner Uniform geöffnet und hielt den Kopf erhoben, sodass der Gouverneur die frische Wunde an seinem Hals inspizieren konnte. Es war ein alter Brauch aus der Zeit vor der Versklavung des velorianischen Volkes durch die Haslar. Einer der wenigen, die ihre lange Herrschaft überdauert hatten. Und obwohl ihre ehemaligen Herren diesen Brauch nicht nur missbilligt, sondern beinahe vollständig unterdrückt hatten, blieb seine Bedeutung unverändert.

Indem Ruffa Thallamon seine Kerngene zur Verfügung stellte, erkannte er vollkommene Unterlegenheit an. Er bot ihm nicht nur seine eigene Person und sämtliche Nachkommen an, die Thallamon damit zeugen könnte, sondern auch die Verschmelzung ihrer Blutnetze. Sollte Thallamon dies annehmen, würde Ruffas Blutnetz – beginnend mit seiner Person und allen seinen Nachkommen – auf ewig als minderwertiger Teil von Thallamons Genpool gelten. Es war eine so drastische Entschuldigung, wie ein Velorianer sie nur vorbringen konnte. Die Tatsache, dass Thallamon Evrons Kerngene besaß und ihn klonen oder damit andere Nachkommen mit ähnlicher Reinheit erschaffen konnte, änderte nichts an der Tatsache, dass Ruffa den Verlust von Evrons Seele zu verantworten hatte. Kein Klon war jemals mit dem Original identisch; so viel war sicher. Evron – der echte Evron – war fort, und Ruffas Gene waren der einzige Preis, der diese Schuld möglicherweise mindern konnte.

Doch auch wenn Thallamon Ruffas Angebot akzeptierte, könnte er immer noch dessen Ohren verlangen.

Oder seinen ganzen Kopf.

Keine dieser Forderungen würde den neuen Status von Ruffas Nachkommen ändern.

Das schlimmstmögliche Ergebnis wäre Thallamons Ablehnung.

Als die Uhr auf dunkelblaues Licht umschaltete, starrte der Gouverneur noch immer auf die kniende Gestalt.

Ruffa wartete.

Er hatte sein Recht verloren, irgendetwas zu verlangen oder auch nur zu erbitten. Nicht einmal eine schnelle Entscheidung über sein Schicksal.

Schließlich setzte sich der Gouverneur. Seine Ohren entspannten sich das kleinste bisschen.

„Berichten Sie mir alles“, befahl er kühl.

Während Ruffa berichtete, blieb Thallamons Gesicht starr und ausdruckslos.

Dennoch wagte es der Kommandant, mit einer Anschuldigung zu enden: „Senoxes hat uns getäuscht, Euer Gnaden. Seine taktischen Ratschläge haben den Verlauf der Schlacht entscheidend beeinflusst. Er hat uns darüber getäuscht, welche unserer Schiffe geentert worden waren … und hätte ich von dem vierten Man-of-War in unserem Rücken gewusst, wäre meine Strategie eine völlig andere gewesen."

„Da haben Sie recht." Die Falten des Gouverneurs spannten sich vor Missfallen. „Und seitdem habe ich auch nichts mehr von ihm gehört. Sein Junioradjutant teilte mir mit, dass er vor der Schlacht zu einem Treffen mit Senior Commander Bogdanova gebeten wurde. Seitdem ist er verschwunden. Es gibt Gerüchte, er habe um …", Thallamon spuckte die folgenden Worte förmlich aus, „‚politisches Asyl' gebeten."

Ruffas Ohren bebten. „Seine Leibwächter und sein primärer Adjutant hätten –"

„Anscheinend haben die Plutonier dies vorausgesehen und verhindert, dass diese Sicherheitsmaßnahme greift", unterbrach ihn der Gouverneur, dessen Falten erneut von Wut geprägt waren.

Sein Untergebener presste rasch die eigenen Ohren zurück an den Schädel. Senoxes' Verrat war zweifellos ein Faktor seines Falls gewesen, doch er würde ihm keinerlei Milde einbringen. Er minderte seine Schuld weder in seinen eigenen Augen noch in denen seines Vorgesetzten.

Thallamon holte tief Luft, als müsse er sich beherrschen, und erhob sich.

Seine Stimme klang trügerisch ruhig, als er fortfuhr: „Es ändert nichts daran, dass wir das Tor, die Wächterin und – zumindest vor den Menschen – unser Gesicht verloren haben. Da wir weder wissen, wohin das Schiff der Wächterin verschwunden ist, noch wie, können wir dagegen wenig unternehmen. Ich werde Veloria eine Warnung übermitteln, damit unsere Leute dort sich darum kümmern. Außerdem werde ich ihnen raten, auf der anderen Seite des

Tors weitere Verteidigungen zusammenzuziehen, sie aber vorerst auf ihrer Seite zu belassen. Es gibt keinen Grund, unsere lästigen Nachbarn zu einem zweiten Angriff herauszufordern. Wenn sie weiterhin die Rolle der rechtschaffenen Opfer spielen wollen, werden sie unsere Stationen ausräumen, zerstören und dann wieder abziehen. Ich erwarte von unseren Leuten, dass sie sich wehren und die Stationen zuerst zerstören – und zwar mit so vielen Menschen an Bord wie möglich."

Offenkundig nahm Thallamon Ruffas ohnmächtige Wut darüber wahr, den Sieg dieser Barbaren einfach akzeptieren zu sollen, denn er bedeutete dem anderen, sich zu beruhigen.

„Selbst mit allen Verstärkungen, die Veloria uns schicken könnte, wäre es unklug, Aggression zu zeigen", fuhr er fort. „Das würde uns zahlenmäßig nur weiter schwächen und die anderen menschlichen Nationen verunsichern. Sie könnten sich dann fragen, ob wir uns als Nächstes gegen sie wenden. Außerdem: Warum Ressourcen verschwenden, wenn wir die Menschen diesen Krieg für uns führen lassen können?"

Ein seltsamer Ausdruck huschte über Thallamons Falten und Gesicht. Er lächelte bösartig und fuhr fort: „Auch wenn Sie meine Handlungen vielleicht für schwach und ineffektiv halten, beginnen sich meine Ergebnisse gerade erst zu entfalten. Dies ist jetzt ein politischer Kampf. Das war es schon immer. Und so sehr es mich auch schmerzt, mich auf diese menschliche Denkweise zu berufen, Ruffa: Ihr Verlust ist mein Gewinn."

Er streckte die Hand aus und hielt die Handfläche offen; seine Falten blähten sich auf, um zu zeigen, dass er Ruffas Gene akzeptierte. Mit einem jähen mulmigen Gefühl legte der Kommandant die Phiole auf die Handfläche seines neuen Herrn. Dass das Hologramm sie in diesem Moment nicht wirklich in Empfang nehmen konnte, änderte nichts an der Bedeutung dieser Geste. Es änderte nichts an der neuen Machtdynamik.

„Beobachten Sie die Plutonier am Tor. Sollten die es verlassen, schicken Sie eine minimale Anzahl von Schiffen zurück, um unseren Anspruch daran aufrechtzuerhalten", befahl Thallamon streng. „Reparieren Sie außerdem die *Lightbearer* und kehren Sie dann zur Erde zurück. Wir haben einen Krieg zu beginnen."

KAPITEL NEUNUNDSECHZIG

GLEN\\ WO SIND WIR?

Blendendes Licht umgab sie. Nicht nur auf den Bildschirmen. Für den Bruchteil einer Sekunde – oder eine kleine Ewigkeit – schien die Realität selbst aus reinem Licht zu bestehen. Als es verging, lag die *Gateshot* im Dunkeln. In wirklichem Dunkel. Glen konnte sich nicht erinnern, wann er zuletzt in der vollständigen Schwärze eines Stromausfalls gesessen hatte.

Normalerweise blinkte immer irgendwo ein Licht – eine Notbeleuchtung, eine Konsole, eine kleine Armee von Statusanzeigen ... irgendetwas.

Jetzt war da nichts. Nicht eine einzige Lichtquelle. Sein BCI funktionierte, bekam aber keine Verbindung.

„Meldung!", rief er, obwohl er nicht einmal sicher war, was genau er gemeldet bekommen wollte – oder wie seine Leute ihm ohne Instrumente irgendetwas würden sagen können.

Rascheln und geflüsterte Worte setzten ringsum ein.

„Ähm, sind alle Sensorencrewmitglieder am Leben und anwesend?", rief Rivers schließlich.

„Aye!", antworteten vier weitere Stimmen.

Das brachte andere Stationen dazu, eine ähnliche Zählung durchzuführen, und nach zwei Minuten hatten sie zumindest festgestellt, dass alle im Raum noch anwesend und unverletzt waren.

Alle außer …

„Eve!" Glen schnallte sich ab und tastete sich zu ihrer Station vor. „Eve, geht es dir gut?"

Sie war neben ihrer Konsole zusammengesackt. Er tastete nach ihrem Gesicht. Unter seinen Fingern fand er warmes, nachgiebiges Fleisch statt kaltem Metall vor. Das war schon mal gut.

Als sein Daumen über ihre geschwungenen Lippen strich, entfuhr ihr ein zitternder Atemzug.

„Glen?", stöhnte sie.

„Ich bin hier." Er half ihr, sich aufzurichten. „Was ist passiert? Kannst du etwas sehen?"

„Gib mir einen Moment …"

Das leise Schaben von Haut auf Haut ließ ihn vermuten, dass sie sich die Stirn rieb, doch sicher war er nicht.

„Sieht nach einem vollständigen Blackout aus", meldete Nick. Er trat neben sie, das winzige Licht seines zuverlässigen Multitools strich über Eve, bevor er die nahen Konsolen prüfte. „Sollten wir nicht Notstrom oder so etwas haben?"

„Mit Konani an Bord ist ein kompletter Energieausfall … höchst unwahrscheinlich." Eve schüttelte den Kopf und ließ sich von Glen auf wackelige Beine helfen. „Ich weiß nicht, was passiert ist oder wo wir sind. Ich kann mich mit nichts verbinden!"

Eine plötzliche Panik erfasste sie; so greifbar, dass Glen sie spüren konnte.

„Du glaubst doch nicht, dass die *Gateshot* durch Suzys Magie komplett zerstört wurde, oder?", fragte er.

Sie starrte ihn nur an, unfähig oder unwillig, zu antworten. Leise Geräusche lenkten den Blick des Kapitäns zur Tür, wo Garin und die anderen Brückenwachen gerade dabei waren, sie gewaltsam zu öffnen. Nick machte unterdessen die Runde. Es waren einige weitere Handlampen aufgetaucht, hauptsächlich in der technischen Abteilung.

„Nun, zumindest kann ich keine Vibrationen spüren", bemerkte Glen. „Das ist schon mal gut."

In stummer Frage neigte Eve den Kopf.

„Wenn unser Schiff um uns herum zerschossen würde, würden wir das spüren." Der Admiral seufzte. „Selbst so tief im Inneren."

„Da hast du recht", stimmte sie zu.

Plötzlich war der Strom einfach ... wieder da.

„Alle Systeme funktionieren einwandfrei", berichtete Lustig etwa zehn Minuten später. „Ich habe keine Ahnung, warum der Strom weg war – oder wie."

„Suzy!", rief Nick und öffnete einen Kanal. „Sheridan an Magecraft: Meldung!"

„Sie ist bewusstlos", antwortete Eve anstelle des Mädchens. „Ein medizinisches Team ist bereits bei ihr."

Eves Bildschirm zeigte einen Vidfeed der Bar. Suzys regungsloser Körper wurde gerade auf einer Schwebetrage gesichert. Zu sehen, wie sich ihr Brustkorb von allein hob und senkte, beruhigte Glens Unruhe ein wenig. Um sie herum wirkte der Ritualkreis geschwärzt, als hätten die Symbole selbst begonnen, den Metallboden zu verbrennen. Ein Wirrwarr aus Stühlen und Tischen verteilte sich bis an die Wände. Am Rand des Kreises beugte sich Thea Robbins über einen sichtlich mitgenommenen Provost. Sein

Helm, seine Gesichtsmaske und seine Handschuhe lagen im Raum verstreut.

„Pro. Eisengaard-Diaz: Bericht!", verlangte Glen. „Was ist bei Ihnen passiert?"

„Fr. Magecraft hat ... etwas getan." Unter seiner professionellen Fassade klang die Stimme des Mannes erschüttert und verwirrt. „Daraufhin begannen die Linien und Symbole auf dem Boden mit violettem Feuer zu brennen und das hat sich explosionsartig ausgedehnt. Ich wurde quer durch den Raum geschleudert. Dann ging das Licht aus. Sobald ich mich aus den Trümmern befreien konnte, habe ich nach dem Mädchen gesehen und Hilfe angefordert."

„Verstehe. Wo sind Hr. Maverick und Fr. Yun?"

„Sie waren noch oben auf der *Gateshot*, glaube ich."

„In Ordnung. Vielen Dank, Provost."

„Aye, Kapitän." Mit Unterstützung von Sanitäter Robbins stand Garins Stellvertreter vorsichtig auf.

Glens BCI wies ihn auf eine eingehende Verbindungsanfrage von Dr. Fox hin, und er nahm an.

„Kapitän", seine Chefärztin klang etwas abgelenkt, als würde sie sich um mehrere Dinge gleichzeitig kümmern, „Ich dachte, das würde Sie interessieren: Maverick ist vor wenigen Minuten auf der Krankenstation aufgetaucht und hat Fr. Yun abgegeben. Sie ist völlig erschöpft, aber unverletzt."

„Und Maverick?"

„Verschwunden." Felicity klang gleichzeitig erfreut und minimal besorgt.

„Nun, ich bin sicher, er wird wieder auftauchen", murmelte Nick.

„Wie schlechter Atem." Glen nickte. „Vielen Dank, Doktor. Halten Sie mich über Suzys Zustand auf dem

Laufenden und schicken Sie mir einen Bericht über Verluste und Verletzungen aus der Schlacht."

„Dr. LaMont ist bereits dabei", antwortete Felicity. „Nach letzten Informationen haben wir 29 Tote, 35 Schwer- und 61 Leichtverletzte."

„Bestätigt." Glen wartete, ob sie noch etwas hinzufügen wollte. Als sie den Kanal schloss, wandte er sich erneut seiner Brückencrew zu. „Maschinenraum: Schadensmeldung! Sensoren: Wo sind wir?"

Jemand begann mit langsamen, gewichtigen Bewegungen die Schiffsglocke zu läuten und zwang damit die komplette Brückencrew zu einer Minute betroffener Stille.

„Minimale Schäden", meldete Lustig anschließend. „Nichts, was wir nicht innerhalb von zwei Tagen und mit minimalen Ressourcen reparieren könnten."

Noch eine gute Nachricht.

„Konani geht es gut", fügte Eve hinzu. „Sie ist nur verwirrt. Offenbar wurde sie ohnmächtig. Das ist ... höchst ungewöhnlich für ihre Spezies."

„Kapitän!" Montoya arbeitete intensiv an ihrer Konsole. Sie schüttelte den Kopf. „Die Velorianer sind verschwunden. Alle sind verschwunden. Wir befinden uns ... ähm ... nicht mehr im menschlichen Sonnensystem. Aber ich kann nicht sagen, wo wir sind oder wieso."

Der Hauptschirm flackerte zu erneutem Leben und zeigte einen überwiegend grünen Planeten mit mehreren Monden in vergleichsweise geringer Entfernung zur *Gateshot*. Die Mitglieder der Brückencrew hielten in ihren Aufgaben inne, um aufzuschauen.

„Gibt es Anzeichen für andere Schiffe?", fragte Glen und studierte das Bild.

Wie viele andere trat Botschafter Bogdanov näher an den Hauptschirm, einen beinahe ehrfürchtigen Ausdruck im Gesicht, als er den fremden Planeten voller unbekanntem Leben betrachtete.

„Eine kleine Raumstation.“ Montoya markierte deren Position auf dem Bildschirm und überlagerte dann einige Sterne mit einer vergrößerten Abbildung des außerweltlichen Designs. „Sie zeigt Anzeichen für mittleres Verkehrsaufkommen. Sonst erfassen wir kaum etwas. Die Oberfläche des Planeten ist mit kolossaler Vegetation bedeckt; es gibt keine großen Ozeane und nur wenige Anzeichen von Technologie. Vielleicht ist da auf der anderen Seite des Planeten mehr.“

„Ist es nicht.“ Die Wächterin trat vor. Erkennen und Ehrfurcht mischten sich in ihren Zügen. „Das ist Karrakii. Eine Welt von geringem technologischen Entwicklungsstand. Wir befinden uns am Rande des Haslarraums, praktisch auf der anderen Seite der Galaxie! Suzy hat uns innerhalb von 8,47 menschlichen Minuten über 70.000 Lichtjahre weit transportiert!“

Stille zog durch die Brücke, als diese Information einsank.

„Wir haben es geschafft“, staunte Rivers. Dann sprang sie auf, um ihren Sitznachbarn zu umarmen, und rief: „Wir haben es tatsächlich geschafft!“

Montoya öffnete den Mund, als wollte sie ihre Kollegin zurechtweisen, doch die war bereits mit einem erleichterten Lachen die Stufen hochgesprungen, um auch sie in ihre Arme zu schließen. Glen setzte sich zurück und beobachtete zufrieden, wie Rivers Begeisterung auf die restliche Brückencrew übersprang. Umarmungen, Händedrücke und Schulterklopfer wurden ausgetauscht, einige klatschten und jubelten erleichtert. Lustig lachte, als seine Teamkameraden ihn in ihrer Euphorie kurzerhand hochhoben und mehrfach in die Luft warfen.

Ludmilla betrachtete die kleine Showeinlage mit einem gutmütigen Lächeln, und sogar Jiǎngs Lippen zuckten kurz.

Bogdanov schüttelte beiden KOs und der Schiffsmeisterin die Hand. Nick nutzte die Gelegenheit, um Eve mit einem frechen Grinsen zu umarmen. Sie erwiderte die Berührung und sein freundschaftliches Zwinkern. Nachdem der Bursche auch den Kapitän für eine kurze Umarmung aus seinem Stuhl gezogen hatte, drehte er ihn in Richtung Eve. Die schien kurz unschlüssig, doch dann traten sie beide für einen kurzen Körperkontakt vor.

Seite an Seite warteten Kapitän, XO und Schiffsmeisterin auf das Abebben der Begeisterung.

Glen selbst war sich noch nicht sicher, wie er sich in diesem Moment fühlen sollte. Sicher, sie hatten es geschafft. Sie hatten überlebt und waren den Velorianern entkommen. Doch sie waren nicht da, wo sie hinwollten. Sie hatten das Ziel kräftig überschossen und auch wenn er die genaue geographische Misere noch nicht überblickte ... 70.000 Lichtjahre beinhalteten zweifellos einen verdammt weiten Weg zurück.

War er seinen Töchtern gerade wirklich nähergekommen oder hatte er sich weiter von ihnen entfernt? Würden sie durchhalten, bis er endlich bei ihnen war?

Gedankenverloren drehte er seinen Ehering am Finger.

„Das ist der Ort, an den du gedacht hast“, sagte er, um sich abzulenken. „Das ist dein Zuhause?!“

Eve nickte. Dann schüttelte sie den Kopf.

„Das war es mal ... in einem anderen Leben. Vielleicht.“

„Werden diese Leute uns angreifen?“ Federov hatte die Brücke rechtzeitig betreten, um den kurzen Austausch mitzubekommen.

„Nein, die Karrishianer sind ein kleines, friedliches

Volk“, erwiderte Eve mit Überzeugung. „Solange wir sie nicht bedrohen, werden sie keinen Streit mit uns suchen.“

„Karrishianer, Velorianer, Haslar ...“ Garin hatte ihr Gesichtsschild abgenommen, um ebenfalls einen uneingeschränkten Blick auf den Hauptschirm zu werfen, „Wie viel mehr Aliens gibt es da draußen?“

„Mein Volk verzeichnet 32 einzigartige, intelligente Spezies, welche eine als Zivilisation definierte Entwicklungsstufe erreicht haben.“ Die Wächterin bedachte die entgleisenden Gesichtszüge der hartgesottenen Provost mit mildem Amüsement, bevor sie fortfuhr: „Die Velorianer sind so ziemlich am untersten Ende des Machtgefüges und die Menschheit gilt offiziell als eine von ihnen besiedelte Rasse. Ich würde daher empfehlen, allen anderen Spezies zunächst respektvoll gegenüberzutreten.“

Federov schnaubte und verschränkte die Arme.

Nick lehnte sich zurück, den Blick nachdenklich auf das kleine Wunder auf dem Hauptschirm gerichtet und fragte: „Wie lange dauert es, von hier aus in den velorianischen Raum zu gelangen?“

„Bei Höchstgeschwindigkeit und unter Einbeziehung der Nutzung von Raumtoren ...“ Eve biss sich auf die Unterlippe. „Je nach Route und möglichen Verzögerungen rechne ich mit ein bis drei Jahren.“

Verdammte Axt.

Der Kapitän seufzte.

„Jetzt sind wir hier.“ Er legte Eve eine Hand auf die Schulter und drückte sie sanft. „Der Rest wird sich finden. Nehmen wir uns die Zeit, uns zu orientieren und den nächsten Teil unserer Reise zu planen.“

„Das Gute daran ist“, Nick grinste breit, „dass die Velorianer uns hier garantiert nicht suchen werden, oder?“

„Nein, das halte ich für ausgesprochen unwahrscheinlich“, stimmte die Wächterin mit einem zaghaften Lächeln zu. „Die Große Neutralität weiß von keinem einzigen Magier, von dem nachweislich bestätigt ist, dass er einen Teleportationszauber dieser Größenordnung vollbracht hat.“

„Dann sollten wir diese Information besser für uns behalten“, meinte Federov. „Man weiß ja nie, wer zuhört, *daniete*?“

~ Das Ende (vorerst) ~

KAPITEL SIEBZIG

LUCY\\ EPILOG

Mars, Elonia – Zwei Tage nach der Schlacht am Tor

Anziehen war eine hochautomatisierte Nebensache, während Lucy Magecraft Berichte aus verschiedensten Nachrichtenquellen studierte und hoffte, irgendwo ein Wort über das Schicksal ihrer Schwester zu finden. Selbst die großspurigen, aufwendig inszenierten Selbstbeweihräucherungen der Plutonier lieferten keinen Hinweis darauf, ob die *Gateshot* es geschafft hatte oder nicht.

Einer der gefühlt Milliarden Alarme, welche ihr BCI so ‚hilfreich' bereitstellte, erinnerte die Großmagierin daran, dass sie zu ihrem Frühstückstermin spät dran war.

Marsstaub.

Lucy strich ihren Rock glatt und rannte los. Zu diesem Termin sollte sie wirklich nicht zu spät auflaufen.

„Selbst im Angesicht der Zerstörung der *PDN Longsword* zog ihre überlebende Crew tapfer in Shuttles aus, um dem Feind entgegenzutreten ...", murmelte sie und schüttelte den Kopf, während sie den dritten Artikel überflog, der dasselbe aussagte wie die ersten beiden. „Was für ein Haufen propagandistisches Geschwafel! Sagt mir gefälligst, was mit meiner Schwester passiert ist, verdammt noch mal!"

„Hm?" Selene Trimara blickte von einem Stapel Folien auf, als Lucy aus ihren Räumen stürmte, und beeilte sich dann, ihr zu folgen.

Aufholen war für die hoheitsvolle Frau mit ihren langen, wohlgeformten Beinen und ihrem zielstrebigen Gang ein Leichtes. An jedem anderen Tag fühlte sich Lucy neben der hübschen Brünetten klein. Heute jedoch nicht. Heute war sie nicht bei der Sache.

„Ich versuche, etwas – *irgendetwas* – über Suzy herauszufinden!" Die Großmagierin forderte mit einer knappen Geste den üblichen Stapel Probleme an, welchen ihre Assistentin zweifellos für eine schnelle Begutachtung vorbereitet hatte.

Selene stellte sich neben sie und reichte ihr die Datenfolien, gerade als sich die Aufzugstür hinter ihnen schloss. „Sie ... ähm ... haben da einen Knopf übersehen."

Lucy folgte der Geste zu ihrer lavendelfarbenen Bluse und seufzte.

„Lassen Sie mich das machen." Die rubinbesetzten goldenen Fäden ihrer Ohrringe klimperten leise, als die Frau näher trat und das Oberteil ihrer Chefin mit geschickter Hand umknöpfte.

Selenes eigenes Outfit in Violett und Weiß war wie immer makellos. Einer der Gründe, warum Lucy die neueste Tutorin der Magiergilde zu ihrer persönlichen Assistentin ernannt hatte, war die geradezu königliche Autorität und Präsenz, welche ihr aus jeder sonnengeküssten Pore und jeder seidigen Haarsträhne zu strahlen schien. Sie war die perfekte Ergänzung, um das Image der unerfahrenen Newcomerin auszugleichen, welches Lucy in den Augen so vieler Entscheidungsträger anhaftete. Wenn alle anderen im Raum älter und erfahrener wirkten, war es schwer, ernst genommen zu werden. Selene half dagegen ungemein.

„Vielleicht hat Gouverneur Marshall etwas gehört", versuchte die Frau mittleren Alters Lucy zu beruhigen. Darin war sie normalerweise sehr gut – doch heute wirkte es nicht.

„Hoffentlich ...", Lucy starrte auf die Datenfolien und reichte sie dann zurück. „Es tut mir leid, ich kann mich im Moment nicht darauf konzentrieren. Gehen Sie es später noch mal mit mir durch, ja?"

„Natürlich." Selene schloss den letzten Knopf und nahm die Folien zurück, genau in dem Moment, als sich der Aufzug öffnete.

Die paar Meter zum Turm von Marshall Industry gingen sie zu Fuß. Lucy grübelte, während Selene die sich im Schatten der Pflanzen versteckenden Tiere beobachtete.

Selbst in der untersten Ebene der vertikalen Landwirtschaft blühte bereits wieder eine überwiegend dekorative Auswahl an Bäumen und bereitete sich darauf vor, alle Arten von genetisch optimierten Früchten zu produzieren.

Auf dem Tisch des Gouverneurs warteten frische Produkte und köstliche Pfannkuchen auf sie. Lucy aß das absolute Minimum, um den Koch nicht zu beleidigen, doch es war einer dieser Tage, an denen sie genauso gut ohne Essen hätte auskommen können.

„Sie haben es also gehört." KI Ebbon Marshall spielte

die Bewegungen des Essens nach, damit sich sein Gast und Schützling nicht unwohl fühlte.

„Ja." Lucy legte das Besteck beiseite, dankbar für die Einladung, endlich über ernste Dinge zu sprechen. „Ich habe alle möglichen Berichte gelesen. Keiner erwähnt auch nur die *Gateshot*. Haben Sie etwas gehört?"

Das Computerprogramm mit dem Gesicht eines recht attraktiven Mannes mittleren Alters sah seinen neuen Sicherheitschef an und fragte: „Aren?"

Aren Kaelos war ein stämmiger, muskulöser Mann, dessen raue Attraktivität Menschen jeden Geschlechts anzog. In seinem durchdringenden dunklen Blick lag eine schwelende Intensität, die ihrerseits eine ungezügelte Brutalität zu verbergen schien. Immer wenn Kaelos sie ansah, lief Lucy ein Schauer über den Rücken. Dieser Mann hatte etwas Wildes und Gefährliches an sich. Das zog sie an und machte ihr gleichzeitig Angst. Die Dunkelheit seiner Haut erinnerte sie an verbrannte Träume.

„Ich kenne jemanden, der jemanden kennt", erklärte er. Das schmale Lächeln auf seinen breiten Lippen war zu schwach, um sein strenges Aussehen abzumildern. „Ich konnte einen kurzen Blick auf die originalen Sensordaten der *Voidhammer* werfen. Es scheint, als wäre Ihr Schiff einfach ... verschwunden."

„Verschwunden?" Obwohl sie es besser wusste, starrte Lucy Kaelos offen an.

„Allerdings." Sein Blick versetzte ihr Inneres in hektische Panik. „Es hat einfach *puff* gemacht. Einen Moment war es da, und im nächsten war es weg. Sehen Sie selbst."

Über dem ordentlich gedeckten Frühstückstisch zeigte eine Holo-Ausgabe einen Teil der Schlacht am Tor. Die Bilder konzentrierten sich auf die *Gateshot*. Genau wie Kaelos gesagt hatte, *verschwand* das Schiff einfach.

„Denken Sie, sie haben es durchs Tor geschafft?“ Die Großmagierin gab das Zeichen für eine Zeitlupenwiederholung und beobachtete das Geschehen mit zunehmendem Entsetzen.

„Ich glaube nicht. Ich bin zwar kein Zauberer oder so …“, der Blick des Mannes wanderte für einen Moment zu Selene, dann richtete er sich wieder auf Lucy, „aber das Tor hat keinen Mucks von sich gegeben und die *Gateshot* ist nicht einmal annähernd durchgeschossen, oder?“

Marshall wirkte wie immer unberührt von dem seltsamen Effekt, den sein neuer Angestellter auf seinen Schützling hatte. Er beugte sich vor und kniff die Augen zusammen, während er eine Liste mit Zahlen und ähnlichen Angaben studierte – wahrscheinlich Sensordaten, die zusammen mit der Videoaufzeichnung geliefert worden waren.

„Das ist … unerwartet“, sagte der Gouverneur.

Dass er um Worte verlegen war, hatte Lucy noch nie zuvor erlebt.

Marsstaub …

Kaelos zuckte mit den Schultern. „Angeblich behaupteten einige der Soldaten vor Ort, violette Blitze oder Flammen hätten das Schiff eingehüllt, bevor es verschwand. Es gibt keine Trümmer und keine Strahlung – eine vollständige Verdampfung eines Objekts dieser Größe würde beides hinterlassen –, also glauben die Plutonier nicht, dass es zerstört wurde.“

„Und was denken Sie, ist passiert?“, fragte sein Boss.

Der Sicherheitschef leckte über seine obere Zahnreihe, bevor er antwortete: „Sie wissen nicht, was sie denken sollen. Deshalb exkludieren sie es wahrscheinlich einfach aus allen offiziellen Berichten, bis jemand an der Spitze entscheidet, wie damit umzugehen ist.“

Er stach in seine Pfannkuchen, als hätten sie ihn persönlich beleidigt.

„Interessant." Marshall faltete die Hände.

Die sanften Augen des Gouverneurs passten zu seinem vollen, in subtilen Wellen arrangierten schwarzbraunen Haar. Darin waren einige graue Strähnen zu erkennen, ebenso wie in den kurzen, dunklen Bartstoppeln, welche die sonnengebräunte Haut seines markanten Kinns bedeckten. Obwohl beide Männer etwas Zeitloses an sich hatten und etwa gleich alt aussahen, unterschieden sie sich in ihrer Ausstrahlung erheblich. Marshall vermittelte Lucy ein Gefühl der Sicherheit.

„Also, was tun wir jetzt?", verlangte das Mädchen. „Wie finden wir es heraus?"

Marshall schüttelte den Kopf. „Es tut mir leid, Fr. Magecraft, aber ich habe nicht viele Kontakte so weit draußen. Meine Interessen gehen selten in diese Richtung. Doch wenn das Schiff nicht zerstört wurde, muss es irgendwohin verschwunden sein."

Irgendwohin? Mehr bekam sie vom mächtigsten Mann, den sie kannte, nicht? Nur ein verdammtes ‚irgendwohin'???

Mit einem tiefen Atemzug presste Lucy ihre Gefühle nieder. Kaelos beobachtete sie immer noch. Selene sah ebenfalls in ihre Richtung, doch von ihr ging eine deutlich beruhigendere, gelassene Hoffnung aus.

„Außerdem werden wir bald größere Probleme haben als ein vermisstes Schiff." Der Sicherheitschef verschlang einen weiteren Pfannkuchen.

Sein Boss bedeutete ihm, fortzufahren.

„Haben Sie die Nachrichten nicht gelesen?" Kaelos hob eine Augenbraue. „Wie jeder irgendwem anders die Schuld gibt?"

„Nun, die Plutonier sind mächtig zufrieden mit sich selbst“, empörte sich Lucy. „Was für ein großer Sieg für die Menschheit, die übergriffigen Invasoren in ihre Schranken gewiesen zu haben. Pah!“

Der Mann beugte sich vor. „Und haben Sie gelesen, was die Erde dazu zu sagen hat?“

„Sie behaupten, die Plutonier seien zu weit gegangen und stellen sich natürlich hinter die Velorianer.“ Lucy gefiel die offensichtliche Lobbyarbeit auf dem Heimatplaneten der Menschheit nicht, doch das war ja nichts Neues. „Einige Nachrichtenagenturen spekulieren, dass es Sanktionen gegen Pluto geben wird. Da es jedoch kaum Handel zwischen den beiden Seiten gibt, sehe ich keinen Sinn darin. Die Plutonier interessieren sich nicht für die Kernwelten.“

„Nein, aber die Erde allein ist nicht die Kernwelten“, warf Marshall sanft ein. „Nicht wahr?“

Lucy dachte an die marsianischen Berichte. Sie waren die einzigen neutralen gewesen, die sie zu dem Thema hatte finden können.

„Das neue EMMA-Abkommen ist immer noch nicht unterzeichnet, oder?“, fragte sie mit einem unguten Gefühl.

Marshall schüttelte den Kopf. Mit einer Handbewegung schaltete er das Holo-Display aus. „Es gibt bereits erste Politiker, die sich für Sanktionen einsetzen und andeuten, dass sie nicht unterzeichnen werden, solange nicht etwas gegen die – wie sie es nennen – ‚ungeheuerlichen Entwicklungen an den Grenzen unserer Außenkolonien‘ unternommen wird. Es gab Diskussionen darüber, unsere Vereinbarungen anzupassen, um der Präsenz der velorianischen Rasse in unserem Sonnensystem Rechnung zu tragen. Einige wollen sie in die Verträge aufnehmen, besonders in die Handelsabkommen. Andere wollen das genaue Gegenteil."

Lucy runzelte die Stirn. „Warum kommt das erst jetzt zur Sprache? Sie sind doch schon seit einem Jahrzehnt hier!"

„Das tut es nicht." Marshall griff nach seiner dampfenden Tasse holografischen Kaffees und nippte daran. „Fast unmittelbar nach ihrer Ankunft wurden die ersten Vereinbarungen und Verträge geschlossen. Doch nichts davon ist so solide und umfassend wie eine Verankerung in der EMMA es wäre. Botschafter Thallamon hat lange und hart daran gearbeitet, all seine Leute für genau diese Gelegenheit in Position zu bringen. Er hat alles perfekt vorbereitet, wie man so schön sagt. Ich habe das kommen sehen und meine Figuren bewegt, damit Mars in dieser Angelegenheit nicht überstimmt werden kann. Leider macht all diese Lobbyarbeit die EMMA verwundbar und anfällig dafür, sauber in der Mitte durchzubrechen. Was höchstwahrscheinlich für die Velorianer einen ebenso großen Gewinn darstellen wird, wie wenn alle ihre Forderungen erfüllt würden."

Selenes elegante Hand spielte mit dem Herzstück der goldenen Kette um ihren Hals – einem großen Marsdiamanten in Form einer facettenreichen Träne – während ihr Blick von Marshall zu Kaelos und zurück wanderte.

„Sie meinen, Sie wollten nicht, dass die Velorianer über einen so großen Teil der Menschheit die Oberhand gewinnen, und stattdessen haben Sie eine Pattsituation geschaffen?", fragte sie. „Einen Zustand, von dem aus niemand vorwärtskommt?"

„Ich bin darauf programmiert, mich um mein Volk und deren Bedürfnisse zu kümmern." Die Stimme der KI nahm einen subtil-traurigen Ton an. „Es wäre inakzeptabel, dass eine andere Rasse mit höchstwahrscheinlich feindlichen Absichten Macht über Mars ausübt. Das konnte ich nicht zulassen."

„Also lassen Sie stattdessen die EMMA zerfallen?" Lucy schluckte, als ihr die Tragweite der möglichen Folgen bewusst wurde. „Sie werden auf Neutralität pochen, unabhängig davon, was als Nächstes geschieht. Sie haben immer gesagt, dass Sie es nicht gutheißen, wie die Erde den Mars übervorteilt, um ihre eigene Wirtschaft im Gleichgewicht zu halten. Die Velorianer werden also Druck auf die Erde ausüben, etwas zu unternehmen, und ohne die Vorteile, die der Mars derzeit bietet, wird die Erde noch stärker auf die Aliens angewiesen sein, um ihre Technologie für sie zu produzieren. Sie werden gegen Pluto vorgehen, was angesichts der schieren Größe der Republik geradezu absurd ist!

Die Konsequenzen, wenn eine Seite den Kuipervertrag bricht, sind schlicht unkalkulierbar! Die äußeren Kolonien sind nach wie vor verärgert und verarmt, also werden die jede sich bietende Chance nutzen, das Commonwealth wiederaufzubauen und erneut Unabhängigkeit anzustreben. Die Velorianer haben kein Interesse daran, den Frieden zu wahren, da eine gespaltene Menschheit leichter zu manipulieren ist. Sie können sich einfach danebenstellen, das Feuer schüren und anschließend die Scherben aufsammeln."

Marshall nickte. Trauer flackerte über die Züge des Hologramms. Er wusste verdammt gut, wie viele Leben seine Entscheidungen der letzten zehn Jahre in naher Zukunft kosten würden. Doch ähnlich wie die Plutonier betrachtete er den Rest des Sonnensystems nicht als sein Problem. Seine Verantwortung lag bei Mars – und nur bei Mars.

Kaelos' winziges Lächeln jagte Lucy einen eisigen

Schauer über den Rücken. Ebenso wie seine Feststellung: „Ja, es wird ganz sicher Krieg geben. Und dieses Mal, mit dem Kuipergürtel als Faktor, wird er das ganze Sonnensystem einnehmen. Dieses kleine Scharmützel vor zehn Jahren war im Vergleich dazu nicht der Rede wert."

„Und wir Magier werden geradewegs im Kreuzfeuer stehen." Lucy blinzelte hastig, um ihre brennenden Augen am Tränen zu hindern. „Die Velorianer haben Magier, also brauchen alle, die sich ihnen widersetzen, Magier, also braucht jeder, der sich irgendjemandem widersetzt, Magier! Und wie könnte man eine Seite besser schwächen, als ihre Magier zu töten! Wir werden gejagt, als Waffen eingesetzt und zwecks unserer Verwendbarkeit seziert werden."

Marshall schüttelte den Kopf. „Nicht auf dem Mars."

„Selbst wenn sie alle hierherkämen", flüsterte die Großmagierin, „könnte Mars sie nicht alle aufnehmen. Magie ist auf dem Vormarsch. Ich habe die Zahlen gesehen. Es sind nicht nur immer *mehr* Menschen, die Magie einsetzen, sondern sie werden auch jeden Tag stärker! Diese tickenden Zeitbomben wollen Sie doch auch nicht in Ihrem hübsch gepflegten Vorgarten haben, oder?"

Der Politiker antwortete nicht.

Die Großmagierin nickte und erhob sich mit einem traurigen Lächeln. „Danke für die Vorwarnung. Wenn Sie mich nun entschuldigen würden, Herr Gouverneur. Ich habe meine eigenen Vorbereitungen zu treffen."

Lieber Leser,

Oh mein Gott, wir haben es geschafft!

Das war die erste „Staffel" der Hexenflug Chroniken. Wofür ich nun sieben Bücher gebraucht habe, um es zu erzählen, war ursprünglich als ein Band geplant. Aber, was soll ich sagen … meine Charaktere waren da anderer Meinung … ;-)

Zwischen dem ersten und dem zweiten Band kamen mir einige Ideen, die sich als besser erwiesen als meine ursprünglichen. Deshalb habe ich zum Beispiel den doch recht flachen, Yoda-esken alten Mann gegen Rupert ausgetauscht und werde auf Nachfrage stur darauf bestehen, dass mein Schwindelmagier da nur ein anderes Gesicht getragen hat. ;-)

Und dann hat Jim mir noch eine Fraktion voller coolem Zusatzpersonal in den Schoß geschmissen. Damit sproßen nicht nur viele spannende Hintergrundgeschichten in meinem Kopf, sondern etablierte sich auch eine vollkommen neue, politische Dimension.

In Band 5 habe ich versucht, das alles unter einen Hut zu bekommen und die meisten der noch offenen Fäden zu verknüpfen. Da ich es kaum über mich bringe, Charaktere umzulegen, werden wohl einige von ihnen ab Band 6 in den Hintergrund treten müssen. Und Band 5 ist halt nicht nur dick geworden, sondern auch von der Storystruktur eher untypisch ausgefallen.

Ich hoffe, meine bisherigen Bemühungen haben euch so oder so gut unterhalten und ich konnte mit der ein oder anderen Wendung überraschen. (Vor allem mit dem Ende dieses Buches. Und, ja, das war tatsächlich von Anfang an geplant.)

Wenn ihr bis jetzt Spaß in meinem Universum hattet, dann – bitte! – hinterlasst meinen Büchern Reviews, verschenkt sie an Freunde, Familie, Nachbarn oder wer auch immer in eurem Leben mehr Magie braucht.

Lasst uns die niedliche, kleine Sci-Fi-Nische in Deutschland wieder ausweiten!

Mit freundlichen Grüßen,

12 JAHRE ZUVOR - DER VENUS-5 ZWISCHENFALL

AVALANCHE-TRILOGIE #01

Es ist 2451.

Der Krieg tobt im ganzen Sonnensystem.

Pilot Nick Sheridan hat das unverschämte Glück, nicht nur Stationsfreigang, sondern auch ein illegales Date mit einer umwerfend schönen Soldatin zu ergattern.

Zu dumm nur, dass die nette kleine Station, an der die Avalanche dockt, eine tückische Todesfalle ist, der vermeintlich einfache Botengang, mit dem das Schiff beauftragt wurde, bloß eine List und der Skipper streng geheime Befehle hat, die sie alle umbringen könnten.

Erlebe die Avalanche-Trilogie, das Prequel zu den Hexenflug Chroniken.

Band 1 - ‚Der Venus-5 Zwischenfall' — eine komplett überarbeitete Version von „Spartan Roulette" (mit schickem neuen Cover) — erscheint am ***12.04.2026*** *als E-Book auf Amazon.*

(Für Patreons ab Cappuccino-Level wie immer **1-2 Wochen vorher als Gratisdownload**.)

Gleich hier (vor)bestellen:

HALLO, ICH BIN KIM NEXUS!

Willkommen in meiner Welt!

Ich bin eine Vollzeit arbeitende Mutter und lebe in Deutschland mit meiner wunderbaren Familie in einem Haus, in dem jedes Zimmer anders gestaltet ist, weil wir alles selbst gemacht haben und wir langweilige Dinge hassen. Ich würde gerne mehr lesen, als ich es je schaffe (vor allem mehr Belletristik), und wenn ich dazu komme, dann mag ich vor allem Paranormal Romance und Science Fantasy. Andere Interessen von mir, über die ich immer mehr lernen möchte, sind: das Lernen an sich, Selbstverbesserung, Motivation, Bio-Hacking, Geschichte und die englische Sprache.

Erfahre mehr über mich auf KimNexus.de.

Oder werde mein Patreon unter https://www.patreon.com/KimNexus.

👎 Bitte rezensiere dieses Buch! 👍

Ich weiß, ich weiß, jeder sagt es heutzutage, aber es hilft uns Indies WIRKLICH, wenn ihr euch nur fünf Minuten aus eurem hektischen Tag nehmt und schnell ein paar Eindrücke notiert. Sagt der Community, was euch gefallen hat und was nicht, damit andere Leser wissen, ob dies das richtige Buch für sie ist und damit ich das nächste Buch für uns alle besser machen kann.

Vielen Dank dafür!

Die ganze Reihe auf Amazon
finden und rezensieren:

Sag Hallo 👋

Ich werde nichts versprechen, da ich momentan einen vollen Terminkalender habe, aber wenn ihr Fragen oder Anregungen habt, oder Tippfehler und Ähnliches findet, schickt mir doch einfach eine E-Mail an Hi@KimNexus.de.

ALLE BÜCHER DIESER SERIE

HFC #01- HEXENFLUG INS ALL

HFC #02- HEXENFLUG ZUM JUPITER

HFC #05.1 - HEXENFLUG ZUM TOR
(TEIL 1)

HFC #05.2 - HEXENFLUG ZUM TOR
(TEIL 2)

HFC #03 - HEXENFLUG INS VERTRAUEN

HFC #04 - HEXENFLUG IN DIE LEERE

HFC #03.5 - SONNENVERBRANNT

Hexenflug zum Tor - Teil 2 (Hexenflug Chroniken #05.2) von Kim & Jim Nexus

---

Verfasserin, Korrektorat, Formatierung & Coverdesign: Kim Nexus; c/o Block Services; Stuttgarter Str. 106; 70736 Fellbach

Co-Autor, Vater der Plutonier, Entwicklungslektorat & Nachkorrektur: Jim Nexus

Coverart: Björn Frost, [Besucht ihn auf deviantart oder instagram!]

ISBN-13 (Taschenbuch): 978-3-949552-35-9

ISBN-13 (Hardcover): 978-3-949552-34-2

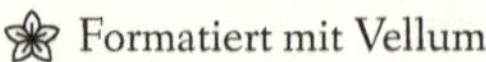
Formatiert mit Vellum

www.ingramcontent.com/pod-product-compliance
Lightning Source LLC
La Vergne TN
LVHW041052080826
845145LV00007B/1541

* 9 7 8 3 9 4 9 5 5 2 3 5 9 *